国家社科基金后期资助项目
出版说明

  后期资助项目是国家社科基金设立的一类重要项目，旨在鼓励广大社科研究者潜心治学，支持基础研究多出优秀成果。它是经过严格评审，从接近完成的科研成果中遴选立项的。为扩大后期资助项目的影响，更好地推动学术发展，促进成果转化，全国哲学社会科学规划办公室按照"统一设计、统一标识、统一版式、形成系列"的总体要求，组织出版国家社科基金后期资助项目成果。

全国哲学社会科学规划办公室

目 录

前言　当代俄罗斯戏剧文学概观 …………………………………… 1
　　一、戏剧流派纷呈 …………………………………………………… 6
　　二、戏剧体裁杂糅 …………………………………………………… 14
　　三、戏剧主题多样 …………………………………………………… 16
　　四、戏剧语言散文化 ………………………………………………… 17
　　五、戏剧人物边缘化 ………………………………………………… 18
　　六、丰富的传统戏剧元素 …………………………………………… 20

第一编　当代俄罗斯戏剧文学

第一章　当代俄罗斯现实主义戏剧 ……………………………………… 3
　第一节　俄罗斯现实主义戏剧的演变 ………………………………… 3
　第二节　"让人心灵震颤"——当代现实主义戏剧 …………………… 5
　第三节　怀旧而浪漫的亚·加林 ……………………………………… 7
　　一、两性和谐的戏剧主题 …………………………………………… 7
　　二、孤独寂寞的戏剧人物 …………………………………………… 15
　　三、对比鲜明的人物性格 …………………………………………… 18
　　四、怀旧的锁闭式结构 ……………………………………………… 22
　　五、暗示心理的戏剧空间 …………………………………………… 24
　　六、画龙点睛的剧情手段 …………………………………………… 26

第二章　当代俄罗斯荒诞派戏剧 …… 31
第一节　俄罗斯荒诞派戏剧的发展历程 …… 31
第二节　精神失落的惶恐——当代荒诞派戏剧 …… 32
第三节　荒诞的"现代神话"——尼·萨杜尔 …… 34
一、卑微而崇高的戏剧人物 …… 34
二、传统与现代交叠的戏剧情节 …… 42
三、多维、多元的叙事空间 …… 49
四、对果戈理传统的继承 …… 55

第三章　当代俄罗斯感伤主义戏剧 …… 62
第一节　俄罗斯感伤主义戏剧的形成与发展 …… 62
第二节　记忆与怀旧——当代感伤主义戏剧 …… 64
第三节　"伤感之人"——尼·科利亚达 …… 66
一、虚幻荒诞的戏剧空间 …… 67
二、穿越时空的情节结构 …… 69
三、边缘无助的戏剧人物 …… 72
四、半雅半俗的戏剧语言 …… 75
五、亦真亦幻的作者介入 …… 78
六、孤独死亡的戏剧主题 …… 80
七、对传统的继承与创新 …… 82

第四章　当代俄罗斯后现代戏剧 …… 92
第一节　俄罗斯后现代戏剧的缘起 …… 92
第二节　对话经典——当代后现代戏剧 …… 95
第三节　"非现实世界"里的奥·博加耶夫 …… 97
一、颠覆传统、解构经典的互文现象 …… 98
二、沟通古今、重构价值的改写诉求 …… 115
三、背离常规、展示困境的荒诞表达 …… 131

第五章　当代俄罗斯纪实戏剧 …… 149
第一节　俄罗斯纪实戏剧发展历程 …… 149

第二节　"话语转换"（"Verbatim"）——当代纪实戏剧的
　　　　　　新手段 …………………………………………………… 150
　　第三节　残酷而真实的叶·伊萨耶娃 ………………………………… 152
　　　　一、繁杂多变的戏剧题材 ………………………………………… 152
　　　　二、与时俱进的纪实尝试 ………………………………………… 156
　　　　三、革新与传统交融的纪实探索 ………………………………… 164

第六章　当代俄罗斯实验戏剧 …………………………………………… 177
　　第一节　追新求异的俄罗斯实验戏剧 ………………………………… 177
　　第二节　夸张与即兴——当代实验戏剧 ……………………………… 183
　　第三节　"意犹未尽的"叶·格里什科维茨 ………………………… 185
　　　　一、寂寥伤感的独角戏 …………………………………………… 186
　　　　二、寻找自我的对话剧 …………………………………………… 194
　　　　三、对传统戏剧的颠覆意识 ……………………………………… 204

第七章　当代俄罗斯女性戏剧 …………………………………………… 210
　　第一节　俄罗斯戏剧史上女性剧作家 ………………………………… 210
　　第二节　丰富深邃的当代女性戏剧 …………………………………… 214
　　第三节　娜·普图什金娜的"乌托邦"剧作 ………………………… 216
　　　　一、"善良的童话"——纯粹的爱情主题 ……………………… 217
　　　　二、"爱拼才会赢"——"不正常的女人"形象 ……………… 220
　　　　三、"幽默、讽刺、严肃"——剧情发展基调 ………………… 222
　　　　四、改编剧本——"普图什金娜式的玩笑" …………………… 224
　　第四节　叶·格列米娜剧作中的"历史话语" ……………………… 227
　　　　一、个人、国家、时代的悲剧 …………………………………… 227
　　　　二、历史剧情的展示手段 ………………………………………… 235
　　　　三、剧作家的历史认知危机 ……………………………………… 239
　　　　四、直面现实的纪实剧作 ………………………………………… 241

第八章　当代俄罗斯农村戏剧 …………………………………………… 245
　　第一节　俄罗斯农村戏剧的演变 ……………………………………… 245
　　第二节　温情与热望——当代农村戏剧 ……………………………… 246

第三节　斯·洛博焦罗夫的家庭悲喜剧 ……………………… 249
　　一、传统家庭的戏剧空间 ………………………………… 249
　　二、幽默智慧的戏剧人物 ………………………………… 252
　　三、戏剧性情节与喜剧手法 ……………………………… 254

第二编　对传统的继承与创新

第九章　契诃夫戏剧传统于当代戏剧中的回归 ……………… 261
　第一节　契诃夫的戏剧传统 ………………………………… 262
　　一、日常生活的真实与诗意 ……………………………… 262
　　二、形散而神凝的戏剧情节 ……………………………… 263
　　三、心理现实主义的戏剧主张 …………………………… 265
　　四、现实主义的戏剧象征 ………………………………… 268
　第二节　契诃夫与当代俄罗斯戏剧 ………………………… 271
　第三节　当代戏剧中的契诃夫成分 ………………………… 275
　　一、对契诃夫戏剧传统的解构 …………………………… 275
　　二、对契诃夫戏剧情节的戏仿 …………………………… 278
　　三、对契诃夫戏剧神话的质疑 …………………………… 284

第十章　高尔基"底层"主题于当代戏剧中的再现 ………… 290
　第一节　高尔基的"底层"戏剧传统 ……………………… 290
　　一、局促、压抑的底层空间 ……………………………… 291
　　二、不堪重负的底层命运 ………………………………… 292
　　三、难以忘却的底层追求 ………………………………… 294
　　四、人道主义的底层关怀 ………………………………… 295
　第二节　高尔基与当代俄罗斯戏剧 ………………………… 298
　第三节　当代戏剧中的"底层"主题 ……………………… 302
　　一、"边缘地带"——社会问题的镜像 ………………… 303
　　二、"边缘人"——被放逐的局外人 …………………… 309

第十一章　万比洛夫戏剧现象于当代戏剧中的传承 ……… 318
第一节　万比洛夫戏剧现象 ……………………………… 319
第二节　万比洛夫与当代俄罗斯戏剧 …………………… 325
第三节　当代戏剧中的万比洛夫元素 …………………… 327
一、永恒的家园主题 ………………………………… 327
二、个性鲜明的人物形象 …………………………… 330
三、回忆情节与环形结构 …………………………… 331
四、"四海之内皆兄弟" ……………………………… 333
五、外省人的"临界状态" …………………………… 335

结束语 ……………………………………………………… 340
参考文献 …………………………………………………… 343
附录1　重要剧作家中俄译名对照表 …………………… 354
附录2　重要剧本中俄译名对照表 ……………………… 361
莫斯科艺术图书馆（代后记） …………………………… 376

前言　当代俄罗斯戏剧文学概观

　　20世纪末,苏联解体后,即后苏联时期,俄罗斯社会文化的总体发展态势对俄罗斯戏剧的发展影响十分明显。这一时期,俄罗斯戏剧创作力求探索全新的艺术表现形式,追求个性化的戏剧表达方式,推崇使用杂糅的艺术语言,戏剧作品充斥着"游戏"概念,单一流派或独占鳌头的戏剧现象已被分解,剧作家们对创作手法与目标进行多角度全方位的尝试。这一时期戏剧文学发展之初,仍延续了前一阶段戏剧的诗学及美学特点,后经过繁复的发展历程,脱胎换骨,才得以呈现今天的戏剧文学面貌。在这一艰难的蜕变过程中,社会文化的客观影响与戏剧人的主观努力形成合力,成就了后苏联时期俄罗斯戏剧文学的繁荣。我们在此回溯、梳理一下这一发展过程。

　　20世纪70—80年代,柳·彼特鲁舍夫斯卡娅、亚·加林、阿·杜达列夫、列·佐林、埃·拉德金斯基、维·梅列日科、格·郭林、柳·拉祖莫夫斯卡娅、阿·卡赞采夫等"新浪潮"（Новая волна）或曰"后万比洛夫戏剧"（послевампиловская драматургия）剧作家辛勤耕耘,剧作不断。但在90年代初,新剧本却很少上演,主流剧院经常上演的是俄苏经典剧目及据其改编的剧本,或者是西方的荒诞戏,如法国剧作家贝克特的《等待戈多》、尤奈斯库的《秃头歌女》等。① 随着苏联解体,文化界的戏剧改革,剧院失去了政府稳定的财政支持,演员的工资及各种经费都难以兑现,加上剧作家与剧院之间的沟通不畅,致使剧本难以与受众见面,以至于剧评家、演员、导演一致否认有新剧本存在。② 20世

---

　　① Липовецкий М., Боймерс Б., Перформансы насилия: Литературные и театральные эксперименты «новой драмы». -М.: Новое литературное обозрение, 2012. C. 8 – 9.
　　② Громова М. Русская драматургия конца XX-начала XXI века. -М.: Флинта: Наука, 2007. C. 230.

纪80年代末、90年代初，俄罗斯剧院处于低迷与危机状态。近90年代中期，"剧院总的情形突然发生了急剧与最终的变化"①。首先是，"解冻时期"（1953—1964）结束后，"几乎存在了40年的意识形态走到了尽头，与官方的冲突结束了"；其次是，"戏剧中心的概念消失了，社会急剧分层，分解成许多独立、自治的阶层，其中每一阶层都找到了自己的价值体系与社会导向，自己对艺术的需求。这两种主要情形彻底改变了剧院的作用和地位"。②同时，90年代步入戏剧创作的"青年作者"大军，他们感到剧院不关注自己，他们的剧本被演出的机会少之又少，即使剧本被搬上舞台，其演出质量也难以评说，类似的种种"不满足感推动剧作家们开始行动起来"③。此外，为重新唤起受众对戏剧的兴趣，重振剧作家的创作信心，以米·罗欣、维·斯拉夫金、弗·古尔金、阿·卡赞采夫、爱·博亚科夫、叶·格列米娜、米·乌加罗夫等为代表的戏剧人先后发起并组织了"柳比莫夫卡"（Любимовка）、"金面具"（Золотая маска）、"伟大的变化"（Большая перемена）、NET（или HET, Новый Европейский Театр）、"新戏剧"（Новая драма）、"纪实戏剧"（Документальная драма）、"剧中人"（Действующие лица）、"新剧本"（Новая пьеса）、"纪实影剧"（Кинотеатр. doc）、"欧亚艺术节"（Евразия）、"现实戏剧"（Реальный театр）、"五月朗诵会"（Майские чтения）等各种形式的戏剧艺术节，其中包括开办戏剧大师班、组织青年剧作家剧作大赛及创作论坛等戏剧活动。这些艺术节主要是"为了下一代"，关心后来人，"任何剧本都可以接受，其原则是否认成规定势"④。今天俄罗斯的许多著名剧作家正是从这些艺术节上脱颖而出。由于这些雨后春笋般遍地开花的艺术节，20世纪末，俄罗斯戏剧呈现了"强势化、动态化的发展特点"⑤。

于此前后，出现了难以数计的独立剧院和私人剧院。如，爱·博亚

---

① Богданова П. Б. Большая перемена//Современная драматургия. 1999. №4. С. 164.

② Там же.

③ Гремина Е. Ставка на успех-это тупик. Беседу ведет Полина Богданова//PRO SCAENIUM: Вопросы театра: Выпуск 2/Ред. -сост. В. А. Максимива. -М. КомКнига. 2008. С. 116.

④ Новикова С. Елена Гремина：«Верю: хэппи-энд существует»//Современная драматургия. 2007. №1. С. 174.

⑤ Васильева С. С. Пути развития русской драматургии конца XX века//Вестник ВолГУ. Серия 8. Вып. 11. 2012. С. 96.

科夫的"实践剧院"（Практика），叶·格列米娜与米·乌加罗夫的"纪实剧院"（TEATP. DOC），米·罗欣和阿·卡赞采夫的"戏剧与导演中心"（Центр драматургии и режиссуры М. Рощина и А. Казанцева），莫斯科的"旁白"剧院（Апарте），克麦罗沃的"包厢"剧院（Ложа），车里雅宾斯克的"女人"剧院（Бабы），圣彼得堡的"独家"剧院（Особняк），尼·科利亚达的"科利亚达剧院"（叶卡捷琳堡市），瓦·列万诺夫的实验剧团（Студия Вадима Леванова）（陶里亚蒂市），伊·维雷巴耶夫的"游戏空间"剧院（Пространство игры）（伊尔库茨克市），等等。"90年代中期，仅在一个莫斯科就出现了上百家剧院与戏剧学校，而且很多以前的学校也变成了剧院。"① 这些独立或私立剧院为年轻的剧作家提供了展示自己剧本的演出空间，也为年轻导演提供了展示处女作的平台。

这一时期，剧作家们先后创建了自己的网站，宣传自己的戏剧创作，同时，还将自己的剧本挂在专门的网站上，如，"谢·叶菲莫夫戏剧图书馆"②、"剧本图书馆"③、"戏剧图书馆"④、"新戏剧"剧本⑤等；剧作家们还可以在各种大型杂志上刊登剧本，如，《当代戏剧》《戏剧》《剧作家》《电影艺术》《十月》《新世界》，等等。定期剧本集刊《情节》（始于1990年）、《兰斯克鲁纳》（Ландскрона，始于1996年）、《新剧本》（始于1990年）、《五月朗诵会》等陆续问世。一些杂志还专门开辟了戏剧专栏，为剧评家、文艺理论家、演员、导演、记者等戏剧人围绕戏剧展开辩论、探讨提供了阵地。涌现出一大批剧评人，如，П. 波格丹诺娃、Б. 布罗夫、Н. 列伊杰尔曼、М. 利波韦茨基、М. 格罗莫娃、И. 卡努尼科娃、Л. 秋捷洛娃、П. 鲁德涅夫、Е. 索科林斯基、О. 富克斯、Л. 马柳加、Г. 扎斯拉夫斯基、С. 莫托林、В. 扎巴卢耶夫、А. 津济诺夫、И. 博洛佳恩，等等。剧评家们不仅围绕戏剧文学的诗学问题及美学特征进行考察探究，而且为受众对戏剧的理解与接受进行了阐释剖析。毫不夸张地说，剧评家们立足于文本细读与亲临剧场，为后苏联时期戏剧文

---

① Липовецкий М., Боймерс Б., Перформансы насилия: Литературные и театральные эксперименты «новой драмы». -М.: Новое литературное обозрение, 2012. С. 7.
② Театральная библиотека Сергея Ефимова. http://www.theatre-library.ru/.
③ Библиотека пьес. http://krispen.ru/.
④ Театральная библиотека. http://artclub.renet.ru/library.htm.
⑤ Новая пьеса. http://www.-newdrama.ru/plays/.

学与舞台戏剧的健康发展创下了难以比肩的功绩。

20世纪末的剧作家由几代人构成，他们分别于20世纪60至90年代登上戏剧创作舞台。90年代开始戏剧生活的剧作家主要有叶·格列米娜、米·乌加罗夫、奥·穆欣娜、瓦·西加列夫、伊·维雷巴耶夫、叶·伊萨耶娃、马·库罗奇金、杜尔涅科夫兄弟、亚·热列兹佐夫、普列斯尼亚科夫兄弟、克·德拉贡斯卡娅、奥·博加耶夫、叶·格里什科维茨、尤·克拉夫季耶夫、瓦·列万诺夫，等等。与此同时，产生了"新戏剧"（Новая драма）这一戏剧现象。新生代剧作家基本上都被归入"新戏剧"这一概念中。"新戏剧"理念实际上是诠释了年轻剧作家对全新戏剧创作形式的实验追求，是"对假定性情境，甚至是对整个假定性世界进行模式化的艺术实验，也是一种构建艺术手段的实验，是为表达一定的思想而进行的特殊语言加工，而这一思想是完全符合我们这一疯狂的现实世界"①。身为"新戏剧"剧作家兼导演的米·乌加罗夫在谈到"新戏剧"的现实性时说："这是一次伟大的行动，每位作者都有一种感觉——他并非一人。"② 这说明了"新戏剧"现象的广泛性与集体性。"新戏剧"精神领袖叶·格列米娜对"新戏剧"的发展信心十足，认为："新戏剧一定会抢占一个它可能占据的地位。"③ 90年代对"新戏剧"这一称谓的诸种定义也揭示了其发展内涵的多样性："新新戏剧"（новая новая драма）、"后苏联戏剧"（постсоветская драма）、"新俄罗斯戏剧"（новороссийская драма）、"现实戏剧"（актуальная драматургия）、"青年戏剧"（младодраматургия）、"紧急戏剧"（ДЧС-драма чрезвычайной ситуации）等。④

如果说20世纪70—80年代的"新浪潮"戏剧得到剧作家与剧评家的一致认可，那么，年轻剧作家于20世纪末在"新戏剧"框架下进行的实验创新，使"新戏剧"及其特点、作家群、于文学进程中的地位等内容成为剧评家热议的焦点。主要意见分两派。一是以 M.格罗莫娃、П.鲁德涅夫、И.博洛佳恩等为代表的剧评家，他们为"新戏剧"摇旗呐

---

① Громова М. Русская драматургия конца XX-начала XXI века. -М.：Флинта：Наука，2007. С. 128.
② Заславский Г. Современная пьеса на полпути между жизнью и сценой / Г. Заславский. -Электрон. текстовые дан. -Режим доступа：http：//www. zaslavsky. ru. -Загл. с экрана.
③ Там же.
④ Васильева С. С. Пути развития русской драматургии конца XX века//Вестник ВолГУ. Серия 8. Вып. 11. 2012. С. 97.

喊，为剧作家及其话剧倾心尽力，到了逢戏必评、逢场必到的地步。支持派剧评家对剧作家勇于直面现实、反映最棘手、最阴暗的社会问题的创作姿态给予了肯定的评价，"新戏剧提出问题，让人们思考"，尽管它"不提供答案"，但他们"仅暂时激发智力这一点就已是功德无量"①，而且，"'新戏剧'促进了并正在促进敏感的生活领域的公开化，因此它可以与电视进行竞争"②。显然，支持派剧评家看好"新戏剧"的是其与时俱进的创作手段、姿态及题材。

另一派持相反意见的，是以 И. 维什涅夫斯卡娅、П. 波格丹诺娃、Е. 索科林斯基等自称"保守派"的剧评家。他们对"新戏剧"中个别作家也持赞同的态度，但俄罗斯"今天舞台文学的整体状况"使剧评家"无限伤心"③，他们坚持"真正的艺术向来是'为艺术而艺术'，即对人进行伦理、道德方面的教育"④。他们对"新戏剧"剧本的虚实（梦境与现实）难分、人物的丧心病狂、色情内容泛滥……感到痛心疾首，认为"新戏剧"不过是为了"赚取空虚好奇的公民的廉价轰动"（П. 波格丹诺娃语）⑤。

"新戏剧"现象与 2002 年"实践剧院"导演爱·博亚科夫和"纪实剧院"总监兼剧作家叶·格列米娜创办的"新戏剧"艺术节有密切联系。"新戏剧"剧作家多半以 Verbatim（"逐字逐句""一字不差"之意）的手法进行创作。这些作家的思想审美基本相似，所以剧评家有时也将"新戏剧"看成一个流派。⑥ 但由于"新戏剧"语言的不加修饰、刑事犯罪情节的基本导向，使这一戏剧现象很快让受众丧失兴趣，最后能被人们记住且坚持在舞台上不断谢幕的作品并不多见。正如文艺评论家 М. 利波韦茨基所认为的，"新戏剧不可能成为文化主流趋势"⑦。2009 年，

---

① Громова М. «Осторожно! Драматурги!»，или Курс на Льва Николаевича. «Новая драма 2005»：вокруг и около фестиваля// Современная драматургия. 2006. № 1. С. 157.

② Там же. С. 156.

③ Вишневская И. Заметки консерватора//Театр. 2000，№4. С. 7.

④ Там же. С. 9.

⑤ Гремина Е. Ставка на успех-это тупик. Беседу ведет Полина Богданова. //PRO SCAENIUM：Вопросы театра：Выпуск 2/Ред. -сост. В. А. Максимива. -М. КомКнига. 2008. С. 121.

⑥ Макарова В. В. Чеховский интертекст в современной российской драматургии：1980 – 2010 гг.：диссертация кандидата филол. наук：2010. МГУ им. М. В. Ломоносова. Филол. фак. С. 104.

⑦ Липовецкий М.，Боймерс Б. Перформансы насилия：Литературные и театральные эксперименты «новой драмы». -М.：Новое литературное обозрение，2012. С. 12.

由于"新戏剧"艺术节创办者在"组织和创作宗旨上的分歧越来越明显"①，作为艺术节的"新戏剧"首先宣布终止戏剧活动。但无论如何，21世纪初盛况空前的"新戏剧"为年轻剧作家们提供了展示自我的舞台，对这一时期俄罗斯实验戏剧的发展功不可没。

后苏联时期，由于俄罗斯戏剧整体形势的良性发展，其中包括戏剧节、戏剧舞台、戏剧杂志、戏剧组织者、策划者等因素凝聚合力，促使这一时期俄罗斯戏剧的整体发展呈繁荣景象，使俄罗斯戏剧文学的总体概况基本表现为"音调变奏"②。这一变化集中表现为戏剧流派纷呈、戏剧体裁杂糅、戏剧主题多样、戏剧语言散文化、戏剧人物边缘化、传统戏剧元素异常丰富等特点。

一、戏剧流派纷呈

后苏联时期的俄罗斯剧作家们遵循不同的戏剧创作美学，共存于统一的文化空间，使这一时期的戏剧文学具备了复杂的体裁及风格特色，反映了戏剧流派与思潮的驳杂纷呈。有研究者认为，后苏联时期的剧评界、研究者"更喜欢说起世纪之交文学发展的趋势，而非某一形成的流派"③。但在剧评家的笔下，这一时期的剧作还是或隐或显地被贴上了各种流派或学派的标签。有"新自然主义倾向"（неонатуралистическая тенденция）④、"新自白倾向"（неоисповедальная тенденция）、"新社会主义现实主义戏剧"（новая соцреалистическая драматургия）、"超自然主义"⑤（гипернатурализм）、"新俄罗斯感伤主义"（новый русский сентиментализм）戏剧，等等。马卡罗娃（Макарова B.）在论述中把后苏联时期的戏剧分为后现代流派、新现实主义、现实主义和"新戏

---

① Решетников К. Старые партнеры похоронили «Новую драму» // Газета. №67, 16 апреля 2009. С. 18.
② Вишневская И. Заметки консерватора // Театр. 2000, №4. С. 22.
③ Макарова В. В. Чеховский интертекст в современной российской драматургии: 1980 - 2010 гг. : диссертация кандидата фил. наук. Москва. 2010. С. 117.
④ Липовецкий М. Н. Театр насилия в обществе спектакля: Философские фарсы Владимира и Олега Пресняковых // Новое литературное обозрение. 2005. №6. С. 243.
⑤ Липовецкий М., Боймерс Б. Перформансы насилия: Литературные и театральные эксперименты «новой драмы». -М. : Новое литературное обозрение, 2012. С. 12.

剧"。① 我们比较倾向于贡恰罗娃-格拉博夫斯卡娅（Гончарова-Грабовская С. Я.）的流派分类，剧评家将这一时期的戏剧文学分为传统派与非传统派②两大类，我们在此基础上对其进行流派细分。本书中的流派分类尽管具有某种假定性，但这一假定性立足于本时期的剧本细读与剧情分析。属于传统派戏剧的主要有现实主义、超级现实主义、感伤主义等戏剧流派。

后苏联时期的**现实主义**戏剧（реалистическая драма）创作以"新浪潮"剧作家（列·佐林、埃·拉德金斯基、维·梅列日科、格·郭林、柳·拉祖莫夫斯卡娅、亚·加林等）为主，他们于 20 世纪 70—80 年代已全力以赴于现实主义创作，后苏联时期他们仍在此轨道上笔耕不辍。此外，这一时期也出现了难以数计的中青年剧作家，他们在各种流派争先恐后大有淹没现实主义戏剧之趋势下，能够做到文化守成，坚持现实主义阵地，致力于现实主义戏剧创作，使后苏联时期的现实主义仍处于与其他流派势均力敌的地位。其中占一席之地的有以埃·拉德金斯基（1936—）为代表的反映俄罗斯新生活与新阶层的城市剧本，以亚·加林（1947—）为代表的反映当代老人与女性生活现状及生存困境的弱势群体剧本，以斯·洛博焦罗夫（1948—）为代表的西伯利亚剧作家反映俄罗斯当代农村生活的剧作，以娜·普图什金娜（1949—）为代表的反映俄罗斯当代女性生活的女性戏剧，等等。

超级现实主义本来是指 20 世纪 60 年代后期兴起于美国的一种排除画家主观意念，追求真实、客观再现物象的艺术流派。而在俄罗斯 21 世纪之初，有剧评家以此称谓来命名当代俄罗斯的一个戏剧流派。当代俄罗斯**超级现实主义戏剧**（гиперреалистическая драма，又称后现实主义戏剧 постреалистическая драма，或残酷现实主义戏剧 жестокая реалистическая драма）③，主要以尼·萨杜尔（1950—）、叶·格列米娜（1956—）、普列斯尼亚科夫兄弟（1969—，1974—）、瓦·西加列夫（1977—）等作家的创作为代表。该流派剧作家力求以更敏锐深邃的视

---

① Макарова В. В. Чеховский интертекст в современной российской драматургии: 1980 - 2010 гг. : диссертация кандидата фил. наук. Москва. 2010. С. 118.

② Гончарова-Грабовская С. Я. Комедия в русской драматургии конца XX-начала XXI века: учеб. пособие. -М. : Флинта: Наука, 2006. С. 18-19.

③ Там же. С. 29.

角来透析、挖掘逼真的生活故事，以写实主义手法对现实进行原生态客观记录。普列斯尼亚科夫兄弟的《恐怖主义》（2002）以类似于瑞典戏剧家斯特林堡（1849—1912）《梦剧》（1902）的怪诞手法再现了当代俄罗斯社会的"梦魇"生活，剧本以碎片叙事方式演绎了由家庭升至社会层面的种种恐怖事件，警告人们可以从黑暗而沉闷的噩梦中醒来，但永远不会是阳光明媚的早晨。剧作家的另一部剧本《扮演受害者》（2002）是一部不折不扣的现代版《哈姆雷特》：大学毕业生瓦利亚的母亲准备嫁给他的叔父，而瓦利亚刚去世不久的父亲经常托梦给他，暗示他，似乎是母亲与叔父合谋毒死了他。瓦利亚准备进警察局工作，暂时从事犯罪现场扮演受害者角色的工作。这一工作与父亲的长期托梦为瓦利亚从最初的不作为到最后实施杀人计划起了助推作用。所以，疯狂荒谬的现实生活与更加疯狂荒谬的犯罪现场使一个满怀理想、充满期待的青年人由扮演受害者最终转身成为杀人真凶。一些看似普通的生活故事经过作家的精心剪辑、拼贴，显得波诡云谲，充满悲情的生活常显示出滑稽可笑的另一面。瓦·西加列夫的每部剧本都是一个血腥味十足的残酷的现实主义故事。《橡皮泥》（2000）讲述了孩子成长过程中典型的自闭、独孤、逆反、暴力倾向等令无数家庭苦不堪言的青少年教育问题。剧本企图说明，孩子不是橡皮泥，不能随家长心想捏成什么样就能捏成什么样，同时孩子也是橡皮泥，其可塑性极大，他是否能健康成长取决于他所生活的环境。因此，理性、科学的教育方法是为孩子提供一个舒适安全的成长环境的必备条件。《橡皮泥》中14岁的马克西姆在成长过程中缺少亲情与关爱，导致其孤独的生命面临着远离群体被社会抛弃的威胁，他甚至主动放弃被爱的权利，走向偏执、自闭、自戕，以至于对社会造成危害。瓦·西加列夫的《黑牛奶》（2001）及《终身流浪者》（2005）同样反映了教化与道德问题，读后令人发指、毛骨悚然。《黑牛奶》中作者将一个堕落之人的道德世界比喻成被染黑的牛奶，无论其道德世界曾经如何的洁白无瑕，一旦放纵，混合上其他杂质，在无尽的黑暗世界里徘徊良久，再想恢复当初的本色几乎没有可能。那份道德尚存却已心力交瘁的挣扎在与精神沦丧的世界进行较量时显得微不足道、力不从心。《终身流浪者》中面对亲人落难时表现出的冷漠，令人对家庭教育不敢恭维。可以发现，与该艺术流派毫无二致，超级现实主义戏剧同样"显

得比较悲观"①。剧作家在以逼真的自然主义手法叙述残酷的现实的同时，揭示了社会道德的堕落，同时也流露出作家的不安情绪与忧患意识。在谈及创作主题及任务时，剧作家瓦·西加列夫说："这是关于我今天的故事。关于当代人的故事。"② 俄罗斯超级现实主义戏剧在凸显当代俄罗斯社会精神贫乏及现实贫困之时，对社会道德风尚的滑坡和崩溃施以浓墨。

后苏联时期俄罗斯**感伤主义戏剧**（драматургия сентиментализма）的代表是以尼·科利亚达（1957—）为主的"乌拉尔戏剧流派"。科利亚达剧作被认为是对后苏联社会现实的自然主义解读。他们以反映俄罗斯当代社会边缘群体的日常生活为主，展示"底层"人的精神世界及心理问题。在讲述剧中人无家、无亲人的孤独寂寞感的同时，对主人公那种死亡随时相伴的无安全意识进行了深度剖析。科利亚达的剧本以呈现人物伤感内心为宗旨，剧中人物不多，有时仅一人与动物对话，有时就是独角戏。作家热衷于使用非标准语，说明词有时成为剧本内容不可分割的一部分，剧本的感伤基调从说明词开始逐渐渗透，剧中人物对"辉煌"往事的留恋及对"苏联神话"的怀旧成为故事的主要背景，这种让人唏嘘不已的伤感充斥着剧本的各个角落。

这一时期的非传统戏剧主要有实验戏剧、纪实戏剧、荒诞派戏剧、后现代戏剧等。**实验戏剧**（экспериментальная драма）的最主要代表是"新戏剧"的剧作家们（我们把他们归到纪实戏剧里讲述），此外，叶·格里什科维茨、尤·玛姆列耶夫、阿·斯拉博夫斯基等剧作家的实验戏剧成分也十分醒目。尤·玛姆列耶夫（1931—）的剧本《月亮的召唤》（1995）与《夜来人，或与陌生人的婚礼》（1996）中，神秘元素与侦探情节穿插交错，人物游走于光明与黑暗、梦幻与现实、恐惧与享受之间，魔幻怪诞地展示了剧中人超常规意识可以抵达的极限境界；阿·斯拉博夫斯基（1957—）在各种艺术创作体裁之间穿梭，其《27号剧本》（1994）以提问、回答的方式实现了剧本实验性的特点，诠释了家庭婚姻如同循环往复的无聊游戏，其中丈夫与妻子不断地出走、回归勾勒出

---

① [美] 爱德华·卢西·史密斯：《超级现实主义》，封一函译，北京，人民美术出版社，1989年，第12页。

② Алпатова И. Впервые я попал в театр на премьеру своей пьесы//Культура. 2003, № 42. C. 11.

当代人对婚姻的游戏态度；叶·格里什科维茨（1967—）的独角戏极具探索性与实验性，其故事是每个人都经历过的成长阵痛，是每个人每天都可能发生的无奈与龃龉，是蹉跎的岁月与伤心的往事。在考察作家的独角戏时，我们将独角戏与舞台演出结合起来分析。格里什科维茨在舞台上那种欲说还休、欲罢不能的手势及其讲述时深邃迷离的眼神足以使观众相信其叙事的真实性，进而使观众进入角色，感同身受。这种很容易引起共鸣、兼具感伤与浪漫特色的心理独白，加之以标新立异的舞台表现手段，使格里什科维茨的独角戏在后苏联时期的俄罗斯实验戏剧舞台上独显风范。

应该说，21 世纪初俄罗斯戏剧的新生事物——**新纪实戏剧**（документальная драма）是实验剧的一支生力军。新纪实戏剧对于叶·格列米娜、米·乌加罗夫、叶·伊萨耶娃、伊·维雷巴耶夫、马·库罗奇金、克·德拉贡斯卡娅、亚·罗季奥诺夫、弗·扎巴鲁耶夫、阿·津济诺夫、亚·瓦尔塔诺夫等剧作家来说，刚开始时"新奇又不很习惯"。这一源自于英国的新戏剧形式（Verbatim）操作技巧实在是新颖独到。演员带着录音机来到被采访人中间，就选定的主题采访多人。收集者（即剧作家）根据收集来的资料进行再创作时，必须保留所谓的"信息资助者"的独特属性，包括其语言停顿、叹息，甚至是"不雅之言"，作家无权编辑人物的台词，无权根据素材增补自己对故事的想象，他只能缩减台词。经过英国导演的培训之后，俄罗斯许多剧作家对这种"一字不差"（вербатим）[①]的戏剧表达方式趋之若鹜，认为这种纪实戏剧是一种丰富语言的手段，可以从内部达到审视整个戏剧的效果。"所收集资料的重要系数在很大程度上决定着未来作品的艺术水平，因此对于纪实剧作家来说重要的是选题及所收集资料的质量，其中尤其是问题提得是否巧妙。"[②] 这一时期纪实戏剧主要涉及的内容为监狱、犯罪、吸毒等社会现象及妓女、流浪汉等边缘人的生活状态，但也并非仅这些"赚取空

---

① Гончарова-Грабовская С. Я. Комедия в русской драматургии конца XX-начала XXI века. -М.：Флинта：《Наука》，2006. С. 8.
② Калужских Е. В. Специфика построения документальной и вербатим-пьес//Вестник Челябинской государственной академии культуры и искусств. 2014. №1（37）. С. 75.

虚好奇的公民的廉价轰动"① 的题材，也有"关于我们身边的普通人"②。后苏联时期的纪实剧本不见传统上所谓的戏剧冲突，也没有鲜明的人物性格，更不涉及戏剧动作，所有的一切手段只为内容服务。

新世纪的纪实戏剧极具实验性，因其对受众常造成一种出其不意的效果，又叫"**休克戏剧**"（шоковая драматургия）③。这种使人"休克"的纪实戏剧真实地记录了这一时期的现实生活，涉及社会、政治、伦理等现实问题，反映，各种社会阴暗面的问题，知吸毒（《梦》《坑》，2002），恐怖活动（《氧气》，2002），流浪汉生活（《无家可归者》，2002），车臣老兵（《时间窘迫》，2000，《士兵的书信》，2001，《复员军人列车》，2004），车臣逃兵（《打量面孔》，2000），同性恋（《同性恋者》，2002），犯罪（《激情之罪》，2003，《大地的苹果》，2004）等，人物为不同阶层的俄罗斯人。剧作家似乎对苦难、不幸之根源兴趣不大，他们只判断事实，使受众有机会思考"这里现在"正在发生什么。④ 莫斯科"纪实剧院"的每场演出都会引起观众异常强烈的反应，褒贬不一。舞台上赤裸裸的超现实元素令一些观众有被戏弄、被侮辱的感觉，有观众观戏至半，愤而离席。可以说，作为一种实验戏剧，纪实戏剧始终在实验中前行。一些纪实戏剧创作者后来又加入"实践剧院"，该剧院的演出比"纪实剧院"更具先锋姿态：舞台上的演出者可以与观众互动，一场戏通常是在观众的直接参与中完成，是一种演员与观众共同实践的演出。

荒诞派戏剧（драма абсурда）在这一时期相对比较盛行，代表作家有阿·卡赞采夫、尼·萨杜尔、德·利普斯克罗夫、马·库罗奇金、普列斯尼亚科夫兄弟、杜尔涅科夫兄弟、弗·索罗金、奥·博加耶夫，等等。阿·卡赞采夫（1945—2007）的《兄弟俩与丽扎》（1998）以虚实结合的荒诞手法讲述了一对画家兄弟与女孩丽扎的故事。天才画家彼得兄弟精神不很正常，二人于生活中的位置常常倒置，丽扎是兄弟俩的心灵至交，是他们生活的希望与支柱。荒诞的生活反映了俄罗斯人

---

① Гремина Е. Ставка на успех-это тупик. Беседу ведет Полина Богданова//PRO SCAENIUM: Вопросы театра: Выпуск 2/Ред. -сост. В. А. Максимива. -М. КомКнига. 2008. С. 121.

② Там же.

③ Гончарова-Грабовская С. Я. Комедия в русской драматургии конца XX-начала XXI века. -М.: Флинта: «Наука», 2006. С. 9.

④ Там же.

的真实生存状态：惶恐动荡的生活使每一个体都神经脆弱，无抗挫能力。他们的唯一乐趣是生活于虚幻空间里，享受着曾经的快乐与幸福。尼·萨杜尔（1950—）以荒诞离奇、亦真亦幻的戏剧情节，行为乖戾、内心孤独的人物形象，时空倒置、任意拼接的叙事手法，完成了戏剧创作的现实性与传统性的完美结合。1998年"反布克奖"得主马·库罗奇金（1970—）的《九个轻快的老太太》（1997）充满了荒诞、无意义，很难把握作者创作该剧本的宗旨，似乎每一剧中人都是一个象征，其中既有上帝的形象，也有希望、快乐的影子，亦有彼世人的轮番登场。在他的另一部剧作《楚里科夫》（2003）中，年轻的俄罗斯商人楚里科夫应已故父亲的邀请前往地狱周游一圈，但这番别有滋味的彼世之旅没为其生活带来任何变化，且"异域之旅"也没能改变他一直以来对诸如生死问题的看法。剧本荒诞的剧情及悖论的叙事方式，说明人生的荒诞无常，而最重要的是——生活亦非在别处。应该说，后苏联时期的荒诞戏剧成分多表现于内容上，而非艺术形式上。尽管剧本解构了传统的逻辑，颠覆了传统概念中的正统思想，但对现实世界中的事件却依旧兴趣十足，人们似乎相信：一切皆在变化，一切皆有可能。

后苏联时期的**后现代戏剧**（постмодернистская драма）主要表现为两种形式。一是以颠覆经典人物形象为目标的互文性剧本；二是以经典作品为原型的改写剧本。第一种创作形式主要以米·乌加罗夫、奥·博加耶夫、普列斯尼亚科夫兄弟等剧作家为代表。米·乌加罗夫（1956—）的《四月的绿颊》（1994）以后现代手法颠覆了列宁及克鲁普斯卡娅在人们心目中的神话印象。剧本描写了4月的苏黎世湖边列宁及夫人与一个年轻人的相遇，通过他们之间的对话揭示了无聊乏味、高度警觉的领袖生活及美好浪漫的普通人的生活。其中既有日俄战争的暗影，也弥漫着俄国国内战争的阴霾。简单的对话勾勒出列宁简单粗鲁的形象及其强权思想，克鲁普斯卡娅则任性、专横。剧本既有游戏文本成分，也有讽刺模拟，看似不相融的戏剧成分悖论般契合一处。剧本企图以荒诞的故事情境颠覆曾经的伟人在以往官方文学中模式化的形象，梳理了当代人对列宁及克鲁普斯卡娅的态度及评价，剧作从形式到内容弥漫着辛辣的讽刺。"乌拉尔戏剧流派"代表剧作家奥·博加耶夫（1970—）的戏剧创作证明其老师尼·科利亚达"不仅是位最职业的戏剧作家，也

是一位优秀的教育家"①。奥·博加耶夫凭借剧本《俄罗斯人民邮政》（1996）赢得1997年俄语"反布克奖"，其戏剧创作仿佛应验了俄罗斯著名文化人尼·米哈尔科夫"今天真正有切肤之感的文化只能在俄罗斯边远地区找到"②的思想。《俄罗斯人民邮政》讲述了朱可夫晚年的孤寂生活。剧本在记述了苏联特定历史时期进程的同时，分析了人物的孤独人格及成因。剧中每位人物均身负重大历史使命，但由于社会及个人等原因，使命的完成不能尽如人意，空留诸多遗憾。奥·博加耶夫的另一部后现代剧作《死耳朵》（1995）演绎了俄罗斯经典作家普希金、果戈理、契诃夫、托尔斯泰同时现身的荒诞故事。故事悖论深邃，令人心灰意懒——今天读书的人少而又少，经典正在被人们遗忘，一个警察甚至把撕毁的《死魂灵》误读成《死耳朵》③。在弗·索罗金（1955—）的剧本《陀思妥耶夫斯基之旅》（1997）中，剧中人借助于药片的作用穿越到陀思妥耶夫斯基的《白痴》（1868）等作品中进行经典剧情再现。普列斯尼亚科夫兄弟的《被俘的精神》（2002）则以搞笑形式道出了白银时代诗人别雷、勃洛克及勃洛克妻子之间的三角关系，剧本自始至终呼唤人性与精神自由。

　　后现代作家乐于在今天的文化背景下重塑经典人物，嘲笑过去的社会神话，颠覆历史人物的经典形象。这一时期的后现代剧作集中勾勒出大众文化流行下的经典失范过程。后现代戏剧的另一种表现是，剧作家对加工经典作品产生了兴趣，对其内容进行引用、扩张、改写，创作了著名剧情的当代版本。一些后现代剧作与经典作品的互文关系甚至从剧本标题就一目了然。如尼·萨杜尔的《乞乞科夫老弟》（1998）、《纪念彼巧林》（1999），伊·施普里茨的《小底层》（1996），瓦·西加列夫的《暴风雪》（1999），米·乌加罗夫的《伊里亚·伊里奇之死》（2000），鲍·阿库宁的《哈姆雷特》（2002），奥·希什金的《安娜·卡列尼娜—2》（2001），列·菲拉托夫的《再论皇帝的新装》（2001）和《新十日谈，或流行鼠疫的城市故事》（2002），柳·彼特鲁舍夫斯卡娅的《哈姆雷特。零行动》（2002），奥·博加耶夫的《黑修士》（2002）、《巴什玛

---

① Заславский Г. «Бумажная» драматургия: авангард, арьергард или андеграунд современного театра? // Знамя. 1999. № 9. С. 197.
② Там же.
③ 俄语中"魂灵（души）"与"耳朵（уши）"两个词只有一个字母之差。

奇金》(2004)等。其中尤其对契诃夫戏剧传统的重读成为一道不可小觑的风景线。这些剧作对经典作家的剧本要么进行改写，要么续写，要么将契诃夫形象引进剧本进行嘲弄，要么借用标题书写相类似的个人故事。在20—21世纪之交的文化背景下，游戏经典文本，对其进行戏仿与嘲弄，使其增加当代社会文化元素，成为俄罗斯戏剧的醒目特色。

显然，后苏联时期的俄罗斯戏剧流派纷呈，思潮驳杂。相对于此前的戏剧流派来说，这一时期的超级现实主义、实验戏剧、后现代戏剧无疑为新型戏剧，具有后苏联时期的俄罗斯戏剧内容及创作特点；感伤主义、纪实戏剧和荒诞派戏剧与以往同类戏剧相比，因文化背景的变换，无论在形式还是内容上均显示出时代特有的另类成分；现实主义戏剧在书写现实情境时仍表现出敢于直面惨淡人生的真勇士精神。但无论是现实主义戏剧表现出来的荒凉人生，超级现实主义戏剧演绎的逼真现实，还是感伤主义戏剧勾勒出的怀旧与伤感，纪实戏剧展示出的超乎想象的存在真实，抑或荒诞派戏剧挖掘的荒谬与畸形，后现代戏剧极力解构的经典与神话，这些戏剧流派在创作手法及内容主题上的纷繁交错共同镜像化地反映了后苏联时期俄罗斯社会的真实现状与俄罗斯文学乃至文化的发展趋势。

二、戏剧体裁杂糅

后苏联时期的俄罗斯戏剧体裁也相应发生了变化，从喜剧、正剧、悲剧到悲喜剧、悲闹剧、闹剧不等。"当代俄罗斯喜剧色调特别丰富"[①]，有讽刺喜剧（сатирическая комедия）、抨击性喜剧（комедия-памфлет）、怪诞喜剧（эксцентрическая комедия）、民间喜剧（комедия-лубок）、黑色喜剧（черная комедия），等等。此外，对经典作品的改变从而使剧本富于荒诞性、悖论性的喜剧也占较大比重。

同时占有显著地位的还有悲喜剧（尤·玛姆列耶夫的《夜来人，或与陌生人的婚礼》，伊·穆连科的《荒芜人迹处的玩笑》，1997，奥·博加耶夫的《可怕的汤，或待续》，2000，等等），还有感伤的情节剧（亚·科罗夫金的《关于爱情》，1999，亚·米沙林的《舞男，或阳光明媚清晨的阴雨天》，斯·洛博焦罗夫的《他的金刚石与祖母绿》，1997，等

---

① Васильева С. С. Пути развития русской драматургии конца XX века//Вестник ВолГУ. Серия 8. Вып. 11. 2012. С. 100.

等），纯悲剧除弗·古巴列夫（1938—）的《棺椁》和瓦·西加列夫等人剧作外，依然很少。当代剧作家对闹剧（伊·施普里茨的《小底层》，亚·热列兹佐夫的《古老的克里姆林宫城墙》，1993，阿·斯拉博夫斯基的《线团》，1996，对经典的戏仿剧作）也表现出十足的兴趣。

当代俄罗斯戏剧体裁的主要特点是，各种戏剧体裁相互作用、相互融合，结果导致体裁结构倾斜，失去清晰的体裁界限。传统戏剧元素发生了整体改变，产生了反映体裁创新的非传统的体裁构成。① 剧作家仿佛力求挣脱原有戏剧的体裁范式，根据剧本内容的动态发展对传统体裁结构进行了变形。体裁的融合或体裁的二元化使戏剧诗学不断更新，体裁概念的使用也相应地发生了变化，流行作者自由确定剧本体裁的倾向。② 有"伤心的喜剧"（尤·埃德里斯的《告别巡回演出》，1992），"三场梦剧"（奥·米哈伊洛娃的《射手》，1993），"第一天的歌剧"（米·乌加罗夫的《四月的绿颊》），"两幕殖民话剧"（叶·格列米娜的《萨哈林妻子》，1995），"两夜和一个早晨的伤感闹剧"（阿·斯拉博夫斯基的《线团》），"四种情形喜剧"（谢·诺索夫的《时代车厢》，1997），"两场节日酒宴喜剧"（安·马克西莫夫的《眼含善意的病人》，1997），"玄而又玄的两幕悲喜剧"（尤·玛姆列耶夫的《夜来人，或与陌生人的婚礼》），"两幕浪漫话剧"（或叫"两幕爱情传说"，娜·普图什金娜的《黑珍珠，白珍珠》，1998），"幻想剧"（安·马克西莫夫的《牧人》，1998，尼·萨杜尔的《乞乞科夫老弟》，1998），"童年喜剧"（安·马尔科夫的《玩具》，1999），"当代喜剧"（列·佐林的《狂热者》，2000），"两幕地狱喜剧"（叶·伊萨耶娃的《亲爱的，杀死我吧》，2000），"民间生活喜剧"（柳·拉祖莫夫斯卡娅的《尤拉·库罗奇金及其近亲传记》，2000），"近乎历史喜剧"（安·马克西莫夫的《爱无需天赋》，2000），"两幕误解喜剧"（斯·舒利亚科的《杂种广场》，2003），"三幕俄罗斯话剧"（利·鲍罗夫斯卡娅的《世界边缘》，2006），"天真的悲闹剧"（阿·斯拉博夫斯基的《一个亿万富翁的灵魂》，2009），等等。

---

① Гончарова-Грабовская С. Я. Поэтика современной русской драмы：(конец XX-начало XXI в.). -Мн.：БГУ, 2003. С. 26.

② Гончарова-Грабовская С. Я. Комедия в русской драматургии конца XX-начала XXI века. -М.：Флинта：Наука, 2006. С. 23.

如果说以上的剧作体裁在经过作者的改编之后仍然可以辨认出体裁的话，那么一些剧作家在为自己的剧本体裁命名时，则完全拒绝使用传统的戏剧体裁名称。读者不仅会看到"两幕剧的住宅"（奥·米哈伊洛娃的《未婚妻》，1990），两幕回忆剧（玛·阿尔巴托娃的《合住房中的即兴演奏》，1991），"两幕剧的思考"（玛·阿尔巴托娃的《走向自我之路》，1992），"告别或吸烟时看的话剧"（奥·穆欣娜的《卡尔洛夫娜的爱情》，1992），"带地下室和屋顶的多层话剧"（阿·斯拉博夫斯基的《从红色老鼠到绿色星星》，1994），还有"黑暗中之芭蕾"（奥·米哈伊洛娃的《吉赛尔》，1995），"四张照片的家庭影集"（叶·格列米娜的《我亲爱的朋友，请跟我重复》，1995），"孤独退休人员的哈哈屋"（奥·博加耶夫的《俄罗斯人民邮政》），"心理惊悚戏"（阿·斯拉博夫斯基的《互抱》，1999），"两幕消遣剧"（德·贝科夫、伊·卢基扬诺娃的《世纪末的舞台》，1999），"三幕非现实音乐故事"（谢·科科夫金的《有的人不在了，有的人可怜》，1999），"两幕哈哈剧"（阿·斯拉博夫斯基的《布林—2》，2001），"一幕外套奇迹剧"（奥·博加耶夫的《巴什玛奇金》，2004），"纪实风格的戏剧长诗"（叶·纳尔希的《大地的苹果》，2004），等等。

后苏联时期戏剧体裁的融合、界限的不确定性表明戏剧正朝着开放性、美学突变方向发展，戏剧艺术成分呈多维状态。不同流派的剧作家在各异体裁框架下进行创作的同时，在戏剧形式探索方面不断创新，他们似乎意欲展示自己对生活的另样理解，刻画自己对世界图景的想象。毫无疑问，今天的年轻作者热衷于追新求异、自我表现，拒绝接受公认的标准与范式，热衷于作品的实验性。

三、戏剧主题多样

后苏联时期俄罗斯戏剧作品题材变化纷呈，涉及社会、政治、教育、伦理道德等方面主题。剧本有怀旧主题（亚·加林、尼·科利亚达、阿·斯拉博夫斯基、克·德拉贡斯卡娅等的剧作），有车臣战争主题（叶·卡卢日斯基赫的《士兵的书信》，维·梅列日科的《高加索轮盘赌》等），也有反映吸毒主题（伊·维雷巴耶夫的《梦》，阿·斯拉博夫斯基的《布林—2》），恐怖主题（普列斯尼亚科夫兄弟的《恐怖主义》），犯罪（《激情之罪》《大地的苹果》，瓦·西加列夫的《坑》等），

流浪汉主题（《无家可归者》《黑牛奶》等），老年生活主题（奥·博加耶夫的《俄罗斯人民邮政》，尼·科利亚达的《妞尼娅》，1993、《波斯丁香》，1995，《我梦想的女孩》，1995，《走开—走开》，1998，《妞拉·夏伯伊》，2003，《诺斯菲拉图》，2003，《老兔子》，2006，《香奈儿女人》，2011，亚·加林的《仿古》《伴奏者》），青少年教育主题（瓦·西加列夫的《橡皮泥》《终身流浪者》）等等。这一时期的戏剧作品多反映俄罗斯人于"大国神话"破灭后、信仰迷失时代的孤独无助。多数俄罗斯人被新生活抛弃之余，转而寻求精神慰藉，探索自我身份认同，这一追求越来越扩大化，甚至泛化。后苏联时期"自我认同"仍是俄罗斯文化界一个共同关注的焦点问题。俄罗斯第十届"首演"国际戏剧大赛艺术总监斯·科切林娜（С. Кочерина）在谈到剧本创作主题时强调说："2010年的创作主题就是自我认同。我是谁？我在做什么？为什么？目的何在？这些问题不是向宇宙提出的，而是向人自己。人在寻求自我，努力搞懂自己的民族、国家、个人生活的意义。因此大部分剧作家诉诸内心独白。"① 显然，当缺乏自我目标、自我价值感、自我认同感较低、精神找不到归宿之时，吸毒、恐怖、犯罪等社会现实问题便不请自到。

四、戏剧语言散文化

后苏联时期的俄罗斯剧作语言，最大限度地贴近民间语言，被语言学家所认定的"非标准语"已经不算什么新鲜事，其普遍使用亦令人瞠目：方言土话、市井俚语随处可见，甚至有时低俗至骂人话不绝于耳（"新戏剧"剧本大多如此），一些剧本甚至不堪卒读（如，弗·索罗金的《陀思妥耶夫斯基之旅》，1997，阿·斯拉博夫斯基的《布林—2》，2001，帕·普里亚日科的《生活成功了》，2008，等等）。在不堪卒听、不堪入目（如个别纪实戏剧）之下，观众愤而离席的个案不在少数。

这一时期俄罗斯戏剧作品多以揭露、反映社会问题为主，因此重思想、轻情节、轻性格的戏剧发展趋势也十分明显。为强调问题，作品通常将情节发展与人物塑造置于第二位，戏剧冲突不很明显，传统意义上的开端、发展、高潮、结局的剧情线索不甚分明。"没有冲突就没有戏剧"的传统信条在后苏联时期的戏剧格局中失去作用。许多剧本仿佛在

---

① Копылова В. Кресло-ромашка современного театра//Московский Комсомолец. №275, 11-12-2010. С. 8.

一直不断地重复一个故事，或是一个故事的几种变体形式（如奥·博加耶夫的《长城》，1996，《可怕的汤》，2000，《下行路》等）。因此，当代俄罗斯剧本的书写方式发生了巨大变化，越来越倾向于无说明词的对话，剧情模糊，几乎消失不见，一些剧本中戏剧结构呈现为对话式的小说，酷似"意识流"，可以称之为"心理剧"。① 尼·科利亚达、叶·格里什科维茨、瓦·列万诺夫（1967—2011）、伊·维雷巴耶夫（1974—）、谢·基洛夫、维·杰尔加乔娃（1986—）等剧作家的许多剧作甚至就是独角戏。叶·格列米娜、奥·博加耶夫、克·德拉贡斯卡娅等剧作家的许多剧作随处可见内心独白。一些关于吸毒、恐怖、犯罪、同性恋等纪实内容的剧本，几乎就是主人公的内心独白，他们似乎不需要对话交流，只需要有人倾听他们的宣泄。

还有一些剧作家（阿·斯拉博夫斯基、米·乌加罗夫、奥·米哈伊洛娃、奥·博加耶夫等）赋予舞台说明词以另类含义，其中的舞台说明词不仅勾勒出室内环境与人物外貌的细节，而且还详尽地解释剧中人的动作。偶尔舞台说明词会失去原本说明功能，"华丽转身"为小说文本②，如尼·科利亚达的大部分剧本、维·皮耶楚赫的《美丽人生》（1994）、弗·索罗金的《俄罗斯食客的一天》（2000）、瓦·西加列夫的《天牛返回大地》（2002）等剧本。当代剧本中舞台说明词功能及作用的无形扩大，进一步将剧本这一对话形式的文学作品向叙事文学形式拉近。

五、戏剧人物边缘化

后苏联时期戏剧文学中，既有像娜·普图什金娜笔下对爱情充满了天真期待的女性形象，也有如叶·格列米娜历史剧本中笼罩于国家、历史悲剧阴影下的历史人物，还有像斯·洛博焦罗夫农村悲喜剧中满怀热望与温情的乡土守望者，更有亚·加林现实主义剧作中孤独寂寥的老年人。但这一时期更多的剧中人为20世纪60年代出生的40—50岁的主人公。年轻时，他们为自己树立了曙光无限的目标，如今，当生活过半，生活的主流已经确定，他们开始对人生进行"初步总结"。显然，多数人难以克服自身条件达到既定目标，主人公继而对自己、对生活、对周

---

① Гончарова-Грабовская С. Я. Поэтика современной русской драмы: (конец XX-начало XXI в.). -Мн.：БГУ, 2003. C. 24.

② Там же. C. 24-25.

围的一切失去信心，牢骚满腹，在命中注定与孤独为伴的同时，不断寻求摆脱现状的出路。"对于大多数居民来说，发生的变化是病态的，人们难以习惯。弥漫着一种对过去的普遍怀旧病，甚至越来越明显，"社会学家尤·列瓦达如是说，而且指出其中的悖论现象："人们不愿意接受这种对所有人来说都很意外的变化。"① 社会学家称他们为"新穷人"或"新边缘人"②，其特点是受过高等教育，有更高的追求，满怀崇高的社会期待与政治积极性。之所以边缘是因为他们虽未彻底脱离社会，但属于社会地位下降的群体，逐渐失去先前的社会地位、状态、声望及生活条件。如《塞壬与维多利亚》（1997）中的科斯佳："我家里再也没有电话了。房子也没了。幸运的是，妻子也没有。我的生活状态叠加为一个词：过去时！一切都以失望告终。我不是寡廉鲜耻之人，我只不过是累了……疲于那个叫作生活的东西。"③

还有一种剧中人——边缘人，真正的底层人，这些人多半居无定所，缺少亲情关爱，这种"孤儿"主人公充斥着后苏联时期的剧本中，因此"家"的主题尤其突出。作者大肆渲染强调主人公无家可归的境遇，即使他们有住所，也没有家的感觉。这些人通常最终成为无业游民、拾荒者、流浪汉、同性恋者，甚至是杀人犯、自杀者，活着很孤独，死了也很寂寞。主人公之所以如此，导演谢列布连尼科夫（К. Серебренников）是这样解释的："作者已没有耸人听闻的愿望了，作为书写者，他们更感兴趣的是边缘人。就像那些没落的贵族和穷困潦倒被时代抛弃的知识分子成为契诃夫的主人公一样，今天的主人公最大限度地被时代所伤害，被新型的社会状态所伤害……"④主人公似乎看不到未来，对未来也没有过多的奢望，他们经常做的是站在窗前看着窗外的车水马龙，重温往日的岁月，生活在回忆里。剧作家似乎通过勾勒日常生活的荒诞性、残酷性与悲剧性，来揭示人的异化现象。日常生活及铺天盖地的日常琐事，是后苏联时期戏剧作品首先映入眼帘的主要成分。剧作家不吝笔墨对各种日常琐事进行详尽地描述，主人公仿佛对日常生活进行独特的检验，

---

① Левада Ю. Общество и реформы. Homo Post-Soveticus//Общественные науки и современность. 2000. No 6. 11-01-2000. C. 9.

② Попова И. Новые маргинальные группы в российском обществе（теоретические аспекты исследования）//СОЦИС. 1999. No 7. C. 62.

③ Текст пьесы «Сирена и Виктория» цитируется по: //http: //a-galin. ru/victoria. doc

④ Заславский Г. На полпути между жизнью и сценой//Октябрь. 2004. No 7. C. 175.

多半对话都是围绕着解决日常问题展开，日常生活中的物品都无一例外地作为象征形象存在。日常生活被凝炼浓缩的同时，人的各种生存状态淋漓再现，人与人之间的关系逐一浮出水面。

六、丰富的传统戏剧元素

后苏联时期的戏剧文学对俄罗斯传统戏剧的继承与创新意识十分突出。果戈理（1809—1852）、契诃夫（1860—1904）、高尔基（1868—1936）、万比洛夫（1937—1972）等这些经典剧作家，不仅其戏剧传统成分不时呈现于这一时期的剧作中，甚至剧作家本人的身影也偶尔于今天的剧本中闪现。有果戈理笔下荒诞离奇的戏剧情节、幽默诙谐的戏剧语言、乖戾滑稽的戏剧人物等悲闹剧成分；有契诃夫对日常生活的苦闷感受、对人物心理的细腻描摹、对庸俗人物的批判态度、对美好生活的追求向往；有高尔基的底层主题、边缘群体、对"人"与"信仰"的道德追问；有万比洛夫永恒的家园主题、迷惘的人物形象、环形剧情结构及"四海之内皆兄弟"的人情拷问等。这一时期剧作在继承经典戏剧成分的同时，对戏剧传统也进行了大胆的创新。其创新多表现于年轻剧作家对经典剧作进行颠覆性的后现代式解读，对传统成分进行荒诞的解构、无情的肢解。

这一时期的剧作尤其对契诃夫的戏剧元素表现出前所未有的兴趣。这一兴趣表现为以下几方面：一是继承与创新。如，尼·科利亚达、阿·斯拉博夫斯基、柳·乌利茨卡娅等现实主义剧作家，他们秉承契诃夫戏剧创作的传统元素，最大限度地接近生活真实，表现日常生活的平凡性，其创作中随处可见哲理沉思、契诃夫式的悲观情绪、对日常生活的苦闷感受、对人物的批判态度。二是与经典作家的作品形成互文。如，叶·格列米娜、奥·博加耶夫、亚·马尔丹、尤·达姆斯克尔等剧作家的作品。三是对作家作品的改写。如，奥·博加耶夫、鲍·阿库宁、康·科斯坚科、克·德拉贡斯卡娅等剧作家的作品。四是无情地肢解。如，弗·索罗金、鲍·阿库宁、瓦·列万诺夫等为代表的剧作家，他们对契诃夫作品进行颠覆性的后现代式解读。这些年轻的剧作家更趋向于对契诃夫戏剧传统持批判性地接受态度，他们似乎以解构契诃夫经典剧本为创作目的，以示自己与戏剧创作传统决裂的姿态。但无论如何，后苏联时期的剧本基本能够以日常琐事及对其思考为背景衬托人物，以模

拟讽刺的手段勾勒现实生活，剧作充满了悲喜剧的潜台词，鲜有动态十足的剧情，以开放性结局为主调，显而易见的契诃夫戏剧元素随处可见。但无论如何，当代剧作家在继承并演绎契诃夫传统戏剧元素的同时，使经典剧作家的戏剧成分赋予了当代含义。可见，"真正的戏剧经典是一定会随着时代前进的"①。

本书是对后苏联时期的俄罗斯戏剧文学发展态势及戏剧诗学、美学特征进行研究，选取的时间基本为1991—2012年。笔者认为有必要对这一时间段的选择进行说明。1985年3月，登上苏联政坛第一把交椅的戈尔巴乔夫，积极倡导"民主化、公开性、新思维"运动，开始对苏联的政治、经济、文化等领域进行伤筋动骨重建式的改革。由于改革的不成功，最终导致1991年苏联解体。而戈尔巴乔夫提倡的"人道的""民主的"改革仍触及当时的文化各部门。单从文学领域来讲，在"上级主管部门对大众传媒严格监管的政策已经不再存在，编辑部的自主性和责任感增强了"②的情况下，一些外国文学作品开始涌现于俄苏杂志上，一些杂志开辟了外国文学专栏。这些作品无疑如一股携带着异域风情的春雨，让"闭关自守"的俄苏作家顿有新鲜、清爽之感，学习研究的同时也开始模仿。与此同时，读者也嗅出文学领域袭来的新气象。及至20世纪90年代初，向来滞后的文学评论界也顿感新风扑面，逐渐融入文学发展的整体进程。因此，研究时间始于这一时段，概因这是一个文学界即将发生翻天覆地新变化的大时代。

同时，90年代初苏联解体后，俄罗斯的文化体制发生了诸多重大变化。苏联作协分解为俄罗斯的作家协会（Союз писателей России）和俄罗斯作家的协会（Союз российских писателей）两派这一事实本身，就是体制变化的一个明显的征兆。原来统一的官方领导体制宣告结束，文学将在全新的体制轨道上继续前行。文化体制的变化对文学创作的影响十分明显，尤其对戏剧文学及舞台戏剧的打击前所未有。一夜之间，多家剧院及许多剧作家游离于体制外。因远离了主流，失去了财政拨款，剧院难以为继，陆续关门。由于书报检查机关被取缔，作家们创作仿佛获得了思想上及言论上的真正自由，文思泉涌，作品充栋，却无处可投。

---

① 童道明：《徜徉在契诃夫戏剧的天地里》，《艺术评论》，2010年第11期，第38页。
② ［俄］泽齐娜等：《俄罗斯文化史》，刘文飞、苏玲译，上海，上海译文出版社，1999年，第396—397页。

应该说，非体制内的创作，也是当时的非主流作品，由于失去了"订货"的意识形态限制，获得了极度自由的创作空间，充满了个性与创新元素，再现了这一时期创作者的真实心态。这一时期无疑是剧院与剧作家摆脱困境、绝境，冲破束缚，破茧化蝶，走出戏剧阵痛期的最关键时期。因此，选择这一时段作为研究对象，既能揭示戏剧阵痛期出现的各种繁复问题，也可以清晰地展示戏剧与戏剧人左冲右突，最终走出低谷奔向辉煌的历程，还可以动态地勾勒出后苏联伊始的文化乃至文学特别是戏剧的发展、流变过程。

　　本书考察了后苏联时期戏剧文学发展的整体状况。研究分两部分。第一部分通过对后苏联时期俄罗斯主要戏剧流派的分析，及对该流派在整个俄罗斯文学发展史上的形成与演变过程的梳理，全面总结概括并突出了后苏联时期俄罗斯戏剧文学发展的整体趋势与基本特征；第二部分通过对这一时期剧作对俄罗斯经典剧作传统的继承与创新，分析俄罗斯传统戏剧元素对后苏联时期戏剧的影响及作用。本书结构说明了后苏联时期俄罗斯戏剧作品的整体特点：不同戏剧创作流派纷呈，各种创作思路斑驳杂陈，但绝对绕不过对经典作家及作品的传承与创新。

　　本研究所选取的剧作家不仅创作潜能及风格颇具代表性，同时其剧作均处于后苏联时期俄罗斯戏剧舞台上演排行榜前列。通过这些剧作家的创作，我们基本可以窥视出这一时期俄罗斯戏剧文学的基本发展趋势，可以了解这些活跃于俄罗斯戏剧界第一线的剧作家的创作，把握这一时期戏剧受众的文化心理需求，揭示俄罗斯当下的戏剧文化走向。本书选择的剧作家及其作品，主要以反映后苏联时期的俄罗斯生活为主。从我们所选的剧作家来看，俄罗斯女剧作家的数量及其创作成就丝毫不逊色于男剧作家，这似乎可以解释为这一时期的女性更积极参与社会，更主动接近现实，更愿意与他人共享善变的社会生活及自我感受的结果。尽管柳·彼特鲁舍夫斯卡娅是继万比洛夫之后成就颇丰的剧作家，但由于对其创作研究已有很多，又因其剧本一般创作于20世纪70—80年代而于90年代发表，应该说其创作体现后苏联时期的内容时不具代表性，因此我们没有对其剧作进行专门分析。

　　本书结构设计之初，果戈理也被列入第二部分，即被继承与创新之列，但在具体撰写过程中发现，这一时期尽管对果戈理的非现实剧作创作手法的继承确实醒目，但为了不破坏个别剧作家研究的完整性与统一

性，我们最终仍决定将果戈理的戏剧传统归入个别剧作家的篇章中进行论述，尤其是荒诞派剧作家的作品中，如尼·萨杜尔的创作研究及后现代的奥·博加耶夫创作之中。还有一点值得提醒大家，因这一时期戏剧创作的多元化与多样性，通常某一剧作家的创作会同时体现多种戏剧流派的特点，这属于正常现象，不会妨碍我们对剧作家的整体把握。

本研究撰稿人分工如下：前言、第一章、第三章、第四章、第六章、第七章、第八章、第十一章、结束语、附录1、附录2由王丽丹完成；第二章、第五章、第九章、第十章由李瑞莲完成。

尽管我们付出了艰辛的努力，但由于科研水平有限，本研究无疑还存在许多缺憾，望方家、学者不吝赐教。

第一编

当代俄罗斯戏剧文学

第一章 当代俄罗斯现实主义戏剧

第一节 俄罗斯现实主义戏剧的演变

俄罗斯现实主义戏剧历史久远,传统丰富。18 世纪下半叶,在俄国戏剧中占有重要的一席之地的是冯维辛(1745—1792),其戏剧创作为被认为是俄国"18 世纪戏剧文化的巅峰"①,他本人则被认为是"俄罗斯戏剧中批判现实主义的奠基人"②。其现实主义喜剧《纨绔少年》(1782)以对贵族纨绔少年的失败教育为例,提出了专制农奴制问题。无论在文学还是在戏剧中,剧本《纨绔少年》都无疑是"首次刻画了俄国生活的真实画面,淋漓再现了日常现实生活的细节"③。1783 年,《纨绔少年》在莫斯科彼得剧院进行了首演,获得巨大成功。④ 此后,该剧成为俄罗斯诸多剧院的保留剧目。冯维辛的戏剧创作向来反对抑制国家与民族文化发展的农奴制专制及社会弊端,其批判现实主义基调对同时代人及后世作家的创作影响深远。

19 世纪初,格里鲍耶陀夫(1795—1829)在喜剧《智慧的痛苦》(1824)中以带有古典主义成分的现实主义手法讽刺了 19 世纪上半叶莫斯科贵族阶层的生活,发出了一个自由人"抗议俄国卑鄙现实"(别林斯基语)的呐喊。《智慧的痛苦》与普希金(1799—1837)同年创作的历史题材悲剧《鲍里斯·戈都诺夫》(1824)共同为俄国现实主义戏剧的发展奠定了基础。⑤ 果戈理(1809—1852)的五幕喜剧《钦差大臣》

---

① История русского дореволюционного драматургического театра. Под ред. Н. И. Эльяша. -М.: Просвещение, 1989. С. 69.
② Там же. С. 106.
③ Там же. С. 73.
④ Там же. С. 74.
⑤ 曹靖华主编:《俄苏文学史》(第一卷),郑州,河南教育出版社,1992 年,第 88 页。

(1835）对俄国腐朽的官僚制度进行了深刻的揭露和批判，不仅为作家赢得了"天才讽刺喜剧家"的称号，也使作品本身成为世界文学史上社会性讽刺喜剧的典范。屠格涅夫（1818—1883）于19世纪中叶创作的《食客》（1849）、《贵族长的早餐》（1849）、《村居一月》（1850）等现实主义剧本讽刺了农奴制社会风习，表现了平民知识分子与贵族之间的矛盾。亚·奥斯特罗夫斯基（1823—1886）以《自家人好算账》（1849）、《穷新娘》（1852）、《贫非罪》（1854）、《肥缺》（1856）、《大雷雨》（1859）等描写了俄罗斯民族"生活的戏剧"的剧本，揭露了"黑暗王国"中商人的专横愚昧、官吏的贪赃枉法、资产者的拜金主义，同时也对穷人和被压迫者的艰难处境表示了同情。① 剧作家一生完成了近五十个剧本，创造了真正的俄罗斯民族戏剧，被称为"俄罗斯戏剧之父"。列·托尔斯泰（1828—1910）的主要剧本有《黑暗的势力》（1886）和《教育的果实》（1891），前者谴责了金钱势力对农民的罪恶影响，后者反映了贵族老爷精神空虚、醉生梦死的生活，同时触及农民的土地问题。19世纪的这些现实主义剧本均在不同程度上批判了俄国农奴制及宗法制的弊端。

19—20世纪之交，现实主义戏剧元素增添了新的成分。契诃夫在剧本的取材和情节上进行了实验创新，以描写普通人的日常生活为主，且其剧本以淡化戏剧冲突、表现人物心理见长。20世纪初，高尔基的剧本题材多样，内容丰富，既讲述底层百姓的痛苦与艰难，也书写知识分子的迷惘与空虚。高尔基的戏剧作品具有社会政治哲理戏的特点。这些经典剧作家的戏剧创作为20世纪俄罗斯现实主义戏剧的恢宏发展奠定了民族传统基础，也为俄罗斯戏剧舞台上保留剧目的余香不绝树立了精神丰碑。

十月革命后，从20世纪20年代开始的现实主义剧作主要代表作家有康·特列尼约夫（1876—1945）、鲍·拉甫列尼约夫（1891—1959）、弗·维什涅夫斯基（1900—1951）、尼·包戈廷（1900—1962）、弗·基尔雄（1902—1938）、亚·考涅楚克（1905—1972）等人。这一时期的剧作以反映社会劳动与人的道德精神面貌为主要创作内容。1941年苏联卫国战争爆发之后，现实主义戏剧作品以战争题材为主要内容，弘扬爱

---

① 曹靖华主编：《俄苏文学史》（第一卷），郑州，河南教育出版社，1992年，第353页。

国主义精神，这一时期具有代表性的剧本有列·列昂诺夫（1899—1994）的《侵略》（1942）、康·西蒙诺夫（1915—1979）的《俄罗斯人》（1942）、亚·考涅楚克的《前线》（1942）、尤·切普林（1914—2003）的《斯大林格勒人》（1943）、亚·科隆（1909—1983）的《舰队军官》（1943）等；20世纪50—60年代现实主义剧作家主要有维·罗佐夫（1913—2004）、阿·阿尔布佐夫（1908—1986）、亚·史泰因（1906—1993）、萨·阿廖申（1913—2008）、阿·萨伦斯基（1920—1993）、亚·沃洛金（1919—2001）、列·佐林（1924—）、谢·米哈尔科夫（1913—2009）、亚·万比洛夫（1937—1972）等人。他们的剧作力求探索解决现实生活矛盾的方法，寻求摆脱时代社会冲突的出路，立足于研究人的精神世界及道德问题；70—80年代，致力于现实主义戏剧创作的剧作家主要有亚·万比洛夫、亚·盖利曼（1933—）、因·德沃列茨基（1919—1987）、埃·拉德金斯基（1936—）、维·梅列日科（1937—）、格·郭林（1940—2000）、柳·拉祖莫夫斯卡娅（1946—）、亚·加林（1947—）等人。

第二节 "让人心灵震颤"——当代现实主义戏剧

俄罗斯文学对现实主义的态度向来很特别。俄罗斯文学史上的巅峰之作正是与现实主义流派有着传统上的联系。俄罗斯的现实主义戏剧自其诞生之日起，始终占据其他戏剧流派难以望其项背的醒目位置。或许正因如此，20世纪60年代末，当西方评论家论断现实主义已死，而俄罗斯文化中的现实主义却依如从前保持着自己的权威地位。① 从日常生活到国家大事，从平民百姓到国家元首，从悲喜剧到闹剧，从战争题材到道德题材，主题内容之繁杂，手段形式之多样，纵横维度之深广，为其他戏剧流派所不及。

后苏联时期的俄罗斯剧作中，现实主义仍显示出其超凡的艺术生命力。正如文学评论家瑙·列伊杰尔曼（Н. Л. Лейдерман）所指出的，取消了公众情绪中的社会主义现实主义专政后，明显地感觉到人们对真正的现实主义的怀念，90年代出现一系列接近经典现实主义传统的作品。

---

① Макарова В. В. Чеховский интертекст в современной российской драматургии：1980 – 2010 гг.：диссертация кандидата фил. наук. Москва. 2010. С. 118.

埃·拉德金斯基（1936—）是反映城市现实生活的代表剧作家。其新剧本《胜利后的战场属于劫匪》（1995）勾勒出新社会体制下俄罗斯人的新生活与新阶层：曾经的汽车修理工摇身一变成为赌场里的老板。人们再也瞧不起那些"墨守成规"兢兢业业的劳动者，一些政府要员急着宣布自己为贵族后裔，一些几年后以归国侨民身份回国到处讲学的无耻之徒向"落伍的"同胞们宣传应该如何生活，如何应对新体制下的新形势。事实上，埃·拉德金斯基笔下的故事正在以更迅猛的速度在俄罗斯的现实生活中上演，业已成为全球性的流行趋势。斯·洛博焦罗夫（1948—）及西伯利亚的尤·米罗什尼钦科（1942—）、尤·克尼亚泽夫、弗·古尔金（1951—2010）、亚·科罗夫金（1951—）、盖·巴什库耶夫（1954—）、"陶里亚蒂戏剧学派"（Тольяттинская драматургическая школа）的维·杜尔涅科夫（1973—）、米·杜尔涅科夫（1978—）、尤·克拉夫季耶夫（1974—）等剧作家的剧本叙述了农村的人与事，勾勒出后苏联时期俄罗斯农村社会的精神世界与道德面貌。娜·普图什金娜（1949—）剧作的女性主题可以概括为一个"爱"字，作家从女性立场出发刻画了女人的酸甜苦辣，讲述了女人的婚姻与家庭、成功与失败。维·梅列日科（1937—）的剧本《高加索轮盘赌》（2000）是这一时期轰动较大的现实主义剧本。故事以邂逅于开往俄罗斯内地火车上的两位母亲的殊死心理搏斗表现了车臣战争的残酷。尽管战争并非女人天职，尽管战争让女人走开，但战火从未远离过女人，其残酷血腥虽远隔千山万水，不见战火不闻硝烟，仍令人有切肤之感。

尽管后苏联时期的现实主义吸纳了各种美学成分，其概念理解已经不同于以往，尽管这一时期的现实主义在各种艺术思潮流派的裹挟下偶尔表现出妥协，但从整体来看，无论是书写城市还是讲述农村，无论是展示战争的残酷还是揭露日常生活的虚妄，无论是刻画女性生活还是关注儿童教育，无论是文化创新还是传统守成，现实主义仍继承了传统的优秀成分，立足于时代，时时把握"让人心灵震颤的巨大内容"（路遥语），书写当下生活、反映时代进程、讲述其中的人物命运，关心现实、关注道德仍然是现实主义发展的主旋律和共同内容。其重要代表之一就是加林。

第三节　怀旧而浪漫的亚·加林

亚历山大·加林出生于苏联库尔斯克州，在列宁格勒文化学院导演专业毕业后，曾在距列宁格勒一百多公里处的斯兰齐市人民剧院任艺术总监，从此开始了自己的戏剧人生，写剧本同时也兼做导演。第一部剧本《墙》（1971）是他读书时给女友的三八节礼物。剧作家沃洛金读了此剧本后，建议加林放弃一切只从事写作。列宁格勒电影制片厂拍摄的《最后的逃亡》（1980）是加林的银幕处女作。加林的剧本不仅在俄罗斯上演，也被搬到世界很多国家的舞台上。中国曾经上演过他的《迟暮之年》（即《仿古》）、《晨星》（1987年由新疆话剧团搬上舞台）和《…Sorry》（2006年在北京首都剧院上演），均引起热议。

加林从20世纪80年代登上戏剧舞台开始，便以其弥漫着哀婉而忧伤色彩的喜剧引起俄罗斯戏剧界的关注。他的剧本主要反映老式俄罗斯人对苏联的缱绻缠绵的怀旧情结，剧作中作家对其人物迷恋过去沉浸于往事的乌托邦精神进行了善意的讽刺。对人物怅然若失心理的独特把握，使加林能够在当代俄罗斯先锋戏剧盛行之时，以刻画普通人普通生活为主的传统现实主义戏剧而在剧坛占据醒目的一席之地。与生俱来的"含泪"的笑感，后来又增加了生活的历练及幽默的智慧，滋养了作家的整个戏剧创作。作家创作中追求抗争的女性意识、孤独寂寞的老人群体、对比鲜明的人物性格、怀旧的锁闭式结构、暗示心理的空间概念、画龙点睛的戏剧手段等等，无不为剧作增添耐人寻味的现实意义及舞台效果。

一、两性和谐的戏剧主题

受众对加林戏剧趋之若鹜的一个重要原因在于，作家善于表现于日新月异的"新生活"中失去自我、手足无措的女性形象。因独特的女性形象的书写，使加林成为男性作家中女性与女性意识体现得最强烈、最突出的代表。

从20世纪80年代开始，加林的剧作再现了笼罩于男权霸权阴影下的俄罗斯当代女性的生存现状：理想与现实的巨大冲突，家庭与婚姻的貌合神离，自由与人性的遥不可及，爱情与事业的两相龃龉，女性的精神反省及实现自我价值的举步维艰。在加林有关女性主题的剧本中，贯

穿始终的是加林独到而清醒的女性意识：抗争与顺从。一方面是对男性主权话语文化背景下精神与肉体受压迫的奋力反抗；一方面是接受传统文化的弱势身份及基于此形成的无条件的顺从。加林剧作在某种程度上向男女不平等的社会文化制度进行了直接挑战，其对女性社会地位及觉醒意识的深度探索，体现了作家建构和谐的两性社会的真诚愿望。同时，加林凭借对女性生命困惑的书写、对其生命流程的演绎所展示出的恢宏而深刻的女性意识，开拓了作家本人的哲学、历史、社会命题。这使我们有理由认为，加林剧作是俄罗斯女性的价值观念和思想意识的时代折射，是传统俄罗斯文化内涵与当下俄罗斯社会文化语境的深刻融合。

1. 男权阴影下的女性生存困境

俄罗斯20世纪80—90年代的社会剧变与文化语境对社会、人性、女性命运的变化产生了始料未及的后果，为加林的女性形象创作提供了得天独厚的文化背景与翔实丰盈的现实基础。社会剧变消解了女性的热情与守望，摧毁了女性的意志力与判断力，使女性对自身产生了更为深度的怀疑与失望，尤其使社会底层女性处于孤立无援、四面楚歌的境地。加林对价值迷失年代女性个体生命的深度思考，对其生存状态的精心刻画也同时勾勒出当代俄罗斯整个社会的迷失感与跌撞感。加林在对两性关系的叙述中，往往强调女性意识。作家尽管没有将两性决然隔离，将女性毅然划分到男性的对立面，但女性常常是男人的附属物，甚至沦落为男性的玩物。《晨星》（1982）、《变异现象》（1996）、《雨海相会》（2002）等几部或明或暗地提及妓女问题的剧作表现出女性对男性中心价值规范无奈的认同。

1980年莫斯科奥运会期间，苏联政府由于担心有碍观瞻，把大量的流浪汉、妓女等"社会渣滓"赶出莫斯科市。《晨星》讲述了在这一背景下由于诸多原因沦落到莫斯科醒酒所里的四位姑娘的故事。她们虽然从事难以启齿的职业，却有着对美好生活的渴望，对光明未来的憧憬与正常人同样强烈。年轻的母亲安娜整日酗酒，羞于见人，无法面对自己的孩子。但安娜在以酒买醉活在生命边缘的同时，却能够把温暖、幽默和善良带给身边的每一个人。玛利娅是其中命运最坎坷的女人，始终处于他人的掌控之下，但同时她也是一个最积极的人，她一直拼命为使自己能够像正常人一样生活而努力，为有家、有住所甚至为爱情而挣扎。正是这种为求生而拼死的博弈构成了剧中人存在的意义。同时玛利娅的

名字似乎暗示着圣母马利亚的故事，但《圣经》故事和现实生活之间的距离是如此遥远，作家这种有意无意的强行联想对拯救现实无济于事。

在醒酒所这荒诞离奇的戏剧氛围中，与其说加林完成了对卖淫这一敏感的社会现象的无情揭露，不如说作家结束了作为男性附属物的女性悲惨命运的诠释。加林没有殚精竭虑地挖掘女性命运的社会内幕，也没有兴趣十足地关注女性在整个社会政治经济中的从属地位，而只是一个生存状态的简单描摹便勾勒出男性主权话语下的女性惨淡的存在。尤其故事背景的选择，不能不说是作者凸显女性生存困境的匠心独运。醒酒所原本是一幢古老的贵族别墅，尽管它原有的和谐与优雅依稀可见，但四壁已被熏黑，窗户被钉上了纵横交错的毛边木板。这一场景无疑象征着姑娘们被糟蹋的人格，命运的风霜雨雪过早地遮蔽了她们原本的美好与绮丽，而她们反抗的力量又如此之厚重。社会这台冰冷的机器在规范女人的道德行为并以道德准绳对其身心进行束缚时，对她们的社会地位与精神追求漠不关心，对她们衰败潦倒的生存状态视而不见。加林的这种借用场景凸显女性悲哀命运的表现手法似乎完成于无形，但效果却触目惊心。

加林是20世纪80年代的俄罗斯把妓女这一"新型女主人公"搬上舞台的第一位剧作家。① 尽管从抽象意义上来说，妓女现象是一个可耻的社会印记，但作家对当事人没有表现出过多的谴责，而是流露出一种更为复杂的同情态度。《晨星》故事阐明一个观点：卖淫现象是一个客观的存在，在这件事上谴责任何人都不为过，只是不能怪姑娘本人，每一位姑娘走到这一步都有自己难言的苦衷。加林并非将妓女现象作为社会理性批判的一个例证，而是着重于表现从事这一职业的女性的心理特征与个性素质，揭示她们生存背后的温存与残酷。除《晨星》外，在《变异现象》《雨海相会》等剧作中，作家均不同程度地触及了妓女主题。《变异现象》中巡回演出团的姑娘们与其说是演员，不如说是"戏子"，她们于不同时空中可以根据需要完成各种"应该"做的事情。《雨海相会》中，一群貌似歌舞团的姑娘们被介绍到一个科研机构参观，而她们却不自觉地在寻找自己的"营生"。可以说，作为一名男性作家，加林"怀着对人类丑行的羞耻心和两性关系中的商品化倾向的愤怒，以

---

① Канунникова И. А. Русская драматургия XX века. -М. : Флинта : Наука, 2003. С. 120.

忏悔与同情,来为那些女性们伸张正义……站在人的尊严的立场上向没有人性的社会发出严正的抗议"①。

由于俄罗斯传统文化及东正教文化的影响,俄罗斯女性始终背负着忍辱负重、逆来顺受的枷锁,甘心附属于男人,在为爱情、婚姻和家庭牺牲了自己的追求与渴望之后,她们却无怨无悔,心平气和地接受苦难的现实。剧本《…Sorry》(1990)中的茵娜坚强、执着、对生活充满理想,因为与恋人有过一夜之情,她便发誓为他留守一辈子。当苏联解体、普通百姓难以维持生计之时,茵娜依靠在太平间里看守尸体、抽空写诗度日,她认为只要与诗为伴生活就会如诗般美好。当昔日的恋人突然出现时,她才霎时惊醒,20年的风霜雨雪卷走了她最美好的青春。或许是爱情的力量,茵娜对自己的轻率牺牲和无谓的青春消耗没有表现出过多的悔恨和伤感,尽管前来接她的恋人早已娶妻生子。像茵娜一样,《新的分析逻辑》(2006)中彼得罗夫娜也是个简单朴实的理想主义者,纵容丈夫无节制地甚至是无耻地实现他自己的理想。为了实现买游艇重游伏尔加河这一宿愿,丈夫茶饭不思,四处想办法筹钱买船,家庭的轨迹里已不见他的踪影,养家糊口与他无关。彼得罗夫娜只好回到乡下靠养牛羊维持生计。丈夫为了骗取彼得罗夫娜最后的一点活命钱,伙同他人上演了一出偷梁换柱的把戏。可怜的彼得罗夫娜,如果说刚见到莫斯科来的律师时,她的警惕性还很高,认为律师所说的一切都是捕风捉影的谎话,那么丈夫在一旁的应声附和及添油加醋的描绘则使彼得罗夫娜的戒心有所松动,再加上"公证人"列娜带来的漂亮的服装和鞋帽的诱惑,总之美好新生活的宏伟蓝图使彼得罗夫娜彻底放松了警惕,当着丈夫的面,将几年来辛辛苦苦攒下的活命钱交给了素不相识的人,最后连丈夫也没能得到一分。如果以前彼得罗夫娜在地里的劳作还算是一种享受的话,那么在所有的家底被人暗算之后,种地割草已经成为她无法选择的谋生手段。最终我们没有看到彼得罗夫娜哭天抢地,大呼上当,她甚至一笑了之,仿佛这种偷梁换柱的小把戏就是生活的常态,作为女人,她命该如此。《变脸》(2011)中的奥莉加在暴富的丈夫带着别的女人从她身边消失、房屋财产被人洗劫一空之后,在教堂里过了五年苦行僧般的祈祷生活。就在她为自己枯朽的情感世界闯进了一个男人而欢欣雀跃之

---

① 陈思和:《文学中的妓女形象》,见张清华主编:《中国新时期女性文学研究资料》,济南,山东文艺出版社,2006年,第232页。

时，后者却告诉奥莉加，他就是她五年前失踪的丈夫，为逃避追杀整容成了罗马尼亚人，如今良心发现想请求妻子宽恕他的罪过。可怜的奥莉加以为过去的噩梦永不再来、幸福已经敲响了她的房门之时，重又陷入进退两难的抉择泥沼。

看得出，茵娜、彼得罗夫娜及奥莉加的生存痛苦及命运悲剧除了受男性中心文化因素影响外，她们本身的主观因素也不可小觑，其灵魂深处受传统观念的侵蚀由来已久且根深蒂固。她们女性的自觉意识淡薄，没有认识到对男人一味地依附顺从是一种弱势表现，更没有考虑到去争取自己平等的社会地位与身份的自我认同。加林在揭示女性的性别苦难与精神困境，凸显当代女性的精神追求时，对女性摆脱困境的出路进行了深刻的思考。

2. 张扬女性主体意识的抗争历程

加林笔下的女性意识更多表现为另类叛逆的抗争及听天由命的顺从与守望。加林对顺从命运的女性没有过多地指责，即使有哀其不幸，也没有怒其不争。对《…Sorry》中浪漫守望的茵娜和《新的分析逻辑》中知命认命的彼得罗夫娜的书写，更多体现了作家温情的怜悯与善意的提醒。作家对依附于男性生存的女性尽管偶尔表现出有节制的责备，但更多赋予她们的现实存在以唯美光环。

加林笔下的多数女性即使是夜女郎也绝不轻易向命运低头，而且为了彰显自己做人的尊严，她们会随时随处展示自己过人的素质。《晨星》开篇，夜女郎劳拉介绍自己说："关于我自己还能说点什么呢？生活充满了意外……您记得，这是谁说的吗？好像是伏尔泰。我的祖辈是贵族……妈妈从事科研工作。爸爸很帅气——是茨冈人和南斯拉夫人的混血儿……"① 从劳拉的这番家族史的介绍中，我们基本可以断定她是一个受过高等教育的姑娘，这不仅可以从她的出身介绍上推断出，而且从她的选词用句上也不难看出，她不仅知道伏尔泰，而且似乎还知道这位法国启蒙哲学家的名言警句，因此劳拉给人留下知识分子的印象便不足为奇。可是接下来所发生的一切出乎我们的意料，劳拉的工作性质也令我们大跌眼镜，根本没认真读过几天书的她从事的是见不得人的妓女工作。劳拉的晦涩心理和良苦用心我们十分理解，她不想遭人鄙视，于是

---

① Галин А. М. Пьесы. -М.: Союз театральных деятелей РСФСР, 1989. C. 344.

不时地借助自己的出身和知性言语掩饰自己的尴尬处境。加林笔下姑娘们尽管职业不同,地位不等,性格各异,但骨子里争强好胜的本性如出一辙,在与他人交往过程中,她们总是力求示人以自己最美好的一面。

为命运披荆斩棘、左冲右突,绝不轻易服输的女性抗争意识还表现在《竞赛》(1998)中。加林的"竞赛"为今天五花八门铺天盖地的各种大赛增添了一道亮丽、荒诞而滑稽的风景。一家日本公司招聘去新加坡夜总会服务小姐,几个俄罗斯女人在不知情的情况下,纷纷来到应聘现场捕捉命运的"青鸟"。参加大赛的姑娘们的身份极其复杂:手足无措的知识分子和身无分文的工人阶级,吃喝不愁的俄罗斯新贵和唯我独尊的年轻一代。参加竞赛的姑娘的目标和希望迥然不同,有的对重建自己的命运感到希望渺茫,有的失去了最基本的生存手段,有的正在从事"夜女郎"工作。表面看来大家前来应聘是为了改变自己的生活现状,但从姑娘们的对话和行为中看得出,与其说她们为了实现对美好生活的向往和追求,不如说她们因突然间成了不被需要的人而陷入精神绝路。

曾是美学教师的尼娜如今被缩编在家,受过高等教育的她天真地相信,她可以签下这个有利可图的合同,甚至还可以把丈夫带出国;奥莉加曾是马戏团演员,丈夫是成功的商人,争强好胜的性格使她来到大赛现场,试图找回曾经的掌声和舞台上的辉煌;连买凉鞋的钱都拿不出来的塔玛拉穿着胶皮鞋,胸前挂着手风琴来到招聘现场;失业在家的瓦尔瓦拉带着一双女儿前来参加大赛,女儿们一直在姨妈开的宾馆里为客户服务,因此夜总会的工作她们轻车熟路。而当母亲的瓦尔瓦拉只是在大赛现场才意外得知女儿们一直从事妓女营生,拉她们下水的人竟是自己的亲妹妹。这些多半结了婚的女人全力以赴表现自己,证明自己,却从未想过,以她们的年龄、条件及家庭状况是无论如何也不适合南亚夜总会服务小姐这份工作的。对于她们来说,天真的想象总是多于现实知识。这些原本追求维持生存现状的女性,突然遭遇经济大潮的冲击,女性集体的主体意识变得异常亢奋,她们意欲挣脱男权束缚,摆脱附属现状,追求实现自我,但囿于时代、社会的宏大文化背景,她们的抗争首先没有脱离维持生计、追逐物质这一人生的第一要义。尤其是美术教师尼娜,如今她说话从不轻易触动精神和灵魂,也不奢谈什么意识、思想等这些形而上的话题,她最关心的就是如何解决自己和丈夫的生存问题。尼娜准备应聘出国,而且志在必得——这无疑是女性积极抗争命运的一种方

式,尽管强调物质生存,而非精神渴望,但最主要的是,尼娜没有指望丈夫坐以待毙,而是意识到要自立,其女性自尊自强意识于关键时分悄然苏醒。就在尼娜鼓足精神口若悬河大谈特谈审美取向,在蓦然回首间幡然醒悟人首先要承担的是自己的生存义务时,衣食无忧的奥莉加却对以前自己为生计奔波时所遭遇的艰苦产生了怀旧情结,享受不尽的物质、浮华背后的空虚使她顿悟不能承受的生命之轻,她决心全力以赴拯救日益愚钝的良心和颓废虚脱的精神,为彰显女性主体意识的苏醒扮演了"离家出走的娜拉"①。

　　加林的《竞赛》勾勒出女性生存的众生相,淋漓再现了女性复杂的精神矛盾与生存冲突,她们既希望摆脱日益沉重的生存压力,又无所畏惧地挣脱荣华富贵的物质生活和名存实亡的感情生活,既心甘情愿地于无知无畏的放荡中消耗自己美好的青春,又奢望在生命尽头时捕捉到哪怕一次生命中的"青鸟"。显然,这些女性既希望掌握自己的生存,又不忍心割舍自己的理想,而丰满的理想在遭遇"骨感"的现实时,女性主体意识的锐气便显得左冲右突,跌跌撞撞。尽管摆脱男性霸权枷锁的征途艰难而漫长,但女人们已经义无反顾地踏上了这条为争取独立、自主、平等权而进行抗争的荆棘路。及至作家近作《变脸》中的索洛维约娃,女人则完全掌握了主权话语。索洛维约娃是典型的女性主体意识亢奋型代表。作为整形外科专家,她利用自己的专业优势将"有变脸愿望"的各色男人操控于股掌之上,想"变脸"就得听从摆布,一个女权主义者的形象跃然纸上。在唤醒、启示女性自我意识的过程中,加林的男性形象也起着不可或缺的重要作用。通过男人对女人远非一致的态度,我们发现,男性并非一成不变地注重主权话语。

　　3. 呼唤两性平等的男性形象

　　加林认为,其实男女并非一定疏远隔离,女人对家庭、婚姻、爱情的追求最终的受益人是男人,女性孜孜以求的索取与无怨无悔的奉献最终都回归男人世界。加林以此强调男女之间的关系应该平等直接,且应该是双向交流。在书写男性对女人的态度上,加林的人物一般截然不同地分为两类:一类是男子中心主义者,视女人为附属物,可以随便差遣;另一类是尊重、爱护女性,视女性为生命中不可或缺的守护神和同路人。

---

① 娜拉为易卜生剧作《玩偶之家》(1879) 中的女主人公。

加林剧作中这两类男性往往以对立的身份同时出现。

《晨星》中操纵妓女命运的男人无视姑娘们的人格与尊严，姑娘们在提到他们时毛骨悚然，因为这些男人经常对逃跑的姑娘进行追捕，置其生命、安全于不顾。而其中负责看管"夜女郎"的警察尼古拉则不听母亲的劝阻，竭尽全力帮助玛利娅摆脱他人的追杀，而且同意把玛利娅的孩子接过来一起抚养。"病人"亚历山大没有嫌弃劳拉的身份，请求劳拉不要忘记他，要给他写信。看得出，善良的剧作家为了阻止女人们的悲剧愈演愈烈，精心演绎了玛利娅和尼古拉、劳拉和亚历山大之间的爱情故事。在这种命运难测的"沼泽地"中还盛开着如此绚丽而珍贵的爱情之花，无疑显示了剧作家对男人的信心。这种"不合时宜的"爱情仿佛告诉我们，生活中除了玩弄女人于股掌之上的残酷男人，还有很多懂得尊重、保护女人的男人。

剧作《小丑与强盗》（2002）的标题分明向我们推荐两种男人。一对同胞兄弟成为人生态度和思想立场截然相反的两种人——悲剧的笑星和野蛮的成功者。哥哥谢尔盖是典型的俄罗斯新贵的代表，他属于苏联解体后短期内暴富一族。谢尔盖富得可以送给女友娜塔莎一座剧院，也可以买通评论家把当演员的娜塔莎捧红。物质上发达而在智力上特别是在道德层面上永远沉沦于底层的谢尔盖握有生杀予夺的主动权，把握着强势话语。表面看来，他对娜塔莎情真意切，实际上却视娜塔莎为自己的私有财产。当他需要时，娜塔莎必须立即出现在身边，当他在政要之间有应酬需要携带妻子时，便把娜塔莎打发到远在小城的同胞兄弟亚历山大那里。谢尔盖对女性的需要全凭心情而定，对其心理感受与精神需求根本无暇顾及。而其胞弟亚历山大与谢尔盖的相似仅限于外貌，生活立场、道德信仰、价值取向及职业活动则完全不同。亚历山大沉浸于马戏这一艺术世界里，享受其精神价值。就这样一个偏安于一隅精心经营自己事业的小城人却懂得女人，关心女人，对娜塔莎满怀敬重，最后赢得了娜塔莎的爱情。

凭借对女人的两种态度，加林设计了两种男人的各异命运。享有男性话语权从而蔑视女性尊严、压制女性意识、限制女性自由的男性注定道德沦丧、信仰缺失、人性坍塌，最终成为精神残障的代言人。而那些呵护尊重女性的男人，尽管他们可能命运多舛，怀才不遇，事业风雨飘摇，但道德世界却阳光明媚，他们执著于高贵的精神追求，不为潮流所

动,最终为精神世界的强者。对男性人物一褒一贬的淋漓刻画在某种程度上牺牲了加林剧作的叙事客观性,却清晰地反映出剧作家反对男性霸权、提倡两性和谐共处的文化立场。

4. 期待两性和谐的作家理想

加林的剧作勾勒出社会转型时期女性生存的缤纷形态与异样流程,女性生命的沉重枷锁与真诚渴望,女性主体的信仰沮丧与精神亢奋,揭示出女性生命现象的内在矛盾与外在冲突。加林从男性视角出发如此细腻地梳理女性生命的全程,不仅使其剧作具有了形而下的生存意味,也获得了形而上的哲学情思。加林对女性形象的个别解读尽管不乏主观性,但叙事基调冷静而现实,因此对女性生活的书写获得了厚重的道德感与沉重的道义感。同时,我们发现,加林选择女性作为剧情的主角与主题,绝非出于简单的个人兴趣与爱好,而是与时代、社会、文化语境密不可分。在剧作家看来,女性似乎更适合做社会或命运的代言人,在东正教文化影响根深蒂固的俄罗斯尤其如此。女性的乐天知命、隐忍顺从是俄罗斯传统文化与东正教影响的结果,而敢于与命运进行抗争的女性向来是风云际会起落无常的时代精心营造的产物。剧作家在对女性意识进行观照的同时,展现了男女两性共同面对的生存困境与精神危机,因此加林在为那些意识强烈、生性敏感的女性摇旗呐喊、擂鼓助威,唤醒社会正视女性地位、尊重女性话语权、重塑女性文化身份的同时,并非希望男女两性分庭抗争,而是倡导两性平等,建构两性和谐的文化空间。

加林对女性性格成功的刻画还得益于对戏剧这种艺术形式的选择。因为是戏剧语言,所以人物或喜或悲或扬或抑均能起到收放捭阖浑然天成的效果。人物可以畅所欲言直抒胸臆,自我呈现命运,自我决定归宿,叙述的过程就是诠释生命的过程。这一无意中客观化了的叙事方式决定了作家审视世界的角度与审视女性命运的视野。

二、孤独寂寞的戏剧人物

如果说,加林对女性命运的关注,对女性生存处境的思考,反映了剧作家始终不渝的道德追求与创作宗旨,体现了对弱势群体的关注的话,那么对耄耋老人生存现状的担忧更是一言难尽,因此似有似无地,加林总是对老人的悲剧境地表现出耿耿于怀挥之不去的焦虑。

人随着年龄的增长总会显示出其自然的劣势。加林对老年人这一群

体肖像的塑造过程，无意中暴露的几乎无一例外都是人至老年的凄凉和孤寂。剧本《仿古》（1979）完成于20世纪70年代，但至今仍具有惊人的现实意义。此剧已成为莫斯科契诃夫模范剧院的保留剧目，故事中除道具及人物服饰因时代变化随时稍作调整外，剧情始终如一。乡下老人契姆金本想在莫斯科的女儿家安度晚年，但女儿家的生活与他想象的大相径庭，年轻人因工作无暇顾及老人，因此窗台上的鸽子成了老人的挚爱，是他可以倾诉的唯一对象。女儿意识到父亲的寂寞，在没有通知老人的情况下，邀请三位老太太前来与父亲相亲。相亲场面冲突迭起，前来相亲的三位老太太不约而同地出现在同一时间里，引出了三位女性的悲苦人生：她们或无儿无女，或儿女无能，人到70还不得不为生计四处奔波。女儿家豪华的装修丝毫不能改善老人们寂寥的心理和孤独的生活状态，昂贵的仿古家具与老人无人所需的凄凉晚景形成鲜明的对照。

老年人问题在加林的另一部剧本《伴奏者》（1998）中看似荒诞离奇，但不无现实意义。生活窘迫的年轻人——钢琴师格里沙有意识结识了一些孤独的退休老人，主动承担起照顾他们生活起居的任务，并希望从中获利。当格里沙的真正意图被识破后，老人们义愤填膺，准备合伙揭发他，但善良的本性及对格里沙处境的再三思虑使老人们冷静下来，接受了现实。而且实践证明，精明能干的格里沙也并非十恶不赦的坏人，于是老人们纷纷将自己的财产转移到格里沙名下。戏剧颇具冲突性，孤独的老人接二连三地出事，老人们在策划揭露格里沙的同时，格里沙也在算计如何错开时间照顾他们，而这一切都归结于艰难惨淡的现实生活和年轻人难以企及的住房问题。尽管最后结局以皆大欢喜收场，但老人问题与社会住房问题无疑是当今俄罗斯社会比较棘手的现实问题，尤其是老年人需要不断适应瞬息万变的新生活，需要应对层出不穷的新概念，这种茫然无措之感时常冲击着老人脆弱的神经。

老人孤独的身影还出现在剧本《女主角之梦》（2006）中。在舞台上饰演了一辈子列宁形象的演员舒宾晚景甚为凄凉，可就在接手最后一个角色时，他意外得知，自己在世上还有个女儿和外孙女，舒宾经历了由羞愧到感动到大喜过望的心理，晚景原本凄惨旋而柳暗花明的老人复杂的内心世界淋漓再现。从对老人生活及精神世界的把握上来看，加林是位善良的作家，其笔下的老人生活尽管凄苦惨淡，但也不失惊喜乍现的瞬间，而且常伴随着温暖与感动。显然，作家意欲使这充满伤感的生

命最后阶段弥漫着理想的光晕，使老人弥留之际的路显得更加溢彩流光。

除了对女人和老人等弱势群体生活故事的讲述外，加林的戏剧冲突还表现在人物理想与现实之间难以融合的矛盾上，这一矛盾与作家的戏剧创作如影随形。加林剧中人的理想常常因遭遇新社会新环境的冲击而难以实现，新环境下无所适从的苦恼、失落及怀才不遇使人物显得滑稽可笑甚至可悲可怜。加林的人物一般都是理想主义者，动辄沉湎于想象，喜欢生活在理想与现实的夹缝中。上面提及的《竞赛》是女人们实现理想的一种途径，面对一无所知虚无缥缈的"竞赛"，女人们个个剑拔弩张志在必得的气势足以证明理想在她们生活中的分量与地位，而不择手段地实现理想几乎是她们今生的主要奋斗目标。《…Sorry》中的茵娜同样坚守理想，宁可抱残守缺。据报道，2006年8月，当中国国家话剧院导演查明哲将加林的《…Sorry》搬上首都剧院时，老演员冯宪珍和焦晃将茵娜与她的心上人演绎得丝丝入扣，可谓珠联璧合。焦晃将尤利这个已在他乡过上优越生活的男人塑造得逼真生动，既展现了他曾是浪漫诗人的一面，又塑造了他实际而矛盾的另一面，让观众看到了一个具有多重性格的男人。冯宪珍则将一个富于理想天真而浪漫的中年女人演得一丝不苟合情合理。虽然整出戏是一部喜剧，却充满了悲剧色彩，尤其是结尾时人物面对生活的痛苦抉择，对未来的迷惘，对理想难以实现的唏嘘，让不少观众为之落泪。①

应该说，《新的分析逻辑》与加林其他喜剧一样，是剧作家最初理想的延续。其中的丈夫也是一位理想主义者，一直梦想重游伏尔加河，其理想似乎很简单："……我是海员……陆地上呆的时间长了就闷得慌……我和你，利德卡，沿着熟悉的路线——沿着伏尔加河顺流直下！我们坐在甲板上，吃着阿斯特拉罕西瓜，把瓜籽皮吐到水里……"② 好一幅悠闲自得的画面，只有幻想者才认为这是个指日可待的愿望，是个不费吹灰之力便可实现的理想。就这样一个看似近在咫尺的理想成了丈夫生存的软肋，而律师正是抓住了他的这一弱点，利用了他可以为实现理想不择手段不惜一切的心理，使一次合伙作案的成果轻而易举地成为个人囊中之物。

---

① 《〈Sorry〉精彩亮相，焦晃冯宪珍演绎俄罗斯情侣》，http：//ent.sina.com.cn/j/2006-08-09/23101194068.html。

② Галин А. Новая аналитическая логика//Современная драматургия. 2006, №1, С. 13.

《新的分析逻辑》的戏剧美学应该说是传统的，加林以普通人的普通故事展示了全新的创作意境，展示了苏联人难以习惯的全新角色的再分配问题。用剧作家的话来说，这是一部"关于最新的俄罗斯历史上被冷落的人，关于被公认的不成功的人，没来得及或不善于理解新的俄罗斯现实游戏规则的人的故事。但这些人活着而且渴望活着，最主要的是他们有能力爱与憧憬"①。应该说，加林本人就是一个不折不扣的浪漫之人。2007年9月，当《新的分析逻辑》由加林搬上莫斯科Et cetera剧院舞台时，舞台上设计了彼得罗夫娜在夕阳下于田里劳动的情景——舞台上铺满了太阳下晒得黄绿相间的草地，女主人公隐约于杂草丛中边割草边与身边的山羊和奶牛说话。浪漫的剧作家兼导演无疑在舞台上营造出了一幅优美的田园风光，或许正是一望无际一泻千里的俄罗斯平原孕育的俄罗斯人才会如此心胸开阔、善良朴实，对人毫无戒备之心，即使后来出场的丈夫的谎言也没能破坏这一悠然自得的空旷舒适感。这一令人遐思无限的舞台背景无疑衬托出人物的不切实际、耽于幻想，这种为了理想不时犯糊涂的悲哀可笑的老式俄罗斯人总是让加林爱恨交织，打骂不得。或许加林就是他们中的一员，因此他对老式俄罗斯人的理想与向往更有话语权，把握得更精到，阐释得更深邃。可笑的滑稽表演，急剧变幻的情节色调，悲喜剧的结尾——这些成分应该说是凸显这一时代及这一特定人群的最佳手段。加林的故事总是在一种荒诞可笑而又忧伤凄凉的旋律中，编织着令人心动心碎的成年人的童话。

三、对比鲜明的人物性格

后苏联时期的剧作家积极指向存在主义问题，人的生存哲学与其说在探索生活的意义，不如说在力求承担自己命运的重负，同时人必须克服恐惧、孤独和随时被抛弃的焦虑感。其中占据特殊地位的是边缘群体。这种边缘性与其说是一种社会地位，不如说是人物被主流社会抛弃的一种状态，是一种个人存在的低质量的印证。加林的剧作中常见这种边缘人，而且通常以对比手法突出这些人怀才不遇的处境。加林的剧中人积极努力，他们为确定自己的生活坐标而拼搏，因此置复杂多变的社会危机于不顾，左冲右突，以实现自己的既定目标。如此这般，一些人在生

---

① Галин А. Et cetera представит пьесу «Компаньоны» в постановке А. Галина. Интервью РИА Новости. 14.09.2007. http：//www.et-cetera.ru/main/press/2007/3348.

活中站稳了脚跟，另一些人则处于边缘位置。剧作家认为，这些人在新的条件下没有任何改变，还依如从前："我见过这些人。他们各不相同：有混蛋、撒谎者、卑鄙的人，但也有一些人，一旦背叛了自己的理想、爱情、朋友，他们会一直痛苦并得到报应。重要的是，让观众看到这一切并理解它。"①

《捷克摄影》（1993）中的拉兹多尔斯基便是其中一位。拉兹多尔斯基是莫斯科暴富一族，但因没能与年轻时的伙伴祖金一起承担当年的共同罪责（在《捷克摄影》杂志上刊登裸照）而一直耿耿于怀，他建议祖金到莫斯科发展，试图以此来赎背叛的罪责，但正如剧作家所使用的一句哲学格言"人不可能第二次踏入同一条河流"之意，人不可能成为别人，因此每个人都还是他自己。在两位老朋友多年之后的见面寒暄中，拉兹多尔斯基作为一个虚与委蛇的人显得滑稽可笑，对祖金时时处处表现出大度和宽容。祖金的可笑之处在于他的孤苦无助，辛苦小心地维护着自己做人的尊严。可以说，祖金和拉兹多尔斯基的不幸各不相同：祖金属于没机会表现自己天赋的失败者，而拉兹多尔斯基则是尽管富有却没有幸福感的俄罗斯新贵，二者内心孤独、精神无助如出一辙。作者以不同的语气但同样沉重的潜台词、不时闪现的沉默及对二人来说都不愿提及的往事勾勒出了二人对立的道德世界。拉兹多尔斯基表面的呼风唤雨掩盖不住他汹涌起伏、不得安宁、空虚无聊、毫无依托的内心，看似对诱惑强硬地拒绝同样抹不掉祖金对美好生活的渴望，但人微言轻，不肯折腰之类的精神胜利法在祖金身上暴露无遗。或许在看似截然对立的性格中，也有他们同样难以启齿的心痛。正如作者在剧本前言中所指出的："在新的生活条件下，各种各样的人都没有改变，他们仍是他们自己，而喜剧的效果正源于此。"② 显然，在复杂的现实生活中，人是难以改变的，不论其身份如何，无论你是俄罗斯新贵还是一无所有的退休老人，是摄影家还是学者，在加林的剧本中命里注定的事实谁也无法改变，历史的雨水同样强劲地洗刷着每一个人。看得出，剧作家对人物充满了同情，但他确实改变不了什么——这是生活的铁律，是一个人的宿命。

在《捷克摄影》的情节主线上，插入了一个萨拉托夫剧院演员阿尔费罗夫的生活故事。以前阿尔费罗夫常在广播里做"无神教讲座"，而

---

① Галин А. Чешское фото//Современная драматургия. 1996. № 1. С. 53.
② Там же.

如今站在教堂边乞讨——令人瞠目的二律背反。加林在剖析剧中人性格时，提出了一个哲理性的问题：人是否能控制自己的生活。显然很难。这个故事再次强化了作品主题，阿尔费罗夫的命运是背叛自己人格的宿命结果。尽管剧作家试图通过剧中人的语言来窥视其内心世界，同时剧本的艺术结构贯穿着痛苦的讽刺，但作者却力求宽容地处理主人公，不忍心在他们剧痛的伤口再撒上一把盐。

在剧本《塞壬与维多利亚》（1997）中，作家同样以对比手法凸显不学无术的暴发户和惶惑迷惘的知识分子的命运。女暴发户塞壬为自己英语教师维多利亚请了位"应招男士"，却阴差阳错地来了位剪狗毛的理发师。身为天文学博士的狗毛理发师科斯佳和当英语家教的维多利亚因知性气质而互相吸引，彼此产生爱意。科斯佳和维多利亚是一对怀才不遇的知识分子，二人为生存选择了委曲求全的工作。故事以对比手法勾勒出荒诞的生活现实：暴发户塞壬处处显示舍我其谁的优越感，而专业精深的维多利亚和科斯佳却低调做人。剧作家在对比处理人物形象时，有意识地使用了幽默悖论的手法，将天赋极高却不得不力求适应新生活的知识分子的"怪人"形象展现得酣畅淋漓，这一处理不但没有降低剧中人的身份与地位，相反却突出了知识分子厚重的思想与深邃的精神，也显示作者对人物的保护与理解。科斯佳聪明内敛，专著甚至在国外出版，却不被时代所需要，与学生蜗居于自己的实验室里自得其乐。剧本中这一普通的生活现象具有普遍的社会意义，有多少科斯佳、维多利亚这样的有识之士在民间不得重用，又有多少塞壬这样的暴发户在尽情地廉价地享受着丰富的知识资源，知识分子的悲哀点点滴滴，却惊心动魄。这里女主人公的名字或许暗含深意，使人们不自觉地想起古希腊神话中的美人鱼塞壬，她会以自我优势对与她擦肩而过的人形成无法抗拒的致命打击。故事的结局比较传统，知识分子难以改变做人的原则，不愿意放弃自己秉承多年的理想，维多利亚拒绝有钱人的追求，心甘情愿与一贫如洗的科斯佳相濡以沫。显而易见，抒情结尾尽显忧伤，知识分子的生存境地令人心痛。同一个社会，两种人两种命运，如果你不会钻营，那么你很可能步科斯佳的后尘，重蹈其覆辙。

学会钻营和老实做人这一对比主题贯穿于作家的《小丑与强盗》中。作品标题中两个迥异的概念具有醒目的寓意，建构了完全对立的两种人生立场：悲剧的笑星和野蛮的成功者。对金钱谢尔盖是这样评价的：

"每个人都收钱,谁也不问这钱从哪里来的、粘了什么血汗通过什么肮脏的交易才得到的。谁也不会说:我不拿强盗的钱。"① 这就是俄罗斯新贵的真理,行贿受贿的信条。同时,高智商、高文凭却成了人软弱、无助甚至是微不足道的证据。"现在就是这样的时代",谢尔盖为女友揭示"现代"的实质:"人们不再读苦书,而是读钱数。读书越多的人,越是整天围着垃圾桶转悠……"② 在谢尔盖的概念中,道德一文不名,他的主要生存目标就是争权夺利。因此在某种程度上,对于他来说,最大的问题就是保护自己与家人的安全。他们不得不时常衡量着谁是敌人谁是朋友,曾经的朋友是否已经成为敌人。故事中如此频繁地提及谢尔盖异常敏感的自我防护神经,我们似乎感到枪声随时都会响起,但当故事最后枪声真的响起时,被杀的并非谢尔盖,而是与其长相酷似的胞弟亚力山大。亚历山大与谢尔盖的相似仅限于长相,道德信仰、价值取向及职业活动完全不同。与务实的胞兄不同的是,亚历山大沉浸于精神与艺术世界,作为一个马戏团的演员,他多年工作在故乡的小城库尔斯克。偏安一隅精心经营自己事业的亚历山大不能接受谢尔盖声色犬马危机四伏的生活现状和金钱决定一切的人生信条,他甚至拒绝去莫斯科。在俄罗斯急功近利、精神及文化日渐式微的今天,亚历山大的命运无疑具有代表性,甚至具有象征意义。无辜的亚历山大最终成为谢尔盖的替罪羊,成了黑势力尔虞我诈生杀予夺的牺牲品。剧本的结局似乎略显残酷,却是俄罗斯的社会现状。

《图书管理员》(1984)也是关于一对兄弟的故事:弟弟随爷爷在寺院里长大,哥哥跟母亲在莫斯科长大,尽管是亲兄弟,但二人的行为方式与做人原则却南辕北辙。《雨海相会》中的一对同学,中学时大家都是天文爱好者,有着共同的理想,渴望到宇宙一游,如今时过境迁,其中一人成为天文学科学家,另一人则成为俄罗斯新贵的飞行员,其中的沧海桑田造化弄人只有他们两人更清楚。《突发事件的林荫道》(2009)讲述了一对在莫斯科街头蹬三轮车的年轻人,在偶遇俄罗斯"富二代"和"官二代"时,他们表现出不同的道德诉求与价值判断。性格对比无疑是加林突出人物形象、展示人物内心世界、反映社会现实的主要手段。

---

① Галин А. Клоун и бандит//Современная драматургия. 2002. № 1. С. 107.
② Там же.

四、怀旧的锁闭式结构

加林的故事没有激烈的冲突场面和对抗情节,剧情上也不见戏剧性转折与高潮,剧作一般截取的是生活中的场景,表现的是一些见怪不怪的日常事件。加林的剧本通常是典型的锁闭式结构,"它是从事件接近高潮的地方写起,而之前所涉及的人物、所发生的事件则随着情节的发展通过人物回顾来补充交代,所以也称'内省式'或'回顾式'结构"①。这要求戏剧具有严谨而独特的内在结构,剧作家在剧情接近高潮时,集中展现矛盾冲突、揭示人物复杂性格、命运高潮,而对前情的交代,则是在剧情发展过程中,通过剧中人的回忆展现出来。这样,"过去的事"不断被发现,现在的戏同时进行,形成锁闭式结构的强劲推力。如《东边看台》(1981)开场时,年近40的小提琴手瓦季姆回到了阔别20多年的故乡小城,在被荒弃的足球场的东边看台前见到了少年时的五位女友。从姑娘们的回忆中,我们仿佛看到了少年瓦季姆,了解了他现在的生活、职业、家庭情况。小城人们的生活现状,随着记忆的逐渐展开,变得清晰明朗。恬静的重逢喜悦弥漫着淡淡哀伤,无论是留在故乡小城的女友和远走莫斯科发展的瓦季姆,大家的生活都不尽如人意,在拼命挣扎的身后留下了身心俱疲的痕迹、欲罢不能的遗憾、难以言说的荒凉,如同这长满了野草的傍晚时分的足球场,在如血残阳的映照下难以掩饰逝去的美好。从足球场的看台前一个午后发生的故事中,足以窥视出这个小城20世纪80年代的人情冷暖世态炎凉。加林通过姑娘们与瓦季姆之间简捷的对话,使她们的性格跃然纸上,在这种倾诉相思之苦的对话中,瓦季姆谦虚可爱、不善言谈、努力勤奋的形象也逐渐显露出来。加林的笔下就是这样一些过着普通的日子,生活风平浪静,靠着回忆向前迈步的主人公。

加林善于在方寸之间展示人物的内心冲突,揭露波涛汹涌的内心世界,同时将锁闭式结构的传统推到极致,将对过去的回忆与今天的事件紧密结合起来,形成紧张而具有感染力的表现效果。《捷克摄影》中两位以前从事摄影工作的老朋友于傍晚时分相遇于伏尔加河边的一家餐厅。拉兹多尔斯基如今成为俄罗斯新贵,买下了这艘停泊在岸边的轮船改为餐厅,祖金仍是穷困潦倒的摄影师。他们当初曾因年轻气盛和追求唯美

---

① 周安华主编:《戏剧艺术通论》,南京,南京大学出版社,2005年,第140页。

在《捷克摄影》杂志上登载了一幅姑娘的裸照，祖金因此被送进教养院，而拉兹多尔斯基却溜之大吉。在饭店见面后，看到落魄的祖金，拉兹多尔斯基意识到自己无法原谅的过错，答应帮助祖金去莫斯科发展，但祖金却固守尊严，甚至连晚餐都要自己付费。这部戏的戏剧冲突形成于对过去的回忆，往事揭示了祖金和拉兹多尔斯基的道德本质。伏尔加河岸边一个晚上发生的故事表明，腰缠万贯的拉兹多尔斯基与一贫如洗的祖金同样孤独寂寞，任何补救都不可能挽回失去的一切，他为此将苦恼终生。作为加林戏剧作品中戏剧性较强的一部，《捷克摄影》无疑是一部严格的锁闭式结构的剧作。

　　锁闭式结构通常所包含的剧情范围较窄，对时间和地点都有严格的限制，出现的人物不多，一般都是最低限度的人物登场。这一结构在情节上要求精炼，以充分体现戏剧性的要求。加林的戏剧场景变换不大，一般多为两幕剧，剧情不很复杂，时空的界限严谨而囿于一定的范围。如《仿古》讲述的是一个晚上发生在一个住宅内给岳父找老伴的故事；《晨星》讲述的是1980年举办奥运会前夕，莫斯科政府采取紧急措施，将妓女等有碍观瞻的闲散人员统一集中，送到莫斯科郊区看管起来，以防滋事，故事也是集中在一个晚上；《图书管理员》通过对寺院图书馆一个下午的描写，以对比手法残酷地揭示了人面对诱惑时的复杂诡谲的心理，剖析了人与人之间、亲人之间的伦理道德；《…Sorry》中于冰冷的太平间里，两个阔别二十年的恋人在久别重逢的夜晚回忆起美丽忧伤的爱情故事；《变异现象》通过对一个巡回演出团的一场演出的叙述，揭示了演员和军人这一生活中必不可少的人群被世人遗弃的悲凉故事；《塞壬与维多利亚》通过对俄罗斯女暴发户塞壬日常生活的描写，揭露了知识分子的生不逢时怀才不遇及清高与自尊；《小丑与强盗》通过一对双胞胎兄弟对生活的态度及对生活道路的抉择，揭示了充满悖论的现实生活，故事只发生在两天之内；《竞赛》通过一家日资企业招收俄罗斯姑娘到新加坡夜总会工作的一个竞争现场，展示了一幕幕俄罗斯家庭悲剧；《伴奏者》通过一个年轻人在几个孤寡老人家里当保姆的故事，暴露了俄罗斯当今社会的老年人问题；《雨海相会》通过一个傍晚著名天文学家与几个姑娘之间的对话，讲述了理想与现实之间的故事；《新的分析逻辑》以回忆的方式引出前史，通过丈夫伙同他人骗取妻子钱财，丈夫又被他人欺骗的故事，揭示了理想与现实生活的冲突；《女主角之

梦》通过一个戏剧拍摄现场男主角与其前化妆师的对戏过程,反映了理想与现实之间的差距及由此造成的生活悲剧;《变脸》的故事发生在莫斯科的一个夏日午后一家餐馆中,做了整形手术、失踪五年的丈夫回来请求妻子原谅的故事。

显然,加林的戏剧以封闭性场景为多,这也符合后苏联时期剧本的"日常性"主题。剧本的"日常性"决定了故事发生的空间结构,一般局限于住宅、别墅等相对比较封闭的空间里。当代戏剧背景的中心位置是剧人中的居住环境。一方面,房子表现为一种秩序、和谐、美满,它们再现了一定的神话诗学空间;另一方面,住房见证了主人的社会地位,代表了主人的生活根基、道德标准、美学素养与精神指向。从人们试图逃避外界生活干扰的现状来看,住房反映了人们日常生活的两个向度:人类群体与个人世界。加林的锁闭式叙事结构不仅彰显浓缩故事、聚积冲突的表现效果,而且阴郁的空间场景暗示人物丰富的心理。

五、暗示心理的戏剧空间

加林对剧中人活动空间的把握达到了炉火纯青的地位,室内装饰尤其起到了凸显人物心理的作用。剧本《仿古》开篇的舞台说明词中对室内环境的描述充满了暗示:"昏暗的房间里,透过厚重的窗帘奇迹般投射进来的阳光落在青铜吊灯的悬饰上,摇曳着。墙上挂着镶在厚重画框里的油画。如果不是几个巧妙地隐藏式镶嵌的现代家居——嵌在墙里的电视屏幕、于古董家具中毫不显眼的电唱机、电话——那么几乎可以推断出,这里住着一位风烛残年的贵族老人。门随时都可能被打开,走进来一位头发花白年老体衰的佣人,吹灭蜡烛。"① 《仿古》的故事发生在莫斯科一套摆满古董家具的住宅内。原为历史学家的列昂尼德,开了一家家具寄卖店,把从老太太们手里买来的古董以三倍的高价卖出去,赚得利润,然后把家里装扮得极其豪华。在这酷似古董沙龙的家里,列昂尼德来自乡下的岳父只能与窗台上的鸽子对话。因此布景的动机单纯直白:古董式豪华的家具、巧取豪夺的女婿并不能改变老人寂寞的心理和孤独的生活,豪华家具只能徒增老人无人所需的凄凉晚景。

这种借用场景突出剧中人生存状态的表现手法似乎完成于无形,但

---

① Текст пьесы «Ретро» цитируется по: http://a-galin.ru/.

效果却触目惊心。剧本《晨星》中对姑娘们暂住的简易房的描写也同样令人心生悲凉:"简易住房的屋顶已经破烂不堪。四面墙壁已是道道裂缝。……房间里暗了下来。阳光透过缝隙照在用木板钉死的窗户和几排生锈的铁床上。"① 这就是1980年莫斯科奥运会期间被驱赶出城的"夜女郎"落脚之处,加林对所选空间戏剧般的渲染,不仅勾勒出人物的社会境地与凄凉命运,也展示了人物的心理状态及人物将与之抗衡的社会现实的凝重。在场景选择中最醒目的是剧作家对夜景的钟爱。

《仿古》的故事发生在傍晚时分。剧本收场时,当老人告别女儿女婿下楼前往车站时,"莫斯科正是夜晚时分。万家灯火。路上人们行色匆匆……老人与三位陪伴他的老太太走在宽广笔直的街道上,头顶笼罩着夜色下忽明忽暗的街灯的光晕"②。街灯昏暗的光晕无疑是一种暗示,摇曳游移与步履蹒跚的老人沉重的身躯形影相吊互成背景,衬托出老人风烛残年的人生及不久于人世的生命,但这脆弱的生命由于老人们彼此的扶持多了前行的动力,多了抚慰人心的感动,也多了活下去的勇气和信心。《晨星》的故事也是发生在傍晚。第二幕开始时,舞台介绍:"月光从开着的房门斜射进来。室内灯光昏暗。亚历山大正在熟睡。安娜在切一块烙饼。劳拉身着晚装。手里夹着香烟和酒杯。"③ 黑夜本身充满了神秘,暗示着诱惑,借助夜的掩护,遮蔽了许多难得见光的阴暗。安娜和劳拉就是在这一背景下聊起了各自遭遇过的不同男人。这时的场景正好适合难以示众的谈话主题,月光和昏暗的灯光使谈话内容更显阴冷暧昧。故事最后,当奥运车队经过山下时,远处灯火闪烁,山上的姑娘见此欢呼雀跃。姑娘们的生活就像这难以穿越的黑夜,而融入这黑夜的远处点点灯火似乎是她们渺茫的希望和无限的向往,也是她们奋力挣扎的理想目标。《捷克摄影》选择的背景也颇耐人寻味。多年未见的老朋友意外相遇,由于以往的经历和遭遇,情感和语言上颇多龃龉,其中一方抱着向对方赎罪的心理,另一方则本着饿死不求人的阿Q精神;双方的经济地位悬殊,精神面貌各异,因此这出戏最好发生在彼此看不清对方表情的夜幕下,或许借助于夜的掩护,彼此省略了直接对视的机会,少了许多面对面的尴尬,赎罪的语言可以大胆真诚,回忆过去可以推心置腹开

---

① Текст пьесы «Звезды на утреннем небе» цитируется по: http://a-galin.ru/.
② Текст пьесы «Ретро» цитируется по: http://a-galin.ru/.
③ См. ①.

诚布公，所以这伏尔加河的夜色是故事的绝好背景。

《女主角之梦》的故事同样发生在黑暗中，当扮演列宁塑像的老演员得知自己不是孤单一人飘零于世，还有女儿和外孙女儿时，老演员的心情是既尴尬羞愧又喜悦莫名，应该说是黑夜为他遮掩了这份复杂情感于面部的显露。年轻时他与一位女演员有过一夜之情，没想到却有了一个女儿，而这位女演员却是他的化妆师的妻子。化妆师的宽容与明达使老演员矛盾的心理显得越发晦涩，所以这黑暗的拍摄现场是表达老人复杂情感的最佳场所，他既可以默默吞噬年轻时由于一时孟浪所酿成的苦果，也可以苟且享受意外获得亲人的喜悦。

《…Sorry》《变异现象》《雨海相会》中的故事也发生在夜色正浓的午夜时分，可以说这除了符合剧情发展的需求之外，更主要的是对人物心理的一种暗示。黑夜不能替剧中人承担什么，却可以包容他们所做的一切，它除可以使人有无限的联想与遐思外，还遮蔽了人们的视线，掩饰了人们的失态，更省却了许多让人心神不宁的污浊和龌龊。我们或许可以把加林的黑夜理解成长期以来处于被压抑遮蔽境遇中的人物的心理，而他们的自我意识或矛盾心理有如黑夜般难以启齿。黑夜似乎给予人们一层保护，人们借助于黑夜的掩护可以恣意发泄，无所顾忌。

六、画龙点睛的剧情手段

加林的戏剧故事里的人物，无论从事何种职业，均善于用典，而一个一辈子从事演艺事业的演员这种用典经历可以算是常态。《女主角之梦》中在舞台上饰演了一辈子列宁形象的演员舒宾因年事已高多年不再接戏，但凭着对扮演了一辈子的列宁的深厚感情，凭着对剧院的热爱，当接到一个扮演"列宁塑像"的角色时，他同样欣然应允，不顾年老体弱早早地来到拍摄现场熟悉场地和台词。当舒宾来到拍摄现场时，只有导演助手在黑暗中不停地打电话，正当置身昏暗之中的舒宾处于进退维谷之际，头顶的小灯突然亮了一支，舒宾脱口而出："这简直是黑暗王国的一线光明。"众所周知，"黑暗王国的一线光明"是俄罗斯19世纪文学评论家杜勃罗留波夫对奥斯特罗夫斯基《大雷雨》（1859）中的女主人公卡捷琳娜的高度评价，而舒宾的用典揭示了他此时的心理：一是因为此情此景正好应合了这一概念；二是，舒宾慨叹今天剧院所发生的翻天覆地的变化，以前是导演围着演员前后左右不亦乐乎地陪着笑脸，唯

恐有了闪失，如今演员已经到场，导演却连人影儿不见，而且连杯茶水甚至连矿泉水也没有为演员准备。正在他抱怨如今的导演对演员的态度大不如前时，头顶上方一盏小灯突然一亮，这对摸黑前行的舒宾来说不啻为"黑暗王国的一线光明"。此时的语言具有极强的动作性，它不仅推动着剧情的发展，为演员接下来发生的故事做了铺垫，而且揭露了舒宾生活中一个极富戏剧性的秘密——拍摄现场意外的亲人收获成为他晚年生活的"一线光明"。尽管"列宁塑像"这个角色滑稽可笑，甚至荒唐，但舒宾却在损失了演员感觉的同时得到了亲情上的慰藉，这份"光明"足以照亮舒宾的余生之路。

　　加林善于使用经典剧情，而当剧本中的主人公是演员身份时，这经典剧情尤其需要。加林在揭示《小丑与强盗》中谢尔盖与其女友之间的关系时，有意识地引进莎士比亚的著名剧目《奥赛罗》（1605）的经典剧情，把谢尔盖比作奥赛罗，把他的女友比作奥赛罗的妻子苔丝狄蒙娜。名剧《奥赛罗》中，奥赛罗因听信小人谗言最后错杀妻子苔丝狄蒙娜。《小丑与强盗》中娜塔莎原来是一位剧院的演员，暴发户谢尔盖把一家文化宫买下来送给她开辟新的剧院，就在娜塔莎考虑如何设计自己剧院时，谢尔盖不时嘲讽挖苦地提到《奥赛罗》中的苔丝狄蒙娜。剧情最后，当谢尔盖怀疑娜塔莎与自己的胞弟亚历山大关系暧昧时，真的就萌生了要杀死娜塔莎的念头，此时的剧情与《奥赛罗》中的剧情如出一辙，如果不是最后亚历山大成为谢尔盖的替罪羊被人暗杀，也难说谢尔盖和娜塔莎之间不会惊现《奥赛罗》中悲剧的一幕，最终故事以开放性的结尾给读者留下无限遐想。显然，当经典剧情与加林剧情并行不悖并肩前行时，敏感的读者已经猜测到，这阴魂不散绕来绕去的暗示不会如此简单，此情此景迟早会发生。

　　用典于加林的剧本中不计其数，不一而足。加林的善于用典无疑体现了作家本人理想主义的天性，对自己的人物太过溺爱，担心伤害他们，于是以各种理由各种途径袒护他们。此外，加林善于在剧本中使用"静止动作"，即"沉默""停顿"。"虽然此时剧中人物既没有外部形体动作，也没有说什么台词，但在停顿的那一瞬间却有着丰富的内心活动，并能通过演员的姿态、表情将其传达给观众。"① 我们不妨以使用沉默次数多达近百

---

① 张先等：《戏剧艺术》，桂林，广西师范大学出版社，2005年，第61页。

次的《仿古》来分析一下加林的"沉默"的潜台词。住在莫斯科女儿家里的乡下老人感觉不习惯,一心想回乡下,女儿女婿不放心让他回去,可又没时间照顾老人,老人基本上算是家里的半个佣人,做饭兼打扫卫生无所不做,还负责接听电话并记录电话内容;在没有与老人商量的情况下,女婿竟做主为他在莫斯科找老伴,且出现了一个晚上同时来三位老太太相亲的滑稽场面。剧本中的停顿和沉默随处可见,尤其以相亲场面为甚。这里的沉默和语言的停顿表明所有剧中人对突发事件缺乏思想准备,无论如何也没有料到三位定于不同时间见面的老太太会在同一时间里出现,场面窘迫而尴尬,人物陷入短暂的沉默。同时沉默也说明所有人尤其是乡下老人内心的惶惑不安,凸显老人与女儿女婿无法沟通、与新相识的老太太无法交流的晦涩心理。加林的这种赋予沉默以丰富的潜台词,对人物心理活动的暗示设计,比千言万语巧舌如簧更强劲有力。

  应该说,停顿和沉默是加林制造悬念、加强暗示的特殊表现手法,其每部剧本中沉默及停顿的使用从五十次到百次不等,这一惊人之多的沉默具有丰富而复杂的内涵。如《伴奏者》中无处不在的沉默暗示了一种人与人之间交流的不畅。年轻人格利沙因对所照顾的老人的财产心存觊觎,因此与老人之间的交流常常形成一种滞涩,剧中停顿、沉默的频繁使用使剧作节奏拖沓,表现出人与人之间在紧张激烈的矛盾冲突中复杂而微妙的心理变化,勾勒出人物心照不宣的内心较量导致的失语现象。《雨海相会》中一群应召女郎和航天科学家之间的对话也显得支离破碎,然而人物吞吞吐吐、犹豫迟疑的表述淋漓地再现了人物由于身份、地位、环境、年龄等因素造成的无法达成共识的语言的凝滞,揭示了人物混乱矛盾的思想状态与空洞迟疑的思想内涵。《图书管理员》的人物关系——公公与儿媳之间、夫妇之间、继父与养子之间、同母异父兄弟之间、恋人之间——复杂暧昧悬念重生,因社会、政治、家庭等原因必须相聚时,人物欲言又止,意犹未尽。此时语言的停滞并不代表思维的停止,适当地"保持沉默常常是一种故意的、生动的、富有表现力的动作,而且它经常代表某种十分明确的心理状态"[①]。加林利用停顿这种抒发人物内心情感、刻画人物内心世界的手段为人物与受众提供了深邃的思索空间,起到了"于无声处听惊雷""此时无声胜有声"的作用。正如焦

[①] [苏] 斯坦尼斯拉夫斯基:《斯坦尼斯拉夫斯基全集》(第二卷),林陵等译,北京,中国电影出版社,1958年,第56页。

菊隐先生所点评的那样:"'停顿'是现实生活本身的节奏,越能接近生活的,便越能理解。现实生活中最深沉有力的东西,便是'停顿'。它既表现刚刚经历过的一种内心纷扰的完结,同时又表现一种正要降临的情绪的爆发,或者某种内心的期待。……人物精神世界和生活的内在律动,都是靠'停顿'来表现的——这是一种最响亮的无声台词。"①

除用典故和沉默手法来表现人物的心理状态外,加林还善于使用动物形象来烘托人物的内心世界。应该说,加林的动物不是一个可有可无的点缀,它们在剧本中的出现含义特殊,作用非凡,它们是剧本的一个流动的暗示。我们前面提到过《仿古》中的鸽子就是这样的一个形象。剧本一开始就是老人与鸽子的交流:"咕咕—咕咕……你好,你好,小傻瓜!我等了你好半天了,你这个没良心的到哪里去了?吃点面包吧……不想吃……喝点水吧…… 只是不要打碎盘子,不然我会挨骂的。别怕……我们已经认识三天了,可是你还是怕我。我不会碰你的。我在库尔斯克也有一个鸽子窝。……我是第二房管局的屋面修理工。也是像鸟儿一样生活在屋顶上。屋面下面的一切可以尽收眼底,谁家举办婚礼,谁家举办葬礼我都知道。"② 我们对老人的认识正是从老人与鸽子的"对话"开始的。老人原本就喜欢鸽子,这一次进城生活环境变了,这凉台上的鸽子便成了他唯一的挚爱。加林的设计老道而符合逻辑,老人的女儿、女婿都很忙,根本顾不上老人,对老人以前生活的了解不可能通过他们,因此鸽子成了老人可以倾诉的唯一对象,它起着揭示老人身世的作用,是老人孤寂生活的唯一的忠实伙伴。第二幕开始时,当所有的闹剧都已结束,所有的人都已离开,只剩下老人一个人时,老人走到窗前,看见了鸽子,又接着向它讲述自己的工作和生活:"你还在这儿……你看,朋友,应该死了,可我还活着。上帝不想要我。你替我求求他吧。我修了多少屋面——数也数不过来,他应该尊重屋面修理工。"③ 整个剧情中,老人前后两次与鸽子"对话",说的都是自己的生活、陈年往事。老人与鸽子尽管语言不通,但不影响彼此的情感交流,可以说,这位忠实的动物听众,其存在是一种烘托,一种渲染,反衬老人的孤独寂寞。

---

① [俄] 契诃夫:《契诃夫戏剧集》,焦菊隐译(译后记),上海,上海译文出版社,1980年,第 423 页。

② Текст пьесы «Ретро» цитируется по: http://a-galin.ru/.

③ Там же.

与此类似，《图书管理员》中的猪、《小丑与强盗》中马戏团的动物和《新的分析逻辑》中的牛羊也都是其主人的生活依靠和支柱，不仅是物质上的，更是精神上的。它们甚至不是普通的动物，每个动物都有自己的名字，它们是主人的伴侣，陪伴主人度过无数个寂寞无聊的日子，主人的话语与它们的叫声通常达成一种共鸣与默契，相映成趣。《新的分析逻辑》中的彼得罗夫娜根本没把莫尼卡当成一头母牛，跟它唠叨起来就像是跟自己的老朋友一样，半是抱怨半是疼爱。游手好闲的丈夫和不务正业的女儿很少出现在乡下彼得罗夫娜的身边，陪她最多的是她养的奶牛莫尼卡和奶羊罗兹卡，它们成为她的心事、牢骚和苦闷的唯一忠实的听众。剧本中的动物比人单纯可爱，对它们从来无需设防，它们是完全可以信赖的无言的朋友。加林的这些动物形象在某种程度上成为一种象征，它们的存在展示物化了的社会中人与人之间的冷漠与疏远，人与人之间沟通的滞涩与交流的艰难，而加林的剧本正是在普通的生活上做文章，以特殊的形象和手法揭示生活中的人与事。

加林的剧本中还有一种人不能被忽视，他们是生活不能自理的智障人和残疾人，他们通常从事糊纸盒这样一些简单的工作。如《晨星》中的亚历山大和《图书管理员》中的帕沙，尽管智力上不如常人，但因心灵不受世俗干扰，他们精神高尚，思想单纯，因此他们做人的善良和厚道往往超于常人。可以说，在他们身上我们看得出剧作家的良苦用心：用他们的纯洁朴实衬托出正常人的急功近利、利欲熏心和不择手段。

加林是位不折不扣的全知全能的戏剧人，其剧本中的描写，很容易让人联想到戏剧场面，也很容易勾勒出人物轮廓，应该说其剧本是为演出而写的。一部好的剧本应该是文学性与舞台性之间保持适当的平衡，这方面，加林是处理较成功的一位剧作家，或许这与他年轻时做过演员有关。剧作家有丰富的舞台经验，懂得舞台与受众的心理，所以其剧本既经演又耐看。应该说，加林的故事没有人物性格的夸张表现与激烈的矛盾冲突，鲜有错综复杂的人物关系和讳莫如深的情节背景，以日常性见长，讲述着普通人的普通故事。其剧本中鲜有冗长的话语，和牵强附会的解释，相反，其中有很多欲言又止的成分。加林的故事情节尽管不见迂回曲折，也极少险象环生，但能让受众保持恒久的兴趣、满足期待的心理，萦绕始终的忧伤而怅惘、美好而浪漫的苏联式怀旧情结概乃为重要原因之一。

第二章 当代俄罗斯荒诞派戏剧

第一节 俄罗斯荒诞派戏剧的发展历程

兴起于20世纪50年代的西方荒诞派戏剧对俄罗斯戏剧的现代化进程产生了极大的影响,为这一戏剧流派在俄罗斯的发展提供了充分的理论指导与丰富的实践经验。但由于受到20世纪中后期俄罗斯特殊的社会历史环境的影响,荒诞派戏剧在俄罗斯的发展时断时续,曲折迂回,并带有这一时期俄罗斯民族独特的历史、文化与心理印记。

安·阿马尔里克(1938—1980)是最早在这一戏剧领域开始创作实践的俄罗斯剧作家之一。他深受尤奈斯库(1912—1994)、贝克特(1906—1989)等西方荒诞派剧作家的影响,在戏剧创作中力求模仿西欧荒诞派戏剧的艺术形式与美学手段,同时运用心理分析法来反映苏联文学领域禁忌的题材:政治高压对人性的压抑,性的自由与偏常,社会的残忍与暴力。安·阿马尔里克的代表作有:《我的姑妈住在沃洛科拉姆斯克》(1963—1966)、《丑女梅丽·艾妮的十四个情人》(1964)、《东西方》(1963)、《老生常谈》(1964)和《杰克叔叔是一个随波逐流的人吗?》(1964)。这些作品体现了剧作家对苏联社会道德状况、价值体系与文化观念的思索。阿马尔里克主要沿袭了西方荒诞派戏剧的艺术形式,但没能从哲理高度探讨人的存在以及人与环境之间的荒诞关系。俄罗斯荒诞剧的这一思想主题从亚·万比洛夫(1937—1972)开始逐渐得到探索与发掘。

万比洛夫继承了戏剧大师果戈理、契诃夫的幽默传统,并把俄罗斯文学的这一宝贵财富同西方荒诞剧的艺术形式相结合,创作了荒诞剧作《与天使在一起的二十分钟》(1962)、《密特朗巴什故事》(1970)。剧作家力求揭示人在脱离社会、历史和迷失自我之后而陷入的生存荒诞。

西方荒诞剧中人物一般因"孤独"和"异化"而感到存在的荒诞，而万比洛夫的人物思想荒唐、内心混乱，但自己对此却全然不知，这种麻木不仁、浑浑噩噩的生存方式显得更为荒诞与可悲。在表现"异化"这一主题时，西方荒诞派剧作家着重突出物质的膨胀对人的压迫与异化，而万比洛夫则认为，俄罗斯的社会变革使人们丧失了世世代代形成的美好的民族传统，失去归属感的人在历史的激流中感到孤独无助，惶恐不安。

第二节　精神失落的惶恐——当代荒诞派戏剧

万比洛夫之后的俄罗斯剧作家通过夸张的艺术手段，反映当代人日趋恶化的生存境遇，构建出一幅幅更为荒诞的世界图景。德·普里戈夫（1940—2007）和弗·索罗金（1955—）在荒诞剧的创作中实践了概念主义的美学原则，力求摒弃传统的语言手段，消解词汇所负载的语义内涵，消除语言手段与非语言手段之间的界限、不同语体与不同学科词汇之间的界限。普里戈夫的《第五十个字母》（1985）反映了苏联时期宣传的理想社会的虚假性以及苏联政权的诞生、强大与坍塌对作为个体的人的命运产生的悲剧性影响。索罗金的《消解词法的嗜好》（1990）则进一步体现了概念主义美学原则的宗旨：艺术只有在摆脱繁杂的构词规范之后才能真正地发掘自己的语义潜能，履行其文化使命。

普里戈夫与索罗金漠视语言规则、消解词义、混杂语体的"解构"手段在后现代主义剧作家普列斯尼亚科夫兄弟的荒诞剧中得到了进一步的实践，但他们剧作中的荒诞不再具有任何意识形态的内涵，而仅仅是包罗万象的大千世界的一个组成部分。《身体的到来》（2000）中荒谬可怕的事物闯入惯常的生活时并没有遭到人们的抵制与驱赶，他们对此置若罔闻，处惊不怪。由此可见，后荒诞时期的剧作家对人的存在的态度更为消极，他们已经不再抱有 20 世纪剧作家消除荒谬、回归家园的梦想。此外，亚·热列兹佐夫的《古老的克里姆林宫城墙》（1993）、《钉子》（1997）、奥·叶尔涅夫的《第三只眼》（1997），德·利普斯克罗夫的《畸形人之家》（1991），奥·博加耶夫的《死耳朵》（1995）、《末日汤》（2000）、《橡胶王子》（2002）、《33 个幸福》（2004）、《玛利娅战

场》（2005）、《下行路》（2008）、《斯坦尼斯拉夫斯基的樱桃地狱》（2010）等当代剧本也弥漫着典型的西方荒诞派戏剧的特点。"即兴的戏剧成分、自由的结构、无戏剧动作的人物、悲喜剧融合、崇高与低俗的融合"① 成为这些荒诞派剧本诗学的基本特点。

俄罗斯荒诞剧由现代主义向后现代主义过渡中有一位风格独特的剧作家。一方面，她大胆探索新的戏剧形式，与时俱进；另一方面，她的剧作中又渗透着对传统的深情眷恋，对失去乐土的不断追忆。她就是尼·萨杜尔（1950—）。因独特的创作其剧本被多种定位——后现代戏剧（Н. Лейдерман，М. Липовецкий）、荒诞派戏剧（Б. Бугров，И. Кунунникова）、先锋派戏剧（М. Громова）②、魔幻现实主义（Е. Старченко）、末世论的现实主义（И. Скоропанова）等，而与这些定位标签不同的是，萨杜尔认为自己是最"保守的"③ 俄罗斯作家，她的戏剧创作开辟了一个现代主义向后现代主义过渡的实验场。其荒诞剧创作中利用了这一戏剧流派典型的艺术特征——戏剧情节离奇古怪，对白缺乏逻辑，人物行为乖僻滑稽。但她的剧作中却没有后现代主义剧作家对叙述层面的解构、对情节与冲突的淡化、对词汇语义的消解。萨杜尔的荒诞剧中贴近现实的真切描写同虚无缥缈的神话虚构穿插交错，合乎逻辑的情节与荒诞不经的故事交替出现，优美规范的文学语言与大众化口语混杂交织。其剧作犹如一个五光十色的织物，色彩缤纷的语言丝线编制出一副荒诞离奇的世界图景，同时，它又像是一幅色彩斑斓的拼贴画，一块块经典文学上剥落的碎片述说了一个发端于传统的荒诞的现代神话。

从总体来看，西方荒诞派戏剧对俄罗斯这一流派的影响主要体现在艺术形式、创作手段、题材等方面。俄罗斯荒诞剧派的戏剧家从经典文学中汲取了"笑文化"的传统，丰富了讽刺性模拟的手段，并把对神话的解构上升为对神话的重构，通过戏剧文本同传统文化、神话传说、经典文学的对话演绎出当代文化背景下的现代神话。在戏剧的

---

① Васильева С. С. Пути развития русской драматургии конца XX века // Вестник ВолГУ. Серия 8. Вып. 11. 2012. С. 100.
② Там же. С. 98.
③ Семеницкая О. В. Поэтика сюжета в драматургии Н. Садура // Автореферат диссертации. Самарский государственный университет. 2007. С. 3.

主题上，俄罗斯荒诞剧不仅仅停留在对人的存在问题的思考上，而且力求表现社会道德关系的荒谬。荒诞作为书写无意识的手段，在俄罗斯荒诞剧中更多地表现为集体无意识，它揭示了在反自然、反人性的思想意识的影响与极权统治的重压下，人的社会心理受到的迫害和畸形变化，体现了剧作家对俄罗斯民族面临的精神危机与传统文化缺失的忧患意识。

第三节　荒诞的"现代神话"——尼·萨杜尔

尼娜·萨杜尔出生于新西伯利亚市，从 20 世纪 70 年代开始尝试文学创作，1983 年毕业于高尔基文学院、罗佐夫和维什涅夫斯卡娅戏剧讲习班。同年，两年前创作的第一部剧作《奇异的农妇》发表。此后，其戏剧创作进入多产期。1989 年，第一部戏剧集《奇异的农妇》问世。90 年代开始，萨杜尔出版了《南方》（1992）、《女巫的眼泪》（1994）、《花园》（1997）等多部小说集。此间，她没有间断戏剧创作，1999 年，出版了第二部戏剧集《晕厥》。萨杜尔的剧作是列宁格勒共青团剧院与青年演员剧团"人"的主要保留剧目，其中许多剧作被译成外文，在意大利、加拿大、瑞士等欧美国家上演。

萨杜尔的戏剧创作根植于传统，同时又具有鲜明的时代特征。作家的一部分剧作情节生动、完整，结构匀称、和谐，体现了她对戏剧情节统一性的追求，同时她的另一些代表作却深受荒诞派艺术创作的影响：戏剧情节荒诞离奇、亦真亦幻，人物行为乖戾、内心孤独，时空自由流转、任意拼接。萨杜尔的作品仿佛是一个糅杂了各种创作风格、手法、体裁的"万花筒"。在这里细腻的抒情与尖刻的讽刺、揶揄彼此交融，悲剧的情节中不乏闹剧的成分，幽默、诙谐的语言、滑稽的动作可以表现最为严肃的主题。对一些经典文学作品的仿拟尤其说明了文学的传统性与现代性在萨杜尔创作中奇特的共存与交织。这体现了剧作家以经典文学为根基，运用荒诞派的艺术手法，反映现代人生存境遇的独特艺术风格。因此，萨杜尔的戏剧创作融合了她对传统文学的继承与当代文学诸多艺术革新手段的尝试。

一、卑微而崇高的戏剧人物

萨杜尔的戏剧人物常常是一些外表奇特、富于幻想，又敢于行动的

人。他们渴望像平常人一样生活，但始终不能摆脱被排斥、受压抑的"局外人"的身份。冷酷的现实一次次打破了他们的梦想，把他们抛入生活的深渊。然而，生存境遇的严酷和存在的荒诞却不能熄灭他们内心深处的人性之光和重建秩序的梦想。

1. 虚实交织的境遇

萨杜尔戏剧人物的生存境遇真实可触而又神秘虚幻，极具象征意味。剧作家运用梦境、幻觉、变形、夸张等手段来表现人物复杂多变的境遇，营造了一种人鬼共存、虚实相依的神奇情境。《奇异的农妇》（1981）中的利季娅·彼得罗夫娜在帮助集体农庄收土豆时与其他人走散，她独自一人走在空旷的田地里，"远处是枯黄的树林，天空灰暗，寒意袭人，四周的景象单调而空旷"①。这冰冷、荒凉、灰暗的景象似乎在暗示着会有什么令人不快的事情发生。而行为怪异的农妇的出现印证了这一预示，她把利季娅引入一个陷阱，随即整个大地发生了奇异的变化：原有的地壳开裂、脱落，露出了光洁平滑的新地表。利季娅所有的亲人和同事都在这次剧烈的自然变化中被卷入了大洋，只剩下她一人独自留在世界上。原来，这个妇人是"世界之恶"，她在吃掉所有人之后自己也会死去，所以要留着利季娅慢慢享用。为了让她不觉得寂寞，农妇复制了利季娅身边所有的人，这些复制人看上去同真人没有什么区别，但实际上原来真实的人们都已经不存在了。这是一个具有浓厚象征意味的境遇，突如其来的灾祸打破了人们惯常的生活，主人公置身于一个极端的情境中，在孤立无援的境况中面临着与"世界之恶"的对抗。第二幕中利季娅回到从前的生活轨道之中，所有的同事都发现了她的变化，工作心不在焉，神情恍惚。而利季娅也发现周围的人的确不复存在，他们的目光空洞无物，他们只是真人的复制品，是仿真的空心人。人们在互相证实自己的存在时彼此攻击，恶语相伤，暴露出从前精心掩饰下真实的自我：虚伪、自私、贪婪等种种缺陷。每个人物都是真与假、善与恶的混合体，使人感到真假难分、是非难辨。剧作家把人物抛到一个完全荒谬、陌生的境遇中，剥去他们的一切伪饰，展现真实的内在，从而实现了对其心灵的深度逼视。

梦境直呈是剧作家营造人物虚实交织的生存境遇的重要手段之一。

---

① Текст пьесы «Чудная баба» цитируется по：http：//lit.lib.ru/s/sadur_n_n/text_0030.shtml.

梦境是虚幻的、荒谬的，它是"一种记忆、经历、杜撰、荒唐和即兴的混合体"①。但同时又是梦者意识的反映，人物在梦中的心理常常和他在现实中的某种经历和体验有密切的联系。看似荒诞不经的梦境如同现实生活的哈哈镜，人物真实的经历在梦中被夸大、变形、扭曲，形成了一个光怪陆离的世界，呈现出人物在现实生活中被无情压抑的某种欲望与意识。剧作《冻僵了》（1987）的主人公娜佳经常穿梭于这样的梦境中。娜佳在一家剧院做保洁工作，她用这份卑微而辛苦的工作养活自己和游手好闲、频繁更换男友的妈妈。她打算用来买双靴子的钱都被妈妈挥霍掉了。在冰天雪地的冬日里，她穿着拖鞋一次次去院子里倒污水。剧作的结尾是娜佳做了一个奇异荒谬的梦。她在梦中感到冬日的天空异常晴朗，仿佛有一个闪闪发光的金球从天空中滑落到她的房间里，一股舒适的暖意顿时在她周身荡漾开来。渐渐地，这个球体变得越来越热，越来越耀眼，娜佳感到浑身燥热。之后，又仿佛有无数个小火球挤进屋来，塞满了各个角落，把整个房间照得灼热刺眼。其中一个巨大的金球变成了球形闪电，使娜佳感到灼热难忍，烦闷窒息，她大喊妈妈，并在惊呼中醒来。而妈妈却一脸漠然，若无其事地向鼻子上扑着粉。这个梦乍看没有什么特别，其实，它好像一面反视镜，是对主人公现实生活境遇"反其道而观之"的映照。它体现了经受严寒侵袭、饱尝人间冷漠的主人公渴望温暖的潜意识。梦游走于现实与超自然之间，它往往以抽象的形式表现出主人公最真实的情感、欲望和意志。萨杜尔的人物的梦境呈现了最隐秘的内心世界，表现了比梦更为荒诞的非理性的现实和它对人的异化。

2. 奇异古怪的形象

贯穿 20 世纪的"异化"主题在当代戏剧中仍然颇受关注，这不仅反映了当今人的生存境遇日趋荒诞的状况，而且说明了哲学思维对当代戏剧思维的持久、深刻的影响。剧作家运用梦幻与现实的糅杂表现了人物生存境遇的虚幻恍惚、荒谬可悲。残酷的现实像一个巨大的泥沼，而身陷其中的人物就是它的牺牲品，他们承受的是身体与精神的双重苦难。在物质文明对人的异化不断加剧的今天，戏剧的主人公早

---

① ［瑞典］斯特林堡：《斯特林堡文集》第 4 卷，李之义译，北京，人民文学出版社，2005 年，第 245 页。

已不是形象高大、才智过人、行为高尚的史诗般的英雄，取而代之的常常是其貌不扬、业绩平平、语不惊人的普通人。而萨杜尔塑造的许多人物是同现实人物差异很大的相貌奇特、行为古怪、常常被某种魔力困扰的人。他们的生活中充满了令人诧异的神奇故事与经历。法国超现实主义者布勒东认为："神奇性永远是美的，无论什么样的神奇性都是美的……"①从这方面讲，萨杜尔的人物无疑具有一种非常态的"奇异之美"，他们对审美主体产生的吸引和震慑远远超过司空见惯的人物形象。

《鼻子》（1986）中的主人公伊尔玛的鼻子又尖又长，好像俄罗斯民间故事中凶恶的老妖婆的鼻子，没有人敢看她的眼睛，因为她的目光会令人不寒而栗、心情沉重。据说，所有和她同桌过的人都会变得面色苍白，神情呆滞，不停地打喷嚏，成绩也会下降。在她曾就读的技术学院里，所有的同学都对她望而生畏，嫌弃厌恶。甚至有人私下里说，她会在别人的心脏里打个洞，把他们体内的活力全部吸走。奇特可怖的相貌使伊尔玛感到孤独、苦恼，为了拥有一个正常人的相貌，像其他人一样生活，她去做了整形手术，把丑陋的鼻子修复成正常的样子。然而，被她请来做客的同学们却认为，鼻子的变化并没有使她的相貌有所改观，她的目光仍然令人生畏。在同学们无情的讥笑与挖苦中伊尔玛所有美好的愿望都彻底破灭了。伊尔玛这个形象的塑造显然受到俄罗斯民间创作的影响，童话中住在鸡脚木屋中的老妖婆是邪恶的象征，童话的正面人物在同她的斗争中体现出正义、善良和勇敢的品质。但在这个剧作中恰恰相反，外表丑陋的伊尔玛实际上聪明、善良、慷慨。而她按照最美丽、最聪明、最幸福的标准挑选出来的同学们却表现出贪婪、虚荣、冷漠和愚蠢。

《奇异的农妇》中的农妇行为怪异，她似乎从天而降，出现在利季娅身旁。妇人的姓也很不寻常：乌比延科——它在俄语中同"杀害"是同根词。同她在一起，利季娅不时会感到胸口难受。这个象征着"世界之恶"的妇人形象似乎是鬼怪、巫术、超自然现象的混合体，她的身上又显然带有斯拉夫人古老的宗教——多神教中自然之神的某些特征。《可爱的，火红的》（1992）中塑造了一个更为怪异的形象，这

---

① 柳鸣九主编：《未来主义·超现实主义·魔幻现实主义》，北京，中国社会科学院出版社，1987年，第172页。

是一个人面兽身的小东西，它的个头很小，声音尖细，身上长着棕红色的毛，而那张小小的脸竟然同主人公娜塔莎长得一模一样，身上还穿着娜塔莎为准备学校考试而缝制的微型道具服装——一件白色带红点的小衬衫。每天夜里，娜塔莎都听到帘子那边房东老太太和一个尖细的声音含混不清的对话，她被这些奇怪的声音弄得彻夜不眠，诚惶诚恐。终于有一天夜里，隔在屋子中间的帘子抖动起来，从里面钻出来一个非人非兽的古怪东西。娜塔莎壮着胆子，学着迷信的房东老太太的语气问："是祸是福？"她立刻得到了答案："大概是福。"① 过了两天，奇迹发生了，男孩谢廖沙向娜塔莎求婚了。萨杜尔的人物相信，世界上存在许多无法解释的神秘力量、现象和奇迹，它们同人们的日常生活交织在一起，编织出一种扑朔迷离的"神奇现实"。

这些远离日常经验与审美判断的人物形象通常会给审美主体带来与众不同的体验，从而达到对深层事物的认识和对异化的思索。萨杜尔把易卜生、梅特林克提出的异化与反异化的主题进一步深化，深刻表现了现实社会与人相对立、是非颠倒、混乱无序的状况，强调人的自我意识，力图揭示在荒诞的境遇中人的本质特征与真实所在。

3．尚未沉沦的心灵

俄罗斯戏剧深受本民族独特的人道主义文学传统的影响，对处于社会底层的"小人物"给予深切的同情。这一关注"小人物"的命运、同情其遭遇的传统在萨杜尔的戏剧创作中有着十分清晰的投影。萨杜尔的许多人物都是在当今残酷无情的社会现实中被边缘化了的失意人，从某种程度上说，他们步履维艰的生存故事谱写了高尔基《底层》（1902）的续篇。

《冻僵了》中的列伊拉是一个从塔吉克斯坦到莫斯科打工的姑娘。她有12个兄弟姐妹，父亲性情暴戾，常常对孩子拳脚相加，家里每个孩子都挨过打，列伊拉也不例外。她的下巴被打歪了，耳朵也成了父亲坏脾气的牺牲品，因此，她同别人说话的时候嗓门很大，而且常常所答非所问。《飞行员》（2009）中的主人公保罗是一个退休老人，他在1941年接到斯大林亲自委派的特殊任务，参加去北极的考察，在饥寒交迫中

---

① Текст пьесы «Маленький, рыженький» цитируется по: http://lit.lib.ru/s/sadur_n_n/text_0070.shtml.

差点丧命。但正是这样一个对祖国一片赤诚、立下了赫赫功勋的极地考察飞行员却被当今社会无情地遗忘了，孤独与莫斯科漫无边际的黑夜是他忠实的伴侣，少得可怜的养老金甚至不足以购买生活的必需品。剧中另一个人物——塔吉克人在莫斯科做清洁工。每天凌晨，当这个神秘、可怕的城市还在熟睡的时候，他就开始了清扫街道的工作。在寒冷的莫斯科他常常感到饥肠辘辘，心神不定。《鼻子》中的伊尔玛身边没有一个亲人和朋友，一直和她住在一起的奶奶死了，哥哥坐了牢，同学们因为她长得像巫婆，都不敢和她交往。

　　这是一群被社会无情抛弃的人。他们贫穷落魄，在这个物质极大丰富的社会里却常常食不果腹；他们地位卑微，周围人无情的耻笑与讥讽令他们不寒而栗；他们孤独无助，被冷落与排斥后的孤寂如同深夜的黑暗吞噬了他们生活中的阳光。然而，正是这些在生活的无情打击与重压之下艰难生存的"边缘人"，不经意间的言行却常常流露出令人温暖与感动的情感，这是让那些自以为有身份、有地位的体面人感到陌生的一种情感。

　　列伊拉看似古怪的外表下有一颗真诚、热情的心。在同娜佳一起清扫剧院的时候，她看到娜佳脚上只穿着一双拖鞋，就劝告她应该穿双能御寒的靴子来上班，还不时地提醒她不要把脚弄湿，那样会冻僵的。她这些平常的话语中包含着对同伴的同情与关切。在莫斯科一个寒冷的夜晚，塔吉克人在院子里清扫积雪时，看到走出来的保罗老人脚上只穿了一双拖鞋，厚厚的积雪灌进他的鞋里，塔吉克人紧跟老人，不停地把他周围的积雪清扫干净，以免积雪把他的脚弄湿。之后，保罗老人把清洁工带回到自己家里，用热茶和点心款待他，让他拿走家里所有的糖并把伴随自己几十年的唯一一床棉被送给了他。同样举步维艰的老人和清洁工用自己特有的方式关心着对方，使这个可怕而寒冷的莫斯科之夜有了一些暖意。伊尔玛得知娜塔莎和沃洛佳打算结婚时，决定让出自己的住宅给他们住。娜塔莎和沃洛佳对此大为吃惊，而伊尔玛只是平淡地说："我想做些善事。"①

　　萨杜尔的人物不是史诗般的英雄，他们没有做出什么惊天动地的壮举。但严酷现实的沉重乌云没能遮掩这些卑微的人物身上散发出的人性之光与心灵之美。他们身上未曾泯灭的"大写的人"的品质如同长夜里

---

① Текст пьесы «Нос» цитируется по: http://www.theatre-studio.ru/library/sadur_n/nos.html.

的寥寥星辰,闪烁着高尚而美丽的光芒。这些在现实的黑暗中显得那样冷落无助的美好情感更加反衬出人际间的隔阂与冷漠、世界的颠倒与迷乱。

4. 对重现光明的追求

现代人与周围环境的关系越来越不协调,甚至处于对抗的状态。他们受到日趋恶化的生存境遇的压迫,内心充满焦虑、压抑和痛苦。"在这个骤然被剥夺了幻想和光明的世界里,人感到自己是一个局外人,这是一种无可挽回的放逐,因为他们被剥夺了对失去故土的记忆和对福天乐土的希望。"①萨杜尔的主人公渴望混沌的世界重现光明与秩序,并为实现这个梦想艰苦地努力。

《朝霞一定会升起》(1982)中的维克多是一个客车司机,一天他开车时,突然有一只狼窜到马路上,被车压了。这件事使维克多深受震撼,他辞去了工作,并开始酗酒。他认为,狼是夜间活动的畜生,是黑暗王国的象征,它光天化日之下跑到街上,遮住了朝霞,打破了秩序。他说:"世界上应该有秩序,否则就会是一片混沌。应该建立起秩序,哪怕是自己受苦也要这样做,那时,朝霞就会燃烧起来……应该战胜黑暗和无序……"②男孩叶戈尔的爸爸是个惯犯,因此他被人们轻蔑地叫作败类,叶戈尔被维克多和他的妻子卓娅神圣的爱情所感动,深深地爱着他们,把他们当作自己的父母,愿意为他们做一切事情。"我会为你们赢得胜利!重建秩序!为你们唤醒朝霞!"③ 维克多和卓娅恳求叶戈尔杀死他们,因为在这个没有秩序的世界里他们已经看不到生存下去的意义。叶戈尔只好满足了他们的愿望,随即,他在城市里消失了。乔装打扮成农妇的莫佳在荒无人烟的密林中发现了他。此时,只有15岁的叶戈尔已是满头银发,好像一个老头子。他曾经同狼群搏斗,胸口上满是被抓破的伤痕,但他勇敢地制服了狼群,学会了像狼一样嚎叫,同它们一起分享食物。莫佳告诉叶戈尔,她是乘直升飞机来追捕他的,抓住他的报酬是晋升职务。人们对叶戈尔体内巨大的能量很感兴趣,他们要解剖他,提取其体内某种罕见的精华。最

---

① 张荣:《形而上的反抗——加缪思想研究》,北京,社会科学文献出版社,1998年,第67页。

② Текст пьесы «Заря взойдёт» цитируется по: http://lit.lib.ru/s/sadur_n_n/text_0060.shtml.

③ Там же.

后，叶戈尔在莫佳的枪声中倒下。叶戈尔冒着生命的危险潜入狼群，制服了它们，似乎完成了维克多和卓娅重建秩序的梦想，但他又成为人们为满足自己物质需求的牺牲品，因此，这个梦想中缥缈的秩序再一次被打破。

　　剧作家还通过对不同人物天壤之别的生存境遇的对比，突出两种秩序的巨大差异，并让人物自己做出自由选择。《乡村货郎走了》（2007）的主人公季托夫是一个俄罗斯新贵。他经营河运港口、承包修路工程，兼做木材生意。他在一个名叫德拉金诺的小村庄后的山丘上修建了一幢高高的仿哥特式别墅。它的窗户好像碉堡上狭小的射孔，上面镶着拼成各种图案的彩色玻璃。别墅豪华气派，里面有大大小小数不清的房间和许多密室。"其中有一个圆形宽敞的大厅，这是书房，上面是球形玻璃屋顶……"① 与这个霸气十足的城堡遥遥相望的是农妇济娜的小屋，相比之下显得那样破旧、寒酸，但她的院子里却是一片生机盎然的景象：鲜花盛开，苹果正在成熟。屋里的陈设简单而舒适、古朴而温馨："几扇窗都开着，窗台上摆着几个插着苹果花枝条的花瓶，而窗外6月的花园里夏季盛开的鲜花已经探进了屋里，桌子上铺着干净的塑料桌布，床边的墙上挂着手工编织的风景挂毯，上面的图案是一个中世纪的城堡和几只在溪边饮水的小鹿，墙上挂着一个用黑色织物装饰的老人的遗像，他的胸前佩戴着多枚空军勋章。此外，是一个板凳、炉子。神龛上摆着几个圣像，它们后面是几根燃烧的蜡烛和一枝已经干枯的柳枝……"② 这是两个完全不同的世界，季托夫的城堡富丽堂皇，但坚硬冰冷，毫无生机，而它的主人虽然腰缠万贯，过着奢华的生活，但内心空虚，孤独寂寞。他用财富为自己修建了一个坚固而沉重的牢笼，过着困兽般的生活。而济娜的小屋简朴平凡，却充满了生机，屋里的每一件物品都让人感到这个普通家庭的许多平常和不同寻常的故事。别墅的主人季托夫最初想给济娜一些钱，让她从这里搬出去，因为他喜欢平坦、开阔的地方，打算拆掉小屋，在这里修一个草坪。后来，当他再次来到这里时，发现小屋的主人不见了，院子里杂草丛生，屋里杂乱不堪，富有、漂亮的农艺师叶琳娜正指挥瓦列尔卡用推土机拆毁房子，她要把这里变成一个玫瑰园。出人意料的是，这一次季托夫竭尽全力阻止叶琳娜的做法，他改变了自

---

① Текст пьесы «Офени ушли» цитируется по: http://lit.lib.ru/s/sadur_n_n/text_0080.shtml.
② Там же.

己最初的想法，想恢复小屋从前的样子，让这里的主人重归故里，甚至想让那几只以前令他不能忍受的小猫也回来。财富的不断积累使人的占有欲和统治欲不断膨胀，然而，物质的不断增长与权利的日益扩张并没有使他们获得满足，相反，加剧了人与自我、与他人以及与社会的矛盾，导致他们心理失衡，甚至扭曲。于是，他们开始对自我存在的意义和曾经渴望摧毁的秩序进行反思，并用行动努力恢复那片失之交臂的"乐土"。

可见，萨杜尔的人物大多生活窘迫，思想古怪，行为孤僻。他们似乎生活在梦中，而且毫不经意地使周围的人也陷入这个幻境。从某种程度上说，他们同"圣愚"似乎很有一些相似之处，在其奇异古怪的外表和令人费解的行为之下跳动的是一颗不曾麻木的心。他们备受折磨，在抗争中寻求平衡，却又往往力不从心。这些人物的出现常常令人感到莫名其妙，就像一个梦。之后，人们恍然大悟，原来生活本身就是一个荒诞不经的梦，而萨杜尔的主人公正在同这个梦展开一场殊死之战。对他们来说，这是一场势单力薄、希望渺茫的战斗，他们唯一的武器就是真诚与信念：即使在最残酷的现实中也坚信，世上存在着某种"神奇的拯救符号"①。

二、传统与现代交叠的戏剧情节

戏剧情节在传统戏剧理论中是一个重要概念。亚里士多德指出："在戏剧的六个成分中，最首要的是情节，情节乃是悲剧的基础，有似悲剧的灵魂。"② 情节决定了戏剧思维的基本走向、基本脉络。萨杜尔的多数剧作情节看似零散，实则具有内在的统一性，冲突则集中体现为人与自我、人与某种象征性情境之间的抽象冲突，包含了人对存在的本质与生存境遇的哲理性思考。她的戏剧创作是对传统创作手法的借鉴、超越与发展，体现了当代剧坛传统性与现代性相互依赖、水乳交融的创作趋势。

---

① Дырдин А. А., Рыкова Д. В. Русская проза 1950-х-начала 2000-х годов от мировоззрения к поэтике. Ульяновск, 2005. С. 104.
② 周安华主编：《戏剧艺术通论》，南京，南京大学出版社，2005 年，第 124 页。

1. 理性思辨的矛盾冲突

"戏剧从来都是以矛盾冲突为中心来结构故事情节，塑造人物形象的"①，传统戏剧实践中的冲突"集中、紧张、激烈、富有传奇性和曲折性"②。自 19 世纪 80 年代象征主义戏剧兴起以来，戏剧实践中出现了淡化与疏离戏剧冲突的倾向，戏剧关注的重点转向了人物的内心世界。萨杜尔的戏剧创作显然也受到这种倾向的影响，人物之间的冲突多表现为"心灵深处"的冲突，也就是人物自身受外部环境影响而产生的不同思想的对抗，以及不同人物之间对现代人生存境遇的不同观念引发的矛盾。萨杜尔戏剧冲突的这一特征在她的几部独幕剧中体现得尤为显著。

剧情的发展与延宕交替进行，互为因果是萨杜尔独幕剧的显著特征。独幕剧《开车吧》（1984）开场时人物间紧张的冲突推动了情节的进展：火车司机得知前方有人卧轨，紧急刹车，他在盛怒之下踢打卧轨的男子，并不断劝说卧轨者离开铁轨，但后者不肯起来，并坚持让司机"开车吧"。男子这一固执的行为使戏剧情节的发展受到了阻滞，但人物对话中又出现了新的冲突。司机向男子讲述他周围的人如何假公济私、钻营贪婪，并表达了自己的愤懑情绪。此时，人物的对话实际是司机的内心独白，它体现了这个诚实本分的人与其生活环境和不良社会习气之间的冲突。由此可见，萨杜尔独幕剧的情节在延宕中进展，延宕是一种特殊的进展形式，体现了情节分布的辩证运动法则。

萨杜尔的独幕剧情节紧张，戏剧人物情感丰富，剧情发展过程中会连续出现几个小高潮，这似乎"补偿"了静止不动的情节。剧作家还常常通过营造"不可信"的情境使剧情发展发生突转，戏剧开场时真实可信的情境会突然间变得虚幻、恍惚。与此同时，戏剧人物的观念发生了"剪接"（不同人物的观念在特定的情境中"移花接木"般对调），这促使审美主体的观念也随之发生变化，而且，每一个新情境持续的时间恰好与审美主体新观念形成的时间相等。

对称性是萨杜尔独幕剧情节结构呈现出的另一典型特征。这个对称结构的分割点常常是一个起承转合的事件。但与传统剧作不同，在这个事件发生之后，原有的戏剧冲突并未消失，只是剧情被一分为二，后半

---

① 周安华主编：《戏剧艺术通论》，南京，南京大学出版社，2005 年，第 114 页。
② 同上，第 115 页。

部分的情节成为前半部分的镜像。这种镜像效果的实现主要凭借两种方式：（1）戏剧情节发展到高潮后，冲突仍然存在，但随着情节的发展又回到原点（《鼻子》《冻僵了》）；（2）最初的戏剧冲突虽然被消解，但它又引发了一个新的戏剧冲突，这个冲突与原来的冲突如出一辙，但矛盾的焦点却转移到另一个主人公身上（《开车吧》《莫罗科布》，1987）。剧作家通过对情节结构的对称安排说明人物同自我、他人以及环境的矛盾冲突是不会完全消失的，外部消减的矛盾可能会在情节分布的不同阶段重复出现，也可能激发新的冲突。

德国哲学家黑格尔认为："主体性格对情境的掌握以及它所发生的反应动作，通过这种掌握和反应动作，才达到差异对立面的斗争与消除（矛盾的解决）——这就是真正的动作与情节。"① 黑格尔用人物性格及其动作来定义情节，强调情节中所包含的强烈的性格要素。萨杜尔独幕剧的情节推进与人物性格的塑造也有极为密切的关系。她的戏剧人物常常是"双面人"，他们的外在形象、行为与内心世界形成极大的反差。这些人物性格"双面性"形成的原因是他们在世上孤独无助的境遇，而人与人之间的冷漠、对抗、缺乏理解又是造成这种孤独感的根源。

黑格尔认为，戏剧冲突的实质是"若干人在一起通过性格和目的的矛盾，彼此发生一定的关系，正是这种关系形成了他们戏剧性存在的基础"②。而萨杜尔独幕剧中的戏剧冲突打破了这个传统定义的界限。个体之间的矛盾并不构成主要的戏剧冲突，因为他们都处在一个共同的情境中：与缺乏秩序的世界的对抗。一般来说，戏剧人物的对白体现戏剧冲突，常常具有辩论的性质。而萨杜尔的对白却是演说式、讨论式的：人物或自言自语地诉说，或共同探讨一些富含深刻哲理性、思辨性的问题。

萨杜尔独幕剧的戏剧冲突是渐变式的冲突：从个别到一般、从具体到抽象、从人与人之间到自我与外在世界之间的冲突。剧作家尤其注重表现人物内心的冲突，这体现了当代戏剧对人的自我和精神现象的把握。剧作家揭示的自我冲突是"普遍人性"所经历的抽象的冲突，是被赋予哲理意味的"形而上"的观念性冲突。而另外一些剧作的戏剧冲突则是

---

① ［德］黑格尔：《美学》（第一卷），朱光潜译，北京，商务印书馆，1996年，第228页。
② ［德］黑格尔：《美学》（第三卷）下册，朱光潜译，北京，商务印书馆，1981年，第249页。

自我与外界的形而上的观念性冲突，是自我与某些象征性的情境之间的冲突。如《百人长之女》（1985）、《奇异的农妇》中的冲突集中体现为主人公与日趋恶化的生存境遇——"世界之恶"之间的对抗。此类冲突中的自我（主人公）是被当作"普遍人性"的一个象征来表现的，归根结底是叙事人的自我投影。因此，剧作家建构的情节框架中的故事具有理性思辨的色彩，营造了情理交融的审美境界。

2. 探寻本真的二元对立

黑格尔认识到："一切事物的发展都是对立双方既统一又斗争的结果，矛盾是一切运动和生命力的根源。"① 萨杜尔的许多剧作情节中都包含着这一辩证哲学思考，其中《被揭发的燕子》（1981）是这类作品的代表作。存在主义哲学的集大成者萨特认为："存在先于本质。人在荒诞中存在，然后通过'自由选择'去创造自己的本质。"② 《被揭发的燕子》是一部蕴含着神秘的存在主义哲学的剧作，主人公苦苦思索着："我是谁"，"我是否存在"这样一些存在主义哲学问题。"社会的荒诞和人的生存境遇的荒诞导致人自身的荒诞和真正本质的丧失。"③ 他们企图通过自己或他人记忆力的丧失与恢复来寻求这个问题的答案。侦探小说式的情节推进结构加强了戏剧的叙述张力，对故事前情的回顾不断推进剧情的发展，错综复杂的人物关系增加了破解谜底的难度，各种传言、猜测更为之蒙上了一层迷雾。《被揭发的燕子》一剧情节的二元对立主要体现在三个方面：1）人物之间的关系；2）时空关系；3）对话的组织。

剧中女主人公阿拉奇卡与其"同貌人"卢娜奇卡难分彼此。人物之间的关系不是对抗，而是互为观照，她们行为的主要特点是对他人角色的模仿。这体现了人物在迷失自我后的茫然、惶恐的感受与通过回忆往事找回自我的努力。但模仿他人行为的企图并未削弱人物的个性，而是使他们更为个性化。

从时空范畴上来看该剧也具有二元对立的特征。戏剧空间是双重的空间，即封闭式空间与开放式空间并存，但这两个空间具有很大的差异性，甚至对抗性。戏剧情节在一个城市的两个不同住宅展开。其中一个

---

① ［德］黑格尔：《美学》（第三卷）下册，朱光潜译，北京，商务印书馆，1981年，第249页。
② 刘建军：《20世纪西方文学》，北京，高等教育出版社，2007年，第177页。
③ 同上，第9页。

是豪华舒适的住宅，室内名贵的家具与价值不菲的古玩都说明了主人奢华的生活方式。另一个是高层公寓中鸟笼般的斗室，居室简陋、陈旧，缺乏生活的气息。后者自身又构成了二元对立的双重空间：居室内局促的封闭式空间与天地间开阔的开放式空间。这两组空间层面的对比营造了一种真实与幻境交织的故事氛围，暗示了情节发展的悲剧性趋势。

该剧的情节模仿侦探小说的典型情节，剧情围绕着"凶手—受害者"这一悬念展开。每个人物的话语都似乎是对交谈对方的拷问，他们在交谈过程中努力追忆往事，甚至企图重新改写过去的经历。但由于人物迷失了自我，丧失了目前的生活空间，企图拥有过去的愿望也就成了泡影。他们的过去如海市蜃楼般虚无缥缈、捉摸不定。人物之间交谈的话题也是二元对立的：爱与恨、生与死、现时与过去、自由与约束等主题贯穿戏剧始终。

《被揭发的燕子》一剧中不同的时空、人物的差异、对照、对比、对抗构成了戏剧情节的二元对立，它不仅增强了戏剧的叙述张力，而且使剧作在整体上产生了一种匀称、和谐之美，体现了剧作家对戏剧情节整一性的独特追求。

因此，萨杜尔的戏剧创作深受以萨特、加缪为代表的存在主义哲学的影响。她的剧作把人存在的意义、人生的选择、与他人的关系等存在主义哲理思想同当今现实生活结合在一起，描写当代人生存过程中的困惑、追求与希望，因此具有鲜明的哲理性和寓意思辨性。

3. "讽古喻今"的情节借用

"借用说是德国梵文学者捷奥多尔·本法伊（1809—1876）于1859年首先提出来的。本法伊和他的追随者们热衷于研究抽象的情节公式从一种文学转移和借用到另一种文学甚至另一些民族文学之中的现象。"[①] 著名美学家鲍列夫在其代表作《美学》中将"借用"列为艺术的相互影响的一种类型："借用，即将一个艺术体系中的因素（情节线、人物性格、结构等）移入另一艺术体系之中。在这种情况下，新作品中可以看出原体系的痕迹。然而借用的因素与新的情调、与被难以觉察地改变了的艺术节奏以及对形象的新的处理熔铸在一起。"[②] 在这里，借用不只是

[①] 陈世雄：《论戏剧中的情节借用》，《戏剧艺术》，1993年第3期，第48页。

[②] 同上。

情节结构的借用，而且包括了人物性格的借用，因而和原型的应用发生了交叉。

当代俄罗斯剧作家常常通过经典文学作品进行修正、位移和重构来拓展全新的创作空间。萨杜尔的《百人长之女》《乞乞科夫老弟》(1998)、《纪念彼巧林》(1999) 可以称作是此类剧作的三部曲。这三部作品都在不同程度上借鉴了经典文本的情节主线。剧作家谈古论今，借助经典文本情节结构发掘当代主题，哀叹主人公的时代命运。《乞乞科夫老弟》一剧借用了《死魂灵》(1842) 的情节主线，剧作家通过对果戈理小说锁闭式结构的否定使剧作《乞乞科夫老弟》的主人公摆脱了走投无路的境地，也使审美主体获得了更为广阔的想象空间。该剧包含了三个文本（其他两个是果戈理的《死魂灵》、米·布尔加科夫的《死魂灵》，1930）交织、共存、互动的复杂关系，其中主要是萨杜尔的剧本同果戈理的小说以及同整个 19 世纪果戈理创作传统的对话关系。

《乞乞科夫老弟》是一部两幕剧，其情节具有"复调"特点。戏剧的开场部分向受众暗示了对果戈理文本的借用，然而随着剧情的发展新文本逐渐脱离了原文本的束缚，直至结局部分受众熟悉的叙事顺序被打破，剧情变得荒诞不经，原文本遭到解构。新旧文本在冲突与融合中形成了巨大的艺术张力。剧作家运用拼贴的艺术手法，打乱时空顺序，使不同的时空内出现的人物和事件同时散乱地呈现于审美主体面前。整部剧作好像彩色玻璃的碎片构成的拼贴画，色彩斑斓，富有立体感。这部剧作将过去、现在、将来交织在一起，使历史、现实、回忆、梦境、想象、幻觉同时出现。从空间的建构来看，这三部作品的空间都呈现出片段性、拼贴组合随意性的特征。这一空间特征决定了作品中人物的共同特征——孤独无助、逃避现实、冒险猎奇、颠沛流离，以及由此引发的人物的共同行为：企图超越裂变为碎片的狭小生存空间的界限。

这三部戏仿经典之作在人物形象的塑造上也有许多相似之处。萨杜尔的人物是后苏联时期文化背景的产物，他们地位卑微、观念偏颇、内心孤独，因此，他们在与环境的抗争和同自我的争辩中不断地寻求内心的平衡。从果戈理的乞乞科夫、霍马到莱蒙托夫的彼巧林，这些人物在萨杜尔的剧中都是"孤独"主题的承载者，他们企图同整个宇宙秩序对抗，同人世间的邪恶抗衡。但"英雄"这一主题在萨杜尔的剧作中逐渐被消解，直至完全被解构。《百人长之女》中的霍马是一个主动与世界

之恶抗衡的哥萨克勇士,然而这一英雄形象在后来的两部剧作(《乞乞科夫老弟》《纪念彼巧林》)中不断被"降格"。《纪念彼巧林》一剧的剧名就体现了"反英雄"的倾向。主人公被剥夺了"英雄"称谓,"降格"为一个线条化、漫画式的"反英雄"。"在传统的'人文主义'作家认为人是'宇宙的精华,万物的灵长'的神话破灭之后,人的形象也失去了传统文学那种崇高美而沦为'反英雄',这种非理性人本意识是对传统的以理性为核心的人本意识的一种反拨。"① 剧作家对人物形象的塑造手法也进行了大胆的创新。剧中的主人公形象一分为二:彼巧林—作家,彼巧林—主人公。作为一个文学形象的主人公彼巧林死掉了,而彼巧林—作家却无力承载这一形象的全部意蕴,因为作家的使命是"无为",他无法参与主人公重建世界秩序的进程。因此,该剧的结尾是开放式的,它为受众提供了一个多元思维的空间,引导他们积极参与到对彼巧林这一人物形象的思辨中来。

对经典文本的借用会激发读者的期待心理:期待故事向已知的方向发展。乍看,果戈理文本的情节与修辞特征似乎自然地融入了萨杜尔的新文本中,但剧情的发展常常会逐渐偏离读者的期待,戏剧的结尾部分原文本的叙事策略与修辞手段被彻底解构,一个彰显剧作家对经典文本解读特色的新文本完全呈现在读者面前。

情节借用是制造陌生化的重要手段,剧作家借用经典文学作品创作的三部剧作中除《百人长之女》外,其他两部(《乞乞科夫老弟》《纪念彼巧林》)都是对原有情节格调的贬低,是运用滑稽、怪诞手法对原有情节做讽刺性模仿。新、旧情节的强烈反差使读者产生惊奇感,迫使他们通过深刻的思考去认识贯穿全剧的主题思想。依靠先验的情节模式创作出具有时代特征的新情节是当代戏剧"讽古喻今"的重要手法,它体现了剧作家对离散、多元、无序的现实世界发展趋势的深切忧虑,隐含着作者对人的本质特征及他在这种荒诞境遇中的命运、前途的理性思考。

从人文观念、美学思想和艺术技巧上来分析,萨杜尔的戏剧情节具有传统性与现代性的双重特征,但它们之间并非泾渭分明、相互独立,而是既互相撞击又彼此交融,呈"你中有我,我中有你"之势。

---

① 刘建军:《20世纪西方文学》,北京,高等教育出版社,2007年,第7页。

三、多维、多元的叙事空间

传统的戏剧情节是一维的、顺序性的时空叙述，当代戏剧则鲜有时空逻辑叙事，而是以人物或叙事者天马行空的意识流及自由联想表现时空的多层次变化。表现在选择生活素材与塑造人物层面，剧作家不再侧重对人物一生做完整的叙述，而是凸显人物在生活与世界中的角色。萨杜尔的剧作是多维、多元的叙事空间，它所特有的灵活与善变推进剧情的动态发展，并赋予戏剧文学以特殊的使命——反映日新月异的现实生活的复杂性与多样性。

1. 戏剧的叙事性传统

戏剧脱胎于叙事体文学，戏剧的叙事性要素起源于古希腊、罗马戏剧。及至中世纪为宣传宗教的需要，戏剧活动的场面中必须涉及对上帝的信仰。因为要用一个例子来说明基督教教义，于是《圣经》中的故事便进入戏剧情节之中，这一时期戏剧情节中《圣经》故事的出现导致了叙事性的产生。"可以说中世纪的道德剧无论从形式还是从内容上来说，都是后来由剧作家们创作出的反映世俗的生活剧的先声叙事性戏剧。"[①] 文艺复兴时期叙事要素出现在以莫里哀为代表的许多剧作家的悲剧中。后来，莎士比亚继承与深化了这一戏剧传统，并把它发挥到极致。

戏剧的叙事性因素不仅存在于西欧的戏剧体系中，它对俄罗斯戏剧的发展也产生了深远的影响。早在 18 世纪，俄罗斯剧作家苏马罗科夫的悲剧就包含了叙事要素，19 世纪普希金的历史剧《鲍里斯·戈都诺夫》（1825）的叙事性更为明显，20 世纪俄罗斯叙事性戏剧的发展体现了文艺"新思维"[②] 的进程。这一进程的核心是：不仅对独立的个体，而且对整个人类的存在发展问题进行深刻的思索。20 世纪戏剧发展的新进程要求剧作家运用全新的创作形式反映客观世界，这为叙事性戏剧的发展提供了诸多可能。

早在 20 世纪西欧戏剧实验之前，俄罗斯就出现了冲破传统戏剧的约束，拓展新的戏剧空间的趋势。18 世纪俄罗斯悲剧中剧场外戏剧行为的出现最早暗示了这一趋势的发展。随着 20 世纪上半期"非理性主义的现

---

① 张先：《场与流——关于戏剧的叙事性问题》，《戏剧》，2001 年第 2 期，第 22 页。
② Головчинер В. Е. Эпическая драма в русской литературе XX века. Томск: 2001. С. 228.

代派实验运动"① 的兴起,不同文学体裁的各种创作手法被融合于戏剧创作中。对叙事体裁在情节安排与结构体系方面的借鉴客观上加强了戏剧的叙事性。这一戏剧特征凸显于 20 世纪 90 年代的俄罗斯戏剧中。

2. 戏剧情节的叙事性特征

西方现代派戏剧在叙事的内容上与传统戏剧的重要区别之一就是人与物、人与环境的冲突。萨杜尔戏剧中的"物"大多是一种超自然的力量,它以客体性叙事的方式出现在情节中,成为推动情节发展的不可缺少的动力。《百人长之女》中的"女巫",《奇异的农妇》中的"农妇",《朝霞一定会升起》中的"狼",都是独立于人的主观意识之外的超自然之物,它们是一种毁灭性力量的化身,其存在打破了人们生活中惯常的秩序并对人本身的生存造成了极大的威胁。因此,萨杜尔戏剧情节中的冲突不是具体的人物之间或人物与具体事物之间的冲突,而是人与环境的对抗,冲突的根源通常是"世界秩序被破坏"②。她的剧作深刻地表现了现实世界是非颠倒、混乱无序的状况。为解决"人与客观现实"的冲突,萨杜尔的主人公做出了不同的努力:首先,他力求在迷雾般的世界秩序中辨别方向,认识自己在冥冥宇宙中的使命;其次,他同社会现实中的"罪恶"进行对抗,企图把支离破碎的荒唐世界重新整合、拼凑成完整的画面,并努力主宰这个重建的世界。虽然上述三部剧作中的主人公霍马、利季娅、叶戈尔对危机四伏的环境有着清醒认识,并为恢复原有的秩序执着努力着,但他们的努力最终却以失败告终,因为他们形只影单、孤立无援,其微薄之力还无法同强大的"恶"对抗。同这类冲突密切相关的是戏剧情节的特征:情节的叙事性增强,戏剧性减弱。

萨杜尔的多数剧作在戏剧情节方面体现出传统戏剧的线性叙事与西方当代戏剧的散发性叙事的双重叙事特征,时间的自然流动常常被阻碍,出现停滞、跳跃与反转,单一的空间不时被多维的空间所取代,呈现出多元、裂变与分散的特征。《百人长之女》的戏剧情节具有明显的线性叙事的特点,戏剧的情节发展与故事的情节走向基本一致,讲述了霍马从基辅来到哥萨克村庄,在这里遭遇女巫,以及后来他同女巫之间的激烈对抗。戏剧情节在"白天"与"黑夜"的交替中推进:夜晚,霍马同

---

① 刘彦君、廖奔:《中外戏剧史》,桂林,广西师范大学出版社,2005 年,第 183 页。
② Садур Н. Чудная баба. Пьесы. -М.:Союзтеатр, 1989. С. 287.

女巫的对峙是"善"企图战胜"恶"的斗争；白天，霍马回到哥萨克的村庄里，在这里他感受到生活的气息，重新获得生命的力量。但与此同时，剧作在线性叙事的基础上也表现出散发性叙事的特征，叙事空间打破了一维空间的局限性，哥萨克人的村落、百人长的宅邸、哥萨克平民的院落、古旧的教堂等不断转换的空间体现了叙事空间的多维性。

戏剧的语言在塑造人物、推动情节发展上发挥着重要的作用。《百人长之女》的多处对白突破了传统戏剧中人物对话的范式，具有多人论坛式的特征。剧中诸多人物关于"世上是否有神祇显灵"① 这一问题展开了辩论式的对话。哥萨克人的谈话好像一个开放的论坛，参加谈论的每一个人都畅所欲言，所有的话语都同等重要，此外，除了多人对白之外，剧作中大段的旁白、独白以及以标题形式出现的场景说明进一步加强了戏剧情节的叙事性。

传统的戏剧作品中几乎听不到作者的声音，"整个戏剧靠的是人物向读者（观众）的直接呈现"②，只有在极其有限的场合（旁白）中作者才能简而言之。但在萨杜尔的戏剧三部曲中受众可以清楚地感受到作者的介入。除了运用传统的场景说明——对地点、人物出场次序的交代说明，作者还在戏剧文本中加入了若干标题。这些标题文本是对每一幕剧情的高度概括说明，它们标志着逐渐紧张的戏剧行为发展的每一个阶段。作者借助标题文本展开自我评价，表明自己的立场、观点和对人物、事件的评价。

《百人长之女》一剧的第二幕有三个标题文本："在人世间""告别""决斗"。主人公霍马积极地投入拯救与重建世界的斗争中去，他对客观世界的立场、观念同作者的态度、观念逐渐吻合。这三个标题的核心都是主人公霍马。第一个标题揭示了主人公意识中"生"与"死"的界限及他对此的态度；第二个标题表现出霍马超越这个界限的决心与勇气；最后一个标题暗示了这位哥萨克勇士处于冲突的中心，在解决冲突的进程中发挥着举足轻重的作用。霍马是剧作家的代言人，作者通过这个主要人物介入叙事情境中，表达她对故事事件的主观态度，并试图影响读者对戏剧人物与事件的评价。

萨杜尔剧作情节中线性叙事与散发性叙事范式的交叉运用不仅有助

---

① Садур Н. Чудная баба. Пьесы. -М.：Союзтеатр, 1989. С. 285.
② 金健人：《叙述者的叙事功能》，《文艺评论》，1992 年第 1 期，第 13 页。

于体现剧作家对"世界秩序的打破与重建"的理性沉思，而且表现出人物复杂的、散发性的思想意识活动。叙事空间的多维呈现正是能够最大限度地体现人物非理性思维的重要手段。

3. 叙事空间的多维呈现

当今的社会现实丧失了单纯、有序、和谐的状态，单一的情节主线结构已经无法准确地反映现实生活，于是时空交错的戏剧结构应运而生。多维的叙事空间使戏剧结构呈现出更为灵活多变的开放状态，也给审美主体留下了更多的"审美空白"，提供了更为自由的想象空间。

萨杜尔的一些剧作中的叙事空间呈现出多维、多元的特征，现实空间、记忆空间与梦幻空间交错出现，营造出亦真亦幻的戏剧情境。《飞行员》的主要故事发生在退役飞行员保罗老人在莫斯科极地考察员大厦的住宅里。这个现实空间不断与老人的记忆空间交织于一处。老人对1991年的回忆把读者带到了20世纪90年代初的莫斯科，在那场浩劫中整个城市成了一个硝烟弥漫的战场，密集的子弹在老人的窗前呼啸而过。之后，剧作中时光的年轮再次倒转了几十年，1941年保罗在北极考察遇险的经历和救他一命的白熊被误杀的凄惨景象在老人的讲述中是那样真真切切。在老人的叙述过程中该记忆空间曾一度被他的交谈者的回忆打断，塔吉克人回忆起他在家乡气派的房子和他们全家曾经富裕的生活。两个人物不同的记忆交织、叠加在一起，讲述了他们各自的生活境遇。遥远而真实的记忆空间在一段时间内冲淡了读者对现实空间的印象，但又随着主人公叙事过程的推进淡出了审美主体的视野。之后，老人给塔吉克人讲起邻居的故事，这些故事越来越离奇古怪，不合情理。原来，老人的故事已经与塔吉克人的梦境混杂、交织在一起。梦境中的空间多变、模糊、虚幻，它同真实的现实与真切的记忆相互叠加与交织，构成了一个复杂多变的多维空间。

如果把叙事性要素看成是艺术形象的时空建构，那么建构艺术空间这种理念本身就是对新艺术现实的模拟，其基础就是把经典文本作为一种可塑性强、可任意转换的艺术材料，对经典作品进行重新演绎。《乞乞科夫老弟》中的罗马是乞乞科夫的梦想之城，它同疆域辽阔但混乱无序的罗斯形成鲜明的对比。乞乞科夫认为罗马可以消除自己身上的种种矛盾与弱点，但这座理想之都并没有使他如愿以偿。主人公内心的矛盾日益加剧，其思想逐渐被魔鬼控制，罗马也从他的意识中渐渐模糊，直至

消失。模糊的界限、开放式的空间是《乞乞科夫老弟》的空间特征。剧中行为的地点包罗万象，神秘莫测：它不仅指向宽广的俄罗斯大地，而且拓展到整个世界。对行为地点所做的旁白言简意赅、寓意深刻，比如，"一片漆黑，伸手不见五指。暴风雪。一辆马车在暴风雪中疾驰……"①"草原。沟渠。远处的一条道路似乎从天边延伸到水渠。"②

《百人长之女》一剧虽然借鉴了果戈理的中篇小说《维》（1835）的情节主线，但它实际上突破了原剧空间的局限性，建构了具有概括性和普遍性的戏剧空间：神的世界，受洗的国度，东正教的大地。这又是一个双重空间：一方面是由舞台布景构成的局限的行为空间；另一方面是不断拓展、获得了普遍意义的艺术空间。这是一个伸缩自如的艺术空间，它具有内部可塑性，场景可在瞬间完成转换。萨杜尔的戏剧行为常常会打破舞台界限，戏剧行为的实际空间要比舞台上的行为空间更为广阔。一个戏剧情节可能包含两个空间范畴——舞台内部空间与舞台外部空间，即舞台上可直接观演的事件发生的空间和在异地同时展开的情节的空间。后者只是在舞台情节中提及，是舞台空间的延续。

4. 叙事空间的裂变与重组

剧作家的戏剧空间常常裂变成若干板块，或几个平行的层面，但它们不是彼此孤立的，而是在同一个叙事时间内交替出现，彼此关联。果戈理的《死魂灵》中乞乞科夫拜访几个地主庄园的情节片段彼此之间的联系并不十分紧密，这就为改写这部作品提供了极大的空间。剧作家可以自由地重新编排情节片段发生的顺序，对不同的情节任意整合、重组，加入作者的注释、旁白。萨杜尔在剧作《乞乞科夫老弟》中借助于戏剧空间的裂变与重组大胆地对原著进行了改写，赋予了它新的时代内涵。

"片段性"是萨杜尔剧作的重要情节特征。同《死魂灵》相比，萨杜尔的《乞乞科夫老弟》情节之间的关联性被大大削弱，一些情节甚至"节外生枝"，引发出若干"子情节"。这些派生出的"子情节"是作家根据原著主要情节线索，借助于大胆的想象对原著进行改写的产物。它们同时又体现了作者的创作主旨。萨杜尔以讽刺的笔触塑造了一个更为荒唐的、想入非非的乞乞科夫，描绘了他幻想中的滑稽可笑、荒诞不经、

---

① Садур Н. Обморок. Книга пьесы. Вологда, 1999. С. 355.
② Там же. С. 367.

海市蜃楼般的世界。

裂变为碎片的戏剧情节很难构建和谐、完整、统一的世界图景。《乞乞科夫老弟》中泼留希金与玛芙拉的对话恰好说明了这一点：

> 泼留希金（透过彩色玻璃看玛芙拉）：玛芙拉，瞧你这样子，浑身通红！就像一棵甜菜。
> 玛芙拉：这是玻璃的颜色，老爷。
> 泼留希金：我自己知道，为什么你是红色！（拿出另外一块玻璃）玛芙拉，而你现在全身发紫！就像一只李子。我吃过李子……（拿出另外一块玻璃）玛芙拉，而现在你是黄的！好像一只鸡。鸡我可吃过。（摆弄着玻璃碎片）世界啊，世界是如此变幻无常！①

从这段对话中不难看出：世界正经历着一场裂变，它似乎是由无数的玻璃碎片拼接而成，又像一个万花筒，随着视角的变换，呈现在我们面前的是一个千姿百态、变化无常的大千世界。

萨杜尔的戏剧空间具有历时性与共时性的双重特征。《乞乞科夫老弟》的戏剧空间——罗斯是一片苍茫无边的大草原，这里荒无人烟，世界失去了时空的坐标，消融在暴风雨的黑暗与混沌之中。这个空间灵活多变，形态模糊，具有极强的内部可塑性。因此，它不具有特定的线性远景，而是根据剧情发展的需要可以向不同的方向任意延伸。模糊的空间界限为空间形态彼此叠加提供了可能，而戏剧空间的假定性、概括性则引发了空间形态的动态发展。

行为与空间形态的片段性不仅是表现跨度较大的时间和空间的需要，而且是表达叙事文学情节概念的重要途径。戏剧行为的断续、戏剧空间的裂变在很大程度上取决于戏剧作品的情节结构。除《百人长之女》一剧外，萨杜尔的大部分剧作的结构都是锁闭式结构。《乞乞科夫老弟》一剧结尾的场景与序幕遥相呼应，乞乞科夫扭曲的形象几近鬼魅，他被农奴变为干尸，重新回到娘胎里，获得了一次重新经历生命过程的机会。在这一锁闭式结构的框架中，戏剧情节中的一切都回归本初，从而印证了万物守恒的世界发展规律。剧作的锁闭式结构也说明了主人公在剧中

---

① Садур Н. Обморок. Пьесы. -М. 1999. C. 309.

的地位与角色。萨杜尔的乞乞科夫既不是《百人长之女》中的"救世主"霍马,又不同于果戈理的乞乞科夫("诱惑者"与"毁灭者")。由于内心的空虚,主人公不能在世界上找到任何适合自己的角色,结果是枉费心机、咎由自取、徒劳无获地离开了尘世。剧情没有十分明确的结局是锁闭式叙事结构的典型特征,该剧的结尾给受众留下了可以想象的空间,此场景暗示了主人公内心世界与其周围环境可能出现的变化。然而,这是叙述框架之外的潜在情节,它暗示了戏剧情节后续发展的可能。

戏剧时间的自由流转,空间的任意拼接,剧情发展中离心与向心两种力量的排斥与均衡,是萨杜尔戏剧叙事结构的典型特征。时空交错的叙事结构能够更为贴切地表现当今社会中现实的零散与思想的多元,同时增强了戏剧的内在张力和高度的舞台时空自由。

四、对果戈理传统的继承

果戈理在俄罗斯文坛上的地位是无可取代的,作为批判现实主义的奠基人和"自然派"的鼻祖,其创作不断引起后代文学家的兴趣,对其经典作品的模拟之作可谓屡见不鲜。果戈理是萨杜尔最喜爱的俄罗斯作家,无论是从创作题材,还是写作手法上,剧作家都深受这位文学宗师的影响。萨杜尔不断地从果戈理的文学遗产中汲取养料与灵感,创作出一部部"讽古喻今"的佳作。她把神奇、怪诞的人物和情节,以及各种超自然的现象穿插于反映现实的叙事和描写中,使现实生活变成了一个个离奇怪诞、亦真亦幻的现代神话。可以说这一特征同果戈理的"极端神秘主义"是同源异流的,同时又与现代文学的魔幻现实主义极为接近。

1. 果戈理小说的戏剧性传统

戏剧是果戈理钟爱的文学形式,他在小说创作中也广收博纳地汲取了一些戏剧元素养料。作家的一些小说选取了富有戏剧性的题材,情节紧凑、线索明确、张力突出,注重通过人物行动刻画人物。中篇小说《维》集中体现了果戈理小说的这些戏剧性特征。

《维》是《密尔格拉得》小说集(1835)中最具魔幻力的一部小说。"这篇小说中处处可见对黑暗的、凶恶的魔鬼和女妖的描写,读之令人毛骨悚然。故事的标题《维》即是民间传说中一个妖怪的名字,整个叙事

也是在亦真亦幻的奇诡氛围中进行，扣人心弦，引人入胜。"① 果戈理的中篇小说《维》具有潜在的戏剧性，叙事作者对场景、人物动作与心理的描写以及对复杂事件进行叙述的段落很容易被改写成剧本中的旁白。随着以主人公为中心的冲突的不断加强，小说中出现了对话，而戏剧文本主要是人物的对话构成的。果戈理小说中的这些叙事性特征体现了潜在的戏剧性，为剧本的改写提供了极大的创作空间。

萨杜尔的《百人长之女》借用了《维》的主要情节，继承了它的某些诗学特征、结构要素与宗教思想。果戈理是基督教的虔诚信徒，是宗教哲学观点的集大成者。他曾说："我是主创造的，主没有向我隐瞒我的使命。我降生人世，完全不是为了开辟文学领域的一个时代……我的事业是心灵和人生的永恒事业。"② 果戈理是最神秘的作家之一，他的许多作品都体现出"极端神秘主义的宗教哲学观"。文艺评论家、果戈理研究家巴拉巴什与别雷曾多次指出，果戈理的创作思想非常接近巴洛克的美学宗旨。尤其是作家创作后期的作品充满了对"上帝""死亡"等宗教主题的探索，体现了他对"生命的本质"与"死亡"的哲学思考。萨杜尔也同样是基督教价值体系的虔诚信奉者，她的一些戏剧作品中也渗透着同样神秘的宗教哲学色彩。《百人长之女》中的人物想在心中构建出一幅清晰的世界图景，为此苦苦探寻宇宙构成的奥秘与生命存在的意义。他们眼中的世界是二元对立的，但他们的二元世界图景又各不相同。比如，在神学院学习神学的霍马认为，世界是"上帝"与"人"、"上帝"（和谐与秩序）与"魔鬼"（失衡与混沌）对抗的二元世界。而哥萨克们却认为，世界的二元性体现在某种神秘力量同日常生活状况的对立与共存。作品中诸多人物不同的世界图景相互对照，互为补充，融合成作家的世界观。

由此可见，萨杜尔的戏剧创作继承了果戈理小说创作的戏剧性传统：起源于"斯拉夫巴洛克露天滑稽戏和学校戏剧（17 世纪在俄罗斯的斯拉夫语—希腊语—拉丁语学院形成的戏剧）"③ 的戏剧性传统。经院派戏剧

---

① 金亚娜、刘锟、张鹤等：《充盈的虚无——俄罗斯文学中的宗教意识》，北京，人民文学出版社，2003 年，第 71 页。

② ［俄］果戈理：《与友人书简选》，任光宣译，合肥，安徽文艺出版社，1999 年，第 120 页。

③ Семеницкая О. В. Из наблюдений над поэтикой пьесы «Панночка» Н. Садур // Литературоведение. 2003. № 3. C. 10.

的宗旨是:"通过语言与行动解释宇宙的构成与人生的意义,阐述世界是一个二元对立的体系。"① 但经院派戏剧自认为毋庸置疑的说教——"生活现实是牢固、可靠的,世界上没有什么无法解释的现象"②,却在《百人长之女》中遭到了质疑与否定。

2. 彰显人物个性的情节结构

萨杜尔的《百人长之女》借用了果戈理小说中的情节主线和宗教象征成分,但在情节编排上所做的一些改动使这部剧的情节结构与主人公形象都发生了根本的改变。果戈理小说《维》的主人公同邪恶力量的对抗是完全被动的,这种被动源于人物的世界观和性格:缺乏坚定的道德信念,缺少明确的奋斗目标,优柔寡断。这些弱点导致他同"维"的对抗以失败告终。虽然萨杜尔也将主人公置于与世界秩序的对抗之中,但他只身一人同世间邪恶的对抗是主观做出的选择:世界正受到邪恶力量的威胁,这场斗争决定着世间万物生灵的命运。

《百人长之女》的情节发生在哥萨克百人长的村落中,萨杜尔省略了对宗教学校生活和游方僧旅途的描述,因为这些细节同戏剧情节发展没有十分密切的关系。剧作中饲养猎犬的米基塔与哥萨克村民舍普奇赫遭遇女巫的故事为女巫出场与夜间飞行的情节埋下了伏笔。然而,在果戈理的小说中哥萨克人遭遇女巫的故事只是一个小插曲罢了,对小说主要情节的编排与主人公形象的塑造并没有太大的影响。

哥萨克人的谈话成为推动情节发展的极为重要的戏剧行为。他们谈论着最近村子里发生的一些与百人长之女相关的奇闻怪事,争论着世界上会不会有魔法与奇迹存在。哥萨克人雅辅图赫认为:"世界上没有奇迹,世界亘古不变地按照自己的规律发展,就像一个站在小酒馆门口的哥萨克人。"③ 而另外两个哥萨克多什和斯彼里德却相信世界上存在一种神秘莫测的力量:"人的生活中是少不了奇迹的。如果一个人孤独地活在世上,没有神秘的事情发生,如果他在一天早晨醒来,不能发现晨雾中若隐若现的美丽,如果他的心灵不能被这美丽所打动,那么他的生命就

---

① Софронова Л. А. Поэтики славянского театра XVII – XVIII веков. -Л., 1989. С. 89.
② Там же. С. 91.
③ Текст пьесы «Панночка» цитируется по: http://www.theatre-studio.ru/library/sadur_n/pannochka.txt.

会失去意义"。①

主人公霍马也同样被这个问题困扰着，在他的意识中，"敬神"与"唯物"两种思想以一种奇特的方式结合在一起。他相信世界是神秘莫测的，这里时常会有许多不可理喻的事情发生。在回答哥萨克人的问题"为什么月亮会发亮时"，他描绘出一幅童话般的画面："天使们用金布仔细地擦拭月亮，白天把它藏在一个大箱子里，并虔诚地守护，这样它就不会被划破，每晚，它都会光洁如新地出现在夜空，忠诚地照亮斯拉夫的土地。"② 他同样赋予人们渴望了解的地球一种神秘的色彩："有人间，有地狱——老百姓认为魔鬼撒旦出没的地方，但还有一个更为神秘的地方——地球的内部。如果有谁敢向那里面钻个洞，并向地球的心脏窥视，那么他就会终生失明，因为人不应该知道其中的秘密。"③ 但霍马的这种神秘主义哲学观又时常与唯物主义思想交织在一起，比如，他认为，世间万物都有科学的发展规律，人没有必要害怕巫婆，其巫术与邪恶已经不会再给人带来灾祸，因为科学与理智会成为人强大的护身符。霍马世界观中的这一矛盾预示着他将要面临的复杂处境：他渴望享受人间温暖的阳光与恬静的幸福，但停放女巫棺木的神秘教堂又吸引他去看个究竟。

《百人长之女》一剧的情节结构突出了主人公的个性：独立、勇敢、乐观。哲人霍马来到百人长的村庄是十分偶然的，没有戏剧前情的铺垫："好像是我的腿不由自主带我来到你们这里。"④ 所有主要的事件（骑着女巫夜间飞行，百人长爱女的死亡）都是在他来到村庄之后发生的，是霍马主动选择了命运。他有意识地走向死亡，霍马与女巫的决战象征着光明与黑暗、正义与邪恶的一场较量。虽然霍马没能走出那座阴霾的教堂，但他阻止了阴间的黑暗对人世间光明的吞噬。而果戈理小说中的霍马来到哥萨克的村庄是由此前的事情决定的，他是完全被动地被哥萨克人带到这里，而且几次逃离的企图也都落空了。百人长的威逼、村落迷宫般的地形迫使他放弃了逃脱的念头。他优柔寡断的性格决定了事件的

---

① Текст пьесы «Панночка» цитируется по：http：//www.theatre-studio.ru/library/sadur_n/pannochka.txt.

② Там же.

③ Там же.

④ Там же.

发展：主人公一步步陷入进退两难的境地，并最终难逃厄运。

3. 体现神秘主义的宗教象征

"果戈理笃信基督教，宗教思想、意识和情绪在他身上深深扎根，对他的文学创作有巨大的影响。"① 果戈理宗教思想的核心是"极端神秘主义"，萨杜尔的创作中也始终贯穿着宗教神秘主义的思想，剧作家将民间传说和宗教故事中的诸多母题糅合在一起，并使这些故事在现实生活中延续，神话世界与现实世界奇妙地交融在一起，使戏剧情节充满了扑朔迷离的神秘色彩。

剧作中"道路"这一艺术形象保留了它在俄罗斯文学中的传统喻义：游走四方、漂泊不定、寄人篱下。但果戈理的主人公在路途中焦虑不安的情绪对萨杜尔的行者来说却完全是陌生的。萨杜尔的主人公经过的"道路"首先是他经历的一段心路：对宇宙秩序的探寻，对自我内心世界的完善，以及他有意识地做出的选择——理智地选择"右路"（天使之路）。

《百人长之女》一剧的第二幕第三场《迎战》是全剧的高潮。教堂是故事发生的主要地点，在这里女巫与霍马进行了持续三夜的生死决战。果戈理小说中"维"邪恶的目光使霍马丧命，而在《百人长之女》中"维"的阴森可怖的眼睛被圣子那清澈明亮的双眸所取代。"圣子的眼睛"是贯穿全剧的宗教意象，它象征着生命、光明、美好、圣洁。果戈理的主人公因胆怯而心乱，无法抵挡以"维"为首的众妖魔鬼怪的强大攻势，最终惊魂出窍，一命呜呼。《百人长之女》一剧结尾部分的旁白是："他们两个（霍马与女巫）就这样保持着刚刚搏斗时的姿势站立了片刻，然后慢慢倒下。教堂的天花板、梁柱、圣像纷纷落在他们的身上，整个破旧不堪、千疮百孔的教堂也在瞬间轰然倒塌。只有圣子面带微笑的圣洁的面孔在这废墟之上熠熠生辉。"② 这一结局意味深长，它体现了剧作家的世界观：人是可以同邪恶对抗的，但这必定是一场殊死之战，他要为此付出代价，甚至失去生命。

"教堂"这一形象承载着果戈理"极端神秘主义"的宗教哲学观：尘世间有某种超自然的诡秘力量，它会在暗中窥伺人，并想方设法控制

---

① 任光宣：《论果戈理创作中的宗教观念》，《外国文学评论》，1993年第4期，第105页。

② Текст пьесы «Панночка» цитируется по：http：//www.theatre-studio.ru/library/sadur_n/pannochka.txt.

他的灵魂。要战胜妖惑人的魔法力量只能靠上帝的神示与救赎。"他认为,'在俄罗斯无论发生什么事情,都有上帝之手存在'。'任何人离开对上帝的爱都无法拯救自己……'果戈理信奉宗教神秘主义,他相信人们可以通过内在的神秘启示直接认识上帝。人类可以通过赎罪来拯救自己的灵魂。"①《维》中被妖魔鬼怪亵渎的教堂永远地留在了荆棘丛生的密林里,只是没有人能找到通往那里的道路,曾经惊心动魄的"人"与"妖"、"神"与"鬼"的故事都被尘封在这座阴森可怖的教堂里,似乎成了一个永远的谜。果戈理的主人公无法摆脱宿命论思想的束缚,"祸福皆听天由命"是他用以自慰的箴言。在同众鬼魅决战时,他努力诵经、祷告,但心存杂念,最终无法得到上帝的庇护。而萨杜尔的霍马凭借其坚定的信仰与积极的"救世"行动完成了对其原型的超越。虽然他也遭遇了同果戈理主人公似乎相似的命运——死亡,但他在教堂内虔诚祷告的时候,圣子那愈来愈明亮的面孔暗示着他已经得到了神示,并最终与神合而为一,因为他以生命为代价完成了神赋予他的拯救世界的使命。

《百人长之女》就其母题来讲与《维》是相呼应的:世界是二元对立的,神与魔、善与恶、美与丑、生与死等对立的双方总是处在永不停歇的斗争中。对立双方力量的强弱变化决定了世界的发展趋势和人类的生存环境。萨杜尔的剧作将果戈理小说《维》的主题思想进一步深化,并将其上升到了20世纪艺术哲学的高度:人对世界的认知是没有止境的,认知的程度取决于人的主动性和潜在创造性的发挥程度。如果人的潜能发挥到极致,那么他的面前就会呈现出一幅完整的世界图景。人们的主观选择决定了"善"与"恶"的天平究竟会向哪一方倾斜。

萨杜尔持有与果戈理极为相似的宗教哲学观,但她的作品中折射出更为积极的入世与救世的宗教情怀。她认为:"俄罗斯文学也是基督教文学,它具有非理性的,即感性的神秘主义特征,未来的俄罗斯文学将为自己选择一条现实主义与神秘主义相结合的发展道路,可以把它称为神秘现实主义。"②

萨杜尔的戏剧创作植根于俄苏现实主义传统文学的土壤中,是对传

---

① 夏忠宪:《悖谬、彻悟、救赎——果戈理的戏剧创作与荒诞》,《俄罗斯文艺》,2003年第1期,第29页。
② Громова М. И. Русская драматургия конца XX-начала XXI века. -М.: изд-во Флинта, 2006. С. 223.

统文学的传承与拓展，同时又吸收了现代主义与后现代主义的表现手法与艺术特色。她的戏剧创作如同一个神奇的"魔方"，现实主义文学、存在主义文学、荒诞派戏剧、魔幻现实主义文学等诸多文学流派与文学现象都可以在这里找到清晰的投影，它们的交叉、碰撞与糅合形成了一个瑰丽多彩、变幻莫测的戏剧世界。对俄罗斯经典文学大师果戈理创作传统的继承更体现了其戏剧创作中现实性与传统性水乳交融的完美结合。奇异的幻景、意象被随意地拼接在一起，构成了多维的开放式空间，它像一幅幅拼贴画，诗意含混，却留给审美主体开阔的想象空间。戏剧对话突破了传统二人对话的形式，具有多人辩论的特征，它更像一个百家争鸣的自由论坛。不同价值观念的共存与对话体现了后现代主义去中心化、崇尚多元、消解对抗、提倡共存的趋势。剧作家致力于表现主人公的内心冲突，主体自我精神历程的冲突。这体现了当代戏剧对人的自我与精神现象的关注，对人的内心世界的直觉把握。剧作家对"什么是人""人的本质是什么"的深入探讨表现出对人的主体地位的重视及对人的心理、精神层面的关注，对整个人类的命运及人类在当下境遇中面临的种种问题的哲理性思考。萨杜尔的戏剧人物是不完美的，甚至有心理、精神缺陷，但剧作家没有忽视这些可笑、可悲又可怜的人物散发出的人性之美，希望他们能够从对基督教的信仰中汲取精神救赎的力量，期冀他们勇敢地挑战残酷的生存境遇，找回迷失的自我，重拾人的尊严。可见，剧作家在继承果戈理宗教道德观念的同时，将其置于新的社会现实中重新评价，并使其获得了鲜明的时代特征。

第三章 当代俄罗斯感伤主义戏剧

第一节 俄罗斯感伤主义戏剧的形成与发展

18世纪70年代，俄国文学中的古典主义渐失主导地位，让位于感伤主义。古典主义的理性、公民义务主题被代之以感伤主义关注人的内心世界、关注其情感与个人幸福权利的主题。① 与此同时，莱辛（1729—1781）、狄德罗（1713—1784）、梅尔西爱（1740—1814）等欧洲剧作家的感伤主义剧本相继被译成俄文，尤其是法国喜剧家博马舍（1732—1799）的感伤剧《欧仁尼》（1767）在莫斯科的上演（1770），丰富了俄国原有的戏剧体裁。在此前后俄国相继出版了俄罗斯剧作家米·赫拉斯科夫（1733—1807）的《威尼斯修女》（1758）、米·韦廖夫金（1732—1795）的《理所当然》（1773）、《过命名日的人》（1774）、《千真万确》（1785）及《不幸者的朋友》（1774）、《被驱赶的人》（1775）等"含泪戏剧"②。俄罗斯感伤主义的重要奠基人与主要代表人物为米·赫拉斯科夫、弗·卢金（1737—1794）。弗·卢金宣称自己坚决拥护具有民族风格与特点的俄罗斯喜剧。③ 他的10部剧作中最独特的是《爱情挽救过来的败家子》（1765），关于道德高尚的女孩子克莉奥佩特拉以爱感化一个贵族公子哥的故事。卢金绕过尖锐的社会问题，聚焦于伦理主题，坚信美德必胜。④米·赫拉斯科夫无意在自己的剧本中展示现实生活的广阔画面，而是宣扬宗教的隐忍与道德可以为人带来幸福的论

---

① История русского дореволюционного драматургического театра. Под ред. Н. И. Эльяша. -М.：Просвещение，1989. С. 68.
② Гуковский Г. А. Русская литература XⅧ века. -М.：Аспект Пресс，1999. С. 263.
③ См. ①.
④ Там же.

调。这一时期冯维辛（1745—1792）的喜剧《旅长》（1769）中也表现出感伤主义戏剧影响的痕迹，剧本描写了多愁善感的普通人，勾勒出感伤之人喜怒哀乐的思想情感与内心世界。

  19世纪初的俄国感伤主义与卡拉姆津（1766—1826）的名字密不可分。尤其是卡拉姆津的《可怜的丽莎》（1792）引起人们对普通人的精神感受与内心世界的关注。这一时期的感伤主义剧作更多诉诸农民形象，刻画农民与地主之间的关系、农民的爱情故事，而在解决冲突时，采取的是抒情诗的浪漫方式，鲜有揭示社会矛盾的剧本。① 主要代表剧作家有安·博洛托夫（1738—1833）、瓦·费奥多罗夫、尼·桑杜诺夫（1768—1832）、弗·奥泽罗夫（1769—1816）、伊·克雷洛夫（1769—1844）、尼·伊里因（1773—1823）、费·伊万诺夫（1777—1816）、亚·沙霍夫斯基（1777—1846）等人。除尼·伊里因的剧本偶尔提出深刻的社会问题外，这些感伤剧本多以劝诫性主题为主，反映道德问题及人们对社会平等的追求，剧本创作的艺术手法从内容至形式都相对比较简单。19世纪中期，亚·奥斯特罗夫斯基（1823—1886）的现实主义剧本同样不乏感伤主义成分，尤其是《大雷雨》（1859）中卡捷琳娜愁肠百结的内心表白，剧情、人物语言及行为均带有凝重的伤感色彩。19世纪末的契诃夫剧本弥漫着苦闷的忧伤——发现自己无限崇拜并为之付出所有辛劳的教授是一个不学无术的庸才之后，万尼亚舅舅与索尼娅对自己无谓的牺牲及可悲的命运感叹；当意识到自己的抱负与理想难有实现之日时，一心渴望光明与美好新生活的"三姐妹"的凄婉与哀愁；"樱桃园"女主人朗涅夫斯卡娅何去何从的感伤慨叹，女仆杜妮娅莎言谈举止及对男仆雅沙的难以排遣的伤感情绪。

  在20世纪俄苏戏剧的历史长河中，剧作家维·潘诺娃（1905—1973）、阿·萨夫罗诺夫（1911—1990）、维·罗佐夫（1913—2004）、亚·沃洛金（1919—2001）等的剧本在反映卫国战争中的英雄主义、战后建设者的劳动功绩及同时代人生活故事的同时，不同程度地流露出伤感成分。

---

  ① История русского дореволюционного драматургического театра. Под ред. Н. И. Эльяша. -М.: Просвещение, 1989. С. 106.

第二节　记忆与怀旧——当代感伤主义戏剧

后苏联时期的剧作更多表达了俄罗斯人个体记忆与集体怀旧的情绪，更经常使用"独白——这一延缓剧情的传统手段"① 来表达抒情与感伤。这一时期的剧中人少之又少，独白成分随处可见。"任何情况下，这些表白都有助于感受人物的孤独、焦虑、对周围世界及自己的不满，独白成为一种浓缩剧情的精神本质手段，即构成戏剧的抒情元素。"② 有的剧本甚至直接就是自白独角戏（исповедальная монодрама）。如叶·格里什科维茨（1967—）、瓦·列万诺夫（1967—2011）、伊·维雷巴耶夫（1974—）、谢·基洛夫、维·杰尔加乔娃的（1986—）、奥·库奇金娜（1936—）、瓦·阿泽尔尼科夫（1934—）等剧作家各种形式的独角戏。

叶·格里什科维茨不仅书写独角戏——《我是如何吃了一只狗》（1998）、《与此同时》（1999）、《无畏舰》（2001）、《+1》（2009），而且这些剧作多半首先由本人在舞台上呈现，因此其剧作多少具有即兴戏剧的特点。剧作家兼演员的格里什科维茨发自肺腑如痴如醉的自我讲述，代入感极强，很容易使受众深陷其中，感同身受，嗟叹不已。因此，格里什科维茨的独角戏常有"催眠术"之功效，使受众喜怒哀乐皆随舞台人走，小剧场常成为一个无需互动、无缝对接的整体。伊·维雷巴耶夫的悲闹剧或悲喜剧体裁的独角戏主要有《梦》（1999）、《潘捷列伊·卡尔马诺夫的格言》（2001）、《氧气》（2002）、《七月》（2006）。纪实剧《梦》记述了男女吸毒者幻觉状态下的真实心理。在毒品的麻醉作用下，剧中人精神恍惚，不知所言，谈论着唯美、自由、爱情、上帝、地狱等话题，他们不停地寻找精神"出路"，但其言谈指归无外乎死亡，这些话题往往无果而终。《氧气》讲述了一个来自于小城的有妇之夫爱上了一个莫斯科女子的故事。后因妻子身上缺少像莫斯科女人身上的那种源源不断地"冒出的氧气"，便用铁锹杀死了妻子。故事的暗示浅显易懂，"氧气"的缺乏导致人们耐力的缺失和对自身安全感的恐慌。剧本体现了超先锋形式与永恒道德问题的悖论结合。瓦·列万诺夫的独角戏《菲

---

① Насрутдинова Л. Х. Лирическое в современной русской драме // Современная российская драма. Казань. 2008. С. 33.

② Там же.

尔斯之死》（1998）是关于一位老演员对自己一生扮演过的无数角色的回忆及对自己死亡的无数种预测，伤感无处不在的独白直逼受众内心。谢·基洛夫的剧本《爸爸！》（2010）中孤寡老人讲述了一家三口由幸福快乐到家毁人亡的悲剧故事。维·杰尔加乔娃的《一线光明》（2012）中一个渴望路上漂泊感的游侠客，讲述了自己如何背弃有孕在身的妻子寻求刺激，最后无果而返妻子却早已离去的故事。《套娃》（2012）中一个沉浸于失恋痛苦中的女孩渴望进修道院却又难以割舍凡世的生活。奥·库奇金娜的剧本《手机》（2003）与瓦·阿泽尔尼科夫的剧本《您拨打的用户暂时无法接通》（2006）中的剧中人均通过手机与外界交流，所以剧本是独白，是自说自话，但是剧中人的生活及其对生活的态度却跃然纸上。

这一时期独白所表现的伤感，与以往不同，也可能以书信形式表达，而书信这种表达情感的传统方式无疑温馨、浪漫、特别，字里行间流露的伤感、忧郁、哀愁等情绪自然而然。在叶·格列米娜的《镜子背后》（1994）中，叶卡捷琳娜二世给朋友写信，诉说自己痛失挚爱的伤感；在奥·博加耶夫的《俄罗斯人民邮政》（1996）中，孤寂的朱可夫老人给自己写信、回信，聊慰自己时日不多的余生；在维·杜尔涅科夫（1973—）的《在漆黑漆黑的城市里》（2005）中，玛尼娅奶奶给城里亲人"说"信，独特地诠释了人对土地的依恋；在克·德拉贡斯卡娅的《卢那察尔斯基月神公园》（2012）中，莫斯科的玛莎与克雷施金小城的"土著人"单纯、质朴却感情真挚地书信往来；在克·茹科娃的剧本《库利希奇》（2012）中，白俄罗斯库利希奇村五十多岁的卡佳常年与莫斯科的亲戚沃洛佳之间书信往来，尽管信中满是对生活琐事的唠叨，却散发着亲情与温馨，弥漫着思念、牵挂与惦记。卡佳的突然离世，书信的戛然而止，使卡佳以往书信中的啰嗦都浸润着惆怅与伤感。

克·德拉贡斯卡娅几乎所有的剧本都弥漫着感伤主义成分。剧本《俄文字母》（1996）的主人公诺奇列戈夫，是一个酷似契诃夫笔下的朗涅夫斯卡娅的感伤人物，只不过他是从丹麦返回"老巢"，对童年进行了朗涅夫斯卡娅式的怀念；而最令他伤感的是，他本打算将自己的"老巢"无偿赠给一对年轻人"孕育"生命，却不料因受附近化工厂的污染，老园子里的"鸟像苍蝇一样死去"，曾引起他情感共鸣的老园子如今已没有什么好留恋的了。德拉贡斯卡娅的另一个剧本《偷苹果的贼》

（1994）是一出关于回忆与爱情的故事。当女友像走马灯一样嫁了无数的男人之后，安之若素的安娜却独处乡下过着隐居生活，在读书、交友、做家务的同时，也为自己起草了一份可以随之走天涯的异性名单。一次，安娜偶遇了这名单中的一位——六年前的男友谢尔盖。安娜从这位唯一"出人头地"的同班同学那里得知，谢尔盖及其朋友有个传统：每年秋天相约一起回忆往事，然后去一处陌生果园偷苹果。可今年在相约无果的情况下，谢尔盖决定约上安娜一起回忆、偷苹果，安娜感觉自己没有做好心理准备，遂与谢尔盖相约 11 月见。待安娜如期来到相约的地点，却被告知，谢尔盖在一人偷苹果时，被神志不清的果园主人开枪打死。看着漫天飞舞的第一场雪，安娜感觉只有雪花才是这场悲剧的主角，而此时藏在远处的谢尔盖终于看到安娜为他流下伤心的泪。剧本中因爱与回忆而产生的感伤就像被偷来的苹果一样，散发着淡淡的欣喜、凄凉。

　　后苏联时期，戏仿或改写契诃夫作品的剧本多数都闪现着感伤主义元素。如，尼·伊斯克列科的《樱桃园卖了吗?》（1993），阿·斯拉博夫斯基的《小樱桃园》（1993），叶·格列米娜的《萨哈林妻子》（1996），阿·津济诺夫和弗·扎巴卢耶夫的《万尼亚舅舅果园里的樱桃熟了》（1999），玛·加夫里拉的《三姐妹和万尼亚舅舅》（2001），柳·乌利茨卡娅的《俄罗斯果酱》（2003），等等。

　　这一时期最主要的感伤主义代表剧作家是尼·科利亚达（1957—）与叶·格里什科维茨（1967—）。如果说格里什科维茨的感伤是因个人成长经历、个人生活变化而起，那么科利亚达的感伤则因社会、历史、国家生活的变迁而发。

第三节　"伤感之人"——尼·科利亚达

　　尼古拉·科利亚达出生于哈萨克斯坦，15 岁考入斯维尔德洛夫斯克戏剧学校，毕业后于斯维尔德洛夫斯克模范话剧团工作，扮演过多种角色，现有自己的剧院。可以说，科利亚达是个从内部了解戏剧世界的戏剧人，其戏剧感受真实而真诚。作家曾在一次采访中说："我看似冷静地置身于剧院，但我极其热爱它……我热爱剧院中的一切——戏剧氛围、幕布的味道、排练、等待出场的演员在幕后的窃窃私语……我喜欢剧院里坐满了观众。剧院入口处人们在倒卖剧票。大概我是个伤感之人，特

别是看到观众流泪时，自己也情不自禁地加入其中，泪流不止。"① 科利亚达戏剧中流露出的感伤源自于作家对戏剧的热爱、对戏剧的执著。或许正因为如此，科利亚达于高尔基文学院小说班毕业后，便义无反顾地加入戏剧创作中，经历了二十多年的剧本创作与舞台磨练而从不轻言后悔。

科利亚达从 20 世纪 90 年代开始活跃于俄罗斯剧坛，其剧作被认为是对后苏联社会现实的自然主义解读。其中对贫乏的俄罗斯当代日常生活的揭示，对社会边缘人群的心理拷问，对舞台时空的历史性操纵，对日常语言的夸张运用，对孤独死亡主题的精心演绎，无疑彰显了后苏联时期俄罗斯戏剧的基本创作特点，并为自己的戏剧创作赢得了"乌拉尔戏剧流派"的称号。

一、虚幻荒诞的戏剧空间

科利亚达的每一部剧本几乎都是从描绘外省小城或城郊这一边缘空间开始的。边缘人所居住的环境通常为赫鲁晓夫楼、地下室、棚户区、"像棺材一样狭窄的房间"等贫瘠而又乏味的生活空间。每一部剧本从舞台解说词开始就详尽地描写这一极为具体客观的现实场景。《傻瓜之舟》（1986）中的世界仿佛是一种幻觉："房子位于水洼中间——进不去出不来。甚至不是水洼，而是一个小湖，楼房位于湖心。"② 住在里面的人，最大的问题是秋天和春天雨季时无法上班，甚至连最简单的购物都难以实现。《弹弓》（1989）中的房间"壁纸已经脱落。四面墙上血迹斑斑。房子的主人仿佛故意打死了臭虫"③。《海鸥唱起来》（1989）中，"周围的一切越发可怜、落魄。从破旧镜子的裂纹中映射出家具、地板、刷白的棚顶"④。《梅丽莲·穆露》（1989）中姊妹两人住在"堆满各种各样的罐头盒，像火车站一样"⑤ 的两居室里。《关于死亡公主的故事》（1990）中的房间的"墙壁上挂着几幅沾满了苍蝇的招贴画……房间的

---

① Коляда Н. «Я ни от кого не завишу» //Современная драматургия. 1991. № 2. С. 212.
② Текст пьесы «Корабль дураков» цитируется по: http://kolyada.ur.ru/neludimo/.
③ Текст пьесы «Рогатка» цитируется по: http://kolyada.ur.ru/rogatka/.
④ Текст пьесы «Чайка спела...» цитируется по: http://kolyada.ur.ru/beznadega/.
⑤ Текст пьесы «Мурлин Мурло» цитируется по: http://kolyada.ur.ru/murlin_murlo/.

天花板肮脏不堪，已经裂纹斑斑……"①《圆边小草帽》（1992）中"维克多房间的墙壁上贴着发黄的壁纸……家里堆满了废物。唯一的家产是书架上的旧式红木写字台。其余的一切都像是从垃圾桶里捡来的"②。《夜盲》（1996）中"牛奶店"招牌上白天黑夜只有第二个字母"O"亮着，伴随着滋滋的响声奇怪地闪着。《图画》（1996）的剧情发生在脏乱不堪的地下室的饺子馆里，因老鼠和蟑螂四处横行，防疫站一年勒令关门四次（"脏兮兮的地板，覆满灰尘的暖气片，六张油渍斑斑的饭桌……"③）。《三个中国人》（1998）中的砖厂工人住宅区简直就是普拉东诺夫笔下的"地槽"。《走开—走开》（1998）中女主人公柳德米拉认为"没地方可住，也没法活"，"一是老鼠半夜叫个不停。二是屋顶……屋面随时都有可能掉下来，墙面是绿色的。哪怕是傍晚霜寒掉落下来也好，不然半夜砸到脑袋上……还有一个房间就像水牢，——只能堆放破烂，人进不去"。④ 科利亚达的这种对现实环境的自然主义刻画，顿使人生出凄凉寒栗之感，恍如置身于19世纪陀思妥耶夫斯基笔下的彼得堡街头巷尾，但这落魄的环境却是今天俄罗斯边缘人真实的生活状态。

主人公经常称自己的居住区为"疯人院"。这一称谓几乎出现在科利亚达的每一部剧本中。最可怕的是剧中人已经习惯这一切，对自己衰败的生存状态熟视无睹。而且尤其夸张地突出这一空间无法居住的是剧本中十分强烈的音响效果——呼喊声、鸟叫声、骂人声、地铁声、士兵的脚步声、救护车急驰而过等刺耳的声响。更为奇怪的是剧中人对这些声响并不在意。《梅丽莲·穆露》剧情开始时，"窗外第一次响起了直入耳鼓的叫喊声"⑤，主人公奥莉加和米哈伊尔谁都没把它当回事儿，接着窗外又响起了各种各样的嘈杂声，这种音响在后来的故事情节中有规律地重复着，但"疯人院"里的居民谁也不会为之所动，对"新来的人"他们会解释说："对我们来说这已经是家常便饭了。每天夜里都是如此，一辈子都是这样，我们称之为'柴科夫斯基音乐'。"⑥《圆边小草帽》

---

① Текст пьесы «Сказка о мертвой царевне» цитируется по: http://kolyada.ur.ru/mertv_tzarevna/.
② Текст пьесы «Канотье» цитируется по: http://kolyada.ur.ru/kanotje/.
③ Там же.
④ Текст пьесы «Уйди-уйди» цитируется по: http://kolyada.ur.ru/uidi-uidi/.
⑤ Текст пьесы «Мурлин Мурло» цитируется по: http://kolyada.ur.ru/murlin_murlo/.
⑥ Там же.

中落魄的作家兼画家维克多的楼下是地铁支线,地铁经过时整座楼房都在颤抖,杯子抖个不停,书甚至从书架上掉下来,但维克多和卡佳竟像没事儿似的喝茶。《奥金斯基的波罗乃兹舞曲》(以下简称《舞曲》,1993)的开篇,苏联驻美大使的三居室住宅如今沦为佣人合住的住房,这一氛围同样荒诞不经:"夜里城市各种各样的声响迅速传来:餐馆的音乐声、电视的嗡嗡响声、飞机的轰鸣声,忽远忽近的急救车的喇叭声不时掩盖了这些音响……""……窗外急救车的响笛不停地呼叫。(闹钟里的)布谷鸟在回应它,大雁在回应布谷鸟……然后又是响笛、布谷鸟、大雁:全都在大叫。"① 这种靠音响背景、灯光效果构成的荒诞离奇的效果,使现实对人物构成一种惊恐不安之感。科利亚达的这种声响、灯光无疑表现了世界的不和谐,在这个光怪陆离、喧闹摇曳的世界里,人的生存也呈现出动荡不安、畸形荒诞的状态。

科利亚达刻画的空间及舞台场景的选择酷似陀思妥耶夫斯基的彼得堡街景和高尔基住店人的环境,甚至更为恐怖怪诞。正如其剧本《夜盲》中的"首都人"拉利萨所说的:"陀思妥耶夫斯基算什么……根本没什么特别的……我来的这个地方才是底层,这才是生活,这里才真的可怕……这才是真正的陀思妥耶夫斯基现象。"②"生活的最底层""疯人院""精神分裂症患者住所""傻瓜之舟"——科利亚达的主人公就生活在这样一个常人无法忍受的生活空间里。几乎在作家的每一部剧本中我们都能捕捉到类似的固定细节,"剧作家再现的这种现实的边缘化,与其说具有社会含义,不如说蕴含存在主义意义"③。显然,作家的这种近乎自然主义的细节描写、长篇累牍的舞台说明词最大程度地体现了后苏联社会现实的混乱及存在主义的无望。

二、穿越时空的情节结构

科利亚达认为:"应该写那种令你不安的东西。恢复你记忆的东西。曾经与你在一起,伤害过你的东西。"④ 显而易见,作家不仅要讲述今天

---

① Текст пьесы «Полонез Огинского» цитируется по: http://kolyada.ur.ru/polonez/.
② Текст пьесы «Куриная слепота» цитируется по: http://kolyada.ur.ru/kurinaya_slepota/.
③ Лейдерман Н. Л. Драматургия Николая Коляды: Критический очерк. -Каменск - Уральский: Калан, 1997. С. 27.
④ Коляда Н. «Я ни от кого не завишу»//Современная драматургия. 1991. № 2. С. 214.

的生活，而且要再现昨日的故事，因此科利亚达戏剧中整个苏联时期与后苏联时期穿插交错便不足为奇。科利亚达故事中的过去和今天浑然融合于停滞的日常生活中，故事在讲述衰败潦倒的现实生活的同时，穿插着令人难忘的昨日温情、伤感的回忆。故事的字里行间不时响起不久前还流行的少先队队歌、共青团团歌及前线战歌，而且作家许多剧作的标题就是歌曲的名字。如，《海鸥唱起来》《奥金斯基的波罗乃兹舞曲》《我们要去遥远的地方》（1995）等。善于怀旧的科利亚达不断以感伤的老歌牵动着俄罗斯人恋旧的神经，使剧里剧外的人产生共鸣，达到曲终情未了的境界。但当年的激情已经被今天的现实生活所扭曲与改写，不久前的历史甚至开始从城市的街道名称中消退。如《梅丽莲·穆露》中"我们只剩下四个这样的街道：列宁大街、斯维尔德洛夫斯克大街、红军大街和挖土机大街"①。《关于死亡公主的故事》中政治体制的改变也体现在招牌的更换中："旁边就是坦克学校，以前叫勃列日涅夫学校，而如今叫'改革五十周年'学校。"② 而《我们要去遥远的地方》的故事就发生在"契卡"小城，如果空中鸟瞰，小城的形状呈镰刀斧头形状。

  科利亚达剧本中，几乎每一剧中人都迷恋回忆，沉浸于往事，对久远岁月的怀念成为人物的常态。《海鸥唱起来》中萨尼亚叔叔回忆起自己年轻时想当演员的理想，喜欢唱"海鸥唱起来"这首歌，可造化弄人，后来却莫名其妙地成了拖拉机手，如今已渐近晚年，连子女也没有。回忆是酸楚的，却是多少苏联人共有的命运啊！《舞曲》中的塔尼娅的父亲是苏联驻美大使，塔尼娅也顺理成章地成为政治人质，后来父母悲惨地死于美国的一场车祸中，成为妓女吸毒成瘾的塔尼娅回到了阔别十年的莫斯科。塔尼娅的价值判断力已经被岁月及政治无情地摧毁，但并不影响她时不时地沉浸于天真无邪梦幻般的童年世界——静谧温暖的家庭，甜蜜的初恋，而如今如梦的美好时光已了无踪影。塔尼娅与奶娘儿子之间的对话平添了这一生存境地的悲剧性。他们的爱情在多舛命运的践踏下不堪一击，已成为碎片的记忆使塔尼娅得了克格勃恐惧症和强迫症，那种挥之不去拂之还来的如烟往事甚至抑制了她对现实生活的正确认识。说着最祥和最静谧最美好只有俄罗斯塔尼娅最后却不得不离开俄

---

① Текст пьесы «Мурлин Мурло» цитируется по: http://kolyada.ur.ru/murlin_murlo/.
② Текст пьесы «Сказка о мертвой царевне» цитируется по: http://kolyada.ur.ru/mertv_tzarevna/.

罗斯返回美国。《奥金斯基的波罗乃兹舞曲》又叫《告别故乡》,剧本中这一来一往常会使恍惚的读者陷入契诃夫《樱桃园》(1903)的告别旋律中,黯然神伤之感莫名其妙地侵袭全身。

回忆如一首歌贯穿于科利亚达的整个创作中。《胎记》(1995)中女演员以独白的方式讲述自己的艺术生涯及剧院中丑陋现象,用我们今天时髦的话来说,就是"道德底线"或曰艺术界的"潜规则"问题。《波斯丁香》(1995)是一种老牌香水的名字,这一名称和一曲60年代的怀旧老歌"古巴——我的爱"把人们带回过去,如烟的往事笼罩着上了年纪的主人公"他"与"她"。《我们要去遥远的地方》中收费员米沙讲起了自己记忆中童年时新年的情景:散发着清新松脂香味的枞树上挂满十字架,然后孩子们围着树演唱儿童歌曲——"我们要去遥远的地方……"①《走开—走开》中一家四代女人的命运更加凄苦:40岁的柳德米拉与20岁的女儿安吉莉卡、70岁的母亲恩格斯娜和近百岁的外祖母马克思娜相依为命。历史的痕迹不仅深烙在人物的名字里,在室内的装饰上也表露无遗:"房间的每一个角落都很特别:一角是圣像,一角是列宁肖像,另一角挂着名画'白嘴鸦飞来了',最后一角贴着从杂志上剪下来的半裸的男人的照片。"② 一个角落就是一段苏联生活史。在柳德米拉的家庭生活中,男人处于缺席状态,生活于军人小城决定了她们四代女人没有自己的男人、身边的男人却不断的难言命运。《老兔子》(2006)中当年的丈夫和妻子如今一对饱经风霜的老人在外省意外相遇,他们回忆起过去的美好生活,其中对他们来说最幸福的莫过于谢·米哈尔科夫创作的童话《骄傲的小兔子》。当年丈夫扮演雄兔,妻子扮演雌兔,回忆起这些很久以前发生的故事只能使他们空生感叹,唏嘘不已。

科利亚达这种穿越时空的记忆主题无形中暴露了作家无限的感伤情怀,往事尽管如烟,但其记忆却如刀似斧刻在每个人的脑海里,留下难以抑制的惆怅和伤感。而且对时间的"临界状态"(пороговое состояние)③ 的选择无疑徒增了这种悲凉。如,葬礼、生日、新年、演

---

① Текст пьесы «Мы едем, едем, едем в далекие места» цитируется по: http://www.theatre.ru/drama/koljada/edem.html.

② Текст пьесы «Уйди-уйди» цитируется по: http://kolyada.ur.ru/uidi-uidi/.

③ Вербицкая Г. Я. Традиции поэтики А. П. Чехова в современной отечественной драматургии 80-х-90-х годов: Очерк. -Уфа, 2002. С. 3.

出即将结束、与前夫邂逅等情境。这些故事发生的时间对于主人公来说是重大的人生转折时期，是一个人告别过去、满怀希望或恐惧向一无所知的未来张望的关键时刻。时间的选择显然具有重要意义，它不仅渲染了人物此时的内心状态，也说明人物对自己生活的重新认识和再度理解。作家将人物置于变化发展的历史长河中，使其不断驻足于浩渺的往事，频频回首，捞取记忆中残存的碎片，于今天的另一种生活境地中进行拼凑，人事皆非的伤感在所难免。显而易见，科利亚达意在以历史记忆展现苏联人所经历的沧桑巨变及内心永存的美好情怀。

三、边缘无助的戏剧人物

科利亚达对故事发生地点及时间的选择决定了其人物的选择——初看起来的"小人物""被成功和命运遗弃的边缘人""后工业社会"[①] 的遗弃儿。这些边缘人不久前还被称为"人民"，被赞为"普通的苏联人"，尽管他们刚刚走过"英雄时代"，刚刚唱过国歌和热情的劳动者之歌，刚被战争和劳动洗礼过，但"普通的苏联人创造奇迹"的定义对他们而言已经成为神话。他们不再热衷于英雄行为，不再在极限的情境中检验自己的"坚固性"，不愿意在"热点上"战斗。他们"努力奋斗"和"开拓进取"的活动范围只局限于普通的日常生活，而生活中的人要比"听起来是多么自豪"的人艰难得多。

科利亚达的人物主要有两个年龄段：一是 30 岁左右的主人公，一是 50 岁左右的主人公。对于 30 多岁的人来说，时间仿佛停滞不前，他们总是在还没有开始新生活时，就已经被现实击打得伤痕累累、疲惫不堪。而 50 岁的人，只能生活在回忆中，他们曾经美好的一切一去不回，空生慨叹。通常，这些人意识到自己的毫无用处之后，抱怨、谩骂不如意的生活，在说到自己的庸俗、浑浑噩噩时，常喜欢使用"无聊"一词。"无聊"一词从科利亚达人物的生活中汲取了足够多的含义，"无聊"的现实常常使高尚的情感产生于粗糙之处。科利亚达的主人公虽然置身于"阴暗"空间里，其内心却与这个世界截然不同、格格不入，他们在自己的想象中建立起一个个与灰暗丑陋的现实世界完全相反的溢彩流光的美丽空间，有时他们的想象极其荒诞。《舞曲》中的柳德米拉甚至幻想

---

① Старченко Е. В. Пьесы Н. В. Коляды и Н. Н. Садур в контексте драматургии 1980 – 90-х гг.: диссертация канд. филол. наук. М., 2005. С. 66.

做百万富婆的一只狗:"她穿上貂皮大衣,走出家门,而我跟在她后面,……然后她把我抱到手上……我们两个都心满意足。……我为什么不是百万富婆的一只狗?"① 就是这样一些"被生活抛弃,在一条循环往复可怜而偏僻的生活轨迹上运行,最终被成功、故土和命运所遗忘的人"②,却有着独特的命运和丰富的内心世界。他们的身份可以定位为当地人和外来人。

外来人一般出现在剧情发展的关键之点,戏剧冲突的高峰时刻,其出现通常会为死水一潭的当地人生活中激起涟漪。外来人通常是不了解边缘人所处的阴暗世界的痛苦和艰辛,他们多数表现为单纯而真诚。如《梅丽莲·穆露》中的阿列克谢、《弹弓》中的安东、《关于死亡公主的故事》中的马克西姆、《圆边小草帽》中的亚历山大、《舞曲》中的塔尼娅、《走开—走开》中的瓦连金、《凤凰鸟》(2003)中的马尔丁等等。这些外来人似一缕清风,为"疯人院"的居民带来了无限的希望,使无聊透顶的土著居民们一度产生了战胜孤独的勇气和信心。如《弹弓》中伊利亚第一次与安东见面时说:"厨房的水龙头又水。"安东纠正说:"应该是——漏水。"伊利亚说:"真有文化!还给人家指出缺点了!"拉丽莎低三下四地祈求伊利亚的爱情时说:"……厨房里的水龙头又水了,我给你修好了……"伊利亚及时给拉丽莎做了纠正——"是漏水,不是又水。""看你变得有文化了……"③ 拉丽莎没有错,伊利亚在安东出现之后确实变了,开始注意自己的语言。显然,当地人在外来人的感召下,振作起来,重拾阳光和自信。然而,尽管外来人刚开始以耶稣基督的拯救形象出现,但结果却令人失望甚至沮丧,相比之下,当地人更善良更纯真,他们固守着自己与生俱来的真诚,不为潮流所动。《舞曲》中,塔尼娅和戴维准备回美国之时,伊万从棕榈树下挖出不久前从塔尼娅那里索要来的美元,还给她说:"你更需要它们。你要好好活着!你在美国那里更不容易!而我们总会渡过难关的!"④ 塔尼娅旋即以另一种眼光审视这些人:"这些俄罗斯人真是难以预料。我有些不了解他们。不知道说什么好。有时是恨,有时是爱,有时……谢谢你,万尼亚。你是个善良

---

① Текст пьесы «Полонез Огинского» цитируется по: http://kolyada.ur.ru/polonez/.
② Игнатюк О. Грешник//Драматург. 1995. № 5. С. 211.
③ Текст пьесы «Рогатка» цитируется по: http://kolyada.ur.ru/rogatka/.
④ Текст пьесы «Полонез Огинского» цитируется по: http://kolyada.ur.ru/polonez/.

的人。谢谢！"①《圆边小草帽》中的外来人亚历山大最后被母亲的前夫维克多的善良与关爱所感动，只想放弃荣华富贵与维克多一起过平凡人的生活。这些外来人尽管为"疯人院"带来了"正常生活"，但他们在遭遇新生活、新困难时无任何抗击力、免疫力，他们绝不比当地人更富前行的勇气和摆脱庸俗生活的能力。科利亚达的一句话显示出对这些当地边缘人的态度："对于今天的我来说，这些主人公，这些人并非社会垃圾。生活中的永恒真理正是靠他们的不幸来确定的。"② 科利亚达热爱自己的边缘人，在作家的眼中他们尽管不是完人却是真理的化身，一时的糊涂或是对生活的绝望并不能掩饰他们根深蒂固的善良与质朴，当需要生活的强者时，他们不会做缩头乌龟。

科利亚达剧本人物的主要职业是演员，在他们身上作者感受着自己的理想和失落、希望和绝望的不断循环上演。演员形象在科利亚达的剧本中以各种形式存在。有贫困潦倒年轻时梦想当演员的萨尼亚叔叔（《海鸥唱起来》），有演员兼售货员——《关于死亡公主的故事》中的尼娜，也有以前木偶剧院的演员——《圆边小草帽》中的卡佳，八九十岁的女演员——《香奈儿女人》（2011）中"灵感歌曲团"的老太太们等。其中绝大部分人是职业演员，作为演员出身的科利亚达喜欢在自己的剧作中展示演员们沧海桑田瞬息万变的无常命运。可以说，科利亚达从戏院内部视角讲述演员的生活，其刻画应该说更真实、更具说服力。不论演员因年龄而产生的颓废情绪也好，或是由于琐碎的生活使成绩平平而生发出的慨叹也罢，这一切不过是作家本人的心路历程和亲身体验。他是眼见着演员们台前幕后的日子如流水般一去不回，刹那间的神采飞扬如白驹过隙稍纵即逝，如烟花如云雾如记忆，换来的是无尽的等待和忧伤的回味。

应该说，科利亚达是位传统的现实主义作家，对人物的设计通常勾勒出一以贯之的故土、根基的思想。当被问起是否有过诱惑要他离开故乡叶卡捷琳堡时，科利亚达说道："我周游世界后明白了，对我来说没有比这里更好的地方了。这里有家。我在这里如鱼得水。走进商店，售货员问我：剧院怎么样了？大家都认识我，跟我打招呼。而莫斯科又能怎么样？有多少人在这里声名显赫，而在那里泥牛入水了呢。我才不去呢，

---

① Текст пьесы «Полонез Огинского» цитируется по: http: //kolyada. ur. ru/polonez/.
② Коляда Н. «Я ни от кого не завишу»//Современная драматургия. 1991. № 2. С. 210.

要知道你在哪里生哪里才最适合你，要在你感觉温暖的地方生活！"① 或许正因如此，科利亚达的笔下及舞台上才会不断出现为了摆脱自己的外省命运不惜牺牲人格、厚颜无耻地挣扎却没能使命运垂青自己的人物。《舞曲》中的伊万、柳德米拉，《夜盲》中的拉丽萨，《勒拉赫的钥匙》（1994）中的柳达，《老兔子》中的塔尼娅，他们有着同样的生命轨迹，为了寻找更美好的新生活，离开故乡来到城里，不惜忘却一切，包括无情挥霍一闪即逝的青春，而如今他们只能如幻影般存在，无家，无亲人，失去了传统根基。正如《舞曲》中的伊万所说，"脱离了根基，忘记了故土"，只不过是一缕随风而逝的飞絮罢了。

四、半雅半俗的戏剧语言

科利亚达剧本的语言可以算是杜甫所说的"语不惊人死不休"的那种，而这种"惊人"的成分便是充斥于文本的"非标准"俄语。科利亚达以标准的俄语词汇为词根无限扩展词尾，构成了许多辞典上找不到但又不难猜到其含义的粗俗的词汇。这些骂人词语的使用与其说是为了突出剧中人物的性格，彰显人物的机敏、乐观与美好的想象，不如说是为了娱乐受众。科利亚达剧本中所设计的这种善于骂不绝口的小丑式的人物，似乎为了冲破传统的束缚，一览无余地展示俄罗斯民族的集体无意识。而剧评家则不这样看待，有人认为，正是科利亚达的俄罗斯式的绝骂才使其剧本有趋向于"大众文化"的低劣的商业剧作之嫌。②

科利亚达在90年代之前的作品中非标准语屡见不鲜，作家常得为此向评论界做解释。在《当代戏剧》杂志的一次采访中，就"检查机关通不过的表述"一说科利亚达发表了自己的看法："或许契诃夫、托尔斯泰那个时代可以不写骂娘的话。而现在时代不同了。我只得写骂人的话……如果在我的剧本中出现了检查机关认为不应该用的字眼，那么它在这个地方是最恰当的。我找不到比它更合适的词。"③ 但随着时间的流逝，随着剧本哲理性内容的不断深化，随着剧作中作者声音的逐渐浮出

---

① Кичин В. Беседы в осаждённом театре. Николай Коляда о людях, зверях и драматургии//Российская газета-Федеральный выпуск. 20-04-2005. No 81. C. 13.

② Злобина А. Драма драматургии. В пяти явлениях, с прологом, интермедией н эпилогом//Новый мир. 1998. No3. C. 142.

③ Коляда Н. «Я ни от кого не завишу»//Современная драматургия. 1991. No 2. C. 212.

水面，其人物语言的色彩也在逐渐发生变化。后来科利亚达在一篇自述文章中更正道："……我剧本中没有骂人话——哪怕有人枪毙我，要求我承认这一点。就是没有！我有的是某些为了上下文衔接而使用的小词，但它们不是主要的。我认为，剧本、话剧中主要的是作者如何真诚地来揭示自己的人物，亦即如何阐释表达自己。"①

科利亚达对民间语言的兴趣从其剧本取之不尽、流行于街头巷尾的方言土语的使用中可见一斑。其剧中人在反驳对手时，没等对方反应过来，早已骂得大汗淋漓，置对手于体无完肤的狼狈境地。《我们要去遥远的地方》中，收费员米沙被叫作"小碎块、流浪汉、好嘟囔虫、小雏鸡、臭虫、臭小子、小酒盅……"②《梅丽莲·穆露》中的茵娜、《乌龟玛尼亚》（1991）中的伊拉、《舞曲》中的谢廖沙、《鹦鹉与笤帚》（1997）中的老夫妇俩、《走开—走开》的柳德米拉、《三个中国人》中的塔戈马尔、《温柔》（2002）中的科利亚等人都是骂人高手。可以看出，边缘人的能言善辩和骂语不绝源自于其简陋的生活方式与低下的文化水平③，无钱无能无地位的边缘人只能以这种难入大雅之堂的语言不时"娱乐着"忍无可忍的生活，以天才的诡辩在精神上暂时战胜对手，以保护自己的无助并掩盖对生活的无奈。但无论如何，在痛快之至的语言宣泄之时，其中的人物是自由自在的，甚至有种狂欢化的自娱自乐。科利亚达偶尔于对话中刻意将标准规范语成分与低俗语言混合使用，不同风格词汇的交融穿插成为科利亚达故事的主要表述形式。如《舞曲》中塔尼娅的诗性语言与佣人柳德米拉、谢尔盖粗鲁卑俗的语言形成鲜明的对比。塔尼娅言语中鲜明的表现力、复杂而奇妙的隐喻、贴切的形象性不仅证明了其出身名门，也突出她卓越的演员天赋，其独白中流露出的崇高情感是她本性多愁善感的表现，也是她心灵受到意外伤害的结果。柳德米拉、谢尔盖粗俗的语言同样展示了他们佣人的身份和卑微的社会地位。

科利亚达亦庄亦谐的语言常常会产生喜剧效果。剧作家的语言确实

---

① Коляда Н. Театральная жизнь // Современная драматургия. 2000. № 5. С. 32.
② Текст пьесы «Мы едем, едем, едем в далекие края...» цитируется по: http://kolyada. ur. ru/edem/.
③ Старченко Е. В. Пьесы Н. В. Коляды и Н. Н. Садур в контексте драматургии 1980 – 90 – х гг. : диссертация канд. филол. наук. М. , 2005. С. 110.

如评论家列伊杰尔曼（Лейдерман Н. Л. ）所认为的，具有民间笑文化的特点，是典型的狂欢化诗性语言。笑文化、狂欢节文化正是把庄严与可笑、高雅与低俗成分融合起来，通过转瞬即逝的社会层面展示本体论成分。我们可以通过《夜盲》中两个男人于清晨4点在垃圾桶旁的对话，欣赏一下科利亚达语言的喜剧性：

  佐罗：……你怎么早晨4点倒垃圾？
  男人：不知道为什么。醒了，做了个噩梦，而觉睡到早晨4点正好够了。正好这时应该走出来，跑到外面倒一倒东西，就像倒出自己体内的废物。你怎么也这么早？
  佐罗：……跟你一样。街上还黑着，连个人影也没有，不需要装疯卖傻。还有各种各样的想法，唉，想法多着呢！还有满天的晨星。静悄悄的。月亮还在，一切都好极了。这些马上勾起了我对童年的回忆……当时还小，而现在已经是老笨蛋了。夜晚的行星很美，对吧？
  男人：很美……夜空也很美。你知道吧，我们所有的人很快就要在那里生活。在天上。你，我。
  佐罗：怎么？真的？你和我都要在哪里？和别的所有的人一起？
  男人：和所有的人一起。我们要在那里生活。（他们看着夜空，不说话。）
  佐罗：你骗人……
  男人：没有。我不骗你……你瞧着吧……我和你手牵着手走在云朵上，你还会想起这个垃圾桶和此时的我。那时我们谈天说地，我们想起此世的生活，想起我们的赫鲁晓夫楼。①

这种把雅俗、生死结合得天衣无缝的语言处理手段或许标志着语言的重生与更新。我们且不谈论这语言在语义上的内涵，单在心理层面上，人物的粗俗语言也都具有了真正的哲理含义。他们不畏惧任何人，无论是上帝还是妖魔，甚至面对死亡也表现得十分粗鲁且平静，嘲笑并戏弄它。实际上，在科利亚达的人物所从事的游戏中充满了如此多的活力与

---

① Текст пьесы «Куриная слепота» цитируется по: http://kolyada.ur.ru/kurinaya_slepota/.

激情，剧中人会因此产生一种绝对信念——生活并非死胡同，人们有理由希望和憧憬。

"我的人物从来不说生活中所说的话。我总是杜撰出一种戏剧语言。我缓慢而苦闷地写每一句话，重置一些词语，'拉紧'句子，使其听起来富于乐感。"① 科利亚达对待语言的严谨态度可见一斑。其戏剧语言还有一个醒目的特点就是叙事化较强，冗长的独白语铺天盖地。他的剧中人物甚少，很多剧本只有一或两个人，独白空间因此变得无休止。剧中人根本不在意别人对其话语的反应，而是自顾自地展示自己的精神世界，于是剧本多少会给读者留下昏暗的印象主义的痕迹。

五、亦真亦幻的作者介入

科利亚达说过："关于我的故事都在我的剧本里。"② 因此剧本中依稀闪现作者的身影便司空见惯。科利亚达的每一部剧本开始时的大段说明词背后都隐约可见作者的存在。在描述故事背景时，作者通常会把读者从楼下领到住宅里，然后挨个窗口向外张望，逐一审视自然风景，而且以全知全能的视角透析人物的内心。作者不仅置身于人物之上，而且生活于他们中间，是他们中的一员。剧本《舞曲》的抒情开场白中，科利亚达开门见山地揭示了其创作与内心世界不可分割的相互关系："我的世界在我的体内与我同行。……你们喜欢与否对我来说无所谓。因为我喜欢它，它是我的，我爱它。"③ 剧作家毫不讳言自己在剧本中的现身，甚至兴致所至，成为剧中人："……现在我明白了，这一画面，这些人总是与我同在，但不急于以自己的谈话来打扰我，而是等待时机——真正的东西总是静默的，而现在时机成熟，他们活跃起来，走在我营造的世界的街道上，走在我的世界里……"④

作者在《关于死亡公主的故事》中有几处典型的现身。剧本舞台说明词里有这样一段话："如果你说没有这样的医院，是我编出来的，那么你错了。有这样的医院。有。它就在我的住所旁。我还去给我家的猫咪

---

① Руднев П. «Интервью Николая Коляды о современном драматургическом языке». См. Сайт Николая Коляды, 1 мая 2006 г.
② Коляда Н. «Я ни от кого не завишу»//Современная драматургия. 1991. № 2. С. 214.
③ Коляда Н. Пьесы для любимого театра. -Екатеринбург, 1994. С. 87–88.
④ Громова М. И. Русская драматургия конца XX-начала XXI века. -М.：Флинта：Наука, 2005. С. 182.

治过病。这座医院里还有一间过堂屋。它紧挨着医院的后门。也就是一间普通的房间。对了，没有窗户。我去过这房间很多次，我清楚地记得它。很多年前的某个时候，这个房间里本来可以发生这个故事。或许，它发生了，或许有些情节不是这样，或许，完全就不是这样。我不知道。只确知一点：这个医院的兽医利玛死了。……她已经不在人世了。不对。当我写下这几行字时，她还站在我后面……笑着小声对我说：'你不能撒谎，笨蛋……'"① 剧作家在讲述了一个女主人公自杀于新年之夜的悲剧故事之后，于剧本结尾处说道："身穿闪着星光的洁白的连衣裙的伊拉·拉泼捷娃行走在星空里。她已经死去好多年了。这是她想让我写一写关于她的故事。于是我为她编了这个故事。"② 作者显然成为故事中的一员，他讲述的很可能就是他经历过的故事，即剧本为剧作家的自传故事也未必不可。这种有意现身实为突出其强烈的自省意识，他喜欢自己世界的本真状态。"我曾经住在多人合住的赫鲁晓夫住宅楼里，在靠近市场的一层楼"，科利亚达在一次采访问到其剧情时讲道，"站在窗边的窗帘后面，你听得见从市场回来或准备去市场的人们的聊天，你可以因此写出多少剧本啊！"③ 生活场景的熟悉使作者对人物的处理有如自己的亲属或邻居般亲近。剧作家甚至把人物安排进自己的房间里："把我的人物安置到哪里呢？就让他们住在我十八点五平的房间里吧……"④ 这是剧本《乌龟玛尼亚》中的开场，故事发生在9月12日。剧作家就此写道："这不是一个偶然的数字——我喜欢十二。因为它位于一个月的不幸的十三号的前面。我以前相信现在也一直相信这些说法。十二这个数字是不幸前的最后的一小块儿幸福……"⑤

　　第一人称叙事场景的重复出现似乎是科利亚达剧作的必要成分，因为剧作家可以借此向读者揭示自己一向十分重视的自我世界。科利亚达占据优势主导位置，解释发生的故事，阐释人物的行为，给导演以建议，

---

① Текст пьесы «Сказка о мертвой царевне» цитируется по: http://kolyada. ur. ru/mertv_tzarevna/.

② Там же.

③ Мурзина М. Режиссёр, актёр, вахтёр//АиФ-Москва. 2000 – 11 – 29. № 48. С. 48.

④ Текст пьесы «Черепаха Маня» цитируется по: http://kolyada. ur. ru/dlya_tebya/.

⑤ Там же.

扮演着操作员与人物的双重角色。① 通常，剧本说明词只介绍剧情发生的地点及环境，而科利亚达的剧本中渗透着大量主观想法，它们构成独特的抒情插话，表达作者鲜明的立场。类似的说明词是作者形象的幻影，是其对世界、对情感、对他人喜好的一种表达手段。这些解说词一方面并非一定要演出来，另一方面，作者千方百计地提醒读者其剧本是以展示舞台的命运为目的，为戏剧而做。② 或许，剧作中作者的参与，更重要的一个原因像剧评家朱尔切娃所解释的："……他可怜别人，想以自己的介入、自己的意志来帮助他人寻找与虚无斗争的精神支柱。"③

六、孤独死亡的戏剧主题

科利亚达在 20 世纪 80—90 年代的每一部作品中几乎都弥漫着死亡气息，死亡比比皆是。《傻瓜之舟》中鲍利斯的死尽管是虚假的，却提醒人物回忆自己死去的亲人；《梅丽莲·穆露》中的奥莉加在第一幕结束时疯狂地要求上帝赐死，而她的姐姐茵娜则迫不及待地期待着世界末日的降临；《弹弓》的故事发生在"像棺材一样"狭窄的房间里，主人公伊利亚每时每刻都在思考死亡，他最终以自杀方式告别了这个世界；《海鸥唱起来》中瓦列尔卡的葬礼和追悼宴是死亡的延续，是谈论存在意义的理想环境；关于结局的提醒我们还可以在《关于死亡公主的故事》的标题中看到，女主人公利玛绝望地自杀于新年之夜。《圆边小草帽》中死亡无处不在，"……死亡就坐在门铃的按钮上。一按按钮，她就飞出来"④。其中穿过主人公维克多和卡佳房间举行的葬礼仪式也是一种象征，它形象地展示了死亡是如何轻而易举地向人们走来。显而易见，死亡成为科利亚达在 20 世纪末的作品中不断言说的主题，就像人们茶余饭后必须涉及的一个话题，人物从不避讳谈起它，而且说到它时，安详从容毫无惧色。我们可以欣赏一下《弹弓》中安东和伊利亚的一段对话：

---

① Старченко Е. В. Пьесы Н. В. Коляды и Н. Н. Садур в контексте драматургии 1980 – 90 – х гг.: Диссертация канд. филол. наук. М., 2005. С. 107.

② Там же.

③ Журчева О. В. Автор в драме: формы выражения авторского сознания в русской драме XX века. Самара: Изд-во СГПУ, 2007. С. 136.

④ Текст пьесы «Канотье» цитируется по: http://kolyada.ur.ru/kanotje/.

安东：……你知道吗？我常常特别想死……（安东靠墙边坐了下来，看着棚顶，幻想着。）我死在——汽车下面。我甚至知道，这事发生的过程。（边描述、边津津有味地讲着细节。）漆黑一片！黑蒙蒙一片！死亡！太美了！对吧？一流的！（停顿）

伊利亚：你怎么？你……想死？真的？

安东：怎么？活着挺好吗？是吗？有什么好的？没必要活着。没有必要。就是这样。

（伊利亚坐到安东的旁边，开始抽他的耳光，用拳头打他。）

伊利亚：可恶的家伙！滚开，畜牲！滚开！畜牲，混蛋，给我滚开，杂种！……（把安东推出去，关上了门……）①

伊利亚般痛打被死亡意念折磨已久的安东是有原因的。身患残疾的伊利亚与外来人安东第一次相遇时，正准备制造交通事故自杀，是安东劝阻并救下了他。后来，纯洁真诚、乐于助人的安东经常光顾伊利亚的小黑屋，随着伊利亚对安东的好感与日俱增，此前只看到肮脏与邪恶的伊利亚突然对生活有了一种别有洞天的感觉，他开始重新认识自己，鼓起勇气面对生活。因此，安东上述这种突如其来的幼稚而轻浮的自言自语对伊利亚来说无异于当头一棒。剧本中，当安东由积极转为消极的生活态度对伊利亚刚刚建立起来的理想与信念构成瓦解和摧毁的威胁时，心灰意冷的伊利亚毫不犹豫地选择了死亡。

在科利亚达的任何一部剧作中，甚至是略显乐观的剧本中，我们都会遭遇人物或作者对死亡现象、对生活意义的思考。鲜活的死亡形象甚至被物化，获得了肉体的轮廓，以老太太、动物的形象再现出来：《维也纳式椅子》（1991）中穿行于送葬人腿边的黑猫，《圆边小草帽》中沉默不语被视为游荡死神的邻居老太太，《海鸥唱起来》中跑到瓦列尔卡的墓地上的狗，还有《弹弓》中一只黑色的鸽子扑打着伊利亚的窗口，楼洞口常常谈论死亡和葬礼的老太太们，提醒死亡的无时不在，而且这些老太太"本身就像死亡一般恐怖"，"坐在那里把守着猎物"。

科利亚达的人物即使没有选择死亡，也注定是孤独的。孤独犹如悲怆而具有穿透力的音符透过科利亚达的每一部剧作。科利亚达艺术世界

---

① Текст пьесы «Рогатка» цитируется по: http://kolyada.ur.ru/rogatka/.

里的所有的人,尤其是当地土著人,几乎都陷入一种孤独的境地,没有完整的家庭,几乎没有亲人,不同程度上患有精神疾病。而且多数人酗酒,借着酒劲儿说些看似不着边际却是真实的内心状态的话。话语弥漫着悖论,穿插着荒诞,半梦半醒,难以捉摸。这些人无一例外酷似陀思妥耶夫斯基笔下的"小人物"——孤独、神经,却无时不在挣扎着捍卫自己脆弱的尊严。

《海鸥唱起来》《圆边小草帽》《妞尼娅》(1993)《胎记》《波斯丁香》《我们要去遥远的地方》《我梦想的女孩》(1995)《走开—走开》《妞拉·恰派》(2003)、《诺斯菲拉图》(2003)、《老兔子》等剧本不折不扣地揭示了俄罗斯的老年人问题。他们或者无儿无女,孤独寂寞,无人关心,或者儿女只关心他们微薄遗产的最终走向,置其生老病死及精神上的需求而不顾。他们的孤独不是年轻人"为赋新词强说愁"的那种,年迈的孤独具体而真实,像严冬里的寒气阵阵袭来,无人可抱怨,无人可倾诉。《妞尼娅》中的老人甚至以登广告送小猫的方式找人到家里聊天,排解孤寂。

科利亚达曾对死亡做出这样的评价:"……我特别怕死,总是思考死亡……在这一被称为生活的美好的故事里最令人讨厌的东西……——这是那种我们所说'我死了,而周围的一切还在继续活着'的东西。人活得好好的,突然必须死去——这很不公平。……生活真的很美好……我认为,应该忍受一切,我们这里总比别处好,一切都会好的,我们将会看到洒满光辉的天空。我毫不怀疑这一点!"① 与其说科利亚达是个矛盾思想的综合体,不如说是个彻头彻尾的感伤主义者。他在洞悉生活中的孤独、死亡这类存在主义成分之后,千方百计来排解它,颠覆它,无论方法如何、得当与否,他寻求出路的强烈愿望是有目共睹的。

七、对传统的继承与创新

科利亚达和契诃夫均为跨世纪的剧作家,因此二者的剧本不约而同地反映世纪之交社会的繁荣与衰败、国民生活的兴盛与式微。对剧情的聚焦反映,对故事发生地点的选择,对"临界"情节的选择,对人物内心世界的刻画,对音响效果的突出强调,这一切清晰地显示了科利亚达

---

① Мурзина М. Режиссёр, актёр, вахтёр//АиФ-Москва. 2000 – 11 – 29. No 48. C. 63.

与契诃夫一脉相承的关系。科利亚达曾经说过:"安东·契诃夫和田纳西·威廉斯是我喜欢的剧作家。他们不是放在书架上的经典作家——而是永远与我同在。"① 显然,契诃夫的戏剧元素已经成为不可或缺的一部分融入科利亚达的戏剧创作。

1. 无家可归的家园主题

家园主题是契诃夫和科利亚达戏剧创作的共同主题。契诃夫与科利亚达的人物均不同程度处于无家可归的状态,精神上处于流离失所的境地。契诃夫的人物或许有住处,但没有家的感觉,《伊凡诺夫》(1887)、《海鸥》(1896)、《万尼亚舅舅》(1897)、《三姐妹》(1901) 和《樱桃园》(1903) 中的主人公都流露出一种对家庭爱恨两难的压抑感。其中的人物一方面对家庭恋恋不舍;另一方面却不时表现出渴望挣脱家庭的束缚,有强烈的离家出走的愿望。而一个世纪之后的科利亚达的人物既无固定住所也无家庭可言,其人物或者暂住在"堆满各种各样罐头盒"的两间房里(《梅丽莲·穆露》),或者住在楼下地铁随时通过的楼里(《圆边小草帽》),或者住在地下室的饺子馆里(《图画》),有时住在工人棚户区 (《三个中国人》),有时住在"老鼠横行"的水牢里(《走开一走开》)。生活在这样一个常人无法忍受的空间里,人物常会产生离家出走的愿望。《舞曲》中的塔尼娅和柳德米拉常说要"回家"或"去女儿家",对她们而言随处都可以是家,却没有真正家的归属感和根基感,生活中找不到可以存身之处。科利亚达的《舞曲》与契诃夫的《樱桃园》可以说是跨世纪的呼应之作。一个世纪前《樱桃园》中的朗涅芙斯卡娅奔走于巴黎和俄罗斯之间,一个世纪后的《舞曲》中的塔尼娅则往返于美国与莫斯科之间。善良、纯洁而又残酷、淫荡的塔尼娅试图在对童年的回忆中找到拯救自我的出路,像契诃夫的朗涅芙斯卡娅和加耶夫一样,塔尼娅的脑海里总是浮现出记忆中的往事。契诃夫的儿童室、小柜子,科利亚达的小枞树、黄色的小提琴、多棱的玻璃杯,这些童年就有直到今天还在使用的东西仍带有人的体温,散发着暖意。在契诃夫与科利亚达的艺术世界中,日常生活就是一切,它可以吞噬消解一切,也可以拯救升腾一切。② 砍掉樱桃园意味着日常生活的戛然而止,失去家

---

① Коляда Н. По сценарию судьбы//Областная газета (Екатеринбург). 19 – 11 – 1994. C. 7.

② Вербицкая Г. Я. Традиции поэтики А. П. Чехова в современной отечественной драматургии 80 – х – 90 – х годов. Очерк. -Уфа: РИЦ УГИИ, 2002. C. 7.

园和传统便意味着精神世界的独立隔绝，整个血脉链条的倾覆断裂。《樱桃园》中富于深邃寓意的是那根连接着几代人、象征着完整而牢固的世界的琴弦断了，一切都将一去不复返，传统也将随着生活的云烟飘散殆尽。契诃夫与科利亚达的"家园"（住所）形象不仅与日常生活，也与人的存在状态密切相关。家、住所、栖身之处在两位剧作家的笔下与其说是一种地理概念，不如说是一种精神归宿。

2. 苦闷无聊的孤独感受

契诃夫与科利亚达对故事空间的选择也如出一辙，二人的故事一般发生在外省偏僻的小地方，或是大城市的边缘地带。这里生活着普通小人物，作者关注的正是这些略显边缘又受过教育之人的生活常态。与契诃夫的《三姐妹》一样，科利亚达的人物过着懒散的生活，他们纯朴厚道而又无所事事，在得过且过的生活中却又期望着什么。生活在这样一个逼仄局限的区域空间里，其中的人物不可避免地感受到苦闷与孤独。契诃夫的几乎所有剧本，从《伊凡诺夫》到《樱桃园》均不同程度地反映了世纪之交人们的苦闷与追求，他们不停地感受并谈论着生活的无聊、苦闷。《伊凡诺夫》中的沙别里斯基伯爵抱怨道："宁愿下地狱，宁愿落到鳄鱼嘴里，也不愿在这里待下去。我感到苦闷！我都苦闷得变傻了！"① 安娜·彼得罗夫娜叹息道："多么苦闷啊！"《万尼亚舅舅》中的叶列娜·安德烈耶夫娜心灰意冷："……我又懒散，又苦闷。"② 《三姐妹》中的伊琳娜的生活感到由衷的失望："啊，我是多么不幸啊！我不能工作！我不再工作了！够了，够了！……我绝望了！我真是不明白，为什么我还活着，为什么我至今还没有自杀……"③ 甚至因苦闷、孤独失去了生活追求而开枪自杀，如《伊凡诺夫》中的主人公伊凡诺夫苦诉道："家里令人感到痛苦的窒息！只要太阳一落山，我的心就开始感到苦闷。多么苦闷啊！不要问我原因，我自己也不知道。我发誓，我不知道！这里苦闷，如果去列别捷夫家，那里更糟糕；回来之后，家

---

① Текст пьесы «Иванов» цитируется по: http://www.theatre-library.ru/files/ch/chehov_ap/chehov_ap_7.html.

② Текст пьесы «Дядя Ваня» цитируется по: http://www.theatre-studio.ru/library/chehov_ap/dadavana.txt.

③ Чехов А. П. Повести. Рассказы. Пьесы. -Новосибирск: Сиб. Унив. Изд-во., 2007. С. 434.

里还是苦闷，整夜都是这样……真令人绝望！……"① 为了摆脱厌倦的生活状态和软弱无能的自我感觉，伊凡诺夫最终选择在婚礼上自杀。《海鸥》中的青年作家特里勃列夫久别重逢的恋人再次离他而去，呕心沥血写出的文章无人欣赏，当在生活、爱情、事业上都失去慰藉的时候，这种由苦闷迷惘直至孤独无望的境地将其逼上了绝路。

一个世纪之后科利亚达的人物同样感到彷徨孤独。在人物命运的处理上，如果说契诃夫的人物偶尔因无聊的生活或极度的孤独选择开枪自杀，那么科利亚达的人物则比契诃夫的人物走得更极端，更激进。科利亚达的剧作中的死亡形象俯拾皆是，人物即使没有选择自杀，也是处于对死亡的向往中。《弹弓》（1989）中残疾人伊利亚由于孤独绝望跳楼自杀；《梅丽莲·穆露》中的奥莉加希望上帝赐她于死，茵娜则满怀希望期待着世界末日的降临；《海鸥唱起来》中的葬礼及追悼宴对死亡做了最权威的注解；《关于死亡公主的故事》中的女主人公由于绝望和孤独自杀于新年之夜；《圆边小草帽》中破门而入的葬礼仪式仿佛告诉人们死亡不是一个意外，它是每个人生活的一部分；《香奈儿女人》中，死亡如同贴心的女友，阴魂不散地围绕在歌唱家奶奶们身边，与她们相伴始终。显然，死亡是科利亚达的一个不离不弃的言说话题和生命主题，其笔下的死亡形象如同一个有形之物令人感到真实而具体。契诃夫与科科利亚达对人物的苦闷及孤独感受情有独钟，但就其产生的结果来说，科利亚达似乎走得更远，其人物更善于行动，趋向于有意识地选择死亡，直逼死亡第一线。这种略显不同的书写方式，除了作者个体差异外，两个世纪之交不同的社会现实的影响也不能忽视。

3. 渴望新生的无限向往

生活苦闷无聊，两位剧作家的人物因此在选择死亡的同时，却又矛盾地表现出与乏味生活绝不妥协的坚韧，并为摆脱一成不变的生活想方设法追求全新的思想，呼吸清新的空气，一句话，渴望新生活。契诃夫《海鸥》中的青年演员尼娜不惜一切手段终于可以在大城市展露才华，《万尼亚舅舅》中的叶列娜和丈夫最后离开"无聊的"庄园奔赴哈尔科

---

① Текст пьесы «Иванов» цитируется по：http：//www.theatre-library.ru/files/ch/chehov_ap/chehov_ap_7.html.

夫，《三姐妹》中的三姐妹渴望光明和美好的未来，伊琳娜一直渴望回莫斯科："我一切都准备好了。午饭后我就寄出自己的东西。我和男爵明天结婚，明天我们去砖厂，后天我就去学校上班，开始新生活。"① 奥莉加："城里明天就没有一个军人啦，所有的一切都将成为回忆，当然，我们就开始新生活啦。"② 玛莎："……他们走了，永远地走了，而我们留下来了，要重新开始生活。应该活下去，应该活下去……"③ 后来，当伊琳娜的未婚夫男爵死于决斗时，伊琳娜悲痛之余说道："……要活下去，要工作，只有工作！明天我一个人走，在学校里教书，我把一生都献给那些可能需要我的人。"④《樱桃园》中安尼娅对未来充满了希望："再见了，老屋！再见了，旧生活！"⑤ 大学生特里菲莫夫对未来满怀憧憬："新生活，你好！"《樱桃园》结尾时，大家奔赴各地开始新生活，陆伯兴去哈尔科夫，特里菲莫夫去莫斯科，家庭女教师沙尔洛塔尽管还没有新的去处，但一定"要摆脱嘎耶夫"，瓦利娅去"拉古林家当管家……"郎涅夫斯卡娅返回巴黎，嘎耶夫去银行就职，安尼娅"中学考试后就去……工作"。一切迹象表明，每个人都要开始新生活。契诃夫仿佛宣称：我们应该做一个有精神追求的人。作家的文字包含着忧郁，流淌着哀愁，却又不失希望的光芒；作品的结尾常常在暗示我们，不管发生了什么，生活并没有到此结束。⑥

　　同样，尽管科利亚达的主人公思考死亡言说死亡，尽管一直被孤独包围，尽管现实生活一次次地击败缥缈的希望，但他们仍对生活充满着期冀，从不轻言放弃，而克服孤独状态的主要动力是人物强烈的求生欲望。《梅丽莲·穆露》中酒鬼茵娜的独白很能说明这些边缘人的共同心声："多么想活下去啊！我想活下去。想得要死！尽管我的生活极其恶劣，却想活。"⑦ 科利亚达《走开—走开》的中心主题与《三姐妹》十分相似：一家四世同堂的女主人公们渴望挣脱死气沉沉的生活方式及生

---

① Чехов А. П. Повести. Рассказы. Пьесы. -Новосибирск: Сиб. Унив. Изд-во., 2007. С. 440.
② Там же. С. 448.
③ Там же. С. 451.
④ Там же.
⑤ Там же. С. 498.
⑥ 童道明：《走近契诃夫》——序《百年契诃夫丛书》，《人民日报》海外版，2004 年 07 日 16 日。
⑦ Текст пьесы «Мурлин Мурло» цитируется по: http://www.theatre-library.ru/files/k/kolyada/kolyada_21.doc.

活状态，年轻姑娘安热莉卡一直重复着："我最好也能去别的地方。去高加索某地或美国的什么地方。"①而她母亲柳德米拉则幻想买票去"幸福之国"；《圆边小草帽》中的维克多："……我觉得，我实际上在开始新生活。说实话！我重新获得了这个世界，就像是酒鬼戒了酒一样……我要开始新生活。"②《纽拉·恰派》中一辈子只为他人活着的外祖母决定摆脱生活羁绊，跟随新老伴到埃及去游览，她不停地重复着："对不起，我要好好活着！我要好好活着！"③《舞曲》中的塔尼娅为了摆脱现在的生活状态，不停地东奔西走，从美国回到俄罗斯，又从俄罗斯返回美国，柳德米拉则满怀希望地说："没什么。一切都会好的……这里如果不好过，我们就去乌兰—乌德的女儿那里去，没什么，会挺过去的。我们不那么容易沉沦。"④这种差一步就可以彻底解脱的自由感贯穿于科利亚达创作。

契诃夫和科利亚达的人物在曲终人散时仿佛都准备告别旧生活，开始新征程。但实际上，他们早已被苦闷彷徨的日常生活打磨了棱角消减了活力，变成了一架由于常年缺乏运转而几近瘫痪的机器，因此他们在渴望新生活时，所能做的多半只限于空洞的议论与消极的等待，即使有所行动，其结果也往往不能尽如人意。正如《三姐妹》中，当又一次听到玛莎对莫斯科的向往时，维尔什宁说道："近日，我读了法国部长的一篇狱中日记……日记中他欣喜若狂地提到监狱窗口的小鸟，而这些鸟儿是他此前当部长时所没有发现的。当然，现在他重新获得了自由，他仍然不会在意这些小鸟。就像您即将住进莫斯科而不会发现莫斯科的美是一样。我们不幸，幸福根本没有，我们只是在期盼它。"⑤如同狭小的舞台空间没有妨碍契诃夫展现19—20世纪之交的俄罗斯社会生活的广阔画面一样，室内的局限性也没能阻隔科利亚达展示后苏联时期俄罗斯生活的概貌。

4. 展示内心的潜流暗涌

潜台词或内心潜流是契诃夫突出人物内心世界的主要手法，科利亚

---

① Текст пьесы «Уйди-уйди» цитируется по: http://kolyada.ur.ru/uidi-uidi/.
② Текст пьесы «Канотье» цитируется по: http://kolyada.ur.ru/kanotje/.
③ Текст пьесы «Нюра Чапай» цитируется по: http://kolyada.ur.ru/chapai/.
④ Текст пьесы «Полонез Огинского» цитируется по: http://kolyada.ur.ru/polonez/.
⑤ Чехов А. П. Повести. Рассказы. Пьесы. -Новосибирск: Сиб. Унив. Изд-во., 2007. C. 419.

达也十分注重人物内心情绪的展示。内心独白在二位剧作家的剧本中占有相当大的比重,剧本中我们常常看到的不是两个人或多个人的对话,而是不断被他人表白打断的冗长的独白,而且每个人都在诉说着自己的不幸,彼此听不进对方的解释,鲜能感受和承担他人的苦痛,即使偶尔表现出对他人苦难的兴趣,也都大多于事无补。有评论家认为契诃夫"以忧郁的抒情淡化外部显在的戏剧冲突,将激烈的戏剧冲突转移至内心,从而使整个戏剧舞台弥漫着一股淡淡的忧郁的抒情气氛"[①]。一个世纪之后的科利亚达的剧本弥漫的也正是这种挥之不去拂之还来的忧郁气息。科利亚达的剧中人物一向就少,甚至有的剧本只有一两个人物,因此独白基本占据了全部剧本。独白是揭示人物内心的最佳手段,人物不断的诉说勾勒出他对生活的无奈,对人生的慨叹,其中的感伤和抒情在所难免。契诃夫《三姐妹》中的安德烈在极度孤独的境况下向耳聋的老更夫倾诉内心的苦闷:"如果你能听得见的话,我也就不跟你说了。我需要有个人聊聊,而妻子不理解我,姐姐们不知为什么我又怕,担心她们笑话我,羞辱我……我不饮酒,不喜欢酒馆,但如果现在我能坐在莫斯科泰斯托弗大街的酒馆或者是莫斯科大酒馆里,那该是怎样的享受啊?……坐在莫斯科的酒馆里,尽管没有熟人,谁也不认识你,但你却不感到陌生。而在这里你认识所有的人,大家也都认识你,却只有陌生感……陌生而孤独。"[②] 这不由得使我们联想到契诃夫的短篇小说《苦恼》(1886)中的主人公姚内奇,丧子之痛无人可讲,只好将苦恼倾诉于驾车的马。科利亚达的人物同样通过对猫(《胎记》)或乌鸦(《诺斯菲拉图》)等动物的倾诉,讲述自己无人能解的孤独生活。

说到独白的极致应该算是独角戏,契诃夫的独角戏《论烟草有害》(1886)将一个在生活、事业上多年受妻子操纵、无奈而沮丧的丈夫的内心世界完全暴露在受众面前。科利亚达的独角戏则更具丰富性,独角戏《舍罗奇卡和马莎罗奇卡》(1993)、《美国女人》(1991)、《胎记》《我梦想的女孩》、《彼什马什卡》(2002)、《诺斯菲拉图》等无不以展示人物内心的苦恼为宗旨。与契诃夫相比,科利亚达的人物更显孤寂,他们经历了神话般的苏联时代,又遭遇了动荡不安的80年代改革时期,

---

① 董晓:《契诃夫戏剧研究中亟待思考的几个问题》,《俄罗斯文化评论》,2006 年第 1 辑,第 269 页。

② Чехов А. П. Повести. Рассказы. Пьесы. -Новосибирск: Сиб. Унив. Изд-во., 2007. С. 412.

曾经拥有的"美好生活"仿佛一夜之间不翼而飞，因此他们的生活落差感十分强烈，心理冲击振聋发聩，而积压的情绪需要宣泄，达到目的的最好方法仿佛只能是自说自话，因此后苏联时期的独角戏盛况空前，而科利亚达的独角戏尤为突出。

5. 音响元素的象征意境

契诃夫创作中的音响具有一定的艺术娱乐性，剧本中此起彼伏的各种声音获得了深邃的含义及余音绕梁的意境。《海鸥》中锤子的敲击声、圆舞曲、海鸥的叫声乃至枪声仿佛是正常的生活音响，但同时也是对人们思想及行为的警醒。《三姐妹》中几次响起的警报，或许是对女主人公玛莎婚外恋生活的警告，而其他剧本中的各种声响——行军曲、竖琴和小提琴演奏声、钢琴曲和手风琴、吉他的演奏，枪声、笑声、门铃声、马车声、脚步声、盘子的破碎声等，还有不断重复的人的喊声，都自始至终贯穿于剧本，为苦闷无聊的生活凭空增添了可以想象的空间，为人物设置了可以飞翔的悬念。尤其是《樱桃园》中琴弦断裂的声音最富于勾人心魄的意境，它象征着与过去旧生活的断裂，也象征着一种与过去完全决裂的新生活的开始，意味着不受他人钳制、不受生活羁绊的前进脚步。①

科利亚达剧本中的音乐元素也十分突出，却不像契诃夫剧本中的音响那么唯美婉约。科利亚达边缘人的生存空间常常充斥着人喊声、鸟叫声、骂人声、地铁声、士兵的脚步声、歌曲、救护车尖叫声等等，这些杂沓的声响更多暗示着令人惶恐不安的凌乱的现实生活。《梅丽莲·穆露》中"震耳欲聋的叫喊声"；《圆边小草帽》中地铁经过时颤抖的楼房和掉落的图书；《舞曲》中"餐馆的音乐声，电视的嗡嗡响声，飞机的轰鸣声，忽远忽近的急救车的喇叭声"②，等等。科利亚达的声响具体而现实，毫无浪漫抒情之意，也没有提供使人思绪飞扬的空间，它仿佛成为生活的必需成分，无此无所谓生活。作家的这种更确切为"噪音"的声响不仅勾勒出底层人生存空间的动荡不和谐，也衬托出人物内心的躁狂不安。或许正因为这些噪音的困扰，科利亚达人物个个都或多或少神经脆弱、歇斯底里。对剧本中音响的特别构建与锤炼，对周围生活的声响、韵律的格外关注使科利亚达和

---

① Старченко Е. В. Пьесы Н. В. Коляды и Н. Н. Садур в контексте драматургии 1980 – 90 -х гг. : Диссертация канд. филол. наук. М. , 2005. С. 88.

② Текст пьесы «Полонез Огинского» цитируется по: http://kolyada. ur. ru/polonez/.

契诃夫的剧本弥漫着突兀的音乐性，独特的音响既赋予了故事具体的姿态，又营造了一定的心情，在表意深刻的同时，也展示了作者对生活的异样感受。

契诃夫与科利亚达的剧本还有一个共同的情节是本地姑娘爱上了外来的男人，这种爱情尽管几乎都以悲剧告终，但其过程却十分唯美。契诃夫《海鸥》中的尼娜爱上特里果林，《三姐妹》中有夫之妇的玛莎爱上了来自于莫斯科的有妇之夫维尔什宁，《万尼亚舅舅》中的索尼娅爱上了医生阿斯特罗夫，正如叶列娜·安德烈耶夫娜所解释的："……当周围人只知道吃、喝、睡的时候，偶尔来一次的医生不像其他人，他漂亮，有情趣，有魅力，就像黑夜中升起的一轮新月……"① 科利亚达剧本中这意外的恋情也尤其突出：《梅丽莲·穆露》中的奥莉加爱上了外来人阿列克谢，《弹弓》中的伊里亚对年轻人安东产生好感，《关于死亡公主的故事》中利玛爱上了年轻人马克西姆等等。相对契诃夫来说，科利亚达的外来人在剧本中所起的作用更积极一些。外来人的出现如一颗石子在当地人一潭死水般的内心深处激起片片涟漪，他们惊鸿般从心理到行动上开始复苏活跃起来，对生活摩拳擦掌跃跃欲试，仿佛以前只是蛰伏，拥抱生活的时机终于到来。外来人的爱心照亮了当地人无望的前程，使苦闷无助的人们平添力量审视自我。当地人在外来人的影响下，重新振作起来，对生活萌生了新的希望。此时，外来人便具备了一种象征含义，是久居一地的"土著人"对外界的新奇与渴望，是一种意欲改变生活与命运的向往和勇气的暗示。

此外，契诃夫笔下的个别意象也不时出现在科利亚达的剧本中。契诃夫的《海鸥》飞翔在科利亚达的《海鸥唱起来》中；《万尼亚舅舅》中索尼娅对万尼亚舅舅说："我们将会听到天使的呼唤，我们将会看见洒满光辉的夜空……"② 这个象征着光明美好未来的"洒满光辉的夜空"形象在科利亚达的剧本中多次出现：《鹦鹉与笤帚》中人们希望："……我们将永远活着……洒满光辉的夜空是永恒的……"③ 科利亚达的另一部剧本《纽拉·恰派》中的老太太纽拉在憧憬美好的新生活时感叹道：

---

① Текст пьесы «Дядя Ваня» цитируется по：http：//www.theatre-studio.ru/library/chehov_ap/dadavana.txt.
② Там же.
③ Текст пьесы «Попугай и веники» цитируется по：http：//kolyada.ur.ru/popugai/.

"生活得匆忙，感觉也很匆忙！洒满光辉的天空即将出现！"① 科利亚达的剧作中常会出现经典台词，作家尤其善于使用普希金与契诃夫的词句，对所发生的一切悖论与荒诞事件进行讽刺戏仿性地诠释。

关注家园、关注小人物的日常生活，突出人物的道德状态，重视人物心理展示，当代俄罗斯剧作家科利亚达的这些戏剧元素无疑与契诃夫的戏剧传统形成了跨世纪的完美对接。科利亚达对人物生存状态的刻画充满契诃夫式的忧虑感，人物满怀契诃夫式的对美好生活的向往。无论戏剧作品的主题内容抑或创作手法，两位剧作家都具有明显的"世纪末"的愁肠百结，留给人更多的是对人与事的伤感和遗憾。科利亚达戏剧在弘扬以契诃夫戏剧为主流的俄罗斯戏剧传统的同时，既体现了20世纪末普遍的俄罗斯戏剧创作特点，又独具当代戏剧美学特色。可以说，以科利亚达为代表的当代俄罗斯戏剧仍然在俄罗斯传统戏剧的轨道上运行，与传统戏剧有着千丝万缕的联系。

科利亚达戏剧创作对契诃夫戏剧传统的继承与创新不言而喻，但同时，作家的艺术世界与陀思妥耶夫斯基的风格也有许多暗相契合之处，无论是故事发生地点的选择、人物的性格、形象的刻画、人物心理的展示，不经意间显示出陀氏的传统。科利亚达不仅力求塑造人物的内心状态，而且积极描述事件的发生地点，内外世界的和谐及作者对人物的同情都是其剧本的重要构成元素。科利亚达善于从日常生活的具体行为出发，使自然主义、狂欢化诗学及自然感伤等成分相互融合相互作用。其剧作的魅力在于清醒冷峻的写实与自然主义的细节描写上，其对人物嬉笑怒骂酣畅淋漓的刻画，及对舞台内外死亡的荒诞悖论的叙述，足见其对狂欢化诗学游刃有余的演绎。我们不得不承认，科利亚达的创作不是简单的"抹黑文学"②，他也曾公开否认这一"荣誉称号"："这不是真的。我的剧本感伤且哭哭啼啼的，仅限于此。我生活中就是这样的一个人——伤感而且爱哭。"③ 尽管作家的创作接近自然主义，但更多的是感伤主义和现实主义，是融现实主义、自然主义与感伤主义为一体的戏剧创作。

---

① Текст пьесы «Нюра Чапай» цитируется по: http://kolyada.ur.ru/chapai/.
② Зорин Л. Предисловие к пьесе Н. Коляды «Батрак»//Современная драматургия. 1988. No 5. C. 55.
③ Руднев П. «Интервью Николая Коляды о современном драматургическом языке». См. Сайт Николая Коляды, 1 мая 2006 г.

第四章　当代俄罗斯后现代戏剧

第一节　俄罗斯后现代戏剧的缘起

一般的戏剧理论较认可德国尤根·霍夫曼提出的后现代戏剧的三个特征：非线性剧作，戏剧解构，反文法表演。① 这种以反讽、颠覆、解构为特色的后现代戏剧，早在20世纪上半叶就已初露端倪。布莱希特的《高加索灰阑记》（1944）就套用了中国元杂剧《包待制智勘灰阑记》的故事冲突模式。② 有评论家③认为，俄罗斯后现代戏剧在19—20世纪之交的契诃夫戏剧作品中已经颇具雏形。如，契诃夫剧本中的"作者话语"，通过副标题对剧本体裁的确定［《在路上》——一幕戏剧习作，《蠢货》（或译《熊》）——独幕笑剧，《万尼亚舅舅》——四幕乡村生活即景剧，《论烟草有害》——独白独幕剧等］，"眼见的"与"实质的"戏剧内容的极不相符（出售樱桃园时的舞会，朗涅夫斯卡娅的眼泪与罗巴辛的兴奋对比等），剧本说明词展示背景、解释行为这一传统功能转化为刻画人物、营造舞台氛围的主要手段（《万尼亚舅舅》第三幕中人物表白情感时的心理图景），剧本中不时闪现荒诞的戏剧成分，等等。实际上，这些戏剧成分只能算作是契诃夫戏剧在继承传统戏剧的基础上进行的戏剧创新，并不具有今天人们所谓的反讽、颠覆、解构为特色的后现代戏剧特点。

后苏联时期的俄罗斯后现代戏剧作品可以说始于维·叶罗菲耶夫（1938—1990）的剧本《瓦尔普吉斯之夜，或骑士的脚步》（1985，有译

---

① 施旭升：《戏剧的艺术原理》，北京，中国传媒大学出版社，2006年，第372页。
② 同上。
③ Ивлева Т. Г. Постмодернистская драма А. П. Чехова（или еще раз об авторском слове в драме）// Драма и театр: Сборник научных трудов. -Тверь: Издательство ТГУ, 1999. С. 3 – 8.

成《女妖五朔节之夜，或骑士的脚步》）和德·普里戈夫（1940—）的剧本《黑狗》（1990）。这两部"通过展示文化上的互文文本和非线性引文实践而建构起来的剧作"① 表现了典型的后现代戏剧特点。社会哲理剧本《瓦尔普吉斯之夜，或骑士的脚步》是关于一个酒鬼如何在被关进疯人院后，为逃避看守给他打有毒的针剂，而跑去偷喝酒精，结果却误喝毒性极大的甲基酒精致死的故事。剧本的互文现象从剧本的篇名开始就逐一显现：剧名的前半部与歌德《浮士德》（1774—1831）（钱春绮译版，1989）的第一部第二十一场同名，后半部则与莫里哀的《唐璜》（1665）、普希金的《石客》（1830）等剧作形成互文。剧本在看守与病人的对话中大量援引了反映苏联时期国家意识形态的官方宣传用语，对被人们当作真理接受的伪真理进行了揭露与讽刺。该剧本剧情与契诃夫的《第六病室》（1892）构成明显的互文关系。《第六病室》里，看守人尼基达"相信，对他们是非打不可的。他打他们的脸，打他们的胸，打他们的背，碰到哪儿就打哪儿，相信缺了这一点，这儿的秩序就不能维持"②。《瓦尔吉普斯之夜，或骑士的脚步》中的疯人院如出一辙，其中治病同样采取审讯的方式，不仅污言秽语，且拳脚相加如同家常便饭。剧本中的疯人院与《第六病室》里的精神病院无疑同构同旨，暗指监狱一般暗无天日的极权统治，剧本中的医患关系则再现了政府与人民之间的高压与隐忍的关系。阅读剧本时，读者会有一种随之而来的压抑感与恐惧感，如同列宁当年阅读《第六病室》时的感受："……简直可怕极了……有这样一种感觉，仿佛我自己也被关在'第六病室'里。"③ 维·叶罗菲耶夫的《瓦尔普吉斯之夜，或骑士的脚步》以互文性手法通过游戏原则反映极权生活可怕而荒诞的同时，对苏联时期的"神话传说"进行了非神话化与非戏剧化的解构与颠覆。

如果说剧本《瓦尔普吉斯之夜，或骑士的脚步》从社会哲理层面诠释了与前文本的互文关系，那么普里戈夫的《黑狗》则从社会心理角度解读了该剧与源文本的呼应关系。剧本开场时，一行四人来到霍斯塔斯（Xocтac）家做客。席中，谈到阿格尔阿明（Аглъами）莫名其妙地被人

---

① Скоропанова И. С. Лекции по истории русской литературы второй половины XX века. http://gendocs.ru/v31062/лекции_-_русская_литература_2-й_половины_xx_века.

② ［俄］契诃夫：《变色龙》，汝龙译，上海，上海译文出版社，2011年，第64页。

③ 赵子清：《鉴赏心理的奥秘》，桂林，广西师范大学出版社，1993年，第53页。

杀死。众人在魏斯凯特（Вайскэт，黑狗变成的人）的诱导下，先怀疑诗人是凶手，使诗人过度紧张，造成错觉，然后用毒酒（剧中叫"永生的美好饮料"）将其杀死。诗人被毒死后，霍斯塔斯成了黑狗的帮凶，当瓦谢尔沃捷尔（Бассервотер）发现大家都听从黑狗的权势时，他告诉大家魏斯凯特实际上是黑狗变成的，请大家不要相信他，可众人在魏斯凯特的蛊惑下不相信他的话。后来魏斯凯特公开承认自己是杀人凶手时，众人仍不相信。剧终时，魏斯凯特露出黑狗的疯狂嘴脸，酒鬼布莱克格赖（Блэкгрей）扑上去准备将其掐死，可结果掐死的却是黑狗的主人瓦谢尔沃捷尔。酒鬼布莱克格赖最后也不自觉地喝下了为他准备的镇静药酒，倒地身亡。终场时，黑狗给霍斯塔斯留下镇静药酒，领走了其女儿。剧本初读起来，抽象晦涩，难以明白作者所言所指，待仔细分析人物性格发展、心理演变之后，自觉一股凉气自心底升起。剧本表层看来意在揭示权势蛊惑、从众心理的可耻、可怕，深层机理则是通过解构、反讽手段再现集体无意识控制下的众人谄媚于成规定势的行为及心理意识。剧中所有男人的名字与父称均为伊万·伊万诺维奇，其姓氏却是Хостас、Вайскэт、Блэкгрей、Бассервотер等，可以发现这些姓氏均非纯正俄罗斯人姓氏，似乎是两个词的拼接。剧作家普里戈夫对剧中人姓名的这种设计，似乎可以解释成，无论哪一民族、国家之人，作为个体，无论他如何个性突出，终究离不开集体无意识枷锁的羁绊，尤其当这集体无意识被魔鬼（剧本中的黑狗Вайскэт）"施了魔法"之后，后果极其残酷，难以想象。

剧本中的互文现象丰富多样，主要从情节、引语、人物形象、体裁方法等艺术手段上援引了前文本内容。作品中使用了歌德《浮士德》的魔鬼形象：魔鬼梅菲斯特第一次去见浮士德就是由黑色卷毛狗变成人形；有普希金《莫扎特和萨利埃里》（1830）的情节：萨利埃里偷偷往莫扎特喝的水中投毒药，《黑狗》中如此毒死了诗人；还有果戈理《钦差大臣》（1836）的情节：剧本《黑狗》中的黑狗讲故事，说是一个年轻人来到一个城市，大家误以为他是钦差大臣，贿赂他……）；具有布尔加科夫《大师与玛格丽特》（1929—1940）的魔鬼特点：黑狗变成的人与对莫斯科人做实验的沃兰德相似，具有蛊惑人心的特点；也有布尔加科夫《狗心》（1925）中狗的特点：黑狗具有沙里科夫丧心病狂的特点，等等。这样一只集诸多前人特点于一身的黑狗——伊万·伊万诺维奇·魏

斯凯特无疑就是魔鬼。但既然其他的剧中人与其同名同文称，那么所有的剧中人均或多或少都带有魔性。魔鬼屡次蛊惑挑起杀人事件，均未遭到反抗。可见，一群原本较为正派之人，自从被魔鬼诱惑之后，便善恶难分，失去了对邪恶的免疫力，仿佛被集体无意识这一"魔兽"俯身，积重难返。普里戈夫似乎以此告诫大家，20 世纪的人身上都有一个无形中统治世界的集体魔鬼。①《黑狗》凭借荒诞、反讽、颠覆、解构的互文手法为 20 世纪下半叶光怪陆离的俄罗斯社会现实与文化内涵做了注脚。剧作家使尽浑身解数不惜与前人作品构成纵横交错的互文线索，似乎暗示读者剧本中的魔鬼也可以理解成异化了的人。

第二节 对话经典——当代后现代戏剧

维·叶罗菲耶夫的《瓦尔普吉斯之夜，或骑士的脚步》和德·普里戈夫的剧本《黑狗》这样两部互文现象明显的新式剧本，无疑成为后苏联时期俄罗斯后现代戏剧创作的范本。后现代戏剧作家在此基础上，戏谑以往的社会神话，消解历史活动家的"光辉"形象，对其个性进行毁灭性重塑，重构经典作家的作品，对其内容进行另类解读，颠覆作家本人形象，如此这般，后苏联时期的俄罗斯舞台上不断上演解构永恒价值的悲喜剧。柳·彼特鲁舍夫斯卡娅、维·科尔基亚、弗·索罗金、米·乌加罗夫、奥·博加耶夫、普列斯尼亚科夫兄弟、尼·萨杜尔、叶·波波夫、阿·赫里亚科夫、奥·米哈伊洛娃、奥·穆欣娜、阿·希片科等均为后苏联时期后现代戏剧的代表剧作家。其中，彼特鲁舍夫斯卡娅的《男子监狱》（1994）不仅对莎士比亚的经典文本（《罗密欧与朱丽叶》）与普希金的经典话语进行了解构式的碎片援引，而且对真实的历史人物（列宁、希特勒、贝多芬、爱因斯坦）形象进行了反本质式的荒诞整合。其中运用的杂交引语（гибридно-цитатный язык）无疑是使曾经叱咤风云的历史人物走下神坛，使其荒诞荒唐化；科尔基亚的诗体剧本《黑衣人，或我是不幸的索索·朱加什维利》（1989）演绎了褪去神话光环的"天才"斯大林形象。剧本借助斯大林与贝利亚之间的对话、角色转换等手法，勾勒出视"政治权利为最高艺术"的斯大林将除己之外的所有

---

① Скоропанова И. С. Лекции по истории русской литературы второй половины XX века. http://gendocs.ru/v31062/лекции_-_русская_литература_2-й_половины_xx_века.

人归为"人民公敌"而惶惶不可终日的形象。其办公室里那座伊万雷帝面孔的狮身人面像衬托其残酷、隐秘、封闭的内心世界,他对个人专权的失控追逐及对生命的漠视与蔑视催生了"坟墓与祖国是一回事儿"的痛心疾首的慨叹。剧本中经典作品话语与大众文化话语穿插交错,涉及众多的政治与文学人物(普希金、托尔斯泰、陀思妥耶夫斯基、哈姆雷特等)。剧本从另一层面试图说明人是有记忆的,而记忆转化为历史是需要时间的,一些秘密档案或许会被销毁,但扭曲的历史终将会被还原,古希腊罗马先哲们人文精神的内涵及至今日仍不失其真理的功效;米·乌加罗夫的《四月的绿颊》(1994)利用马戏滑稽模仿的手法将列宁与克鲁普斯卡娅以小丑的形象奉献于受众,其中列宁的偏执与蛮横、克鲁普斯卡娅的幼稚与无知消解了极权主义体制下标志性人物的神话形象;在奥·博加耶夫的剧本《俄罗斯人民邮政》(1996)中英国女王伊丽莎白二世、列宁、夏伯阳、斯大林、女演员奥尔洛娃等历史人物穿行于一个孤寡老人的梦境里。为争得老人遗产,列宁与英女王不仅怒目相向、污言秽语,且有肢体冲突;奥·博加耶夫的另一部剧本《死耳朵》(1995)则让普希金、果戈理、托尔斯泰、契诃夫现身同一时空,为自己的生计寻找出路。剧本中常重复一句话:"你说什么?我听不清。"说明耳朵在某种程度上真的失聪了,成了摆设,心照不宣的境界在人们之间难以寻觅,也说明正在被人们遗忘的经典危机四伏;弗·索罗金《陀思妥耶夫斯基之旅》(1997)中的七位剧中人借助于药片的作用穿越至陀思妥耶夫斯基的艺术世界里,遭遇到《白痴》(1868)中菲利波夫娜火烧十万卢布这场戏,七个剧中人对作家的经典剧情进行再现。普列斯尼亚科夫兄弟的《被俘的精神》(2002)则以噱头的形式演绎了白银时代诗人别雷、勃洛克及勃洛克妻子之间的三角恋,剧中人尽管滑稽病态,却不失为争取精神自由的另类表现。

一些后现代剧作与经典作品的互文性从剧本标题上便不言而喻。其中仅以契诃夫剧本为例,便可窥一斑而知全豹。如,尼·伊斯克列科的《樱桃园卖了吗?》(1993),阿·斯拉博夫斯基的《小樱桃园》(1993),尼·科利亚达的《海鸥唱起来》(1994),叶·格列米娜的《萨哈林妻子》(1996),瓦·列万诺夫的《菲尔斯之死》(1998),阿·津济诺夫和弗·扎巴卢耶夫的《万尼亚舅舅果园里的樱桃熟了》(1999),鲍·阿库宁的《海鸥》(2000),玛·加夫里拉的《三姐妹和万尼亚舅舅》

(2001)，柳·乌利茨卡娅的《俄罗斯果酱》（2003），奥·博加耶夫的《斯坦尼斯拉夫斯基的樱桃地狱》（2009），等等。莫斯科大学教授、契诃夫研究专家卡塔耶夫（В. Катаев）对大量后现代戏剧文本的出现解释为，作家们试图向自己和读者证明自己"可以写得更好、更有趣，无论如何，比原来的作者要写得更现代些"①。无疑，后现代剧作家既希望提高自己作品的审美价值，也期望达到与经典文学及文化进行独特对话的目的。

第三节 "非现实世界"里的奥·博加耶夫

奥列格·博加耶夫出生于斯维尔德洛夫斯克市（今叶卡捷琳堡市）。他从小受父亲（画家）影响，醉心于戏剧，"在歌剧、话剧、青年剧院做过布景安装工、道具管理员、布景师"②。1997年毕业于叶卡捷琳堡戏剧学院（科利亚达讲习班）之前，博加耶夫已经开始写剧本。

奥·博加耶夫始终关注当代人的现实生活，其剧本揭示了如文化危机、道德堕落、老龄化等亟待解决的社会问题及病态现象。剧作家的创作从内容到形式不仅涉及后现代戏剧创作的互文现象（интертекстуальность）与改写手法（римейк 或 ремейк），也呈现出大量的荒诞（абсурд）戏剧元素。剧作家的剧本中没有一部是我们传统概念中的现实主义戏剧，如《死耳朵》（1995）中经典作家的复活，《骑自行车者的秘密组织》（2004）中全家受孕于电视或意念，《33个幸福》（或译《好事不断》，2004）中小金鱼能满足人的所有愿望，《玛利娅战场》（2005）中妻子们永远期待丈夫从战场归来，《下行路》（2008）中上帝与魔鬼的签约等。博加耶夫继承了果戈理神秘魔幻的创作传统，他把一个普通带入一个经常发生怪事的非现实世界空间里，以荒诞悖谬的手法反映永恒的现实问题。作家剧本中的现实被代之以夸张、怪诞与残酷，剧作充满了"梦幻与弦外之音"③。或许正因如此，其剧本不仅在国内外成功上演，剧作还

---

① Катаев В. Б. Чехов и проза российского постмодернизма//В. Б. Катаев. Чехов плюс...: Предшественники, современники, преемники. -М. : Языки славянских культур. 2004. С. 333.

② Вербиева А. Идеальная пьеса-жизнь. ［О лауреате Антибукера – 97 Олеге Богаеве］//Независимая газета. 1998. 9 янв. С. 7.

③ Огнева М. Было бы несчастье, да счастье//Забайкальский рабочий. №166. 25 авг. 2006.

获得了"反布克奖"（1997）、"三姐妹奖"（1997）、"欧亚"戏剧大奖赛奖（2002）、"金面具奖"（2000）、"剧中人奖"（2005）、俄联邦总统文化艺术委员会下设的俄罗斯戏剧首创支持奖（2011）等奖项。博加耶夫被认为是最成功的俄罗斯当代戏剧作家。

博加耶夫是一位善意幽默的剧作家，他在揭示个人于世界中存在的荒诞性的同时，对其笔下的小人物充满了怜悯与同情。他一方面"继承了俄罗斯经典作家的传统，为小人物呐喊助威"①；另一方面"在传统的基础上又增加了始于贝克特、尤奈斯库、科克托的荒诞文学成分"②，因此其剧作"并非单纯的喜剧，也隐含忧伤。剧中的一切如同生活般混杂：有欢笑，有泪水，也有爱情"。③ 幽默、乐观、荒诞与魔幻元素的完美结合成就了剧作家的独特戏风。

一、颠覆传统、解构经典的互文现象

文艺理论家对互文性理论及现象的广泛研究始于 20 世纪 60 年代中期，当时法国符号学家朱丽娅·克里斯蒂娃在《符号学》一书中提出"任何文本的构成都仿佛是一些引文的拼接，任何文本都是对另一个文本的吸收和转换"④ 的说法，被后人认为是互文性概念的原始出处。通常研究者认为："只要在一个语篇中出现了另外一个语篇，这就出现了互文，头一个语篇就具有互文性。"⑤ 秦海鹰关于互文性概念的定义较为全面、合理："互文性是一个文本把其他文本纳入自身的现象，是一个文本与其他文本之间发生关系的特性。这种关系可以在文本的写作过程中通过明引、暗引、拼贴、模仿、重写、戏拟、改编、套用等一系列互文写作手法来建立，也可以在文本的阅读过程中通过读者的主观联想、研究者的实证研究和互文分析等各种互文阅读方法来建立。其他文本可以是前人的文学作品、文学范畴或整个文学遗产，也可以是后人的文学作品，

---

① Огнева М. Было бы несчастье, да счастье//Забайкальский рабочий. №166. 25 авг. 2006.
② Там же.
③ Там же.
④ 转引自秦海鹰：《互文性理论的缘起与流变》，《外国文学评论》，2004 年第 3 期，第 19 页。
⑤ 徐盛桓：《幂姆与文学作品互文性研究》，《暨南大学华文学院学报》，2005 年第 1 期，第 62 页。

还可以泛指社会历史文本。"①

半个世纪过去了，文本的互文关系问题仍然是研究者们不断涉及的话题，作家创作中的互文现象有增无减，对源文本的使用愈发泛化。而对游弋于互文海洋的创作者来说，互文无疑成为他们与经典或他者文化对话交流的一种方式和手段。源文本的使用既延续了民族文化的传统，又丰富了新作品的文化内涵，所以互文本的使用从另一方面彰显了新文本对文化传统与历史进程进行重新解读的目的。

如果说只要诉诸《圣经》《福音书》一个民族的神话原型及前人的书写内容，就已经触及互文内容，那么完全可以说，俄罗斯文学作品的互文本历来有之，从未间断。无论是普希金、果戈理、奥斯特罗夫斯基、托尔斯泰、契诃夫，还是高尔基、施瓦茨、万比洛夫，更不比说21世纪初的剧作家们，他们的剧作中均不同程度体现了剧作家对民族文化的关注与继承。究其根本，互文现象使受众在不断重温传统文化丰富底蕴的同时，也为新作增添了弦外之音、言外之意，为受众提供了洞察人类社会文化演变的另类体验。

可以说，博加耶夫在剧本创作中有意识地使用互文写作策略，其作品的互文丰富而繁杂。剧作家有对经典作品的直接改写，如对果戈理（《外套》）与契诃夫（《黑衣修士》）小说的改写，对莎士比亚剧本（《罗密欧与朱丽叶》、《安东尼与克莉奥佩特拉》）的改写；有对《圣经》原型的互文呼应（《末日汤》《下行路》）；有与俄罗斯民间创作的互文关系（《俄罗斯人民邮政》《玛利娅战场》）；有与经典作品的情节互文（《俄罗斯人民邮政》《橡胶王子》《33个幸福》）；还有与历史及经典人物形象人物呼应（《俄罗斯人民邮政》《死耳朵》《谁杀害了丹特士？》、《骑自行车者的秘密组织》《玛利娅战场》《斯坦尼斯拉夫斯基的樱桃地狱》）。显然，博加耶夫不仅与《圣经》原型及传统文化存在互文关系，甚至历史人物与经典作家也成为其戏剧创作的源头活水，成为互文空间的重要元素。我们在此无法穷尽剧作家剧本的互文性阐释，仅从他剧本中对历史人物及经典作家的反讽颠覆性解读上进行探讨。

1. 对领袖人物的反讽性诠释

博加耶夫的剧本中经常闪现历史人物与经典作家的身影，剧作家对

---

① 转引自秦海鹰：《互文性理论的缘起与流变》，《外国文学评论》，2004年第3期，第29页。

这些人物形象的重构态度不仅反映了剧作家对其非喜好厌恶所能形容的复杂情感，也勾勒出俄罗斯现实社会中的一种文化发展态势。领袖人物列宁与斯大林的形象经常游走于博加耶夫的剧本空间。剧本中的这些形象具有典型的后现代戏剧"放逐主体、削平深度、消解崇高、追求平面化和游戏化"①的特点。剧作家"不仅在表现方式上追求制作和拼贴的游戏，而且更主要的还体现在格调上追求一种反讽的意味"②。剧作家笔下的神话人物形象无疑成为俄罗斯人颠覆传统、解构经典的激进代表符号。

独幕剧《俄罗斯人民邮政》(1996)讲述了一位名叫伊万·朱可夫的老人孤独寂寞的晚年生活。剧中人伊万·朱可夫在老伴儿与老朋友们相继去世后，足不出户，每天只做两件事：醒着的时候写信，给不同的人写信；睡觉的时候做梦，梦见不同的穿越时空的历史人物。朱可夫老人把曾在邮局工作过的妻子带回来的成摞信封派上了用场。老人给青年时期的伙伴儿写信，询问老朋友这些年的生活；模仿电视台经理给自己写信，邀请他到电视台演出；给人民供应部写信，询问为什么国家连一个老兵都养活不起，要求取消住房费；还模仿总统给自己写信，祝贺自己75岁生日并授予"祖国特殊贡献"奖章；给总统回信，表示身体状况良好，愿意继续为祖国效力；老人还发现英国女王的来信，表示愿意与他百年好合；收到"希特勒私生子"的来信，祝他天使节快乐并希望其灵魂早日升入天堂；还有火星人给他写生日贺信；他甚至收到自家臭虫的生日及新年贺信；宇航员也给他写信，希望他注意保重身体，等等。随着剧情的发展，老人的睡梦空间里出现了列宁、英国女王伊丽莎白、斯大林、夏伯阳、演员奥尔洛娃、鲁滨逊等历史及经典人物形象，他们均对老人死后的财产去向感兴趣。剧终时，老人在新年钟声敲响之际撒手人寰，风将老人的信件吹落了一地。

这出"俄罗斯人民邮政"故事的后现代特点十分醒目。首先，《俄罗斯人民邮政》是一出"非线性剧作"③。剧中根本不见完整的剧情结构，亚里士多德所讲的结构之美——"顺序"，即"各部分的排列要适当"④在这里不见踪影，狄德罗所说的剧本主要部分"情节"也寻它不

---

① 施旭升：《戏剧的艺术原理》，北京，中国传媒大学出版社，2006年，第371页。
② 同上。
③ 同上，第372页。
④ 董健、马俊山：《戏剧艺术十五讲》，北京，北京大学出版社，2004年，第1版，第130页。

见。主人公朱可夫老人与其他剧中人没有一句直接对话，剧情是由朱可夫老人写信、读信与老人梦境中的人物对话两部分构成的。写信和做梦，即现实与虚幻穿插交错，构成了全部剧情——朱可夫老人凄凉的晚年生活。其次，《邮政》的写作解构了传统的戏剧创作框架，变成故事、独白（写信、读信）和对话穿插交错的情境。有评论家认为："作为与叙事文学'南辕北辙'的戏剧，要写事件的过程，'侧面写'乃是具有普遍性的原则。正面叙述事件的过程，是历史学家的任务，或许也可以作为小说家的任务。戏剧很难承担、也不应该承担这样的任务。"[1] 而独幕剧《俄罗斯人民邮政》则从头至尾不见场次的划分，剧情的开端甚至不是人物的台词，也不是剧本的说明词，这里只见剧作家直接履行小说家的使命，单刀直入，引出人物，介绍背景，叙述故事。情节破碎的独幕剧虽叙事性较重，但戏剧性却丝毫不见减少，其戏剧性主要体现在剧中人的刻画上。除朱可夫老人外，剧中人无一例外地均为历史人物或经典形象——列宁、英国女王伊丽莎白、斯大林、夏伯阳、演员奥尔洛娃、鲁滨逊，等等，甚至还有火星人和臭虫。剧中最具反讽意味的是列宁、斯大林、伊丽莎白女王等历史人物的现身。

列宁（1870—1924）在其同时代人的眼中是"一个空前未有的历史人物，一个用大写字母起头的'人'"[2]。高尔基在回忆录《忆列宁》（1930）里认为列宁"单纯而爽直，正像他所说的一切话语"[3]，他是一个"舍弃世间一切享乐、为人类幸福而艰辛工作的人"，他"眼光锐利，睿智非凡"[4]，"是一个有着惊人的力量和意志的人，他禀赋最高度的革命知识分子的良好的性格和品质"[5]，"他绝无个人嗜好，不近烟酒，从早到晚忙着复杂艰难的工作，顾不到照料自己，但是却一直留心着同志们的健康"[6]。高尔基笔下的列宁无疑是一位具有斗争精神和雄伟气魄及卓越才华的热爱人民、关心同志、密切联系群众的伟大领袖，其高贵品

---

[1] 谭霈生：《戏剧艺术的特性》，上海，上海文艺出版社，1985 年，第 54 页。

[2] ［苏］高尔基：《论剧本》，选自《文学论文选》，孟昌译，北京，人民文学出版社，1958 年，第 262 页。

[3] ［苏］高尔基：《忆列宁》，蒋路译，上海，时代出版社，1949 年，第 4 页。

[4] 同上，第 5 页。

[5] ［苏］高尔基：《和列宁相处的日子》，成时译，上海，平明出版社，1949 年，第 1 版，第 65 页。

[6] 同上，第 66 页。

质和优良作风像真理一样朴素。① 马雅可夫斯基在长诗《列宁》（1924）中说道："列宁是我们的知识、力量和武器。"② 剧作家尼·包戈廷（1900—1962）三部曲（《带枪的人》，1937，《克里姆林宫的钟声》，1940，《悲壮的颂歌》，1958）中的列宁伟大而纯朴，乐观幽默又高瞻远瞩，是一个"英明睿智，栩栩如生，富有人情味的"③ 领袖形象。

而多数中国人心目中的列宁形象来自于《列宁在十月》《列宁在一九一八》等苏联影片。影片中的列宁不仅纯朴谦逊、平易近人，而且具有领袖人物卓越的智慧与钢铁般的意志，尤其那个头戴鸭舌帽、振臂高呼的人民领袖英明而威武的形象定格在几辈人的脑海里，影响、激励了几代赴汤蹈火奋不顾身的斗士。因此，列宁无疑以一位全身心倾注于国家事业、具有远见卓识的革命领袖的形象影印于中国人民心间。

《俄罗斯人民邮政》中列宁的形象则与同时代人对他的描述和曾经的影片给我们留下的印象大相径庭。剧中，出现在朱可夫老人梦里的列宁不再热爱和关心同志，对他人的精神状态更是置若罔闻。在朱可夫老人的第一个梦里，当英国伊丽莎白女王与列宁讨论孤独问题时，女王认为"孤独是灵魂鄙视躯体的一种精神状态"④，而列宁不同意，他认为"孤独只是影响与社会隔绝环境下人的情感状态的精神因素"⑤。女王认为是列宁一手造成朱可夫老人孤独凄凉的晚年生活，而列宁则认为老人是女王所主张的经济改革的牺牲品。当女王表示难以接受列宁的意见时，"列宁手握拳头威胁着走近女王"⑥。同时，剧中的列宁不仅坚持自己事业的正确性，而且捍卫自己所实行的国家体制。当女王与列宁下多米诺骨牌时，女王对朱可夫老人的精神状态表示担心，列宁则不许女王把朱可夫这位无产阶级分子拉进她的阵营，并唱起《国际歌》以示抗议。说明列宁对阶级属性这一原则性问题的捍卫同样强烈不可动摇，这也是他和英女王始终势不两立的主要原因。

---

① 戴屏吉：《栩栩如生的列宁形象》，《山西大学学报》，1981年第2期，第68页。
② [苏] 马雅可夫斯基：《列宁》，飞白译，北京，人民文学出版社，1977年，第4页。
③ 杜奉真：《包戈廷戏剧三部曲的列宁形象》，《国外文学》，1984年第9期，第61页。
④ Богаев О. А. Русская народная почта: 13 комедий. Екатеринбург: Журнал «Урал», 2012. С. 58.
⑤ Там же.
⑥ Там же. С. 59.

剧中的列宁不再谦逊克己、平易近人。女王与列宁喝茶时，女王认为"生活毫无意义"，列宁嘲笑她不会读书，遑论辩证法问题，认为女王是"资产阶级君主制的范例"，是一个典型的"傻瓜"。而女王则认为列宁是"可怜的马克思主义者"。二人之所以出现在朱可夫家，目的在于等老人去世后将其住房据为己有。二人甚至挥舞着手中装有老人遗嘱的信封向对方示威，并试图打败对方。女王称列宁为"骗子"、"混蛋"，列宁称女王为"妓女""蛇蝎之人"。此时的列宁表现出为个人利益而斗争的明确目标，而且不再可亲可爱，为实现目的不惜措辞激烈，甚至会以污言秽语相向对方，对其进行谩骂攻击。

剧中的列宁不再是忘我奉献、心怀国家的人民领袖。当剧中女王和列宁第四次出现时，双方刚刚结束肢体冲突：女王从地上拾起王冠，列宁理顺鬓角边的头发，扯正领带，彼此凶狠地看着对方。

  列宁：您扯掉了我的扣子！
  伊丽莎白：阶级斗争！
  列宁：女流氓！是的！当然啦！等着吧！等他把房子写到您名下吧！
  伊丽莎白：会写的！伊万·西德罗维奇爱我！
  列宁：谁——他？您？伊万·西德罗维奇不爱您！他发誓爱我……①

这里的列宁已不再是审时度势、高瞻远瞩的无产阶级领袖，而且当鲁滨逊、夏伯阳、奥尔洛娃、斯大林等这些一直无声游走于剧中的经典及历史人物都挥舞着信封，扬言老人也答应把房产留给他们，而英女王在此时宣布老人把房产划归到她名下时，列宁号召"痛打这个资本家"，大家向女王蜂拥而上。可以说，剧中的列宁热衷于发号施令，喜欢以武力解决争端。显然，博加耶夫笔下的列宁不再是同时代人眼中那位热爱人民、关心同志、质朴可亲、谦逊克己、忘我无私的领袖形象，而是蛮横无理、粗鲁简单、目光短浅、自私自利、喜欢权利、动辄会无情地诉诸暴力的一介武夫。

---

① Богаев О. А. Русская народная почта: 13 комедий. Екатеринбург: Журнал «Урал», 2012. С. 69.

列宁的滑稽形象还出现在博加耶夫的两幕喜剧《骑自行车者的秘密组织》(2004)里。这是一出喜剧加闹剧的荒诞离奇故事：包括姥爷、姥姥在内的一家五口人全都相继怀孕。怀孕的对象分别为：13岁女儿与网络，姥姥与列宁、斯大林，姥爷与雪人，父亲与巴西足球联队的十一名球员，妈妈与某国总理。他们皆因梦境受孕，而且均生出怪胎。医生认为现代医学无法解释此类现象，什么样的怪生理现象都可能发生；学者的解释是一家人长期观看电视导致的结果。剧中列宁戏份不多，只出现过两次，没有直接的语言介入，只是无声地出现在87岁姥姥的梦里，致使姥姥怀孕。"新年前夜，姥姥刚躺下，就听见有人顺着排水管道爬上来，打开窗，身穿西装的列宁钻了进来，后面跟着斯大林。"① 第二次是姥姥与前来的"列宁、斯大林跳着慢步舞"②。列宁作为领袖人物曾经风靡一个时代，成为一个时代战无不胜的神话，是姥姥那个年代人的一个追求的梦想，一个崇拜的偶像，一个日有所思夜有所梦的文化符号。而剧中的列宁形象无疑解构了曾经的恢宏神话。

或许是由于东欧剧变、苏联解体和苏共领导地位的丧失，今天在俄罗斯文化各领域复活的列宁形象与以往相比南辕北辙，革命领袖的传统形象已被逐渐颠覆，文化界新潮似乎将列宁形象作为今天体制发生变化的俄罗斯国家的一种流行文化符号，其变化随波逐流。这种以解构传统形象为基调的低俗、搞怪的歪曲符号不仅见诸各式纸端，而且充斥着俄罗斯街头的各种宣传图片海报及漫画。应该说，列宁的"生活贴近人民群众，始终向马克思请教，因而他的思想属于民族的类型，而不是专制的类型"③，对其是非功过有争议分歧难以避免，但一概简单否定有失公允，更非客观理性。

相对于一些俄罗斯后现代小说家毫无遮拦的直接描写来说，博加耶夫对"革命领袖"形象的刻画还算委婉客气，其人物一般出现在剧中人的梦里。而梦境中的人物形象，无非是一种想法的另类折射，其真实性根本无从考证，所以受众对梦中人的接受便仁者见仁智者见智了，作者无意强加自己的看法。在《俄罗斯人民邮政》中，朱可夫老人的梦里也

---

① Богаев О. А. Русская народная почта: 13 комедий. Екатеринбург: Журнал «Урал», 2012. С. 510.

② Там же. С. 534.

③ 张翼星：《读懂列宁》，成都，四川人民出版社，2001年，第4页。

闪现出斯大林的身影，但他甚至连句正式的台词也没有，沉默无声的唯一意图是分得朱可夫老人的遗产。斯大林比较具体的形象出现在剧作家的另一部剧本《玛利娅战场》（2005）中。这出两幕剧讲述了三位百岁老人到车站迎接从前线归来的丈夫的故事。玛利娅夜里梦见战死前线的丈夫托梦来，说是他们这些战士其实都没有死，让村里的老太太在5月9日胜利日这天到车站去迎接他们凯旋。三位百岁老人一路上的怪诞历险构成剧本主线。首先她们遭遇斯大林的助手贝利亚，贝利亚让她们交出丈夫的阵亡通知书，并警告她们去迎接阵亡的丈夫是犯罪。这时手提蘑菇的斯大林从灌木丛中钻出来，走近老太太。

斯大林：现在你们讲一讲，你们集体农庄的生活怎么样啊？……你们怎么不说话？……是的……怎么跟你们说呢？……你们把整个国家给毁了……我亲爱的兄弟姐妹们……（坐下来，用刀清理蘑菇，切下蘑菇腿和蘑菇头，其余的扔掉。）带领像你们这样的人民，连粥都吃不上……你们就像一群山羊和绵羊……就该时刻把你们关起来。关起来再关起来……（停顿）刚听说，你们准备去车站迎接丈夫？……谁允许的？！谁下的命令？！（停顿）到了混蛋的年龄彻底疯了……

贝利亚：她们以为，她们的丈夫是大英雄……

斯大林：（从桌子上拿起阵亡通知书，读）"尊敬的列扎维塔……我们沉痛地通知您，您的丈夫英勇牺牲。"（撕碎通知书，做卷烟纸，撒烟末）……他们全是熊蛋，你们的英雄……是废物，而不是人！……是狗屎！

贝利亚：想要丈夫了，姑娘们？……（笑）

斯大林：她们想要丈夫了？……（看着老太太们）我拿她们怎么办呢？……

贝利亚：（笑）你们要是年轻点儿的话……（停顿）

斯大林：把危言耸听之人拉出去枪毙了！

走进来两名战士，把老太太和牛带走。①

---

① Богаев О. А. Русская народная почта: 13 комедий. Екатеринбург: Журнал «Урал», 2012. С. 584–585.

英国戏剧理论家马丁·艾斯林在讨论"戏剧的本质"时说:"戏剧不仅是人类的真实行为最具体的(即最少抽象的)艺术的模仿,它也是我们用以想象人的各种境况的最具体的形式。"① 博加耶夫在这里动用了剧本体裁形式和最丰富的想象力,将独断专横的斯大林那种"无缘无故的残酷性"② 动态地展现出来,使剧情的戏剧性达到空前高潮,而且以此"轻率地摧毁了曾经的历史神话"③,把人们仅剩些许的崇拜与钦佩以讥讽和嘲弄给抵消了。有评论家认为,对斯大林形象的讽刺表明了剧作家以"民间传统的观点来审视现实"④ 的立场,但其中分明看得出剧作家的主观武断与意气用事,也说明他缺乏客观说理的明达与气度。

如果说列宁的形象在其生前死后的几十年间一直还算被人们认可,直到戈尔巴乔夫领导下的苏联时期,褒贬不一的说法才逐渐浮出水面的话,那么斯大林的形象在俄罗斯历来饱受争议,众说纷纭,不一而足。首先,斯大林的女儿斯维特兰娜·阿利卢耶娃在《仅仅一年》(1969)一书中就对斯大林本人发难,对其"喜怒无常"⑤、猜忌多疑、"冷酷无情"⑥、善于"斩草除根"⑦ 等品性进行了零距离揭露。因此,1957 年 9 月斯大林女儿改姓"阿利卢耶娃"(随母亲姓),她说:"我再也不能用斯大林这个姓了,它那铮铮的钢刀声刺痛了我的耳鼓,我的双眼和我的那颗心……"⑧ 而俄罗斯社会对斯大林持截然不同的两种态度。1956 年苏联领导人赫鲁晓夫在苏共 20 大上做了《关于个人崇拜及其后果》的秘密报告后,人们对斯大林的评价发生了根本性的转变。曾经写过《忆列宁》的高尔基甚至拒绝为斯大林在《真理报》上写一篇标题为《列宁和斯大林》的文章。⑨ 因制造"大清洗运动"(1937 年),斯大林被冠以冷

---

① [英]马丁·艾斯林:《戏剧剖析》,罗婉华译,北京,中国戏剧出版社,1981 年,第 13 页。
② [苏]斯·阿利卢耶娃:《仅仅一年》,刘白岚译,北京,外文出版局《编译参考》编辑部,1980 年,第 130 页。
③ Макарова Е. Марьино поле. 2013 – 01 – 13. http://www.peterout.ru/theatre/articles/mpole.
④ Там же.
⑤ 参见②,第 131 页。
⑥ 同上,第 129 页。
⑦ 同上,第 152 页。
⑧ 同上。
⑨ [苏]亚历山大·奥尔洛夫:《斯大林秘闻》,刘日兴译,海口,海南人民出版社,1988 年,第 183 页。

酷无情、专制残暴、恐怖多疑的"独裁者"称号，但与此同时，斯大林"钢铁般的意志和坚韧不拔的毅力"①，他领导苏联人民实现快速工业化和卫国战争伟大胜利的功绩却真真切切难以抹杀。英国前首相丘吉尔（1874—1965）在1959年12月21日斯大林80诞辰之际（当时斯大林逝世已经6年）在下院发表演说时说："……斯大林接过的是还在使用木犁的俄罗斯，而他留下的却是装备了原子武器的俄罗斯。"而且斯大林一向保持简朴的生活作风，"斯大林死后，当清点总书记的财产时，发现这个工作非常简单。除了一架公家的钢琴，任何贵重的东西都没有。甚至连一幅好的'像样的'画都没有……总书记盖的是士兵用的被子。除了元帅服，穿的就是两件普通上衣（一件是帆布的），一双手工绱上的毡靴和一件农民穿的皮袄"②。一贯对斯大林持敌对态度的索尔仁尼琴（1918—2008）看到苏联刚解体时出现的混乱局面，他开始用肯定的笔调论说这个过去的政敌："斯大林这个人犯了很多错误，甚至犯了不可饶恕的罪行，但他总是想方设法地把苏联的经济搞上去，而且真的搞上去了。"③苏联解体后，像索尔仁尼琴这种改变想法的人不在少数。尤其是2003年3月，斯大林逝世50周年之际，从官方、政党、民众、学界等方面来看，对斯大林持肯定态度的占多数，连俄总统普京也力挺斯大林："斯大林是一个独裁者，这毋庸置疑。但问题在于，正是在他的领导下苏联才取得伟大卫国战争的胜利，这一胜利在很大程度上与他的名字相关联，忽视这一现实是愚蠢的。"④

正如《我这一代人眼里的斯大林》的作者——苏联作家西蒙诺夫在1979年口述该书时所说的："但愿将来有一天我们能更加准确地评价斯大林这个人物，把一切都弄得一清二楚并全都讲出来，既讲他的伟大功绩，也讲他的可怕罪行。两个方面都讲。因为他就是一个既伟大又可怕的人。"⑤时光荏苒，斗转星移，曾经的领袖人物总是要被各时期的人不断地请出来说事，斯大林也不例外。

---

① 宗胜利编著：《斯大林风骨》，西宁，青海人民出版社，1997，导言，Ⅳ。
② ［苏］德·沃尔科戈诺夫：《斯大林政治肖像》，陈启能等译，光明日报出版社，1989年，第244页。
③ 李宗陶：《斯大林和他的时代》，《南方人物周刊》，2010年3月1日，第7页。
④ 任圣清：《斯大林功过论述评》，《云南师范大学学报》，2007年第3期，第61页。
⑤ ［苏］康·西蒙诺夫：《我这一代眼里的斯大林》，裴家勤、李毓臻译，北京，中国新闻出版社，1989年，第6页。

博加耶夫对以往领袖人物的讽刺戏谑的狂欢化解读无疑与社会文化的流行符号暗相契合。这正顺应了克里斯蒂娃互文性概念的社会与文化功能——"互文性概念旨在突出符号的力量，体现符号的狂欢现象，以达到颠覆一切权威的功能。"① 博加耶夫尽管让历史人物游走于人物的梦境或幻觉里，但这一重构以往神话形象的手法丝毫掩盖不了剧本"戏拟—反讽"的主旋律，表达的"精神价值具有明显的解构意向"②，显示剧作家"对于传统的价值理想极尽戏弄之能事"。对这些形象的另类解读，说明今天的俄罗斯人对"革命领袖"的再度审视和重新评价，这种全新的历史人物文化符号的流行无疑代表了部分俄罗斯人颠覆经典、游戏传统、否定曾经的价值观念的精神现状。

2. 对经典作家的解构性重读

后苏联时期的俄罗斯剧本除对经典作家的作品进行互文、改写外，还让这些作家本人游走于新作中，这种悖论式地再现作家、使其精神重生的方式想必是彼世作家所始料未及的。博加耶夫的剧作除对领袖人物进行讽刺性的描写外，还对经典作家进行了颠覆性的刻画。剧本《死耳朵》（1995）中，"经典文学四巨头"——普希金、果戈理、托尔斯泰、契诃夫同时现身，请求读者借阅图书、拯救经典，这一悖谬故事无疑道出了经典被遗忘的悲哀。

《死耳朵》第一幕一开场，经典作家"生活在"市场附近的图书馆里，由于长年无人借阅，图书馆面临被改建银行的命运，而这些经典图书则面临被付之一炬的结局，经典作家纷纷走出图书馆自寻出路。他们最终找到老太太埃拉家，因她是"本地区最聪明、最有文化、最热心的人"。而体格强壮的埃拉实际上没有受过多少教育，用她自己的话来说"一辈子没有完整地读过一本书"③。埃拉收留了这些蓬头垢面、衣不蔽体、食不果腹的经典作家及其作品，但独身一人的埃拉养活自己都已十分艰难，她只好四处写信请求援助。前来拜访的寄宿学校的女士、教育

---

① 转引自曾军山：《斯诺普斯三部曲的互文性研究》，长沙，湖南师范大学博士论文，2012年，第9页。
② 施旭升：《戏剧的艺术原理》，北京，中国传媒大学出版社，2006年，第372页。
③ Богаев О. А. Русская народная почта: 13 комедий. Екатеринбург: Журнал «Урал», 2012. С. 95.

司两位官员、珍本收藏家、两位警察、前图书管理员斯韦塔、诺贝尔文学奖得主俄罗斯作家苏斯林科尽管表现出十足的兴趣,却爱莫能助。剧终时,埃拉家的所有图书被苏斯林科扔下的一颗烟头全部烧毁,一同消失的还有四位经典作家与老人埃拉。

剧本的第二幕中,由于剧中人发生了变化,读者才逐渐发现,埃拉精神状态不佳,第一幕中发生的四位作家相继前来求助于她的情节应该是其幻觉。老人埃拉所说的经典作家只不过是她从外面捡回来的四个残缺不全的小雕像,那些她整天在不停地粘贴修补的破旧图书也是她捡回来的。显然,这场经典作家求救的戏是一场彻头彻尾的荒诞戏。剧情题旨显而易见,读书的人越来越少,经典面临被遗弃的命运。市场每天人来人往,而位于市场附近的图书馆却无人光顾。更加荒诞的是,图书馆将被改建成银行,今天的人们更喜欢与银行打交道而非图书馆,精神文化逐渐被物质文化所挤兑所代替渐成定局。同时,传统的纸质书籍也面临被电子书替代的威胁。剧中人图书管理员斯韦塔的丈夫正在创建电子图书馆,"可以把上百万册的图书装进一个光碟,以后就不再需要纸张了"①。

剧中还有一个颠覆性的概念是,那些与青影孤灯为伴常年躬耕沉醉于书桌的经典作家,被诺奖新得主苏斯连科称之为"老古董,19世纪不太高明的人道主义"②。电脑时刻不离手的新新人类苏斯连科利用网络数据库进行文学创作,认为"杰作的秘密就在于存储数据的百分比,在于它们彼此间的对比度"③。当埃拉问起心灵在文学创作中的作用时,苏斯连科说:"文学中主要的是结果,而心灵只对生活有益。"④而且苏斯连科要写一部740页题为《疯女人埃拉》的长篇小说前后不用5分钟。厚重而漫长的经典书写与轻薄而瞬间的新作完成形成鲜明对比,这与契诃夫所说的"带着爱与信仰去工作"⑤的理念南辕北辙。

剧本荒诞离奇,游走于剧情中的几位活灵活现的经典作家却给读者

---

① Богаев О. А. Русская народная почта: 13 комедий. Екатеринбург: Журнал «Урал», 2012. С. 137.
② Там же. С. 140.
③ Там же. С. 141.
④ Там же.
⑤ [苏] 高尔基:《回忆契诃夫》,巴金译,上海,平明出版社,1950年,第25页。

留下深刻的印象。博加耶夫版的经典作家无异于街头闹市的小市民,由于生活没有保障,有时会寄人篱下,会口出污言秽语,会动手推来搡去,会为了一口饭低三下四,仰人鼻息。第一位出现的经典大师是以最寻常不过的方式走进读者视野的:"小走廊里出现了一位身着旧款常礼服的人,他没有说话。这个人十分憔悴,他环顾四周,走进房间。看着埃拉·尼古拉耶夫娜,亲切地微笑着。"① "这个人很有礼貌地期待着对他的注意,捂嘴咳嗽。再次咳嗽。"② 看得出,这是个内敛、优雅、不事声张之人,而且接下来当此人给埃拉讲述自己的困境时,语调也相当委婉客气;当埃拉想看清他的长相,请求他摘下夹鼻眼镜时,有阅读经验的读者已经猜到了这位是谁。契诃夫此时的穿戴打扮及和风细雨的讲话与我们以往的印象应该是相吻合的。

剧中的契诃夫纯朴、宽容。当他对自己身份的一再提醒也没有启发埃拉的想象力,一句话,读书不多的埃拉根本没认出他是谁时,契诃夫只好自报家门说自己是医生,后又补充是作家。埃拉似乎明白了来人是谁,但错把契诃夫当成自己正在阅读的新诺奖得主苏斯连科。后来当埃拉想起一位独身女友曾经提起过契诃夫这个名字,说她经常"和契诃夫一起生活,一起吃一起睡"③ 时,便问契诃夫这个女人还适合他吧,契诃夫不好意思地回答说"是的"。

契诃夫周身弥漫着人文主义气息。当听到埃拉说,写那么多书根本毫无用途,她"一辈子也没有完整地读过一本书"时,契诃夫表示很遗憾,因为他"一生像苦刑犯一样伏案写作。通常是,写完了一本,然后接着写第二本,第三本"④,而且"我们是为你们考虑、深思、痛苦……"⑤ 而人们却要将经典付之一炬,幸运的图书可以躲到地下室,最可怕的去处是厕所,伊万·谢尔盖耶维奇⑥就很不走运。寥寥数语道出了作家的人道主义情怀,对他而言书写不仅是满足创作者个人享受的过程,同时也是个启蒙读者的过程。

---

① Богаев О. А. Русская народная почта: 13 комедий. Екатеринбург: Журнал «Урал», 2012. С. 89.
② Там же. С. 90.
③ Там же. С. 95.
④ Там же. С. 96.
⑤ Там же. С. 97.
⑥ 这里指屠格涅夫。

剧中的契诃夫还具有平等意识。埃拉给契诃夫盛汤，契诃夫表示"好喝"并谢过埃拉。当埃拉让他吃饭，把自己的毡靴给他穿上时，他没有拒绝，作家没办法不接受自己落魄的窘境。当契诃夫第二次出现在埃拉家时，他背来自己的全集，告诉埃拉他"可以熨衣服、洗衣服，可以看家、照看孩子和老人。能做辣汁焖兔肉、朗读。最后，还可以医治伤寒"①。看得出，这时的契诃夫肯屈尊就卑，感觉自己与埃拉处于平等地位。但即便如此，作家的主体意识依然存在，作家的自我身份认同仍然强烈。图书馆关闭后，他成了无家可归的流浪儿，但他仍然认为优秀的"作家是不朽的"，而且认为诺奖新得主苏斯连科的作品是"垃圾"。逆境并没有销蚀作家的傲骨。

综合起来看，剧中的契诃夫谦和、善良、宽容、温文尔雅、尊重他人、具有人道主义情怀。这与其同时代人眼中的契诃夫形象比较吻合。契诃夫的妻子——著名的演员克尼碧尔提起第一次见到契诃夫时的感觉是："我们深深感到了他的为人的非常微妙的魅力，他的朴素，他在所谓'教诲和指导'方面的无能。"② 布宁认为契诃夫是一个"矜持""庄重""柔和"③ 之人，"从未见过契诃夫发脾气"④。在布宁的眼中，契诃夫是个能忍受痛苦之人："他那种忍受痛苦和视死如归的大丈夫气概是可赞美的。即使在他病根很深的时候，他也能够把他的痛苦隐瞒到几乎看不出来。"⑤ "他是一个罕有的精神高贵的人，十足的不凡，有教养，是温柔优雅而兼完全的率真，和善敏感而兼完全的坦白。"⑥ 高尔基认为契诃夫身上具有"可爱的谦逊和动人的优雅"⑦，"他单纯到了美的境地"⑧，"这个谦虚温和的人也会在他认为必要的时候也可以站出来坚决而勇敢地

---

① Богаев О. А. Русская народная почта: 13 комедий. Екатеринбург: Журнал «Урал», 2012. С. 100.
② ［俄］克尼碧尔：《关于契诃夫的几句话》，汝龙译，见《契诃夫》，上海，上海书局有限公司，1975 年，第 93 页。
③ ［俄］布宁：《回忆契诃夫》，茅盾译，见《契诃夫》，上海，上海书局有限公司，1975 年，第 80 页。
④ 同上，第 85 页。
⑤ 同上，第 83 页。
⑥ 同上，第 86 页。
⑦ ［苏］高尔基：《回忆契诃夫》，巴金译，上海，平明出版社，1950 年，第 6 页。
⑧ 同上，第 14 页。

跟一种敌对势力对抗而且绝不屈服"①。契诃夫与其同时代的所有作家几乎都保持着良好的关系，无论是年长如托尔斯泰，还是年轻如高尔基；有着强烈平等意识的契诃夫，一贯反对"天才"与"庸人""诗人"与"群氓"等等的对立。

可见，剧中的契诃夫形象比较符合原型，是个富有人格魅力的品格高尚之人。尽管偶尔剧中也存在对契诃夫平庸化、平民化的描写，比如等待埃拉给他开饭，因说埃拉的"作品""写得无聊、一派胡言"而被埃拉赶出家门，但这相对于剧本对后来的果戈理与托尔斯泰的恶搞来说，也只能算是九牛一毛，形成不了颠覆或解构。

剧本中托尔斯泰出场时比较落魄："走廊里出现了一位蓬头垢面的老人，胡子长到腰间，眼神调皮，背着一大摞书，气喘吁吁走进门来"②，请求埃拉："收下我吧，不然就完了。"柯罗连科曾经说托尔斯泰是"扶过耕犁的天才艺术家"，"穿过农夫粗布衣裳的俄罗斯伯爵"。③ 剧本中的形象比较符合柯罗连科的评价，剧中的托尔斯泰随时随地都表现出对生活的哲理思考。"……就是用这只手写下了《安娜·卡列尼娜》，以为会有什么用处，结果世道变了。"④ 作家对今天的阅读现状表示担忧："在一个 500 万人口的大城市里只有两人读书……而且一个只会读音节，另一个只会读字母……天昏地暗⑤！而作家却有……500 万。作家苏斯连科不读别人写的书。他像帖木儿一样聪明傲慢，穿着别人的上衣，抽廉价的卷烟，而且在《圣经》上切火腿肠。"⑥ 作家对今天流行作家毫无原创精神的行径深表不屑。托尔斯泰的大女儿塔吉雅娜·托尔斯泰娅认为父亲"勇于作深刻的自我剖析，毫不容情的反躬自省，对己对人都非常严格。同时，他又是坚定不移的乐观主义者，从不怨天尤人，在任何困境中都能找到出路，对每一个问题都要寻求答案，对每一桩不幸或不愉快

---

① [苏] 高尔基：《回忆契诃夫》，巴金译，上海，平明出版社，1950 年，第 25 页。
② Богаев О. А. Русская народная почта: 13 комедий, Екатеринбург: Журнал «Урал», 2012. С. 103.
③ [俄] 涅克拉索夫、车尔尼雪夫斯基等著：《俄国作家批评家论列夫·托尔斯泰》，倪蕊琴等译，北京，中国社会科学出版社，1982 年，第 7 页。
④ См. ④, С. 104.
⑤ 来自《圣经》："黑暗降临埃及以示惩罚。"
⑥ См. ④, С. 105.

的事都要寻求慰藉。"① 但面对今天俄罗斯不再阅读经典的落魄现状托尔斯泰除了无能为力，也只能抱怨："……以为我们写不出来《卫生纸新传》……《美味与健康食品的权威著作》……现在我也只能给玻璃报纸写写东西了。"② 剧中的托尔斯泰为了能让埃拉收留他，表示他本人不吃肉、不喝酒、不抽烟，可以修理熨斗、割草、打蚊子、讨论政治、打牌。正如托尔斯泰妻子在日记中所回忆的："70 年代末、80 年代初，列夫·尼古拉耶维奇已经产生了内心的转变，企图去过一种简单的、清教徒式的生活，直到生命的最后一息他都没有放弃这个念头。"③ 相对于契诃夫的形象来说，剧本对托尔斯泰的刻画戏谑成分略多一些。例如，作家询问埃拉"如今周围都在谈论的"性和家庭问题；夜间托尔斯泰鼾声如雷，埃拉情急之下剪掉托尔斯泰的长胡子，引起后者的大叫；托尔斯泰与果戈理之间动辄会因鸡毛蒜皮之事出现口角纠纷甚至肢体冲突。

相比温和儒雅的契诃夫、态度克制的托尔斯泰来说，剧中的果戈理则略显蛮横无理。"一个长着大鼻子的沮丧之人，嫌弃地从埃拉的锅里喝汤"④，而且抱怨菜汤太稀，自认为有权利对埃拉说："您应该而且有义务收养祖国文学，珍惜并保护我们。"⑤ 继而口出狂言："别无他法。没有我们你们根本就是废物。没准儿什么时候拿起您的护照在里面写上：'埃拉·尼古拉耶夫娜，俄罗斯猴子。'而同我们在一起您就是尊贵的女士。"⑥ 这里可以看得出果戈理性格中"一针见血、不留情面"⑦ 的严苛的一面，如他焚毁自己手稿时的毅然决然。果戈理对今天的俄罗斯阅读与写作现状也表现出与托尔斯泰同样的无法理解与无能为力。他的似乎喃喃谵语却是生活的现实："如果作家还在，读者没了，那就什么都没了，生命也

---

① [苏]塔·里·苏浩金娜-托尔斯泰娅：《列夫·托尔斯泰长女回忆录》，晨曦、蔡时济译，北京，北京出版社，1985 年，第 4 页。

② Богаев О. А. Русская народная почта：13 комедий. Екатеринбург：Журнал «Урал», 2012. C. 108.

③ [苏]都钟秀、盛同著译：《文豪的妻子》，都钟秀、盛同译，石家庄，河北人民出版社，1985 年，第 242 页。

④ См. ②, C. 110.

⑤ Там же. C. 111.

⑥ Там же.

⑦ [俄]伊·阿克萨科夫：《关于果戈理的几句话》，袁晚禾、陈殿兴编选：《果戈理评论集》，上海，复旦大学出版社，1993 年，第 209 页。

没了。多么悖论啊！现在正是写作的时候！周围弥漫着思想，飘散着词汇，有多少官员啊！我现在能逐行地写就好了！这样我每天就能写出十部《外套》！但是却像以往一样心绪紊乱。活水之中读者却渴死了！以前很轻松，以前有魔鬼。而现在，听说，有因特网。他是谁？住在哪儿？他存在，却从来没人见过他。如果在网上，那么他的鱼在哪儿？还有，如何与不存在的人签合同呢？如何付款？他像幽灵一样，没有，却存在。"① 一个自诩"能未卜先知，猜测人们心灵"② 的人如今对网络这一新生事物一头雾水，作家进而把网络比喻成地狱，认为"地狱就是无火的死亡，地狱就是冰冷的数字。最可怕的是，他们把你无尽的世界浓缩成分子。"③

果戈理这"一针见血、不留情面地惩罚人类卑污品格的人"④ 对今天俄罗斯社会的怪现象仍然持一种特殊的批判态度。他认为"香肠"是俄罗斯的敌人，"如果不是这个敌人，俄罗斯早就成为巨人了。很多伟大的思想死于香肠。以前还不太能看得清楚。但是，有一天她突然消失了。办假护照跑到了美国。现在又回来了。怀念祖国。……现在呢，香肠如此多以至于除了它没有别的"⑤。托尔斯泰曾经认为"果戈理拥有巨大的才华，美好的心灵和不够豁达、缺乏勇气、谨小慎微的头脑"⑥。我们通过"香肠"这一喻指金钱的"谨小慎微"的批判，分明感受得到果戈理"深沉、真挚地为人们身上的伪和恶感到痛苦"⑦ 的真诚。显而易见，剧中的果戈理与19世纪的果戈理如出一辙，由于对现实的不解心中仍然充满了迷惘，其不朽的洞察力与随时记录的习惯使其不断涌现难以抑制的创作冲动。但今非昔比，材料丰富的背后暗藏着无人阅读的悖论与悲哀，

---

① Богаев О. А. Русская народная почта: 13 комедий. Екатеринбург: Журнал 《Урал》, 2012. C. 113.
② 龙飞、孔延庚编著：《讽刺艺术大师果戈理》，北京，商务印书馆，1984年，第58页。
③ См. ①.
④ ［俄］伊·阿克萨科夫：《关于果戈理的几句话》，见袁晚禾、陈殿兴编选：《果戈理评论集》，上海，复旦大学出版社，1993年，第1版，第209页。
⑤ См. ①, C. 112.
⑥ 陈建华编：《托尔斯泰思想小品》，上海，上海社会科学院出版社，1999年，第225页。
⑦ 参见④。

致使"一个脾气最温和、最毫无怨恨地忍受各种攻击和侮辱的人"① 竟然对埃拉极其粗鲁。

在四位经典作家中，埃拉对普希金怀有温柔的好感。剧中，当埃拉看到前三位作家搀扶着普希金走进家门时，她一时还没有反应过来普希金是谁。

> 埃拉：（没明白）普希金？？？（回忆）普希金？！（想起来了）普希金！！！（满怀着爱）普希金……

剧中普希金没有一句台词，其状态为生命弥留之际的挣扎。普希金生病期间，埃拉日夜守护，陪着流泪，表现出对诗人温柔缱绻的依恋之情："从童年时起，他就像是我的同学。我在学校考试时都要背诵他的诗歌。……我和妈妈还坐过'普希金'号轮船！当他是纪念碑时，我还在他脚下与未婚夫约会。我跟亚历山大·谢尔盖耶维奇心灵相通，我俩都被爱情欺骗了。"② 埃拉企图拯救诗人，但最后她对自己十分绝望，回天乏力。

总之，博加耶夫对领袖人物与经典作家的重读态度极其不同。对领袖人物的诠释，博加耶夫以颠覆历史人物形象为主旨，极尽嘲讽、挖苦、扭曲之能事；而对经典作家的描写尽管同样以解构为前提，但可以发现，博加耶夫对经典作家的重读还是以敬畏与尊重为基础的。

二、沟通古今、重构价值的改写诉求

后苏联时期对经典作品进行重新加工、改写的艺术创作手法，已经被认为是一种最流行的社会文化现象，这一现象已经渗透到包括电影、音乐、电视、造型艺术、戏剧、文学等社会文化生活各领域。改写以其"自信、快捷、模仿因袭"令人惊叹的同时，大有占领整个文化市场创新手段之魁首的趋势："因为今天很难说出改写没有渗透进哪一领域，哪怕是提醒或是语言游戏层面也比比皆是，这种情形只会加

---

① [俄] 伊·阿克萨科夫：《关于果戈理的几句话》，见袁晚禾、陈殿兴编选：《果戈理评论集》，上海，复旦大学出版社，1993年，第209页。

② Богаев О. А. Русская народная почта：13 комедий. Екатеринбург：Журнал 《Урал》，2012. С. 119.

剧一种感觉，那就是改写正在成为人类社会文化活动不可或缺的一部分，也是人诞生于其内部的大众文化的一部分。"①

"戏剧中的改写是随着后现代主义的发展而出现的，具有不同的创作手法和不同的阅读水平。"② 戏剧改写通常是指以经典作品为原型，对其进行艺术加工或解构的一种手段，是指作者在体裁、情节、思想、问题、主题、人物、冲突层面上对这些经典情节进行再创作的一种方法。俄罗斯当代剧评家对改写的分类各种各样，相对比较合理的分类是如下的四分法："**主题改写**（римейк-мотив）这种结构使用了原著的基本主题，但对其进行了全新的思想艺术诠释；**续集式改写**（римейк-сиквел）是续写原著的主要情节。剧作家再现原著中心主题的同时，常常不仅保留人物体系，而且引进新主人公；**混合改写**（римейк-контаминация）融合的不仅是一部而是几部经典情节；**讽刺改写**（римейк-стеб）指的是剧作家对原著进行全面解构，目的不仅在于娱乐读者，而且对经典作家提出的那些问题进行重新思考。"③ 改写作品通常兼有其中几种方法。如此这般，经典作品无疑成为今天剧作家重新思考、发掘及创作的源泉，经典的现代版本则回响着古老的音符，高唱着时代的主旋律。显然，改写这一创作手法已名正言顺地演变成不同时空、不同文化的一种对话形式，它积极参与到建构时代文化的进程中，履行着塑造时代全新象征形象的使命。

俄罗斯文化界对改写这一创作形式的态度不尽相同。文学评论家佐洛托诺索夫（М. Золотоносов）认为："不久前模仿还被认为是贫乏的标志。如今抄袭却令人尊敬，才气平庸之人昂首挺胸，以占据他人之物为自豪。"④ 以佐洛托诺索夫为代表的反对者认为，改写这一创作过程既反映了文学家无力原创，也说明出版商的需求决定了低劣复制品的创作。不过也有人认为，类似的非经院式的经典重读反映了当代

---

① Петрова М. В. Римейк как социокультурный феномен // Ярославский педагогический вестник. 2009. №3 (60). С. 165.

② Там же. С. 168.

③ Таразевич Е. Г. Римейк в современной драматургии // Современная русская литература: проблемы изучения и преподавания: материалы Международной научно - практической конференции. -М., 2006. С. 29.

④ Золотоносов М. Игра в классики: ремейк как феномен новейшей культуры // Московские новости. 2002. № 23. 27 августа.

精神的衰退，是对缺失价值回归的一种召唤，是对传承经典的重新解读。我们认为，改写也不失为一种对传统文化、对经典作品的认知方式。

俄罗斯这一时期出现了难以数计的对经典进行改写的剧本。其中主题改写的剧本主要有：尼·伊斯克列科的《樱桃园卖了吗?》（1993）、叶·格列米娜的《萨哈林的妻子》（1995）、伊·施普里茨的《小底层》（1996）、米·乌加罗夫的《伊里亚·伊里奇之死》（2000）、柳·彼特鲁舍夫斯卡娅的《哈姆雷特。零行动》（2002）等；续集式改写的剧本主要有：格·郭林的《愿鼠疫在你们两家蔓延》（1994）、鲍·阿库宁的《海鸥》（2000）、格·涅鲍利特的《哈姆雷特—2》（2008）、阿·津济诺夫和弗·扎巴卢耶夫的《万尼亚舅舅果园里的樱桃熟了》、奥·希什金的《安娜·卡列尼娜—2》（2001）等；混合改写的剧本主要有：玛·加夫里拉的《三姐妹和万尼亚舅舅》（2001）、马·加钦斯基的《拉斯科尔尼科夫与天使》（2002）、列·菲拉托夫的《新十日谈，或流行鼠疫的城市故事》（2002）、《灰姑娘的前后》（2003）、《莫扎特和萨利埃里》（2003）、尤·巴尔哈托夫的《哈姆雷特与朱丽叶》等；讽刺改写的剧本主要有：巴·戈鲁什科的《傻瓜》（1995）、尼·萨杜尔的《乞乞科夫老弟》（1998）、《纪念彼巧林》（1999）、阿·津济诺夫和弗·扎巴卢耶夫的《万尼亚舅舅果园里的樱桃熟了》第二部分《在万尼亚舅舅那里》、尤·巴尔哈托夫的《哈姆雷特与朱丽叶》、格·涅鲍利特的《哈姆雷特—2》、尼·科利亚达的《三七爱斯，或黑桃皇后》（1998）、列·菲拉托夫的《再论皇帝的新装》（2001）、鲍·阿库宁的《哈姆雷特》（2002）、列·菲拉托夫的《哈姆雷特》（2003）。许多剧本的改写兼有以上多种方法，如列·菲拉托夫的剧本均包含有几种改写方法。还有一种改写是将其他体裁形式的内容复制般地改成剧本形式，因剧情需要可能会有些情节上的相应变动，但改动不大。这样的剧本有瓦·西加列夫的《暴风雪》（1999）和《阿列克谢·卡列宁》（2011）、博加耶夫的《黑衣修士》（2002）等。

很难从这一时期的剧作家中找到一位没有涉及改写前人剧本的人。从上述的改写剧本看得出，大家集中改写的经典作家一般为普希金、莱蒙托夫、果戈理、陀思妥耶夫斯基、托尔斯泰、契诃夫、高尔基以及莎士比亚等。在博加耶夫的戏剧创作中，剧本改写占有一定的比重，剧作

家不仅对俄罗斯的经典作家作品进行重新诠释，也对世界经典剧作，如莎士比亚的作品进行重新思考。对不同的作品博加耶夫采取不同的改写手段与方法。无论何种改写方法，细心的读者都可以发现剧作家新版作品背后暗含的全新意识与另类思想。剧作家试图通过在戏剧全新内容与当代社会文化元素暗相契合的背景下，达到解构精英阶层对话语权垄断的目的，而更主要的，是意欲通过文化批判达到社会批判的目的。

1. 精神至上的"黑衣修士"

尽管博加耶夫对契诃夫小说《黑衣修士》（1894）的改写比较谨慎，没有大张旗鼓地宣布其剧情发生于今天的文化背景下，但从全新引进的人物及稍作变动的剧情不难看出，新剧本《黑衣修士》（2002）的故事应该就发生于当代。

剧本《黑衣修士》中，年轻学者科夫林扔下在彼得堡同居的女演员——瓦尔瓦拉，来到他童年时的监护人别索茨基乡下庄园休养。别索茨基与女儿塔尼娅长年经营自己的果园、花园，科夫林的到来使他们静如深潭的生活活跃起来，科夫林则有宾至如归的感觉。在别索茨基的操办下，科夫林与塔尼娅在乡下完婚，婚后两人回到彼得堡。科夫林还在乡下，时常会看到别人看不到的黑衣修士，并与其对话，他感到这黑衣修士或许是他的幻象。到彼得堡后不久，塔尼娅发现科夫林得了精神病，立即与父亲着手给他治疗。当被治愈的科夫林再也看不到黑衣修士而感到生活无聊之极时，就抱怨别索茨基父女毁了他的前程，并与塔尼娅分手。被科夫林抛弃的女演员瓦尔瓦拉通过个人努力功成名就，但当听说科夫林返回彼得堡，而且身体状况欠佳时，毅然放弃自己的舞台艺术，前来照顾他。科夫林当了教授后患了结核病，他与瓦尔瓦拉一起来到克里米亚休养。在那里，科夫林打开临行前收到的塔尼娅来信，得知别索茨基已经去世，果园易主，塔尼娅诅咒他。读完信后，科夫林咯血而死。

剧本对契诃夫的小说做了几处明显改动。首先，人物体系发生了变化，剧本引进了小说中没有的人物。小说开篇单刀直入，说明科夫林的身份及其健康状况后，便直接把他打发到乡下休养去了。而剧本则是从科夫林的彼得堡住宅讲起，增加了一个小说中没有的新人物——科夫林的同居女友瓦尔瓦拉，一个不得志的女演员。瓦尔瓦拉剧中戏份不多，却是科夫林身份起伏的晴雨表及其悲剧的牺牲品。第一幕开始，科夫林抛弃瓦尔瓦拉去乡下休养，第一幕结束时，被抛弃的瓦尔瓦拉决定重返

剧院。第二幕开始，瓦尔瓦拉获得成功，成为剧院女一号，但当她听说科夫林回到彼得堡后，即放弃如日中天的艺术，引退舞台，全身照顾科夫林。小说结尾时，是一个比科夫林大两岁的同居女人陪他去克里米亚休养，而剧本中则是这个放弃艺术的瓦尔瓦拉陪他同去。为便于剧情的发展，剧本中还引进了塔尼娅的几个男女朋友。两个女友分别嫁给希腊人与骑兵大尉，过着幸福的生活，而那个爱着塔尼娅的乡村音乐教师诺什金，在遭遇暴风雪迷路后冻死在去上课的途中，即塔尼娅的不幸婚姻至少影响了三个人的命运。

其次，人物形象也发生了较大的变化。小说中的科夫林是"一个有着诗情画意般想象力的年轻学者，喜欢思考永恒的根本生存问题，却患有世界不完善、不和谐臆想症，并准备在真、善、和谐的基础上以生命的代价去履行重塑它的使命"①，并为此全身心投身科学，最后毁了自己健康。如果说小说中的科夫林是一个正面人物的话，或者说科夫林至少是一个中立人物，献身事业的同时有些自以为是的话，那么剧本则更倾向于把科夫林描写成反面人物。剧本第一幕刚开始，科夫林便抛弃同居的女演员瓦尔瓦拉到乡下休养，看得出，他并非像小说中的年轻学者那样洁身自好一心投身科学事业。接着科夫林深陷于自我意识编织成的"非凡人"的罗网里不能自拔，他经常与幻象中的"黑衣修士"对话，幻想自己是上帝的选民，来到世间履行拯救人类的使命。他不仅没有意识到是自己精神出了问题，反而把自己的平庸推诿于塔尼娅父女，抱怨他们把他一个好端端的天才医治成一个庸人，是他们父女一手造成了他的不幸与平庸，毁了他一生。显然，剧本中的科夫林是一个自我欲望膨胀的狂想症患者，他只爱自己与自己的哲学、心理学，自以为是一个可以洞察一切事物本质的天才，实际上是一个不懂得感恩的自大狂。看得出，剧本触及契诃夫在《万尼亚舅舅》（1897）中提出的"谁养活谁"②、为事业献身、事业的价值等主题。《万尼亚舅舅》中的万尼亚把从事艺术研究却对艺术一窍不通的姐夫教授当作崇拜偶像，把自己的一生献给了教授的庄园经营，为教授提供丰富的物质条件供养他研究艺术，

---

① Семанова М. Л. О поэтике «Черного монаха» А. П. Чехова // Художественный метод А. П. Чехова. Ростов-на-Дону, 1982. С. 61.

② 李辰民：《重读〈万尼亚舅舅〉——兼谈契诃夫的戏剧美学》，《俄罗斯文艺》，1998年第4期，第27页。

最后却发现自己辛苦一辈子奉献的教授却是一个不学无术的庸俗之人，痛感自己的付出毫无价值。如同《万尼亚舅舅》中的万尼亚舅舅和索尼娅对待教授一样，《黑衣修士》中的别索茨基和塔尼娅父女对科夫林的付出同样一文不值。塔尼娅有自己的事业，她的事业就是帮助父亲照顾果园和自己心爱的花园。她知道什么时候该施肥、浇水、打药，该如何护理，虽然生活有些单调却充实。跟随科夫林来到彼得堡后，塔尼娅远离了自己的事业，百无聊赖，她有种不被需要和生活失去了意义的感觉。可以说，塔尼娅为科夫林放弃了自己热爱并熟悉的一切，结果换回的却是离异与怨恨。塔尼娅的父亲别索茨基是全国知名的园艺师，他热爱自然、生态和自己的果园，热爱自己的事业，同时积极把自己的物质劳动化作精神源泉，常写文章介绍自己的园林经验。别索茨基和塔尼娅视科夫林为希望和未来，把报纸上刊登科夫林的文章全都剪切下来保存好，毫无怨言地为他治病，却没想这个以怨报德的狂想症患者最后把别索茨基送上了不归路，别索茨基一直的担心也一语成谶——果园易主。剧本中最为悲剧的是瓦尔瓦拉。这个当初不被看好的女演员在被科夫林抛弃后，重返舞台，经过努力后事业辉煌，但后来却放弃了自己的艺术，无怨无悔地扶持科夫林。三者牺牲自己的结果却是扶持了一个狂想徒，他不但一事无成，还以高尚的借口毁了身边所有的人。可见，剧本实际上是一出为一个毫无价值之人葬送了青春、事业与希望的悲剧。

  导致悲剧的原因是多方面的。科夫林狂妄地以为他是可以洞察一切事物本质的天才，是塔尼娅及其父亲的精神支柱，是他们的希望和荣誉，他完全有理由享受他们的无偿奉献。而究其深层原因，科夫林的人格分裂应该是由其过分重视精神层面忽略物质层面所导致，即没有处理好精神与物质的关系。科夫林只关注自己的内心世界，只重视精神，不时进行自我反省，与黑衣修士进行对话，而对别索茨基父女所从事的物质活动，即对果园的管理毫无兴趣。当精神疾病被治愈之后，他再也看不到自己的黑衣修士了，他摆脱了聊以自慰的阵地，远离了独自面对自我的战场，失去了有着强烈幸福感的三角地带，所以心生对平庸之烦恼，对生活之失望，最终导致他自己及其他人的悲剧。科夫林没有理解，精神固然重要，但精神与物质是相互依存的。小说和剧本都似乎表明，科夫林所代表的精神世界（科研）与别索茨基父女所代表的物质世界（劳作）应该是一个和谐统一的互补关系。正如《海鸥》（1896）中的麦德

维坚柯所说的："谁也无权将精神与物质割裂开来……"① 在一个和谐的世界里，精神与物质这两个层面本来是可以融合相处的，即使对二者关系的比重有所倾斜，也不会影响太深，断不至于二者分裂成彼此孤立的两个世界。但如果像主人公科夫林这样一味地走向自我，追求极端的虚无精神，置物质于不顾，甚至鄙视、唾弃这一赖以生存的基础，称劳动者为"彻头彻尾的利己主义者"②，最终结果只能是精神与物质的双双毁灭。无论小说还是剧本的最后，科夫林都是面带微笑死去，因他于死前最后一刻呼唤着塔尼娅和那个花园，而那个花园应该说是他的精神与物质完美结合的最佳场所，在那里科夫林感受着大自然的馈赠，享受着塔尼娅父女的照顾，沐浴在自己一手制造的与"黑衣修士"温馨对话的魔幻境地里。后来，当他治好病，选择离开具有无限幸福感的花园时，即抽身独立为一个具体实在的人时，他只能满足于现状，成为一个庸庸碌碌的人。显然，科夫林最大的悲哀是过度注重精神导致了自命不凡，使其有理由与信心置自己于他人之上，为他人所崇拜，而不见丝毫的感恩，使其精神追求缺失了厚重的人文背景，而一个连最基本的人道主义精神都不具备的学者来研究哲学与心理学，其结果只能是"用呆板、枯燥、累赘的语言叙述普普通通的、而且是别人的思想"③。瓦尔瓦拉的悲剧在于，既没有重视自己以破釜沉舟的勇气和卧薪尝胆的耐力所取得的艺术成就，也没有认清科夫林自视清高的人格及其事业的虚妄本质；由于缺乏对精神概念的深度理解，轻易放弃了实为不凡的自我，以为找到了更值得自己献身的事业——扶持科学，而可悲的是，科夫林绝不是真正科学的代言人。别索茨基父女的悲剧命运体现在，他们同样没有认清自我的重要，以为照顾科夫林就是一种变相的精神追求。相对于自命不凡的科夫林，他们显得有些自卑，以为科夫林的存在帮助他们完成了由纯物质生活向物质与精神高度结合的高尚生活的过渡，而没有从根本上意识到，其实他们的生活何尝不是一种精神与物质的完美结合？他们经营自己的果园和花园，对所从事的事业了如指掌，而且不时发表文章与同行

---

① ［俄］契诃夫：《契诃夫名作欣赏》，童道明主编，北京，中国和平出版社，1996年，第294页。

② ［俄］契诃夫：《黑衣修士》，转引自［德］霍夫曼等：《金罐：外国魔幻小说》，刘引梅译，哈尔滨，北方文艺出版社，1997年，第396页。

③ 同上，第399页。

交流经验，别索茨基因此成为全国知名的园艺师，这难道不是一种物质成熟后的极大的精神享受和创造吗？而他们却在妄自菲薄的状态下将科夫林推崇为精神楷模，假设其为精神偶像，所以，有此类客观原因，科夫林辜负大家也是情理之中的结果。

与小说不同的还有，剧本中除了科夫林的"黑衣修士"外，还分别引进了其他主人公的黑衣修士。"黑衣修士"不是一个简单的象征形象，而是主人公的镜像存在，是其"同貌人"，内心的"我"。科夫林与"黑衣修士"对话，就是与自我对话，"黑衣修士"对其看法，就是他的自我评价。通过主人公与"黑衣修士"的镜像对话，读者可以更清晰地了解剧中人的内心世界——窥探科夫林日积月累的虚荣与高傲，瓦尔瓦拉在追求事业抑或支持科夫林这一抉择上的犹豫和挣扎，别索茨基关于土地、自然、爱与事业的思考。剧本中科夫林的"黑衣修士"前后出现过六次，瓦尔瓦拉出现过三次，别索茨基出现过一次，塔尼娅的"黑衣修士"出现后（搞错了门牌号）没有对话便隐退了。剧作家对"黑衣修士"出现频率的安排自然有其用意。关注内心、注重精神生活的人，黑衣修士出现的次数相对更多。科夫林的黑衣修士出现的次数最多，说明他的自我反省意识最强烈，自我心理暗示更频繁。但"黑衣修士"本身如同其颜色一样是一种"黑色势力"，一种不祥的魔幻之力，当他与俯身的本体角力时，其作用如何，将本体引向何方，应该取决于本体的道德力量。尽管剧本的主人公都各自有其"黑衣修士"，但其他人没有像科夫林这样疯癫痴狂走火入魔，应该说明他更看重自我，精神追求更强烈，走向极端的条件更成熟。

综合起来看，除人物形象体系发生变化外，剧本《黑衣修士》维持了原小说的问题、主题、体裁等基本艺术成分，甚至连小提琴在剧本中的作用也没能逃脱契诃夫式的基调。此外，从新剧本中也不难看出契诃夫《海鸥》《樱桃园》（1903）的影子——一个通过自己努力获得成功的女演员，往日的繁华不再、果园易主。应该说，剧情结构反映了博加耶夫的想象力及挖掘现实生活的潜力，尤其是对人物身份的重新定位与当代社会认知及当代人的情绪极其吻合。

2. 遗失了精神的"巴什玛奇金"

如果说对《黑衣修士》的改写，是博加耶夫打破小说以叙事为主、对单一叙事进行质疑，目的在于古为今用，借助经典资源反映当代生活

现象的话，那么在小说《外套》（1839—1841）基础上改写的剧本《巴什玛奇金》（2004）则面对更大的挑战。相对于小说《外套》，《巴什玛奇金》剧情发展的具体空间有所变化，但整个故事的发生时间与小说一致。有剧评家认为剧本《巴什玛奇金》是一部地道的惊悚剧，因为剧中每一个阻挡外套寻找其主人的人最终都是死路一条。该剧情初听起来有些悬疑，不过博加耶夫改写《外套》的缘起和初衷确实为其创作《巴什玛奇金》笼罩上一层神秘的面纱。

博加耶夫在写完剧本《死耳朵》（1995）后不久患上耳疾。他认为这是果戈理对他后现代"耳朵"的惩罚。[1] 1998 年，当博加耶夫患中耳炎住进医院时，他住的那张病床的前病友叫阿·阿·巴什玛奇金，当得知此人是因脑袋受击而患耳聋时，剧作家的想象力迅速轻灵地翱翔起来，他甚至梦见自己帮助巴什玛奇金寻找被偷走的外套。《巴什玛奇金》中巴什玛奇金的活动空间正是梦境，这一活动空间使剧作家的改写获得了无限的自由，因此受众才有幸欣赏到了这样一出神乎其神的魔幻剧。

剧本《巴什玛奇金》的标题就决定了它与果戈理小说《外套》之间的联系，而且剧本的副标题《一幕外套奇迹剧》进一步确定了它们之间的关系。剧本的开篇题词"一幅更比一幅奇怪的景象不断地浮现在他的眼前：他忽而看见彼得罗维奇，向彼得罗维奇定做了一件置有捉贼机关的外套，他老觉得贼就在他床底下，并且时时刻刻叫房东太太把贼从他的被窝里拖出来；忽而问人家为什么把旧长衫挂在他面前，说他原是有一件新外套的……"[2] 更是直接引自果戈理的《外套》。这样一出彻头彻尾的《外套》改写剧，似乎无形中局限了受众的阅读期待，但当你跟随博加耶夫的外套走完其"人生"历程时，你会发现，剧本和小说无论内容还是形式确有许多不同之处，改写自有其意义与价值。

从内容上来说，剧本看似从小说外套的结尾处写起，仿佛是续写，其实不然。如果说果戈理的外套是讲述一个小官员如何辛苦买了一件外套，最后又在别人抢走外套的情况下抑郁而死的话，那么博加耶夫的剧情则是小官员丢了外套，然后外套在与主人分手之后意外复活、历尽千

---

[1] Шендерова А. Шинель вышла из себя//Коммерсант. Daily. No 75, 2008, 05 мая. C. 15. //。《死耳朵》（Мертвые уши）原是剧本中一个不学无术的警察将果戈理的《死魂灵》（Мертвые души）误读的结果。

[2] 《果戈理小说戏剧选》，满涛译，北京，人民文学出版社，1963 年，第 261 页。

辛万苦最后找到主人，主人却已气绝身亡的故事，即剧情发展的两端是巴什玛奇金的外套被抢与主人公之死。从形式上来看，如果说果戈理小说基本是现实主义叙事，只在结尾时采用了现实与幻想相结合的手法，即小官员死后灵魂替他复仇的话，那么博加耶夫的剧本则是自始至终的怪诞、奇幻的故事，是一出不折不扣的魔幻剧。外套在主人的臆想中逐门挨户寻找，最终找到主人，也可以说外套是在剧作家丰富的想象中完成了对主人的寻找历程，即剧本是一件丢了主人的外套和一个丢了被视为灵魂的外套的主人之间相互寻找的故事。剧本形式的外套故事有种主人与外套隔空对话的意思，剧作家以空灵的手法诠释了灵与肉合二为一互为一体的故事。剧本的外套在寻找主人的过程中，除了与果戈理小说中的人物有过接触之外，还增加了许多新人物，但剧情无涉小说的前史故事。

剧本《巴什玛奇金》虽说主要是对小说《外套》进行改写，但在人物形象与剧情发展方面，无疑明显存在着果戈理其他小说的特点，如《肖像》（1835）、《鼻子》（1835）、《涅瓦大街》（1835）等。与《肖像》的内容类似之处在于，一幅画着突出双眼的老人的肖像画落到谁手里谁就遭殃，就家破人亡。同样，外套跟谁接触过，谁对它有非分之想，谁就会毙命；《巴什玛奇金》的剧情结构也受到果戈理小说《鼻子》的启发。丢了鼻子的八等文官科瓦廖夫为了找到自己的鼻子，先后去警察总监家，然后去报馆发行处登寻鼻子启事，然后又去警察分局局长家，可以说能去的地方都走了一遍，但仍然是无果而终。外套在寻找主人的过程中，几乎有着相同的经历，只是寻找的过程要更漫长一些，经历了从抢劫者、鞋匠、工程师、清扫工、警察所长、警察分局局长、报贩、记者、上校的寡妇、国君、看门人、守门人等各阶层代表。外套离开主人就像鼻子离开主人一样，二者分别变成孤苦伶仃的不完整的另一半，只不过剧本中痛苦的是外套与主人二者，而小说《鼻子》中感到痛苦的只有主人。《鼻子》中是主人主动寻找鼻子，而剧本《巴什玛奇金》中是"会说话的"外套主动寻找卧床不起的主人。果戈理小说中的梦境随处可见，如《肖像》中那个随时出现在主人公面前的画中人，《涅瓦大街》中年轻貌美的姑娘亦真亦幻地不时出现在主人公眼前，而博加耶夫的剧本简直就是巴什玛奇金的整个梦境，他通过墨水瓶和茶杯底可以窥

视到外套的行踪，"我的外套甚至找到国君那里了……"① 主人随时对外套发号施令，引导它的行踪，尽管它无论如何也听不到他的指令。可以说，外套活在巴什玛奇金的梦幻思维里。

从人物形象来看，如果说果戈理小说中的"外套"只是一个人物身份地位的承载与表现形式的话，那么博加耶夫剧本中的外套则是一个有生命感知的"剧中人"，是故事的主人公，它引导剧情主线，与另一条辅线——生病在家卧床不起的巴什玛奇金穿插叙事，完成整个剧情。由于外套不停歇地执著寻找主人，剧情渐次展开，人物开始一一与它接触，一出出悲剧逐渐上演。2008 年，剧本被搬上莫斯科舞台时，外套的扮演者解释说："我认为，这里讲的仍然不是具体的东西，而是某种理想或希望，最终指向的是信仰。巴什玛奇金的悲剧很现代。"② 小官员巴什玛奇金得到后又悲剧般失去的不是一件简单的外套，而是朋友，是理想、希望和信仰。当这些人赖以生存的精神之所不复存在时，肉体便形同虚设，灵魂虚无缥缈之后，生命之火可能随时熄灭。所以，剧作家赋予外套的隐喻含义也是显而易见的，一件被抢的外套就是一颗流离失所的心，丢失了"心"，人便失去了存在的意义。

从性格方面来看，果戈理小说中的巴什玛奇金木讷拘谨、不苟言笑，只会享受自己的小满足，并善于与孤独默默相守，只在临死前"撒野骂起街来，用了一些最难听的字眼"③；剧本中的巴什玛奇金则完全不同于原型。剧作家赋予巴什玛奇金说话滔滔不绝的性格，凭借梦话连篇的半昏迷状态发泄对上层社会的不满。例如，他认为，外套到了国君手里，国君肯定让部长派人送去，部长让下级，下级再让下级，这样层层下传，最后的结局外套只会成为酒鬼仆人的破抹布。仿佛是胡言乱语，却道出了彼得堡上层社会不作为的官僚习气，这是果戈理小说中的巴什玛奇金无论如何不敢怒更不敢言的。与原型相比，剧本中的巴什玛奇金形象借助剧本的假定性手法完成了跨越式的进步。

我们发现，博加耶夫并没有将小说改得面目全非，因为从社会层面

---

① Богаев О. А. Русская народная почта: 13 комедий. -Екатеринбург: Журнал «Урал», 2012. С. 416.
② Николаева И. Гул затих. Башмачкин вышел на подмостки // Россия, 2008, No 39. 30 октября. С. 26.
③ 《果戈理小说戏剧选》，满涛译，北京，人民文学出版社，1963 年，第 261 页。

来看，即从人物的社会地位来看，小说与剧本中的巴什玛奇金几乎相差无几，仍旧是那个逆来顺受的小官员，一个活着没人在意死了没人受损的小人物，如果说活着还有丁点儿价值，那就是别人茶余饭后的谈资与笑料。由此可见，小说所揭露的彼得堡小人物毫无生活保障、毫无人权地位的社会现状，重现于博加耶夫的剧本中，后者无论形式还是内容都保留了果戈理的社会冲突。同样，小说《外套》结尾提到死去的小官员对彼得堡街头行人的报复主题贯穿剧本始终，剧本是一部彻头彻尾的寻找与复仇主题，外套报复的仍然是那些警察局长、工程师等上层社会人物和那些贪心不足毫无道德可言的底层人。

博加耶夫改写的剧本结尾与果戈理的原小说结尾完全相同，均以小人物悲剧命运收场，说明剧本表达的思想情感与原作相同，小人物的悲剧结局从来如此，不会因时代更迭而有所改变。读者或许希望剧本哪怕是个开放式结局，也算是后来者博加耶夫为果戈理的悲剧减轻一点压抑，释放一丝暖意，也不枉重新阐释（改写）一回，但显然剧作家不予考虑读者的期待。不过，有一点值得安慰的是，如果小说中巴什玛奇金是在胡言乱语中咽气的话，那么剧本中的主人公则是面带微笑离开人世，因为"或许死前看见了天使"。博加耶夫的剧本与果戈理的小说主题与问题前后呼应，现实意义一目了然，即小人物永远是主流话语的放逐对象，他们的常态地位是上层社会的支配品与附属品，尽管大家都是兄弟姐妹（博加耶夫的巴什玛奇金不停地喊着："我是你的兄弟啊，我是你的兄弟啊……"①），可是垄断话语权的上层社会只有功利目的，没有亲情心理。

毫无疑问，博加耶夫在对果戈理小说《外套》的情节发展、人物体系等层面上进行改写的同时，保留了原小说的主题与问题、体裁（悲剧）与冲突（上层社会与小人物的冲突），剧作家本人于改写中的思想目标及艺术追求显而易见。

3. 莎士比亚悲剧的喜剧改写

如果说《黑衣修士》与《巴什玛奇金》剧本相对于源小说来说只是情节及人物发生改变的话，那么博加耶夫和谢·库兹涅佐夫（С. Кузнецов）于1997年联合创作的两幕喜剧《世上没有更悲伤的故事

---

① Богаев О. А. Русская народная почта: 13 комедий. -Екатеринбург: Журнал «Урал», 2012. С. 420.

了》(以下简称《悲伤的故事》),博加耶夫和导演基·谢列布连尼科夫(К. Серебренников)于2006年联合改编并搬上舞台的话剧《安东尼与克莉奥佩特拉。一种说法》则是典型的"讽刺改写"。两部剧分别是俄罗斯现代版的《罗密欧与朱丽叶》(1594)及《安东尼与克莉奥佩特拉》(1606)。

在剧本《悲伤的故事》中,莎剧《罗密欧与朱丽叶》中的蒙太古和凯普莱特两大仇家变为马恩科夫和卡贝洛夫两个家庭。新剧本中两家结怨只为一个手指头。卡贝洛娃在给马恩科娃美甲时由于醉酒不小心切掉了她的一个手指头,从此两家结怨。新剧的剧情与莎士比亚原作基本类似,一对仇家的儿女邂逅相恋,原作是仇家的儿女根本没有结合的可能,而新剧中女方的父亲卡贝洛夫决定把女儿嫁给仇家,以实施对仇家最大的报复。剧终时却两家和好,喜剧结局。《悲伤的故事》是一出彻头彻尾的讽刺改写,相对于剧情悲戚的《罗密欧与朱丽叶》来说,新剧是一出融戏仿、搞笑、调侃为一体的喜剧,剧情发展过程始终弥漫着喜剧成分,从人物性格到人物语言、剧情的结局,喜剧成分无处不在。

首先,新剧本中几乎所有的人物都是滑稽角色。身为知识分子的马恩科夫夫妇却无从谈及修养,父亲马恩科夫甚至连自己点播的广播剧名字都记不清,而且不断地重复:"……广播里正好播放广播剧,等了两周了,递了申请……突然响起了门铃,是妻子,哭着进来,浑身没有手指头……"儿子罗马是一个朝三暮四的公子哥。与朱莉约会怕被发现,情急之下跳楼,摔断了腿,拄着拐杖;打伤了人之后,藏在朋友家,瑟瑟发抖;怕被朱莉父亲打断另一条腿,乖乖地跟着他来到朱莉家。如果说莎士比亚悲剧结尾时,罗密欧面对"已死的"朱丽叶是一番深情表白的话,那么新剧中的罗马见朱莉服药自杀后,虽然流着泪,却感到些许安慰:"……我是多么舍不得你啊!或许这样更好……我们怎么能生活在一起呢?我的父母是知识分子,而你父母呢……我们不般配……你要明白,现在是什么时代?再也没有白马王子了……每个人只为自己……必须挣钱……有什么可幻想的?王子只在童话里有……"显然,马恩科夫一家,妻子缺了手指头,儿子断了一条腿,父亲秃顶,一个典型的"残疾人"之家。其次,卡贝洛夫一家,父亲尽管从事着近乎知识分子的工作——电影放映员,却粗俗不堪,满嘴脏话,与莎士比亚剧本中朱丽叶的父亲一样不知疼爱女儿,认为可以把没有头脑的女儿嫁给仇家以平复自己心

头之恨，而且事不宜迟马上就嫁。当众人发现朱莉服毒"自杀"想办法救人时，他却跑去买酒准备葬礼。母亲卡贝洛娃从事美甲工作，整天酗酒，最后因伤害罪（切掉马恩科娃手指头）被监禁。女儿朱莉被罗马的朋友称为"像鳄鱼一般的女人"，沉迷于罗马的外表不能自拔，与"真正的"罗密欧发生一夜情后，却以为对方是罗马。当得知父亲要她出嫁却不知新郎为何人之时，因服用过多镇静剂而陷入昏迷。卡贝洛夫一家低俗粗鲁，是典型的没有文化的小市民之家。

新剧本中，无论是作者语言还是人物语言都充满了滑稽元素。首先，新剧引进诸多原作片段，原作的语体及词汇与新剧中的可笑低俗的人物语言形成鲜明的反差。剧中人的语言中低俗与诗意成分混合使用的现象极其普遍。尤其是朱莉的父亲，一会儿是电影语言，一会儿是骂人话，南辕北辙的两种语言融合于一人之身，一个矛盾、滑稽的小丑形象跃然纸上。此外，新剧中的朱莉、警察等人的语言中，穿插着原剧中的诸多台词。朱莉的台词中有朱丽叶的台词，警察的台词中有亲王的台词等等。总之，人物的荒唐身份与滑稽语言为剧本增添了喜剧效果。

贯穿剧情始终的广播剧《罗密欧与朱丽叶》也制造了极大的喜剧效果。广播剧本来是莎士比亚的《罗密欧与朱丽叶》剧本选段（除极个别词汇外），播音员却说是应听众点播，播放根据外省作家瓦西里·莎士比亚的剧本《罗密欧与朱丽叶》改编的广播剧。而且莎士比亚原作的悲情、真情与新剧本的调侃、戏谑完全背道而驰，使喜剧效果达到最佳境地。而那个剧终时出现的"真正的"罗密欧，误以为朱莉已死，随后服毒自杀，冰释前嫌的两家人谈笑间离场而去，谁也没有在意躺在那里的罗密欧。这一场景仿佛印证了今天的社会情绪——真心没人在意。

毋庸置疑，《悲伤的故事》完全是一出讽刺调侃式的改写剧本，其目的在于娱乐受众，剧本结束时作者的话也证明了这一点："我当然不是莎士比亚，剧本纯粹为娱乐而写，为了让人笑死，今天激情随处可见，但真爱太少。"新剧本在具体展示当代人性弱点——金钱至上、真情泯灭、人心不古的同时，揭示传统文化的衰落颓废及人性的堕落沉沦。作者之所以选择家喻户晓的《罗密欧与朱丽叶》进行改写，分明意欲展示那样一出荡气回肠的爱情故事在今天的文化背景下会是怎样一副世态炎凉，以情相依以身相许的千古悲歌今天唱起来该是何等另类的滑稽，曾经的神话与传奇今天已经失去了其流传的文化根基与自觉途径。所以，

改写与其说是游戏经典，不如说是在更大程度上将经典高尚的道德与文化成分现实化。

相比于《悲伤的故事》，《安东尼与克莉奥佩特拉》的改写走得更远，离谱得出奇。莎士比亚原剧讲的是古罗马大将军安东尼与古埃及女王克莉奥佩特拉热烈、深沉却又受制于政治左右的爱情故事，是一出政治与爱情交错并行，最后人亡情逝的悲剧。改写之后的剧本，由于增加了许多现代元素，原剧中变幻莫测的政治、悲戚的爱情及叱咤风云的英雄人物发生了形变。悲剧故事发生地由埃及转移到北高加索（车臣和别斯兰），人物全部改穿现代服装，克莉奥佩特拉穿上了穆斯林女人的黑色长袍，安东尼身着迷彩服，恺撒则西装革履（舞台上的形象简直就是普京①）。不仅如此，这些穿越剧的主人公彼此间联系时使用电话亭。话剧的现实影像不言自明，观众可以从主要人物身上找到当代人的影子：埃及女王克莉奥佩特拉——任性的东方人，罗马执政官恺撒及随从——理性的西方人，安东尼是一个昏庸的统帅，大胡子的独立分子庞培则武装成车臣土匪头目。②有评论认为，改编后的剧本与其说是关于两位伟人的爱情故事，不如说是关于东西方的综合矛盾冲突。③埃及被改写成讲车臣方言的东方阿拉伯国家，罗马则变成带有俄罗斯面孔的西欧。④一出爱情悲剧演变成东西方政治对决。

这样一出极具现代元素的改写剧本，于2006年被搬上莫斯科"现代人"舞台后，引起嘘声一片。多半剧评认为，原作被蚕食成碎片，导演想在两个多小时的舞台展示中体现更多的现代元素，结果导致话剧被肢解，观众云里雾里。"太多不必要的多余成分。刚被猜测到的思路却戛然而止，仿佛导演的时间不够。"⑤而且改写的剧本在使用大量原作语言的同时，将其低俗化。"剧中人的语言雅俗参半，这是制造喜剧效果的戏剧

---

① Заславский Г. Глубокая имитация. «Антоний & Клеопатра. Версия» в театре «Современник»// НГ. №214. 5 октября 2006 года. С. 11.

② Зинцов О. Кавказ, Антоний, не Египет//Ведомости. №186. 4 октября 2006 года.

③ Уильям Шекспир, Олег Богаев-Антоний & Клеопатра. Версия（современник）. http：// kinozal. tv/details. php? id = 386946.

④ Ямпольская Е. А сигареты "Друг"?! Сыграна первая громкая премьера сезона-"Антоний и Клеопатра" в постановке Кирилла Серебренникова //Известия. №183. 4 октября 2006 года. С. 10.

⑤ См. ①.

手段，但这出戏却分明与喜剧无关。"①　"导演想建构一个东西方对抗的剧情，但没有建成，徒有框架……他没有读透自己改编的经典悲剧：政治在他的话剧里变成阴谋，爱情变成了单纯的情欲，主人公则成了容易辨认却了无趣味的象征性人物"②。这一出被改编得"支离破碎的话剧"③或许说明现代人在追新求异、超越自我的同时，奔跑得太快，忘了来时路，忘了自我身份，使原本厚重的文化板块人为断裂，对沾染上外来元素的文化放任自流，对其走向、结果不肯担当，对理应驾驭的精神、文化概念失去操纵思路。一言以蔽之，这出话剧勾勒出当代俄罗斯人对本土传统文化的冷漠。

博加耶夫对俄罗斯经典作品的改写持较谨慎的态度，除作品的内容及形式做些改动外，主题基本没有变化。相对于俄罗斯经典作品的改写，博加耶夫对莎士比亚的改写走得更远，讽刺内容更多，在使内容丰富多样的基础上，服务于自我的目的更明确更强烈。因此，话剧这一文化作品投放市场时所冒的风险也就更大，对期待的结果难免失去保证。但从另一方面来说，对莎士比亚这两部剧本的改写均为博加耶夫与他人牵手之作，而且博加耶夫均为第二作者，《悲伤的故事》他只写了前三场，话剧《安东尼与克莉奥佩特拉。一种说法》虽然没有明说写作比例，但最后由第一作者——导演谢列布连尼科夫将剧本搬上舞台。在这种状态下，博加耶夫在改写的剧本中多大程度上实现了自己的艺术愿望与创新思想，其本人创作手法及美学特色发挥了多少，我们难以判断。博加耶夫在自己出版的剧本集里、在个人网页④上都没有提及改编莎剧的这两部剧本。剧作家在2012年出版的第一部剧本专辑的前言里说："毋庸讳言，我写的剧本要多得多，30多部，但是其余的剧本，概因我与剧院不再需要而自主消逝了。"⑤ 剧作家对其态度可以明鉴。不过，重要的是，这两部改编后的话剧均借用经典情节审视现实问题。⑥

---

① Ситковский Г. Если бы Кадыров был Клеопатрой//Газета. №180. 4 октября 2006 года. С. 27.

② Соколянский А. Бамбарбия & киргуду//Время новостей. №183. 6 октября 2006 года. С. 10.

③ См. ①.

④ Сайт О. Богаева. http：//bogaev. narod. ru/.

⑤ Богаев О. А. Русская народная почта：13 комедий. Екатеринбург：Журнал «Урал», 2012. С. 4.

⑥ Вайншток О. Замахнулись на Шекспира//Новые известия. №180. 4 октября 2006. С. 6.

有评论家认为,"在最新的戏剧中,改写一方面是指确定经典情节的'死亡',及在新的条件下经典世界图景的不可能存在,另一方面,是它以'陌生化体现'形式复活的方法"①。博加耶夫的改写确实复活了经典的世界图景。今天,在浮躁的情绪、功利的目的、自我价值实现的目标压力下,人格的分裂只会越来越严重,但像《黑衣修士》中的瓦尔瓦拉及别索茨基父女这种不问结果甘于奉献的人只怕难以再寻。在金钱主导一切、物质生活甚嚣尘上的当下,博加耶夫选取果戈理的外套进行改写,把底层人、边缘人的生活重新拿出来评说,其现实意义不言而喻。

三、背离常规、展示困境的荒诞表达

2012年,博加耶夫首次出版自己的剧本集,并在前言中表达了对日常生活的荒诞感受:"日常生活的现实主义是不存在的,有的只是日常生活的荒诞,既有神秘主义荒诞,又有心理荒诞、社会的荒诞、群体荒诞、个体荒诞。有民族的荒诞:德国、英国、美国和俄罗斯的。俄罗斯的荒诞最耐人寻味:一楼举行葬礼,二楼举行婚礼。而且大家都在哭……俄罗斯的荒诞富于同情心,俄罗斯的荒诞爱人,它不是心理语言学抽象对话的字谜,俄罗斯荒诞公开指向人内心的痛苦。"② 此篇酷似创作宣言的"荒诞"感受为剧本中俯拾皆是的荒诞成分做了注脚。

博加耶夫剧本的荒诞元素随处可见,多半剧作"打破传统的戏剧常规,既无时空观念,又无戏剧结构的基本格局;既无性格鲜明的人物形象,又无扣人心弦的戏剧冲突,有的只是一群被世界压扁了的可怜虫。这些人举止荒诞怪异,语言颠三倒四,思维混乱不堪,毫无理智可言"③。这种取消剧情与悬念的荒诞(абсурд)戏剧成分多为纯粹俄罗斯式的:回忆仿佛是人生的一大乐趣,人物的悲观、失望总是伴随着乐观、积极的情结。剧作家笔下的戏剧体裁界限已完全模糊不清,以悲闹剧收场的喜剧屡见不鲜。剧作家凭借内容与形式均荒诞不经的范式展示了人生无法把握的痛苦与愁闷。

---

① Синицкая А. В. Римейк. Экспериментальный словарь русской драматургии рубежа XX- XXI веков//Современная драматургия. 2012. №2. С. 208.
② Богаев О. А. Русская народная почта: 13 комедий. Екатеринбург: Журнал «Урал», 2012. С. 3 - 4.
③ 钟尹:《论荒诞派戏剧中的喜剧策略——以贝克特〈等待戈多〉为例》,《南方文坛》,2009年第2期,第114页。

1. 颠覆戏剧传统，无逻辑性的循环剧情

博加耶夫的剧本内容通常荒诞无理性，其剧本的环形结构是凭借同一个情节、反复的对话、时空的循环往复建构起来的。两幕悲喜剧《末日汤》(2000) 颠覆了传统戏剧的创作手法，"为展示世界末日的情节，剧作家采用了'荒诞剧'手法：非逻辑性、时空相对性，打破了决定论、普遍记忆与等同原则"①。

一个冬日的傍晚，50 多岁的康德拉特来到新婚的格拉莎夫妇家还钱，坐在他们家里喝茶、吃果酱，并声称自己要去北极考察。他记得有件重要的事情要做，却无论如何想不起来到底是什么。这时挂在墙上的布谷鸟时钟敲响，邻居突然想起自己该乘火车了，匆忙出门，骑上摩托飞奔而去，由于路滑，在十字路口撞上电线杆，车毁人亡。这一幕被站在窗口的新婚夫妇看在眼里。这时电话铃响起，女邻居打电话向格拉莎夫妇借食物。与此同时响起敲门声，原来是刚才匆忙下楼骑车撞死在十字路口的康德拉特。他重新敲门、道别，再次还钱，照旧喝茶、吃果酱……刚才于新婚夫妇家发生的那一幕重又上演……一遍又一遍循环往复……最后夫妇两人忍无可忍将康德拉特打死扔到窗外，结果死者变成西瓜落到一个人的脑袋上，警察前来查案，就在一切不知所终的情况下，一个自称是天使长的人出现，告诉大家，新婚夫妇家的挂钟是世界上最主要的一挂钟，是日食之前宇宙里制造的最后一挂钟，它对全人类的命运起着决定性的作用。这挂钟被歪七扭八地钉在了墙上，它导致了一切的反反复复，循环不断。大家应该向它忏悔取得其谅解，否则世界末日即将来临。格拉莎夫妇、警察、医生等人纷纷跑到挂钟下祈祷，但因挂钟里的布谷鸟此前偷偷跑出去而致人们的忏悔始终没有被接受，窗外一片世界末日的景象，人、物均在空中起舞，电线杆、楼房倾覆倒塌……

时间停止不再向前，离开地球返回了宇宙，所有的人都在重复做着同一件事情，且无停息迹象。如，格拉莎问康德拉特为什么一到周末，她就感觉眼前这些事情曾经发生过；唱片总是唱到第三个音符时开始卡壳；警察发现口袋里不断重复出现同一包烟；邻居和警察的鞋里不断出现钉子；晾衣服的绳子不断自动脱扣；康德拉特多次被撞死……正在受

---

① Кислова Л. С. Функции комического в драматургии О. Богаева // Вестник ТГПУ. 2011. Выпуск 7 (109). С. 176.

众被这种末日混乱搞得莫名其妙、人心惶惶之时,大厅里传来了叫停声,原来,这是导演与演员们在排戏。在这种不知情的状态下,受众已经与其中的人物一样感受到世界末日与宇宙无序的恐惧。剧本成功地使用了荒诞戏剧元素,将一个简单的剧情幻化成一出无逻辑、无连贯性的末世绝唱,而其中诸多不断重复的情节无疑为启示录情节。剧本的"荒诞恰如其分地表达了存在主义的'世界末日'之感,因为代之以秩序、和谐、肯定、建构与意义的是无序、拒绝、否认、摧毁和无意义"①。正如有剧评家所言:"荒诞剧的结构也仿佛是一种无序的结构。其实,荒诞剧往往追求'形式即内容'的直喻效果,在表现人类处境的荒诞性时,常常利用形式的荒诞来'直喻'内容的荒诞。"②

剧本《末日汤》与《圣经》中的"末日审判"遥相呼应。作者博加耶夫承认,他曾经读过一本《圣经》中的"末日审判",由于编者的不慎,将"审判"(суд)一词误写成"汤"(суп),于是他移花接木将错就错地把自己的剧本起名为《末日汤》。"实际上作者写的就是末日审判,只是作者理解及表达的方式比较独特。大厨(上帝)为有罪之人准备了极其残酷的惩罚——使时间循环往复并迫使大家沿着这个循环多次往返,上百次地做同一动作。其中每个人都是罪人,只不过大家都藏得很深……看似正直的康德拉特临走前与女主人调情,医生因痛恨病人而慢腾腾地出急诊,警察认为每个路过的人要么是证人要么是罪犯,却把来历不明的天使当成长官……"③ 而解决这一纷乱如麻的剧情很简单,导演叫停,末日结束。《末日汤》实际上是对一个剧本的多次彩排。长年的排练使演员们酷似所扮演的剧中人,为日常生活所累,幻想改变生活。扮演康德拉特的演员在连排期间装死,终止了剧团在舞台上的熟悉动作:导演隐身不见了,演员不得不离开喜爱的舞台,无尽的彩排停止了,就像格拉莎夫妇从容不迫的日常生活停滞了一样。"世界末日"降临了,剧院空了。不断重复的悲剧情境,剧中人对此番世界图景的被迫接受,使剧本自始至终弥漫着灾难意识。

博加耶夫不仅利用循环不断、周而复始的剧情来强化人们的灾难意

---

① Журчева О. В. Жанровые и стилистические тенденции в драматургии XX века. Самара: Изд-во СамГПУ, 2001. С. 91.

② 施旭升:《戏剧的艺术原理》,北京,北京传媒大学出版社,2006年,第368页。

③ Карпенко Н. Суповой абсурд//Забайкальский рабочий. №058. 27 марта 2006.

识与生活的荒唐无稽,甚至还诉诸人的生死轮回来强调此世的不可知与彼世的不可测,意欲进一步说明人生活在这样一个荒诞不经的世界里,根本无力抗拒悲剧命运的袭击与命定的生死轮回。一幕喜剧《轮回》(1993)的故事发生在一个冬日的傍晚,一对老人家里的电灯时灭时亮,重复不断。米沙爷爷是一名电工,他在经过认真的科学实验后发现,人在身体处于深度睡眠状态时可以延长寿命,因此除偶尔上厕所外,他十年如一日地昏睡于床上。一个女人按领养小猫的广告找到老人家里,说自己的儿子死后转生为一只小猫,随后在老人家里翻箱倒柜呼唤自己的儿子。并告诉老太太,她在一年之内失去所有亲人,自己也去过鬼门关,但那里说她还没履行完义务,又打发她回到阳间。女人试图帮助老太太实现尝试穿越死亡隧道。剧终时米沙爷爷死去,看着他脑袋上一只盘旋的苍蝇,女人说他轮回转生为一只苍蝇。最后这只苍蝇飞出窗外,正好与电视里播放的1980年奥运会现场景象相契合,奥运会结束时放飞吉祥物小熊米沙:"再见了,米沙……米沙越飞越高……"① 这只飞出窗外的苍蝇米沙与吉祥物米沙同时腾空而去,他们轮回后的命运似乎从此交给了上苍。

佛教的轮回教义认为,"一切有生命的东西,如果没有体证到不生不灭的涅槃境界,或者不往生到佛国净土继续修行,就永远在'六道'(天、人、阿修罗、畜生、饿鬼、地狱)中生死相续,无有止息"②。简而言之,佛教认为有情的生命是依缘而起并且处于经常不息的演变之中。博加耶夫利用佛教的轮回之道,一方面刻画了一位因失去亲人而倍感孤独最终神经错乱的女人的悲凉生活;另一方面,借用宣扬人永远处于生死循环、人的灵魂可以转世托生的轮回之道来安慰失去亲人的母亲。一出轮回剧道出了说不尽的爱与孤独的主题。

如果说《末日汤》与《轮回》以其结构循环、剧情怪诞的戏剧张力颠覆了戏剧传统的话,那么两幕剧《玛利娅战场》(2005)则以其荒诞怪异的剧情、滑稽搞笑的历史人物构成了戏剧悖论。剧本讲述的是三位百岁老人到车站迎接从前线归来的丈夫的故事。戏剧一开场百岁老人玛利娅即将离世,因已故丈夫托梦,她与两位女友——三位百岁老人套上

---

① Богаев О. А. Русская народная почта: 13 комедий. Екатеринбург: Журнал «Урал», 2012. С. 44.

② 《轮回》: http://baike.baidu.com/subview/28508/6223419.htm? fr = aladdin

牛车，带着丈夫的照片与阵亡通知书踏上去车站这一"遥远的"征程。路上，三位老人回忆起她们当年送丈夫上前线的情景，想起他们以前的恩怨情仇。三位老人路上遭遇狼群的包围、希特勒的火烧、斯大林的迫害等，但每一次都能虎口脱险化险为夷。就在她们即将赶到车站之时，两位女友不幸离世，最终赶到车站的只有玛利娅一人，死神因玛利娅善于苦苦等待又奖励她一百年的寿命，玛利娅一人迎风等在站台上。

这出悖论戏对经验丰富的受众来说已经不算是什么考验，显然不是现实戏剧。首先是剧情的荒诞。战争已经结束半个多世纪了，战死疆场的斗士突然起死回生，而三位老太太竟对此坚信不疑；其次是民间口头的创作手法。剧中那头牛无疑成为汇聚万千法力于一身的保护神，此外，树妖、松鼠、蘑菇、女儿泉等形象也富有童话叙事色彩；最后是历史人物的颠覆式刻画。希特勒、斯大林、朱可夫等历史人物举止怪诞滑稽可笑，解构了人们头脑中的历史人物形象。这样一出无论剧情还是剧中人均弥漫着荒诞戏剧元素的话剧一经公演，结论基本是一边倒。"根据所发事件判断，丈夫即将归来，险象环生的旅行可能都是玛利娅临终前的幻觉。"① 无论是玛利娅的幻觉，还是作者的同情意念，看得出，这是一部温情戏：岁月流逝，但永不消逝的是人们对真情的执著与眷恋——"记忆在，人就在。"② 尤其是剧终，当死神悄然降临，带走了一同前行的两位女伴后，它提醒玛利娅说，其丈夫经历了土耳其战争、日本、芬兰、国内战争、第一、第二次世界大战，玛利娅每一次都请求死神放过她，因为她需要迎接从战场归来的丈夫。玛利娅的忠贞和坚守感动了死神。荒诞中流露出的是温馨美好的情怀及"象征着忠诚不渝的俄罗斯女性形象"③，尤其是"那种期待丈夫的心情与希望甚至让死神都望而却步"④。

博加耶夫善于将历史或经典人物引进剧本对剧情的发展指手画脚，这无疑说明其剧情及故事的荒诞不经，同时也抒发了剧作家借古喻今的愿望。一幕普通故事《斯坦尼斯拉夫斯基的樱桃地狱》（2010，以下简称《樱桃地狱》）标题就会引起受众的无限遐想。21 世纪的俄罗斯戏剧

---

① Заславский Г. Сказка о смерти//Независимая газета. Приложения. 2006 – 05 – 12.

② Зайонц М. Они возвращаются//Итоги. 15 мая 2006，№ 20. С. 76.

③ Жартун С. Народная трагедия //Восточно-Сибирская правда. 08 февраля 2011，№ 13. С. 7.

④ Терещенко М. Объявлены лауреаты конкурса "Действующие лица"//Газета，03 ноября 2005，№ 209. С. 31.

对契诃夫的经典剧作乃至剧本标题进行了竭尽想象力的改写、加工，"樱桃地狱"便是其中之一。俄语"花园"（сад）一词去掉第一个字母就变成了"地狱"（ад），所以"樱桃园"轻而易举地毁灭成"樱桃地狱"。读完剧本丝毫不会怀疑该故事正发生在地狱之中。

一家剧院的全体员工给政府写了一封公开信，历数导演的种种不端行为，演员的丈夫甚至用刀子捅了导演。一个演员说，他在剧院这些年，已经吃了12位各类导演的肉，并让服务员端来盘子刀叉，让大家随时准备活吃这位导演。剧院经理通知说美国邀请他们正在排练的《樱桃园》去纽约演出。导演带伤排演英文版的樱桃园。其画家朋友出现，告知美国邀请的是另一家剧院，并趁演员去找经理之际劝导演赶快逃跑，因为其他剧院的演员也正在活吃导演。同时向导演透露，另一家剧院为争取到纽约公演的机会，明天就开始彩排，且为此从彼世请到了契诃夫并为他付了路费。导演没有及时离开被演员杀死。警察介入，演员抱怨导演是"恶魔、刚愎自用、人渣、暴君……他不仅毁了演员的生活，而且毁了剧院"①。复活后的导演抱怨自己走遍了俄罗斯剧院，导演了一辈子，盲从演员与经理的意见，饱尝妥协的滋味，却落了个将被吃掉的下场。剧终时，文化局长等一行人走进剧院，"恐龙"面孔的新导演声称要编排名为《樱桃地狱》的话剧，前导演的合同被终止，任他跪地求情也没人理睬。剧终时导演被打死在舞台上。

在一座如地狱般荒诞的剧院里什么情况都可能发生，这或许在某种程度上暴露了演员与导演的真实面目。他们几乎同时抱怨，如今"严肃且深刻的心理剧被代之以粗制滥造的作品或私人剧作"②，"多年来一直服务于人类情感圣殿的俄罗斯剧院变成毫无廉耻时代的荒野墓地"③，现在俄罗斯剧院里所发生的一切无疑是"一场文化灾难"④。剧情中，当演员对导演进行声讨时，斯坦尼斯拉夫斯基、契诃夫与导演的守护天使并非冷眼旁观，契诃夫让被杀死的导演三次复活。斯坦尼斯拉夫斯基却认为，契诃夫不应该对导演抱有任何幻想，是俄罗斯的整个体制在操纵剧

---

① Богаев О. А. Русская народная почта：13 комедий. Екатеринбург：Журнал 《Урал》，2012. С. 752.

② Там же. С. 721.

③ Там же.

④ Там же. С. 722.

院，契诃夫根本改变不了什么。得知自己无法左右剧院的命运，斯坦尼斯拉夫斯基、契诃夫、守护天使剧终时无奈飞离人间。似乎是旁观者的一句话惊醒了梦中人，仿佛这一切过错不在导演与演员，而是体制的弊端，主管文化部门的无端干涉与随意介入，导致了今天剧院的荒凉与荒诞。显然，作为剧作家的博加耶夫在为戏剧业内的不公正现象传递声音。

2. 以象征、暗喻手法表达主题

博加耶夫的一个剧本常常就是一个完整的象征或隐喻形象。一只"死耳朵"（《死耳朵》，1995）是一个无用的摆设，是充耳不闻、冷漠的象征，而其中复活的经典作家则暗示了当今世界不读书的悲哀；《玛利娅战场》是一场不见硝烟的记忆战，善于苦苦等待的俄罗斯女性形象化身为至死不渝的忠诚；《樱桃地狱》勾勒出饱受体制干预而无创作自由的人间地狱图景，是人性、尊严可以被任意压抑、束缚、践踏的象征；《橡胶王子》（2002）和《33个幸福》（2004）中的小金鱼则是幸福的代名词；《下行路》（2008）中折翼的天使与不停下行的路无疑暗指日渐消逝的良知与堕落的道德。

人的生存状态及幸福感受是博加耶夫剧本的一大主题，其剧本善于刻画人在日常生活及追求幸福过程中的苍凉感受，剧作家笔下的幸福生活通常与贫富无关。两幕喜剧《橡胶王子》的开场舞台说明词所营造的戏剧环境毫无悬念地说明豪华的生活只是表象，浮华的背后暗藏无尽的辛酸。商业成功女士维拉渴望爱情，却难遇知音。50岁生日时，有人送来一个充气的王子——橡胶男人。不久这位橡胶王子复活成普通男人并向维拉表达爱意。他与维拉唱歌跳舞，推心置腹地交谈，陪伴她度过无数个孤独的夜晚。从美国回来的维拉女友劝她找个真正的男人。一位从眼睛颜色到职业、性格均符合维拉要求的应招男士出现了，但他的庸俗引起维拉的厌恶。就在维拉与橡胶王子重归于好之际，维拉任远洋船长的丈夫归来，维拉决定与聚少离多的丈夫离婚。与橡胶男人定亲之后，维拉准备庆祝自己彻底摆脱失眠的困扰，特邀心理医生前来家里庆贺，医生却把维拉唤醒。原来维拉与橡胶王子之间的故事不过是一场梦。博加耶夫的惯用手法——婉转曲折的奢侈剧情不过是主人公的一场黄粱梦。

对维拉来说最安全可靠的男人只能是橡胶王子，因为"有生命的"男人不是觊觎其钱财就是追求个人享乐，而维拉需要的是真诚的爱情，但对一个50岁的女人来说获取这一看似简单普通的情感却远难于商场上

的纵横驰骋。剧本中的橡胶王子无疑是幸福的化身,但他只不过是维拉黄粱美梦中的一个记号,似水中月镜中花。文评家利巴维茨基(М. Липовецкий)曾指出博加耶夫戏剧中的超自然主义(гипернатурализм)倾向,并强调困扰其主人公的"与其说是压抑的生存状况"①,不如说是对所发生的一切难以承受。博加耶夫的主人公由蓦然回首而产生的惊慌失措感决定了其行为的非逻辑性、偶然性及决定的自发性:"人物不了解自己,不了解他们为什么会处于这一境地,他们不明白自我存在的逻辑,甚至不明白他们如何能在这个环境中生活一辈子。"② 但这些人物又不会有意识地证明自己的个体存在,他们对这种身份认同的危机更多的是通过潜意识感觉出来,而非努力去克服它们,所以这些人物的存在总是在某种程度上充满了戏剧性。

这种依靠惯性生活不敢奢望太多幸福却莫名其妙地堕入痛苦深渊的凄凉感也表现在两幕喜剧《33个幸福》里。新年夜里,孤身一人的老太婆在准备年夜饭时,正在收拾的一条小鱼突然说起话来,求她放过它,它可以满足老太太的任何愿望。老人要求一个意外的惊喜,结果一回头,发现半年前死去的老伴儿站在身边。一对老人在小鱼的帮助下,完成了夙愿,实现了对幸福生活的尝试:一对老人变成了苏联时期的年轻人;妻子成为当红演员到美国好莱坞发展;丈夫成为科学家,获得诺贝尔奖;有了儿子,后来儿子阵亡。在这一幕幕被重新安排好的命运里,他们所体验的酸甜苦辣并不比当下的生活少。剧终时,按自己意愿重新活一回的老太太感觉,这些奢华的经历毫无特别意义,现实生活才是最真实的,爱情与忠贞才更重要。剧终时老伴儿回到天堂,老太太追随而去。

《33个幸福》是一出普希金小金鱼的当代版故事。剧本立足于幻梦破碎的后苏联时期俄罗斯人的心理,回放了苏联各时期人们的精神、物质文化生活状态,其中苏联时代年轻人的乐观与激情最令人怀念,"那种坚信光明未来、不畏困难的信念支撑着人们生活劳动"③。那时生活中最重要的是真诚,人们凭良心生活工作。经历过那个时代的老太太提出的

---

① Липовецкий М. Н. Театр насилия в обществе спектакля: философские фарсы Владимира и Олега Пресняковых//Новое литературное обозрение. 2005. № 73 (3). С. 250.

② Там же.

③ Мироненко Е., Чалых Н. "33 счастья" в профессии актера//Бурятия, № 212. 14 ноября 2008.

要求也不像普希金小金鱼故事中的老太太那般虚荣刁钻，而只是渴望总统退休金、青春、智慧、美貌、被认可等这些她该享有的幸福。当剧终老人魂归天堂时，"明显的喜剧突然转为悲剧……凄凉的爱情、孤独、怀旧主题"① 划过夜空，不留痕迹，一出"关于贫穷老人的悲惨命运，他们只富有回忆，其幸福只在梦里或在彼世"② 的荒诞戏凄凉落幕。这一荒诞剧情告诫人们，生活之河按其既定方向流淌，不可能按人的意愿改变航道，人不可能逆袭生活。"神奇的小金鱼可以带来无限的惊喜，但它不能保证人会幸福。人应该独立走向自己的理想。"③

幸福看来无需设计，仿佛努力朝自己既定目标迈进即可，但在多数时刻当人与幸福仅咫尺之遥时，却失之交臂，概因荒诞、无逻辑、无定性的生活规律无从掌握，更可能因为你的道德良知没有始终在位，没有尽其所能。《下行路》（2008）中发生的荒诞离奇故事或许对沉睡的良知会有唤醒、启示作用。雨天，夜里，郊外公路上，一个人被驶过的十几辆车碾轧。这些驾车之人职业身份各不相同——情夫与情妇、在逃犯、警察、议员与保镖、新郎与新娘、丈夫与妻子、殡葬工作人员、神父、女人与代孕妇、司机与发货人、盲人夫妇、医生与护士、导演与作曲家、一对老年夫妇。轧过人、车停下来之后，包括在逃犯在内的所有人第一反应是应该救助，但在后来如何处置死者的争论中"理智"占了上风，每一拒绝救助的理由看起来都合理而客观，结果是那个被轧过的人直至剧终仍躺在原地。剧情简单，但悬念陡起，为什么那个躺在马路上的人会经得起反复碾压？剧终时魔鬼与上帝同时现身，原来这是二者设下的赌局。上帝因不能苟同魔鬼所认为的人性经过两千多年的洗礼至今不见改变之言，便借用天使作为道具，让他躺在雨天的公路上，在漆黑的夜里对过往行人进行道德检验。结果人性让上帝极其失望，上帝再一次输给魔鬼。剧终时魔鬼的一席话为堕落的道德良知画上了暂时的句号："我认为，我们该就此了结这场喜剧了。（看着天使）我个人觉得很有意思。至于您，您又输了……谁也没救您的天使。我是正确的！人就是一个无

---

① Павленко С. Жили-были старик со старухой. . . //Краснодарский рабочий. №135. 23 июля 2004.

② Рябова Е., Налимов Е. Рыбка-не золотая, унитаз-не море //Алтайская правда. №084. 30 марта 2006.

③ Мироненко Е., Чалых Н. "33 счастья" в профессии актера //Бурятия, № 212. 14 ноября 2008.

聊的游戏。尽管……两千年前这条路上也没人停下来。而您说，人是多么的可爱、天真！他们急急忙忙地奔赴某地……而就在这条路的转弯处，等待着他们的是意想不到的结局。（向黑暗中望去）他们甚至不知道，那里是深渊、悬崖。如果掉下去，那么将永远坠落，而且不会停止！让我们一起到下面去看看，可以好好地看清这些堕落的灵魂……"①

《下行路》中从时间"黑夜"到地点"路"、到剧中人的选择上无一不具有象征意味。"黑夜"不言自明，人行动在一个不为他人所知的黑暗时空里，见证人只有自己（还有上帝），此时的选择起主导作用的是良知道德。"路"是俄罗斯文学的永恒主题，在一个通向未知之途的征程上会遭遇诸多变数，但选择最终决定命运。"路"的主题决定了博加耶夫剧本的情节及时空的动态性，这一空间使剧中人处于不断运动之中，他本来有很多选择，却偏偏选择了下行路——深渊之路、地狱之路。在剧中人的选择上，由情人到结婚50多年的老人既有代表性也有象征性，这些人都是典型的当代俄罗斯人。而最后出场的那一对糊里糊涂的老年夫妇则象征了俄罗斯传统的睿智老人，因为天使唯一想与之交谈的人就是这位老太太，他想告诉她某件特别重要的事，却说不出来。"剧本中于是产生了聋哑主题：人物彼此听不见对方的声音，彼此无力告知对方重要事情，警告对方有危险，也就是说，等待他们的将是永远的谜。"② 剧中用来试验的道具——折翼的天使酷似无家可归的流浪之人，其存在状态便是灵魂堕落、精神流离失所者的最后归宿。

《下行路》是一部关于世界末日威胁的剧本，与博加耶夫的其他剧本一样，由于传统文化价值观的颠覆，全新的价值观替代传统道德标准，从而使日常存在变得失去逻辑、毫无意义、荒诞滑稽，这出象征剧尤其彰显了俄罗斯社会及俄罗斯人的灾难意识。

3. 喜剧—闹剧—悲剧的剧情发展模式

博加耶夫常把自己的剧作冠以喜剧体裁，乍读之下也确实给人以夸张、诙谐、幽默、滑稽之感，但喜剧渗透了荒诞的幽默、荒诞的笑话。

博加耶夫2002年获"欧亚"剧作家奖的两幕喜剧《骑自行车者的

---

① ［俄］奥·博加耶夫：《下行路》，王丽丹译，《译林》，2013年第3期，第68页。
② Кислова Л. С. Функции комического в драматургии О. Богаева // Вестник ТГПУ. 2011. Выпуск 7 (109). С. 178.

秘密组织》（以下简称《秘密组织》）弥漫着"细腻的幽默"①，从头至尾充满了荒诞滑稽元素，可以说是一出彻头彻尾的闹剧。这出喜、闹剧剧情的荒诞性更加泛化——包括姥爷、姥姥、父亲、母亲、女儿在内的全家人都怀孕了，怀孕的对象分别为：13岁女儿与网络，姥姥与列宁、斯大林，姥爷与雪人，父亲与巴西足球联队的11名球员，妈妈与某国总理。他们皆因梦境受孕，而且均生出怪胎——"全家坐在电视机前，父亲摇晃着装在车里的小球，母亲给中国小象唱摇篮曲，姥爷给皮毛帽子喂奶，姥姥给两位领袖的半身塑像唱催眠曲，女儿摇晃着真正的小宝宝。"② 对于这具有"流行病特点的怀孕"③，学者给出的解释是"梦本身没有生育器官，梦只能通过电视交流的手段孕育人类。……电视从身体上控制观众，而性器官的功能是由电视机来完成的。……观众受精是利用磁场辐射通过大脑实现的"④。这一套骇人听闻的说辞实在是过于荒唐，过于后现代，而且生出怪胎这一现象已非简单的荒诞，它足以令人吃惊，更加令人震撼的是剧终时电视节目主持人的一番话："现在责备我们电视无足轻重的批评家都会闭嘴的。从今天开始电视将解决国家问题。"⑤ 即电视使人受孕可以解决俄罗斯国家的人口负增长问题。荒诞剧中一切都令人难以捉摸，我们不反对有剧评家所说的这出闹剧皆"因现实生活中爱的缺失"⑥所致，但我们更倾向于，荒诞手法常用来讽刺性地揭露控制世界或大众的某种意识形态。《秘密组织》中，女儿不务正业常年挂在互联网上；姥姥经历过苏联的风霜雨雪，对列宁、斯大林创造的神话依然怀旧；姥爷一生搜集雪人信息、痴迷雪人现象；球迷父亲酷爱巴西队；母亲对某国领导人心生佩服似乎也合乎情理。如此看来，这场荒诞剧无非是对控制人的意识形态的一种暗讽，即所谓"日有所思夜有所梦"。而其中的主要诱因是电视，它抢占了家人互相沟通交流的时间，使一家人同住一个屋檐下却形同陌路，长此以往各自内心生发出只有自己才明白的荒诞意识。一出荒诞剧勾勒出一种非正常状态下长期主

---

① Заславкий Гр. Радикальный жест//НГ. №104. 26 мая 2004. С. 7.
② Богаев О. А. Русская народная почта: 13 комедий. Екатеринбург: Журнал 《Урал》, 2012. С. 540.
③ Заславкий Гр. На полпути между жизнью и сценой//Октябрь. 2004. №7. С. 176.
④ См. ②, С. 540–541.
⑤ Там же. С. 541.
⑥ Герасимов А. Крики демиургов//Культура. №29. 29 июля 2004. С. 9.

导人们意识形态的荒诞结局及可怕后果。

但博加耶夫"快乐的喜剧总是变成闹剧,继而悲剧"①,这一急转直下的变化过程给人以荒唐荒诞之感,接踵而至的是惊慌失措的黑色幽默。一幕喜剧《轮回》与独幕剧《俄罗斯人民邮政》(1996)上演了典型的喜剧—闹剧—悲剧的剧情发展模式。

《轮回》一开场老太太房间里的电灯时闪时灭,担心灯泡掉下来,她把平底锅扣在脑袋上。有人按他家的门铃却被电倒了,老太太以为敲门的女人是强盗,趁她昏厥之际,脱下她的风衣、摘下胸花和手表给自己戴上,照镜子欣赏。女人醒来后要向老太太买一只右耳朵带花斑的小猫,随即开始在老太太家里翻找这只小猫。柜子后面的米沙爷爷一直酣睡,而且梦中不停地说梦话,他的床头上挂着:"安静!正在进行通电睡眠疗法!"这里显然是一出喜剧开头。但随着剧情的展开,闹剧的成分不断增加。当女人听说老太太把所有的小猫都淹死了,便拿起厨房里的刀追杀老太太,戴防毒面具的老太太吓倒了女人。来找小猫的年轻女人原来是寻找儿子的,说是儿子死后转生为一只右耳朵带花斑的小猫,并声称她自己也曾去冥世走了一遭。女人应老太太的请求,为其蒙上双眼,让她亲身体验通过死亡隧道的感觉。剧情发展到这里,受众一定以为在看一场滑稽的闹剧,但临近剧终时发现,年轻女人是一位因失去亲人精神受刺激的病人,死去的米沙爷爷按女人的说法转世托生为一只苍蝇。这样一出以喜剧开端,伴随着贯穿整个剧情的离奇诡异的灯光效果,逐渐演变为闹剧最后以悲剧收场的剧本,似乎说明,人生就是一场以喜剧开场、穿插着闹剧、最终以悲剧收场的宿命。

与荒诞神秘的《轮回》这部"黑色喜剧的忧伤主题"② 相同,独幕剧《俄罗斯人民邮政》毫无悬念地重复了这一戏剧模式——由喜剧转为闹剧到悲剧收场。剧中人伊万·朱可夫老人在老伴儿与老朋友们相继去世后,每天只做两件事:醒着的时候给不同的人写信;睡觉的时候梦见不同的穿越时空的历史人物。剧终时,当隔壁邻居家响起新年钟声、欢呼声与祝福声时,屋门被风吹开,将老人的信件吹落了一地,而躺在床上的老人已奄奄一息。这出独幕剧又叫"孤寡退休老人的哈哈屋"。

---

① Кислова Л. С. Функции комического в драматургии О. Богаева // Вестник ТГПУ. 2011. Выпуск 7 (109). C. 175.

② Кравченко А. На орбите Коляды // НГ. Ex libris. 2007. № 9. 15 марта. C. 11.

1998 年，当导演金卡斯（Гинкас）把《俄罗斯人民邮政》搬到莫斯科 TABAKERKA 剧院舞台上时，使用了象征性舞台布景：整个舞台做成了一个被铁皮包围的房间——人的一生仅限于铁皮屋四墙之内，当它吱吱呀呀响着，然后慢慢地关闭之后——生命也就停止了。① 导演生动直观地展示了人生的荒诞、凄凉与孤独，与剧作家博加耶夫的黑色幽默如出一辙，极具动态性、反讽性地刻画了一位被上帝遗忘了的老人孤苦伶仃的晚年生活。

《轮回》与《俄罗斯人民邮政》中不仅回旋着爱与孤独主题，也闪烁着荒诞剧的荒诞与死亡主题。这一主题同样贯穿于两幕喜剧《谁杀害了丹特士?》（1999）中，但该剧中的荒诞与死亡主题表现得更为深邃，耐人琢磨。它在某种程度上触及俄罗斯的思想问题，具有历史与民族意义。

俄国诗人普希金的同名后代——50 多岁的亚·谢·普希金，现芝加哥大学语文学教授，经长期寻找之后，终于在巴黎找到了丹特士的后代乔治·丹特士，并向他提出决斗。普希金同时从俄罗斯叫来一个电影摄制组，意欲录下他与丹特士的决斗，这是他私人订制的纪实影片的结尾。实际上这场决斗却是普希金预谋好的自杀，他不想自己动手，想借杀害其前辈的凶手丹特士的后代之手了断。丹特士在规定的决斗时间过了两周后才来，而且神情恍惚。普希金留下照顾生病的丹特士，最后两人决定移居俄罗斯。在二人决定去俄罗斯的当天，丹特士却与普希金双双开枪自杀，使剧情发展达到高潮。这是一出普希金、丹特士历史故事的延续，剧本似乎力求表现化干戈为玉帛、团结和谐的主题，为此剧中荒诞悖论元素无处不在。

首先，故事发生的地点很荒唐，荒诞成分在一开场的舞台说明词里就显现出来。1 月（普希金与丹特士的决斗也是在 1 月）的巴黎，但这阴冷的巴黎非我们想象中的繁华都市，一幢破旧的多层楼房里，"宽阔的大理石楼梯的台阶已经破损，电梯早就停在二三楼层之间"②，"肮脏的楼梯"，一推即倒的房门，"光秃秃的墙面"，镶着碎玻璃的窗框，破损

---

① Денис Сергеев. Иван Савельев. Путешествие на краю. Режиссёр А. Калинин. Олег Богаев. Русская народная почта. Режиссёр Кама Гникас // Знамя, № 4, 1999. С. 236.

② 文本пьесы《Кто убил Дантеса?》цитируется по：http：//bogaev.narod.ru/doc/dantes.htm；文中出现的该剧本内容均引自该网站。

腐烂的地板，缺少琴盖琴键的破损钢琴，空荡荡、走起来响着回音的房间与外面巴黎街道的繁华形成巨大的反差。"宽大的窗户上浮动着汽车的灯光，回响着傍晚城市的喧哗。楼下的林荫道活跃起来——街灯亮了，街头艺人拉起了手风琴。人声喧哗。房间里漆黑一片。"简直难以想象丹特士的后人会住在这样衰败的环境里，其落魄的境地与其前辈的高傲形成强烈的反差。

其次，剧本中丹特士的形象与普希金的形象相比更是荒诞不经。剧本中的普希金是一个典型的俄罗斯新贵，身着"讲究的大衣，上好的布料"，戴着"金边眼镜"，"脖子上的围巾故意漫不经心地系着"，手杖、锃亮的皮鞋，每次出场都换一顶新帽子，不时拿出钱包点钱，要么给导演，要么给丹特士。这一形象首先与其前辈诗人普希金形成鲜明的对比：19世纪初那个以诗为生的普希金总是财政紧张、债务缠身，而博加耶夫笔下的普希金出手阔绰，不喜欢讨价还价。剧本中的丹特士则完全相反，使用"那种只有夏季咖啡馆里才能见得到的一条腿的桌子"，"摇晃的吊床"，"脏兮兮的毛巾、脸盆、肥皂盒"，"周围堆满了装着烟头的瘪啤酒罐"，"穿着一件抻得长长的毛衣，胳膊肘上破了洞，滑稽的短腿裤子上膝盖处鼓着包，口袋下垂，脚上的破皮鞋拴着铁丝代替鞋带"。从丹特士的着装描写看得出，作者善于使用荒诞的手法来刻画一个穷困潦倒之人，其娴熟程度无异于描绘身边一个俄罗斯边缘人那样信手拈来。从普希金与丹特士这幅鲜明的形象对比描写可以判断出，"作者有意给二人调换服装，调换二者的舞台角色，混淆唱词，颠倒黑白"①。这种角色的替换显然具有荒诞性，但剧作家不惮于将这种荒诞进行到底，在对人物形象进行深层次的刻画上，他把俄罗斯文化成分与西方人的精神特征分别植入丹特士与普希金身上。丹特士在决斗前烙俄罗斯薄饼，平日喜欢讨论"永恒的真理问题"，当丹特士断定"死亡是一种幸福""一切都是谎言""生活就是生活"时，普希金讽刺他为"不可知论者"，"柏拉图"。至于说到"新贵"普希金，他"脸上总是挂着讽刺的微笑"，作为一个诗人他却朗诵不出自己的诗歌："诗歌是我的爱好。……我们这个时代谁能单靠诗歌生活？……我的工作极其平淡无味。"他极其悲观厌世，对"内心的幸福""寻求真理"等哲理问题早已不感兴趣，他"关心的是具体

---

① Богданова О. В. Миф "Пушкин"：пьеса Олега Богаева «Кто убил мсье Дантеса »// Пьеса Олега Богаева "Кто убил мсье Дантеса". -СПб. 2008. С. 68.

事实，而非内心情感的流露……"而且"早已没什么会惊动"他了。此外，俄罗斯人认为是正面人物的普希金，第一场一出现就用"见鬼"这个字眼，后来他的招牌话里总有感叹词"见鬼"。甚至在第二、三、七、九场戏中，就以"哦，见鬼"开场。显然，传统上关于普希金和丹特士的概念在博加耶夫的剧本中完全被颠覆，被歪曲。"其人物充满了矛盾及相互排斥的特点，但对其思考则具有哲理性。"① 这种对人物形象进行解构的结果使主人公只继承了原型一些形式上的特点，如姓名、职业等②，而非深层次上的精神特质。

第三是故事结局的荒诞。剧终时，正当受众感觉这出戏，无论是剧情、人物都太过荒唐、太过荒诞之时，突然真正的美国芝加哥大学普希金教授戴着手铐现身，他被监禁两年，两年之间写出哲理小说《等待椅子》（对比荒诞剧尤奈斯库的《椅子》和贝克特的《等待戈多》）。原来那个自杀的普希金是个"狡诈的骗子"，冒名顶替普希金教授到处行骗，跻身欧洲知识界，攒足了钱财，甚至写诗，还被推举获文学奖，最后在巴黎找到丹特士。而那个真正的丹特士是精神病院的患者，患家族遗传病——迫害狂症。剧情发展至此，我们可以破解那么多的为什么了：为什么丹特士动辄哭泣，为什么他认为白菜长在树上，为什么他根本没把决斗当回事儿，认为"决斗总是像演马戏"；为什么酷似俄罗斯新贵的普希金不停地说"见鬼"，身上有纹身，把俄罗斯说得如此糟糕，这个骗子还多愁善感，经常写诗，在丹特士生病期间照顾他，给他读诗，对丹特士说："我有一种我们认识二百年的感觉。"决定去俄罗斯后，他告诉丹特士说，要在三山市（普希金故乡）买两栋房子，一栋住着普希金与灵感，一栋住着丹特士与俄罗斯薄饼、淹白菜。他们冬天可以穿着毡靴踏雪到对方家里做客，等等——一个酷似知识分子型的骗子。就是这样一个冒名顶替的骗子，突然间感觉生活失去了意义，打算了结自己的一生，想出一个似乎伟大且高尚的死法：找到诗人仇人的后代，以决斗了却残生，也不枉冒充诗人后人一遭。相信至此这出荒诞剧不仅全方位调动了受众的神经，而且将博加耶夫的荒诞美学手法用到极致，酷似

---

① Богданова О. В. Миф "Пушкин"：пьеса Олега Богаева «Кто убил мсье Дантеса »//Пьеса Олега Богаева "Кто убил мсье Дантеса". -СПб. 2008. С. 68.

② Шлейникова Е. Е. Поэтика драмы абсурда в пьесе Олега Богаева «Кто убил мсье Дантеса »// Современная русская литература на грани веков. -СПб. 2006. С. 106.

解决历史遗留问题的决斗主题最后以双方自杀告终,其中埋伏的神秘因素似乎已经解决,各种悬念也仿佛有了结果。不过剧本的标题如何解释呢?究竟是谁杀害了丹特士呢?

　　表面看似很简单,丹特士自杀而死,那作者又何必有此一问呢?剧本中有个一闪而过的剧中人——"谁(Кто)",普希金(骗子)似乎确实看见了这个人,但我们分明感觉这是个不在场的人物,他完全可能存在于丹特士的意识中,即"谁"是丹特士的同貌人,是具有清醒意识的丹特士。剧终时,丹特士在与"谁"对话后开枪自杀。此番剧情发展使我们可以理解为,清醒状态下的丹特士在普希金决斗的召唤下,意识到自己背负着祖先的罪过,但又无力去挽回或改写什么,在难以赎前人之罪的状态下,唯有自杀方能解脱。因此可以说,剧本的标题《谁杀害了丹特士?》具有双重含义:一是向受众提问,让受众猜想,究竟是谁杀害了丹特士;二是以质疑方式提供谜底,或许是剧本中的"谁"杀害了丹特士,即清醒状态下的丹特士采取自杀行为。

　　读罢剧本,不能不惊叹博加耶夫的丰富想象力。剧作家甚至将荒诞元素渗透于哲理问题的探讨上,让这两位异常之人时刻不忘讨论"无尽的路"的问题,俄罗斯要沿着什么样的路走向何方,这只有哲学家或政治学家或社会学家才会讨论的问题,竟无时无刻不在折磨他们二人。告别时,当丹特士问普希金"俄罗斯思想怎么办"时,后者的回答是"还有什么俄罗斯思想"。这句答话仿佛是对摄影组看见的那个升腾起来后又熄灭了的巨大火球所做的注解——一个升腾起来的希望瞬间熄灭了。人生、社会、国家如果没有了希望,死亡是唯一出路。

　　至此,受众发现,剧作家的喜剧已非传统意义上令人捧腹、开怀大笑的喜剧,其剧本几乎无一例外地具有黑色幽默的特点,那些直逼内心深处的忧伤,使你无论如何也笑不出来,即使笑也是"含泪的笑"。如果生存荒诞达到想象不到或克服不了的地步时,你的选择只有孤独抑或死亡。

　　如果说上述几部喜剧转承线路比较清晰,目的在于以喜剧、闹剧、悲剧过程展示存在的荒诞的话,那么两幕喜剧《长城》(1996)则如同《樱桃地狱》一般揭示了戏剧业内的荒诞与悖论。一家开在地下室的"窗口"小剧院举步维艰,常年演出一场关于总统与部长开会讨论如何让国家摆脱危机走出低谷的话剧,台词荒唐可笑:"国家跌入深渊,很

深，我们飞下去4个小时了，还没有撞到中午……""国家处于失控状态……吃人的比率在增长……在最近的 2 小时 30 分钟内列宁小区吃掉了十月小区……"最后导演出现，认为国家的主要问题在于百姓没有文化，需要建剧院。常有怪人出钱让"窗口"剧院按他们的思路演出。丈夫出钱让一个男演员裸体为自己的妻子演专场；黑帮老大拨款让剧院上演一出黑帮之间的爱恨情仇；杜马议员让剧院为其盲女举办一场舞会；一位胖阿姨跳芭蕾，导演与演员违心捧场，目的是得到她的赏钱……尽管这些专场演出低俗滑稽，以侮辱演员尊严为底线，但导演都毫不含糊地同意接受，因为剧组常因欠费被赶出地下室，接受自轻自贱的演出方式起码可以维持剧院继续生存下去。在多次被勒令关闭后，演员走人，导演离开，剧院彻底关门。

在这出喜剧中，不仅剧院的场上演出过于滑稽，场外活动同样荒唐。警察经常光临，当然不是看戏，而是每次都重复同样的话驱赶他们，两个工人把椅子搬出去，然后两个工人进来安装坐便，剧场就成了车站的临时公厕。所以这里实际上是剧院与公厕交替使用的平台。其间，还发现剧院里有炸弹。剧终时官员与警察同时出现，宣称因剧院逃税，他们将以法律的名义逮捕导演与演员。《长城》中的导演是他们那一届导演班里唯一继续从事戏剧创作的人，本想建立自己的剧院，"但俄罗斯人民不愿意看剧，没人看剧"，大家只好改行。一出辛酸的剧中剧。戏剧行业的艰难、维持的不易使导演与演员不断重新面临择业。政府非但不关心扶持文化事业，反而以逃税为由只想扼杀弱不禁风的文化团体。知识分子坚守专业、实现理想的悲伤与凄凉通过一个文化"窗口"淋漓尽致地显示出来。

博加耶夫的荒诞剧"打破传统文化的优先权，以全新的定理替代道德标准，建构绝对反逻辑的、无意义的、荒诞的文化层"①。其剧本不仅勾勒出剧中人世界末日心理意识，而且展示了人在世界上的绝对孤独。通常，"荒诞剧就是有意打破一些传统的戏剧常规，既无扣人心弦的戏剧冲突，又无情节结构；有意让剧中人物说一些莫名其妙的对白和做一些无聊的动作，以'破碎的舞台形象'表现人生'形而上的痛苦'，试图

---

① Кислова Л. С. Функции комического в драматургии О. Богаева // Вестник ТГПУ. 2011. Выпуск 7（109）. С. 176.

将内在的难以言状的世界在舞台上以怪诞、抽象的方式加以外化"[1]。博加耶夫在此基础上,喜欢诉诸无逻辑、无连贯性的循环剧情,用象征、暗喻的手法表达主题,而且以假喜剧形式来表达严肃的悲剧内容。有剧评家将其反映道德价值的堕落与世界被毁的戏剧称为"异化戏剧"[2]。剧作家只求以"异化"戏剧成分及美学手法来唤醒人们沉睡的良知,以积极的心态来应对生存的荒诞。博加耶夫剧本中的喜剧及闹剧成分具有特殊的正能量,其剧本中的"笑"不仅营造了游戏的狂欢化氛围,也是一种情感发泄的手段。

---

[1] 施旭升:《戏剧的艺术原理》,北京,中国传媒大学出版社,2006年,第369—370页。

[2] Четина Е. «Новая драма» 2000 - х годов: проблемы и стратегии развития//Новейшая драма рубежа XX-XXI вв.: проблема конфликта: мат-лы науч. -практ. семинара, 12 – 13 апреля 2008 г., Тольятти / сост. и отв. ред. Т. В. Журчева; Федеральное агентство по образованию. Самара: Универс групп, 2009. C. 87.

第五章 当代俄罗斯纪实戏剧

第一节 俄罗斯纪实戏剧发展历程

纪实戏剧，也称文献剧，早在德国戏剧家布莱希特（1898—1956）创立叙事体戏剧的同时，其合作者厄文·皮斯卡托（1893—1966）就已经尝试了这种戏剧形式。1925 年，皮斯卡托导演的时事剧《不顾一切》的排演标志着纪实剧这一全新戏剧形式的诞生。其实，此前，在经历了第一次世界大战与十月革命强烈震撼的俄国就已经出现了纪实戏剧的萌芽。在 1918—1920 年苏维埃俄国国内战争的前沿阵地出现了一种特殊的戏剧演出形式"活报剧"（Театр-газета）。1923 年，莫斯科新闻学院创立的"蓝衫剧团"（Синяя блуза）是一个"活报剧"演出的专业团体，在该剧团的推动下，以应时性、时事性为特征的"活报剧"在全国迅速流行起来，并获得了一定的国际影响。之后，梅耶荷德（1874—1940）提出导演中心论，主张"立足于全剧场，立足于风格化演出的整体效果"①，从而把"戏剧的纪实性"作为吸引观众参与戏剧表演的重要手段。梅耶荷德与助手合作导演的《怒吼吧，中国！》（1926）等革命题材的剧作体现了这一时期苏联戏剧界对戏剧的纪实性与社会性的关注。尼·包戈廷（1900—1962）创作的《列宁三部曲》（《带枪的人》，1937；《克里姆林宫的钟声》，1941；《悲壮的颂歌》，1958）开创了苏联戏剧中以纪实剧的形式歌颂领袖业绩的先例。

20 世纪 60 年代以后，在西欧掀起的第二次纪实戏剧的浪潮对苏联纪实戏剧的发展产生了一定的影响。米·沙特罗夫（1932—2010）以创作列宁题材剧著称，《以革命的名义》（1958）、《七月六日》（1964）、

---

① 冉东平：《20 世纪欧美戏剧》，北京，中国戏剧出版社，2005 年，第 219 页。

《红茵蓝马》（1979）、《我们必胜！》（1981）、《良心专政》（1986）等一系列历史文献剧充满了政论激情，把列宁题材剧的创作提升到了更加成熟的阶段。列·金兹堡（1921—1980）以纳粹战犯的审判材料为基础创作的剧作《深渊》（1966）和以访谈形式创作的剧作《彼岸的邂逅》（1969）反映了"二战"中德国法西斯的罪行在人们的心灵中留下难以抚平的创伤。然而，苏联政府对文艺路线的严格控制与纪实剧对现实文献资料真实性的追求是背道而驰的。因此，真正反映社会现实迫切问题的纪实戏剧在苏联时期并没有得到充分发展。

第二节 "话语转换"（"Verbatim"）——当代纪实戏剧的新手段

直至 20 世纪 90 年代，英国的新戏剧"New Writting"浪潮中产生了一种新的纪实剧形式——"Verbatim"纪实戏剧，它成为纪实戏剧创作形式的新宠。这一新的纪实戏剧形式很快传到俄罗斯，并引起剧作家极大的兴趣，后苏联时期的俄罗斯剧坛迎来了纪实戏剧发展的又一次高潮。"Verbatim"一词源于拉丁文，意为"逐字逐句的""一字不差的"，是指把录制的访谈内容不加改动地加以拼接的一种创作手段。英国的"Ройял Корт"剧院率先排演了大量的"Verbatim"纪实戏剧，成为这一戏剧创新手段的实验场。2000 年，该剧院的代表在莫斯科组织召开了"纪实戏剧"论坛，俄罗斯戏剧界首次接触到"Verbatim"这一新的戏剧现象。2002 年，在莫斯科一个居民楼的地下室里"纪实剧院"诞生，它成为俄罗斯"Verbatim"纪实戏剧的摇篮。

"Verbatim"戏剧创作手段一经传到俄罗斯，就立刻引起了戏剧界的广泛关注。许多热衷于"Verbatim"这一新兴技术手段的俄罗斯剧作家纷纷试笔，涌现出一部部反映俄罗斯社会现实的纪实剧。俄罗斯的第一部"Verbatim"纪实剧名为《煤田》（2000），这是克麦罗沃"包厢"（Ложа）剧院（导演 К. Галдаев）根据对别廖佐夫市矿工采访的记录而创作的一部剧作，讲述了工人们危险的地下作业环境、世世代代形成的观念与偏见，展现了煤矿工人艰辛的生活画面。《士兵的书信》（2001）是车里雅宾斯克"女人"（Баба）剧团（导演 Е. Калужких）创作的一部兼有极高的真实性与深刻的人文性的纪实剧作。内容包括士兵与妻子、

恋人、姐妹、母亲的通信，演员对这些军人家属的采访记录，以及士兵在服役期间创作的诗歌作品。纪实剧导演加·辛金娜对因感情纠葛而犯罪的女犯人进行采访后，创作了《激情之罪》（2003）。这部剧作遵循了"Verbatim"纪实剧的所有创作原则，完全保留了戏剧人物原型的行为举止特征、思维方式，完整呈现了每个人物特有的"语言调色板"①。叶·萨杜尔（1973—）的《时间窘迫》（2000）是剧作家对车臣战争后一些在康复中心接受治疗的士兵采访后创作的。接受采访的士兵不愿回忆残酷的战争，他们不断地讲笑话，或回忆服役期间的一些逸闻趣事，士兵们对战争这个敏感话题的逃避其实是心理自我保护的一种特殊方式。马·库罗奇金（1970—）与亚·罗季奥诺夫（1981—）曾用整整两年的时间同莫斯科的流浪汉打交道，流浪者的栖身之处、免费食物发放点都是他们常去的地方。剧作家同街头的流浪汉交谈，记录下谈话的内容，根据这些真实的语料创作了剧作《无家可归者》（2002）。莫斯科 2004 年出版了一本包括上述纪实剧本的戏剧集②，收入的 12 部剧本就是在对莫斯科流浪汉、库兹巴斯煤矿矿工、士兵的母亲、女囚犯等人采访材料的基础上创作而成。

　　传统纪实戏剧在展示创作材料真实性的同时，并没有忽略对剧本进行严格的艺术加工。此外，苏联时期的纪实戏剧"在意识形态方面同政治靠得太近"③，使一些剧作表现出公式化、概念化的倾向。当代纪实戏剧则力求减少戏剧的假定性，从而最大限度地突出情节的纪实性，使戏剧更加真实地映照出现实生活中亟待解决的问题。而兴起于西欧的"Verbatim"纪实剧手段无疑使戏剧的这一社会功能发挥到了极致。同西方"Verbatim"纪实剧相比，俄罗斯的新纪实剧吸收了本土文化的养料，更加注重引发受众对事物进行客观的判断与哲理性的思考。在俄罗斯的社会现实同西方戏剧的"Verbatim"技术嫁接之后，生成的是富有抒情意味与人文精神的具有俄罗斯特质的纪实戏剧。当"Verbatim"纪实戏剧在俄罗斯方兴未艾之时，在戏剧创作领域日臻成熟的伊萨耶娃（1966—）就意识到了这一戏剧革新手段强大的创作潜力与独特的魅力。她的纪实剧创作对俄罗斯戏剧在这一领域的发展产生了积极的影响，极

---

　　① Громова М. И. Русская драматургия конца XX-начала XXI века. М. : изд-во Флинта, 2006. С. 326.
　　② Документальный театр. Пьесы/Предисл. Е. Греминой. -М. : Три квадрата, 2004.
　　③ 冉东平：《20 世纪欧美戏剧》，北京，中国戏剧出版社，2005 年，第 221 页。

大地推动了这一西方戏剧革新手段在俄罗斯的本土化进程。

第三节　残酷而真实的叶·伊萨耶娃

叶列娜·伊萨耶娃出生于莫斯科，1989年毕业于莫斯科国立大学新闻系，早期从事诗歌创作，曾出版多本诗集，1999年获得莫斯科"桂冠"诗歌奖。伊萨耶娃的戏剧创作硕果累累，她的一些剧作多次被列入戏剧节和新戏剧剧团的戏剧节目单并成为多家剧院的保留剧目。剧作家曾荣获"凯旋""桂冠""新戏剧"等多项戏剧文学奖，并在庆祝莫斯科建市850周年而举办的戏剧大赛、"柳比莫夫卡"现代戏剧节、全俄"剧中人"戏剧大赛等戏剧盛会中获奖。戏剧评论家格·扎斯拉夫斯基认为，伊萨耶娃的剧作是一剂治疗现代人心理伤痛的良药。伊萨耶娃的剧作仿佛是"爱的瀑布"，闪耀着真情的光彩，唤起人们对未来的希望。伊萨耶娃能够在当代俄罗斯社会发展的潮流中敏锐地感受到时代的气息，捕捉到最为现实的创作主题，并积极地运用全新的艺术形式反映真实的社会生活。

伊萨耶娃的戏剧语言优美流畅，富有诗歌的抒情与意蕴，剧作题材林林总总，创作形式丰富多变。纪实剧创作是她在戏剧革新领域的大胆尝试，体现了剧作家对当今时代社会问题的深刻思索。在纪实剧创作中伊萨耶娃紧跟西方纪实剧革新的步伐，以"Verbatim"为主要创作手段，结合本国社会现实，创作出诸多力求真实地呈现当代人生存境遇的纪实剧。在关注戏剧创新的同时，剧作家注重从博大精深的俄罗斯经典戏剧传统中汲取养料，努力提升戏剧的艺术品位与审美价值。伊萨耶娃的纪实剧如同一面窥视镜，深入当代人心灵深处最隐秘的角落，捕捉其中最细微的心理变化与最敏感的情绪波动。

一、繁杂多变的戏剧题材

伊萨耶娃不断尝试着不同的戏剧创作形式，其剧作体裁各异，题材广泛。其中有取材于《圣经》故事、古希腊神话的抒情悲剧，有基于名人传记基础上创作的剧作，也有反映时代生活、社会问题的现代题材的作品。诗歌创作对伊萨耶娃的戏剧创作活动产生了极大的影响。她认为，诗歌是先于其他体裁的文学形式，因此，无论是一篇优秀的散文，还是

一部上好的戏剧作品,都不应该缺乏诗歌。伊萨耶娃的多数剧作都被称为"抒情戏剧",这首先体现在人物富有抒情意味的台词中。"戏剧语言的抒情性是受人物情感激发而产生的,来自人物的灵魂深处,恰当地体现着人物情感的浓度,将人物的真实情感传达给观众,触动观众;同时,这样的语言来自人物的生活和处境,而不是作者生硬赋予的,因而它又是生动自然的。"① "'爱'是抒情戏剧的中心主题,剧作家体现的'爱'不仅仅是狭义上的爱情,而是博大宽容的感情。"② 毫无疑问,伊萨耶娃的剧作完全具备了抒情戏剧的这些特征。她的戏剧语言充满诗意与激情,表现出人物丰富的内心体验与审美感受。

1. 宗教神话题材

《圣经》故事和古希腊神话给予剧作家极大的灵感,她的这一题材的剧作均以爱情为主题。剧中的主人公可以为爱不惜一切,也因爱而伤痛难过。这些剧作是关于"受难的爱情"的心理剧和真正意义上的悲剧。

《帕里斯的两个妻子》(1995)的构思来源于古希腊神话中关于特洛伊战争的一段传说:因为特洛伊王子帕里斯爱上墨涅拉俄斯的妻子海伦并将其带回特洛伊而引发了长达10年之久的特洛伊战争,在他中毒箭之后,请求妻子俄诺斯的救援,遭到拒绝。剧作的主题并非特洛伊战争,也非诸神对人命运的主宰,而是爱情。主人公帕里斯、俄诺斯、海伦不同于神话传说中模式化的人物,剧作家通过细腻的心理刻画,把他们塑造成为感情丰富、形象饱满的人物。

《朱迪斯》(2002)取材于《圣经·旧约》故事。女英雄朱迪斯为使以色列人不受叙利亚军队奴役,来到叙利亚指挥官乐弗尼的军营,在其大醉后,砍下了他的头颅。这场谋杀被认为是为维护上帝的荣誉与臣民的利益的一次英雄壮举。伊萨耶娃将这段歌颂民族英雄主义的《圣经》故事改编成一个发生在朱迪斯与乐弗尼之间的凄美的爱情故事,书写了处于两个敌对阵营的男女主人公之间的恩怨情仇。

2. 艺术创作主题

《幸福的莫扎特》(1997)是伊萨耶娃的另一部抒情悲剧。剧中的莫

---

① 周安华主编:《戏剧艺术通论》,南京,南京大学出版社,2005年,第161页。
② Добрев Ч. Лирическая драма. -М. : Исскуство, 1983. С. 83.

扎特才华横溢，其内心永远像孩子一样纯净、美好。他在创作时会处于超乎尘世的境界，仿佛不断地从神秘的天际获得灵感，写下宛若天籁之音的美妙乐曲。然而，他周围人们的庸俗、私心、无知不断烦扰着他，羁绊着他的创作。作家笔下的莫扎特浪漫而痴情。作曲家胸中涌动的炽热的情感赋予其创作无限的灵感。莫扎特是幸福的，因为他懂得如何去爱，能够使被他深爱着的人幸福。即使他被恋人抛弃，被朋友出卖，被观众冷落，他也永远是不可战胜的。他认为，"比死亡更严肃的事情只有爱"。天才的作曲家心中所有美好的情感——对恋人的真情、对音乐的痴情、对创作的激情，汇聚在一起，谱写了他一生最壮美的乐章。

《盂兰盆节》（2001）的题目来源于日本祭祀祖先的民间节日。主人公北斋是一个造诣高深、画风独特的艺术家。他有一个宏大的目标：周游日本，画下他所见到的全部世界，从一根小鸟的羽毛到日本人朝拜的圣地富士山，他要创作"富士百景图"系列版画。画家历经千辛万苦，终于实现了伟大的梦想。他画的富士山千姿百态、美丽绝伦。然而，在生活中他却不能给自己的亲人带来幸福，女儿被父亲遗忘在家里，生活艰辛。献身艺术的人在生活中常常是落魄的，他们无法逾越艺术与现实之间的鸿沟。沉醉于艺术之中时，他们的幸福感是常人无法企及的。

3. 现代社会生活题材

从题材来说，伊萨耶娃的剧作可谓是"谈古论今"。现代社会生活同样是剧作家十分关注的话题，其多数剧作都是反映这方面题材的。爱情与背叛、友情与出卖、才能与庸俗、梦想与现实是这一题材剧作的主题。

《杏园天堂》（1997）中的米拉与柳芭是形影不离的好朋友，她们来到南方的一个海滨城市度假，结识了杏花园的主人斯拉瓦，并与来到这里的斯拉瓦的朋友、米拉的昔日男友科利亚不期而遇。柳芭爱上了科利亚，两个女孩反目成仇。柳芭与科利亚结婚后定居莫斯科，而米拉留在她无限向往的杏花园，成为这里的主人。婚后，米拉对斯拉瓦十分冷淡，只是整日料理杏花园。后来，她的生活越来越沉沦放荡，斯拉瓦的内心苦不堪言。昔日美丽如画的杏花园逐渐荒芜，成为一座爱情的炼狱。20年后，年轻的女孩柳霞来到这里，她是柳芭的女儿。父亲死后，母亲痛不欲生，万念俱灰。她对女儿说，能够使她心灵复苏的人只有米拉。柳芭请求米拉跟她一起去莫斯科。两个昔日的挚友与情敌见面之后会出现

什么戏剧化的场面呢？正当受众期待着这个问题的答案的时候，时光年轮突然又倒转了 20 年，两个姑娘清晨睡醒，打算离开杏花园。原来，这一切都是米拉做的一个梦。剧中虚拟的世界是那样真实，一切的爱恨情仇都与现实世界毫无异处。杏花园是一个美丽而充满诱惑的梦境，它同真实的生活平行存在，是现实的另一种可能。

《亲爱的，杀死我吧》（2000）是关于剧院演员之间错综复杂的爱情故事的一部喜剧。谢尔盖是饰演列宁、马拉、乐弗尼的男演员，3 个女演员因同时爱上他而彼此争风吃醋，她们中的每个人都认为自己才是谢尔盖真正喜欢的女人。发现自己被欺骗后，她们决定采取复仇行动。但最终的真相却让她们瞠目结舌：她们的意中人真正喜欢的竟是导演鲍佳金。这出戏一改作家此前剧作深沉、忧郁的抒情风格，闹剧式的情节令人忍俊不禁。人物幽默的语言、滑稽的性格、情节的突转都营造了轻松的喜剧氛围。3 个女演员在剧院分别饰演谋杀列宁的凡尼·卡普兰，法国大革命期间刺杀激进派领导人马拉的夏绿蒂·科黛，《圣经·旧约》中杀死乐弗尼的朱迪斯。这一互文手法增强了剧作的喜剧效果。

4."Verbatim"的新尝试

"Verbatim"作为一种全新的戏剧革新手段极大地丰富了戏剧创作活动。采用真实语料的新纪实剧将社会生活中的现实问题不加粉饰地呈现在人们面前。隐秘的话题、直白的表述、无序的言说、混杂的语汇、颠倒的时空、断裂的情节，这一切都令人感到陌生、惊奇甚至震惊。在真实的言语中呈现出的这个荒谬的世界让人们感到诧异的同时，不断启发着大众的理性思考。"Verbatim"纪实剧在题材与手段上求新求异的同时，仍然把警醒观众认识现实与变革现实作为自己的使命。在戏剧创作领域不断求新求异的伊萨耶娃自然没有忽视这一戏剧革新手段的强大创造力，开始了对"Verbatim"纪实剧的思索与尝试。

伊萨耶娃曾说："俄罗斯的社会现实比任何一种毒品都更为强烈。"① "Verbatim"纪实戏剧恰恰为它提供了言说的舞台，并向读者（观众）发出了参与的邀请。在谈到对"Verbatim"这种戏剧创作手段的看法时，伊萨耶娃说："我很想在一个新的领域里尝试自己的创作潜能，因此，开

---

① Болотян И. М. О драме в современном театре: verbatim//Вопросы литературы. 2004. No 5. С. 31.

始尝试'纪实剧'的写作。我认为，这是一个富有前景的方向。因为此类剧作包含着许多社会因素。许多剧目反映了一些不应被忽视的社会问题：伤残军人的待遇、女犯的遭遇、流浪汉的境况……这一切都使整个社会陷入沉思：我们的路在何方？我们究竟是什么样的人？这对戏剧来说是十分重要的，因为'社会性'恰恰是当今我们的剧院缺少的东西。然而，当今剧作的'社会性'体现不足，即使是当代剧作家的作品也存在这个问题。剧院中充斥着旨在'自我表现'的剧作，契诃夫、莎士比亚被频频排演，不断翻新，甚至会出现第125个新版本。当然，这些名字是永垂青史的，但我更想写一些新的故事、新的情节、写出能映照'我们生活'的作品。"[1]

在"Verbatim"对俄罗斯戏剧来说还十分陌生的时候，伊萨耶娃已经捷足先登了。莫斯科的"纪实剧院"率先为她的剧作提供了排演的舞台。这个位于地下室的年轻剧院成为包括新纪实剧在内的各种实验戏剧自我呈现的舞台。伊萨耶娃的第一部纪实剧作《第一个男人》(2003) 在俄罗斯戏剧界引起了极大的反响。这部剧作运用了典型的"Verbatim"戏剧革新手段，选取了极为沉重、压抑的话题——家庭伦理关系作为戏剧的中心话题，通过3个女孩开诚布公地倾诉自己的难言之隐达到对受众的审美震撼。之后，剧作家又创作了自传体纪实剧《关于我妈妈和我》(2003)。这部剧作的选题并非十分典型的"残酷"话题，而是如同春日阳光般温暖而明朗的"爱"的主题，在创作手段上则体现了"一字不差"的纪实剧多种舞台手段、不同艺术形式的交错与融合。

二、与时俱进的纪实尝试

《第一个男人》是伊萨耶娃把"Verbatim"应用于戏剧创作中的第一次尝试。作家最初想以"母亲与女儿"为主题创作一部纪实剧，反映母女的关系、青少年成长的问题、自我价值的实现。后来有人提议把"母女"主题换成"父女"主题，因为这个问题讨论的不太多，可以批判大男子主义，谈论理想中的男人。三个将要出演女儿的学生演员开始积极地搜集资料。作家也同时开始进行这一专题的调查，第一次调查她就遇

---

[1] Моцарт, Хокусай и другая реальность. Исаева Е. Русский Журнал. Обзоры. 28 Июля 2003. См.：http：//old.russ.ru：8083/culture/20030728_ei.html.

到了令人震惊的乱伦问题。接下来的访问中，每 2 个女孩中就有一个透露自己与此相关的隐私。当然，并不是她们中每个人都有过不该发生的行为，但多数女孩子都有不同程度的恋父情结。因此，戏剧题材的选择发生了意想不到的变化。《第一个男人》是一部两幕剧，戏剧主人公是 3 个有不同程度恋父情结的女孩。第一幕中她们各自讲述了对自己倾慕的对象——生命中第一个男人的感情，这幕的结尾处她们竟异口同声地喊出："爸爸！"第二幕中主人公们各自述说她们对父亲爱恨交加的复杂情感。

1. 审美的震惊

多数"Verbatim"纪实剧中都充斥着低俗的语言，甚至粗口。伊萨耶娃的戏剧文本的语言规范，语体高雅，但她的剧作《第一个男人》却被认为是最"残酷"的新纪实剧作之一。这主要是因为这部剧作题材超乎寻常，与人们的审美期待完全背道而驰。剧作家试图以令人震惊的题材——乱伦来刺激观众，以警示社会的良知。这似乎与阿尔托的"残酷戏剧"理论殊途同归。阿尔托认为，剧场不应该让观众陶醉，而是应该刺激他们，让他们感到震惊。"必须用猛烈的震撼力才能使我们的理解力复苏"①，这种震惊"有如一记棒喝，运用不可思议和出人意料的戏剧情境，把观众从日常生活的惯性和惰性中解放出来，在震惊中感叹生命的艰辛和残酷"②。

伊萨耶娃这部剧作的第一幕中 3 个女孩依次向受众讲述她们爱恋的第一个男人，倾诉她们与恋人之间的甜蜜与苦恼。这些话题自然而平淡，发生在她们身上的故事似乎是再平常不过的爱情故事。但第一幕结尾处，她们异口同声地说出恋人的真实身份：爸爸。戏剧题材的这一戏剧性转折使受众震惊。此前，合乎逻辑的审美期待被彻底打破，取而代之的是惶恐不安与无所适从。许多人在观看了这出戏后，因感觉此题材令人蒙羞而气愤难平。

《第一个男人》因触及现代社会道德的"脓疮"而显残酷，它揭示了人与人的异化关系对人本性的压抑与毁灭。随着同父亲冲突的增多与

---

① ［法］阿尔托：《残酷戏剧——戏剧及其重影》，桂裕芳译，北京，中国戏剧出版社，1993 年，第 82 页。
② 严程莹、李启斌：《西方戏剧文学的话语策略：从现代派戏剧到后现代派戏剧》，昆明，云南大学出版社，2009 年，第 101 页。

加剧，主人公们时常感到抑郁、苦闷，甚至绝望。女孩乙同父亲的关系最为复杂、沉重，她在父亲的暴力、辱骂中长大。这个花季的少女背负着沉重的伦理的十字架踯躅前行。面对未来，她发出了一声沉重的叹息："最让人无法忍受的是，我哪怕交出半个人生，恐怕也无法弄懂，我的出路在哪里。"① 女孩丙也绝望地说："应当像树木一样把根深扎在土中，而我就像一片羽毛，在空中飘浮，我没有根……我出生之后就注定要死亡。"当女孩们心中那曾经伟岸、明朗的父亲形象突然间渺小、暗淡下去的时候，她们无法承受强烈的反差给心灵带来的重压，曾经对父亲的依恋逐渐被失望、恐惧、厌恶与憎恨所取代。她们选择了逃避，离开心中坍塌的偶像。

主人公们在畸变的亲情中迷失了自我，父女之间的"亲情"与"爱情"在错乱的交织中结成一张令人窒息的网，陷入其中的主人公在反抗与妥协中一次次苦苦挣扎。陷入"极端境遇"的她们对现实世界近乎绝望，看不到存在的价值。残酷的题材是对受众的一次强烈的刺激，是对其审美习惯的颠覆。这种震惊的目的正是要启发受众思考，唤醒社会的良知，使人们获得心灵的救赎。

2. 心灵的救赎

阿尔托曾将戏剧比喻成瘟疫："戏剧和瘟疫都是一种危机，以死亡或痊愈为结果。瘟疫是一种高等的疾病，因为在这场全面危机之后只剩下死亡或者极端的净化。戏剧同样是一种疾病，因为它是在毁灭之后才建立最高平衡，它促使精神进入谵妄，以激发自己有益的能量。"② 他认为，"从人的观点看，戏剧与瘟疫都有益处，因为它使人看见真实的自我，它撕下面具，揭露谎言、怯懦、卑鄙、伪善，它们打破危及敏锐感觉的、令人窒息的物质惰性"③。当代实验派的剧作家们显然十分赞同阿尔托把戏剧看成是一种"心理疗法"的理论，他们大胆地揭露隐藏在社会生活或人的心灵中最隐秘角落的异化现象，强迫受众直面残酷的现实，使戏剧起到对大众进行"心灵治疗"的作用。

---

① Текст пьесы «Первый мужчина » цитируется по： http： //magazines. russ. ru/novyi_mi/2003/11/isaeva. html. 文中出现的该剧本内容均引自该网站。
② ［法］阿尔托：《残酷戏剧——戏剧及其重影》，桂裕芳译，北京，中国戏剧出版社，1993 年，第 27 页。
③ 同上。

伊萨耶娃在创作这部剧时曾有过这样的困惑:"我是否有权力将这样一些耸人听闻的,并可能带来负面影响的事情公布于众?那个不该逾越的界限在哪里?"① 正如她所预料到的,这部剧引起人们强烈的反应,许多人愤怒地质问:"您为什么要写这个呢?这应该是心理学家的研究课题,而它并不适合作家。"② 针对这些指责,作家回应道:"如果我们当中有一些因这个问题备受煎熬的女人,那么她们应当清楚,被这个问题折磨的不仅是她们自己,虽然可以带着'这个'活下去,但应当克服'这个',为避免自杀而寻找一种出路。当然,有那样一些问题,人们认为,谈论它们很困难,不体面,羞于启齿,令人费解。但把所有的一切都尘封在心底,在静默中发疯,这同样不是解决问题的办法。唯一的出路是为她们提供倾诉、讨论的机会,而不是去一味地指责、非难,应该向她们伸出援助之手——这是我们无法拒绝给予她们的微薄帮助。"③

以"Verbatim"为主要创作手段的新纪实剧同资料提供者之间有着最为直接而密切的关系。它的戏剧文本较其他类型的戏剧文本更为真实可信。因此,它所能释放出的震撼受众的能量也是十分巨大的。正如作家所说:"'Verbatim'的价值就在于它会使作家意想不到地触及与他的生活经验完全不同的一个陌生的领域,迫使他重新审视此前已经十分熟悉的材料……"④ 作者认为,这种多年隐匿在内心的伤痛需要释放出来,用言语表达出来,而言说是释放压抑、减轻伤痛的一剂良方。

3. 人物的类型化

人物的类型化是表现主义戏剧的特征之一。"表现主义剧作家感兴趣的只是人物的内心冲突,而不管这种内心冲突是张三还是李四,他们追求的是普遍有效性的冲突。"⑤ 托勒曾经说过:"在表现主义戏剧中,人物不是无关大局的个人,而是去掉个人的表面特征,经过综合,适用于

---

① Великовский А. 《Первый мужчина》 Елены Исаевой//《Культура》. 18 - 02 - 2004. С. 11.
② Там же.
③ Там же.
④ Там же.
⑤ 严程莹、李启斌:《西方戏剧文学的话语策略:从现代派戏剧到后现代派戏剧》,昆明,云南大学出版社,2009 年,第 71 页。

许多人的一个类型的人物。"① 受表现主义戏剧的影响，当代戏剧人物也具有类型化的倾向，许多戏剧人物没有姓名，只有代替姓名的符号。例如，表示性别的词汇：男人、女人；表示亲属关系的词汇：父亲、母亲、儿子、女儿等；表示职业的词汇：教师、医生、职员等；表示次序的词汇：甲、乙、丙、丁等。

《第一个男人》中的3个女孩没有名字，只有加以区分的顺序号：女孩甲、女孩乙、女孩丙。戏剧文本中没有任何场景说明和旁白。因此，除了主人的代号，受众对她们一无所知。但从她们对自身经历的讲述中我们可以了解她们性格上的一些共性，即类型化的特征。

首先，她们渴望被关爱，珍惜同父亲在一起感受过的幸福与快乐。3个女孩的内心都珍藏着儿时对父亲的美好记忆，那些被深沉而温柔的父爱包围的美好的时刻都成为永恒的瞬间，铭刻在女儿们的心头。女孩甲讲述了她小时候同爸爸逛公园的经历："……我那时三四岁，更可能是3岁。我和爸爸去了公园……那是6月初的一天，突然，遇到了雷雨……雨水夹着冰雹落下来。我吓得哭了起来。那时爸爸脱下衬衫，把我包起来，抱着我往家跑。冰雹敲打在他赤裸的后背上，他却努力地用身体遮住我。我记得，我就那样紧靠在他胸前。那是怎样的幸福啊！那是多么强烈的幸福感呀！可能，这对我来说，永远、永远都是那样的幸福……一切其他的幸福感都无法与之相比。至少，我现在还没有体验过……"

女孩乙也时常沉浸在对往事的美好回忆中："我非常非常喜欢同他一起看喜剧……我们一起坐在沙发上，我哈哈大笑不只是因为喜剧情节，主要是他笑起来的样子令我忍俊不禁。我非常留恋这样的时刻……"

女孩丙同样拥有一段温馨的儿时记忆："我也记得有一次，我在沙发上睡着了，但没有睡在我的小床上。父母把我抱起来，放在小床上。我感到非常的惬意。小床铺得暖暖的。这是有关父母的一段幸福的回忆。"

在女孩子们成长的过程中，父亲的爱是她们心中最温暖的阳光。女孩甲的父亲常常给女儿送花，他选的花是最美丽的，与之相比，其他人送的花都黯然失色。女孩丙的父亲喜欢亲自为他挑选衣物，把她打扮得

---

① ［英］斯泰恩：《现代戏剧理论与实践》（三），刘国彬等译，北京，中国戏剧出版社，2002年，第500页。

像个布娃娃。在她们生病的时候，父亲都焦急地守候在病榻前，抚摸着她们发烫的额头。

其次，虽然在同父亲的冲突中，女儿有时会反抗，但她们最终选择了顺从与原谅。在她们身上显然有一些俄罗斯传统文学中"受难的女性"的投影。畸变的亲情是沉重而压抑的，长期的负罪感使女孩们的心灵不堪重负。随着年龄的增加、心智的成熟，女儿在许多事情上同父亲产生了意见的分歧。过分的管教与约束使她们更为渴望呼吸自由的空气。但儿时曾经拥有过的幸福时光如同一束束明媚的阳光透过片片阴霾温暖着女孩们伤痕累累的心灵，使她们最终选择了忍耐与宽恕。女孩甲："但无论如何，我知道，在这个世界上，我是他最为疼爱的人……理想的父母就是上帝赐予我们的父母。"女孩乙："第二天他给我打电话说，我的女儿，我非常爱你，请原谅我所做的一切吧。回来吧，我会很高兴见到你、听到你的声音。爸爸，我也很爱你。"女孩丙："当我现在看着爸爸……他曾有一头黑发，而现在头发花白了。当我见到这一切，我就很想为他做点什么，如果可能的话。"

扭曲的父女感情使女孩们的情感世界经历了一场风暴，她们情感的天空不再蔚蓝，对家庭的信念不再坚定，对未来的设想惨淡而迷茫。但她们相信，"恨"使人生更艰难，"爱"与"宽恕"会给人活下去的勇气。正如女孩甲所说："我想对你们说，所有的一切都可以承受。任何事情，哪怕是最可怕的事都可以经受过去。还是要继续生活……同这些人在一起……而不是其他的什么人。要活下去。""情感受难"的女儿们最终在"爱"与"恨"的天平上向前者多加了一枚砝码。

剧中父亲们并未出场，他们只是在女儿的讲述中出现，但他们是女儿谈论的核心。受众不难发现，父亲们都有聪明的头脑、细腻的情感、受人尊重。同时，他们又是家庭的中心，握有话语主动权。三个主人公的父亲们都曾是女儿崇拜的偶像，父亲在她们的心目中曾经近乎神明。女孩甲对父亲的依恋之情最为深厚，她认为世上没有能与他父亲相比的男人。"他对我来说曾是至高无上的权威……我一直认为，他是一个强者。"女孩乙："他是一个受人尊敬的人，他善于同所有的人打交道……所有的人都喜欢他、尊重他，我总是以他为荣。"而最令女孩丙敬佩的是父亲"聪明的头脑"。

父亲们性格各异，但"男权主义"是他们共同的特征。女孩甲：

"他从不妥协,对他来说,承认自己的错误是一件非常困难的事。"女孩乙:"不对的总是我,也总是我先道歉,他从不道歉。"女孩丙:"他自负,他有自己的原则,为坚持自己的原则他甚至可以摧毁别人的原则。"他们是家中的权威,话语的中心,容不得任何人,甚至不能容忍女儿哪怕一点点的不顺从。女儿的初恋都遭到了父亲的强烈反对。女孩甲在上大学一年级的时候遇到了一个即将大学毕业的男孩子,他使女孩魂牵梦萦,正当她沉浸在初恋的喜悦中时,父亲得知了这件事,关切地对她说:"你要知道,他即将大学毕业,他不是莫斯科人,你怎么能确定,他同你结婚的目的不是要留在莫斯科呢?……"女孩甲的父亲十分策略地说服了女儿。而另外两个女孩的父亲对此事的做法则更为强硬。女儿们初恋的花蕾还没来得及绽放就被父亲的强权扼杀了,被摧毁的不仅仅是一段本应美好的爱情经历,而是她们对爱情全部正确的理解与设想,她们的情感世界里唯一存留下来的是父亲的尊严、权威与作为男人的魅力。女孩甲这样谈到她对父亲的感情:"如果我同父亲在一起,那么,其他任何男人我都不需要,哪怕是我正在恋爱。即使是在恋爱的时候,如果同父亲走在一起,我也会把当时喜欢的那个男孩忘得一干二净。父亲在场的时候我会忘记其他所有的人。"

虽然剧中的3个女儿及其父亲的性格不尽相同,但他们都是特殊的亚文化群体中的同一类人,是经过共性的抽象与观念的象征后的类型化人物。剧作家力求通过塑造这类人物从反面审视社会与人性中的非理性因素,发掘社会现实重压下人的心理状态。

4. 拼贴式对白或碎片式独白

拼贴是后现代主义艺术的典型特征,它是将"异质事物结合在一起的手法"①。这种"异质同体"的手段颇受"Verbatim"纪实剧作家的青睐,它成为创作此类戏剧文本的主要手段。《第一个男人》的戏剧文本呈现出典型的拼贴特征,剧中的3个主人公的对白毫无关联,每个人物的话语也缺乏逻辑。她们自说自话,类似于多声部的合唱。下面的一段对白就十分典型地体现了"Verbatim"纪实剧的这一特征:

---

① 严程莹、李启斌:《西方戏剧文学的话语策略:从现代派戏剧到后现代派戏剧》,昆明,云南大学出版社,2009年,第340页。

女孩甲：父母从来没有在我面前拥抱过，没有互相说过亲昵的话，没有互相说过："我爱你。"但他们却经常当着我的面吵架。我还记得，当我还是个小孩子的时候，迷迷糊糊地正要入睡，听到他们在隔壁大声争吵的声音。我用手捂住耳朵，直到哭累了，才逐渐入睡。

女孩乙：最令人无法忍受的是，我哪怕付出一生，也要弄明白——出路在哪里？

女孩甲：我想跟他说："让我们就这样默默无语地在街上走走。"

女孩乙：他不相信我，完全不相信。但他或许是对的，我说过很多谎话。

女孩丙：我出生后就注定要死去。

在这段对白中3个女孩各自言说自己的经历，她们似乎听不到其他人物的言语，只是等待时机，进行下一次言说。这种拼贴式的对白显然受到契诃夫戏剧革新的影响，它完全打破的传统戏剧的"内交流系统"，实际上是一种碎片式独白。如果摒弃对白的形式，把每个主人公的言语片段分别拼贴在一起，就会得到三个相对独立的独白。每个主人公都在向受众倾诉她们的所作所为、所思所想。只是拼贴后的独白仍然是零散的、无序的。它体现了主人公思绪的凌乱、内心的纷扰。

在"Verbatim"纪实剧创作中，剧作家常常把不同"语料提供者"的独白的片段按照一定的主题组合起来，形成形式上的对白。伊萨耶娃的《第一个男人》就是运用了这种手段的典型剧作。零散、无序的独白片段被按照以下主题进行归类、组接：（1）父亲的男权主义；（2）女儿心中的偶像；（3）主人公寻求出路；（4）初恋男孩的出现；（5）女儿与父亲的冲突；（6）女儿与父亲的和解。下面是一段关于"男权主义"的对白：

女孩乙：总是有些委屈。它们越积越多，越来越强烈！要想让他幸福，我就一定是完美的！向左多走一步，或者向右多走一步——就意味着一场风暴……

女孩甲：可能，这就是通常所说的"男权主义"的特殊表现方

式。爸爸是奉行"领袖永远是正确的,如果领袖不正确,那就读第一条"这种思想的人。

女孩乙:他是一个非常受人尊重的人。他善于与人交往,总能无拘无束地同所有的人攀谈。所有的人都喜爱他,尊重他。我总是以他为荣。我们都很倔强,都善于说服别人。他会很轻松地说服别人,我也是!但当我们顶到一起的时候!……

主人公各自诉说自己对"男权主义"的理解和这一特征在各自的父亲身上的体现。拼贴后的文本只是形式上的对白,它不包含主人公之间的交流,实质上是碎片化的独白。表演者除了各自为营地说话之外没有其他任何动作,说话成为剧作真正的主角,整部戏剧成了语言的游戏与狂欢。

伊萨耶娃的《第一个男人》从创作主题到艺术加工手段上都严格遵循了"Verbatim"纪实剧的创作理念与原则,整部剧作从内容到形式都具有此类剧作的典型特征。而另一部纪实剧作《关于我妈妈和我》则体现了她在这一戏剧革新领域的大胆尝试。这部剧作中"Verbatim"这种新兴的戏剧革新手段同其他多种戏剧及非戏剧手段相结合,用来揭示传统的文学主题,这体现了剧作家在革新与传统之间寻求平衡的探索。

三、革新与传统交融的纪实探索

伊萨耶娃的自传体纪实剧《关于我妈妈和我》在2003年全俄"剧中人"戏剧大赛中荣获一等奖。这是剧作家依据自己成长日记中的一些真实故事创作的纪实剧,把它称为"自我访谈":"这是对我的童年、少年时代的回忆,是对遥远的20世纪80年代的社会现实、生活环境的追忆,这一切都已经一去不复返了。剧作记录了当时的真实生活:妈妈的话语、她的行动与无为。"①

与《第一个男人》截然不同的是这部纪实剧讲述了亲人、朋友之间的爱与理解给人带来的幸福感受。这是一部两幕剧,纵观全剧,它是一出"嵌套式"结构的戏中戏。列娜与妈妈关于未来、人生、爱情的对话贯穿全剧,构成了剧作的主要框架。剧中文学社的语文教师给学生们布

---

① Е. Исаева: "Ощущаю ностальгию по нормальным чувствам" (Беседу вел Александр Герасимов) //Газета "Культура". № 6 (7414) 12. 18-02-2004, С. 11.

置了六个不同体裁的作文,每个作文都是一个相对独立的故事,依次讲述了女孩列娜成长中的亲身经历,所见所闻,所思所想。这些作文是相对独立的文本片段,被"嵌套"在外在剧情之中,成为各自分立的戏中之戏。

1. 爱的奏鸣曲

"爱"是贯穿全剧的主题,母爱、友爱、仁爱、爱情充实着主人公的生活。在这部剧中伊萨耶娃通过自己和亲人真实的生活经历来诠释"爱"这个永恒的主题。她的主人公没有什么豪言壮举,平凡的人物在平常的生活中付出真爱,感受真情。

母亲无私、温柔的爱是一切爱的源泉,它如同甘露滋润着女儿的心田。列娜在少年时代经常为"自己究竟在哪一方面有天赋"这个问题感到困惑,母亲鼓励她去一次次尝试,不断地给她自信。最终列娜选择了文学,参加了学校组织的文学社,并成为学校里最令人瞩目的诗人。列娜的第一篇作文《我是如何赠送娃娃的》讲述了如何把自己最心爱的娃娃送给好朋友的一段痛苦经历。母亲那句"己所不欲,勿施于人"的教诲成为她与朋友交往的座右铭,使她懂得,爱是要付出代价的,爱就是给予。随着年龄的增长,列娜的情感世界日益成熟。在她读八年级那一年,经历了一场苦不堪言的单相思。妈妈分担着女儿的痛苦,陪着她度过一个又一个不眠之夜。

母亲对同事与朋友的关爱和他们对事业的执着追求深深影响着列娜。在作文《艺术与它的创造者》中,主人公讲述了母亲如何保护朋友,使其免遭不幸的一段故事。母亲的同事费利亚是一位执着、敬业、业务娴熟、创作视角独特的摄影师。他对事业的执着与激情令人钦佩。"他在拍摄时会忘记一切,会陷入一种恍惚状态。那时,对他来说,镜头画面之外的一切事物都全然不存在。"① 列娜在作文中写道:"我始终认为,妈妈的所有同事都是达到最高创作境界的人,他们都是最令人尊敬的人。他们正是那些应该被称为用'洁净的双手'创作艺术佳作的人。"

"友谊"与"背叛"是剧作中主人公讨论的主题之一。列娜家的女邻居拉娅奶奶讲述了她的一段亲身经历。拉娅的命运曲折、坎坷,她的

---

① Текст пьесы «Про мою маму и про меня» цитируется по: http://www.isaeva.ru/plays/about.html. 文中出现的该剧本内容均引自该网站。

父亲作为"人民公敌"被迫害致死。她隐瞒了自己的身世,自告奋勇来到前线。她的朋友津卡向她保证,不会把她的秘密告诉任何人。拉娅在前线结识了一位指挥官,不久后,她接到调到指挥部工作的命令。正当拉娅对未来充满美好的憧憬的时候,津卡的部队遭到空袭,津卡被炸掉了双腿,拉娅也被部队莫名其妙地开除了,她与爱情与梦想失之交臂。战后,被拉娅照顾多年的津卡突然告诉她,当年正是她出于嫉妒出卖了拉娅,毁了她一生的幸福。面对她曾经作为朋友的敌人,拉娅选择了宽容。爱一个值得爱的朋友并非难事,但宽容一个伤害过自己的人却需要有博大的胸襟。拉娅在宽恕津卡的同时也保留了自己心中那片纯净的爱的天空。

纯洁、高尚的爱情是戏剧第二幕的主题。列娜的作文《伊格里亚什卡》讲述了妈妈的昔日的校友伊戈尔对她无怨无悔的爱情。他对列娜妈妈无果而终的追求看似苦涩、无奈的单相思,却深沉真挚,洒脱浪漫。列娜被伊戈尔的这份真情深深地感动了,她深信,真正的爱情不会随着时间的流逝而有丝毫的改变。列娜帮助妈妈和伊戈尔取得了联系,但伊戈尔始终没有勇气同列娜的妈妈见面。之后,他似乎销声匿迹了,再也没有打过电话。不久,好友带来噩耗,伊戈尔患癌症去世。伊戈尔曾经纯真、无私的爱情充盈着他的内心,使他的情感世界充实而高尚。

总之,整部剧作如同一部"爱"的乐章,它那美妙的音符净化着主人公的内心世界,激发他们去追求至高、至善、至美的精神境界,焕发对未来的美好期盼与憧憬。

2. 简朴灵活的戏剧空间

"Verbatim"纪实戏剧提倡舞台布景最大限度地简化,"尽量减少对舞台布景的运用,不使用大型的布景,不使用斜坡、台架、圆柱、台阶等布景"①。这一简化舞台布景的主张显然受到"质朴戏剧"(Бедный театр)的影响。波兰戏剧家格洛托夫斯基认为,"戏剧的优势在于演员与观众之间的直接交流,这种交流无需复杂的剧场舞台设备,在一个质朴的空间里就可以进行了"②。他主张将布景、服装、音乐、剧本等"富

---

① Дмитрий Десятерик. Словарь современной культуры: Вербатим Евгения Гришковца не без основания считают предтечей документального театра. Киев, Газета День, 2004 - 02 - 18.
② 曹婷:《与生活空间互溶的现代戏剧演出空间》,上海,上海戏剧学院博士论文,2001年,第49页。

裕成分"取消，废除舞台，挪开一切障碍，消除演员与观众的距离，从而建立一个不妨碍演员与观众直接交流的"质朴空间"。"Verbatim"纪实戏剧虽未主张完全废除舞台，但其最大限度地简化舞台辅助手段的主张同以格罗托夫斯基为代表的"质朴戏剧"力求建立"质朴空间"的布景原则是极为接近的。

话剧《关于我妈妈和我》第一幕的场景介绍就具有"Verbatim"纪实戏剧所提倡的简化布景的特征。"舞台上的布景非常简单，只有演戏不可缺少的道具。1张桌子，6把椅子（剧中的6个人每人一把），一个沙发，妈妈盘腿坐在上面，她正在边读书、边吃糖。沙发下面有一双高筒女靴。""Verbatim"纪实戏剧在舞台布景方面摒弃了传统戏剧制造生活幻觉的追求，偏爱舞台非写实的象征性空间的架构。《关于我妈妈和我》中有这样一个布景介绍："在舞台的深处是一个门框和一扇门，确切地说，它不是通向另一间居室的真正的门，而是一个在意义上充当门的道具。"与注重"写实"的传统舞台布景相比，这种抽象化的"写意"布景不仅赋予了演员表演的灵活度，缩小了观众与演员之间的距离，而且可以极大地激发观众的想象力。

通常，一些舞台道具在戏剧开场时并不参与布景，它们似乎是在一个"被遗忘"的角落里随时听令，等待着出场布景的时刻。当讲述者开始向观众讲述她的下一个故事时，剧中其他的人物才开始准备与这部分剧情相符的场景。剧作家注重灵活多变地改建空间，使不同的环境在同一个舞台空间内实现。这一空间架构理念同环境戏剧导演查理·谢尔纳的"球形空间"理论颇为相似。谢尔纳不主张在剧场中制造幻觉，他认为，应该"试图挖掘空间的多种功能，不关心制作好的环境像什么，而是关心怎么用……让环境和表演一起发展，不断磨合，使每部剧的环境和表演尽可能结合成完美无缺的婚姻"[1]。这同布莱希特"反对幻觉式"布景的主张有异曲同工之妙，他认为，"要去掉幻觉和象征性，要按照演员的需要来布景。不应有任何第四堵墙的暗示，除了道具之外，舞台应当是空荡荡的，只是一个在其间讲述一个故事的开放式空间"[2]。话剧

---

[1] 曹婷：《与生活空间互溶的现代戏剧演出空间》，上海，上海戏剧学院博士论文，2001年，第52页。

[2] 严程莹、李启斌：《西方戏剧文学的话语策略：从现代派戏剧到后现代派戏剧》，昆明，云南大学出版社，2009年，第153页。

《关于我妈妈和我》中的空间根据剧情的需要不断地改变、灵活运用空间作为一种态度贯穿于话剧始终。

显然，剧作家有意将舞台空间的架构过程呈现给观众，力求把他们从偶尔会产生的幻觉状态中唤醒，不时地提醒他们，这是演剧，而不是生活本身。剧作场景说明中的一句话很好地概括了剧作家的这一意图："许多戏剧行为不是真正发生，而是像儿童游戏一样假定发生。"剧作家"当众暴露"舞台空间的虚假性，使观众感到戏剧空间的预设性，从而消除对戏剧幻觉的依赖。除舞台布景之外，剧作家还从戏剧结构、叙事视角、演出人物等不同方面呈现舞台的虚构性。

3. 非线性、零散化的戏剧结构

戏剧结构是在特定的时间与空间内组织情节，传统戏剧强调戏剧情节的整一性。它是指"情节叙述要连续、完整，情节内部要协调统一，有因果关系"[①]。这种线性发展的戏剧情节很难表达现代人复杂、多变的意识与感受。因此，"后现代剧作家试图超越这种以故事情节为表征的逻辑表述，而是钟情于对事件秩序进行非逻辑化的排列"[②]。以"拼贴"为主要手段的"Verbatim"纪实戏剧文本在结构上具有典型的非线性、零散化的特征。

话剧《关于我妈妈和我》中，列娜在文学社按照指导教师的要求写出的6个不同体裁的作文构成了戏剧的主要框架。它们分别是：（1）描写亲身经历的记叙文《我是如何赠送娃娃的》；（2）议论文《艺术与它的创造者》；（3）转述他人讲述的故事情节的记叙文《拉娅奶奶和她的战友津卡》；（4）记叙文《伊格里亚什卡》；（5）记一件最令自己伤感的事《我是如何成为"大鼻子情圣"的》；（6）抒情散文《未来畅想》。这几个故事是主人公生活经历的不同片段，它们之间没有必然的逻辑联系，彼此独立存在。

这出戏没有合乎正常逻辑的时空概念，没有连贯的线性时间。开场时已经成年的列娜向观众讲述她10岁那年对未来的困惑，妈妈耐心地帮助她在不同的爱好之间做出正确的选择，最后她们选择了文学社。之后，随着每一个作文题目的更替，正常的时序被打破，戏剧时间呈非线性发

[①] 周安华主编：《戏剧艺术通论》，南京，南京大学出版社，2005年，第128页。
[②] 严程莹、李启斌：《西方戏剧文学的话语策略：从现代派戏剧到后现代派戏剧》，昆明，云南大学出版社，2009年，第337页。

展，呈现出跳跃、反转、中断、倒错的状态。作文 1 中的主人公列娜还只是一个 5 岁的小女孩；作文 2 中的她已经是一个能帮妈妈为电影歌曲填词的中学生了；而在作文 3 中故事时间突然倒退了几十年，回到了 20 世纪 40 年代的卫国战争时期，那时的拉娅奶奶还是一个年轻的姑娘；作文 4 中的故事时间包括了妈妈和暗恋伊戈尔的童年、青年、大学时代、成年和中年，但戏剧时间却在叙事者对故事的不断回顾与推进中发生着一次次的倒错、中断、跳跃；作文 5 中的故事时间是主人公列娜叙事的当下；而在最后一篇作文中，时间又由现在转换到了遥远的未来。

剧作家按照创作时思维的顺序来安排故事的次序、结构情节。非线性的戏剧时间引发了戏剧空间的零散化、碎片化。同时，由于戏剧空间克服了传统空间的单一、局促，变得天马行空、自由转换、伸缩自如。剧中有较为封闭的室内场景：列娜家、体操房、教室、妈妈工作的制片室、军官的指挥部、伊戈尔的居室等，另外一些场景则较为开阔：冬季北方冰冻的河面、红场和莫斯科的街道、"二战"的战场等。清晰可辨的现实场景同模糊、恍惚的记忆场景交替出现，具体、明晰的真实空间与抽象、夸张的虚拟空间融合、交织。所有这些差异性较大的场景构成了一个伸缩自如、亦真亦幻、异质多元的戏剧空间。

戏剧时空的自由穿插，任意颠倒暗合了现代人丰富的人生体验，非理性思维的间断性与多变性，这是后现代叙事戏剧结构的典型特征。同时，频繁变换、颠倒、倒错的戏剧时空使受众获得了更为开阔的欣赏视角，能够对舞台上发生的一切进行冷静的思考和清醒的判断，这也就是布莱希特所提倡的"间离"效果。剧作家在这出戏中全方位地实施了"间离"策略，其中还包括在剧中设置多个叙事者，以及插入具有集多重身份于一身的演出人物。

4. 分裂式的叙述视角

早在古希腊时期戏剧就已经包含了叙述的因素，布莱希特创造性地把史诗的叙事性因素重新引入戏剧，创造了"一种总体结构上的叙述性与场面的戏剧性相结合的新型戏剧"[①]。布莱希特在戏剧中设立了一个全知全能的叙事人，他在剧中"不仅承担叙述事件的功能，还具有评论员

---

① 陈世雄：《西方现代剧作戏剧性研究》，北京，中国戏剧出版社，1983 年，第 52 页。

的职责"①,是作者的代言人。20世纪60年代之后,叙事手法在戏剧中得到了广泛的应用。"布莱希特之后的叙事体戏剧,叙事人的身份和叙事声音发生了一些微妙的变化,许多剧作家都把叙事的话语权力由作者交给了剧中人物,从而在旁观式叙事的基础上增加了固定式和分裂式两种叙事手段。"②"分裂式叙述是一种多重视角的叙述,相对于固定式叙述,它可以是剧中几个人物分别在不同时段担任叙事人,也可以是由主人公分裂成多重人格在不同层面展开的叙述。"③

伊萨耶娃在剧作《关于我妈妈和我》中运用了分裂式叙述的话语策略,她在剧中加入了3个叙事人,她们在剧中轮流承担起叙述事件的功能,共同推进剧情的发展。但三个叙事人在剧中所承担的叙事任务并不是完全对等的,按其叙事功能来说,又可以分为主要叙事人与辅助叙事人。3人在剧中不仅发挥着组织、安排故事情节的功能,而且承担着戏剧表演的任务,是集叙事者与角色于一身、具有多重身份的戏剧人物。列娜是剧中最主要的叙事人,她承担着剧中调度、组织全剧情节的叙事功能。列娜多次以独白的形式叙述情节,不断地追忆往事,同观众们共同分享自己"记忆的片段"。同时,列娜又是讲述的故事中的主角。她不时地从叙述者的角色中抽身出来,化身为故事中的主要角色。在不同故事的衔接处,她又不时跳出角色,恢复叙述人的功能,在每个故事开始前点明主题和内容。

除主要叙事人外,剧作家还在剧中安排了两个叙事人:拉娅奶奶和列娜的妈妈。戏剧第一幕中拉娅奶奶讲述了她年轻时在"二战"战场上的坎坷经历,而第二幕中列娜的妈妈充当起叙事人的角色。在列娜的追问下,她讲述了自己同儿时伙伴伊戈尔的故事。拉娅奶奶和列娜的妈妈在剧中承担辅助叙事人的角色,她们对主要叙事人的某些叙事话语加以补充叙述,引发更为具体的故事情节。这三个叙事人都具有多重的身份,一方面,她们以当事人或亲历者的身份完成对戏剧情节的叙述;另一方面,她们作为所讲述故事中的主人公参与剧情的表演,自演其事。叙事人的频繁更替导致叙事视角内在统一性的解构,使戏剧结构呈现出零散

---

① 严程莹、李启斌:《西方戏剧文学的话语策略:从现代派戏剧到后现代派戏剧》,昆明,云南大学出版社,2009,第143页。
② 同上,第318页。
③ 同上,第327页。

化、片段性的特征,剧作家因此获得了随意组接戏剧时空的自由。同时,多重叙事视角有利于克服旁观式视角与固定式视角的独断性与片面性,激发观众从更为宽广的角度对舞台上发生的一切进行总体、客观的思考。

5. 表演者的间离

除了凭借多个叙事人达到间离的目的,剧作家还在剧中安排了几个具有多重角色的演员,进一步实施间离策略。这一戏剧话语策略显然受到布莱希特的直接影响。布莱希特曾说:"为了制造陌生化的效果,演员必须放弃他所学的一切能够把观众的共鸣引到创造形象过程中的方法。既然他无意把观众引入出神入迷的状态,他自己也不可以陷入出神入迷的状态。"① 伊萨耶娃在剧作《关于我妈妈和我》中安排了三个身份独特的无名演员:男人、女人、小伙子。他们以旁观式的表演,进一步冲破真实的防线,不时把观众从幻觉中唤醒。

从表演功能来看,这些身份特殊的演员同古希腊戏剧中的歌队有许多相似之处,只是他们不承担叙述的功能。歌队是古希腊、罗马戏剧中经常使用的艺术手段。在著名的三大剧作家埃斯库罗斯、索福克勒斯和欧斯庇得斯的作品中我们经常可以看到歌队的身影。他们介绍剧情,作为知情人和剧中人物交流,烘托各种气氛,是戏剧创作的很重要的组成部分。随着现代戏剧对传统戏剧手段的不断探究,一些剧作家又重新把歌队这一古老的艺术手段引入戏剧创作。苏联剧作家阿尔布佐夫的《伊尔库茨克的故事》(1959)就是此类作品的杰出代表。显然,伊萨耶娃也从这一古老传统的回归中获得了灵感,具有歌队特征的表演者的加入成为这部剧作最引人注目的特色之一。

首先,演员根据剧情随时扮演剧中的不同角色,并不时地提醒观众,他们只是在扮演角色,不要把他们同剧中人相混淆。剧作中列娜的第五篇作文《我是如何成为"大鼻子情圣"的》描写了一段令列娜极为苦恼的单恋。妈妈建议她给暗恋的男孩子写封诗体情书,她的女友建议把字条偷偷地夹到那个男孩子的成绩册中。

女人:如果放到课本中,他可能一周之后才会看,但如果夹到

---

① 严程莹、李启斌:《西方戏剧文学的话语策略:从现代派戏剧到后现代派戏剧》,昆明,云南大学出版社,2009 年,第 150 页。

成绩册里,他一定会看到。

小伙子把打开的成绩册递给女人。她把字条夹到里面。小伙子把成绩册合上,在椅子上静坐了一会儿,然后打开成绩册,好像不经意地看到了那张字条。把它打开,读起来,用余光环视周围的人,谁也没看到。难道谁也不知道吗?是谁带来的?

演员小伙子当众转化成男孩子这一角色,他参与了夹字条的过程,却又佯装对一切一无所知。这一故意暴露舞台虚假性的手段正是受到布莱希特"间离策略"的影响。"演员不再是傀儡,而是一个具有自觉意识的组织者。具体到表演来看,他要求演员既扮演角色,又要跳出角色,在表演中渗进创作主体的'自我'对对象主体的'自我'进行批评和客观叙述,要让观众感觉到,有一个作为演员的'自我'始终在高屋建瓴地观察着自己的表演。"① 演员这种超越角色、高于角色的表演增加了他与观众之间的交流,迫使他们主动放弃幻觉,冷静地观察剧情,得出自己的判断。演员以滑稽可笑的哑剧式的表演把观众的注意力不断带到剧情之外的表演因素上,从而阻滞幻觉的产生,增强间离的效果。

其次,这些身份独特的演员除了表演角色之外,还时常直接同戏剧主人公交流,倾听她们的心声,并为她们出谋划策。比如,在列娜讲述她小时候不知送朋友什么生日礼物时,这些演员都纷纷替她出主意:

台上所有的人都建议列娜送他们自己认为最贵重的礼物。男人把吉他递给她,女人拿来一双溜冰鞋,小伙子从自己的T恤上摘下一枚印有他最喜爱的冰球队员头像的徽章……

此时,他们如同歌队中的演员,积极地参与戏剧主人公的内心活动,充当其心声的倾听者,分担她的快乐与愁苦。而且,他们还承担着评论的功能,时常对剧中人的举止行为做出评价。具有多重身份的表演者还承担着布置场景和渲染气氛的功能。

由此可见,剧中的"无名氏"通常是身兼数职的特殊配角。他们以"旁观式"的表演、滑稽夸张的动作警醒观众不要沉溺于剧情,从而进

---

① 严程莹、李启斌:《西方戏剧文学的话语策略:从现代派戏剧到后现代派戏剧》,昆明,云南大学出版社,2009年,第152页。

一步完成了对戏剧幻觉的颠覆活动。

6. 诗、乐、剧的交融

诗、乐与表演的结合是古代西方戏剧的特征。"《诗学》开宗明义，认为戏剧是凭借节律、话语和音调进行模仿，如古希腊悲剧源于宗教节日仪式中的歌舞合唱，喜剧则来自仪式外的歌曲；二者均有乐曲伴奏。古罗马戏剧起源于希腊，然而其本土的原始戏剧'撒图拉'亦脱胎于诗歌。"① 后来古希腊时期的戏剧发展过程中逐渐出现了诗、乐、剧三者的离心走势，欧洲的文艺复兴加速了这一进程。但西方近代剧作家又吸纳了古典传统的手法，力求将诗文、音乐、舞蹈、表演结合起来，加强戏剧艺术的表现力。

"戏剧最早便是用诗的形式来写的，所以古希腊称悲剧为'诗'，亚里士多德的《诗学》其实就是一部论古希腊悲剧的美学著作，甚至到黑格尔，在他的《美学》第三章分析戏剧艺术时，仍然以'诗的体式'为标题。可见，戏剧与诗有着密不可分的联系。"② 诗体在西方一直被认为是戏剧的合适语介，但近现代以来散文表达已成为西方戏剧语言的主流。伊萨耶娃把自己的诗歌创作天赋融入戏剧创作中，书写了《关于我妈妈和我》这部融诗歌的抒情性与纪实剧的写实性于一体的剧作。剧作家在戏剧文本中加入大量诗歌文本以抒发人物的内心情感。如列娜写给谢廖沙的情诗：

可是当我为你魂牵梦萦之时，/此刻，即使你、我天各一方，/难道你感受不到我的楚痛与惆怅？/难道每日行色匆匆的你/感受不到那份无名的怅惘？/似乎有人在声声地呼唤着你，/然而，任凭你凝神屏息，/却无法知晓，这声音来自何方？

这首诗抒发了情窦初开的少女列娜强烈的内心感受：她深爱着谢廖沙，而男孩却对此一无所知，列娜不得不以诗传情，期待着男孩能读懂她的少女情怀。

列娜的另一首题为《芝加哥》的诗作出现在戏剧结尾处，在幕落剧

---

① 张沛：《谈中西戏剧中的诗与乐》，《晋阳学刊》，1999 年第 6 期，第 66 页。
② 周安华主编：《戏剧艺术通论》，南京，南京大学出版社，2005 年，第 158 页。

终之前，主人公把自己想象为一个成名歌手，演唱了自己的作品：

> 当整个命运还是一团迷雾，/而心灵如纸张般洁白无瑕，/在学校的教科书里，/我无意中看到了芝加哥。/你以少先队员的荣誉/傲慢、诡异地发誓：/有朝一日我会成为/一个巨富，也许是强盗。

过去、现在与未来三个迥然不同的时空在诗歌中交织成一幅亦真亦幻的画面。女主人公借诗抒情，找寻少年时尘封的记忆，感叹现时的索然无味，畅想未来梦幻般的图景。

除了剧作家的原创诗作外，一些著名诗人脍炙人口的名诗佳句也被插入戏剧文本。列娜的妈妈在电话交谈时，引用了莱蒙托夫的诗歌《我独自一人走到大路上》（1841），引用的诗句表达了妈妈复杂的心情。在列娜讲述她于文学小组的一次排练时，人物的台词中出现了一段对不同诗歌文本的交叉引用。在5月9日伟大的卫国战争胜利的前夕，学生们为纪念在战争中为国捐躯的诗人烈士，选取了一些广为流传的诗作，编排了一个诗歌联诵节目：

> 所有的人物都走上舞台，好像是中学生在编排纪念诗人烈士的诗歌联诵节目。
> 男人："那时的我们身材高大，/一头淡褐色的卷发，/后世的你们会在书中读到/我们神话般的传奇：/他们就这样离开了，/还没有畅饮爱情的美酒，/还未吸完指间最后一根香烟。"（尼·马约罗夫：《我们》，1940）
> 女人："今天，我没有期待你的到来，/而是在深爱中努力把你忘记。/但是，来了一个大胡子海员，/他说，他是你的熟人。/他像你一样，头发蓬乱，/也穿着你那样的喇叭裤！/他说，你曾到过喀琅施塔得，/还说，你还活着，/只是不会再回来……"（伊·乌特金：《信》，1923）
> 小伙子："亲爱的，如果我不会回来，/如果你的一封封书信石沉大海/请你不要疑虑，也不要心焦。/这只是因为……这是一片潮湿的土地。只是因为……形只影单的橡树/在万籁俱寂中向我倾诉它的惆怅，/请远在故乡的你原谅我/同心上人这般无奈的离别。"

（伊·乌特金：《亲爱的，如果我不会回来》，1942）

这组战地诗歌抒发了诗人对故乡与亲人无限的深情、同爱人的难舍难分以及守卫家园的坚定决心。剧中人满怀深情地吟诵这些感动了一代又一代人的诗篇，他们被这些平实无华却又催人泪下的诗句深深地震撼着，对烈士短暂而又瑰丽的生命无限感慨和无比的惋惜。这组战地诗歌使剧作中"爱"的主题得以深化。它既是对爱人的柔情、对家园的依恋，又是对祖国的赤诚，对生命的眷恋。

古希腊戏剧歌队表演中包含着音乐、舞蹈的元素，它们作为外化人物心理，烘托舞台气氛的手段也被伊萨耶娃别出心裁地添加到《关于我妈妈和我》中。例如，拉娅奶奶建议列娜学习舞蹈，这时，音乐响起来，所有的演员都跳起舞来；除音乐和舞蹈外，剧中还多次出现了演员的吉他弹唱。音乐、歌曲、舞蹈这些艺术元素的引入营造了一种浪漫的戏剧氛围，加强了剧作的抒情性。这与"Verbatim"力求简化包括音乐、舞蹈在内的舞台辅助手段的主张似乎有些背道而驰，但这正体现了剧作家不拘泥于刻板形式的创新实践。

细读伊萨耶娃不同时期的两部"Verbatim"纪实剧本之后，我们发现了两种迥然不同的创作倾向：现代革新手段同戏剧传统的离心与向心趋势。剧作家的第一部纪实剧作《第一个男人》完全遵循西方"Verbatim"纪实戏剧的创作理念，追求区别于传统的全新的创作方式。首先，人物的语言是未经任何艺术加工的绝对真实的语言，它具有醒目的口语化特点。人物的对白彼此之间缺乏逻辑，形式上的对白实际上是不同人物各自独白的蒙太奇。其次，说话的目的不再是刻画人物心理，体现人物性格和塑造人物形象，而是实验语言的社会功能。因此，人物不同于传统戏剧中性格突出、形象鲜明，而是形象模糊、性格抽象的类型化人物。她们无意张扬个性，只是作为说话者各自言说着自己同父亲之间不可理喻的复杂情感。由于语言的无序拼贴使戏剧情节失去了完整性与连贯性，主人公叙述的事件成为断断续续的非线性碎片。《第一个男人》以上所述的种种特征体现了伊萨耶娃以"Verbatim"为创作手段，旨在反映非主流的社会现实问题所做的戏剧革新尝试。

继《第一个男人》之后创作的《关于我妈妈和我》无论在戏剧主题上，还是创作手法上都同第一部剧作有较大的差异。首先是两部剧作主

题的截然不同。如果说第一部剧作选取了"Verbatim"纪实剧作的典型主题——现实生活的黑暗、混沌与人们心灵的不堪重负，那么，第二部剧作的主旨则从"审视现实之丑"转为"歌颂生活之美"；其次，第二部剧作中虽然也使用了"Verbatim"纪实剧作惯用的"蒙太奇"艺术加工手段，但它仅仅用于戏剧情节的拼贴与时空的组接，而人物的对白仍是传统戏剧中合乎言语逻辑的对话。话语展示了主人公丰富的情感世界与内心体验，它仍然承载着描摹人物心理，刻画人物性格的功能。虽然从总体上来看，戏剧情节呈非线性、零散化的状态，但每个小故事都相对完整，具有较强的可读性。而贯穿始终的主题使整部剧获得了散文般"形散而神凝"的特征。不同叙事因素的引入在间离演员与观众、启发观众理性思考的同时加强了戏剧的文学性。诗文、音乐、舞蹈、歌唱这些艺术元素是剧作中营造戏剧氛围、烘托人物心理的重要手段，它们在剧作中的运用说明了当代戏剧创作中各门类艺术交叉、融合的趋势。这些传统艺术形式同"Verbatim"这一戏剧革新手段别出心裁的"嫁接"体现了剧作家对戏剧传统与革新的思索。

第六章　当代俄罗斯实验戏剧

第一节　追新求异的俄罗斯实验戏剧

实验戏剧向来以反叛传统戏剧成分、否认成规定式的戏剧元素的身份亮相。实验派剧作家往往脱离传统客观写实的戏剧形态，在戏剧创作手法上进行实验创新，展示自己的戏剧美学与前人的截然不同。因此，实验剧通常被认为是此刻这个转瞬即逝的历史社会中升腾起来的精神符号。与其他戏剧流派相比，实验剧更代表着一个时代的追新求异的精神状态。

19世纪末，西方出现了以易卜生（1828—1906）、斯特林堡（1849—1912）、霍普特曼（1862—1946）、梅特林克（1862—1949）、皮兰德娄（1867—1936）等剧作家为代表的"新戏剧"（Новая драма）。契诃夫的戏剧风格正是形成于艺术领域新思想与新形式层出不穷的19—20世纪之交。在西方"新戏剧"的影响下，契诃夫对戏剧文学创作进行了大胆的革新。主要表现为，剧本中不见戏剧冲突，也没有性格或思想上的矛盾，尽管人物之间偶尔争吵达白热化，甚至响起枪声，但这些都算不上冲突，只是偶然之事，并不影响生活的总体进程。契诃夫的这种表现手法拉近了戏剧与生活之间的距离，其剧情简单而又复杂，如同生活，但这种日常"喧嚣的生活"却与"宇宙"层面的问题结合起来，与世界及人的命运结合起来。① 契诃夫的剧本中基本不见正反人物对比，人物性格复杂多变，很难直接将一个人物定性为好或坏，就这样一些不善于倾听彼此心声的剧中人，行走于契诃夫的故事里，进行着一段段"聋子般的对话"。每个剧中人都在自说自话，听不到对方在说什么。契诃夫凭借这一

---

① Одинокова Д. В. Драматургия Чехова. http：//rerio. ru/Study. MVC/Shared/ShowLecture?id＝347.

被称为"潜流"（подводное течение）的独特的戏剧语言，揭示了人物的内心世界，反映了人物之间的心灵感应：他们甚至在沉默或不在倾听对方讲话时，依然能做到互相理解。契诃夫的"潜流"所暗含的意义凸显了剧中人内心与生俱来的双重性和冲突性，他们常沉浸于内心世界，聚焦于自己的思想与感受，在抒发自我情感时，人物的语言像散文诗一样优美，仿佛中性的语言突然获得了特别的非同寻常的音调。① 为引起受众的关注，剧作家不仅使用潜台词（подтекст），同时也以舞台说明词、停顿及舞台布景等艺术手段来强化受众对剧中人汹涌的内心世界的关注。契诃夫所发明的这些艺术手段的反复使用营造了独特的契诃夫式的舞台程式化，即人物走向自我，关注内心，聚焦于生活问题。② 这种兴趣多在于人物的内心状态而非其活动的戏剧结构，在一定程度上注定了剧情及其张力的弱化、情节完全可能缺席的结果，因此，契诃夫的剧本常被称为"情绪剧"（драма настроения）。

　　契诃夫的"悲剧"概念发生了形变，获得了日常性的含义。其剧本中喜剧性与悲剧性的辩证结合决定了个别剧本独特的体裁形式，剧作家对传统的喜、悲剧概念的改变，不仅导致了导演在理解上出现差异，同时在导演将剧本搬上舞台后，表演形式甚至引起了剧作家的不满。此外，契诃夫对轻松喜剧（водевиль）也提出了独特的体裁概念。契诃夫创作的独幕轻松喜剧，不再继承俄罗斯轻松喜剧的传统，而是拓展了轻松喜剧的主题内容，力求使轻松喜剧跨出喜剧的框架。契诃夫的轻松喜剧已非情景喜剧，而是性格喜剧。契诃夫小型剧的主人公已不是简单的程式化的人物，而是一定社会阶层的代表人物，他们具有独特的个性。契诃夫对戏剧文学的大胆的实验与革新，给后来剧作家的戏剧创作以多方面的启示。

　　白银时代象征派的所有作家几乎都在创作"抒情戏剧"（лирическая драма）方面做了尝试。这些剧作家兼诗人们的悲剧、独角戏、幻象剧的共同特点是"将抒情诗作为主导成分引进戏剧"③。这一独特的试验在

---

① Чехов. Пьесы. http://petrak-igor.narod.ru/Buza_7/Buzoter_4_1.htm.

② Новаторство драматургии А. П. Чехова. http://studopedia.net/9_16927_novatorstvo-dramaturgii-a-p-chehova.html.

③ Журчева О. В. Проблема становления жанра «Лирическая драма» в русской драматургии XX века. Известия Самарского научного центра Российской академии наук. «Педагогика и психология», «Филология и искусствоведение». №1. 2008. С. 224.

亚·勃洛克（1880—1921）、玛·茨维塔耶娃（1892—1941）、尼·古米廖夫（1886—1921）的剧本中又被称为"诗体戏剧"（поэтическая драма）。"抒情戏剧"这一概念由勃洛克首次使用。1906年，勃洛克将分别单独出版的三部剧本《滑稽草台戏》《广场上的国王》《陌生女郎》统称为"抒情戏剧"。这一概念的使用，表明勃洛克不仅开发了新的戏剧形式——诗歌体戏剧，也创建了俄罗斯戏剧的新体裁"抒情戏剧"。[①] 勃洛克将戏剧成分融入抒情诗中，将抒情元素纳入戏剧里，以此发明了这种混合的文学体裁。之所以为"抒情"戏剧，是因为在这种体裁的剧本中，性格、思想的冲突已经退居第二位，占据第一位的是剧中人的情感冲突，即"抒情戏剧"的结构重点在于"情节的内部发展"[②]。为完整再现抒情主人公的内心世界，勃洛克不仅将抒情诗所特有的主观独白引进了剧本，还设置了一组人物来"替换位于传统戏剧中心的统一的主人公"[③]，并以此揭示主人公的多重心理。同时，白银时代的抒情戏剧重视音响效果，"词汇的意义让位于潜台词、语调、节奏等含义"[④]，因为"对于象征派诗人来说，诗节多半是'音'响。词语受制于节奏——它只被感受为材料，借助于它体现了词语之外的节奏—旋律的音响含义。句式屈服于节奏，语调屈服于诗的旋律，词语屈服于音响的选择。语言发声部分自然不参与诗节的结构，考虑的是它的音响效果。诗节中句式本身和词语本身是没有的"[⑤]。作为白银时代的实验剧种"抒情戏剧"没有广泛流行起来，后来只偶现于阿尔布佐夫、沃洛金及20世纪80年代"新浪潮"的个别剧作家的作品中。这种结果，一方面，因这一体裁被遮蔽于心理戏剧流派的暗影里；另一方面，更深层次的原因，可能"抒情戏剧"这种体裁只适合小众，它难以表达一个时代普通大众的集体诉求与整体精神。

20世纪20年代前后十月革命与国内战争期间，苏联戏剧领域应当

[①] Журчева О. В. Проблема становления жанра «Лирическая драма» в русской драматургии XX века. Известия Самарского научного центра Российской академии наук. «Педагогика и психология»，«Филология и искусствоведение». №1. 2008. С. 222.

[②] Добрев Ч. Лирическая драма. -М. : Искусство, 1983. С. 120.

[③] Кипнис Л. О лирическом герое драматической трилогии Александра Блока // Русский театр и драматургия XX века. -Л. : Изд-во ЛГИТМИК, 1984. С. 47.

[④] См. ①, С. 224.

[⑤] Эйхенбаум Б. М. О прозе. О поэзии. -Л. : Художественная литература, 1986. С. 106 – 107.

时社会发展形势的需要进行了"革命性的"改革，进行了各种戏剧实验，诞生了全新的戏剧创作形式。这一时期，在梅耶荷德（1874—1940）的总体设计策划下，流行宣传鼓动剧本（агитпьесы 或 пьески-агитки），如马雅可夫斯基（1893—1930）第一部反映十月革命的《宗教滑稽剧》（1918）、未来派诗人瓦·卡缅斯基（1884—1961）的《斯坚卡·拉辛》（1919）、阿·列米佐夫（1877—1957）的《沙皇马克西米利安》（1919）、谢·叶赛宁（1895—1925）的《普加乔夫》（1921）等。这些剧本体现了当时理想的群众公演（或叫"群众广场剧"）（массовые зрелища）的概念。剧本在打破戏剧的"第四堵墙"、简化戏剧演出、缩减舞台说明词等方面做了很多尝试。这一时期最大胆的戏剧实验莫过于由著名剧作家兼导演集体参与编写、设计并于街头、广场组织有成千上万人参加的群众性演出的"群众广场剧"。如 1919 年由尼·维诺格拉多夫编导的在彼得格勒演出的《第三国际记》（1919），1920 年在彼得格勒演出的、由尤·安年科夫（1889—1974）、尼·叶夫列伊诺夫（1879—1953）等参与设计排演的《攻占冬宫》《自由劳动神秘剧》，康·马尔贾诺夫（1872—1933）、尼·彼得罗夫（1890—1964）等导演的《走向世界公社》。这种"群众广场剧"的内容从其标题便可猜出大概，它们与马雅可夫斯基的《宗教滑稽剧》如出一辙，都具有宣传鼓动革命的性质。这种露天广场的戏剧演出从群众的参与人数及对社会的影响来说是空前绝后的。这一时期由编剧、导演集体参与设计组织的"群众广场剧"，成为创作大规模群众演出这一体裁探索的制高点。群众集体演出这一形式的后来设计者认为，这一时期的此种演出是革命主题的最有说服力的体现形式。① 这一时期的宣传剧本除风格不同凡响外，于语言领域的创新与实验也十分醒目。剧本中各阶层人语言的混用现象十分普遍，如方言词汇、街头俗语、书面语、成语、日常用语、演说用语、口号标语等随处可见，语言折射出这一时期五光十色的现实，有效地作用于现实生活过程。②

20 世纪 20 年代后半期成立的"现实艺术协会"（ОБЭРИУ，1927—

---

① Спектакли массового агиттеатра. http://studopedia.net/1_48742_spektakli-massovogo-agitteatra.html.

② Ершов Л. Ф. История русской советской литературы. М.：Высшая школа. 1988. С. 43.

1930）在文学领域积极展开先锋实验创作，而其主要成员丹·哈尔姆斯（1905—1941）、亚·维坚斯基（1904—1941）等人则在戏剧创作方面进行了诸多先锋尝试。他们宣扬拒绝传统的艺术形式，革新刻画现实的方法，推崇怪诞、非逻辑与荒诞诗学。在他们的先锋实验剧本中，情节失去连贯性，人物的行为及对话变幻无常且零碎分散，剧中人的身份认同出现断裂，人物如同傀儡，折射出形形色色的人及行尸走肉般的存在。① 丹·哈尔姆斯的《彼得堡城市喜剧》（1926—1927）和剧本《伊丽莎白·巴姆》（1927），通过滑稽与黑色幽默展示了人生的荒诞不经。亚·维坚斯基的剧本《伊万诺夫家的枞树》（1938）无论是人物的身份、年龄及离世的方式都表达了现实的荒诞。以哈尔姆斯与维坚斯基为代表的"现实艺术协会"的先锋实验戏剧开创了欧洲荒诞戏剧的先声②。

马雅可夫斯基向来主张在文学创作的内容与形式上进行创新，他因戏剧创作领域的一系列实验而获得"戏剧革新家"的称号。他在剧本《臭虫》（1928）和《澡堂》（1929）中不仅运用了夸张、怪诞的讽刺武器，采用了正反对比、格言比喻等修辞手法，还使神话浪漫情节穿插其中。这两部剧作的实验元素显而易见。幻境喜剧《臭虫》"以神话的幻想情节和漫画式的夸张描绘"③ 揭露并抨击了资产阶级思想对人们的腐蚀作用。《澡堂》是讽刺批判官僚主义的六幕喜剧。"在《澡堂》中，马雅可夫斯基独出心裁地把杂技的元素和放烟火的场面引进了戏剧领域"④，这不仅是一种前无先例的大胆实验，也是世界戏剧史上罕见的创新。马雅可夫斯基在《澡堂》中的实验，"还表现在第三幕拆掉了舞台的'第四堵墙'，消除了舞台和观众席之间的无形界限"⑤。关于这部喜剧的大胆、实验的设想，马雅可夫斯基在1929年9月23日《澡堂》的讨论会上指出：《澡堂》中的第三幕"对我来说是十分重要的，我想表明戏剧不是反映事物的玩艺

---

① Казак В. Лексикон русской литературы XX века. -М.：РИК «Культура»，1996. С. 289.
② 王宗琥：《荒诞的无意义之星——"现实艺术协会"代表作家简论》，《俄罗斯文艺》，2013年第2期，第55页。
③ 王远泽、张铁夫：《论马雅可夫斯基的讽刺喜剧》，《外国文学研究》，1980年第3期，第62页。
④ 同上。
⑤ 同上。

儿，戏剧是冲进生活里去的"①。显然，剧作家这种实验与革新是为"达到作家预想的思想教育和审美教育的目的"服务的。

20世纪30年代的苏联文学中，叶·施瓦茨（1896—1958）"发明"了新的戏剧体裁——童话剧（сказочные пьесы）。他的《宝藏》（1934）、《皇帝的新装》（1934）、《小红帽》（1936）、《白雪女王》（1939）、《影子》（1940）、《龙》（1944）等剧本基本上都是以改编前人剧情为主要内容的童话剧。童话剧中通常出现的"讲故事人"（сказочник）是剧作家在舞台上的传话筒，其作用并非简单等同于古希腊戏剧中的歌队，施瓦茨的"讲故事人"还具有主人公的身份②，是一个具有双重身份的人。这些童话剧使用幻想、怪诞③、悖论、神奇④、讽刺⑤、出乎意料的效果⑥等"陌生化"及艺术游戏的创作手法，探讨道德价值问题，表达对生活创造力的信心，讴歌劳动的高尚力量。剧作家将神话世界与现实世界有机地融为一体，其剧本的主要冲突也体现在这两个世界——剧作家想象中的童话世界与现实世界的冲突，及善与恶的较量。但无论如何，施瓦茨的童话剧都是现实主义剧作，是"另一种现实主义"，"其现实主义的特点是力求通过假定形式来表达生活的真实"。⑦

创作至20世纪80年代中期的剧作家阿尔布佐夫（1908—1986）一生致力于戏剧创作形式方面的实验，其实验剧本《朝霞中的城市》（1941）极具代表性。剧本以即兴表演为基础，产生于集体创作背景下，即所有剧场的演员都参与演出，每个人都说出自己关于第一线建设者的想法，剧中人产生于演员的现场演绎，然后阿尔布佐夫根据现场产生的这一个个小片断进行剧本创作，剧本的实际作者是这些共同参与的演员。剧本中舞台场面与对话的轮流交替是由歌队的穿插与解释来完成的。

---

① 王远泽、张铁夫：《论马雅可夫斯基的讽刺喜剧》，《外国文学研究》，1980年第3期，第66页。

② Колесова Л. Н., Шалагина М. В. Образ сказочника в пьесах-сказках Е. Шварца. С. 110.

③ Манн Ю. В. О гротеске в литературе. М., 1966. С. 96 – 122.

④ Головчинер В. Е. Эпический театр Евгения Шварца. Томск. 1992. С. 49.

⑤ Рубина С. Б. Функции иронии в различных художественных методах//Содержательность художественных форм. Куйбышев, 1988. С. 40 – 50.

⑥ См. ③. С. 112.

⑦ Богуславский А. О., Диев В. А. Русская советская драматургия 1946 – 1966. М., 1968. С. 164.

第二节　夸张与即兴——当代实验戏剧

应该说，后苏联时期俄罗斯探索戏剧发展、转变创作观念的新思路促进了实验戏剧的发展，许多城市以剧院为依托建立了实验创作室，相应的这一时期的实验剧本也层出不穷，令人目不暇接。这些实验剧作家不屑于此前的传统或陈旧的戏剧表现方法，刻意追求表达形式及表现手段上的全新展示。在这个季节里为弘扬俄罗斯实验剧先锋精神做出令人瞩目成绩的首先应该是"新戏剧"的代表剧作家，他们勇于创新的精神成为这一时期实验戏剧的一面旗帜。此外，这一时期的尤·玛姆列耶夫（1931—2015）、阿·斯拉博夫斯基（1957—）、亚·赫罗莫夫（1959—）、叶·格里什科维茨（1967—）、因·阿法纳西耶夫（1981—）等剧作家的剧本同样充满了独特的实验特点。

阿·斯拉博夫斯基的理想剧本是"百老汇式的剧本"，具有"动态发展的情节，单刀直入的对话，逐渐升级的张力，对话迷宫中常见的穷途末路及意欲绝处逢生的狼奔豕突……"① 可以说，这一理想在一定程度上为剧作家朝实验性戏剧发展奠定了目标基础。首先，阿·斯拉博夫斯基对自己这一时期剧本体裁的界定就充满了实验性，有"带地下室和屋顶的多层话剧"（《从红色老鼠到绿色星星》，1994）、"两夜和一个黎明的伤感闹剧"（《线团》，1996）、"心理惊悚戏"（《互抱》，1999）、"两幕怪异喜剧"（《我要走了!》，2000）、"两幕哈哈剧"（《布林—2》，2001）、喜悲剧（《与众不同的人》，2002），同时还有与契诃夫经典剧本形成互文的两幕喜剧《小樱桃园》（1993）。可以说，斯拉博夫斯基的剧本从剧中人的选择、对话方式，到故事情节的展开，直至故事的结局，基本体现了这一时期实验剧的特点。个别剧本的实验性表现为消解传统剧本的对话意义，仅限于"是""不是"的对话问答，如剧本《27 号剧本》（1994）。斯拉博夫斯基的剧本荒诞可笑，却是人们耳熟能详的身边事，从荒诞不经的爱情故事，到风雨飘摇的婚姻世界，从父子轮番吸毒致死的悲剧，到人物意欲离家出走的苦闷表述，剧本无不以揭示人物的道德状态为旨归，勾勒出人物阴暗晦涩难以言明的内心世界，对话简练

---

① Гончарова-Грабовская С. Я. Комедия в русской драматургии конца XX-начала XXI века：учеб. пособие. -М.：Флинта：Наука，2006. С. 270.

尖锐，不乏黑色幽默。

尤·玛姆列耶夫的《月亮的召唤》（1995）与《夜来人，或与陌生人的婚礼》（1996），因·阿法纳西耶夫的处女作《箱子之歌》（2003），亚·赫罗莫夫的《泰迪熊》（2003）等实验剧本均在某种程度上充满了荒诞夸张，却真实另类地再现了当人们对现实回天乏力、对叩击幸福之门无望之时，转而对虚妄、对游戏世界的向往与追求。看得出，成年人的童话世界里孤独仍是主旋律，主人公对虚妄理想的极度渴求与其结果南辕北辙的惊人落差，通过现实悖论地传达给接收者，使其有切肤之感。

通常，实验剧在考验创作者戏剧观念的同时，也在改变受众的戏剧接受心理，人们在对文化形态新锐发展进行质疑的同时，以试探的心态接受它，但接受结果如何，取决于实验剧的发展趋势及努力方向。后苏联时期的实验剧以夸张的戏剧手法及令人震撼的剧情激起当代俄罗斯戏剧文化的层层涟漪，体现了蓬勃的思想力度、昂扬的精神渴望，但其前行的脚步在以后的日子里是否会依然铿锵，取决于实验者坚持的勇气和实验戏剧成长的空间，尤其重要的是，是否会给观众留下值得深思的内容。

说起后苏联时期的俄罗斯戏剧，不可能不提及格里什科维茨的名字。这个此前名不见经传却在后苏联时期连获几个戏剧大奖的年轻剧作家的异军突起，使崇尚文化尤其是痴迷戏剧的俄罗斯人有些云里雾里，一时摸不着头脑。集剧作家、演员、导演于一身的格里什科维茨在成为各大媒体的采访对象的同时，也成为剧评的焦点人物。评论家们竞相为他的戏剧创作特色下定义，企图将其与艺术中的某一流派与方法进行对比。于是，"新感伤主义者""戏剧浪漫主义者""独角戏之王"等称谓被冠于这位初露头角的戏剧人。而其剧本被定义为"纪实性"即兴表演、"多夫拉托夫小说的戏剧翻版""俄罗斯民间的普鲁斯特作品"[①]等等。

一个其貌不扬的外省人，鲜有哗众取宠，不使用另类语言，以独特的舞台表现格调稳操胜券地征服了莫斯科、俄罗斯，甚至欧洲戏剧界。究其原因，似乎一致的感觉是，已经好久没谁像格氏这样敞开心扉推心置腹，把观众当成家人讲述亲切而又苦闷的日常生活，交流生活各阶段

---

① Громова М. И. Русская драматургия конца XX-начала XXI века. -М.：Флинта：Наука，2005. C. 333.

的体会与感受,而且讲述者相信,他的这种感受是大家共同的经历。或许格氏起草剧本时正是源于这种坚信,而他的每一次讲述又是靠违背时髦和违反常理获取观众的认可。用评论家的话来说,一个寻求和谐和解的国家像需要空气一样需要这样敞开心胸聚拢人心的人。① "在今天所有语言都已说完,所有全球化问题都已被讨论殆尽的大背景下,人们更加关注的是细节和详情,只有它们才能感动我们。"② 格里什科维茨的实验剧不以具体的社会现实问题为己任,而是有意强调戏剧的艺术感与哲理感,更深层次地挖掘人性心理,应该说,这无意中契合了受众的期待心理。

第三节 "意犹未尽的"叶·格里什科维茨

叶甫盖尼·格里什科维茨(以下简称格氏)出生于西伯利亚克麦罗沃市,中学毕业考入克麦罗沃国立大学语文系。大学读书期间曾在远东太平洋舰队服兵役三年,返校后创建了大学生剧院"包厢"(Ложа)。回想当年自己对戏剧的最初涉猎,格氏坦言:"在克麦罗沃我没有找到其他更接近艺术的受教育方式。我连想都没有想过要报考某一剧院。我真的不了解戏剧,不习惯它……而且我颤音发不好……"③ 这位发音不很正确的戏剧人在以后几年里时间里,凭着"天生的戏剧感"④,带领"包厢"剧院的演员,参加了国内外各种戏剧节,几乎年年都有新作问世,赢得了观众们的认可。

"包厢"剧院最初的某些演出元素成为剧作家后来约定俗成遵循的演出手法,尤其是自然而然有感而发的台词。格氏一向不喜欢固定的台词,这种即兴表演后来成为其演出特色,格氏的许多剧本甚至出现在舞台表演之后。1998年"包厢"剧院解散,格氏来到加里宁格勒。义无反顾地选择加市,格氏没有后悔,他开始在加市剧院工作,参加各种演出。"来加里宁格勒是为了突出强调我自己的生活状态。除了这里有海,气候

---

① Зайонц М. Герой нашего времени//Итоги. 2001. № 47 (27-11-01). С. 62.

② Славкин В. Прямое высказывание-старое и новое в сегодняшнем театре //Искусство кино. 2004. № 2. С. 97.

③ Филиппов А. Евгений Гришковец: "Мой персонаж лучше меня"//Известия. 19-12-2002. С. 7.

④ Быков Д. Взрослая жизнь молодого человека//Новый мир. 2002. № 1. С. 184.

宜人，没有其他原因。"① 在加市期间的戏剧积累使其创作积淀了日后征服俄罗斯戏剧界的人物形象及独具风格的舞台表现手段。格氏的主要戏剧创作形式为独角戏。其独角戏因讲述形式与内容迎合观众心理引起观众的共鸣。格氏的主要独角戏有《我是如何吃了一只狗》（1998）、《与此同时》（1999）、《无畏舰》（2001）、《＋1》（2009）等。除独角戏外，格氏也创作传统的对话剧本，主要有《冬日》（1999）、《一个俄罗斯旅行者的游记》（1999）、《行星》（2001）、《城市》（2001）、《买房》（2008）等。

格氏在莫斯科的第一次正式演出，是在1998年"新欧洲戏剧"艺术节上，演出独角戏《我是如何吃了一只狗》（或译《我是如何变得有经验》，以下简称《吃狗》）。一个身穿水手服的年轻人走上舞台，把观众当成自己人，要同大家谈一谈每个人都关心的事，讲讲自己的过去，讲讲成长过程中经历的各种感受，说说对生活的不适感及对其诸多现象的费解，格氏无奈的手势迷惘的眼神、吞吞吐吐孤立无助的形象立刻吸引了一向挑剔的莫斯科人，观众们如痴如醉地迷上了格氏天真单纯欲说还休欲罢不能意犹未尽的叙事手法及讲述格调。1999年第二届"新欧洲戏剧"艺术节上，格氏演出了新独角戏《与此同时》，与观众就人这一世界最微小粒子存在于世的各种感受进行了交流。此剧再一次满足了莫斯科人寻求文化身份认同的戏剧心理。这两个剧本一致被戏剧界认为是创新剧本。2000年春，格氏将两个"金面具奖"——创意奖和评论奖收入囊中。2000年12月，格氏再次折桂，荣获最高戏剧奖——"凯旋奖"。回顾格氏的戏剧创作脚步，或许作家的成功可以归结为以下三个原因：对以展示人物心理状态见长的独角戏的情有独钟；对传统戏剧表现手段的颠覆意识；对拉近与观众距离的小剧场的匠心独用。

一、寂寥伤感的独角戏

最初由格氏本人出演的两部独角戏《吃狗》和《与此同时》奠定了格氏戏剧演出的基本格调，成为他的招牌戏。正是这两部独角戏形成并

---

① Филиппов А. Евгений Гришковец: "Мой персонаж лучше меня" // Известия. 19 – 12 – 2002. С. 7.

最终确定了格氏所谓"新俄罗斯感伤主义者"的演出方法与风格。①

格氏独角戏的主人公一般是三四十岁的年轻人,生活不很如意却极富理想和追求,其对生活的不满多半起因于理想与追求的无法实现。独立于舞台,主人公满怀期待同观众交流自己的感受,但一时又不知从哪里说起,因此其语言经常是语无伦次,断断续续。他常为此羞愧于色,但其急于交流的心理真诚而又令人感动,因此很容易与观众达成共鸣。格氏的几个独角戏几乎都是这样一个年轻人的独白故事。整个故事中,主人公的自我感受引领了故事的前因后果。

1. 感伤生活的《吃狗》

格氏曾在俄罗斯舰队服役,因此《吃狗》这个故事可以看作是剧作家——一个水手的自传故事。故事的主线是,一个"有幸"在太平洋舰队服役三年的年轻人讲述自己单调乏味的水兵生活。故事中不时穿插着讲述者对自己不同成长时期生活的回忆,那些过眼云烟的生活当时看似可笑荒唐幼稚天真,今天想起来却散发着温馨与伤感,弥漫着令人难以割舍的心痛。一个冬日清晨想象着矗立于远方黑暗中冰冷的学校而懒于起床的小学生瞬间长成了一个到服兵役年龄的小伙子,这个成长速度在令他吃惊的同时,已经置身于太平洋舰队了。而舰队的生活同样不能令他舒服快活地成长,其中更多的是"不愿意"、"不想",却"不得不"。水手讲述了两件最使他感伤落泪的故事。

主人公回忆起服役期间过的一个生日。一年之中只有生日这天可以请假一天,于是年轻的水手在漫天大雪中跑了一天去买过生日的食品,结果,好不容易买到的啤酒在快到目的地时因冰天雪地冻成冰砣,自己也在熄灯号吹响之后才回到服役的船上,此时同屋的人早已鼾声如雷。生日这天他收到的礼物是父母的贺电和大副送给他的一只牙膏。一个难得的值得庆祝的日子却因环境的制约荒凉得让人掉泪,而这样的日子对年轻的水手来说实在是再普通不过的了。令人费解的是,服役期间受过不少委屈和欺侮的主人公可怜的不是自己,而是他的亲人,因为在他看来,父母挚爱并期待的那个从前的他一去不复返了。双亲把信件和邮包寄给"那个坐在朝东方驶去的列车上向他们挥手的人……而这个小男孩

---

① Громова М. И. Русская драматургия конца XX-начала XXI века. -М.: Флинта: Наука, 2005. C. 337.

已经死了。邮包寄的地址不对。它不是寄到他们亲爱而唯一的聪明的孩子那里，而是寄给了不计其数的邋遢的、受压迫的、丑陋的小伙子中的一个……"① 观众在主人公的讲述中可以发现他的成长，他逐渐成熟的感受，他对人生的顿悟，而这个过程是如此的沉重，如此地举步维艰，如此地令人迷惑，如此轻易地让人丧失信心。

第二个故事是服役期间，主人公吃了由鲜族士兵科利亚做的狗肉。"我吃着吃着，明白了，在我身上，在我的胃里，有这个轻信人又毫无自我保护能力的动物的一块肉，而且，当科利亚唤它时，它大概高兴地打着滚，摇着尾巴……我吃着肉，试图去感觉体内的反抗，而我……却吃得挺香……以前我是不能吃的……以前……也就是说，一个人想着，另一个人——吃着。那个吃着的人更……现代一些……也就是说，他更好地与时代接轨。"② 显然，这种能与不能、前与后之间的界限在"吃狗"这一刻被抹平成一条线，主人公的朦胧意识也在这一瞬间由此岸跨到了彼岸，一种长大的感觉油然而生。"吃狗"完成了主人公由以前的"我"向现在的"我"的过渡。

《吃狗》中"成熟"主题与宇宙主题穿插交错。在格氏的意识中，具体现实的生活常与他存在于宇宙空间的感觉融为一体，"宇宙范围"和无穷小的空间以奇特的方式共存于同一世界中：小小的人在无尽的宇宙中，轮船在茫茫的世界大洋中，舰队服役期满的水手和整个俄罗斯舰队……悬殊的对比使年轻的水手——主人公惊悚于自己的微不足道，由此开始下意识地进行思考，经常对自己不安分的心理进行审视分析。显然剧作家兼主人公是个敏感多思之人，对任何不经意间发生的事都要问个为什么，总是想竭力搞懂，结局怎么会是这样，为什么生活中忧伤总是要多于快乐。

2. 关注内心的《与此同时》

独角戏《与此同时》展示了讲述者对"在同一时间里"这一现象的困惑及思考。主人公试图帮助大家分析，世界的大宇宙和身边的小宇宙在每一秒钟这个平行的时间里都可能同时发生哪些事情，从而让受众身临其境地感觉到生活的流动，同时在这一瞬间看到永恒的魅力。作者为

---

① Гришковец Е. Как я съел собаку и другие пьесы. М. : Зебра Е/Эксмо/Деконт + , 2003. С. 41.

② Там же. С. 40.

俄文标题"与此同时"这个词提供了两个重音，暗示此词的多意性，说明同一时间可能发生的纷繁杂沓头绪无限的事情。①

如果说《吃狗》还有个服兵役这个忽隐忽现的主线的话，那么《与此同时》中则完全没了贯穿始终的统一情节或某个故事。整个剧本自始至终充斥着自我分析、即刻的感受、随想随到的评价。而且主人公教大家要学会脱离于自我存在，感受、联想世界这个宏大宇宙中在同一时刻可能会发生哪些事情。为了使观众有一个具体直观的体验，格氏在舞台上演出时，拿出一张人体解剖图，在分析人的生理结构时，他认为，人应该分解成思考的和感知的"我"与"非我"。随时存在的"我"，大家都能理解，而"非我"解释成：当人从侧面审视自己时，以前做的事说的话都不是现在的"我"做的，因此那不是"我"，而是"非我"。这里格氏使用了叙事视角理论来阐释人存在的荒诞性、合理性和永恒性，充满了对一切事物稍纵即逝的慨叹与苍凉感。不仅人体是这样的结构，世界、宇宙大大小小的事物、物体无不如此。人在感觉到这一点时，应该是既有永恒的自豪感，也应该有一种永逝不再来的失落感。《与此同时》似乎意欲教会人们认识生存的宇宙空间，思考在复杂宏大同时又常常是难以理解、不符逻辑的残酷世界里，一个具体而普通的人的生活意义是什么。结论是，在这个世界上，没有比独一无二的生命更重要的东西了，人的生命就是主要价值，而且领略人的内心世界与在宇宙中漫游同样妙趣横生。② 格氏理性兼有说教意味的结论，表明剧作家的良苦用心，借助于简单的舞台道具，格氏完成了对宏大的宇宙及渺小的人这一微妙而庞杂问题的对比思考。

格氏独白剧本格调的独特性还表现在各种语义、句法手段的使用上。伴随着舞台上人物的吞吞吐吐、欲言又止，剧本中不时出现停顿、插入语、重复语、感叹词、省略号、问号、破折号等。例如，独角戏《吃狗》的主人公回忆起自己看过的第一部恐怖片，连续三天去电影院也没有买到票，每次电影散场时，他看着那些走出影院的人，心里有种羡慕嫉妒愤愤不平之感：

---

① Громова М. И. Русская драматургия конца XX-начала XXI века. -М.：Флинта；Наука，2005. С. 342.

② Там же. С. 343.

……而他们已经感受过了，已经知道了……我想在他们的眼睛里看到这一点……我尊重他们，而且懂得，我甚至不能跟他们讲话……后来，周五我自己也看了这部片子……怎么样，看完了……走了出来……然后就回家了……

……您来到德累斯顿画廊，来到挂着西斯廷圣母画的大厅，站在画前您会想："看……这就是她……应该明白这一点，应该意识到这一点……等一等，等一等，等一等。应该集中精力！小伙子们，别影响我看画！……要知道我早就等着这一天啦！这是她，是她！我在这里！她也在这里！就是这样，就是这样！……"——实际上您没感觉到什么。而等您看过了粗制的赝品——就一切都感觉到了。结果，白去了一趟，还是怎么？德累斯顿……也就是说白去了？因为不是想看画……而是感觉。①

各种语义符号的使用显示了讲述者是个易于激动善感之人，而且在多愁善感之余有着急于表达的愿望。由于情绪紧张和感受强烈，自白语言显得力不从心，支支吾吾，前言不搭后语，于是省略号、停顿等符号不断出现在文本中，衬托着主人公的强烈感受与难以言表的窘迫。

独角戏《吃狗》的基调比较复杂，既有轻松的喜剧成分，也有忧伤、感人的悲剧成分，彼此交错，互相融合。而由剧作家本人在舞台上的表演要比读剧本感觉轻松很多，或许是借助无奈的手势、茫然的表情，多了某些喜剧成分，加上音乐的伴奏，以及观众席上偶尔发出的适可而止的笑声。但无论如何，头绪繁琐、思绪杂沓的《吃狗》给受众的印象是理性的思考多于现实的说教，因为在格氏的讲述中，故事情节不是主线，讲述者观照的是人的内心世界及其感受。相对于展示故事情节来说，格氏戏剧更看重对心理现实对生命意义的拷问，对人类存在价值、对生命尊严的深度思索，格氏试图在社会价值之外寻找一个永恒的精神家园。这一看似杞人忧天无时不在拂之还来的思考习惯贯穿于格氏的所有创作。

3. 咀嚼浪漫的《无畏舰》

2001年11月份的"新欧洲戏剧"艺术节上，格氏的独角戏《无畏

---

① Текст пьесы «Одновременно» цитируется по：http：//www.theatre-library.ru/files/g/grishkovec/grishkovec_1.txt.

舰》引起了整个戏剧节的再次轰动。据报道,这出戏完全可以与国外巡回演出的优秀剧目相媲美。① 戏剧节及其他艺术节的活动家们扔下自己的工作,前来观看格氏演出,他们或许从中看出了格氏"新感伤主义者"或"新浪漫主义者"称谓的由来。若有所思的独白,源于对观众的信任而竭尽全力倾诉自己感受的姿态——这是格氏戏剧的显著特点。但《无畏舰》却与前两部独角戏不大相同,剧本的副标题叫《给女人看的剧本》。令格氏吃惊的是,女人们从来不读关于军舰和重大战役的书籍,她们根本不感兴趣,甚至连翻都不翻这种书,也不逛军事博物馆。而正是这些图书深邃而真诚地讲述了男人们的理想、失望、希望、勇敢和忠于职守,这些内容是其他书籍根本不曾涉猎的。因此,格氏为女人们准备了《无畏舰》。

《无畏舰》是第一次世界大战中的一种大型战舰。格氏读过许多关于这种战舰及战舰上服役的将士的图书,并因此游览许多博物馆,研究海战史。而此次登上舞台,剧作家声称不是老生常谈,而是用真诚的情感来讲一讲永恒的男女问题,确切些说,是关于男女心理的文字游戏,关于一个人一生的功绩及其必要性,关于战争与祖国。② 格氏伤感地讲述了男人们如何在远离家乡的某个地方孤独地死去,其实不是关于这些男人们如何死去,而是他们如何能漂亮而又不失尊严地做到这一点,讲述了将士们在战争中彬彬有礼的表现及随时准备为祖国和舰旗而牺牲的精神准备。

舞台上放有一台烟雾机,故事伊始,格氏向观众介绍了这台机器,并告诉大家烟雾机在整个故事中毫无意义,它只是一件普通的道具,格氏在讲述整个海战过程中,会不时走近它释放烟雾。显而易见,这台烟雾机的存在不是那么简单,它释放出的烟雾仿佛是滞留于格氏胸口的闷气,而格氏本人总有一种不吐不快的感觉。在讲到牺牲的无名战士时,格氏去掉了桌子上蒙的白色桌布,露出下面的葡萄酒、高脚杯和香烟。格氏点上烟慢慢吸起来,缓缓升腾起的白色烟雾在悠扬响起的音乐衬托下向观众发出至关重要的信号——悲伤?慨叹?钦佩?无奈?抑或一切皆有,观众自己去理解吧。

剧中一个浪漫而感伤的情节是格氏对雪花的描述,故事的抒情性也由此越发浓郁:

---

① Зайонц М. Герой нашего времени // Итоги. 2001. № 47. С. 62.
② Громова М. И. Русская драматургия конца XX-начала XXI века. -М. : Флинта: Наука, 2005. С. 345.

有一次我乘船时看见海上的飘雪……我为这雪花感到心痛。鹅毛般的大雪纷纷扬扬，但旋即就消失得无影无踪。它甚至没有融化，没有变成柏油路上的稀水。没有。它直接落在海面上就消失了。顷刻间就没了。而且谁也没有发现。谁也没见过这种降雪。这种漫无天际飞扬的雪花及其飘落时曼妙轻盈的轨迹。雪消失了却无人知道。①

格氏的雪花应该马上会被观众接受，因为在格氏的海战中为祖国、为无畏舰旗杆上猎猎飘扬的战旗而牺牲的海员、军官、舰长就如同飘落于大洋中的雪花，在生命还没来得及绽放出绚丽的光彩划出漂亮的轨迹时就顷刻间化为乌有，他们的功绩没人发现，无人知晓，甚至有时显得毫无意义，却是必不可少的。他们的英雄行为更多说明了情感、义务而非搭上性命换来的功绩，而且主要的是"不以自己荒诞而具体的面貌死去，而是与巡洋舰，最好是与无畏舰共存亡"②，因为男人不是"莫名其妙的怪物，而是神秘的文字"，每个人都想成为哪怕是"一个漂亮的字符"，"漂亮的，有力的，那种简单但至少是一万个字符中看起来最漂亮的那个"。这样一个神秘而自负的存在常常渴望女人的认同，吸引她的注意，让她相信真诚的爱情，相信在严寒的窗口美丽的窗花上也有他呼吸的结晶，相信在军舰桅杆上的水手"不只是简单地"挥动旗子，而是"宣布爱情的信息"。③ 演出接近尾声时，格氏站到椅子上挥舞着战舰上的三角旗，尽管观众不了解舰旗的语言，但从挥旗者的用心和用力上，我们分明感觉得到，他是在向所有的人传递纯朴炽热的爱的信号。

在讲到日德兰海战的最后，当很多战士英勇地战斗到最后拒绝投降之时，战舰最终被烧毁，此时，格氏把自己亲手折好的白纸船放进水盆，浇上汽油点燃，一种庄严、豪迈、伤感与壮美随之升腾。显然，格氏讲述军人对荣誉规则的遵守、英勇抵抗、自我牺牲等品质，不仅是女人不能片面理解的元素，也是所有男人们应该尊重的成分，这些素质于今天完全有可能以另类形式体现出来。

---

① Гришковец Е. Как я съел собаку и другие пьесы. М. : Зебра Е/Эксмо/Деконт +，2003. С. 274.

② Текст пьесы «Дредноуты» цитируется по: http://www.libtxt.ru/chitat/grishkovets_ev-geniy/16176-Drednouti.html.

③ Громова М. И. Русская драматургия конца XX-начала XXI века. -М. : Флинта: Наука，2005. С. 347.

《无畏舰》与《吃狗》毫无相同之处，此剧几乎不见喜剧成分，以客观评价见长。如果说它是一部关于男女爱情的故事，那么故事的结局就像演出结尾时点燃的纸船那般飘逸美丽，耐人寻味。格氏"新感伤主义者"和"新浪漫主义者"的称谓由此越发名副其实，其讲故事的格调及色彩更加复杂厚重，深邃忧郁。

4. 彰显孤独的《+1》

2009 年 5 月，在《无畏舰》演出 8 年之后，格氏带着新独角戏《+1》重新回到思念已久的舞台。在这 8 年里，格氏经历了各种转型——搞音乐创作、写小说、做电视主持人、拍电影、写网络博客等等，但观众在观看了其新作《+1》之后，发现格氏仍然是从前的那个格氏：一个对生活洞察入微、对丰富的内心世界进行嘲讽性解读的故事人。①新剧中格氏设计了几个空间，人物一会儿身着太空服登上火星，一会儿是冻死在冰川中的北极考察队员，一会儿出现在天堂里……无论现身何处，格氏的人物都表现出一种孤独感，这是剧本标题的应有之义，因为他不是人类的一分子，而是人类外加的一。这个另类始终表现出对祖国的热爱，一直想做一个"让祖国为之骄傲的人"②，所以登上火星挥舞俄罗斯国旗是为了向祖国显示自己是如何热爱它，去北极考察，哪怕冻死也在所不惜，因为这时大家才会更加关注他。这一切表现为新剧本增添了另一个主题——需要众人的关注。剧本具有明显的格氏以往的成分，穿插着对童年的回忆，对生活的观察与感悟，对曾经失败的耿耿于怀与伤感。在闪转腾挪的同时，经验丰富的格氏十分清楚自己的方向和目标，即使天马行空，也会及时返回。"谁也不了解我，也就是说，我不是'什么地方的一个人'，我不是人类的一分子，是人类加一。也就是说，我很孤独。"③ 在形而上的解释过后，格氏的人物还原自我，形而下地向观众展示了如何利用生活中的皮尺来丈量世界的历史进程，批判地分析了达尔文进化论。显而易见，格氏的天分中注定有大众崇拜的因素和与

---

① Довыдова М. О себе，о Родине，о счастье//Известия. 05 – 05 – 2009. http：//www.smotr. ru/2008/2008_gr_plus1. htm.

② Сидельникова М. Ну и еще один //Коммерсант. 05 – 05 – 2009. http：//www.smotr. ru/2008/2008_gr_plus1. htm.

③ Годер Д. Смотри，как я могу! //Время новостей. 06 – 05 – 2009. http：//www.smotr. ru/2008/2008_gr_plus1. htm.

现代艺术主流倾向相左的成分存在。看得出,他不仅喜欢讽刺,而且幽默、伤感,是个极具人文气息与爱国热情的人,他仿佛是一个高处不胜寒的文化精英与普通百姓之间的过渡人。

二、寻找自我的对话剧

如果说格氏的富于探索性与实验性的独角戏以抒发自我情感、浪漫讲述见长的话,那么剧作家的对话戏剧则展示了人物试图摆脱困惑与寻找自我价值的深度渴望,再现主人公欲哭无泪、欲诉无人能解的孤独境地及无望逃离的心路历程。格氏的对话剧本与传统的叙事剧本无论形式还是内容都出入较大。与其独角戏相比,格氏对话戏剧的变化只是一种纯表面的假定性变化,就主人公的叙事方式及自我分析来说,均为其独角戏表现手法的翻版。① 作者只是把原来一个人的独白在几个人物之间进行了合理分配,使其成为形式上的对话,但就其实质来说还是一种彼此自我封闭的独白。

1. 对爱的深度渴望与摆脱孤独的爱情信号

《行星》(2001)是格氏较早的一部偏离独角戏的两人话剧。或许一个人的表演有些拘囿,或是空间上有些逼仄,于是格氏在表演《行星》时引出了女主人公。莫斯科瓦赫坦格夫剧院的女演员安娜·杜博罗夫斯卡娅在出演角色的同时,为剧本的女主角写了台词。戏剧舞美因女主人公的出现自然靓丽了许多。从诠释剧本或诠释自我的角度来说,格氏做得简捷明白清晰到位:一个男人那种超越时空的孤独无助无时无刻不在吞噬着他。《行星》中几乎滑过贯穿格氏创作始终的所有主题——城市主题,寻找自我主题,孤独及渴望战胜孤独主题,男人与女人等主题②,其中尤其突出的是爱情主题。格氏主人公的爱情法则是:"女人之于男人是整个行星,男人之于女人是卫星。人之于爱情,一如夜间的螟虫围着灯火飞舞,不离不弃。"③

《行星》是一场窗外的男人与窗内的女人各自活动的一场戏。窗外的男人深知女人的存在,而且只要女人出现在窗前,男人就极尽所能挥

---

① Громова М. И. Русская драматургия конца XX-начала XXI века. -М.: Флинта: Наука, 2005. C. 347.

② Там же.

③ Текст пьесы «Планета» цитируется по: http://www.grishkovets.com/grishkovets_-_planeta.txt.

舞手中的树枝，仿佛想为她做些什么。窗内的女人不知这个世界上还有这个男人的存在，她读书、打电话、与男人争吵等日常生活全在男人的监视之下，而她却全然不知。窗外的他显得怪诞而荒唐，试图倾诉一直萦绕于胸的情感，却又拙嘴笨腮，不知从何说起。男女主人公的同时在场只是对观众而言，他们素昧平生，各自生活在自己的圈子里，有自己的爱好、朋友，男人或许知道女人的存在，但女人对男人毫不知情，所以这场两人戏是一场特殊的独角戏，是由男女主人公互相交替的独白构成的。戏中的女人或许是男人的一个理想，她周围发生的一切或许是他想象出来的"爱情行星"。男主人公因苦闷而孤独，他不断寻找摆脱孤独的出路。他将窗口孤独女人的抽象形象赋以期待女性的光环，使自己产生一种希望——有人需要你，还有爱情在。① 这一点在"这座城市不需要你"（《行星》中的主要用语）的沮丧背景下显得尤其重要，你会觉得自己不再孤独，你必须坚信这一点，它是你继续活下去的精神支撑。在独角戏《无畏舰》中已经出现过的信号主题在《行星》中又一次出现，格氏似乎提醒每个人都要善于捕捉灯火闪烁的窗口和街道发出的信号："所有的人都在彼此互相发信号，美梦中似乎觉得，所有这些信号都会飞到对方身边，也会接收到飞回的信号……"②

  主人公努力以各种方式发出爱的信号：他使天空的星星亮起来，使卫星或飞机按既定轨道运行起来，使亮着尾巴的萤火虫在女人的窗口不停地飞来飞去传达着爱的信息。而飞进女主人公窗口里的"宇宙卫星"，像萤火虫一样在她的灯罩下旋转，似乎说明她也期待着能照亮她生活的"现实卫星"的出现。男女主人公费尽周折似乎想告诉大家一个真理：生活离不开爱情，甚至最不幸的爱情也比没有的好。③ 主人公甚至飞遍了整个行星，从非洲到南极洲企鹅寄居地，但什么也没有找到："……那里留下了我的许多同情和理解。我对别人的同情和别人对我的同情。但是没有爱。那种逝去的爱。"④ 《行星》是一部关于求之不得的爱情故

---

  ① Громова М. И. Русская драматургия конца XX-начала XXI века. -М.：Флинта：Наука，2005. С. 348.

  ② Гришковец Е. Как я съел собаку и другие пьесы. М.：Зебра Е/Эксмо/Деконт +，2003. С. 151.

  ③ См. ①，С. 349.

  ④ Текст пьесы «Планета» цитируется по：http：//www. grishkovets. com/grishkovets_ - _planeta. txt.

事,是关于在这个茫茫行星上有情人互相寻觅的短剧。剧本结尾处,害怕孤独却并未被孤独吓倒的主人公表达了自己尽管充满阳光但不无忧伤的情绪:"现实如此:有我喜欢的歌儿,有美妙的女人,有我。还缺什么呢?缺少的正是与这个女人在这首歌曲下的共舞。显而易见,这支舞永远跳不起来。永远都不可能。于是产生了一个问题:为什么需要这首歌,为什么需要这个女人,为什么需要我。答案马上就产生了:就让它这样吧!如果这首歌很好听,就让它存在吧!就让这个女人存在吧!这不是问题。……只是这首歌一定要是真正的歌。有时只要这样就已足够……也就不可怕了。"① 格氏在这一刻仿佛具有了普希金一样的情怀,只要我们心怀希望,只要大家彼此珍重、暗自祝福,生活就会充满阳光,未来一定是美好的。

相对于独角戏来说,《行星》的人物增至二人,但人物之间没有任何对话,只是交叉封闭的独白,因此《行星》可以看成是格氏的独角戏与对话戏剧之间的过渡形式。

2. 人在旅途的乡愁与旅途之后的逃离

格氏随后的对话剧本中,更多显示了创作内容及主题的多样性。格氏因《冬日》(1999)和《一个俄罗斯旅行者的游记》(1999)两部剧本荣获1999年的"反布克奖"。《冬日》被认为是一部高水平的舞台创作。故事比较简单,演绎了所有两人与一人这种三角关系中可能形成的各种关系模式。格氏在这里采用了"转换剧"手法,让演员不断地转换角色以完成整个剧情。故事一开始特别富于异域风情:雪姑娘精灵般徘徊在童话般美丽的冬日森林里,森林里出现了两名士兵,他们准备炸毁一个秘密目标。在抵御严寒等待命令的过程中,他们回忆起小学时阅读果戈理经典小说《塔拉斯·布尔巴》的情景,雪姑娘这时身着学生服出现在他们身边,与他们一起上演小学时发生的故事:当他们还是小学生时,两个人同时爱上了她,却羞于承认;然后他们是同事兼竞争对手,她同时爱着他们两人,却好像又谁都不爱;后来他们又成了一家人,庆祝儿子的生日……故事结束得壮丽而富于节日气氛:两个战士在规定的时间里引爆了目标,但发出的却是盛大的节日焰火。剧中的主人公只有

---

① Гришковец Е. Как я съел собаку и другие пьесы. М.: Зебра Е/Эксмо/Деконт +, 2003. С. 169 – 170.

两男一女,他们通过不停地由一个角色转换成另一个角色,通过不断改换形体、声音、角色,让观众体验到剧情的流动和所要表达思想的鲜活。格氏的手法总是充满创新和悖论,但气氛营造得很成功,纯粹的儿童式的轻信——世界是美好的、慷慨的,既充满着善意又充满了惊喜。原本美好的生活只因无聊的假设及愚蠢的义务而弥漫着苦恼与悔恨,格氏的这一内涵深邃的象征剧出乎人们的意料,难怪有评论家认为格氏的《冬日》是他最成功的剧本。①《冬日》看起来似乎远离了格氏一贯坚持的关于生活故事的常规,而走向假定性与象征剧的手法,因此与格氏的其他独角戏和对话剧本显得格格不入,但熟悉格氏风格的人都会认出他真诚的格调及悖论似的思路。几乎所有提起格氏创作的人,都会不由自主地联想起自己的命运,回忆起他们的生活中也曾出现过那个人,也有过那样的冬日,发生过那样如梦如烟的往事。

《一个俄罗斯旅行者的游记》的主人公是一对30—40岁无话不谈的老朋友。剧本中的五个对话情节可以认为是想象出来的情节,是两位老友信马由缰推心置腹的聊天。他们往往因为不同观点和不同生活经验而就某一问题产生争论,甚至发生冲突。二人谈论的主题是日常生活中的故事和心情。一个人唉声叹气地给朋友讲起,他是如何在机场被人偷了钱包;两人在车站或海港或机场整装待发,聊起了索契的夏天、西班牙的红酒等随手拈来的话题;一个人滞留在瑞士,然后给朋友打电话借钱;在欧洲的某个城市,两人坐在椅子上喝酒,谈论电灯、电话、玻璃、放大镜、电视等这些高科技产品的发明者;两人临别时,其中一人表达了特别想坐下来喝两杯的愿望,谈一谈郁闷的心情,聊一聊由家庭、亲人、义务等生活中的压力使他萌生离家出走的念头。可以感觉得到,两人均有丰富的生活阅历,但对生活的理解却并非深刻,许多缺少先验的琐事困扰着他们,他们因此而争论不休,每次谈话几乎都以不欢而散告终。他们谈天说地漫无边际的神聊,最后归结一下,可以发现多少有些剧本标题中应有之义。但剧本中不见任何游记,真正意义上的"旅游"也像"场外人"一样滞留在幕后。标题中的旅游有时出现在他们对过去的回忆中,有时显示于他们对未来的计划中,有时只是一种概念范畴。② 他

---

① Быков Д. Взрослая жизнь молодого человека//Новый мир. 2002. № 1. С. 186.
② Громова М. И. Русская драматургия конца XX-начала XXI века. -М.: Флинта: Наука, 2005. С. 350.

们更多地是从理论上谈论着各种旅游，夹杂着世界各地的发明。显然，旅游不是真正意义上的旅游，而是在回忆和情感中展开的思绪驰骋。而且看得出，重要的不是旅行，而是对生活的盘点，在旅游的背景下倾泻而出的个人情绪。毫无疑问，格氏与感伤主义有着强烈的暗相契合，这种随处可触的普通人的真实情感，他们对生活本身难以掩饰的强烈感受，是今天许多作家所忽略不计的，也是众人遗忘的话题，但格氏却因感伤潜质而专攻此道，且乐此不疲。

《一个俄罗斯旅行者的游记》最后两位俄罗斯旅行者分手时的对话引出了"家"的主题，而与人在旅途相关自然而然地产生了"思乡"的主题。一个人把国外旅行看成是"有可能对这里的所有的人与事的思念"①，因为"即使是普通无聊甚至是不幸的生活"隔一段距离都显得格外亲切。另一个人却仿佛患了人群恐惧症，对他来说，去哪里并不重要，只要能离开，要感觉自己是一个"谁也伤害不着的""无法触及"的"幻影"就行。他不断地重复着："我一直想离开！就这样离开！或者，最好说成是——走！"② 但他担心在下一个地方也待不长，也会因日久而产生同样的逃离欲望，因为只要陌生的城市变成熟悉的了，他便会感到压抑，就像离开的故乡城市那般令人不堪忍受。③《一个俄罗斯旅行者的游记》中反复提到的令剧作家焦躁不安的城市及城市人的主题在其接下来的剧本《城市》（2001）中继续上演，且愈演愈烈。

3. 人到中年的困惑与无望逃离的沮丧

乍看《城市》很简单，像《一个俄罗斯旅行者的游记》一样由五个对话构成，中间夹有两个独白。主人公（巴欣）通过与妻子、朋友、父亲、出租车司机等人的对话及独白，讲述了你我熟悉的生活中的故事。格氏的惯用手法是：好像讲的是自己，结果是关于我们大家的故事。家庭幸福、工作顺利的巴欣决定抛弃一切离开家，离开城市，他试着向亲人朋友解释促使他这样做的原因，却解释不清，只是感觉应该这样，别无他法。他企图搞懂自己与这个城市格格不入的心理，并证明自己的决

---

① Текст пьесы «Записки русского путешественника» цитируется по: http://www.grishkovets.com/text.html.

② Там же.

③ Громова М. И. Русская драматургия конца XX-начала XXI века. -М.: Флинта: Наука, 2005. C. 351.

定是正确的，但将这一心思诉诸亲人朋友后，却没人能理解他，大家彼此之间的无法沟通，就像《一个俄罗斯旅行者的游记》中那两个彼此不能理解的老朋友一样。只有父亲能理解他，说自己年轻时也有过类似的感受，但时过境迁往事不堪回首，而且随着年龄的增加，父亲早已视这种行为为"自私"和"无能"的表现。

主人公尽管姓巴欣，但在故事进行中始终只有一个"他"，仿佛忘记他是有"名"之人。看得出这里的姓名形同虚设，他只是格氏的又一个具有概括意义的人物而已。实际上，所有的男人，哪怕他生活得很幸福，他都不时地想改变自己的生活方式与生命轨迹，到另一个城市去，或装修房子，或辞职调换工作等等，他无时不在渴望这些能随时呼吸新鲜空气的去处与做法，他们本能地厌恶长期地看见同一种现象，走在同一条街道上，与这个世上他所熟悉的不能再熟悉的那些人交往。① 而女人则相反，她们特别珍惜这些像鸢尾兰的根茎一般串起来的一切连带关系。对《城市》中巴欣的妻子来说，最珍贵的是父亲很早以前带回来的一个滑稽的海边贝壳，现在她还经常拿出来让儿子听听，或者是一把用旧了却带有体温的小勺，还有这座她生长的城市，对她来说城市因充满了温馨的回忆而倍显亲切，这里还有没有血缘关系的丈夫，正因为选择了他，她才一直这样生活着。② 显然，男人与女人对故乡的依恋完全不同，女人很在乎家的感觉，而男人则更在意自己的感受。

男人的这种情况通常可以漂亮地说成是"中年危机"，其实可以更肯定地说，是古怪的念头及劣根性使然。主人公巴欣渴望像别人一样生活，但他自己却做不到，他甚至羡慕朋友装修：

> 你在装修，说明你或多或少是正常的。装修之后——一切都变得好起来……有人装修，有人结婚，有人离婚，有人一生都在准备早晨开始跑步，有人在瘦身。主要的是，要有意义。意义！而我只要一想到我将永远住在这里，在这个城市里，在这条街上，在这座楼里——永远，我就完了！所有的一切，别说装修，就连洗碗都不

---

① Зайонц М. Как много шума городского//Итоги. 2002. №10/№300（12 - 03 - 02）. С. 55.
② Там же.

愿意——连脸都不想洗……①

主人公认定自己病因是早衰,对他来说,生活变成了某种毫无意义循环往复的行为。

> 我感觉自己甚至分不清食物的味道。我什么也感觉不到,除了感觉自己软弱无力,感觉我一无所能……我明白,我将会**永远**是我现在的这个样子。明白吗,永远!也就是说,我永远不会说意大利语,永远不会有钱,永远去不了阿根廷,等等等等……不,马科斯,解释不清,因为,阿根廷,就随它去吧,最主要的是这个"永远"……②

与其说他渴望去某处,不如说他渴望离开此处,摆脱现有的处境,改变无路可走的现状。就其内心来说,他是个永远居无定所的人。或许可以说,使主人公不断产生逃离想法的,正是对从一地到另一地不断迁徙漂泊的生命形态的渴望。我们从格氏迁居加里宁格勒,而又常常出现在莫斯科戏剧界的行为本身可以看出,或许剧作家就迷恋漂泊的人生历程,从而把对生命移植过程的眷恋逐渐演化成一种人生目的。

装修是当人需要改善自己的生活状态时进行的一项有意义的活动。《城市》中有一个潜在的对比,把主人公的生活状态联想成拖延的装修。实际上,巴欣和他的朋友正处于"推迟的装修"这一状态中,仿佛只要装修在延续,希望就一直伴随。③"现代剧本学校"上演这出话剧时,舞台上因装修需要而设计了一架竖梯。显然,这里的竖梯就是一个象征,一个隐喻:人想离开,却无处可去。主人公爱所有的人,却无法在这里生活下去,他必须跳出自我和自己熟悉的生存环境。因此,剧本中推迟的装修和舞台上的竖梯具有同样的象征意义。

《城市》的结尾是开放式的:主人公搭上出租车去火车站,但他对未来却一直持怀疑态度:

---

① Гришковец Е. Как я съел собаку и другие пьесы. М. : Зебра Е/Эксмо/Деконт +,2003. С. 78.

② Там же.

③ Громова М. И. Русская драматургия конца XX-начала XXI века. -М. : Флинта: Наука,2005. С. 353.

我担心……我担心我去某处，那里会发生什么事儿，不发生也没关系。然后再回到这里……最终我回来了……接着又会怎么样呢？那时连这种离开的可能也没有了。说实话，我担心的是那里将会发生什么……①

对故土失去眷念之情的主人公，尽管清楚未必有什么新大陆在期待着他，却甘愿冒失望的风险，独自奔赴异乡，仿佛认定，经历孤独的体验会带来自我崇高感。显然，格氏人物在尚未搞懂自己渴盼与躲避的究竟是什么的时候，其心灵更渴望对陌生世界的苍凉体验，或许异乡似一面明镜会把他的本来面目照得清清楚楚。

剧评家们发现《城市》中的心理分析有经典传统的影响，有人把经历内心沧桑的巴欣与莱蒙托夫的彼巧林、契诃夫的三姐妹等系列"多余人"的内心状态进行对比。有人甚至认为就时间上来说，巴欣的内心更接近万比洛夫《打野鸭》（1967）中的维克多·齐洛夫。② 就年龄来说，或许格氏的巴欣与万比洛夫的齐洛夫有互为应和之处，但我认为格氏的巴欣或许更接近作者本人。当年格氏离开故乡西伯利亚的克麦罗沃时，他内心经历了很有可能就是这种随处可说却无人能解的苦闷与煎熬。来自城市生活的压力——单调无聊的社会义务、为人子为人夫为人父的家庭职责、需要你同情或向你借钱的朋友等等——都足以使格氏成为《城市》中那个疲于应付难以抉择垂头丧气的巴欣。可以说，巴欣的逃离渴望具体直观地图解了这种人到中年的脆弱疲惫苦不堪言的心路历程。巴欣不像任何人，他是这个年龄的男人所有通病的外在表现。

4. 孤立无援的境地与四面楚歌的内心

相对于《城市》中的巴欣来说，《买房》（2008）的主人公——医生伊戈尔的苦恼要更现实更具体更透彻些。伊戈尔想买房却没钱，在借钱过程中，朋友们的态度让他大为震惊、出乎意料。伊戈尔第一个去借钱的人是至交米哈伊尔。米哈伊尔住在独栋二层楼已多年，他以一个过来人的身份劝说伊戈尔别做傻事，因为买了独楼会有无尽的问题需要解决。主意已定的伊戈尔却声称这次买房是他看到了那种"整个生命都可以为

---

① Гришковец Е. Как я съел собаку и другие пьесы. М. : Зебра Е/Эксмо/Деконт + , 2003. С. 91.
② Быков Д. Взрослая жизнь молодого человека//Новый мир. 2002. No 1. С. 186.

之运转的目标"①。米哈伊尔认为建议可以给，但钱不能借，因为他自己还要添置新的生活用品。朋友萨维奥拉夫不借钱给伊戈尔也有自己的道理："友谊经不起金钱的考验。一切不愉快都会随之而来。你看到我会感到不舒服。我不敢跟你说话，因为担心你会把这些话当成责备。……友谊是脆弱的，如果跟金钱联系上，友情马上就烟消云散。……你会经常想着，你欠我的钱，然后开始生我的气。时间越长，气就越大。"② 萨维奥拉夫最后答应借钱，条件是需付利息。第三位朋友认为，如果借钱给伊戈尔，就不得不换医生，因为"如果我借钱给你，你就会以还债的方式给我治病。那样的话，我会怀疑你故意不给我治好——或者更糟糕——残害我的身体。……是的，在债务人那里看病是一种无谓的冒险，而医治债权人却是一种诱惑。"③ 第四位朋友几乎没有多余的钱，在借钱无果的情况下，向伊戈尔推荐了伊戈尔以前的女友，而这位女友是一位精明狡猾的女人，她提出的苛刻条件自然令伊戈尔难以接受。

朋友们拒绝借钱的理由五花八门，从简单的生活借口到细腻的心理分析不等。指望向朋友借钱的伊戈尔没有错，不能白白把钱借给伊戈尔的朋友们仿佛也理由充分。朋友们的一次次拒绝最终使伊戈尔孤立无援，使其心力交瘁，陷入绝境。但当主人公经过一番借钱的"炼狱"，最终只拿到岳父母本来为他们自己准备好的"葬礼钱"给他买房时，相信感动的不仅仅是伊戈尔本人。象征着美好新生活的房子因借钱不成而购买未果，我们也着实为主人公感到遗憾。这出看似普通的日常生活戏暗含隐喻成分。格氏可以说是纯粹地道的心理学家，他总是能恰到好处地把握读者的心理，做到适可而止。戏剧是开放式的结局，留下空间让读者思考，但剧作家同时在剧本的尾声里设计了几种可能的结局。2009年4月10日，"现代剧本学校"导演拉伊赫里加乌斯（И. Райхельгауз）在将这出戏搬到舞台上时，也遂了作者的心愿，结局同样是开放式的。幕间休息结束后，当观众还处于猜想主人公是否能买下房子时，导演却以电影手法为设置的悬念画上了句号。导演为观众准备了四个电影镜头：第一个镜头展示了主人公要买的那座房子的全景，全家准备庆祝乔迁之喜；第二个镜头是聚会时主人公与妻子翩翩起舞；第三个镜头是主人公垂头

---

① Текст пьесы «Дом» цитируется по: http://www.grishkovets.com/grishkovets_-_dom.txt.
② Там же.
③ Там же.

丧气地坐在沙发上；最后一个镜头是主人公绝望地自杀，倒在台球桌旁。相信无论哪一种收场都会有支持的观众，因为买房过程是每个人都深有体会的肉体与精神的双重折磨过程，什么样的结局都有可能。格氏的买房无疑异常真实地再现了当代俄罗斯人敢于想象却无力实施的普遍热切愿望，是每一个人仿佛实现人生最后一个理想的真实写照。可以说明这一点的是，该剧从2009年被搬上莫斯科舞台后，一直没有停止演出过。2013年开始，该剧成为莫斯科契诃夫剧院小剧场保留剧目。格氏的成功在于淋漓再现了买房过程中买房人日趋茫然的心理及其逐渐孤军奋战的过程，动态十足地勾勒出的正是主人公这一饱经蹂躏的心路历程，至于主人公最终是否能买房，格氏兴趣不大。看得出，格氏的风格没有变：十多个人物，从心理展示到动作塑造都仍是格氏的范式，以表现内心为主。

格氏一次又一次对人到中年内心躁动的展示无疑为人们提供了一种极为有效的心理警示疗法。这一切都是在20世纪80—90年代俄罗斯社会异常变故之后，剧作家为自己建构的一幅世界图景及解读方式。格氏的主人公企图搞懂那个神秘的"我"变为何物，这显然是格氏所有剧作的本质内容。经常置身于压力之下的人们动辄扪心自问：我是谁，身在何处。就在作家们致力于研究关于自我身份认同发生危机之后人的道德选择及价值取向问题的同时，俄罗斯民族世代相传的一个重要的素质不可小觑，即自动调节能力、自我适应能力。格氏的主人公毫无疑问具有这种能力：他随时随处以各种先验的、后天积累的经验疏通来自各方面的压力，排解自己的苦闷，无论是外表还是内心永远想做他者。格氏主人公不愿意正视现实，不善于从改变自我入手，总是寄望于规避现实，改变空间，忘却困顿，采取逃离的方式解决问题，尽管格氏的这一解决方法我们未必认同，但它无疑勾勒出作者格氏的精神理想及生活态度。实际上，不能正视现实，逃避问题，尽管不够积极，但未必不是一条摆脱困境的出路。仅从这一点来说，格氏的《城市》与《买房》无疑是很合时宜的剧本，处于"围城"中的年轻人或中年人都可以借此剧本反观自照，提醒自己。正如有学者所说："人和他人互为镜子。我们透过他人看见自己，透过自己看透他人。"① 结果是，互相看有助于审视自我，提升自我。

---

① 张宗子：《开花般的瞻望》，上海，上海人民出版社，2007年，第6页（前言）。

三、对传统戏剧的颠覆意识

阅读格氏剧本和观看格氏戏剧，我们发现，格氏的戏剧不仅是对古典戏剧的颠覆，也是对现代派戏剧的隔离，现当代舞台上形形色色的戏剧流派和实验戏剧，面对独具特色的格氏实验戏剧已不再显得新颖别致。

1. 结构自由的戏剧

在阅读了格氏的独角戏和对话剧本之后，我们发现，格氏戏剧对传统戏剧的颠覆首先表现为其戏剧没有严谨的结构，没有紧张的戏剧冲突，不见高潮，也难以预测何时结束，其戏剧专心于人物的心理展示与阐释。传统戏剧一般是"以对白式语言为主、以剧本文学为基础"①，内心独白一般不占重要篇幅，结构相对比较严谨，而结构严谨的剧情在格氏的创作中很少见，其剧作以穿插回忆、联想的叙述方式凸显人物的内心感受与心理变化，是不折不扣的纯心理写实戏剧。格氏之所以多选择独角戏作为叙事方式，或许也是因为剧作家急于展现的是人物心理结构或曰内心世界，而剧情的外部情节性、动作性则不是剧作家的关注对象。其戏剧一般没有固定的文本，很多台词首先在舞台上演出，然后很晚才被落实于笔端，这有悖于按照现成的剧本进行演出的惯常行为。有人认为格氏的这种没有剧本的随意演出，或者是有脚本但每次演出台词都互不雷同的即兴演出是极其不严肃的戏剧现象。而格氏却认为，屈服于传统，将剧本打印出来，是没有生命力的话剧独一无二的选择，从而认为这是"反话剧"："……这只是我的台词。我甚至不需回忆，如果我突然忘记了什么或是不能在我的话剧里再现它，那么也会出现别的东西。"② 也就是说，这些独白台词几乎失去了惯常舞台说明词的含义，不可能完全概括由作者本人在舞台上表演的一切。

乍一看，格氏的这一戏剧操作理念似乎与法国著名导演及戏剧理论家安托南·阿尔托（1896—1948）的"残酷戏剧"所倡导的戏剧理论不谋而合。阿尔托在为残酷剧团发表的宣言中开宗明义地提出"首先应该打破剧本对戏剧的奴役"③，而且"残酷戏剧不上演写成的剧本，而是围

---

① 周安华主编：《戏剧艺术通论》，南京，南京大学出版社，2005 年，第 78 页。
② Вайман С. Драматический диалог. М. : УРСС, 2003. С. 25.
③ ［法］阿尔托：《残酷戏剧——戏剧及其重影》，桂裕芳译，北京，中国戏剧出版社，1993 年，第 85 页。

绕某个主题，依据历史事件、现实素材、改编的作品，直接通过导演和演员在剧场里创造出戏剧"①。但因格氏与阿尔托在戏剧领域的身份不同，二者实验戏剧的操作程序与演出难度大相径庭。阿尔托是导演兼戏剧理论家，其"残酷戏剧"由导演和演员共同完成，而格氏既是剧作家、导演兼故事人（即演员），相对于阿尔托只是完成舞台演出的一个中间环节来说，格氏一人扮演多功能的角色，他包揽了从剧本出炉到舞台呈现的所有过程，因此格氏在戏剧呈现的整个过程中比阿尔托具有更大的便利性与自由度。格氏的剧作家身份决定了他可以在最初剧本创作时就直接行使让剧本接近于演出操作的可能。一句话，格氏从剧本创作开始，就已经勾勒出自己的演出流程图，因此其演出因前期的未雨绸缪和后期不必顾及剧作家的感受而显得更加游刃有余。格氏还强调，"台词也可以加上自己的故事和观察。不喜欢说出来的也可以省略掉……"②而且"如果有人拿着我的剧本与我在舞台上的表演进行对比，他只可能找出不多于百分之四十完全相同之处。……讲述的方式发生了变化，句子结构、用词都改变了"③。这一点尤其突出表现在由格氏导演的、2003年在莫斯科契诃夫小剧院上演的话剧《围困》中。这出话剧很晚才有剧本，它是在排练中"自然形成的"，由演员与导演格氏共同努力的结果。这出话剧是最初格氏"包厢"剧院的老构思的新表现。格氏把《围困》的当代首次演出定位成"新戏剧"。首先这是一场演员的戏：《围困》中，在未来话剧的整个构思框架下，演员"可以自己构建台词，他怎么方便就怎么说"。《围困》是对经典故事情节进行改写的一种后现代文本，格氏当年于克麦罗沃"包厢"剧院上演的所有话剧几乎都曾以此为原则建构起来。因此，固定的台词在格氏看来似乎没有什么必要，它甚至限制了演员的自我发挥。实际上，回头审视格氏的创作和演出过程，丝毫不见随意散漫、有失严谨之处，更无空穴来风、无稽之谈的怪诞，即兴演出对格氏的创作价值非但不见任何影响，反而凸显了作者不追求浮夸的品性。剧作家的这一品性还强烈表现在其独具魅力的戏剧语言上。

2. 独具魅力的语言

格氏对传统戏剧的颠覆还体现在略显另类的语言使用上。格氏不是

---

① 周安华主编：《戏剧艺术通论》，南京，南京大学出版社，2005年，第78页。
② Вайман С. Драматический диалог. М. : УРСС, 2003. С. 25.
③ Гришковец Е. «Моя жизнь обнулилась...»//Газета. 12 – 03 – 2004. С. 12.

那种口齿伶俐滔滔不绝一泻千里的讲述者，其语言通常显得游移滞涩，甚至吞吞吐吐，偶尔在不知所云时，他会面带愧色地直视地面。格氏最初的这种舞台表现似乎给人们留下了舞台经验不够丰富的印象，但如果认为他台词记不清，是一个捉襟见肘的故事人，那么就大错特错了。几场戏看下来，你会发现这种含糊其辞的音调、无助挥动的双手、单纯真诚的面孔正是格氏特有的语感和格调，他独一无二的语言技巧恰恰体现于此。这种舞台表现手段正适合格氏不以情节取胜而以心理探索见长的独角戏。很难想象除了作者本人来演，剧本《吃狗》《与此同时》《无畏舰》和《+1》演出效果会怎样。剧本与剧作家的音调、即兴的文本台词以及一整套舞台上"话语外的"行为是如此地融为一体不可分割。难怪格氏认为，"写剧本毁坏了舞台上的自然存在"①。他喜欢的就是这种心无旁骛直奔主题的自然真诚，其戏剧毫无悬念地建构于讲故事人与观众彼此信任的基础上。所以，当格氏一个人在没有任何幕布遮蔽于众目睽睽之下从容地走上舞台的瞬间，我们相信，观众已经肯定了他的独特。

格氏的低眉颔首或茫然无措，撑不起鸿篇巨制的大型戏剧，但其情感的细腻与表达的别致，却使其以表现人生际遇的无奈与彷徨的独角戏别有一番动人的魅力。格氏利用纯净的舞台布景，表情语言与肢体动作配合默契的倾诉式戏剧，达到了收放控制恰到好处的效果，显示了剧作家十分了得的演出功底。格氏营造出了一种全新的现代戏剧语境，在他闪烁其词、模棱两可的文字背后，是他独具一格的舞台表现样式。语言在格氏的戏剧里获得了前所未有的生命，那种传统的、人们所熟悉的戏剧情节、戏剧悬念、人物性格、符合逻辑的对白，全都烟消云散，不见了踪影。应该说，格氏解放了戏剧文本，其成功在于某种程度上颠覆了观众的审美心理与审美习惯。

格氏剧作的流行还在于他对独角戏无怨无悔的选择。格氏认为独角戏是出于为探索独特的演技而创作的。尽管在行家们看来独角戏是一种高难度的演出，但格氏认为独角戏是最简单的一种演出方式，因为没有对手，没有合作人，不必顾及他人，一切只要自己负责，负责自己。格氏认为，独角戏也是一种特殊对话，与观众进行的一种直接交流，尽管他们沉默，但他们偶尔发出的笑声和掌声对独角戏演员来说无疑是一种

---

① Громова М. И. Русская драматургия конца XX-начала XXI века. -М.：Флинта；Наука，2005. C. 344.

莫大的支持。"质朴戏剧"的创建者、波兰杰出戏剧导演耶日·格罗托夫斯基（1933—1999）指出："没有演员与观众中间感性的、直接的、'活生生的'交流关系，戏剧是不能存在的。"① 阿尔托也曾说过："为了重建连锁关系——即观众昔日在剧中寻找自己的现实的那种连锁关系——必须使观众与戏剧等同，同呼吸，同节拍。"② 格氏无疑做到了这一点。而对于独角戏来说，舞台氛围的渲染对戏剧的成功与否无疑起着举足轻重的作用。

3. 简单纯净的舞台

格氏的舞台布景简单纯净，不见所谓写意的、空灵的成分，也不见游戏性、假定性和荒诞性因素的布景。在目前费尽心思经营舞台布置，意欲使灯光的视觉形象及声响的听觉效果直接冲击观众的感官，乃至引起不仅其肉体上的，还有精神上、道德上的震撼的戏剧大背景下，格氏的布景却能做到摒弃经典舞台范式，以简约著称，实属不易。但格氏的简约舞台却暗含丰富的背景内容。例如，在《吃狗》一剧中，格氏的舞台十分简朴，高出地面20公分左右的蓝色平台上堆放着船用的白色粗大缆绳，靠近观众的右前方放着一桶水，舞台中央放着一把椅子，上面有一顶黑色的海军帽，椅背上挂着海魂衫。布景简单，但观众却分明看懂了，我们即将要听到的是一个与海军有关的故事。格氏的舞台布景现实而毫无矫揉造作之成分，没有为观众设置任何悬念，有一种直奔主题一目了然的感觉。格氏的舞台设计尽管简约，但意境唯美。如在《与此同时》中，蓝色的方形舞台上方，旋转着格氏亲手折叠的纸飞机、星星和行星。这一布景使观众不由自主地陷入宇宙这一无限宏大的运转空间里；《行星》中，一个女人居住的蓝色窗口前，不时有飞机、行星、萤火虫飞过，只要一拉舞台中央的细绳，夜空中就会星光闪烁，灯光随着日夜交替而忽明忽暗，衬托出一个善于幻想而又会常常陷入忧伤之中的女人心理世界，有梦想实现时的喜悦，也有梦幻破灭时的哀伤；《无畏舰》中，舞台中间，讲述者的身后是一排象征着无畏舰大炮的铜色钢管构架，舞台的右前方放着一张桌子，上面蒙着一块白桌布，在幽蓝的灯光照射

---

① ［波］耶日·格洛托夫斯基：《迈向质朴戏剧》，魏时译，北京，中国戏剧出版社，1984年，第9页。
② ［法］阿尔托：《残酷戏剧——戏剧及其重影》，桂裕芳译，北京，中国戏剧出版社，1993年，第137页。

下，舞台包括舞台中央的故事人呈现出一种淡淡的伤感。故事中间讲到为海战而英勇牺牲的官兵时，主人公拿掉了白色桌布，露出了下面尊贵的葡萄酒和孤独的高脚杯，主人公独自坐下，自斟自饮起来。显而易见，格氏的舞台设计简约唯美，流露出一种舒适的信任感，散淡的忧伤，其中不无象征内容，道具简单但用心良苦。格氏偶尔也会借用灯光制造感官效果，但演出没有以灯光为情绪调配。格氏不很注重强调场面的视听冲击力，尽管每场戏中都有精心选取的音乐元素的加入，但其目的，不在于刺激观众的听觉感官，而是诗意地再现人物的精神世界及情感状态。

4. 个性开放的小剧场

最后，格氏的戏剧之所以能够被观众认可，利用小剧场也是一个不可忽视的因素。小剧场的布置一般比较简单，但以追求特色与个性来吸引观众。小剧场的存在空间具有高度的应变能力和开放性。演出者（或讲述者）直接站在观众面前，与观众近在咫尺，建立了直接的交流渠道，彻底打破了舞台的神秘感，打破了传统舞台的"第四堵墙"①，使观众有一种身临其境的现场感。这不仅缩短了观众与演员之间的空间距离，更重要的是拉近了演员与观众之间的心理距离，戏还没有开始，观众已经接受了演员，至于他演什么已经不很重要了，即"小剧场比大剧场提供了更大的心理深入的可能性"②。但空间的缩小对演员的表演魅力也同样是一个高难的挑战，要求演员的内在生命力及气质因素都要经得起推敲。因为演员的一个动作、一个眼神、一声叹息，观众都会尽收眼底。而且格氏的舞台布景简单，在没有其他对象分散其注意力时，观众往往会对表演者本人进行仔细观察，因此演员的收放捭阖都不能留下任何矫揉造作的痕迹，只有恰到好处的表演分寸和大方自如的表演状态才能始终如一地抓住观众。而格氏不见表演性、假定性，不提倡剧场性，时空自由的即兴表演因素正符合小剧场及观众的心理需求。应该说，格氏没有让观众失望，其不动声色的内敛与异于常人的努力常常会激发观众积极的参与意识及随机应变的观赏姿态。

格氏的实验戏剧意在独辟蹊径，打破传统戏剧的各种框架的束缚，无拘无束地从形式到内容上进行艺术探索与戏剧革新。尽管格氏的戏剧

---

① 参见：孙惠柱：《第四堵墙——戏剧的结构与解构》，上海，上海书店出版社，2006年。
② 童道明：《小剧场心理深入的可能性》，《戏剧艺术》，1994年第1期，第6页。

没有明显的情节线索，只有回忆和阅历，没有宏大的历史背景，只有茫然的心理，我们还是可以发现格氏叙事的内在规律，即用最真诚的语言讲述人生经历的苦闷孤独、忧郁彷徨以及摆脱苦闷的艰难与绝处逢生的喜悦。这实在是俄罗斯戏剧的现实要求。

格氏的戏剧不满足于对事件的叙述，不潜心营造情节，也不着意刻画人物性格，而是把挖掘人物深层的心理状态作为最终目标，而且人物常常游离于自我，进行反观自省和自我解剖。在当下精神流离失所放置无处的大背景下，格氏的戏剧现象正合时宜。或许，作为一位道义感十足的艺术家，格氏提醒大家不妨对自己的人生做个"预先总结"，对灵魂进行果敢拷问，对人性进行残酷反思，以抑制和减缓行进中的欲望脚步，多些精神思索，以惩前毖后的姿态继续前行。

作为能被大家承认的全新的戏剧现象，格氏的戏剧具有探索性和实验性的特质，无论是哲学内涵还是美学观念，都给人耳目一新的感受，它打破已有的戏剧程式，激发新人的创作激情和想象力，同时也为观众带来了全新的文化体验和审美享受，无疑形成了一种独特的戏剧现象。从形式上来看，格氏戏剧充满了挑战意味，锋芒直指传统的戏剧理念，其舞台表现手段的另类及标新立异，为今天的戏剧表演提供了可供模仿的范式。或许，正如有人所说的，格氏的成功在于他将我们的戏剧艺术回归于自然主题——自我表达。① 在今天的俄罗斯戏剧舞台上，格氏的独角戏孤独但并不寂寞，既是由于格氏的坚持和努力，也是格氏戏剧存在的必要和价值使然。

---

① Быков Д. Взрослая жизнь молодого человека//Новый мир. 2002. No 1. C. 184.

第七章　当代俄罗斯女性戏剧

第一节　俄罗斯戏剧史上女性剧作家

俄罗斯文学史上第一位女剧作家是索菲娅·阿列克谢耶夫娜公主（1657—1704），索菲娅写过剧本《关于伟大殉教者圣叶卡捷琳娜》（1673），并在莫斯科克里姆林宫内的游戏宫（Потешный дворец）上演过。18世纪的叶卡捷琳娜二世（1729—1796）热爱文学，书写过各种体裁的文学作品，其喜剧多为维护和宣传农奴制专制体制而作。叶卡捷琳娜二世于1772年创作的五部喜剧《啊，时代！》《沃尔恰尔金娜夫人命名日》《一个达官显贵的接待室》《韦斯特尼科娃夫人及家人》《隐形新娘》刻画并嘲讽了社会陋习，揭露了人的伪善、热衷于流言蜚语、胆小怕事、追求时髦、迷信、粗鲁、愚蠢等缺点。这几部剧作动作较少，剧情简单，结尾单一，有模仿当时法国喜剧创作的痕迹。① 叶卡捷琳娜二世于1785—1786年间写了三部嘲讽共济会的剧本——《骗子》（1785）、《被勾引的男人》（1785）、《西伯利亚萨满师》（1786），对共济会成员所做的"有悖常理"之事进行了揭露。与此同时，叶卡捷琳娜二世也创作有编年史性质的历史剧本，一部是《留里克生活轶事——历史剧》（1786），另一部是《奥列格的初期管理》（1786）。两部剧作均宣扬了执政者的伦理道德与政治思想，歌颂统治者的智慧与专制制度的救世良方。这两部历史剧中不再遵循古典主义的三一律原则，更重于舞台演出形式。② 此外，叶卡捷琳娜二世还为五部滑稽歌剧创作了剧本：《费魏》（1786）、《诺夫哥罗德勇士博耶斯拉维奇》（1786）、《勇敢胆大的勇士阿赫里杰伊奇》（1786）、《痛苦勇士科索梅托维奇》（1789）、《费杜尔及

---

① Гуковский Г. А. Русская литература XVIII века. -М.: Аспект Пресс, 1999. C. 249.
② Там же. C. 250.

其儿女》(1791)。这五部歌剧情节均取自民间童话及壮士歌的内容，主要是宣扬其政治思想。叶卡捷琳娜二世的这些剧本创作宗旨不在于体现文学艺术价值，而在于公开宣扬其政权的主导思想及观点。叶卡捷琳娜二世的自我评价或许更能说明问题："我的作品都是无所事事之作。我喜欢在各个领域进行尝试，不过我认为，我所写的一切都相当平庸，因此，除了消遣，我认为它没什么重要的。"①

俄罗斯真正的职业女剧作家创作始于19—20世纪之交的白银时代。这一时期的女作家们声势浩大地踏入戏剧创作大门，致使谦和儒雅的契诃夫甚至扬言要将她们集中起来一把火烧掉。② 此话说出后的第15年，当时较有影响的文学批评家奥日戈夫直接谈到女性剧本在剧院里前所未有的"收获"③，提到了许多女剧作家的名字。尽管这些女剧作家的剧本数量不多，但这些剧本无疑反映了这一时代所特有的戏剧文学精神，揭示了女性内心与思想的动态发展，同时梳理了女性对宗教哲学及美学的思考。主要女剧作家有著名的济·吉皮乌斯（1869—1945）、娜·苔菲（1872—1952）、塔·谢普金娜-库珀尔尼科（1874—1952），也有二三流女剧作家娜·卢赫马诺娃（1840—1907）、利·季诺维耶娃-安尼巴尔（1865—1907）、阿·米雷（1874—1913）、安·马尔（1887—1917）、伊·德米特里耶娃（1887—1928）等。她们的戏剧创作无论是内容还是形式都已显示出丰富的内涵。有神话题材的，也有现实生活题材的；有诗体形式的，也有散文体形式的；有象征剧、心理剧、情节剧、小型舞台剧、滑稽剧、闹剧等。尽管这些剧作的艺术审美不尽相同，但可以从中发现女性创作的自我意识积极觉醒的过程。④ 这一过程对于20世纪女性文学的发展影响深远，它在某种程度上为女性争得评说世界的话语权迈出了坚实的第一步。女剧作家凭借着或公开或伪装（如米雷、马尔等笔名）的方式试图打破男人一统天下的成规定势与禁忌格局，力求在文化上争取到自己的发言权，从而在社会上抢占自己的一席之地。因此，"女性"或"女权"问题成为女剧作家创作中俯拾皆是的醒目问题，"女

---

① История и исторические личности. Екатерина Ⅱ. http：//www.refsru.com/referat–19086-6.html.

② Чехов А. П. Полн. собр. соч. и писем. В 30 – ти томах. Письма. Т. 7. М.，1979. С. 283. Письмо Т. Л. Щепкиной – Куперние от 1 окт. 1898 г.

③ Ожигов Ал. О «Зеленом кольце»//Современный мир. 1915. №3. С. 125.

④ Монисова И. Противостояние//Современная драматургия. 2010. №2. С. 261.

权"思想以不同方式折射于几乎所有女剧作家的剧本中。谢普金娜-库珀尔尼科的《她们中的一个》(1908) 中的玛露霞,《幸福的女人》(1911) 中的利季娅,苔菲的《扎连科事务所》(1913) 中的维拉,马尔的《当船沉没时》(1915) 中的女演员,吉皮乌斯的《绿指环》(1916) 中的菲诺奇卡等,这些被拘囿于狭隘的家庭圈子的女主人公们,不仅努力挣脱家庭的枷锁,摆脱空虚与轻浮的庸俗生活,追求独立行动的权利,而且还与社会进行沉默的抗争,向世界提出公开的挑战。身为女剧作家代言人的女主人公们挣扎于对女人来说禁忌众多的男权社会里,不断地进行自我身份确认,而伴随于此的常常是希望的失落、情感的背叛、痛失爱人、孩子不幸、英年早逝。显然,她们为获得行动与精神上的自由付出惨重的代价,因此这一时期剧本中不时闪现的悲剧性就不足为奇。

　　女剧作家们不仅描写婚姻、爱情,提出性别问题,对男女平等的地位发出呐喊,她们还在剧本中对各种爱的情感进行深度描写,使男女之间赤裸裸的情欲及男女的情感本性跃然纸上。季诺维耶娃-安尼巴尔、米雷、马尔等剧作家们以令男人汗颜的性欲描写,"实现了对禁忌的生活与文学情爱领域的突破,其书写甚至被批评界认为是纵欲无度及行为无耻"[1]。但从这种大胆的性爱描写中,可以感受得到女性被压抑的生命的欲望,彰显了女主人公追求真爱的深刻情感,同时也证明了女剧作家展示女性饱满的情感、释放女性原始生命状态的渴望。事实上,正是白银时代的艺术意识更接近于女权主义思想,当时更清晰地传递着一种思想是:"20 世纪或许将被史上称为'女性世纪','女性创作的自我意识觉醒'的世纪。"[2] 20 世纪初白银时代文学中,高涨的女性意识的第一步迈得艰难凝重,但毕竟迈出去了,应该是稍有借力完全可以蓬勃发展起来,但在 20 世纪俄苏文学这一历史长河中,曾经强烈的女性意识脚步却没有朝向更从容的方向发展,而是几乎淹没于男性的声音里,尤其是 20 世纪上半期。

　　白银时代女剧作家们的创作,尽管从美学角度表现出"不成熟与模仿的痕迹,看得出契诃夫、勃洛克及西方象征主义传统的影响"[3],但她

---

[1] Монисова И. Противостояние//Современная драматургия. 2010. №2. С. 261.

[2] Львова Н. Холод утра(несколько слов о женском творчестве)//Жатва. 1914. Кн. 5. С. 249.

[3] См. [1], С. 262.

们的努力为后来俄苏的戏剧文学创作贡献了自己的一份力量，立足于当时普遍盛行的社会——心理问题，她们进一步提出了性别问题，展示了自己剧作的主题和体裁的多样性。

苏联卫国战争之前已经开始戏剧创作战后仍在坚持的主要女剧作家有维·潘诺娃（1905—1973）。她一生创作剧本十几部，战前的两部剧本《伊利亚·科索戈尔》（1939）与《在旧莫斯科城里》（1940）荣获共和国奖及剧作家大赛奖。潘诺娃的主要戏剧创作完成于 20 世纪 50—60 年代。当时的社会意识中弘扬人性、个性，歌颂每一个体的创作潜能，在批判"无冲突论"的同时，艺术家们开始探索全新的艺术表现形式，潘诺娃也在"探索各种带有明显的抒情色彩的心理剧本的创作"①。剧作家60 年代写了一系列关于当时生活的剧本：《送别白夜》（1961）、《小伙子，你好！》（1962）、《还不到黄昏》（1965）、《久别重逢》（1966）等。所有这些剧本均被当时著名的导演搬上了舞台。剧作家善于刻画性格，对话生动灵活，剧本自始至终贯穿着抒情的幽默，其作品展示了战前及战后苏联普通人的生活，触及现实生活中复杂的矛盾冲突及道德问题。潘诺娃的剧本中意外的悖论、荒诞不经等成分与严肃的、感人的、崇高的元素融于一处。通过日常生活探索道德面貌是潘诺娃创作的基本特点。

始于 70 年代创作的女剧作家主要有彼特鲁舍夫斯卡娅（1938—）、阿·索科洛娃（1944—）等。彼特鲁舍夫斯卡娅的戏剧创作始于 70 年代止于 90 年代，主要剧作有 20 多部，其中较重要有《音乐课》（1973）、《斯米尔诺娃的生日》（1977）、《三个蓝衣姑娘》（1980）、《科洛姆比娜家》（1981）、《男子监狱》（1992）等。戏剧情节取材于身边的日常生活，主要反映生活的"阴暗面"，表现真实的生活情境，其戏剧被评论家称为"现场录音式的话剧"。彼特鲁舍夫斯卡娅的创作继承和发展了俄罗斯文学传统的"小人物"题材，其笔下的主人公是我们今天所谓的"边缘人"，也是"反英雄"，因此剧中人的精神、道德问题被无形放大，占据剧本的突出位置。同样重要的另一美学成分是女性与儿童形象，剧作家对其悲凉的生存处境及庸俗甚至丑陋的内心世界的细腻刻画令读者不寒而栗。彼特鲁舍夫斯卡娅的剧本中非传统的、"非标准的"人物语言常为诸多评论家所诟病。更重要的是，因为其中缺少苏联时期必要的

---

① Богуславский А., ДиевВ. Русская советская драматургия. Основные проблемы развития. 1946 – 1966. -М.：1968. C. 122.

主导意识形态①，因此好长一段时间，她的作品不能被社会主流承认，直到90年代，随着苏联的解体，社会意识形态的转变，彼特鲁舍夫斯卡娅的戏剧作品才逐渐登上舞台，剧作家的名字才开始被戏剧界接受。彼特鲁舍夫斯卡娅的剧作运用戏拟、引文等独特手法直面冷酷的现实，尤其是对女性生活细微的洞察使其剧本成为当代俄罗斯戏剧文学一道独特的风景。

彼特鲁舍夫斯卡娅、阿·索科洛娃及主要始于80年代戏剧创作的柳·拉祖莫夫斯卡娅（1946—）、玛·阿尔巴托娃（1957—）、柳·乌利茨卡娅（1943—）、娜·普图什金娜（1949—）、尼·萨杜尔（1950—）、叶·纳尔希（1966—）等均为80年代"新浪潮"（новая драма）戏剧的代表女剧作家。她们的剧本更多的是以女性的视角沉浸于家庭及日常生活。这些多半专业并非戏剧的女性最终均硕果累累，用一句"无心插柳柳成荫"来形容她们的成功历程最恰当不过。

第二节　丰富深邃的当代女性戏剧

后苏联时期的俄罗斯女性戏剧无疑成为耀眼的文化现象，独特而罕见。无论在戏剧知识积累与舞台经验展示，抑或揭露社会现实问题，还是在塑造艺术形象方面，无论在拓展戏剧体裁，还是对传统的继承与创新方面，当代俄罗斯女性戏剧作家都丝毫不逊色于男性剧作家。这一时期的女性戏剧主要包括奥·米哈伊洛娃的哲理戏剧、娜·普图什金娜的"乌托邦"戏剧、尼·萨杜尔的荒诞派戏剧、叶·格列米娜的历史戏剧、克·德拉贡斯卡娅的"游戏"戏剧、叶·伊萨耶娃的纪实戏剧、奥·穆欣娜的幻象剧，等等。

奥·米哈伊洛娃的剧作展现的是"梦境与现实""杜撰与现实"的对立空间，该空间充满了梦幻、象征、暗示等非现实元素。作为"嗜血、残暴、理智的游戏高手"②，奥·米哈伊洛娃的《射手》（1993）、《俄国梦》（1994）、《吉赛尔》（1995）、《亲骨肉》（2004）等剧本"神秘而主

---

① Петрушевская Л. С. Как меня выгоняли с работы//Семья и школа. 2002. № 1/2. С. 26-32.

② Новикова-Ганелина С. Мечта женщины//Совремснная драматургия. 2004. №4. С. 40.

观，因此独特而吸引人"①。其剧作"不反映现实，而是揭示荒唐、矛盾、怪异的人之间关系的逻辑"，"通过对立的空间表现不同文化世界的冲突与矛盾"。② 作为荒诞派戏剧代表作家，尼·萨杜尔的戏剧空间也充满了对立，但其空间中"幻想"与"现实的反映"之间的界限是不存在的，现实与幻觉难辨彼此，由现实跨入混乱、疯狂、死亡等形而上领域完成于无形之中。其剧本《奇异的农妇》（1981）、《被揭发的燕子》（1981）、《百人长之女》（1985—1986）、《冻僵了》（1987）、《乡村货郎走了》（2007）似乎警告人们：人生无非就是一场荒诞不经的梦。克·德拉贡斯卡娅的剧作弥漫着爱恋与回忆，闪现着伤感与凄美。剧中人生活于自己一手制造的精神世界里，却不得不面对乏味无聊的现实生活，所以从其《偷苹果的贼》（1994）、《俄文字母》（1996）、《卢那察尔斯基月神公园》（2012）等剧本中显而易见"游戏—生活"这一对立原则。叶·伊萨耶娃的纪实戏剧是英国"Verbatim"（一字不差）纪实戏剧形式与俄罗斯本土戏剧文化完美结合的结果。伊萨耶娃的剧作散发着令人吃惊的真实，有女儿讲述自己与父亲之间的关系（《第一个男人》，2003）的话题，揭示了女儿内心深处对父亲那种矛盾而病态的想法；也有反映家庭成员之间关系、青春期的逆反及自我认同等话题的剧本（《关于我妈妈和我》，2003）等。与其他新世纪纪实戏剧不同的是，叶·伊萨耶娃的纪实更多关涉伦理而非社会、政治问题。"当代最神秘的俄罗斯剧作家"③ 奥·穆欣娜的剧本是永远梦幻的三角恋。剧作家使其剧中人置身于一个乌托邦小城，一个"抽象、仿古式的被理想化了的生存空间"④ 里，放手人物浪漫而神秘地飞翔于缥缈的爱情世界里。穆欣娜的《塔尼娅—塔尼娅》（1995）、《Ю》（1996）等主要剧作中印象派的虚幻连同含蓄、象征、省略、暗示等成分无疑使其剧本开辟了"戏剧艺术的新时代"⑤。

后苏联时期的每一位女剧作家都绝无仅有、独一无二、个性十足、

---

① Данилова И. Ценности постмодерна. Сны о любви Ольги Михайловой // Современная драматургия. 2001. № 4. С. 159.

② Там же.

③ Решке Т. Таня-это любовь. // Вечерний Новосибирск, 28. 10. 2010.

④ Сальникова Е. Условный безусловный мир // Современная драматургия. 1996. №3. С. 191.

⑤ См. ③.

难以替代。可以说，如此女性戏剧合力在俄罗斯戏剧史上未见先例。就女性戏剧作家的戏剧主题与问题的定位来说，其剧作绝非简单的家庭婚姻爱情，也非仅男女之间全新的思维冲突、女性对自我价值实现的追求、对精神世界的渴望等。女性戏剧作家对看似已盖棺论定的历史的评说，对坚守传统文化的理解，对集体无意识的阐释，对民族记忆的梳理，对现实生活的接受，对人生如戏的慨叹等，无不显示出这一群体敢于质疑、自信独立、洞幽烛微的创作风格。我们在此主要对娜·普图什金娜和叶·格列米娜两位剧作家的创作进行细致考察。

第三节 娜·普图什金娜的"乌托邦"剧作

导演专业出身的普图什金娜首先以剧作家的身份受到观众的认同。1994 年彼得堡实验话剧院相继上演了其处女作《大调》及《不正常的女人》（1994）之后，剧作家方才逐渐脱离观众身份与剧院结缘。普图什金娜很快以"日常生活式的平凡剧本"[1] 征服了莫斯科舞台，于莫斯科斯坦尼斯拉夫斯基剧院上演了《在别人的烛光下》（1992）之后，其剧本便开始全面进军莫斯科。后苏联时期，普图什金娜的剧本上演率一直高居俄罗斯排行榜前几位。[2] 其剧本《她弥留之际》（1995）以二十余种剧名风行俄罗斯及独联体国家的剧院舞台，其中话剧《圣诞梦境》成为莫斯科契诃夫剧院小剧场连续十几年的保留剧目。根据《她弥留之际》拍摄的影片也有几个版本。剧作家不仅创作剧本，也开始拾起自己的本行做导演。2001 年，普图什金娜首次在莫斯科普希金剧院自编自导了话剧《母牛》（2001），接着她以导演身份陆续将自己的其他剧本搬上舞台。可见，为了能从事自己的专业成为导演，普图什金娜不得不先做剧作家，而她的事业发展途径无疑是成功的。

普图什金娜的剧本远离历史，不问政治，无关宗教，只为爱情。这种只讲述日常生活中爱情故事的剧本居然能在 20 世纪 90 年代风行俄罗斯乃至独联体大小剧院甚至世界其他国家，足见其剧本生逢其时，迎合了观众的欣赏期待。1991 年苏联解体后，处于文化自我身份认同危机中

---

[1] Птушкина Н. «Даже крысы чахнут без впечатлений»//Московский наблюдатель. 1998. №1-2. С. 78.

[2] Федорова В. Молдфест. Рампа. ру.//Иные берега. 2010. №2（18）. С. 24.

的俄罗斯人，要么投身于精神寄托，诉诸宗教，要么毅然决然地摆脱旧我，彻底追求物质。但这种匆忙间奔赴"两极"的人们似乎于短期内并没有看到自己积极努力的正面结果，而阵痛的停滞痕迹沉重且明显，于社会于家庭于个人都仿佛拖着长长的阴影，且形影相吊，难以摆脱。就在整个社会茫然四顾不明文化走向之际，普图什金娜于20世纪90年代连续推出几部以爱情为主题的话剧，成为俄罗斯剧院走出低谷的前奏曲。在"前价值贬值、新价值还没有确立的时代大背景下"，在人们"已经把'爱情'一词换成'感情'和'关系'"①的今天，剧作家转身走向传统的家庭，以爱情温暖人心的剧本不仅具有明显的松弛紧张神经的效用，而且"其剧本帮忙填补了这一时期海报上的明显空白"②。普图什金娜的这些应时而出、抚慰人心的话剧使其一跃成为"俄罗斯最受欢迎的剧作家之一"，今天已经"很难想象20世纪末的俄罗斯戏剧如果没有普图什金娜的名字会如何"③。

剧作家凭借纯粹的爱情主题、"不正常"的女性形象、幽默讽刺的对话基调，创作出平凡的生活剧本，使其成为俄罗斯上座率最高的剧作家之一。普图什金娜的几乎所有剧作均源自身边的生活——可笑、荒诞、悲凉的同时又弥漫着幸福。

一、"善良的童话"——纯粹的爱情主题

普图什金娜的笔下是清一色纯粹的爱情故事。其故事彼此之间毫无雷同之处，不同的内容，不同的性格，不同的职业，不同的身份，不同的面孔，不同的文化背景……可以说，剧作家在创作上"对上帝和人都无所顾忌，能怎么写就怎么写，想怎样写就怎么写"④，全然不顾商业利益，也不考虑剧院是否能上演。《在别人的烛光下》是一出追求仕途却缺少真爱导致的悲剧；《受害者纪念碑》（1994）是一出丢失了18年又重新拾起的爱情；《不正常的女人》是一个荒唐的请求引出的一场悲闹剧；《羔羊》（1995）是以"非标准语"讲述的新版《圣经》故事；《她

---

① Богданова П. Надежда Птушкина: «Любовь мы заменили отношениями»//Новые известия. 12-02-2003. С. 1.

② Василинина И. Надежда//Птушкина Н. М. «Овечка» и другие пьесы. -М. 1999. С. 27.

③ Федорова В. Время Надежды//Современная драматургия. 2001. №1. С. 28.

④ См. ②. С. 31.

弥留之际》弥漫着过多甜美的伤感;《来领走》(1997)中筒子楼里日常的小市民习气;《黑珍珠,白珍珠》(1998)为爱勇于放手的感天动地;《预付》(1998)中生命接近尾声时的背叛;《性缺乏》(2001)中为错位的爱而提出的决斗;《母牛》(2001)中对失而复得的爱的不珍惜;《好,劳伦西娅》(2002)中迟来的爱遭遇的考验,等等。

  普图什金娜笔下的生活故事也可能发生在你身边。妻子与丈夫彼此间无感情可言,只是依靠惯性生活了20多年。妻子生了儿子后,被迫放弃了喜爱的图书馆工作,在家里收拾家、洗衣、做饭。丈夫对妻子从来视而不见,与朋友喝酒,迷恋足球,偶尔还有婚外情,甚至还有一个非婚生的儿子。妻子则通过婚介认识了一位痴迷"俄罗斯灵魂"的意大利富豪,她决定远走亚平宁半岛,实现自己多年周游世界的梦想。丈夫突然意识到问题的严重,试图阻止妻子的行动,想挽留即将离散的家庭。对往事的共同回忆使他们意识到,或许他们之间还有和好的可能,或许他们如比萨斜塔般不断倾斜的家庭还不会在短期内轰然倒塌。剧本《比萨斜塔》(1997)演绎的故事可能会发生在任何一个家庭中,夫妻之间似乎永远难以理解,一切都无所谓了,只靠惯性维持淡如清水的夫妻生活。这出戏里的"妻子"和"丈夫"均无姓无名,妻子是"知识分子",一个脑子里塞满了文化联想与自卑情结的图书管理员,丈夫是工人,这一典型的俄罗斯家庭无疑说明了故事的普及性。"剧本的结局既不是幸福结局,也不是悲剧结尾,而是近似于生活悖论,看似比任何一种生活铁律都更符合逻辑的悖论。"① 该剧于1998年被搬上莫斯科舞台时,导演米尔格拉姆(Б. Мильграм)设计了一只橡皮艇。剧终时,夫妇俩坐上橡皮艇出去钓鱼,这时男主人公的一句话可为全剧经典:"家庭生活就像比萨斜塔,倾斜,倾斜,但或许永远都不会倒下。"② 不会倒下并非因为重被唤起的爱情多么有魅力,而是因为"围城"中的人如同橡皮一般,既结实又有弹性,早已习惯了忍耐。导演米尔格拉姆把人物最终未能离家出走的两幕闹剧排成了回归自我的寓言剧。

  《比萨斜塔》之所以深受观众喜爱,主要在于这部剧触及了严肃而普及的家庭问题。离还是不离——有人如哈姆雷特一般在这一问题的折磨下苦度终生,难以抉择。仔细琢磨,如同这部戏里演绎的内容一样,

---

① Фукс О. Р. Когда женщина «рвет повода»//Современная драматургия. 1998. №3. С. 169.
② Текст пьесы «Пизанская башня» цитируется по: http://ptushkina.com/Piece/piza.htm.

谁都有可能犯错，"如果说妻子为了家庭拒绝实现自我，那么丈夫则为了家庭牺牲了真正的爱情"①。普图什金娜对这种磕磕绊绊苦经风雨的家庭生活的解释是："或许，我们生活中这样的人很多，因为我们不善于也不希望去理解别人，而试图将自己的想法、习惯强加于人……对我而言，爱是对人们之间关系的一种渴求。爱是依其本身的规则建立起来的。如果忽视了这些规则，爱就会坍塌。"② 显然，爱的维持看似简单，但若要经得起岁月的沧桑考验，夫妻间的理解与默契是必要的因素。

普图什金娜曾信誓旦旦地表示，"观众走进剧院是为了逃避现实，他在寻找自己的理想，寻找与自己美好情感的契合、安慰与支持"③，因此剧作家认为真实的生活"任何时候都不应该在剧本中重现"，她不准备"抄袭生活"，而意欲给观众营造陌生化的感觉，颠覆观众的观戏期待，"激起善良的情感"④。因此除了像《比萨斜塔》这样细腻伤感的生活闹剧外，剧作家笔下更多的是一些在受众看来完全不可能，却偶尔会颠覆想象地发生于浪漫的俄罗斯人生活中的"乌托邦"爱情故事。一个女人在街上拦住一位陌生男人，给他一百美金求他与自己睡觉，只为能让自己20多年前无疾而终的初恋划上一个自以为圆满的句号（《不正常的女人》）；老人把祖传的宝石拱手相送于初次见面的姑娘（《她弥留之际》）；为唤起女友对生活的激情，妻子安排自己的丈夫去诱惑她（《性缺乏》）；为了能与自己暗恋一生的男演员生活一年，可以预付他100万美金（《预付》）；丈夫和女友背叛了她，她决定与母牛同住一个屋檐下（《母牛》）；女友当着她的面与其丈夫亲热，她竟能"知性地"容忍毫不掩饰的背叛（《来领走》），等等。普图什金娜爱情之国的"乌托邦"情怀似乎无须赘言。

普图什金娜的爱情主题不落俗套花样翻新，绝处逢生的爱，痛彻心肺的爱，爱得深沉无声却勇于放手，流年经月的默契却于风烛残年的背叛……有我们身边的生活故事，有看似永远不可能发生的爱情故事，但无论这些故事如何上演，无声的爱都会稳坐"主题"席位。甚至在非爱

---

① Фукс О. Р. Когда женщина «рвет повода» // Современная драматургия. 1998. №3. С. 169.

② Цветкова Е. Время культуры. Надежда Птушкина: «К театру я отношусь, как к мужчине» // Время МН. 20 марта 2001. С. 7.

③ Чепурнова А. Н. Птушкина: Драматургу трудно вызвать умиление // Театральная жизнь. 2000. №9. С. 33.

④ Там же.

情主线的剧本中,在关于人与信仰,"关于永远需要偶像与奇迹这一神秘的俄罗斯灵魂的哲理剧本"①《小姐》(2003)中,贯穿始终的仍是爱的元素。普图什金娜的剧本中任何元素都可能缺失,但万事沧桑唯有爱是不变的神话。

普图什金娜笔下怪诞、荒唐的爱情剧中,主线分明,剧中人屈指可数,但个个生活"态度积极",执着于做一个幸福人的想法,主人公甚至在受众看似难以幸福的时刻都沉浸于自我想象的幸福中。他们仿佛置身于一个爱的世界里,其中每个人都是一个潜在的幸福人,无论他们的生活发生了何种不幸的变化,始终坚信一切都会朝着和谐积极的方向发展。不幸的爱情催生了个性的张扬(《预付》);意外的离婚与亲人的背叛换来了和谐与自信(《性缺乏》)②;18年的漂泊意外遭遇了复合的家庭(《受害者纪念碑》);照顾老母亲的大龄女俘获了俄罗斯新贵的爱情(《她弥留之际》);"靠意志、智慧和心灵共同完成"③的双人舞圆了年轻人追求自由的梦想(《好,劳伦西娅》)。当然在努力营造和谐旋律的过程中唱主角的永远是女性,男人在这场爱情游戏中只有配角的位置,或者他只能算是坐享其成的"渔翁"。

二、"爱拼才会赢"——"不正常的女人"形象

普图什金娜的爱情故事讲述的是生活中的女人,她们的爱情公式是——"爱拼才会赢"。从俄罗斯传统文化概念来看,其剧本中的女性形象常被冠以"不正常的女人"④的称号。剧作家笔下后苏联时期的爱情故事自然完全不同于19世纪和20世纪苏联时期的爱情。"对于俄罗斯气质来说,女性的顺从、女性的软弱、女人的腼腆、毫无选择的地位——都是最典型、最鲜明、最大写地(特写地)反映在俄罗斯戏剧文学中。"⑤"卡拉姆津《可怜的丽莎》(1792)算是俄罗斯文学中的爱情

---

① Шмелева Е. «У каждого своя вера» //Театрал. 2007. №6. С. 32.
② Кислова Л. С. Мир «зазеркалья» в драматургии Н. Птушкиной //Трансформация и функционирование культурных моделей в русской литературе. -Томск. 2005. С. 219.
③ Ступников И. Премьера. Па-де-де. Вариант Птушкиной //Санкт-Петербургские ведомости. 12 – 03 – 2004. С. 4.
④ Вишневская И. Ненормальная? ... //Современная драматургия. 1998. №4. С. 40.
⑤ Там же. С. 181.

原型。"① 普希金的塔吉娅娜敢于首先示爱，其颠覆传统的勇敢形象不仅震撼了那个时代，其荡气回肠的余音今日仍绕梁不绝，那个时代人们眼中的塔吉娅娜可以算上一个"不正常女人"。苏联时期，如果说女性思想已经超级解放，可以主动选择生活伴侣的话，她们却无暇他顾，因为劳动替代了爱情，"感情成了不被需要的附属品"②，关于感情的戏也只有在为数不多的几个喜剧中谈起过。

普图什金娜剧本中的女主人公与此前剧本中的女性截然不同。她们一般是疲于生活的中年女人，虽是被生活磨去棱角的劳动女性，却渴望特立独行，对爱有着不懈的追求，她们通常以"不正常的女人"的面目出现，期待并要求奇迹。悲闹剧《不正常的女人》中的她是一位40多岁的传染病医生，他是一位30多岁成功的商人。一次街头偶遇，陌生的她向他提出一个令他震惊的要求——同她睡觉。"对您来说只是一个5分钟的熟悉工作"，她说，"也许7分钟……但不会超过10分钟！"她心甘情愿为这"不超过10分钟"的工作付费。当他明白了这"熟悉工作"的内容时，其怒不可遏形成了全剧的第一个冲突。他与她争吵，试图给她解释该请求是如何的不可思议、令人费解。就在他开始可怜她并对她产生好感之际，她想要个孩子的爆炸性新闻再次使他由一个善解人意的男人变成了一个愤怒的商人。受众或许认为，第一场戏中的她不仅是一个"不正常的女人"，而且是一个为达目的不择手段之人，在千方百计请求之后，她甚至同意为该服务付1000美元。第二场戏中，她在与荷兰人的一笔生意中成功帮他拿下了订单。他爱上了她，但其表白却遭到了她的拒绝。原来，她爱的不是他，而是他身上潜伏的另一个人的影子——她的初恋。剧终时，她突然变得"正常"了，发现自己对他并非只有想睡觉有个孩子结束初恋的冲动，而是绝望地爱上了他，形成了剧本的第二个冲突：初恋与真爱之间的冲突。最终爱情战胜了她当初鲁莽的请求及盲目的欲望，她选择了离开。

普图什金娜笔下的女主角在渴求爱的同时，宽容是爱情旋律的主音符，仿佛皆因她们面对的男人19世纪被称为"多余人""虚无主义者""新人""空想家""民意派"，20世纪他们被称为"共产党人""生产者""集体农庄庄员""官员""机关工作人员"，后苏联时期的今天他

---

① Вишневская И. Ненормальная? ... // Современная драматургия. 1998. №4. С. 181.
② Там же.

们又被毒品麻醉、被酒精麻醉、被足球赛麻醉、被铺天盖地的报纸麻醉、被单身生活麻醉、被妈妈的庇护麻醉。① 他们永远不会理解，为什么丰衣足食的女人却会产生离家出走的想法，他们更不会懂得，为什么远方有爱的呼唤，他们的妻子却迟迟迈不出双脚，他们最终没有明白的是，妻子们的犹豫不决只为等待他们的幡然醒悟。可见，只有爱和宽容才能把这样的男人纳入自己的爱情视野中，剧作家的女主角们就是如此殚精竭虑无怨无悔地改造他们，让他们学会爱人与被爱。她们可以为爱人编造善意的谎言（《她弥留之际》），可以在丈夫去留迟疑之际晓之以理（《预付》），可以对苟且的背叛视而不见（《来领走》），可以不计前嫌接受回归的丈夫（《母牛》），可以为爱去犯罪，甚至为爱而死（《在别人的烛光下》）。但也不乏另类。《在别人的烛光下》中50多岁的女文学批评家，事业有成，但生活中缺少真爱，因羡慕嫉妒年轻的女孩子，而最终枪杀了她。普图什金娜认为，是该文学评论家所秉持的"现实生活中的爱与真诚注定是失败的哲学理论"② 最终导致了悲剧。显然，剧作家肯定并歌颂的是传统的道德价值观，弘扬人与人之间的真爱、忠诚与责任。"《来领走》这一剧名可以说是普图什金娜整个创作的象征，行动起来，将你的命运引向你的希望所在，无需左顾右盼。要做你自己命运的主人——唯其如此，才能得到回报。"③ 无论如何，剧作家笔下女性的爱情杀伤力空前绝后，摧毁性极强。普图什金娜关于女性故事的剧本，正如她的一部剧名，无疑是为所有"受害者"所立的一座"纪念碑"。

三、"幽默、讽刺、严肃"——剧情发展基调

普图什金娜关注的是当代女性的日常生活、情感生活，其笔下的故事以悲剧、喜剧、闹剧、轻喜剧、悲闹剧等体裁轮番上演，一部剧中体裁混合现象也颇为常见。其剧本戏剧性较强，戏剧冲突通常难以预料，但剧情高潮一出现，故事便直接收场，留下无限可能的开放式结局。有剧评家认为，普图什金娜的剧本是"标准的三角恋，荒诞情境的堆砌，

---

① Вишневская И. Ненормальная?... //Современная драматургия. 1998. No4. C. 182.
② Птушкина Н. «Даже крысы чахнут без впечатлений»//Московский наблюдатель. 1998. No1 – 2. C. 78.
③ Василинина И. Об авторе//Театр. 1997. No1. C. 26.

些许伤感，外加幸福结局……"① 的确，其剧作结尾很少步入死胡同，"她宽厚待人，毫无偏见，善于理解人物行为的内因，这些因素使其戏剧结尾满怀希望，可以轻松地叹口气，抚慰心灵，坚信未来"②。

普图什金娜的剧作"给人物留下幽默的空间。而讽刺和幽默——它们如果不能见证作者的伟大，最起码能证明其健康的思想"③。她的剧本中的女性几乎都已年过 40，"惆怅的抒情音符，已逝的青春与渴望幸福的主题"④ 决定了其剧本酷似墨西哥连续剧般伤感，但其特有的幽默与忧伤、简单与深刻感受的独特结合无疑令受众欲罢不能。剧作家真诚与讽刺的故事风格仿佛专为那些童真永在、渴望幸福、相信奇迹的纯朴读者而存在。剧本《她弥留之际》中的塔吉娅娜为照顾多病的母亲，40 多岁还待字闺中，为了让母亲安度晚年，新年之际她租来女儿，再加上敲错门的俄罗斯新贵——伊戈尔，一出浪漫的"新年抒情喜剧""天真而离奇的轻松情节剧""莫斯科圣诞节电影童话剧"⑤ 成为不可避免。剧本从塔吉娅娜为母亲朗读狄更斯的小说《尼古拉斯·尼克贝》（1839）开始并非偶然。首先这部小说的主题就是为追求家庭的幸福团聚而努力拼搏的故事。其次狄更斯是塑造幽默人物的大师，而普图什金娜的剧本正是借用了大师的创作背景营造了"幽默、讽刺、严肃融为一体"⑥ 的戏剧氛围。剧中女主人公塔吉娅娜是一位颇具幽默感的女性。当搞错了门牌号的伊戈尔在她家接听女友电话时，塔吉娅娜此时的词句很具名言警句的范式："最好问问小鸟，她的巢筑在哪一栋楼里？""别在我家里接电话，这会败坏我的名誉！""猫咪竟咕咕叫！生态完全被破坏了！"这与塔吉娅娜此前关于生活的深刻而严肃的独白相比凸显幽默。狄更斯于剧本中的隐性穿行实为普图什金娜新剧童话般的和谐音符，其神秘存在使新年之夜发生的奇迹看起来完全合乎情理。2000 年，当电影人扬科夫斯基（О. Янковский）和阿格拉诺维奇（М. Агранович）将该剧搬上银

---

① Василинина И. Надежда//Птушкина Н. М. «Овечка» и другие пьесы. -М. 1999. С. 20.
② Василинина И. Об авторе//Театр. 1997. №1. С. 26.
③ Шмелева Е. «У каждого своя вера»//Театрал. 2007. №6. С. 32.
④ Федорова В. Время Надежды//Современная драматургия. 2001. №1. С. 28.
⑤ Дьякова Е. Барон Мюнхгаузен объявил войну Голливуду//Новая газета. 2001，№2, 15 января. С. 23.
⑥ Старченко Е. В. Современная сказка о московской жизни（пьеса Н. Птушкиной «Пока она умирала» в театре и кино）//Москва и «московский текст» в русской литературе и фольклоре. -М. 2004. С. 230.

幕时，影片使用了阿赫玛托娃的诗句"请你来看看我吧"（Приходи на меня посмотреть）（1912）作为片名。剧作家与导演们追求的家庭温暖、爱情与忠诚的理想不言自明。

《比萨斜塔》看似为一出日常婚姻闹剧，但其剧情完成于风趣幽默的对话基础上。剧中结婚20年的丈夫与妻子，当妻子说有"重要的事情"要与他相商时（根据他的经验，如果是重要的事儿，就一定不是什么好事），他立即推托说："吃完饭再说吧。确切些说，球赛结束后再说吧。确切些说……明天需要早起……过后再说吧？一切结束后再说吧！……"①最初以为妻子拎着箱子去娘家，丈夫嘱咐给丈母娘带好，这时他却突然想起丈母娘的不厚道："……20年间她哪怕问候过我一次！哪怕一次！"② 当得知妻子拎着箱子准备离家出走时，迷恋球赛的丈夫一手拉着妻子的箱子不让走，眼睛却紧盯着电视不肯离开。听说妻子要离婚，抱怨妻子选的时间太不凑巧，与球赛冲突……主人公荒唐的心理加上幽默的言辞使受众认定这是一出喜闹剧。但这出穿插着荒唐的幽默、轻松的讽刺的家庭闹剧却严肃地勾勒出俄罗斯普通家庭的婚姻现状：举步维艰，却难以放手，更难轻松出走。那种悲哀的相濡以沫不如相忘于江湖的举动，普图什金娜的剧中人很难做出。正如比萨斜塔，倾斜无关大碍，不倒就可以继续维持。

普图什金娜剧本以幽默讽刺的基调诉说着严肃的生活话题。因话题通常直奔生活主题，无需铺垫衬托，所以剧作家笔下的剧中人也格外简单，一般为"他"和"她"或"丈夫"与"妻子"。其剧本中没有一闪而过的角色，鲜有次要人物。概因毕业于导演专业之缘故，剧作家无心冷落任何一个角色，力图让每个角色都有话可说，让每个人物形象都尽可能地丰满。"一个卓越的戏剧家在写剧本时，必须从心灵深处体验其每一角色的全部情感。"③ 在此意义上，普图什金娜堪称卓越。

四、改编剧本——"普图什金娜式的玩笑"

普图什金娜根据《圣经》情节、古希腊罗马故事或经典作家的作品

---

① Текст пьесы «Пизанская башня» цитируется по：http：//ptushkina.com/Piece/piza.htm.
② Там же.
③ ［英］马丁·艾思林：《戏剧剖析》，罗婉华译，北京，中国戏剧出版社，1981年，第93页。

创作了许多以爱情为主题的改编剧本（ремейк）。如，《羔羊》（1995）、《黑珍珠，白珍珠》（1998）、《给托比吃的燕麦》（1999）、《啊，亚历山大!》、《小王子》《黑桃皇后》《会晤波拿巴》《骗子》（2003）等。其中《羔羊》一剧曾引起戏剧界的轰动，一度被称为"普图什金娜式的玩笑""20世纪最具争论的剧本"。① 剧本《羔羊》是根据《圣经》中雅各与利亚、拉结的爱情故事改编而成。1996年9月，莫斯科"21世纪艺术俱乐部"私人剧院首次将该剧搬上舞台，导演米尔格拉姆，由茵娜·丘里科娃（Инна Чурикова）和莫斯科大剧院芭蕾舞演员格季米纳斯·塔兰达（Гедиминас Таранда）担纲主演。演职人员阵容之强大令观众震惊，而接下来的话剧则震惊了整个俄罗斯戏剧界。剧评界对话剧持完全不同的观点，焦点主要集中在话剧中色情词汇、人物语言的自由使用上。报纸、杂志一时热评如潮，仅主流报纸就有《独立报》（1996年9月18日）、《生意人日报》（1996年9月18日）、《莫斯科真理报》（1996年9月25日）、《文化报》（1996年10月5日）、《文学报》（1996年10月23日）、《莫斯科消息报》（1996年10月20—27日，№42）、《周报》（1996年12月，№44）、《银屏与舞台》（副刊）（1996年12月5—19日，№47—48）等数家报纸参与讨论。

其中传统的《文学报》对剧本及话剧皆持完全否定的态度："根据报纸杂志评论判断，《羔羊》没能成为批评界的新宠。……《羔羊》除了色情不见任何其他成分，突然腼腆起来的年轻的纯洁主义者没学会区分'淫秽作品''下流话'与文学、艺术主题，却以此来震惊观众。"② "对《圣经》主题无聊且标新立异的无耻做法实在是不成功……"③ "《羔羊》的受众一方面是那些暂时还没有读过《圣经》之人，另一方面是那些性爱方面存在诸多问题之人。剧本和话剧的作者试图竭尽全力尽可能地同时满足两者的需求。"④ 而支持的一方也有自己的说词："作者打破了所有的禁忌——用语言讲出性爱场面……这是一部勇敢的、鲜明的、剧烈的、出乎意料的、充满生命力的、高尚的、极具天赋的、简单

---

① Яроченко К. Непубличный драматург Надежда Птушкина//АиФ. 2000. №40. 4 октября. С. 24.

② Мягкова И. «Овечка» в поисках гармонии//Литературная газета. 1996. 23 окт. С. 8.

③ Соколянский А. Не пропустите//Неделя. 1996. Дек. №44.

④ Поюровский Б. М. Сексуальные игры у овечьего источника в изложении Н. Птушкиной.//Театр. 1997. №1. С. 23.

（且复杂）的、日常性与哲理性兼备的好剧本。清新、卓越，如同子弹。且如同子弹一般震撼。……普图什金娜……寻找且找到了如何将该事件说得漂亮直接，既不做作也不庸俗的词语。"① "普图什金娜利用《圣经》情节，目的在于更清晰更有力地证明，在人性中、人的命运中有亘古不变的永恒价值。"② "米尔格拉姆导演的《羔羊》是一出精神战胜肉体的版本，它证明，经年之后人还有能力争取到爱自己的权利。"③ 对这部"融心理、色情与哲理为一体"④ 的背叛加爱情剧本的跨界讨论，最终引来了对剧作家铺天盖地的批评，同时也使其声名鹊起。

普图什金娜夸张而好奇地观察自己的同时代人，近距离凝视身边的女性。她热衷于专注不同的面孔，倾听各异的声音，营造奇特的戏剧氛围，塑造另类的女性形象。剧作家善于将自己对生活的期待与喜悦移植于剧本中，其笔下的剧中人坚信奇迹，坚信生活中的狂欢节不会错过任何人。如今的普图什金娜虽已过花甲，但仍勤奋工作，不仅写剧本，还做编剧，当导演，用她自己的话来说，她"在各方面都会有所表现"⑤。她认同契诃夫的特里勃列夫（《海鸥》主人公）所说的"新形式"最好不要在办公室的空间里寻找，而要在与欧、亚戏剧界相互影响的状态下探索。醉心于戏剧的普图什金娜对待戏剧的态度简单而真诚："我对戏剧如同对待男人，可以极其忠诚、智慧且诗意地去爱他，但不纠缠。剧院如同男人，让他相信他需要你，这是毫无希望的。但我与他之间已经发生过什么，这样就很美好。"⑥

普图什金娜凭爱情故事一举成为俄罗斯后苏联时期上座率最高的剧作家之一，可见，俄罗斯人已不再关注虚妄的"主义"，不再追求崇高的道德极限，不再向往精神的"乌托邦"，关注身边生活、关注情感、活在当下似乎已经成为俄罗斯人生活的主旋律。

---

① Рощин М. Гвоздь или заноза?//Экран и сцена. 1996. 5 – 19 дек. №47 – 48.

② Василинина И. Надежда//Птушкина Н. М. «Овечка» и другие пьесы. -М. 1999. С. 10.

③ Касумова А. Слово о бедной «овечке»//Петербургский театральный журнал. 1997. №13. С. 104.

④ Дмитревская М. , О свойствах страсти //Петербургский театральный журнал. 1997. №12. С. 137.

⑤ Гаврилов Е. При чужих свечах. Почему модный драматург полюбила Ханты-Мансийск//Литературная Россия. №16. 20. 04. 2007. С. 1.

⑥ Птушкина Н. Автор о себе//Драматург. 1995. №6. С. 215.

第四节　叶·格列米娜剧作中的"历史话语"

在电影剧作家父亲的影响下，酷爱文学的格列米娜选择了戏剧创作之路，文学院毕业后，成为专业戏剧作家。早期的剧本《斯韦特兰娜的神话》于1983年在彼得堡青年观众剧院演出。剧本《命运之轮》不仅在俄罗斯两家剧院上演，而且在德国科隆广播电台播放。《骑兵少尉奥-夫案件》（1992）成功地在莫斯科普希金剧院、彼得堡、鄂木斯克等地剧院上演。真正轰动演季的是《镜子背后》（1992），在契诃夫剧院的上演引起了热议，随后，莫斯科塔甘卡剧院、下诺夫哥罗德和弗拉基米尔剧院及美国一家剧院先后演出。1996年，剧本《萨哈林妻子》（1996）被搬上舞台，直到今天仍在"AпAPTe"剧院的舞台上上演。此外，格列米娜的主要历史剧本有《黎明的眼睛》（1996）、《世界末日之梦》（1997）、《契诃夫兄弟》（2010）等。

格列米娜的历史剧通常是选取真实的历史人物或历史事件，以此为出发点，对历史展开丰富的联想和大胆的假设。剧作家喜欢将个人悲剧融入国家、时代的悲剧中，以此考察国家历史的各种怪现象，提醒当代人引以为戒。其剧本从内容到形式都看得出剧作家独特的戏剧思考，语言风趣幽默，独白式的对话贯穿剧本始终，对人物心理的揭示深刻到位，倒叙、插叙随处可见，互文现象不时闪现，尾声专为介绍人物后续故事而出现。尽管戏剧创作中的"历史体裁目前处于凄凉的状态"[①]，但格列米娜却不惮于寂寞前行，试图以对历史的独特认识及另类把握，来唤醒俄罗斯人沉睡的记忆，共同缅怀那个早已远逝了、不一定美好但一定会触及你内心深处最柔软部分的俄罗斯。

一、个人、国家、时代的悲剧

主攻历史题材的格列米娜对历史通常采取"零立场"，重现历史本身并非她的写作宗旨，对她来说，更重要的是对历史的重塑能起到治病救人的疗效，目的在于正视过去，更好地面对今天和未来。但对历史的说法存在几种版本的文化现象常导致剧作家对历史认知产生怀疑。格列

[①] Елена Гремина. Маленький большой театр//Искусство кино. 2007. №6. C. 97.

米娜对那些游戏历史、篡改历史的行径采取零容忍的态度。她认为，对共同历史的认可和书写是凝聚一个被称为民族的群体的最根本的保证，是形成一个民族集体无意识的精神根基。

格列米娜历史剧中最具轰动效应的是《镜子背后》（1994），一出关于叶卡捷琳娜二世的宫闱故事。剧本一开场，叶卡捷琳娜二世的贴身女官——伯爵夫人布留斯的一句话为这出戏定了基调，即"这是一出关于不幸的青春、徒劳的爱情和战无不胜的阴谋的戏剧"①，是关于青春、爱情和阴谋的"传说与猜测"。为奥尔洛夫伯爵之死伤心欲绝的叶卡捷琳娜二世，在公爵波将金的关心下，又一次找到了新的情感慰藉——24岁的中尉亚历山大·兰斯科伊，一个既天真无邪又愚昧无知的年轻人，女皇亲自培养他，督导他读书，希望能依靠他安度晚年，不料4年后晋升为将军的兰斯科伊却成为宫廷权力纷争的牺牲品，被药酒毒死。如果说此前的普希金（1799—1837）、阿列克谢·托尔斯泰（1817—1875）、尼·包戈廷（1900—1962）、米·沙特罗夫（1932—2010）等作家书写过关于"历史上的"沙皇或领袖剧本，且这些剧本中"通常是关于错综复杂的政权问题，当权者及其属下问题，及历史与当代相互关系的永恒主题"②，而且这是一个纯粹封闭的男人世界的话，那么《镜子背后》的横空出世则向读者展示了一位权倾罗斯的女皇身为普通女人时的私生活。

在这出关于"有些伤感、有些荒诞的高智商女人"③的生活戏里，宫廷权斗、争宠、爱情与阴谋样样俱全，但剧作家更淋漓诠释的是作为普通女人的叶卡捷琳娜：女皇在与狄德罗通信中表现出无话不说的真友情，面对公爵波将金的强力表现出的无奈与软弱，对居心叵测的贴身女官的言听计从，对学习俄语的忐忑与惊奇，对兰斯科伊中尉温柔而深沉的爱恋，对失去所爱之人的痛彻心肺……显然，剧中的叶卡捷琳娜不再是那位精明、务实、不可一世的女皇，格列米娜式的细腻与敏感、冷漠的讽刺、温和的幽默展示了一个不事朝政时的女皇敏感、睿智而深邃的人性的一面，使受众目睹了一位虽渴望幸福却无不以失望而告终的真性情的女人。

---

① Текст пьесы «За зеркалом» цитируется по：http：//www.theatre.ru/drama/gremina/zerkalo.html.
② Джон Фридман. Утрите слезы! ...//Современная драматургия. 1994. №3. С. 193.
③ Юсипова Л. Галина Вишневская в очках и кичке//Столица. 1994. №13. С. 46.

或许是书写历史故事的缘故，格列米娜的历史叙事充满了宿命的意味，仿佛谋事在人成事在天，由不得个人意志，历史自有其既定的运行轨迹。《镜子背后》里的兰斯科伊如此说起自己临近的死亡："我离死也不远了——过早且迅速。……大家尚且如此，我也不会例外。"① 不想他一语成谶，剧终时他成为宫廷权斗的牺牲品。"但他本人却乐于从国家法律、宫廷生活之外的角度来评价命运"②，他不停地诉说着自己的生活，他爷爷如何，奶奶如何，突然过世的父亲说了什么。"命运压向其家族，压在他个人头上——但主人公却不予合理解释自己的命运，更不想反抗它。他不仅忠诚于国母，而且忠诚于命运，体现这一点的是他狂热地期待着命运的裁决。"③ 剧中兰斯科伊对命运表现出宿命的接受，但"国母"却似乎不相信命运，决定与其抗争，但她常说的"我想幸福，我就会幸福。你想幸福，你就会幸福。他想幸福，他就会幸福"④ 这句话更像是一句自欺欺人的谵语。女皇多次强调"没有不幸的命运"，进而责怪兰斯科伊没有读完孟德斯鸠的《论法的精神》，也没有读完爱尔维修，不然就该明白，他抱定的宿命意识是可笑而荒唐的迷信，但女皇"人只有在忙碌时才会感到幸福"的论断无疑说明，她"过去不幸福，现在不幸福，将来也不会幸福。其非凡超群，其注定的特殊使命，不仅在于竭力使国家生活有条不紊，还在于远离内心的和谐与个人平静的幸福"⑤。

身为女皇，叶卡捷琳娜二世的命运早已注定，纵使她奋力抗争，也难脱命运的枷锁。而难以接受这一点的叶卡捷琳娜二世竟天真地把24岁的兰斯科伊作为自己可以托付终身的依靠进行培养，遭遇公爵波将金的横加阻拦自然不算意外，最后蒙恩女皇的兰斯科伊放手自由、死于毒酒也算是刀光剑影、血雨腥风的宫廷争斗中最普通的绝命方式，所以悲剧早已注定。《镜子背后》也是一个幸福的命题，镜子可以折射出一个女人千姿百态的美，但这幻形魅影的背后究竟收获了几多幸福，只有镜中

---

① Текст пьесы «За зеркалом» цитируется по: http://www.theatre.ru/drama/gremina/zerkalo.html.

② Сальникова Е. Условный безусловный мир //Современная драматургия. 1996. No. 3. C. 198.

③ Там же.

④ См. ①.

⑤ См. ②, C. 199.

人最清楚。女皇可以在权威上满足自己的虚荣，但一个女人的真正幸福对她而言无疑是镜中花。

格列米娜的历史感融入具体、感性的生命存在中，其剧本无不将人物的个体命运融入国家、历史、时代的悲剧中进行再现，展示特定历史状态下人之命运的宿命结局。《黎明的眼睛》与《世界末日之梦》中的剧中人同样难逃命运的桎梏。《黎明的眼睛》是一出关于巴黎舞女、双重间谍玛塔·哈丽（1876—1917）神奇经历的五幕电影情景剧。玛塔是一个真实的历史人物。"一战"期间，祖籍荷兰的玛塔是巴黎知名舞女，也是一位周旋于法、德两国之间的双重间谍。1917年，法国反间谍部门指控玛塔为德国人窃取情报，并由此给法国带来巨大损失，造成5万名士兵身亡，她以"叛国罪"被判死刑。本是一桩历史公案，但在21世纪末格列米娜笔下，这位跻身历史上"最著名的十大超级间谍"之列的美女间谍，一个追求自由放纵、奢华享受的巴黎舞女，却转成有情有义的风尘女子，为救治俄国情人军官，帮其恢复视力，在急需用钱之际被迫走上双重间谍之路，最后身份被揭露，被法国枪杀，而她舍命相救的俄国军官借口为她复仇，却爱上了一个出卖玛塔、在默片中扮演玛塔的女演员克洛德；克洛德难以接受俄军官对玛塔的背叛，开枪自杀。一出为情献身却惨遭背叛、融民族大义为一处的爱情故事以悲剧收场。剧中玛塔的黯然离场无疑是个人选择的结果，但乱世佳人，命运多舛，动荡年代的个人命运无不与国家、民族的命运紧密相连。

《世界末日之梦》是关于15世纪末伊凡三世及其妻子索菲娅的故事。伊凡三世娶拜占庭末代皇帝的侄女索菲娅·巴列奥略（1455—1503，Палеолог）为妻，索菲娅协助伊凡三世将俄罗斯的土地统一起来，形成了一个疆域辽阔的强大国家。伊凡三世怀疑索菲娅背叛他（与贵族之子古谢夫有染），将其软禁。尽管随身亲信格列克劝说主人逃离莫斯科，但索菲娅坚信丈夫会查明实情。剧终时，伊凡三世不仅召回了索菲娅，且将他们的儿子即后来的瓦西里三世定为自己的继承人。剧本是一个大团圆结局，善于守候的索菲娅最终等到了回心转意的丈夫。剧本自始至终贯穿着末世情结，仿佛所有的人都期待着末世的降临。剧终时，伊凡三世有言："只要妻子忠诚于丈夫，只要丈夫原谅妻子，

就不存在世界末日。"① 之所以称《世界末日之梦》，是因为剧本由索菲亚的四个梦构成；之所以是"世界末日"，因为对索菲娅来说，"世界末日"就是丈夫不再爱她，但结局好在"世界末日"只是一个噩梦。

我们可以将格列米娜的历史剧作为俄罗斯苦难来解读，剧中每一人凄凉命运的背后都延伸着俄罗斯的悲惨，个体不幸与国家灾难如影随形。格列米娜实际上是以俄罗斯的苦难为背景展开人物故事，以期望人们回忆起共同的俄罗斯过去。《骑兵少尉奥－夫案件》立足于一桩真实的历史案件、真实的诉讼材料。1890 年 6 月 19 日，华沙皇家大剧院 28 岁的女演员玛利娅·维斯诺夫斯卡娅被枪杀于华沙自己的寓所中。开枪打死她的是其情人——骠骑兵团 22 岁的少尉亚历山大·巴尔捷涅夫。② 在案件侦查过程中，少尉对犯下的罪行供认不讳，法庭最终判他 8 年苦役，后来又遵旨改判，降为列等兵。案件发生的当年，身为骑兵少尉辩护人的著名律师费奥多尔·普列瓦科，从一位辩护律师的角度陈述了案件的前因后果。作为一名经验丰富的律师，普列瓦科深谙法官及听众心理，因此，其辩护词高明睿智：以描述女主角戏剧性的生活故事为噱头。律师以一个情节剧的语调刻画了牺牲者的肖像图，同时给死者以抒情形象。事发 35 年后的 1925 年，俄罗斯第一位诺贝尔文学奖得主——伊万·布宁完成了中篇小说《骑兵少尉叶拉金案件》（1925，Дело корнета Елагина），故事主线也是华沙杀人案。百年后的后苏联时期，格列米娜的剧本《骑兵少尉奥－夫案件》的剧情依旧是那个华沙故事。

为什么几位作家先后以不同的文学体裁对一位不幸的少尉与被杀的女演员的故事多次演绎？除因这一案件所反映的生活充满了戏剧性外，还因女主人公的命运酷似陀思妥耶夫斯基笔下的纳斯塔西娅·菲利波夫娜的命运。格列米娜的《骑兵少尉奥－夫案件》的剧情则更具戏剧性。1914 年，女演员安娜的父亲因挪用公款被捕，在提审期间父亲被辩护律师卡斯捷林暗害，卡斯捷林迫使年轻的安娜嫁给自己。得知真相后的安娜与骑兵少尉亚历山大同居，企图借助少尉逃往巴黎，逃离"可怕的丈夫"之手，而优柔寡断的少尉摆脱不了世代军官家庭出身的束缚，最终在逃往巴黎无望之时，安娜请求少尉开枪杀死她，然后自杀。看似一出情之所至、情不得已的殉情戏，但格列米娜却把剧情置于 1914 年至 1917

---

① Гремина Е. Сон на конец свету∥Современная драматургия. 1997. №2. С. 74.
② Александр Свободин. Варшавская история∥Современная драматургия. 1999. №3. С. 175.

年的俄国社会背景下进行叙事。安娜与少尉幻想着三年后的情景，那时少尉的母亲或许会同意他们结婚："1915 年，1916 年，1917 年三年之后……17 年的春天一切都会好起来。"① 一句简单的"17 年的春天一切都会好起来"把主人公的命运与国家及时代的命运紧紧联系在一起。众所周知，1917 年发生了二月革命、十月革命。剧作家委婉却执着地将戏剧置于整个俄国的革命历史背景下，将故事融入时代的悲剧中，在同情剧中人命运的同时，其命运注定在劫难逃。

有剧评家认为，《案件》是一出愿望游戏。②。如同当年契诃夫的三姐妹"到莫斯科去！到莫斯科去"的愿望永无实现之日一样，《案件》中的"去巴黎！去巴黎"的渴望尽管强烈百倍，但因种种客观因素的制约实难成真。剧本中的一个意象——1914 年 8 月 8 日发生于全俄的日食贯穿于整个剧情，且剧本于 20 世纪 90 年代初被导演多尔加乔夫（В. Долгачёв）搬上莫斯科普希金剧院时就以"俄罗斯日食"命名。这里的"日食"可以理解为愿望遮蔽了现实，愿望难以实现。

向往新生活、渴望改变命运也是格列米娜的另一两幕"殖民剧"《萨哈林妻子》的主题，该剧本是为纪念契诃夫的《萨哈林旅行记》（1895）一书问世百年而作，是关于 1890 年契诃夫在萨哈林岛考察流放地、开展户籍调查期间，发生在岛上的流放犯、强制移民、原居民之间的故事。19 世纪 80 年代，"萨哈林岛成为俄国最大的流放苦役地，囚禁着成千上万的在押苦役犯、流放犯和强制移民"。③ 由于对沙皇专制的不满，当时俄国的"司法、监狱、流放、苦役等问题，为俄国社会所普遍关注"④。契诃夫登岛的目的亦在于此。作家此行也在于急于走出"四堵墙"，摆脱个人思想危机，探寻自己存在的意义与未来之路。作家在岛三个多月的时间里，逐门挨户进行人口普查，对岛上流放居民的生活、土著居民——基利亚克人的习俗、岛上的自然环境，进行了深度考察，结论是"萨哈林是一座人间地狱"⑤。契诃夫在《萨哈林旅行记》一书里对

---

① Текст пьесы «Дело корнета О-ва» цитируется по：http：//www.theatre.ru/drama/gremina/kornet.html.

② Цунский И. Цель игры-игра//Современная драматургия. 1996. №1. С. 164.

③ ［俄］契诃夫：《萨哈林旅行记》，刁绍华、姜长斌译，哈尔滨，花山文艺出版社，1995 年，第 2 页。

④ 同上，第 3 页。

⑤ 同上，第 13 页。

流放苦役犯及当地居民的悲惨处境表示深切同情，同时揭露并批判沙皇奉行的流放殖民政策。正是由于揭露与批判的目的，才使作家的旅行记充满了议论、分析、考察、纪实等成分，文学性叙事相对减弱，因此作家称其为自己"小说衣柜里"的"一件粗硬的囚衣"。

格列米娜仿佛提取了契诃夫众多故事中的几个主要片断，将其浓缩成一个具体的萨哈林故事。在强制移民斯捷潘的帮助下，杀人纵火犯伊万终于卸下了脚镣手铐，可以自由行动，伊万与斯捷潘二人结拜为兄弟。因为需要建移民区，上级派来了女苦役犯奥莉加，奥莉加选择斯捷潘做自己的丈夫，却暗中与伊万来往。发现了妻子不轨行为的斯捷潘，念在与伊万是结拜兄弟的情分上，尽管曾经犯罪的念头多次出现，却进退维谷，难以抉择，不料，伊万向奥莉加和斯捷潘居住的木屋投下了一把火，随后逃之夭夭。幸运的是，奥莉加和斯捷潘安然无恙。剧终时，他们夫妇育有三个孩子；经过坚持不懈的努力，斯捷潘种植的庄稼终于在不毛之地的萨哈林岛上有了收获；逃离萨哈林岛的伊万给斯捷潘全家写来祝福信；由于年少气盛一时鲁莽犯事而被流放到萨哈林的年轻警察重新回到莫斯科读大学。尽管在剧情发展过程中，每个苦刑犯都又产生过犯罪念头，因为似乎"流放者被置于一个继续犯罪成为不可避免的条件下……人邪恶的本性，加上自然条件的恶劣，连同当地领导的荒唐（不一定邪恶），导致了这一事端的无尽恶化"①，却是一个难得的幸福结局。剧中再现了契诃夫《萨哈林旅行记》中提出的"文化教育、道德面貌、重新犯罪、家庭婚姻、地方官员、流放犯外逃等问题"②。

一个个普通的俄罗斯人以苦役犯身份将自己的美德与恶习带到了无法逃脱的天然监狱——四面环水的萨哈林岛，而这里的苦役只会加重邪恶。苦役岛上的每一个人每走一步都遭遇到种种的不公正，或曰残酷的待遇，但他们心中不灭的是一个民族的本能：与其他人一样，他们"更热爱正义"③ 和公理。那个疯狂想获得自由最终逃离萨哈林岛的伊万在给斯捷潘的信中提到，他如今正在和同伴们"思考如何在公理与正义之

---

① Катаев В. Б. Эксперимент над людьми//Современная драматургия. 1996. №3. С. 30.
② ［俄］契诃夫：《萨哈林旅行记》，刁绍华、姜长斌译，哈尔滨，花山文艺出版社，1995年，第13页。
③ См. ①.

地建立新生活的问题,他们一定会摆脱旧世界的"①。尽管《萨哈林妻子》的收场不见契诃夫式的忧郁,但契诃夫式的向往公平、正义、自由,渴望改变命运、渴望新生活的基调贯穿整个剧情,而且更为重要的是,这些主人公于剧终时能够"找到不再重复的力量,解放自我,摆脱既定的生活道路"②。正如契诃夫奔赴萨哈林岛的初衷,在于渴望摆脱个人精神危机,找到"开始新生活的能力"③,格列米娜《萨哈林妻子》的书写目的亦在于此。

格列米娜的历史剧本中,最具真实性的当属剧本《契诃夫兄弟》。据剧作家本人所言,该剧本百分之八十为纪实内容。④《契诃夫兄弟》是一部关于青年契诃夫与家人故事的剧本,也是一个关于作家与犹太姑娘埃弗罗斯(Эфрос)的爱情故事。主要剧情是安东(契诃夫)与杜尼娅·埃弗罗斯告吹的婚姻事实。杜尼娅出身于一个富有的犹太人家庭,她接受了安东的求婚后,决定为爱情改变信仰,但父母因此取消其嫁妆,安东的第一次婚姻尝试因此无果而终。安东当时需要养活全家八口人。父亲及兄弟们有很多奢望,但经济拮据甚至食不果腹,只好靠安东写短篇小说挣钱生活。杜尼娅本来决定奉献自己,换取安东的自由,但后来改变主意,认为为契诃夫家族"这些丑陋的人"牺牲自己实在不值得。安东非常爱家人,尽管他们缺乏理智、常以各种琐碎的蠢事打扰他,以至于使他无法完成自己创作真正文学的愿望,却无法拒绝他们。生活中的契诃夫即是如此。契诃夫从年轻时候起就不得不挣钱养活破产的父亲和不自立的兄弟们。他们都很有天赋,却无法实现自我,最终他们的生活以悲剧告终,作家个人的诸多愿望也没能实现。⑤《契诃夫兄弟》讲述了不为人知的生活里的契诃夫,讲他如何爱自己的父母兄弟,如何在"爱与自由"之间做艰难的抉择,如何渴望"挤压出体内奴性的血",成为一个自己渴望成为的自由人。⑥ 契诃夫曾对老朋友苏沃林说过:"贵族

---

① Текст пьесы «Сахалинская жена» цитируется по: http://www.theatre.ru/drama/gremina/sahalin.html.
② Новикова С. Елена Гремина: «Верю: хэппи-энд существует»//Современная драматургия. 2007. №1. С. 178.
③ Там же. С. 177.
④ Елена Гремина: «Любовь или свобода в «Братьях Ч». http://poan.ru/new/3350-bratgrem
⑤ Клюева Л. На крыльях «Чайки»//Красноярский рабочий. №91, 25 мая 2011.
⑥ Гремина Е. Верю!//Итоги. №6, 07 февраля 2011. С. 66.

唾手可得的东西，我们平民知识分子却要以青春、幸福或生命为代价来获取。"① 剧本在某种程度上也揭示了作家思考自我的问题。

或许可以把格列米娜的剧作归入20—21世纪之交世界文坛盛行的"新历史"创作之列。该类创作并非传统意义上的大型历史题材纪实创作，而是历史人物、历史事件或历史过程一般为真实的，其余成分均为剧作家将现实与历史进行无逻辑对接的结果，即细节多为杜撰，因此，这类历史作品的创作在逻辑与理性偶尔匮乏情况之下，多表现人生命运，人、历史与时代的关系及人在历史中的地位。

二、历史剧情的展示手段

格列米娜的剧本在铺陈历史故事时使用的手段，不仅体现了剧作家的游戏原则，也影射了俄罗斯民族的典型性格。

首先，格列米娜的历史剧酷似心理剧，对话多为独白式，即形式上的对话实际上是彼此不搭界的独白。剧中人沉浸于自我感受，不善于倾听他者，因此，剧本的舞台说明词通常为剧中人"不做反应"。在剧本《骑兵少尉奥-夫案件》中，少尉更多的是自说自话，其对话者对其问题通常不做回答，王顾左右而言他。当少尉与安娜在一起时，少尉自言自语祖辈的军功，安娜则想象着巴黎的宾馆，当少尉说起巴黎时，安娜则讲起她的乙醚；当少尉问女佣安娜是否在家过夜时，女佣却跟他说起他那件洒上了咖啡的呢子制服；少尉告诉女佣，自己收到一封关于安娜是有家之人的信件，女佣却说自己做了个梦，梦里去买鸡蛋。究其原因，概因人物对他者的感受、情怀兴趣不大，醉心于自己编织的罗网里难以自拔，进一步说明这一点的是，死者安娜的丈夫，即法官卡斯捷林，在第二次提审少尉时，少尉回答说："我从来不听她说什么，我只听她的声音。"②

《黎明的眼睛》是一出典型的心理剧，是关于舞女间谍玛塔·哈丽的生活、爱情的五幕电影情景剧。剧本开场倒叙，讲述扮演玛塔的女演员克洛德的生活，已死去十多年的玛塔却多次现身，叮嘱克洛德如何做一名好演员、好妻子。在整个剧情发展过程中，只要有克洛德演戏之处，

---

① Елена Гремина: «Любовь или свобода в «Братьях Ч». http://poan.ru/new/3350-bratgrem.

② Текст пьесы «Дело корнета О-ва» цитируется по: http://www.theatre.ru/drama/gremina/kornet.html.

玛塔随时都会出现，教克洛德如何成为真正的舞女。剧终时，克洛德因内外兼修、形神皆具玛塔的风韵，致使玛塔舍命相救的俄国军官将克洛德错认成玛塔，并爱上了克洛德。克洛德自言自语（实际上是对玛塔所说）："你的军官背叛了你。你为他炸了潜艇，毁灭了部队，他却与我背叛了你。他把我误认成了你。也就是说，我成了你。一切都会如你所愿，这是你曾经说过的。"① 这出剧中人之间交流不畅，却与不在场的人物可以毫无阻隔的对话，无疑是心理剧的显著特点。

《世界末日之梦》也是一出不折不扣的心理剧。剧情是由索菲娅的四场梦组成，但事实上亦幻亦真。人物彼此间自说自话的情形同样显而易见。还在剧本开场的舞台说明词里，剧作家就强调说：我们的"梦"里如同那些年间现实中的莫斯科，混杂着俄罗斯人、希腊人、意大利人和法国人。每一国家的人都说着母语，对别人的话时而明白时而不解，一如期待世界末日之时所有的语言都混乱了一样。②

其次，格列米娜的剧本多用倒叙、插叙叙事。通常认为，历史发展是线性的，但历史在格列米娜的笔下却仿佛是回旋性的，历史故事通常以倒叙或插叙手法完成，其插叙、倒叙随处可见的剧作，更类似于一个个小对话拼接的情节剧。剧本《镜子背后》开场倒叙，痛失兰斯科伊将军的叶卡捷琳娜二世在给德国朋友的信中，悲声叙述了本可以托付终身的挚友的离世。接着，剧本开始介绍兰斯科伊如何出现在叶卡捷琳娜二世"镜子背后"的皇宫里。《骑兵少尉奥－夫案件》也是开场倒叙，退役法官卡斯捷林 1927 年移居巴黎，然后倒叙到 1914 年俄国外省 C 县城，少尉所在的故事发生地。《黎明的眼睛》同样是倒叙，从 1928 年的巴黎扮演玛塔·哈丽的演员克洛德的生活讲起，然后回到 1905 年玛塔·哈丽与丈夫于新加坡不幸的生活，剧情接着发展到 1916 年玛塔·哈丽于巴黎的歌舞人生，最后衔接上开场时克洛德的生活，一出典型的环形结构剧。《契诃夫兄弟》一开场是倒叙，安东一人出现在舞台上，回忆起自己作品里曾描写过的俄罗斯的生活，回忆起他曾经爱过的、如今已不在人世的家人，回忆起那个夏天别墅里发生的故事，回忆起自己曾为该别墅付了 100 卢布。

---

① Текст пьесы «Глаза дня» цитируется по：http：//www.theatre.ru/drama/gremina/glaza_dnya.html.

② Гремина Е. Сон на конец свету//Современная драматургия. 1997. №2. С. 57.

由剧中人先倾诉心中的怀念，再进入回忆，或先给出事件的结局，再回叙具体的历程，这种怀念式或追溯式的倒叙手法，似乎并非只为制造悬念，更有可能的是意欲将离受众最近的历史真实首先告诉大家，然后随着剧中人去追述前史，此种形式更富探究性。

第三，互文性在某种程度上成为格列米娜构建历史文本的叙事策略。剧作家在书写历史剧本中使用了大量的原文本或当事人的书信等纪实资料。《镜子背后》里的萨什卡（兰斯科伊）常说："对工作不要抢先逞能，干活儿不要推托偷懒①。这是爸爸跟我说过的。"② 尽管萨什卡说，这是他父亲教给他的，实际上，这句话是普希金的《上尉的女儿》中格里涅夫老爷对前去服兵役的儿子彼得说的话。剧本《契诃夫兄弟》中引进了契诃夫的许多原材料。剧本的开场说明词如此说：剧本中使用了安东·契诃夫和亚历山大·契诃夫的书信、亚历山大·契诃夫和米哈伊尔·契诃夫的回忆录、帕·叶·契诃夫日记，还引用了安·契诃夫的《伊万诺夫》《万尼亚舅舅》《海鸥》《三年》《我的一生》《捉弄》《决斗》等作品中的情节片段。可见，格列米娜的剧中人常说起契诃夫作品中的人物语言已不足为奇。这种将作家似乎取自生活的语句归还作家本人生活的手法，尽管已经用滥，但其作用不可小觑③：当受众听到特列普列夫关于内心世界的独白时，或是亚历山大·契诃夫想象自己能成为如肖邦或陀思妥耶夫斯基等人的痛苦呻吟时，会不由自主地暗笑。剧本《萨哈林妻子》中，"游戏前文本"④的特点更是一目了然，如主人公说"当时还没有写出来、如今已耳熟能详的（契诃夫）小说和剧本中的话语"⑤。

最后，格列米娜的剧本独特的尾声，专为介绍人物的后续故事而设。从《骑兵少尉奥-夫案件》的尾声里我们得知，少尉于1914年第一次世界大战结束前死于前线。少尉的女佣移民法国，嫁给卡斯捷林，在法国开了一家俄罗斯餐厅，死于1956年，其丈夫卡斯捷林死于5年后。当年安娜演出的外省剧院的老板改名换姓，领导20世纪20年代的"蓝

---

① 《普希金中篇小说精选》，张文郁译，沈阳，沈阳出版社，1996年，第181页。
② Текст пьесы «За зеркалом» цитируется по: http://www.theatre.ru/drama/gremina/zerkalo.html.
③ Должанский Р. «Ч.» и его время. //Коммерсант. Daily. №99, 04 июня 2010. С. 15.
④ Катаев В. Б. Эксперимент над людьми//Современная драматургия. 1996. №3. С. 30.
⑤ Там же.

衫剧团"（Синяя блузка）。《镜子背后》是以叶卡捷琳娜二世写给朋友的一封信作为尾声，介绍了后续剧情："我的朋友，我成为日夜挥之不去的回忆的俘虏，已5月有余，我为痛失朋友而哭泣。在我给您写上封信一周后，费多尔·奥尔洛夫和圣明大公波将金来过我处。此前我见不得任何人。他们想出了一个绝妙的办法——陪我一起痛哭。如此这般，我心里轻松了许多。我是敏感之人，但我对一切都变得麻木了，此痛苦除外。在房间里我每走一步，每说一句话，这一痛苦都会因回忆而加剧、持续。……您不要以为，我的朋友，痛失兰斯科伊将军让我忘记了自己的义务。为摆脱这一可怕的状态，我没有忽视需要我关注的最细小的事情。所有这些可怕的事情都等着我的命令，我给出的命令正确而理智，这使萨尔特科夫感到特别惊讶……"①

《世界末日之梦》剧终时，外国旅行者预言莫斯科大公后来的故事："俄国的领土还很遥远。经年累月有信件来自那里，却不清楚那里究竟发生了什么。但我们旅行者还是获知了遥远的莫斯科市的某些事情。大公突然解除了对妻子索菲娅·福米尼什娜的惩罚，并让其儿子——未来的瓦西里三世成为自己的皇位继承人。后者继续巩固和发展莫斯科公国的事业。采用了新国徽：巴列奥略王朝的鹰和战胜恶龙的骑士。"②

《契诃夫兄弟》剧终时，契诃夫自言自语道："我还是结婚了。但娶的不是杜尼亚。那是谁呢？这完全是另一个故事了。我没有子女。但我不是孤独的契诃夫——亚历山大的儿子成为一名伟大的演员。大家都这么说。我没有完成一部长篇小说，但这不重要。主要的是写，工作。而且我心满意足，心情愉悦……当然杜尼亚也没有孤身一人。她嫁给了一个姓氏很长的犹太律师。一切都按部就班。杜尼亚死于德国特雷布林卡集中营。我的画家兄弟一年后死在亚历山大的怀里，结核病吞噬了他，吞食了他的肺，侵蚀到肠子。事情往往是这样的。（沉默）得结核病而死，这是我们家族的耻辱，特别不体面。亚历山大娶了娜塔莎，想好好过日子，但过不下去。以笔名谢多伊写作，没有写出像样儿的东西来。百科全书上只落下个安东·契诃夫长兄的解释。嗜酒成性，死得跟米特

---

① Текст пьесы «За зеркалом» цитируется по：http：//www.theatre.ru/drama/gremina/zerkalo.html.

② Гремина Е. Сон на конец свету//Современная драматургия. 1997. №2. C. 74.

罗凡叔叔一模一样……妹妹玛莎恨透了他,不让他进家门。我爱过的和爱过我的所有人的躯体……都消散于尘烟里,永恒的物质将他们化为石头、水、浮云,而他们的灵魂融为一体。唯有我一人还记得他们……我还记得一切的一切,每一个生命我都要在自己的体内重新体验一次。可能,我还爱着。我是作家。我能做到一切,我将笔一挥可以使一切起死回生。"①

格列米娜的剧本在剧终时向大家介绍后续故事,这可能与其书写历史题材有关,剧作家试图使受众对历史故事的来龙去脉有个眉目清晰的了解,希望大家接受并掌握的是一个完整的历史画面,而非断壁残垣、被肢解的历史碎片。格列米娜使缺乏细节的历史故事丰满充实起来,历史在剧作家的笔下生动、活泛、具体起来,一如你我身边生活般真实不欺。

三、剧作家的历史认知危机

虽说"历史作为一定时间维度、空间维度中的本体存在,它已经是不可变易的"②,但由于情节的编排、意识形态的参与、论证解释等因素的汇总,历史在某种程度上获得了"诗意性",赋予人们可以重新诠释、另类想象的权力。改写历史的泛化在一定程度上也是西方学术界"新历史主义"(1980年由加拿大批评家麦肯利提出)推波助澜的结果。"旧历史主义"认为,历史上那个曾经的"政治图景"应该是唯一的,它"具备某一历史真实的地位"③,"新历史主义"则提出历史相对性的观点,"文本的历史性和历史的文本性"(蒙特洛斯提出的)等概念。而我们今天接触到的历史,都是文本化的历史,因此历史的真相是相对的,而非绝对的。

格列米娜的历史认知危机(历史与现代的冲突)或许源于"新历史主义"的理念。剧作家显然抱定"旧历史主义",因此常陷入一种困惑,作为非历史学家,她常常对历史的认知方法产生怀疑。在面对历史、书

---

① Текст пьесы «Братья Ч.» цитируется по: http://drammaturgia.org/58-elena-gremina-bratya-ch.html.
② 滕云:《"历史当代化"平议》,《文艺争鸣》,1989年第6期,第28页。
③ 转引自朱刚编著:《二十世纪西方文论》,北京,北京大学出版社,2006年,第383页。

写历史时,格列米娜常有一种回天乏力的无奈感。剧作家原以为既为历史总该有其相对真实的原貌,即使不能如磐石般岿然不动,也该在某些人将其"拨云见日""拨乱反正"之时,其新貌不至于太偏离其宗。但俄苏历史的新貌不仅远离其宗,而且今天人们对她记忆中历史的篡改,使她有一种不知今日是何日的恍惚。尤其在20世纪80年代末期,"改革一开始人民经历了好坏概念的完全错乱。列宁,我们童年时的圣像,被宣布为恶魔和使我们丢掉了祖国的人"①。这是剧作家始料未及的,正是历史在某种程度上发生了这种南辕北辙的激变,使历史作家或准备致力于历史研究的专家们"对国家所发事件持极其冷漠的态度。……人们已经不愿意重新思考神话,因为他们完全不相信自己有未来,不知道明天会发生什么,而对今天所发生的可怕之事也束手无策,因为普通人无力改变今天发生的任何事情。因此,列斯科夫笔下的那些美好的俄罗斯记忆就尤其重要,实际上根本不存在。关于我们无从所知的伟大的战争记忆也是如此"②。

格列米娜是位真正意义上的良心作家,她对有人不承认民族曾有的历史表示极不理解:"有这样一种思想,在我们全新美好的世界里,1941年,1937年,1917年,1905年,1881年3月1日(亚历山大二世被炸死)——所有这些都是早年发生的事,都是谎言。"③ 剧作家认为,良莠暂且不论,但正是这些共同经历过的历史事件才把人们牢固地联合成一个被称为民族的群体,如果把曾经的共同经历都当作子虚乌有,那么"哪里还有什么闻名遐迩的民族思想?在那种人人都很陌生的国度里还能产生何种思想呢"④? 格列米娜之所以不能忍受篡改国家历史,概因她坚信"俄罗斯的历史充满了那种令人赞叹的事件,那种历史沿革,那种令人震惊的瞬间。这才是真正的民族思想"⑤。

导致格列米娜历史认知危机的主要原因,是她坚守"原生态"历

---

① Абдуллаева З. Мифы надо держать на виду. Польский и русский театр: истории, память, забвение. //Искусство кино. 2011. №7. C. 103.

② Там же.

③ Дьякова Е. Требуется Родина с человеческим лицом. Елена Гремина: «А теперь я боюсь госзаказа на позитив и считаю, что за 10 лет мы проспали все » //Новая газета, № 75. 11 октября 2004.

④ Там же.

⑤ Там же.

史。她对那些否认历史是一个固定的、先验的存在的人和事持不共戴天的态度。格列米娜认为，一个完整的民族的历史存在，它无论有过光荣也好写下耻辱也罢，都不妨碍国民对它的理解，可以借此克服历史虚无感，获取强大的民族认同感。格列米娜之所以选择历史作为戏剧创作主题，似乎专为记忆、慰藉、信仰民族的历史而来。

通常，一个有道义感责任感的作家，才会把影响国家历史发展进程的重大事件作为自己的研究对象和书写内容，希望在人们逐渐模糊的记忆里播下饱满的种子。在这一意义上，格列米娜被称为"真正的良心作家"①。格列米娜的笔下真实的历史人物或历史事件是一个引子，剧作家借此对历史展开丰富而大胆的想象与虚构。她关注的焦点是这些历史人物的生活故事，是个人命运与国家命运的关系问题。剧作家似乎打通了文学与历史的界限，使虚构与真实并行不悖。

四、直面现实的纪实剧作

纪实作品的内容时过境迁均转化为历史题材的作品。应该说，对纪实剧本的创作把握在某种程度上与历史剧本有类似之处。或许正因为如此，似乎患上怀旧病的格列米娜，身影不只闪现于蒙尘的故纸堆里，一味潜心于俄罗斯的尘封往事，她对俄罗斯的今天，对国家政治、社会生活中的重大历史事件倾注了同样的热情。格列米娜在 2000 年之后创作了几部直面现实的纪实剧本，主要有《九月·纪实》（2005）、《1 小时 18 分》（2010）、《你家中的两个人》（2011）、《1 小时 18 分—2》（2012）等。《九月·纪实》（与米·乌加罗夫合作）被称为"网络文学体"（сетевая литература）剧本，即"网络戏剧"（сетевая драма②），是俄罗斯人就 2004 年 9 月发生的别斯兰事件在网站上发表的各种言论，即剧本的主要语言形式是网评（интернет-комментарии）。剧本的网评形式使剧中人不再固定，人数众多，但是其形象、动作、心理只能凭借语言表达。剧本中的网评原则改变了戏剧的冲突与剧情，这种结构的言语形式

---

① Дьякова Е. Требуется Родина с человеческим лицом. Елена Гремина: «А теперь я боюсь госзаказа на позитив и считаю, что за 10 лет мы проспали все » // Новая газета, № 75. 11 октября 2004.

② Шуников В. Л. Прецедент сетевой драмы: «Сентябрь. doc» М. Угарова и Е. Греминой // Ярославский педагогический вестник – 2012. № 1 – Том I（Гуманитарные науки）. С. 256.

也无法为剧本引进传统意义上的舞台说明，致使戏剧话语展示的容量特别有限。但"网络戏剧"这种体裁形式的最大优势是天马行空的网名，网名的匿名性为发言人公开表达自己观点的可能。因此，看似遭受多种局限的"网络剧本"《九月·纪实》，却可以真实淋漓地再现极端主义者及民族主义者冷漠残酷的内心世界与民族间的仇恨。剧本中的所有辩论都围绕着车臣战争展开，却变幻出对权力、对各民族的态度问题，同时还列出一系列社会问题的清单。每一主题都伴随着广泛的评价，剧本中不少激烈的观点，不乏极端的评论，甚至有谩骂普京总统的语言，指责"克里姆林宫的人枪杀了孩子""莫斯科是邪恶的帝国，它马上就快完蛋了"①等。2005年，当剧本被乌加罗夫搬上舞台后，尽管仅有四位演员，代表着那场悲剧的无名的见证者，只对观众讲述普通人在别斯兰事件发生后的感想，但还是有些观众承受不住压力，当场晕倒。②《九月·纪实》从"网络剧本"到舞台演出震撼人心之处随时可见，它见证了残酷的事实。

纪实剧《1小时18分》（2010）是关于2009年11月律师马格尼茨基（Магнитский）在莫斯科"水兵寂静"（Матросская тишина）隔离审讯室神秘死亡的话剧版本。话剧复原了对可能涉嫌律师之死的罪犯的审判。两年后的2012年，政府"企图重新启动反马格尼茨基法案，推动我们（格列米娜——笔者注）写了该剧本的续集（翻案）"③《1小时18分—2》。剧情围绕着所谓"马格尼茨基名单"（应绳之以法者名单）展开，关于司法腐败，关于监狱内部的审判、刑讯。与《1小时18分》相比，续集《1小时18分—2》提供了大量的事件见证人——俄联邦处罚执行局前工作人员的匿名证据。显然，这种不畏强权、直逼政府的徇私舞弊、滥用职权、玩忽职守、草菅人命等赤裸裸践踏法律的行径的书写目的，打破了格列米娜一贯坚持的纪实剧的中间立场，对此剧作家如此解释："此部话剧之前，纪实剧院一直不涉及政治，我们曾引以为豪。我们做过关于别斯兰事件的《九月·纪实》。那里的声音是不同声部

---

① Шуников В. Л. Прецедент сетевой драмы：«Сентябрь.doc» М. Угарова и Е. Греминой// Ярославский педагогический вестник – 2012. № 1 – Том I（Гуманитарные науки）. С. 257.

② Скугаревская Ю. Политика. «Сентябрь.doc» доводит до обморока//Российская газета. 16 – 06 – 2005.

③ Шведова И. Задокументированная трагедия //Московская правда. №175. 16 августа 2012. С. 5.

的……我们不站在任何人的立场上。我们认为,这是现代人头脑中的地狱,并为我们可以自由地谈论这一点而高兴。而在《1 小时 18 分》这部话剧中我们违背了这一'零立场'。……我的道德力量不允许我采取'零立场'。"①《1 小时 18 分—2》中,有两国总统商讨"马格尼茨基名单"的剧情,但谁也无法得知具体内容,只知道结果是二者谈话后审阅名单被搁浅了,因此将这出戏搬上舞台时,编导把猜测权交给了观众,设计了演员与观众的互动情节,大家可以随意推测实际情况②,同时编导也提供了自己的说法。格列米娜把自己揭露现实、批判司法堕落的这一良心行为称为"长跑",这一漫长的马拉松"沉重而又需要力量,而且很有可能是既无奖牌也无终点"③。

剧本《你家中的两个人》(2011) 是关于白俄罗斯诗人、2010 年白俄罗斯总统候选人之一的弗·涅克利亚耶夫 (Некляев) 被软禁在家的故事。2010 年 12 月 20 日,卢卡申科第四次当选白俄罗斯总统。而在此前一天——12 月 19 日,白俄罗斯反对派候选人涅克利亚耶夫在明斯克街道上被内务部人员打伤,因伤势严重被送进医院,又从医院被野蛮地关进国家安全委员会看守所,被指控组织群众集会,后被软禁在家,直至开庭。涅克利亚耶夫被软禁期间,与妻子在国家安全人员的监控下生活。在窄小的苏联式的两居室里,不仅外人随便可以动用家里的东西,而且涅克利亚耶夫本人几乎被剥夺了人身自由:禁止自由走动,禁止打电话,禁止关上房门。格列米娜在将这一冲突确定为"空间戏剧"的同时,并没有在保护人权问题上大做文章,而是凸显日常生活的地位,使在本已狭窄的空间里度日的诗人和妻子在遭遇陌生人"入侵"后的微妙心理成为关注对象。剧作家不仅为剧本提供了纪实材料——卢卡申科的演说及相关报道,白俄罗斯权力机关的演讲资料④,而且在将剧本搬上舞台之前,纪实剧院的编导组派出了戏剧导演小组深入实地考察,进驻涅克利亚耶夫家中,同时与明斯克持不同政见者会面,旁听庭审和新闻

---

① Краевская Е. Сиквел спектакля про Сергея Магнитского //журнал «Большой Город». 14 июля 2012.

② Шведова И. Задокументированная трагедия //Московская правда. №175. 16 августа 2012. С. 5.

③ Токарева М. Елена Гремина: Ненависть к режиму не может быть главным //Новая газета. №86, 03 августа 2012. С. 19.

④ Отдел культуры. Нос бульбочкой//Новая газета. №68, 27 июня 2011. С. 4.

发布会，并对尾随他们的陌生人进行采访，但遭到拒绝。① 剧本虽折射了强权与独裁的悲剧，但不乏温情、幽默与人性。

格列米娜纪实剧本吸引导演的不仅仅是扣人心弦的纪实材料，还有对人物心理洞幽烛微的观照。在纪实剧本中，剧作家尽量将人物，尤其是反面人物，进行人性化处理，甚至使这些前来负责监视的安全部门的小伙子都变成有血有肉的普通人。这样的处理极符合格列米娜的道德与艺术追求，她一贯满怀真诚与希望去探索事实最隐秘之处，善于透过最普通的瞬间、最简单的词语与情境塑造出震撼人心、复杂深刻的现实世界。

格列米娜不仅是戏剧作家、影评人，更是让戏剧作品登上舞台的践行者。在戏剧文学创作之余，格列米娜把更多的精力投入组织与策划戏剧演出上。随着后苏联文化界的戏剧改革出现危机，为重新唤起受众对戏剧的兴趣，重振剧作家创作信心，格列米娜发起并组织了"柳比莫夫卡"（Любимовка）、"新戏剧"（Новая драма）、"纪实戏剧"（Документальная драма）、"新剧本"（Новая пьеса）、"纪实影剧"（Кинотеатр.doc）等艺术节，其中包括组织青年剧作家剧作大赛及创作论坛等戏剧活动，为年轻剧作家开办戏剧大师班，并成为这些艺术节的精神领袖，成为"纪实剧院"（Театр.Doc）这一俄罗斯首个非商业、非国家性质的开放剧场的创建者与领导者。

---

① Ольга Галахова. "Двое в твоем доме": обстоятельства одного ареста http：//ria.ru/analytics/20120120/544690881.html.

第八章　当代俄罗斯农村戏剧

第一节　俄罗斯农村戏剧的演变

在俄罗斯文学的历史长河中，乡土文学的地位举足轻重。从普希金、屠格涅夫到托尔斯泰、布宁，与其说他们对农民生活的刻画不饰斧凿、信手拈来，不如说是水到渠成、自然而然，是一种真实情感的自然流露。作为地主，他们生长于那片土地上，并与土地结下了难以割舍的依恋之情，凭借与农民的亲密接触完成了对农民生活的讲述及对农民问题的思考，因此农民故事就显得真实可信，作品中蕴含的俄罗斯传统文化价值就显得弥足珍贵。随着城市化进程的加快，作家的身份也在发生着变化，但不变的是俄罗斯人对土地的眷恋之情，徐徐的清风、潺潺的流水、啾啾的鸟鸣乃至雨后的山岗、雪后的田野对浪漫的俄罗斯文人无不构成一种诱惑，回归自然在某种程度上成为他们难以遏制的精神渴望。"美好、广阔而祥和的乡村生活画面，你们在哪里？"二百年前普希金提出的问题直到今天仍未失去其现实意义。这不仅因为在不同经典作家的创作中，"农村"这一原始意象具有丰富的思想教育意义及艺术审美趣味，还因为这一原始意象在几百年的历史画卷中、在俄罗斯民族的自我认同中起着难以比肩的重要作用。俄罗斯文学中对乡村的依恋被认为是对精神和谐的追求、对幸福人生的向往、对生存道德本源的坚守。① 乡野成为俄罗斯文人充满幻想的灵魂皈依之地，对于那些在繁华虚幻的世界里难以寻求自身价值的人来说，乡村无疑是舒缓麻木的神经、解放禁锢的心灵、激发尘封的灵感的理想之地，是灵与肉复活与升华的伊甸园。俄罗斯文学正是凭借着对这看似平凡、幽静而又熟悉的乡村生活的描写，展示了

---

① Большакова А. Ю. Крестьянство в русской литературе XVIII-XX вв. М.：Издательство Института социально-педагогических проблем сельской школы РАО. 2004. С. 44.

神秘而伟大的俄罗斯传统文化。

19世纪初，俄国剧作家米·赫拉斯科夫（1733—1807）、弗·卢金（1737—1794）、安·博洛托夫（1738—1833）、尼·桑杜诺夫（1768—1832）、尼·伊里因（1773—1823）、亚·沙霍夫斯基（1777—1846）等人的剧作已经开始探讨农民问题，尤其是伊里因的剧本《莉扎，或感激的胜利》（1803）和沙霍夫斯基的《新斯特恩》（1805）以大量篇幅刻画了农民的生活，其中不乏将农民美德理想化的描述，勾勒出农民知足常乐牧歌般的生活。在伊里因的剧本《慷慨，或征兵》（1803）及后来的《悼亡节》（1818）中，农民已完全成为剧本的主人公，剧本歌颂了农民的自我尊严，他们随时准备牺牲自我的慷慨精神及他们对劳动价值的认识。剧本情节尽管简单，但农民的生活及性情跃然纸上。后来普希金在悲剧《鲍里斯·戈都诺夫》（1825）中同样探讨了农民、农民与君主及贵族的关系问题。19世纪后期，托尔斯泰的剧本《黑暗的势力》（1886）揭露了金钱对宗法制农村的经济基础及道德基础的颠覆作用，谴责了金钱势力对农民的邪恶影响。

20世纪的俄罗斯农村题材剧本还在苏联国家建设时期就逐渐丰富起来，如尼·包戈廷（1900—1962）的《舞会之后》（1933）。50年代之后，苏联发表了一批反映农村重大问题的剧本，如亚·考涅楚克（1905—1972）的《红莓林》（1950）、《翅膀》（1954），阿·索夫罗诺夫（1911—1990）的《厨娘》（1958）等。20世纪60年代以来，农村题材的戏剧创作多半反映不合理的苏联农业政策问题，暴露农村人口向城市流动等社会现象。70—80年代，有反映农村人情冷暖的约·德鲁采（1928—）《我们青春的鸟儿》（1971）等剧本，有反映农村实干家改革者的形象，如瓦·切尔内赫（1935—2012）的《适得其所的人》（1972），阿·阿勃杜林（1930—）的《第十三任农庄主席》（1979）等剧本。

第二节　温情与热望——当代农村戏剧

后苏联时期，俄罗斯土地荒芜加速、农民数量锐减，人们对土地的感情随着对土地的远离而逐渐淡化。对土地的淡忘导致俄罗斯民间文化传承的式微，但一批具有道义感与责任感的俄罗斯作家仍坚守乡村阵地，直面惨淡的社会现实，以犀利激烈的言辞、深刻辛辣的文笔呼吁政府与

社会对日渐消亡的农村、农民予以关注，希望社会力挽狂澜拯救农村、农民于不倒。俄罗斯这一时期关于农村生活的书写主要以西伯利亚剧作家为主。新西伯利亚剧作家尤·米罗什尼钦科（1942—）的《小猪马什卡》（1988）、《安乐死》（2003）、《谁杀害了肯尼迪？》（2009），多半反映农村生活的变化及农民的喜怒哀乐；伊尔库茨克剧作家尤·克尼亚泽夫的《大冲突》（1992）等剧作以家庭为单位，把家庭与亲情问题摆在首要位置；弗·古尔金（1951—2010）的剧本演绎了永恒的爱情故事，其系列"乡村爱情"故事《爱情与鸽子》（1982）、《贝加尔湖地区的四对舞》（1998）、《萨尼娅，万尼亚，与他们一起的利马斯》（2005）弥漫着善良与温暖，纯朴而慷慨的乡下人虽饱受生活的磨难却捍卫做人的尊严；亚·科罗夫金（1951— ）的《关于爱情》（1999）、《给未婚妻的布娃娃》（2001）等轻喜剧讲述了可笑而又荒唐的爱情故事，揭示了城里人与乡下人迥异的爱情观，忧伤旋律的背后透露出乡下人的善良与纯朴及对美好生活的期盼；布里亚特剧作家盖·巴什库耶夫（1954— ）的《跑道上的爱情》（1992）、《成功时刻》（1993）、《巧巧桑尼亚》（1995）、《新妻子》（2007）、《楚科奇人》（2008）等剧本，以闹剧的形式演绎了农村人的希望与梦想，故事简单可笑，却哲理深刻，耐人寻味；车里雅宾斯克女剧作家安·巴图林娜（1985—）的独幕剧《乡村童话》（2006）是关于俄罗斯民间童话中的妖怪、保家神、独眼女巫——民间故事中的接生婆等生动有趣的故事。

"陶里亚蒂戏剧学派"（Тольяттинская драматургическая школа）的代表剧作家——维·杜尔涅科夫（1973—）、米·杜尔涅科夫（1978—）、尤·克拉夫季耶夫（1974—）等则对农村现状进行了另类言说。如果说维·杜尔涅科夫在《在漆黑漆黑的城市里》（2005）通过玛尼娅奶奶给城里亲人的"信"解读了乡下人对土地的眷恋的话，那么，这一学派这一时期农村题材的其他剧作，已远非对农村生活、农村人喜怒哀乐的一般性简单描述，而是深入农村生活内部，潜入农村人的内心世界，在揭示了"充满危险、意外，极其无聊、机械的农村生活"[1] 之后，对弥漫于农村的俄罗斯"文化灾难"进行了深度挖掘，再现了"社

---

[1] Липовецкий М., Боймерс Б., Перформансы насилия: Литературные и театральные эксперименты «новой драмы». -М.: Новое литературное обозрение, 2012. С. 250.

会、历史、文化沟通断裂"① 之后的农村文化与精神道德的危机现状。尤·克拉夫季耶夫的《安娜》(2004) 是一部关于由"射手们"(стрелки)控制的后苏联时期农村血腥生活的戏剧。村里不断上演着虐待妇女、食人肉(邻村)等暴力游戏。今天的社会却有如此骇人听闻的事件发生,似乎皆由该村与世隔绝、封闭自我、不与外部社会有任何交流所致。维·杜尔涅科夫的《水蛾》(2005) 讲述了同样与外部世界隔绝的荒唐故事。一个"二战"期间被德军击落的苏联红军飞行员,为逃避追杀被村民藏于澡堂里直至 1988 年。这四十多年的时间里,飞行员"苦读"《圣经》,酝酿出一套集"空战规则、具圣歌作用的苏联飞行员之歌、马克思主义演说术及伪宗教训诫"② 等内容为一体的独家"学说","过去的飞行员已变为村里绝对的权威"。③ 这位新"预言家"仅凭此"全新的""学说"迷惑了全村人,被视为"圣人",操纵着全村人的思想与灵魂,甚至前来调查此事的莫斯科记者也似乎被施了魔法难以自拔。"射手们"和飞行员控制的农村无疑为俄罗斯当代"怪诞文化"的缩影,乍看似乎是"逃避后苏联现实"充满了"反乌托邦"的外部世界,而实际上是剧作家以此"暴力、杀人游戏暗示了社会沟通、交流不畅"④,暗示了精神空虚之下的俄罗斯文化的逆向发展。剧本反映农村无序是假,揭示缺乏有效的文化交流手段导致文化毁灭是真。

除去"陶里亚蒂戏剧学派"剧作家的农村主题不论,从这一时期农村题材剧本的整体书写内容及书写方式来看,剧作家们对亲情、家庭、家园充满了血浓于水的深情关注。苏联解体后的俄罗斯农村人有痛苦、纠结、失望和绝望,但他们更多的是满怀希望,并憧憬着真爱。这一时期的剧本多是忧喜参半的悲喜剧,语言幽默风趣,悖论、笑话成分穿插其中,通过"含泪的笑"体现了俄罗斯当代农村人的日常生活及精神面貌。其中的主人公有着与舒克申笔下的农村"怪人"相似的经历。这些剧本中偶尔也有城里人出现,后者的现身仿佛证明了作者的奢望,希望知识分子回归乡土与自然,回归激发灵感的理想之地,从民间汲取心灵

---

① Липовецкий М., Боймерс Б., Перформансы насилия: Литературные и театральные эксперименты «новой драмы». -М.: Новое литературное обозрение, 2012. С. 209.

② Там же. С. 211.

③ Там же. С. 209.

④ Там же. С. 250.

的慰藉以求道德上的完善，同时作者也希望这些乡下"怪人"能够内心和谐，成为更有教养更积极向上的文明人。纵观俄罗斯文学史，对农村现实力透纸背的揭露，对农民问题殚精竭虑的书写，对农民故事纯朴温馨的讲述，无不是由那些真正来自乡土并认同乡土的经典作家完成的，那种与生俱来的生命印记注定了讲述者视角的独到敏锐、解读的深邃厚重。远居西伯利亚腹地的剧作家洛博焦罗夫（1948—）以对当代俄罗斯农民命运的执著书写，为我们认识今天的俄罗斯农村及农民打开了一扇窗，为俄罗斯民族的传统文化留下了一份珍贵的遗产。

第三节　斯·洛博焦罗夫的家庭悲喜剧

斯捷潘·洛博焦罗夫出生于西伯利亚布里亚特的一个旧教徒家庭，东西伯利亚国立文化学院（戏剧系）毕业后，做过乡村剧院导演，1989年调到布里亚特卡班地区工作，1990—1992年在地方人民剧院和电视台工作，期间于卢那察尔斯基戏剧艺术学院（1984）和高尔基文学院（1991）高等文学讲习班进修过。第一部剧本《大自然怀抱里的小戏剧》（1982）曾于1982年在乌兰-乌德别斯图热夫话剧院上演。剧本《我们依邻而居》（1986）荣获苏联青年剧作家大赛奖，并获得了"演季处女作"大奖。

从20世纪80年代至今，洛博焦罗夫的剧作虽不算丰厚，却展示了俄罗斯乡村近30年间的沧桑巨变。可以说，其剧作是观察俄罗斯社会改革的一面镜子。洛博焦罗夫的剧本无一例外地记叙了生长于西伯利亚这片土地上的农民及其生活方式，揭示了农民的理想希望与生存困境。他的剧作几乎触及俄罗斯农村的所有问题：进城寻梦的困惑与留守乡野的焦虑，高价投资教育的不舍与安于教育现状的不甘，传统的家庭观念与新时代婚姻观念的激烈碰撞，酗酒的悲壮与清醒的痛楚，无钱的散淡与无助及有钱的亢奋与惶恐，邻里之间的爱恨情仇，等等。问题琐碎、零乱，却尖锐、深刻、典型而现实。作品不见宏大叙事，而文化内容却丰富温润，在以俄罗斯农民为主角的历史背景下，展示了当代农民生活及心灵发展史，反映了当代俄罗斯民族的精神走向及社会文化内容。

一、传统家庭的戏剧空间

在俄罗斯人的传统观念中，家庭被视为人类心灵寄居的圣殿，家

庭是牢不可破的神圣结合，是一个人不可或缺的生活命定成分，只有家庭才能给人以真正的幸福安宁。洛博焦罗夫的剧本都以家庭为故事发生地，故事人物是一个家庭里的成员，他们的喜怒哀乐紧紧围绕着家庭展开。或许由于地缘关系，剧本蕴含着丰富的东方文化元素，因果报应成分经常隐身其中。故事中，如果人物能够以家庭为中心行事，则家和万事兴，如果迷恋于婚外情或者做出有辱家门之举，则举步维艰，四面楚歌，甚至身败名裂。今天的俄罗斯年轻人遵循"家庭是基于爱情的自愿结合"的信条，基于爱情的婚姻是以爱情为基石，爱情不再，一段婚姻就烟消云散了，这与洛博焦罗夫所秉承的传统家庭观念有些背离。俄罗斯的传统家庭观念是，即使夫妻感情不再也不能随意解除婚约。按东正教的观点，婚姻最初是由上帝缔结的，最好由上帝做出裁决，个人的幸福得失面对强大的宗教力量只能妥协。

剧作家的早期剧本《我们依邻而居》（1986）对"准家庭"寄予了深切的厚望。农村妇女伊丽莎白的女儿未婚先孕，而未出世的孩子的爸爸——邻家的男孩子却跑到城里躲起来。不知原委的大人们如热锅上的蚂蚁，彼此指桑骂槐，搬弄是非。儿女间的感情纠葛牵扯出父辈恩怨情仇，历史与现实两个层面的交叉叙事，再现了农民含辛茹苦的生命历程。最终邻里冰释前嫌，认为家庭最重要，被误解的年轻爸爸敢于担当，决心建立家庭，与妻子共同抚养孩子。剧作家以历史感染现实，在年轻人中间不断渗透自己的家庭观念，其道德诉求最终得以实现：年轻人能够遵循传统道德观念，珍惜家庭与婚姻，善于以家庭为圆心，营造自己的幸福生活。

俄罗斯家庭的破裂多数情况下是因为酗酒造成的。《从周六到周日》（1988）中酗酒成性的丈夫对妻子非打即骂，一次醉酒后再次将妻子赶出家门。妻子出门前偷偷地随身带走几把汤匙，据说这样家庭就不会破裂。妻子后来跪在冥顽不化的丈夫面前哭诉道："这个家不管怎样，是你我共同的家。……我们在这里把孩子拉扯大，我们不光打过架，我们一起为它出过多少力呀……原谅我吧，惩罚我吧，只是我无论如何不能没有家呀！"① 受尽打骂却仍然舍不得离开家的农村妇女形象跃然纸上。这位妻子无疑是俄罗斯农村妇女形象的代言人，家庭对她来说就是一切，

---

① Текст пьесы «От субботы до воскресенья» цитируется по: http://www.theatre-library.ru/files/l/lobozerov/lobozerov_6.doc.

是幸福的源泉，是安全的港湾，是生存下去的希望，无家根本无所谓生活。剧本揭示了农村酗酒现象所引发的妻离子散的悲剧后果的同时，再现了农村妇女高尚的道义感，正是她们赖以安身立命的传统家庭观念拯救了俄罗斯男人与乡村。或许正因如此，俄罗斯妇女被认为是俄罗斯农民生活的根基，是家庭的出发点与归宿。

洛博焦罗夫的家庭观念甚至在剧本的标题中可见一斑——《全家与外人》（1991）。农民季莫菲伊一家不算富裕但还算和睦的平静生活被一个城里的年轻人维克多的突然造访给打乱了。由于介绍人米哈伊尔的别有用心，季莫菲伊一家人与维克多之间产生了诸多误会，双方甚至隔门对骂，准备大打出手。在误会的预埋与消解中，我们不仅了解到农村人的日常生活与精神面貌，而且认识到家庭成员之间的相互理解与信任是幸福生活的前提。改变人与人之间的冷漠关系并使之和谐，只能诉诸凝聚人心的历史传统。在故事最后，一首俄罗斯老歌的响起并非空穴来风，老歌最终使大家不计前嫌，握手言和。作者的良苦用心显而易见，唯有家庭才能保护人们日渐飘零的道德操守，家庭似乎是不断向往高处的风筝的牵线人，它时时提醒你的来处，你安身立命的根本，而传统文化则是其间难以割断的坚实纽带。

在《他的金刚石与祖母绿》（1997）中，年轻人的爱情观与老一辈传统婚姻观发生激烈碰撞，剧本强调完整和谐的家庭在一个人生活中的核心地位。母亲劝说儿子的话虽简单却道理深刻："……无论如何他们是一家人。过得好坏暂且不提，但他们是一家人。而你现在却要把他老婆领走，他还在你面前有错了？你想想吧，你在说什么，做什么。"[①] 母亲进一步晓以利弊："……在别人的痛苦之上是建立不起家庭的。不管我们将会有怎样的美好生活，谁也逃脱不掉这一点。这是上帝的法则，不是我们想出来的。我怎么能违背这一常理来祝福你呢?!"[②] 迷惘中的儿子最终接受母亲的劝告，放弃了这段感情。老人的劝导无论是出于传统的道德观和家庭观抑或是遵循宗教教义的训示，这些说教无疑对年轻人起到了潜移默化难以抗拒的警示作用。剧作家真诚地希望，年轻人在看重以爱情为基础的家庭同时，能够遵守传统的家庭观念：不轻易拆散一

---

① Текст пьесы «Его алмазы и изумруды» цитируется по：http://www.theatre-library.ru/files/l/lobozerov/lobozerov_3.doc.

② Там же.

个家庭，不能把幸福建立在别人的痛苦之上。

《离节日百步之遥》（2007）中，作者借买房与换房问题将家庭观念进一步升华，弘扬了万比洛夫《长子》中的"四海之内皆兄弟"的理念。乡下人渴望进城，城里人向往回归乡下，构成了换房的故事背景。为成功换房，拙嘴笨腮的维克多请来了能言善辩的朋友谢苗帮忙。换房对方的母女俩常年住在泛滥的河边，却谎称自己的住房"依山傍河"。在逐步了解过程中，双方一致认为，大家都是兄弟姐妹，不应该彼此欺骗。两个残缺的家庭原本想通过瞒天过海的欺骗手段达到换房的目的，在实施过程中却显露出善良的天性，最后大家以诚相待，皆大欢喜。剧本结尾处，谢苗感言道："任何时候只依靠自己肯定不行，要坚信我们有人民……我们是兄弟姐妹，这不是大话，而是活下去的唯一办法。"① 并建议换房的母女俩住到自己父母留下的房子里。家庭观念在这里得以升华，所有的人都被看成是社会大家庭里的一分子，彼此间应该互相关照，唯有如此大家才能和谐幸福。从小家上升到大家，应该说是剧作家家庭观念的宏观体现。无论大家小家，作为整个社会大家庭的一个成员，每个人都应该与他人相濡以沫、和平相处、互相爱护，只有这样，才能共同携手渡过难关，无此根本无所谓民族，无所谓和谐社会，无所谓个人幸福。洛博焦罗夫笔下的家庭之所以固若金汤，轻易不会动摇，还有一个重要的原因是阅历丰富的老人的支撑。

二、幽默智慧的戏剧人物

在洛博焦罗夫的剧本中几乎随处可见阅历丰富的老人形象。这些初看怪诞实为可爱的老者形象既体现了作者的喜剧天赋，也展示了俄罗斯的民间智慧。《我们依邻而居》中的菲尼娅奶奶，年近80岁，腿脚灵便，思维敏捷，每天把家收拾得"像消过毒一样的干净"，窗台上的花从未忘记浇水。当别人提起儿子不帮助她时，老人替儿子辩解道："我们有吃有住，领着退休金，还用儿子干什么。我们喜欢自己做自己的主人。"② 一日，城里的一位实习记者来到菲尼娅奶奶家，想了解当年当地的游击

---

① Текст пьесы «В ста шагах от праздника» цитируется по：http：//www.theatre-library.ru/files/l/lobozerov/lobozerov_2.doc.

② Текст пьесы «По соседству мы живём» цитируется по：http：//www.theatre-library.ru/files/l/lobozerov/lobozerov_1.doc.

队及集体化进程情况。菲尼娅奶奶误解了记者的来意，以为他来调查他们家在村子里有哪些不端行为，于是安排老伴儿装聋作哑一问三不知，自己则对记者所答非所问，搞得记者一头雾水，哭笑不得，一位嬉笑怒骂、机智敏捷的老人形象呼之欲出。《离节日百步之遥》中，维克多岳母舍不得离开老屋，因此想方设法让前来换房的母女俩看不上他们"糟糕的"房子。她首先把老伴儿的老年痴呆说成是地下室里射出来的莫名其妙的光导致的，然后抱怨他们家到处都是蟑螂、臭虫，接着又数落邻居酗酒成性，动辄到他们家吵闹。这些理由无非是她不想换房情急之下的托词。维克多的岳母看似愚钝滑稽，实则幽默精明，其言行流露出俄罗斯老年人的传统观念。

　　《全家与外人》与其姊妹篇《全家与纸币》（2001）中的奶奶形象，也集中体现了俄罗斯老人的智慧。《全家与纸币》中，季莫菲伊意外收到外甥寄来的一笔巨款，就在大家幻想如何花掉这笔钱时，奶奶则祈祷上帝原谅世人的罪过，请求上帝先赋予人以智慧，等人们变得足够聪明，再以饥饿与金钱来考验他们。季莫菲伊一家对金钱所持的淡定态度，说明俄罗斯农民淳朴厚道的本性：钱为身外之物，有——很好，没有——人们照常可以过日子。故事荒诞可笑，但农村人的真诚、善良与睿智毋庸置疑。《全家与外人》中所设置的诸多滑稽场面，当然不是以博人一笑为目的，其深层含义在于揭示人与人之间因不了解或不愿意了解而生发出许多荒唐之事，而在化解矛盾方面老年人的智慧总是药到病除，妙手回春。可见，家庭无论贫富，对于困境中的人来说永远是一个可以随时停靠的港湾，睿智的老人不仅是一家之主，也体现了剧作家的审美理想。

　　可以说，洛博焦罗夫以拥抱民间的态度，对生长于土地上的民间智慧进行了不懈的挖掘，在讲述不容乐观甚至有些凄凉的农民现实生活的同时，剧作家展示的无不是蕴藏于古老土地上丰富而深邃的文化意境。剧作家对乡村故事的描写，对农民生活的刻画，都饱含着血浓于水的亲情，尤其是对老年人的塑造深刻老到。老人饱经生活之苦，睿智从容，不会因环境的突变恶劣而慌了手脚。他们一辈子练就了淡定从容豁达开朗的人生态度，面对困难他们应对自如，从不怨天尤人，也不会惶惑难安，更不会轻易沉沦。他们语言的幽默、对生活的调侃无不体现出乐观的人生态度。

三、戏剧性情节与喜剧手法

洛博焦罗夫的剧作能在舞台上长演不衰的另一个重要原因是其幽默的喜剧手法。其中既有喜剧情节的建构，也有人物幽默的语言，还有喜剧人物的串场。洛博焦罗夫的所有喜剧几乎都始于一位城里年轻人来到乡下，甚至剧本直接就叫《全家与外人》。外来人因不了解当地人的情况，而出现种种交际障碍，聋子式的谈话方式使交谈双方难以领悟对方的意图，自说自话赋予剧本以戏剧性和喜剧性。

《我们依邻而居》中，由于菲尼娅奶奶误解了记者的来意，因此在回答记者的问题时，经常所答非所问地按自己的思路讲述，生出许多笑料。《离节日百步之遥》中的喜剧手法也比比皆是。外公的耳聋制造了一定的喜剧效果，巧言如簧的谢苗也有派不上用场的时候，前来换房的母女俩神经兮兮，外婆幽默智慧的形象在勾勒出老一辈人传统观念的同时，使剧本的喜剧效果达到了高潮。剧评人瓦·别古诺夫指出，《离节日百步之遥》是真正聪明的喜剧，它提供了足够残酷的审视生活的视角。"剧本中有很多有趣之处……外婆是一个聪明人，她是故事第二部分的内部推动器。如果导演和演员能猜出，这是最聪明的人，那么真正的喜剧效果就能达到。有一种说法：'节日总是与我们同在'，老太太展示了这一点。"① 这出悲喜剧无疑是一个深刻的寓言故事，在对人性进行考验之后，得出了"四海之内皆兄弟"的结论。《全家与外人》自始至终贯穿着喜剧人物及喜剧情节。城里画家维克多因工作需要住进了一农户家里，因仓库保管员米哈伊尔的挑拨，房东与维克多之间误会不断。房东晚上难以入睡，手持板斧守护全家，隔壁的维克多担心这家人冲进来杀他，嚷着说他身上有刀。不断升级的误解、矛盾、冲突最后在一首早被遗忘了的老歌中逐渐化解。显然，《全家与外人》的故事情节、人物性格充满了悖论：误解导致的恐惧几乎把原本善良的主人和客人变成野蛮人，尤其是维克多，一个懂得欣赏美的知识分子，却因极端恐惧几乎变成动物，为了自救，不惜宣布自己是疯子。米哈伊尔最终因制造了这出闹剧，讨好塔尼娅的希望全部落空。可笑而略带忧伤的故事使我们在目睹农村人辛酸生活的同时，感受到他们在处理意外事件时的滑稽与智慧。显然，

---

① Орлова Е. Праздник всегда с нами//Газета «Областная» (Иркутск). 19-09-2007.

与生俱来的性格中的和谐、幽默和乐观使农村人在困境中不至于沮丧、堕落，他们总是心存感恩，企盼美好。

在物质文明极度发达的今天，人们对金钱的态度不能说是顶礼膜拜，也是趋之若鹜，而《全家与纸币》正是围绕着农村人对金钱的态度演出的一场笑料百出的闹剧。季莫菲伊的外甥寄来了 15 万卢布，家人却以为是 15 万戈比。奶奶甚至听信村里人，说他们家是用大车把钱拉回家的。钱取回来之后，季莫菲伊一家人讨论如何让别人不惦记这笔钱，奶奶为此跑遍四邻，说寄来的都是假币。但无论真假这笔钱还是吸引了全村人的眼球。季莫菲伊一家人非但没有因意外获得巨款欣喜若狂，反而陷入坐卧不安之中。女婿米哈伊尔半夜扮成盗贼来要钱，被岳母揭穿；见钱眼开的米哈伊尔绕着钱包跳起舞来，甚至对钱跪拜；当商量如何使用这笔钱时，一家人思路活跃，点子如泉涌：季莫菲伊要买下整条街，不让别人过，留着自己散步；米哈伊尔建议说，立下一根挡杆，谁要想过，就得付美金；有人提议建一座文化宫，让全村人都去娱乐……可以说，一笔天外飞来的横财对人们的道德底线进行了全方位考验，勾勒出农村人对金钱的种种态度。用导演尼基塔·科瓦廖夫（Никита Ковалёв）的话来说："这是部很现代很现实的话剧，可以说，是我们对危机的回答。其主要任务是让观众思考，金钱是很烫手的物质，不是所有的人都能接受。洛博焦罗夫以金钱来考验自己的剧中人……这里触及一个老生常谈的话题是，幸福不在于金钱，而在于固若金汤的和谐家庭。"①

洛博焦罗夫不愧为塑造喜剧人物和情节的专家，他与生俱来的幽默感使严峻的生活弥漫着轻松活泼的色调。其剧中人一般为内心善良的怪人，他们常常陷入荒诞的生活情境中，无论是语言、性格，还是对生活的态度，他们都显得过于天真单纯。他对《离节日百步之遥》的剧本是这样评价的："……艺术经常关照的是人的心灵。我试图在新剧本中展现人的本质精神……我提出了老师、医生、文化工作者等知识分子问题，他们境遇糟糕，多少年拿不到工资……如果他们适应了新的条件，不是说他们向巧取豪夺的社会做了妥协，而是说他们遵守了任何条件下都要做人的原则，我们因此可以期盼更美好的未来……"②

---

① Соловьева А. Мурманский областной драмтеатр представит антикризисный спектакль // Газета «Комсомольская правда. Мурманск», 13 - 03 - 2009.

② Орлова Е. Праздник всегда с нами // Газета «Областная». 19 - 09 - 2007.

幽默在洛博焦罗夫剧本中的应用,不仅是一个叙述策略,更体现为人物的生活智慧及达观的生活态度,是人物经历苦难生活必需的润滑剂和作料。剧作家笔下的世界不乏温馨,但生活于其中的人却不那么轻松,他们不得不面临的现实有时灰暗窒闷,甚至冷酷无情。洛博焦罗夫不想使人物对残酷的现实生出诸如愤恨、绝望的情绪,便通过幽默来与苦难的现实建立融合的关系,对苦难所进行的喜剧化处理显示了剧作家对现实的宽容态度。应该说,洛博焦罗夫所阐释的生存哲学充满了中国式的隐忍智慧。或许,洛博焦罗夫有些夸大笔下人物的乐观,作为生活的馈赠,乐观经常地光顾这些人物,但无论如何这一苦难叙事及其消解方式都体现了剧作家的悲悯情怀,苦难在笔下得到了缓解,甚至成了快乐的源泉。

洛博焦罗夫的戏剧创作美学源自民间,因此异常纯洁质朴。剧作家的语言优美、生动、准确直至细节,出奇制胜的幽默感,使其喜剧溢彩流光。"……斯捷潘·鲁基奇①的剧本初看之下很简单,实际上却很深邃,甚至可以说,具有极强的哲理性。"② 我们阅读洛博焦罗夫只感到一种简单的朴实,其中不见满足于快感化写作的酣畅淋漓,也不见对经典亦步亦趋的叩首作揖,更不见对安身立命根本的处心积虑和潜心经营,谋篇布局纯粹是为心平气和地讲故事而设计。尽管其剧作直击农民的苦难生活,却体验不到"文以载道"的繁琐与凝重,听不到声嘶力竭、杜鹃啼血的呐喊,但俄罗斯古老而源远流长的生活观念、以家庭为根基的传统道德操守及与人为善的行事原则却从中徐徐弥漫开来,浸透着沧桑与伤感,蕴含着古老的社会内容,尤其是对乡下人生命状态的凝练刻画与肆意渲染使人温暖令人感动。或许,我们可以这样理解,洛博焦罗夫对俄罗斯传统文化及文化守望者的敬重,是一种缘于对民族文化记忆的思考,洛博焦罗夫似乎在自己的创作中以记忆的符号深化民族传统文化的意识,履行道德拯救的职责。

蜗居西伯利亚的洛博焦罗夫本人未必清楚,知道后也未必承认,但他绝对属于那种独领时代风骚式的人物。其创作不仅在传承俄罗斯传统文化方面见长,仅从其戏剧在俄罗斯后苏联时期的上演率来看,其创作获得了极具深意的社会效应,显示了厚重的艺术才华及生存智慧,也反

---

① 洛博焦罗夫的名和父称。
② Виськин Ю. Драматург, построивший храм // «Омское время». 18-03-2009. С. 8.

映了后苏联时期俄罗斯人对传统的眷恋与回归的热望。"真正有功力的长篇小说不依赖情节取胜。惊心动魄的情节未必能写成惊心动魄的小说。剧作家最大的才智应是能够在日常细碎的生活中演绎出让人心灵震颤的巨大内容。而这种才智不仅要建立在对生活极其稔熟的基础上,还应建立在对这些生活深刻洞察和透彻理解的基础上。"① 以中国作家路遥的这段话来形容洛博焦罗夫的创作最恰当不过。"很难说出,哪位当代作家会像他这般了解和感受农村。"② 剧作家对西伯利亚故土的缱绻之爱,对表现这方水土人情的执著信念,对亲情、友情、人情感人至深的演绎无不体现剧作家于方寸之间见宇宙之貌的智慧,也勾勒出其视农民为俄罗斯传统文化的守护者的民间立场。在传统的乡土文化日渐式微的今天,洛博焦罗夫对农民生活的观照,对乡土文化的坚守,无疑证明了作家的俄罗斯传统文化守望者的身份。

---

① 路遥:《早晨从中午开始》,西安,西北大学出版社,1992 年,第 59 页。
② Жуховицкий Л. Печальная комедия//Современная драматургия. 2013,№2. С. 14.

第二编

对传统的继承与创新

第九章　契诃夫戏剧传统
于当代戏剧中的回归

契诃夫被誉为"20世纪的莎士比亚",他在世界戏剧史上书写了一个划时代的篇章。契诃夫在戏剧艺术领域所独创的艺术体系为俄罗斯与世界戏剧指引了一条全新的发展道路,其戏剧革新主张对后来的俄罗斯戏剧发展产生了深远的影响。20世纪50—60年代的新一代经典剧作家、70—80年代"新浪潮"剧作家、后苏联时期的"新戏剧"剧作家都不断地从他的经典剧作中汲取灵感,创作出大量具有"契诃夫基因"的戏剧作品。天才戏剧革新家契诃夫如同"一条永不干涸的文学之河",滋润着俄罗斯不同时期戏剧创作的土壤。如果说新一代经典剧作家与"新浪潮"剧作家的戏剧创作主要是继承了契诃夫的戏剧传统,那么,后苏联时期的"新戏剧"剧作家则把解构经典作为新时期戏剧革新的手段。"反传统剧派"中最具代表性的是弗·索罗金(1955—)、鲍·阿库宁(1956—)、康·科斯坚科(1966—)、瓦·列万诺夫(1967—2011)等剧作家。

这些新生派剧作家通过模仿契诃夫的戏剧革新手段与戏剧情节来实现同权威的对抗。他们解构经典的主要手段有:对契诃夫戏剧文本的分解、拼贴、机械复制,语体的混杂、语言的通俗化,戏剧象征寓意的直白化,对契诃夫形象的抽象化、丑化。这些后现代策略的运用使契诃夫经典剧作在新生的剧本中遭到了由表及里、从语言到意义的全面消解。戏剧的真实性被彻底摒弃,而假定性得到了极度的张扬。

然而,一些剧作家对契诃夫传统的态度并非纯粹的否定,而是常常在"是"与"否"之间徘徊不定。这体现了后苏联时期新生派剧作家对经典复杂而矛盾的态度:对契诃夫的戏剧创作表现出持续、浓厚的兴趣,同时又不愿被经典的成规、教条所束缚,不甘在权威光环的映衬下黯然

失色。因此，这一时期的"戏仿经典"的剧作体现了在经典与现代之间、在传承与批判之间寻求某种接合与平衡的探索。

第一节 契诃夫的戏剧传统

亚·奥斯特罗夫斯基创立了俄罗斯民族古典现实主义戏剧体系。这是无需导演、作家的戏剧，台词在整个艺术体系中占据中心地位。奥氏使俄罗斯戏剧仅用了40年就走完了其他国家历经几个世纪的发展道路。然而，到了19世纪末，戏剧面临着一场危机，曾经令人振奋的戏剧在成规、教条的压制下难以呼吸，舞台在偏离生活的道路上愈走愈远，迷失了方向。俄罗斯与世界戏剧都迫切需要革新，戏剧作为一种文化形式必须适应快速发展的新时代。这一时期所有历史、社会与文化的新特征都为新戏剧的产生创造了成熟的条件。在时代对改革的渴求与呼唤中，契诃夫脱颖而出，肩负起戏剧革新的使命。

一、日常生活的真实与诗意

契诃夫的戏剧革新主张首先是：把真实的日常生活作为戏剧的表现内容。他认为戏剧要表现的不应该仅仅是那些英雄人物的丰功伟绩和波澜壮阔的历史事件。在契诃夫看来，"人生伟大的喜剧和悲剧都是隐藏在生活厚层下面"[1]。他曾说："一切都应当是那么复杂，同时又是那么简单，正如在生活里一样：人们吃饭，就是吃饭，然而就在这当儿，有人走运了，有人倒霉了。"[2] 这段话被称为契诃夫戏剧的革新公式，它从一个侧面体现了剧作家的戏剧美学观。在《海鸥》(1896)、《万尼亚舅舅》(1897)、《三姐妹》(1901) 和《樱桃园》(1903) 等剧本中描写的都是平凡人的日常生活，然而，剧作家善于透过日常生活的切片发现隐藏其中的本质，揭示社会的症结所在。苏联列宁格勒大学教授格·别亚留伊就契诃夫的艺术创新发表了精当的看法："契诃夫创造了描绘最平凡事情的现实主义。这种现实主义能够从最平常的现象中揭示出生活的

---

[1] [苏] 高尔基：《文学写照》，巴金译，北京，人民文学出版社，1978年，第114页。
[2] [苏] 玛·斯特罗耶娃：《契诃夫与艺术剧院》，吴启元等译，北京，中国戏剧出版社，1960年，第150页。

本质。"①

契诃夫重视日常生活琐事在人生活中的作用，他坚持"按照生活原有的样子来描绘生活""无条件的老老实实的真实"。②但他不赞同过多地注重生活的细节，他说："舞台要求一定的假定性。"③因此，契诃夫在戏剧中反映的生活是经过筛选、过滤、加工后的富有诗意的生活。聂米罗维奇·丹钦柯精辟地指出："舞台与生活之间的差别全在于作者对世界的观察，戏中展示的生活都经受了作者的世界观、感情和气质的检验，因此获得了一种特殊的色调，这就叫诗意。"④

作为一位伟大的戏剧革新者，契诃夫选取日常生活中最为普通却极具代表性的凡人琐事作为戏剧舞台展现的对象，其剧作来源于生活，却不拘泥于现实生活的庸常表象，而是力求透过平淡无奇的现象洞察生活更为深刻的层面。"他以其卓越的才能向传统戏剧发出了挑战，为戏剧领域开辟了更为广阔的新天地。"⑤

二、形散而神凝的戏剧情节

契诃夫之前的戏剧都是围绕着一个主人公的命运展开的，是诸多事件构成的情节完整的戏剧。契诃夫向核心人物主宰全剧的编剧原则发起了挑战，其戏剧人物难分伯仲、平分秋色。契诃夫的这一戏剧革新尝试源于他对日常生活中普通人命运的关注。从《林妖》（1889）到《海鸥》，契诃夫的"离心式"戏剧革新原则日臻成熟。《海鸥》第一幕的核心人物是特里勃列夫，他大声疾呼，应该在艺术的废墟上寻求新形式。之后，玛莎取而代之，她向医生多恩诉说自己对特里勃列夫不幸的爱。随着剧情的发展，向往艺术、梦想荣誉与功绩的尼娜成为新的中心角色。随后，成名作家特里果林以一段关于写作困惑的独白将受众的全部注意力吸引过去。这似乎是安装在舞台上方的镁光灯不断变幻方向，其光束从一个人物的身上投射到另一个人物那里。《海鸥》《三姐妹》《樱桃园》中没有贯穿全剧的核心人物。每个人物都期待着出场的那一刻，轮流成

---

① 朱逸森：《契诃夫（1860—1904）》，上海，华东师范大学出版社，2006年，第212页。
② 同上，第217页。
③ 同上，第215页。
④ 同上，第216—217页。
⑤ 刘淑捷：《契诃夫和现代戏剧》，《戏剧》，1994年第1期，第78页。

为舞台的核心人物。

缺少核心事件是契诃夫"离心式"戏剧的又一特点,但这并不意味着契诃夫的剧中缺乏戏剧情节。契诃夫剧本的事件并非被丢弃,而是被不断地阻滞与拖延。这如同希腊神话中的达摩克利斯之剑,虽未出鞘,但寒光逼人。契诃夫剧本中戏剧张力的源泉不是事件本身,而是对其发生的期待。这种蓄势待发的事件所造成的气势绝不亚于即将出鞘的利刃之威力。

通常认为,戏剧人物是戏剧行为的发出者,但契诃夫却改变了这一观念,使"人物"与"行动"之间产生了一种全新的复杂关系。《三姐妹》的主人公是三个聪明、善良的姐妹,她们厌倦了外省庸俗、乏味的生活,梦想着回到莫斯科去。她们的口头禅"回莫斯科!回莫斯科"贯穿全剧,但这个梦想却始终没有实现,"剧中人物只有对未来美好生活的渴望和追求,而没有为美好生活的到来做实际斗争的行动"①。

如果通常戏剧情节是指事件的发生、发展、高潮与结局,那么契诃夫剧本的情节则是有可能发生,却由于种种原因无法实现的事件。他的戏剧情节如同一个"候车室"的场景,人们坐在这里等待、闲聊、发愁,无所事事地打发时间。《海鸥》是契诃夫的天才创作,然而,它问世之后却遭到了无情的抨击。1896年,戏剧文学委员会对即将在皇家剧院上演的剧目进行审查时,对《海鸥》做了如下批示:"戏剧情节不完整,各部分缺乏联系。"②这一有失公正的评价代表了当时许多人对剧作的肤浅理解。契诃夫戏剧的情节具有片段性、非连续性的特征,通常意义上完整的戏剧行为被打破,又仿佛在不经意间被重新整合,这一特点正是契诃夫戏剧革新的独具匠心之处。

契诃夫戏剧中人物之间的联系也是松散的,他们并非传统戏剧中被纳入同一情节"轨迹"中密切联系的人物。他们中一些人终日相伴,却形同陌路(如阿尔卡基娜对特里勃列夫淡漠的母子之情),而另一些人则像是偶然邂逅的星体,只是在瞬间的相遇中迸发出片刻的火花(特里果林对尼娜短暂的迷恋)。

契诃夫戏剧的主人公是生活的失意者,他们厌倦了生活的平庸,深

---

① 赵佩瑜:《契诃夫》,沈阳,辽海出版社,1998年,第200页。
② Пономарева Е. Новаторство Драматургии Чехова. http://www.my-chekhov.ru/referats/novatorstvo3.shtml.

知命运多舛，但不愿放弃对美好未来的憧憬。这种复杂的情感赋予戏剧忧郁的诗意氛围，这正是契诃夫剧作的灵魂所在。它把看似松散、无序的戏剧情节与戏剧人物凝结起来，使整部剧作如同写意画一般"形散而神不散"，令人回味无穷。

三、心理现实主义的戏剧主张

俄罗斯戏剧评论家鲍·金格尔曼曾说："契诃夫是欧洲戏剧革新，尤其是心理戏剧创作的集大成者。"① 比利时剧作家梅特林克是契诃夫最为喜爱的剧作家之一，其"静态戏剧"理论和"第二对话理论"都对契诃夫的戏剧创作产生了深刻的影响。梅氏认为："在剧作中需要表现的不是事件，而是人的内心生活，是人对精神领域的关注。"② 契诃夫发展了这一理论，创造出代表19世纪末欧洲心理剧最高成就的剧作。契诃夫有句名言："全部含义和全部的戏剧都在人的内部，而不是在外部的表现上。"③ 这一论断集中体现了契诃夫的心理现实主义戏剧观。

古典戏剧中主人公的性格是通过有明确目的的行为展现出来的，而契诃夫剧作中紧张、激烈的外部行为被丰富的内心活动所取代，涌动在人物内心深处的"潜流"成为戏剧家刻画人物心理与塑造人物性格的独特手法。谢·扎曼斯基对契诃夫刻画人物心理的这一革新手段做了精辟的论述："契诃夫的潜台词表现的是藏匿于主人公内心的积聚力量，它还在酝酿之中，尚不能畅通无阻地迸发出来……但通常这股隐藏的力量同人物每一个具体的、细小的行为密不可分，是内在力量的外在表现……我们可以自由地、顺畅地读懂契诃夫的潜台词，但这不是靠随意猜想，而是需要在对主人公的行为与其所处的整个环境进行逻辑分析的基础上做出判断。"④

契诃夫的戏剧中没有轰轰烈烈的戏剧行为、大悲大喜的戏剧人生，人们只是聚在一起喝茶、吃饭、打牌、闲聊。因此，对话是契诃夫剧作中最为重要的戏剧行为，是主人公思想内在进程的外化。契诃夫摒弃了

---

① 陈世雄：《"心灵的戏剧"——论20世纪西方戏剧的内向化趋势》，《厦门广播电视大学学报》，2000年第2期，第22页。
② 同上，第21页。
③ [俄]契诃夫：《契诃夫论文学》，汝龙译，北京，人民文学出版社，1958年，第225页。
④ Заманский С. Сила чеховского подтекста//Театр. 1960. No 5, С. 101, 102.

传统的一问一答的对话方式，创造了一种全新的，蕴藏着丰富"潜流"的对话方式。人物的对话时断时续，缺乏逻辑。他们常常欲语还休，有时，对其对话者的尾白置若罔闻，或者说些风马牛不相及的闲话。《樱桃园》中朗涅夫斯卡娅乘火车回国，到达车站的一段对话突出地表现出契诃夫剧作的这一特点。

> 柳鲍夫·安德烈耶夫娜：儿童室！
> 瓦莉娅：天多么冷啊，我的手都给冻僵了……
> 柳鲍夫·安德烈耶夫娜：幼儿室啊！我的亲爱的美丽的幼儿室啊……瓦莉娅一点也没变样，照旧还是一个修女的神气，还有杜尼莉莎，我一见就认识。
> 加耶夫：火车误了两个钟头。这你觉得怎么样！多么乱七八糟的呀！
> 夏洛蒂：（向西米奥诺夫·皮希克）我的小狗还吃核桃呢。
> 皮希克：（惊讶地）咦，你就看看这个！①

剧中所有人物都对其他人的话语充耳不闻，或答非所问，各自想着自己的心事。然而，在这看来"杂乱无章的话语中却蕴含着丰富的潜台词，掩藏着人物潜在的思想意识和隐秘的行为动机"②。这种"多声部的人物语言形式"③ 是契诃夫独具一格的戏剧革新手法。其剧中人物的对话常常具有独白的特点，主人公喃喃自语，他不需要对话者做出相应的回答，只是想倾诉自己的心声。《三姐妹》中的安德烈对耳聋的老更夫说："如果你真能听得清楚的话，也许我就不跟你说了。我很需要跟一个人谈谈。可是我的太太她不能了解我。我的妹妹们呢，我也不知道为什么，总是有点怕她们——我怕她们会嘲笑我，会叫我难为情……我不喝酒，不喜欢进酒馆，然而，我要是现在正坐在帖斯多夫或者莫斯科的哪一家大饭店里，你可真不知道那会有多么快乐啊。"④ 主人公借助这段独

---

① 李辉凡编选：《契诃夫精选集》，济南，山东文艺出版社，2003 年，第 652—653 页。
② 秦丹：《传统与现代之间的桥梁——浅谈契诃夫反传统戏剧观对现代西方戏剧的积极意义》，《沙洋师范高等专科学校学报》，2007 年第 6 期，第 38 页。
③ 王建高、邵桂兰：《论契诃夫的戏剧美学观念及其革新实践》，《文艺研究》，1994 年第 6 期，第 69 页。
④ 参见①，第 583 页。

白抒发了他内心的压抑、苦闷、对生活现实困惑的心情。安德烈的话语已经不具备通常意义上交谈的特征，实际上是用言语表达出来的"出声的思考"①，是主人公自身思想内在进程的外化。

梅特林克在《日常生活悲剧》一文中说："在那些必需的台词之外，你似乎总是可以发现平行存在着一种好像多余的对话，但是只要仔细地考察，你就可以相信，这才是那种灵魂应当深沉倾听的地方……"② 契诃夫的剧作中的一些情节、对话似乎是极为偶然的，它们同整个戏剧进程好像没有直接的因果关系。然而，藏匿于波澜不惊的"闲言""碎语"之下的却是主人公内心活动的洪波巨浪。这些琐碎、平淡的话语片段零散地穿插在剧中，在经过巧妙的艺术加工后，如"散金碎玉"般点缀着整部剧作。同一种戏剧氛围，共同的人生梦想将其同戏剧主体紧密联系在一起。

传统的戏剧语言是经过剧作家精雕细琢、含义明确的语言。而契诃夫戏剧的台词却常常令人感到缺乏明确的话语动机，莫名其妙、不合时宜。"回莫斯科！"是三姐妹多次重复的台词，它似乎已经失去了话语本身的含义，成了一句口头禅。剧中的"莫斯科"不再是具有特定地理含义的专有名词，它象征着三姐妹对无忧无虑的过去的美好回忆，包含着她们对充满希望的未来的无限向往。"莫斯科"是三姐妹的精神圣地，是她们被生活的平庸压抑得无法呼吸时精神之旅的目的地。似乎停滞的现实与成为神话的梦想——"莫斯科"之间有一道难以逾越的鸿沟，它体现了主人公平庸倦怠、循环往复的生活的悲剧性。

契诃夫的主人公在对话或独白时常常引经据典，台词中的引文体现了戏剧与其他题材作品文本之间（戏剧—小说，戏剧—诗歌）的对话关系。《三姐妹》中的玛莎时常不由自主地哼唱《鲁斯兰与柳德米拉》（1817—1820）中的一段词句："海岸上，生长着一棵橡树，绿叶丛丛……树上系着一条金链子，亮铮铮……"③她含着泪，自言自语："我

---

① 陈世雄：《"心灵的戏剧"——论20世纪西方戏剧的内向化趋势》，《厦门广播电视大学学报》，2000年第2期，第22页。

② [英]斯泰恩：《现代戏剧的理论与实践》（一卷），象禺、武文译，北京，中国戏剧出版社，1989年，第130页。

③ 李辉凡编选：《契诃夫精选集》，济南，山东文艺出版社，2003年，第578页。

为什么总是背这个呢？这句诗从早晨就萦绕在我的心上……"①主人公感到自己像是被生活的链条牢牢拴住，愈是挣扎，愈难以挣脱。剧中的另一个主人公索列尼觉得自己是一个不幸的、被内心痛苦不断折磨的"恶魔"般的人物，他在决斗之前吟诵了莱蒙托夫的《帆》中的诗句："啊！对了……你记得这几句诗吗：'于是他，这个倔强的人，奔向了暴风雨，就好像他能在暴风雨里找到宁静一般……'"②契诃夫的剧作中摘自经典文学作品的引文实际上是主人公的"语言面具"，掩藏在假面之下的是他那抑郁苦闷、躁动不安的灵魂。引文与作者的文本彼此交织，相互作用，形成一个强大的语义场。它能够引起受众强烈的共鸣，激发丰富的内心体验，引发对剧中若干关于生活与命运的问题进行哲理性的思考。

四、现实主义的戏剧象征

契诃夫在许多戏剧作品中不仅真实地再现日常生活，通过细致的心理描写深刻地展示人物性格，而且将现实主义提炼升华为象征。《海鸥》《三姐妹》和《樱桃园》等剧中的一些形象根植于现实，又超越于现实，获得了深邃的内涵与哲理性。在这些戏剧作品中"现实主义升华为充满崇高精神的经过深思熟虑的象征"③。对此，高尔基评论说，在契诃夫的戏剧作品中现实主义升华为象征，并解释说，"别的剧本不将人们的注意从现实生活转到哲理概括"，但契诃夫的剧本"做到了这一点"。④

《海鸥》这部剧的题目以及剧中的许多细节、实物、人物的衣饰都包含着象征意义。最为神秘，发人深省，却难以穷尽其意的无疑是贯穿全剧的艺术形象——"海鸥"。被射杀的海鸥形象是与特里勃列夫——这个颓废派作家本人的形象相符合的。起初，这个有才气的青年梦想着纯洁、高尚的爱情，追求一种全新的艺术形式。然而，遭受爱情打击与理想破灭之后，他无力承受生活的重压，用曾经射杀海鸥的那支猎枪对准了自己，如同那只海鸥一样无力地垂下了梦想与追求的"双翼"。同时，这只折翼的海鸥又同尼娜相关。她出现在特里果林打算写的一个短篇小说的题材里，"她像海鸥一样爱着这一片湖水，也像海鸥那样的幸福

---

① 李辉凡编选：《契诃夫精选集》，济南，山东文艺出版社，2003年，第578页。
② 同上，第632页。
③ 朱逸森：《契诃夫（1860—1904）》，上海，华东师范大学出版社，2006年，第254页。
④ 同上，第255页。

和自由。但是，偶然来了一个人，看见了她。因为没有事可做，就把她，像这只海鸥一样，给毁了"①。尼娜经历了许多生活的磨砺：被心爱的人抛弃，幼子夭折，演出失败，但这一切并未将她击垮。她如同一只在波涛汹涌的海面上同暴风雨奋力搏击的海鸥，她在斗争中变得更加坚强、美丽，在艰苦的艺术生涯中逐渐锻炼成一个意志坚强的真正的演员。正是这只振翅高飞的海鸥成为莫斯科艺术剧院的标志，剧院的帷幕上绣着一只飞翔中的白色海鸥，它象征着契诃夫同艺术剧院的创造性的合作，也标志着契诃夫戏剧革新的成功。

　　同"海鸥"这一艺术形象密切相关的是"湖水"。《海鸥》第一幕中戏剧场景的描写中就出现了"湖水"这一艺术形象："索林庄园的花园一角，一条宽阔的园径，通向花园深处的湖泊。"②"湖水"深深地吸引着尼娜，她同特里勃列夫交谈时说："可是我自己觉得像只海鸥似的叫这片湖水给吸引着……"③ 水是万物之源，它是圣洁的，充满灵性的。水是信徒受洗时不可或缺的，它帮助人们拂去凡世的尘埃，获得精神与信仰的升华。但与此同时，它又使人联想到远古时期的混沌世界，象征着潜在的危险。少女尼娜迷恋着这片湖水，因为她在这里深深地感受到了艺术芬芳诱人的气息，湖面波光粼粼，闪耀的是梦想，是飞翔。但通往真正的艺术殿堂的道路上往往布满了荆棘，潜伏着危机。自称"海鸥"的尼娜经受住了一切痛苦的考验，向着梦想飞翔，她从高处真正领略到了折射着艺术之光的湖水的美丽。

　　《樱桃园》被认为是最新颖、最有特色、最富诗意的作品。繁花盛开的"樱桃园"是贯穿整部剧作的最富诗意的象征。对于朗涅夫斯卡娅和加耶夫来说，"樱桃园"象征着衣食不愁的过去，美好的童年和幸福的青年时代。朗涅夫斯卡娅在离去时对卖掉的庄园说："啊，我亲爱的，甜蜜的、美丽的樱桃园啊！……我的生活，我的青春，我的幸福啊！永别了，永别了！……"④这亲切、伤感的呼唤中充满了昔日花园的女主人对这片故土无限的眷恋，以及无力挽救其美丽的忧伤。在商人罗巴辛的眼中，"樱桃园"是能给他带来巨大利润的一块宝地。他把购买樱桃园

---

① 李辉凡编选：《契诃夫精选集》，济南，山东文艺出版社，2003年，第440页。
② 同上，第405页。
③ 同上，第412页。
④ 同上，第722页。

作为对自己多年劳动的一种奖赏。因此，在买下这片花园后，他欣喜若狂地说："……主啊！樱桃园居然是我的了！……我们要叫这些地方都盖满别墅，要叫我的子子孙孙在这儿过起一个新生活来！"①老仆菲尔斯对樱桃园的爱是最为深情和忠诚的，他是这个古老花园忠实的守护者及其兴衰的见证人。对菲尔斯来说，"樱桃园"意味着他毕生服侍的贵族之家家业的延续。当樱桃园内响起阵阵伐木声时，传来了安尼娅的欢呼声——"永别了，我的旧生活！"② 和特罗费莫夫对新生活愉快的呼唤："万岁，新生活！""呜——喂"。③ 在他们的眼里樱桃园是背离时代发展的"旧生活"的象征，砍伐樱桃树的斧声在他们听来如同时代发展的滚滚车轮声，载着他们奔向梦一样美好的新生活。"樱桃园"不仅仅象征着贵族的没落衰败和新生活的开始，是美丽、真情的象征，同时暗示着变革，"在风雨飘摇的世纪之交，俄罗斯正面临着一场历史风暴的洗礼"④，剧中年轻的主人公梦想着把整个俄罗斯变成一座大花园。整整一个世纪过去了，俄罗斯正处于一个新的世纪之交，在这个同样充满挑战的时代，人们仍然为这个梦想而努力。"樱桃园"是剧中一个无声的角色，它所起的作用不亚于剧中任何一个主角。这一艺术形象的内涵随着剧情的发展而不断丰富，它是全剧最富诗意的象征，包含着契诃夫最为深沉的抒情。

　　契诃夫的剧作中还有许多构思精巧、寓意深刻的艺术细节。《三姐妹》中的玛莎总是穿着"黑色"的衣服，"黑色"是不幸与厄运的色彩，它暗示着这个为自己生活"戴孝"的女人的内心痛苦。《三姐妹》第一幕中娜塔莎来到未婚夫安德烈家中时穿着一条"粉红色"的裙子，系着一条"绿腰带"，这一细节说明她的庸俗与内心的伪善。契诃夫非常注重声响在戏剧中所起的渲染氛围、烘托人物的作用。《樱桃园》中"琴弦绷断的声音"与"斧子砍伐树木的声音"暗示了剧中人物难以言传的复杂心情，人们在憧憬朦胧的新生活的同时，面对历史的洪流、不可知的命运，感到困惑、失落与彷徨。象征的运用赋予了契诃夫的剧作诗的

---

① 李辉凡编选：《契诃夫精选集》，济南，山东文艺出版社，2003年，第706—707页。
② 同上，第722页。
③ 同上。
④ 苏玲：《契诃夫传统与二十世纪俄罗斯戏剧》，北京，中国社会科学院研究生院博士论文，2001年，第19页。

意境，它是戏剧家塑造人物形象、刻画心理和深化戏剧思想主题的重要手段。契诃夫擅长把富有诗意的象征与现实主义描写完美地融合在一起，揭示掩藏在平淡的生活表层下的悲剧性。

契诃夫的戏剧革新使俄罗斯及世界戏剧在创作内容、创作模式、审美模式等方面都经历了一场前所未有的巨大变革。如同茫茫沧海纳百川之源，契诃夫取各家之长，为己所用。著名导演斯坦尼斯拉夫斯基曾对此有过一段精辟的论述："在有些地方他是印象主义者，在另一些地方他是象征主义者，需要的时候，他又是现实主义者，有时差不多成为自然主义者。"① 契诃夫对一些戏剧先行者和同时代的剧作家做了创造性的突破和发展，形成了独具特色的戏剧美学观念新体系。戏剧革新家契诃夫对日常生活的观照，其心理现实主义情节的内向化、淡化的戏剧主张，对现实主义的象征及非语言手段的运用，都对后世的戏剧发展产生了深远的影响，他以其独树一帜的戏剧创作在传统戏剧与现代派戏剧之间架起了一座桥梁。

第二节　契诃夫与当代俄罗斯戏剧

契诃夫传统贯穿于当代俄罗斯剧作家的创作中，"并且与他们的艺术个性、审美和思想上的探索相结合，目的是反映我们这个暴风骤雨的世纪的真实"②。从20世纪50—60年代的经典剧作家（阿尔布佐夫、罗佐夫、沃洛金、万比洛夫），到70—80年代"新浪潮"剧作家（彼得鲁舍夫斯卡娅、加林、阿罗、卡赞采夫、斯拉夫金、拉祖莫夫斯卡娅），以及后来改革时期的"新戏剧"的代表剧作家（科利亚达、乌加罗夫、阿尔巴托娃、希片科），这一串长长的俄罗斯剧作家名单构成了延绵不断的"契诃夫剧派"③。

"契诃夫基因"在新一代的经典剧作家与"新浪潮"剧作家的创作中清晰可辨，他们对日常生活的细致描摹、对人物心理的细腻刻画、对

---

① 秦丹：《传统与现代之间的桥梁——浅谈契诃夫反传统戏剧观对现代西方戏剧的积极意义》，《沙洋师范高等专科学校学报》，2007年第6期，第45页。
② ［俄］符·维·阿格诺索夫主编：《20世纪俄罗斯文学》，凌建侯等译，北京，中国人民大学出版社，2001年，第622页。
③ 同上，第623页。

失意的普通人的深切关怀、对和谐与美的不懈追求，毫无疑问，都受到了契诃夫的深刻影响。20世纪末，俄罗斯的一些年轻的剧作家把自己的作品称为"新戏剧"，他们对契诃夫传统的态度如同我们这个充满变革与激流的时代一样复杂而矛盾。正如戏剧评论家玛·格罗莫娃所说，"当代青年剧作家对契诃夫的态度不是单一的，在他们的创作中我们可以感受到对契诃夫的'排斥'与'被吸引'。"① 这一充满矛盾的现象准确地概括出契诃夫传统与后苏联时期俄罗斯戏剧的关系。

像契诃夫的主人公特里勃列夫、作家马雅可夫斯基以及各个时期的戏剧革新家一样，当代剧作家高举戏剧革新的大旗走进新的文学时代。但与特里勃列夫"反对戏剧庸俗化"的观点不同的是，今天的"特里勃列夫"们提出，剧院缺少针砭时弊的社会题材的剧目。他们疾呼："如果讲到戏剧传统的话，那么我认为，伟大的俄罗斯戏剧传统已经死去了，那个作为人们精神统治者的戏剧，那个当所有报刊中都充斥着谎言时，却仍然坚持说真话的戏剧已经不复存在了。"②

这一言论无疑对契诃夫也产生了极大的冲击，在"新戏剧"诞生之初，俄罗斯剧院中的确存在过"经典繁杂"的现象，仅在莫斯科的剧院中就经常会同时上演不同导演编排的《海鸥》《樱桃园》。这种现象自然会引起戏剧革新家们的不满情绪。但这并不是针对契诃夫的非议，而是对剧院中"经典一统天下"这一现象的质疑。"新戏剧"的代表剧作家之一米·乌加罗夫提出："戏剧应当反映真实的生活。"③

当代戏剧革新家们认为，戏剧改革的关键在于创作新的戏剧作品。在所有俄罗斯经典剧作家中契诃夫的剧作是排演最多、最为经久不衰的。因此，对于戏剧革新家来说他的名字是"戏剧废墟"——经典戏剧的代名词。这甚至体现在戏剧评论文章的标题中："把契诃夫搁置在书架上，让他休息吧。"④ 戏剧革新同其他革命一样，对待传统的观点往往是极端的。而作为戏剧革新运动的"新戏剧"主要是反传统的戏剧，它把颠覆

---

① Щербакова А. А. Чеховский текст в современной драматургии. Иркутск: Иркутский государственный университет, 2005. С. 17.

② Громова М. И. Русская современная драматургия. -М.: Флинта; Наука, 2002. С. 150.

③ Угаров М. Нужно отражать жизнь такой, какая она есть! // Современная драматургия. 2005. № 2. С. 185.

④ Хохрякова С. Положим Чехова на полку. Пусть отдохнет // Культура. 5 – 11 дек. 2002. № 49. С. 9.

和彻底改变戏剧体系作为其革新运动的宗旨。"最想创作一些前所未有的东西。从社会文化的视角来看，它可能是有些幼稚的，但会是极具趣味性的。从某种意义上说，他们的作品更为接近革命宣传画和十月革命期间的新文学。对于他们来说，'旧世界'的大厦已经彻底倒塌，而他们正是'爆炸后'的新一代作家。"①

米·乌加罗夫在一次戏剧文化节上的发言概括了他代表的新生派剧作家们对经典的态度："我是一个极端主义者，我会在我们的剧院中死去。当下排演《三姐妹》是缺乏道德的行为。我们应该把契诃夫抛在一边，让他远离舞台。我并非对作家和导演本人抱有成见，而是对经典文本、传统和舞台表现手法不感兴趣。"② 然而，当代戏剧的主要趋势之一是对经典作品的戏仿。马·利波韦茨基是这样解释这一文学现象的："今天的新现实主义者缺乏可借鉴的现代社会传统，如果他们偶尔回顾经典的话，那么陀思妥耶夫斯基的《罪与罚》（1866）是最受关注的作品。因此，不难理解，为什么超现实主义剧作家中有近一半的人塑造了'堕落的女性的光辉形象'，其中有三分之一的人把'底层'作为创作主题。"③

对经典作品的续写与改写是后现代文学的典型特征之一，而长期落后于诗歌与小说的俄罗斯本土戏剧企图借助经典弥补自身的不足，当代剧作家对经典的戏拟之作可谓层出不穷。其中米·乌加罗夫自编自导的剧作《伊里亚·伊里奇之死》（2000）连续上演了几个演出季，被称为"新戏剧"运动的"生动宣言"。契诃夫的剧作毫无疑问地成为当代剧作家持续关注的焦点之一，对其作品的改写与续写从未中断过，这一文学活动的主要目的是打破剧院的陈规俗套，赋予契诃夫的剧作以新时代的气息。"多年后，契诃夫被那些不熟悉他，甚至从未观看过其剧目的人重新搬上舞台，因为，此时的契诃夫的剧作应当反映现代人的生活，而不

---

① Зархи Н., Кутловская Е., Стишова Е. Отказаться от банана ради интересной игры. «Новая драма»: анкета ИК//Искусство кино. 2004. No 2. С. 11.

② Хохрякова С. Положим Чехова на полку. Пусть отдохнет//Культура. 5 – 11 дек. 2002. No 49. С. 9.

③ Липовецкий М. Театр насилия в обществе спектакля: Философские фарсы Владимира и Олега Пресняковых//Новое литературное обозрение. 2005. No 6. С. 249.

是一成不变地追溯那个我们早已失去的俄罗斯。"① 由此可见，在当代戏剧"反经典运动"中存在着"革新经典"的运动趋势：拂去沉积在经典之上的尘埃，还其纯净的本初之态。

许多戏剧评论家常常把20—21世纪之交的"新戏剧"同上一个世纪之交的"新戏剧"加以对照。契诃夫的剧作看似波澜不惊，却引起了一场轰轰烈烈的戏剧革命，促成了一个全新的戏剧体系的诞生。当代戏剧革新家们也雄心勃勃地企图建立一个新的戏剧体系。"如果在'新戏剧'中存在着新的导演方式、新的冲突、人物，那么这种戏剧文本就会造就新的导演。因为无论是从语言、题材上还是编排上看，这种戏剧都更富有活力，而且具有更为开阔的发展空间。"②

契诃夫是当代剧作家尤其是"新戏剧"革新家们最为需要的榜样，因为他是一位取得辉煌胜利的艺术革新家，他创立了近乎完美的艺术形式，而这正是当代剧作家们感到极为缺乏而又梦寐以求的东西。颇受欢迎的当代剧作家伊·维雷巴耶夫（1974—）的一段话恰恰证实了这一点："无论是从才气，还是从写作技巧上来说，我至今还没写出一部能同契诃夫相比的剧作，还没有写出哪怕是一部真正杰出的作品。也许，这要归咎于我们这个时代。我还不明白，戏剧究竟应当如何发展。"③ 导演谢列布连尼科夫（1969—）也对"新戏剧"做了类似的评价："今天的戏剧同上个世纪的'新戏剧'相去甚远。以契诃夫为代表的那个时代的剧作家为后人留下了丰厚的文学遗产，其中包括杰出的戏剧作品，而当今许多被称为'新戏剧'的作品甚至不能被称为'剧本'，它们充其量只不过是'舞台文本'。而且，当代'新戏剧'中喧嚣浮躁的拙劣之作的数量甚至超过了厚重深沉的佳作。"④

总之，当代俄罗斯剧作家们对契诃夫表现出前所未有的日益浓厚的兴趣。其中一些剧作家在剧作中直接加入契诃夫的戏剧文本，或直接借用其戏剧结构、情节、引用文本片段，对其剧作加以改写、续写；

---

① Серебренников К. Раз в месяц публика хочет быть раздражена //Современная драматургия. 2002. № 1. С. 177.

② Боярков Э., Давыдова М., Дондурей Д. Нужны новые формы. Новые формы нужны? Беседа о «Новой драме»//Искусство кино. 2004. № 2. С. 25.

③ Там же.

④ Зархи Н., Кутловская Е., Стишова Е. Отказаться от банана ради интересной игры//Новая драма: анкета ИК//Искусство кино. 2004. № 2. С. 11.

另一些剧作家则运用夸张、揶揄、讽刺、怪诞等手法对契诃夫的剧作进行戏仿，从而创作出一部部风格迥异的新作。受众在欣赏这些剧作时，就仿佛置身于一个"契诃夫派"的大观园，顿觉乱花迷眼，目不暇接。

第三节　当代戏剧中的契诃夫成分

对经典的否定是"新戏剧"的典型特征之一，对经典作品的批判与颠覆几乎贯穿在整个当代戏剧的发展进程中，许多剧作家把诋毁的矛头直接指向契诃夫的剧作及其本人。在这场"声讨"契诃夫传统的戏剧革命中，表现得最为果敢、最富号召力的文学斗士当数弗·索罗金，他从戏剧语言、人物造型、情节结构等诸多方面向契诃夫戏剧传统发起了全方位的进攻。

一、对契诃夫戏剧传统的解构

弗·索罗金是俄罗斯后现代主义文学最具代表性的作家之一，"克隆文本"是他的主要创作手段。作家如同一位病理解剖学家，手持锋利的手术刀对苏联时期的社会主义现实主义文学与俄罗斯古典文学进行毫不留情的肢解，之后，把分解后的碎片随心所欲地拼接，生产出一个个文学"畸胎"。索罗金的作品似乎向人们预言文学的机械化、自动化与工业化时代即将到来，但他在当今俄罗斯文坛上颇有争议，很多读者对其荒谬至极的作品不能接受。

多数戏仿契诃夫剧作的作家只不过是利用其文本做一些肤浅的文字游戏，而索罗金的这场"游戏"却有明确的目的：全面解构契诃夫，包括作家的个人神话、戏剧传统、戏剧诗意。索罗金创作过三部与契诃夫有关的作品：创作于改革时期的剧本《周年纪念日》（1993）、电影脚本《莫斯科》（1996）、小说《蓝色脂肪》（1999）。作者在一次记者采访中的一段话概括了他对契诃夫的态度："契诃夫是一个很方便的发射平台，把他作为讽刺的对象是十分合适的，因为他善于讽刺世间的一切，是少有的幽默、诙谐的作家。正是契诃夫为俄罗斯文学留下了创作讽刺性对白的宝贵经验……实际上，我们有十分典型的契诃夫的主人公，只是他

们晚出世了 100 年……"①

剧本《周年纪念日》创作于苏联解体后,当时反对保护"博物馆式的文学"(即经典文学作品)的文化思潮十分流行。在人们思想意识中根深蒂固的传统的文化财富、道德观念、价值体系成为被批判的对象。索罗金如同一个后现代斗士向"死气沉沉"的传统发起了挑战,并执着地投入了这场战斗。

这是一部二幕剧。第一幕讲述了生产契诃夫蛋白的萨哈罗夫工厂为庆祝建厂 10 周年而举行的隆重的庆典。厂长在致辞中介绍了建厂史:苏联解体后俄罗斯杜马通过了"复兴全俄文化生态体系的提案",投资 40 亿卢布兴建了一批包括普希金、莱蒙托夫、屠格涅夫、果戈理、托尔斯泰、陀思妥耶夫斯基、契诃夫在内的文化名人克隆工厂。契诃夫克隆工厂在 10 年的生产中已经克隆出了从 7 岁到 80 岁的 17612 个契诃夫。卡卢加剧院是工厂的合作伙伴,工厂生产的全部产品都提供给这个剧院使用。因此,剧院的导演和演员都应邀参加这个盛大的庆典仪式。厂长致辞后放映了此前摄制的演员参观工厂生产线的纪录片。影片详细地介绍了以克隆人契诃夫为原料生产供演员食用的液态蛋白、蛋白炼乳、蛋白粉,以及绷带、楔子、螺旋圈、翻袖口、套圈等舞台用品、服装道具的全部生产过程。

剧作家在这一幕中对契诃夫的解构首先是语言层面的,厂长的致辞中混杂着苏联时期与苏联解体后两个不同时期演说词的语体特征。首先,致辞包含着显著的苏联元素:对困难时期工厂建设史的回顾,对给予工厂极大帮助的政治官员的感激,生产竞赛的开展与生产规模的扩大,众志成城的生产热情,生产与文化的紧密结合。与此同时,厂长热情洋溢的讲话中又夹杂着苏联解体后的流行语汇与宣扬民主的政治基调:对提高工资与股息的许诺,对共产主义冒险者的批判,对计划经济的讥讽。

该剧的结构是嵌套式的剧中剧的结构。第二幕中来自卡卢加的演员为工厂的职工们献上了一部极为奇特、荒诞的话剧。契诃夫的五部剧作中的不同演员出现在同一个舞台上。每个演员的台词都是契诃夫原剧中的台词,他们中每个人都在相对独立的特定舞台空间内表演,同其他角色不发生任何关系。不同人物的台词只有先后顺序,没有内在的关联,

---

① Интервью Татьяны Восковской и Сергея Тетерина с Владимиром Сорокиным. «В этом фильме выживают только призраки» цитируется по: http://sorokin.rema.ru/interview/moskva/shtml.

听起来风马牛不相及，十分荒唐可笑。戏剧接近尾声时，剧中所有的人都粉墨登场，每个人物都在思考、倾诉、行动，却对其他人视而不见，对他人的话语置若罔闻。

索罗金的"拼贴式"人物对白是对契诃夫戏剧美学原则（比如缺乏中心的舞台，人们不想也不能听到彼此的声音）的刻意扭曲与全面颠覆。作家如同一位企图标新立异的画匠，把几幅极具美感的名画无情地肢解，又随心所欲地拼贴在同一块画布上。一幅汇聚了几幅画作的色彩、线条、轮廓、技法的"集大成"的新作就这样诞生了，但斑驳陆离，混乱无序，晦涩难懂，毫无美感。

契诃夫主张戏剧要反映生活的真实面貌，强调戏剧细节要真实可信。索罗金对舞台细节的处理也是利用对契诃夫这一戏剧美学原则的刻意直白的理解来实现对它的否定与颠覆。第二幕开场时对舞台布景的描写充分说明了这一点。

> 屋子的阳台朝向盛开的樱桃园，阳台上的桌子上已经摆好了餐具，中间亮着一盏灯，几把椅子，其中一把椅子上放着一把吉他。天色渐晚。屋中传出钢琴弹奏的声音。整个布景，包括一些极小的细节（桌上的几个苹果，树叶等）都是由契诃夫克隆人的内脏做成的。伊凡诺夫坐在桌旁读书。尼娜踮着脚从花园的深处悄悄地向他走来，来到他跟前大声鼓掌。①

这一幕中剧作家还运用了一种十分奇特的技法：在剧中重复多达十次的"声音"。它好像是从扬声器中传出的广播通知，每次的内容都完全一样："各位请注意！现在是向契诃夫克隆人内脏叫喊的时刻。"② 每次这个声音响起的时候，舞台上的所有人都走到桌旁，各自拿起一个内脏（肺、肾、肝、脾、胃等），朝它大喊，发出一些莫名其妙的怪叫："沃特罗博！"，"帕绍！"，"诺罗巴！"，"巴罗！"。这些毫无意义的音节正是"新戏剧"革新家旨在解构标准语与反拨文学传统而发出的呐喊。

由此可见，索罗金企图对契诃夫进行"体无完肤"的消解：首先，以"反语言"的符号取代标准的语言，进行语言层面的解构；其次，夸

---

① Текст пьесы «Юбилей» цитируется по: http://www.gramotey.com/? open_file=1269079134.
② Там же.

张、扭曲戏剧人物的性格特征,使其戏剧行为变得荒谬可笑,毫无意义;再次,以有意曲解广为流传的戏剧评论为手段,向契诃夫的个人神话发起猛烈的攻击。许多"新戏剧"的激进派代表,在富有激情的革新言论的煽动下,紧跟着索罗金发起的戏剧革命的步伐,掀起了一场轰轰烈烈的旨在颠覆契诃夫传统的文学革命运动,企图把这位俄罗斯"新戏剧"的奠基人从他那多年来巍然屹立的雕像基座上推下来。

为了写出同传统戏剧大相径庭的剧作,一些当代剧作家尝试打破戏剧体裁的单一性,把其他文学体裁的写作方法应用于戏剧创作中。鲍·阿库宁的《海鸥》恰好体现了"新戏剧"剧作家的这一戏剧实验活动,他在这部剧中使用侦探小说的写作手法对契诃夫同名话剧的情节进行了标新立异的模拟与改写,创作出一部嫁接在戏剧之木上的侦探情节剧。

二、对契诃夫戏剧情节的戏仿

鲍·阿库宁的《海鸥》于 2000 年首次刊登于《新世界》杂志的第四期,同年,该剧作又同契诃夫的同名戏剧结集出版。这两部分别创作于 20 世纪末与 21 世纪末的同名喜剧甚至还"携手并肩"地出现在俄罗斯许多剧院的舞台上。这种把阿库宁同契诃夫相提并论的现象掀起了文艺评论界的轩然大波。阿库宁是奇哈尔季什维利的笔名,在俄罗斯文学界是一个颇有争议的人物。他首先是以侦探小说家的身份涉足俄罗斯文坛,之后创作了几部科普作品,近年着手戏剧创作。一些人认为,阿库宁是第一位俄罗斯现代小说家,他在后现代主义的抽象文本与大众文学之间架起了一座折中的桥梁。而另外一些人则认为,他源于日文的笔名"阿库宁"的语义是"凶恶的人",这同他在文学中所扮演的"无政府主义者"这一角色是极为对应的。在 2000 年莫斯科图书展销会上,阿库宁被评为"年度优秀作家",并且因创作小说《加冕》(2000)荣获该年度反布克文学奖。最具争议的现象是,上文提到的《新世界》杂志的第四期同时也刊登了索尔仁尼琴的文章。文艺界的这一不寻常的现象似乎是在向读者暗示当代俄罗斯文坛百家争鸣、难分伯仲、难辨良莠的现状。

在提到为什么选择契诃夫的《海鸥》作为续写的对象时,阿库宁说:"契诃夫对我来说,是最能引起人们好奇心的作家,而他作为剧作家就更为高深莫测。我反复阅读他的几部剧作,却不能真正读懂的哪怕是其中一部剧作。他把《海鸥》《樱桃园》称为喜剧,但如果有人自杀了,

这有什么可笑的呢？我选择了《海鸥》，因为这是一个激情被极度压抑的世界，这是一个'静水深潭'，而我很想把其中的精灵一个一个拖曳出来。"① 可见，在创作这部剧作的想法刚刚萌发时，作家对契诃夫的美学原则是知之甚少的。但随着创作想法的成熟，他对《海鸥》有了进一步的认识："我现在觉得，这是一个才华与艺术的沉重的十字架。剧中的这个十字架也有四个终端，其中两个属于男人——特里果林和特里勃列夫，而另外两个属于女人——阿尔卡基娜与尼娜……但这是一个喜剧，因为，契诃夫本人很清楚从事创作活动的人的命运往往是凄楚可怜的，又是可笑荒谬的。我认为，这部剧是作家苦涩、无奈的自嘲。"②

列·菲德列尔认为："应该消除精英文学同大众文学之间的界限，使同一部文学作品可以迎合不同读者群的喜好。"③这一后现代主义文学观念同阿库宁的创作理念不谋而合。阿库宁的《海鸥》是对契诃夫同名喜剧的续写，剧中的主要人物都是契诃夫原剧中的主要人物，只是缺少原剧的配角。作者通过对人物年龄的介绍，说明新剧的剧情发生在原剧时间的两年之后。原剧的最后一幕被改写成新剧的第一幕。新《海鸥》的情节主线是特里勃列夫之死。剧作第一幕中重复了原剧第四幕的部分情节：特里勃列夫死了。但与原剧不同的是：死因不是自杀，而是他杀。第二幕是对八种谋杀可能的推理。

阿库宁在新《海鸥》中运用了侦探小说特有的一些写作手法，比如，刻意设置悬念、营造错觉。第二幕开场时，特里勃列夫的死因似乎已经真相大白，尼娜那条无意间滑落在地上的披肩是最具有说服力的罪证，在如山的铁证面前，她对自己杀害曾经的恋人的罪行供认不讳。到此，这个起初迷雾重重的凶杀案似乎水落石出，到了收场的时候。但作者运用"回旋"的手法，使所有角色再次回到第二幕的开场，对谋杀案的调查又重新开始。而这样的"重复"竟然多达八次，每一次新的调查都会得出同前一次截然不同的结论。医生多恩在剧中充当侦探的角色，调查每一个潜在的凶手，查明他们谋杀的动机。而在最后一次调查中特里果

---

① Казин О. Акунин дописал Чехова//АиФ-Москва. 2000 – 11 – 22. № 47. С. 28.

② Акунин отвечает на вопросы посетителей "Фандорина". 18 декабря 2000 года. Статья цитируется по：http：//www. fandorin. ru/akunin/articles/akuninanswers. html.

③ Костова-Панайотова М. "Чайка" Бориса Акунина как зеркало "Чайки" Чехова//Дети РА, 2005，№ 13. С. 36.

林断定，凶手正是多恩本人。但出乎意料的是，这时每个人都主动承认自己是凶手，但"真正的凶手究竟是谁"这个问题却依然悬而未决。

原来，每个人都有谋杀的动机：尼娜杀害特里勃列夫是因为他会危及特里果林的生命；玛莎是因为不幸的单恋；梅德维坚科出于嫉妒；玛莎的父母是因为特里勃列夫毁了他们爱女的生活；索林出于对近乎发疯的侄儿的同情；特里果林企图了解罪犯的心理，为写侦探小说收集素材；多恩是想为那些被特里勃列夫杀害的鸟类与其他动物们报仇；而阿尔卡基娜则是出于对爱上特里勃列夫的特里果林的醋意。每一次调查真相的过程都不是对可疑人物的审讯，而是他们自己主动承认罪行。每一次医生多恩都会发现一个新的罪证，使他做出完全不同于上一次的结论，这直接强化了戏剧的喜剧效果。阿库宁刻意模仿契诃夫的一些戏剧手段。比如，为加强戏剧情节的内在张力，使用"射击的手枪"这一贯穿全剧的道具。然而，这种对契诃夫戏剧手法的生搬硬套使全剧的情节显得十分荒唐，在客观上产生了受众同戏剧相间离的效果。

剧作家还通过对同一场景的复制暗示事件的停滞不前、支离破碎与失去内在的联系。这显然是受到了契诃夫对生活荒诞性的理解："生活是千差万别、毫无关联的诸多片段的聚合。"① 从某种意义上说，契诃夫的戏剧是思维的剪接。"契诃夫的戏剧作品是按照一种全新的模式创作的，即运用剪接的手段对世间林林总总的联系进行再加工……作品结构的基础是文本各层面的抽象化，对完整行为的分割、正常时序的打破。"② 阿库宁运用了契诃夫的这一创作手法，并赋予了它新的内涵："人生的不同阶段都包含着许许多多相同的生活场景与琐事的重复。"③ 机械地复制相同的场景是新《海鸥》戏剧性的标志。剧作家把戏剧的假定性特征充分暴露在受众面前。

阿库宁的《海鸥》的开场并非完全是对契诃夫原剧的复制，新剧中一些看似微不足道的细节变化为剧情的发展做了必要的铺垫。特里勃列夫时常摆弄手枪，同尼娜交谈时他情绪激动、焦躁不安，不时地挥动着手枪。第一幕开场时的舞台说明中剧作家着重突出了对特里勃列夫书房的描写："屋子里的各个角落——柜子上、书架上、地上，到处都是哺乳

---

① Маркасов М. Две «Чайки» русской литературы//Литература. 2007. № 15. C. 12.
② Там же.
③ Там же.

动物和鸟类的标本：乌鸦、獾、野兔、猫、狗等等。这些标本中最为醒目的是一只张开双翼的巨大的海鸥。"① 这间书房的主人不仅仅是契诃夫笔下的颓废派幻想家，而且是一个燥热狂。

契诃夫笔下的特里勃列夫热衷于颓废派戏剧的新形式，写成了符合这一艺术形式的独白，但他在重读手稿的过程中感受到这种艺术形式的空洞与无力，因此精神备受折磨。契诃夫借医生多恩之口表达了对特里勃列夫艺术追求的赞许："他真有点玩意！真有两下子！他用形象来思索，他的小说是生动的，充满色彩。"②同时，剧作家也指出了特里勃列夫作为作家的一个致命的缺陷："没有明确的目标。"③ 契诃夫对这个深受颓废派思潮影响的年轻作家给予了深切的同情。而阿库宁主人公的书桌上"放着一支大号的左轮手枪，他漫不经心地摆弄着它，就像在抚摸一只小猫，之后，迅速地扫视一下手稿"。剧作家在塑造特里勃列夫这个形象时显然流露出对这个有些神经质的人物的讥讽与调侃，而不是像契诃夫那样对他充满怜悯之情。

契诃夫式的矜持在阿库宁的人物的身上已经消失得无影无踪，他们会用夸张的行动、激烈的言辞来表达每一个细微的情感变化。他的戏剧人物举止夸张，行为做作："尼娜捂住胸口，发出刺耳的尖叫，好像一只受伤的水鸟——她作为一个演员显然不逊色于阿尔卡基娜。"

契诃夫的海鸥标本只是出现在戏剧的结尾，它象征着生动的艺术被扼杀，取而代之的是僵化的艺术形式。而海鸥标本在阿库宁的剧作中首尾呼应，它暗示着某种充满挑衅与威胁的力量。在戏剧的结尾处有一段对海鸥的描写："它那双好像玻璃珠般死寂的双眼突然开始闪闪发光。传来海鸥的叫声，这声音一声高过一声，变得震耳欲聋，舞台的大幕在这凄厉的叫声中徐徐拉上。"结局的缺失加强了整个剧作的荒诞性。

契诃夫人物的生活场景是开放式的，它是多种可能性的糅杂、混合，人物对自我存在的寻求始终没有完结。契诃夫的戏剧情境揭示了生存的

---

① Текст пьесы «Чайка» цитируется по: http://lib.rus.ec/b/121689/read#t1. 文中出现的该剧本内容均引自该网站。

② 朱逸森：《契诃夫（1860—1904）》，上海，华东师范大学出版社，2006年，第1版，第181页。

③ 同上。

荒诞，人物内心的孤寂、人的生活是现实与虚无的交织。契诃夫的戏剧矛盾是无法消除的矛盾，而新的戏剧行为又会引发新的矛盾与冲突。

阿库宁剧作的人物之间的隔阂已经成为一道不可逾越的鸿沟，爱情不复存在，亲情极为冷漠。契诃夫《海鸥》中的阿尔卡基娜是一个有才华的演员，她在多年的舞台生活中被荣誉宠坏了，有些自以为是。她对儿子的亲情也充满了矛盾，对他既爱又烦。"她要生活，要爱，要穿鲜艳的衣服。我已经 25 岁了，我经常提醒她，说她已经不年轻了。可是，我不在她面前，她只有 32 岁；在我面前，她就是 43 岁了，这就是她恨我的原因。"①阿库宁剧中的阿尔卡基娜是一个极为虚荣、具有自恋情结的女人，除了自己，她谁也不爱，甚至对亲生的儿子也非常冷漠。当得知儿子倒在绿地毯上的血泊中死去的噩耗时，她居然会说："鲜红色的血与绿色的地毯构成的反差一定会令人难以忍受，他为什么偏偏要在绿地毯上自杀呢？他一生都企图标新立异，却总是毫无品位。"第二幕每一次调查特里勃列夫死因的场景重复出现时都有一段阿尔卡基娜的台词："我可怜的、不幸的孩子。我不配做你的母亲，我太沉醉于艺术和迷恋自我……你呼唤过我，呼唤了很久，而我却对你的呼唤置若罔闻，而如今你的呼唤声沉寂下来了……"这段独白似乎是在诉说一个母亲的悲剧，但在荒谬的戏剧情境中，经过多次毫无意义的重复，它完全失去了抒情的意味。这段机械的话语暗示着在这个荒唐的世界上人物内心的冷漠、空虚与情感的缺失。契诃夫对人物细致入微的心理刻画和内部情节的诗意在阿库宁的《海鸥》中消失得踪影全无，人物被简化成粗线条的漫画式肖像。

如果说契诃夫力求否定决定论与因果关系，那么阿库宁则反其道而行之。充当侦探角色的医生多恩对犯罪嫌疑人提出了十分具体的问题："您为什么要这样对待康斯坦丁·加夫里洛维奇？他对您犯下了什么罪？"（询问尼娜）；"您本打算在这样的坏天气里步行 6 俄里回家，我一个小时前还听您这样说。而您为什么又留下了呢？"（询问梅德维坚科）；"我还听您说，您最近寸步不离康斯坦丁·加夫里洛维奇，这究竟是为什么？"（询问索林）。多恩同其他人物的对话直截了当、目的明确，企图通过因果推理、查明真正的凶手。而契诃夫则力求通过人物间各言其事

---

① 李辉凡编选：《契诃夫精选集》，济南，山东文艺出版社，2003 年，第 409 页。

的对话来探寻人类灵魂深处的秘密。

从某种意义上说，阿库宁的《海鸥》是一部标志性的作品，它标志着当今社会受众的价值观念与审美取向已经发生了翻天覆地的变化。21世纪初的受众已经不十分关注人物真情的流露，他们更为关注的是一些实际、实用的事物。他们更像《樱桃园》中的罗巴辛，关心的是樱桃园的价格和它所带来的利润，而它如诗如画的美景对这个商人来说则是没有实用价值的，是不值得吝惜的东西。

可以说，阿库宁的《海鸥》不仅是对契诃夫同名话剧的戏仿，而且是对他本人侦探小说的模拟。新《海鸥》借用了契诃夫同名话剧的某些情节和主要人物，但它无论是在情节、结构上，还是在审美意境方面都无法同原剧相提并论。然而，毫无疑问，阿库宁的《海鸥》承载着某些后现代主义密码。这部剧作中人物的观念呈现跳跃式变化，他们时常利用他人话语的失误反唇相讥，有时开些自嘲的玩笑，常常把崇高的事物与庸俗的事物等量齐观，这些都是后现代式辩论的典型特征。剧作家在创作这部标新立异的剧作时还运用了"互文""解构""拼贴""非线性情节"等后现代主义策略，以及侦探小说的写作技法。因此，它甚至被称为"全部新文学的宣言"①。这个新文学语境下的《海鸥》是契诃夫的《海鸥》在后现代主义文学的棱镜中映照出的失真的镜像。两个貌合神离的"海鸥"跨越整整一个世纪的对话表现出当代文学"消除中心，崇尚多元"的特征。

继阿库宁的《海鸥》之后，又有许多"新戏剧"剧作家如法炮制出一部部充斥着后现代主义元素的"千姿百态"的《海鸥》，但一些剧作家在以解构契诃夫文本为目的创作中都或多或少地暴露出这样一些问题：不择手段地觊觎戏剧革新家的称号；机械地复制他人的戏剧创作手段；对契诃夫的戏剧作品中的诗意缺乏理解。以瓦·列万诺夫为代表的剧作家们无意彻底颠覆经典，只是手持"质疑的剪刀"，企图消除关于经典的神话，把经典作家降格为普通人，使经典剧作成为关于平常人的平庸作品。

---

① Костова-Панайотова М. "Чайка" Бориса Акунина как зеркало "Чайки" Чехова//Дети РА, 2005, № 13. С. 36.

三、对契诃夫戏剧神话的质疑

当代俄罗斯剧作家不仅力求在戏剧创作上标新立异,而且极为关注剧院本身的革新,因此,他们批判的矛头就自然指向了"锈迹斑斑"的剧院经典剧目,而莫斯科艺术剧院(以下简称莫艺)以及这里上演的契诃夫的剧目当然不会被戏剧革新家们所忽视。剧作《斯拉夫集市》(2002)正是在这种批判的浪潮中应运而生。剧作家瓦·列万诺夫在剧本的副标题中指出,这部剧是为今后每年庆祝莫艺创立周年而创作的。作者没有给这部剧的体裁下一个准确的定义,当代戏剧评论家玛·格罗莫娃认为,这是一部"笑话剧",它的确具备笑话的许多特征:人物的符号化与可辨性、情节的生活化、快节奏的戏剧行为、出乎意料的结局。

剧中的主要人物是莫艺的创立者涅米罗维奇·丹钦柯和斯坦尼斯拉夫斯基(以下简称斯坦尼)。戏剧情节来源于莫艺创办时的一段历史:斯坦尼与丹钦柯于1897年在名为"斯拉夫集市"的一家餐馆会面,在进行了具有历史意义的持续18个小时的会谈后,决定创办新型剧院——莫斯科艺术剧院。剧中的斯坦尼与丹钦柯在名为"斯拉夫集市"的餐馆里进餐,席间他们对"戏剧的未来"这一话题高谈阔论。俄语中"базар"这一词汇本身就极具讽刺意味。它原意为"集市",引申为"喧闹",而在现代俄语中又获得了"闲聊"的含义。剧本中丹钦柯与斯坦尼的谈话具有笑话式的调侃风格,二者对契诃夫作为剧作家持否定态度,说起剧作家时他们的对白充满讽刺意味,这些基调有意无意地模仿了契诃夫早期短篇小说的语言风格。

剧中的斯坦尼与丹钦柯常会端坐桌旁大谈美食,十分挑剔地点着各种菜肴与酒水。贯穿全剧的美食话题显然受到契诃夫的短篇小说(《塞壬》,1887;《愚蠢的法国人》,1886;等等)的影响。席间二者也会谈到新剧院的创立,但谈及这一话题时,却不像讨论"美食"那样兴致盎然。

列万诺夫在剧中有意地突出高雅与庸俗的并存,从而达到贬低、讥讽契诃夫的目的。契诃夫的短篇小说《批评家》(1887)是话剧《斯拉夫集市》主题的主要来源。小说中一个爱唠叨的老演员对现代戏剧舞台上的明星演员逐一地品头论足,挑剔他们每个人身上的缺点,最后,得出结论:戏剧衰落了。列万诺夫的话剧情节也是围绕着这一主题展开的。

契诃夫成为剧中主人公批判的众矢之的，他们异口同声地诋毁他作为剧作家的才华。

> 丹钦柯：戏剧！戏剧在衰落！是的！我们实话实说，契诃夫算什么剧作家？当然，我真心地喜爱安东·巴甫洛维奇，深深地敬重他，他是一个杰出的艺术家，他的短篇小说极为出色，这是毋庸置疑的，然而……
> 斯坦尼：马德拉葡萄酒喝完了吗？
> 丹钦柯：然而，作为一个剧作家就不敢恭维了。我认为，在戏剧领域契诃夫要比高尔基逊色得多。①

在这段对话中不难发现时间的倒错：高尔基的剧作是在莫艺的鼎盛时期上演的，要比契诃夫的剧目晚很多年。因而，在剧院创立之初，没有人会提到高尔基这个名字。但对列万诺夫来说，重要的不是历史的真实感，而是大众的意识。莫艺的发展史的确同这两个剧作家的名字密切相关。很长一段时间里剧院以高尔基的名字命名，今天，有两个互相竞争的莫艺并存，它们分别以两个剧作家的名字命名。剧作家有意地将剧院发展同它的开端相混杂，营造一种滑稽可笑的戏剧氛围。

通常认为，契诃夫的《海鸥》在莫艺的首演标志着导演占主导地位的新型戏剧的产生。列万诺夫的主人公不同于那些不了解自己的古老的希腊人，他们十分清楚自己在世界戏剧史上的地位，并毫不谦逊地自我标榜："是我们把他塑造成了一个剧作家。因为，只有导演发挥主导作用的剧院才能很好地排演契诃夫的戏剧，才能使观众耐心地观看，而不至于坐在座位上打鼾。"

剧本的主人公不仅说出了当时以及后来的若干年一些批评家们的观点，而且，也概括了那些根本不理解契诃夫戏剧创新实质的一些人的偏见：契诃夫的人物们只是闲坐着，喝茶，聊天，打牌，这就是全部，除此之外什么都没有发生。因此，列万诺夫的主人公是所有时期关于契诃夫戏剧革新的庸俗言论的传声筒，是墨守成规的戏剧批判家的典型代表。

---

① Текст пьесы «Славянский базар» цитируется по: http://www.theatre-library.ru/files/l/levanov/levanov_21.html. 文中出现的该剧本内容均引自该网站。

斯坦尼在其回忆录中曾多次提及的他同契诃夫之间复杂、微妙的关系。斯坦尼扮演的特里果林曾不被契诃夫看好，此外，契诃夫坚持《海鸥》与《樱桃园》的戏剧体裁是喜剧，这同斯坦尼的意见发生了分歧。这段在戏剧界广为人知的史话在《斯拉夫集市》中有其清晰的"投影"：

> 斯坦尼：我不明白，他有什么理由不满意，说我毁了他的剧……他根本就不会写剧本……说什么，他的这部剧是喜剧！请问，在哪里，究竟是从什么地方可以看出这是一部喜剧？

列万诺夫运用了索罗金式的夸张与物化的比喻，使发生在19世纪末的这个会谈跨越了整整一个世纪，剧中的会谈地点是现在的奥斯坦基诺电视塔上的"七重天"餐厅。这夸张而直白地说明了斯坦尼、丹钦柯两人的此次会面为许多伟大艺术的诞生奠定了基础，它是艺术史上的一件具有划时代意义的"永恒的"大事。

契诃夫的生平是贯穿戏剧的一条主线。主人公斯坦尼每过一会儿就会问："契诃夫先生什么时候到？"每一次他得到的回答都不同于上一次：契诃夫在梅列霍沃，在雅尔塔，在萨哈林，最后病逝于巴登维勒。这些细节说明，剧作家嘲讽的对象与其说是契诃夫本人，倒不如说是艺术剧院的神话。剧中莫艺的两位创立者坐在餐桌旁喋喋不休地闲扯，贪婪地享用美味，尖酸刻薄地批判戏剧。而剧中的契诃夫却在勤勤恳恳地工作：在萨哈林岛普查流放犯，在雅尔塔悉心经营自己美丽的花园……这些情节体现了当代戏剧的一种趋势：许多剧作家、导演力求摆脱对契诃夫评价的传统模式，塑造一个无异于普通人的真正的作家。但并非所有的当代剧作家都能把契诃夫戏剧同契诃夫本人真正区分开。列万诺夫开始有意识地把两者区分开来，但对此他的认识还不十分明确。

列万诺夫的主人公们效仿契诃夫的主人公憧憬未来，畅谈对戏剧未来发展的设想：

> 斯坦尼：你觉得再过一百或者二三百年，戏剧会是什么样子？我认为，它会发生天翻地覆的变化。
>
> 丹钦柯：是吗？
>
> 斯坦尼：……我想，它会变得伟大、壮观、完美……不是吗？

丹钦柯：是的！是的！

斯坦尼：我想，再过上一二百年戏剧会达到它发展的真正巅峰，会呈现出极为繁荣的景象。

丹钦柯：嗯！是呀！

斯坦尼：新的、年轻的一代导演最终会成长起来，他们没有被剧院的废墟压制，没有被剧院的腐化所侵蚀……他们是世界的缔造者，他们是高高在上的救世主，他们向饥渴的大众分发精神食粮！

丹钦柯：是的！是的！！是的！！！

斯坦尼：而演员！他们会成为艺术殿堂中真正的献身者，他们心中热爱艺术的炽热火焰会熊熊燃烧，他们会为了自己的事业在艺术的神台上献出生命！不图回报！英勇无畏！弃绝私利！

丹钦柯：是的！是的！！是的！！！是的！！！！

斯坦尼：最后是群众、公众、观众，他们会成为真正懂得艺术价值的唯美主义者，他们能够同艺术大师分享他对创作的热爱，以及他的烦恼……

谈到艺术的未来，列万诺夫的主人公们心潮澎湃、感慨万千、踌躇满志。然而，"谁来付账"这一恼人的问题扰乱了他们对艺术美好的憧憬。他们互相推托，面红耳赤地争论不休，这同进餐前二人大摆排场、争先恐后地点菜的场景形成了鲜明的对比。很快，他们想出了一条两全其美的妙计：由契诃夫为这顿"便饭"买单。这一场景的寓意飘忽不定，它似乎是暗示莫斯科艺术剧院之神话的一切不良后果应当由契诃夫来承担，又好像在暗指斯坦尼与丹钦柯二人是靠排演契诃夫的剧目而功成名就的。

剧本尾声部分突如其来的大火卷着滚滚浓烟吞噬了高坐在电视塔餐厅中夸夸其谈的主人公们，也淹没了他们无休止的争执和对未来的空想。而就在这时，剧中频频提及却始终未与受众谋面的契诃夫终于神秘地登场了：

烟雾吞没了一切，坐在餐桌旁的两个人影，逐渐模糊，似乎消失在这茫茫的烟雾中。突然，烟雾在瞬间消散了，一个身穿夏季长风衣、戴着夹鼻镜、手持文明棍、蓄着胡须的人从烟雾中走出来。

只是他头上戴的不是我们在照片上看到的那顶带沿的礼帽，而是闪闪发光的头盔。这正是契诃夫先生。他面带微笑，不时地咳嗽几声，摇摇头。契诃夫先生扑哧一声笑道："是的，这是一场独幕轻松喜剧，而其他的都是胡说。我来迟了吗？"团团烟雾向契诃夫袭来，渐渐地他也消失在烟雾中。警笛声响起。奥斯坦基诺电视塔发生了火灾。

戴着消防头盔的契诃夫姗姗来迟，他此行的目的似乎是来平息斯坦尼与丹钦柯二人无休止的唇枪舌战，又好像是要拯救"陷入火海"的戏剧未来。

由此可见，列万诺夫依然秉承"新戏剧"企图把多年以来一直被奉为神明的经典作家及其作品推下神龛，使之"平民化"的创作宗旨。但他对契诃夫的批判要比索罗金温和许多。虽然他对"莫艺"的神话及对契诃夫本人持否定的态度，但其嘲讽不同于后现代主义式毁灭性的颠覆。列万诺夫力求以较为温和的改良方式清除覆盖于经典文化之上的斑斑锈迹。

契诃夫的剧作揭示了世界的混乱无序、人类生存的荒诞。他的这一创作主题对整个20世纪的现代主义戏剧产生了巨大的影响。而后现代主义文学主题的中心恰恰是：虚拟的世界，各种力量的抗衡，游戏般的人生，情感的荒芜。毫无疑问，秉承后现代主义创作理念的"新戏剧"剧作家们无论是在文学形式上，还是在创作内容与技法上都师承契诃夫，从他那里获得了丰富的创作源泉。

刻意求新、实验开拓是"新戏剧"剧作家的共同追求。把契诃夫这位最具创新精神的经典作家作为解构的对象，这个选择本身就说明了他们与传统彻底决裂的决心。"新戏剧"剧作家选择契诃夫作为解构的对象，但显然，颠覆经典并非他们创作的最终目的。剧作家们否定的不是经典本身，而是大众意识中对经典的一成不变的态度——推崇、赞美、虔诚地景仰。他们颠覆的不是契诃夫的剧作本身，而是整个俄罗斯经典的崇高性与典范性。新时代的戏剧革新家们企图铲平多年以来一直巍然挺立的经典文学的大厦，在它坍塌的碎石瓦砾上建立一座"新戏剧"的高楼。可以说，这是一场新时期的戏剧革命，其目的在于消除大众文学与经典文学之间的鸿沟与对立，以文学的大众化取代精英化，以通俗取

代严肃,以平庸取代高雅。毫无疑问,"新戏剧"剧作家消解经典的创作活动打破了长期以来把经典奉若神明、唯经典独尊的戏剧发展格局,动摇了传统的审美观和思维模式,对促进当代戏剧的繁荣具有一定的影响。

但令人遗憾的是,在对契诃夫经典剧作无情解构的同时,"新戏剧"把经典的审美价值、审美理想也一同抛弃了,剩下的只有丧失理想与信念后的虚无与荒诞。经典戏剧作品如同一只被射杀并制成标本的海鸥,经过解剖与缝合之后,残存下来的只是它伤痕累累的躯壳,这只失去内在生灵的双目变得暗淡无光,它的叫声也不再清脆了。一些剧作家似乎已经意识到"扼杀经典"的弊端,他们的戏剧创作中出现了一种新的趋势:从全面、彻底地颠覆到委婉地嘲讽与揶揄,对经典的批判从极端渐渐转为怀柔。

文学的发展是有延续性的,任何一个时代的文学发展都不可能同此前的文学传统彻底割裂,否则,它面临的一定是短期繁荣之后的迅速消亡。"新戏剧"剧作家对契诃夫经典剧作的复杂、多变的态度就体现了现代文学与经典文学之间相对独立、相互排斥,却又彼此交融、难舍难分的繁杂关系。

第十章　高尔基"底层"主题于当代戏剧中的再现

高尔基以其深厚的人道主义精神、深刻的现实主义笔触、质朴有力的语言书写了俄国戏剧发展史上独具魅力的篇章，其戏剧创作对苏俄戏剧的发展产生了深远的影响。苏联解体之后的俄罗斯社会同高尔基在剧作《底层》（1902）中描写的社会生活画卷有诸多相似之处，因此"底层"主题再次成为当代剧作家们关注的焦点，对高尔基这部剧作的仿拟之作层出不穷。许多后苏联时期的剧作家力求借助高尔基的"底层"主题揭示当下俄罗斯社会中存在的种种弊端，引发人们对下层人生存境遇的关注和一系列社会负面问题的思考。以"底层"为主题的剧作无论在创作手法还是在文体风格方面都显现出极大的差异，其艺术成就与思想深度同创作于上一世纪之交的《底层》无法相比，但高尔基的戏剧传统无疑对这些剧作产生了深刻的影响。

第一节　高尔基的"底层"戏剧传统

高尔基的剧本《底层》完成于1902年，并于同年首次在莫斯科艺术剧院首演。"演出获得了惊人的成功。观众不断地向导演和全体演员……向高尔基本人欢呼。"①《底层》不仅是高尔基戏剧巅峰之作，也是19—20世纪之交俄罗斯戏剧创作的最高成就。"在剧本《底层》中高尔基审视的对象是世纪之交的俄罗斯现状，以及该现状于俄罗斯意识中的反映。"② 毫无疑问，在整个俄罗斯戏剧史上该剧作完全区别于传统戏剧形

---

① Станиславский К. С. Моя жизнь в искусстве. -М.：Издательство Искусство. 1962. C. 316.
② ［俄］符·维·阿格诺索夫主编：《20世纪俄罗斯文学》，凌建候等译，北京，中国人民大学出版社，2001年，第93页。

式。作家真实地揭露了残酷的生活现实,塑造了19—20世纪之交俄国向资本主义过渡时期"生活底层"这一艺术形象,并将其上升到哲理性的高度。

一、局促、压抑的底层空间

《底层》中人物所处的空间狭小局促,暗无天日。全剧共四幕,其中三幕的剧情发生在他们的栖身之所——小客栈,这是一个像洞穴一样的地下室:"笨重的、石头砌成的拱形的棚顶被烟熏得漆黑,有的地方泥灰已经掉了。"室内拥挤不堪,肮脏混乱,"贴墙到处都是板床……这个小客栈的中央,摆着一张大桌子,两条长板凳,一个方凳,——全没漆过,很脏"。① 被社会抛弃的底层人在这个肮脏拥挤、混乱无序的狭小空间内浑浑噩噩地打发着日子,他们整日打牌、酗酒、闲聊、斗嘴。这里的恶劣环境与污浊的空气让他们感到窒息。贝贝尔烦闷地说:"闷得慌……我为什么这样闷得慌呢?你一天又一天地活着——一切都挺好的!可是突然一下子,好像打了个冷战似的,你就烦闷起来了……"② 被凶狠恶毒的姐姐与姐夫不断虐待的娜塔莎也忧愁地叹息道:"今儿我闷极了……心里堵得慌……好像要出什么事似的……"③

话剧第三幕开场的情节发生在室外:"后院里的一片空地,乱堆着各种破烂,杂草丛生。深处一堵红砖防火墙遮住了天空。靠墙长着接骨木。右面,有一堵黑色的圆木砌成的墙,像是仓房或马房之类的建筑物。左边是科斯狄略夫的小客栈的灰墙,墙上还留着斑驳的泥灰……在这堵墙和红墙之间有一条很窄的小过道……"④ 这个小客栈室外的空间仍然是一个相对封闭的空间,"三堵墙"似乎是梦想与现实之间的一道无法逾越的鸿沟,它隔断了人们走上真正生活的道路。"红色""黑色"与"灰色"是这段场景注释中的主色调。"黑色"与"灰色"是底层生活的基色,它们象征着被抛入生活底层的人们灰暗阴郁、凄凉悲苦的生活境况。而"红色"与"黑色""灰色"的对比使人感到压抑沉闷、躁动不安,预示着某种厄运即将来临,而落日映照在防火墙上的红色余辉更加重了

---

① [苏] 高尔基:《底层》,芳信译,北京,中国戏剧出版社,1960年,第2页。
② 同上,第20页。
③ 同上,第74页。
④ 同上,第62页。

这充满悲情的戏剧氛围。这个污浊、局促的生存空间如同一片弥漫着腐烂气息的泥沼,深陷其中的底层人物对它深恶痛绝,却难以自拔。高尔基的底层空间高度概括了底层群体不断恶化的生存环境,揭示了一种鲜为人知的生存情境。底层像一张细密、灰暗的大网,遮住了本应属于每一个人的阳光。

二、不堪重负的底层命运

《底层》中的房客们出身不同、性格各异,但他们都曾在生活的洪流激浪中沉浮、漂泊过,最后跌落到淤泥沉积、暗无天日的底层。同是天涯沦落人的底层人都有一段凄凉悲苦的生活经历。

安娜勤劳能干、节衣缩食,却食不果腹、衣衫褴褛,还常常遭受丈夫的毒打,临终前又备受疾病的折磨。在病入膏肓、奄奄一息之际,她对如此不堪回首的生活提出这样的疑问:"我想不起我多会儿吃过一顿饱饭……我每块面包都是算过的……我一辈子都战战兢兢的……怕比别人吃得多……我一辈子都是穿得破破烂烂……这样苦了一辈子……这是为什么呢?"①

娜塔莎是剧中最纯洁、美丽的女性形象。心狠手辣的姐姐瓦西里萨由于贝贝尔喜欢妹妹娜塔莎而妒火中烧,常同丈夫一起侮辱、毒打她,甚至用热水烫她。寄人篱下的娜塔莎感到心情压抑,她渴望摆脱姐姐的折磨,离开令人窒息的客栈,但当鲁卡劝她跟随贝贝尔去西伯利亚时,她却感到无路可走:"……我知道……我早就想到了……只是,我谁都不信……可是,我却无路可走……"②

小偷贝贝尔身强力壮,行侠仗义,在小客栈中无论是主人还是房客都对他敬畏三分。他不像其他房客一样睡板床,而是住在一个薄板隔成的屋子里。贝贝尔的身世尤为悲苦,从出生之日起,他就注定要从事这个被人唾弃的行当:"我的路早就铺好了!我爸爸坐了一辈子牢,而且把这个也传给我了,……我从小时候起,人家就管我叫小偷儿,叫小偷儿的儿子……"③ 失去了名字的贝贝尔也迷失了生活的坐标,他不知道自己除了偷窃还能靠什么方式生存:"也许我是因为恨才去偷的……也许我

---

① [苏]高尔基:《底层》,芳信译,北京,中国戏剧出版社,1960 年,第 37 页。
② 同上,第 76 页。
③ 同上,第 47 页。

叫小偷儿就因为从来没有别人想到叫我别的名字……"①

同贝贝尔一样失去名字的是戏子,他曾是一个记忆超群、才华横溢的演员,曾经一出场就会得到观众雷鸣般的掌声,但后来他酒精中毒,一蹶不振,自暴自弃。他对鲁卡说:"老兄,我的灵魂都喝光了……老兄,我毁了……为什么我毁了呢?因为我没有了自信……我完了……"②戏子用杯中物麻醉着自己的神经,因为他知道,在清醒时看到的世界比沉醉时更阴森可怖。他把苟且栖身的客栈称为坟墓,并对这里的人为什么活着发出质疑:"这个洞穴……就是我的坟墓……我这个多病虚弱的人就要死了!你们为什么活着?为什么?"③

如果说戏子常常在往日与今昔的强烈对比中黯然神伤,那么男爵过去与当下的生活更是有着天壤之别。他的祖上是宫廷贵族,官居要职,有农奴几百,侍者无数,生活奢华,风光无限。过惯了上层生活的男爵感到自己一辈子只是换了几套衣服,就稀里糊涂地落到了这般境地。"我上学的时候,穿着贵族学校的制服……结婚的时候,我穿着燕尾服,又穿漂亮睡衣……我把财产都花光了——就穿灰色的上衣,掉了色的裤子……后来我在税务局做事……穿着身制服,戴着有帽徽的帽子……我盗用了公款,于是我就穿上了犯人的衣服……"④ 男爵在对往昔的回忆中浑浑噩噩地打发着时光,他不愿接受现在,更不敢设想将来:"……有时候我害怕。你明白吗?我胆怯……因为——我以后会怎么样呢?"⑤

剧中的人物经历了不同的生活轨迹之后殊途同归,跌落到生活阴暗无光的深渊中难以自拔。这个被社会抛弃的群体深深地感受到自己在世上的多余。娜斯佳郁闷地说:"我烦透了……我在这儿是多余的……"⑥ 布伯诺夫沉静地回答道:"你在哪儿都是多余的,而且人在世上就是多余的……"⑦ 这个一向对生活冷眼静观的帽匠还对"多余人"做了一个形象的比喻:"人生在世……就像漂在水上的碎木片似的……房子盖好

---

① [苏]高尔基:《底层》,芳信译,北京,中国戏剧出版社,1960年,第74页。
② 同上,第41页。
③ 同上,第94页。
④ 同上,第103页。
⑤ 同上,第103页。
⑥ 同上,第30页。
⑦ 同上。

了……碎木片——去你的吧……"① 然而，残酷的生活现实与不幸的境遇并没有扼杀底层人的人性之美，更不能使他们放弃各自难以忘却的梦想与追求。

三、难以忘却的底层追求

在底层人物内心深处最隐秘的地方跳动着一簇希望的火焰，这梦想的星星之火好像黑暗王国中的一线光明，给予他们生活下去的勇气与力量。

娜斯佳整日坐在厨房的桌旁，读一本破旧的小说《薄命缘》。她常把自己想象成小说中的人物，为他们的悲欢离合感动、流泪。身为妓女的她却梦想着真正的爱情，虚构着一个又一个令她潸然泪下的爱情故事，并不厌其烦地讲给别人听。她讲故事时神情专注，情绪激动，仿佛这一切都是真真切切发生过的："眯缝着眼，摇头晃脑地合着说话的节拍，用歌唱般的声音讲着故事"②，"突然停下不说，沉默几秒钟，然后，又眯缝着眼，用热烈洪亮的声音继续说下去，挥手适合说话的节拍，好像倾听远处的音乐"③。对娜斯佳来说，真正的爱情就是生命中最美的旋律，哪怕这乐曲悠远而缥缈，只要用心去聆听，就会感受到它的美妙。

内心纯净的娜塔莎本不属于这个黑暗的世界，她如同一片洁白的花瓣，不经意间飘零到这片泥沼中。姐姐瓦西里萨对她的虐待使她身体伤痕累累，内心无限悲凉。但在这个没有太阳的地方娜塔莎没有停止过期待：

娜塔莎：我老是胡思乱想……胡思乱想的，还等着……
男爵：等什么呢？
娜塔莎：（尴尬地笑笑）没什么……我想呀，明天……会有人来……有个什么……特别的人来……要嘛——就会出什么事……也是从来没有过的事……我一直等着……永远等着……可是，说实在的，有什么可等的呢？④

---

① [苏]高尔基：《底层》，芳信译，北京，中国戏剧出版社，1960年，第48页。
② 同上，第62页。
③ 同上，第64页。
④ 同上，第66页。

同娜斯佳一样，娜塔莎也期待着自己生命中那个最特别的人会在某一天突然出现，等待着自己的生活会因此而发生彻底的变化。虽然她感到，这是一个难以实现的梦想，不过她不会因此放弃等待，因为有梦想的地方才有生活。

小偷贝贝尔内心渴望能被人尊敬，渴望人们能用名字称呼自己。失去了名字的他失去了做人的尊严，失去了过正常人的生活权利。他瞧不起自己，憎恶这种鄙俗的生活，希望有朝一日能够重拾人的尊严："……我常骗自己，人家比我偷得多，照样受尊敬……不过这对我没有帮助！这不是我所想的！我并不后悔……我也不相信良心……可是，我觉得：这样活下去不成！要好好儿活！要活得我自个儿能够看重我自个儿……"①

锁匠克列士奇做了一辈子的工人，他渴望用劳动养家糊口，但辛苦了一辈子却没钱给妻子治病。他憎恨这个黑暗的洞穴，瞧不起这里无所事事的人们。他的梦想是尽快离开这个乌烟瘴气的地方："我是个工人……我一见他们就觉得丢人……我从小做工……你以为我不会离开这儿吗？我会爬出去……就是剥我的皮，我也要爬出去……"② 妻子死后，克列士奇在办葬礼时不得不卖掉心爱的工具。失去了亲人与工具的锁匠无依无靠，形只影单。从这里爬出去的梦想离他越来越遥远，但他的希望之火并没有熄灭："怎么办呢？……非活下去不可……（大声地）一定得有个安身之处……"③

高尔基的剧中人不甘沉沦，严酷现实的飓风并没有熄灭他们心灵深处跳动的希望之火。底层世界中形形色色的人物心中的梦想各不相同，但它们却又如此相似。"要好好活下去，并且要活得像个人样"——这就是他们共同的追求与愿望。"找回做人的尊严"这个平凡而伟大的梦想中包含着高尔基对这群"曾经的人"深切的人道主义关怀。

四、人道主义的底层关怀

生命是宇宙的永恒之谜，世界文学的每一个经典作家都不曾放弃对人的存在与价值的探寻。以深沉厚重而著称的俄罗斯文学从不缺乏包含着对人深切关怀的经典作品。从普希金、莱蒙托夫、屠格涅夫等作家塑

---

① ［苏］高尔基：《底层》，芳信译，北京，中国戏剧出版社，1960年，第74页。
② 同上，第17页。
③ 同上，第35页。

造的"多余人",到陀斯妥耶夫斯基、果戈理的"被侮辱与被损害的人",契诃夫笔下的可笑又可悲的"小人物",呈现在我们面前的是整整一幅身世千种不同、命运万般无奈的"天涯沦落人"的巨幅画卷,《底层》的人物无疑是其中浓墨重彩的一幅。在这个剧作中高尔基继承了俄罗斯文学"同情弱者"的人道主义传统,并且赋予它更为深刻的时代内涵。

19—20世纪之交是一个酝酿着动荡与变革的时代,在"山雨欲来风满楼"的时代人们的生存面临着挑战,越来越多的人像是工厂排出的废渣一样被社会抛弃,沦落到生活的底层。然而恶劣的生存境遇没有扼杀掉他们人性中原本的善良与情感的高尚。高尔基相信"人是世界上最珍贵的东西,因为人具有不断趋向善良和完美的可能"①,而在非人的环境中闪耀出的"善"与"美"是尤为可贵的。只有尊重人,才能认识到他的价值。高尔基认为,人生来是平等的,是应该受人尊敬的,不应该因为卑微的社会地位而鄙视他。游方僧鲁卡说:"对我反正一样!我连骗子都尊敬;据我看,每个跳蚤都不坏:全是黑的,都会蹦……"② 只有尊重人,才能认识到他存在的价值和生命的意义,正如鲁卡所说:"凡是人——不管他是个什么样的人——都有他自身的价值……"③

鲁卡关爱夜店里每一个饱经沧桑的房客。他向奄奄一息的安娜描绘主的仁慈与彼岸的宁静与祥和,鼓励沉迷于幻想的娜斯佳相信她所期待的美好爱情,对酒精中毒的戏子讲述某个帮助人们戒酒的医院,劝说小偷贝贝尔带上心爱的娜塔莎远走西伯利亚。他慈爱、睿智的话语浸润着每个底层人干涸的心田,唤醒他们被冷酷的现实尘封的梦想。有俄苏文艺评论家认为鲁卡是个伪人道主义者,认为戏子的自杀宣告了他安慰哲学的彻底破产。然而,这样的评价对鲁卡是有失公道的。虽然鲁卡不是真理的使者,尚不能承担"大写的人"的使命,但他是为了人们生活得更好而勇于探索的人。鲁卡的宽容与慈爱温暖了冰冷的夜店里每一个黑暗的角落,激起这里的人们对美好生活的向往。他对人的肯定启发了一场关于"人"的真理的思索,萨金关于"人"的一段极富哲理性的精彩

---

① 刘文飞:《高尔基的人道主义》,《中华读书报》,2008年12月25日,http://www.gmw.cn/content/2008-12/25/content_868625.htm。
② [苏]高尔基:《底层》,芳信译,北京,中国戏剧出版社,1960年,第18页。
③ 同上,第33页。

独白实际上是对鲁卡思想的总结与进一步发掘。鲁卡尊重人、爱护人的思想与行动使萨金内心受到强烈的震撼："这块老发面，弄得咱们都发起酵来了"①，"他真是个聪明人！……他使我起了变化，就像酸使生锈的古钱起了变化一样"②。有研究者认为，鲁卡与萨金是两个完全对立的形象，"剧本的中心冲突是沙金（即萨金）的积极的人道主义与鲁卡的安慰哲学之间的对立斗争"③，但这种观点是缺乏根据的。实际上，鲁卡关于人的论述起到了抛砖引玉的作用，萨金从他手中接过了这个火种，并使它熊熊燃烧起来。鲁卡关于尊重人的真诚话语深深感染了萨金，他以自己的理解加强了这个观点，并赋予它新的内涵。

高尔基认为，"人是最优秀、最有意义、最宝贵、最神圣的……"④，他认为，创造力是使人高尚的主要因素，思维与劳动的能力是一种巨大的力量，它能够使人成为宇宙的主宰。"只有人，此外的一切都是他的手和头脑创造出来的！"⑤ 但是，人的劳动应该服务于某种伟大的事业，如果仅仅为了填饱肚子，那么它就是毫无意义的。萨金的一段独白概括了他的劳动观："……干活？为什么？我一向都瞧不起那些只知道填饱肚子的人……人更崇高，人比肚子更崇高！……"⑥ 此前，他在同克列士奇的对话中说："劳动是愉快，生活才有兴趣！劳动是负担，生活就是压迫！"⑦ 因此，有价值的劳动是为了创造美好生活而进行的有意识的劳动，它应该给人们带来愉悦的心情。

高尔基的主人公热切地渴望着自由，但不人道的社会剥夺了他们的自由与做人的权利。这些社会底层的零落人如同置身牢笼的囚徒，只能隔着冰冷的窗栏感受充满阳光的世界。正如同他们在狱歌中唱到的："太阳出来又落山啦，监狱永远是黑暗……我虽然生来喜欢自由……挣不脱斤斤铁链。"⑧ 戏子的自杀就是人追求自由的理想同不人道的社会发生冲突酿成的悲剧。高尔基理想的人是有勇气为追求自由付出一切的人。"每

---

① ［苏］高尔基：《底层》，芳信译，北京，中国戏剧出版社，1960年，第95页。
② 同上，第96页。
③ 谭得伶：《高尔基及其创作》，北京，北京出版社，1982年，第77页。
④ 转引自韦建国：《高尔基人道主义思想再认识》，《俄罗斯文艺》，1996年第4期，第45页。
⑤ 参见［苏］高尔基：《底层》，芳信译，北京，中国戏剧出版社，1960年，第102页。
⑥ 同上，第102页。
⑦ 同上，第16页。
⑧ 同上，第35页。

个人都自由……他自己付出一切：为了信仰，为了不信仰，为了爱情，为了智慧——人自己付出一切，所以他自由！"① "人要获得自由，恢复尊严，关键在于改变不合理不人道的社会。"② 高尔基的人道主义不仅包含了对底层人苦难的同情、对人性中一切美好情感的赞扬，而且蕴含着对能够成为自我主宰的真正的人的热情歌颂。高尔基讴歌的"大写的人"是以往文学中不曾有过的，他把人道主义的内涵发掘到一个前所未有的深度。

《底层》是最能集中体现高尔基人道主义的作品，作家对底层群体的非人境遇给予了深切的同情，善于从他们身上发现尚未磨灭的理想之光与人性之美。他揭露了造成底层人生活不幸的深刻的社会根源，批判了社会腐朽、黑暗与不人道的现象，同时明确地指出了改变现状的道路，号召人们敢于梦想，勇于追求，为实现美好的生活采取切实的行动。

在俄国十月革命后的相当长的一段时期内，因受当时苏联意识形态的影响，文艺评论界多从对无产阶级革命精神的颂扬、对底层人民觉醒的赞赏、对庸俗市民习气的批判等几个方面为出发点，评述高尔基的戏剧创作。然而，随着时代的变迁、历史的发展、文化的沉淀，我们不难发现，以往对高尔基戏剧作品的解读不免有失偏颇，流于片面。一个世纪过去了，高尔基的这些作品并没有因为社会的变迁而遭受冷落、黯然失色，直至今天，它们仍然是一些剧院的保留剧目。且在20—21世纪之交，高尔基的经典剧作又一次迸发出巨大的生命力，它们在创作主题、人物塑造、叙事策略等方面与当代戏剧革新理念不谋而合。

第二节　高尔基与当代俄罗斯戏剧

在俄罗斯和世界文学史上高尔基并不是第一个塑造"底层"人形象的作家，但高尔基把"底层"问题上升到哲学高度，激发人们重新审视"底层"人的世界：并非局限地将其看成是特定历史时期社会生活的某种事实，而是将其理解为超越时空的全人类问题。高尔基的戏剧向人们提出了许多道德哲学问题。在此后的每个历史时期，人们一次又一次地

---

① ［苏］高尔基：《底层》，芳信译，北京，中国戏剧出版社，1960年，第102页。
② 转引自韦建国：《高尔基人道主义思想再认识》，《俄罗斯文艺》，1996年第4期，第46页。

寻求这些问题的答案。虽然他在1933年将戏剧《底层》称为"过时的戏剧","对当今社会有害的戏剧",但高尔基在一个世纪前描写的"底层"与"没有太阳"的世界在苏联时期继续存在着。一位高尔基研究专家在引用斯大林于苏共十七大会议上关于消灭城市贫民窟的报告中的一段话时,写道:"我们国家的'底层'就像资本主义的生活方式一样成为永久的历史。"① 然而生活是严酷的,今天人们还在不断重新谈起"边缘世界"。无论是20世纪的20—30年代,还是在之后的几十年里,"边缘世界"从未从现实生活中消失过。关于酗酒、贩毒等社会负面现象的争论也从未间断。这些社会现实无疑为当代文学提供了素材,也极大地影响了后苏联时期俄罗斯的戏剧创作。

20世纪80年代后期,戈尔巴乔夫推行的"民主化、公开性、多元论"鼓动"毫无保留、毫无限制"地暴露历史和现实的"阴暗面"。这一社会激变引发了社会意识与价值取向的根本性转变。它在文化生活领域也引起了一场激烈的辩论与无情的批判,针砭时弊的文章席卷了舆论界。尚不习惯于言论自由的读者们竞相争购杂志和报纸,贪婪地阅读爆炸性的揭露文章。许多文章的矛头直指制度本身的弊病和罪恶,否定传统的社会价值。在改革进程中,剧院始终是社会流行思潮的喉舌。今天关于社会意识"休克疗法"的剧作和电影剧本层出不穷,这类题材被称为"黑色现实主义"。戏剧评论家德米特里耶夫斯基在总结改革时期的戏剧演出季时,对演出场次最多的一些戏剧反映的道德问题和主要人物群体曾做出如下评论:"它们是关于哪些人和事情呢?显而易见是高尔基笔下那些失意的人,是关于那些饱经贫困、恐惧和良心折磨的60年代的人,是关于被唯心主义谬论和双重道德观毒害的青少年,是关于在家庭生活中遭遇不幸的女人们,是被上司的专横、恣肆压抑的男人们,是那些曾经风光体面,而后来沦落为无业游民、乞丐、'夜蝶'的人……"② 后苏联时期戏剧中的道德题材越发异常尖锐。评论界对此类反映阴暗沉重的"新局势"的当代文艺作品充斥荧屏和舞台深表忧虑。

这些作品反映了整个社会令人担忧的社会道德状况,很长时间以来对一些社会问题的置若罔闻、缄口不言导致当今文坛的"决堤"现象。

---

① Бялик Б. Пьеса «На дне» и русская действительность 90 – х годов//АНСССР, 1957. С. 196 – 197.

② Дмитриевский В. Кто заказывает музыку//Театр. 1989. №12. С. 61.

20世纪70年代的评论家曾疾呼："我们的社会怎么了？"然而他们的担忧并没有引起人们的及时关注。"新浪潮"戏剧的代表剧作家阿尔布佐夫、罗佐夫、沃洛金、万比洛夫、罗欣、梁赞诺夫等在作品中反映的拜金主义、盲从主义、"残酷的游戏规则"在充满欺骗、无视道德的社会土壤中迅速成长起来。后苏联时期社会中的"非正式群体的成员""捡垃圾的人""跨国女郎"都是充满残酷、暴力、欺诈、道德沦丧的社会环境的产物，是新一代戏剧中的"底层"人物。[1]

早在戏剧改革前十年"新浪潮"的剧作家们就在戏剧作品中涉及禁忌的生活层面。当代"底层"模式是由许多生活碎片整合而成的，它同高尔基的"底层"既有相似之处，又有所区别。主要区别是当代戏剧的政论性与直观性。这不难理解：当代戏剧家使用的是尚未完全形成的最新材料，而高尔基的"底层"是作家用了近四分之一个世纪对人们在"旧世界"[2]里的生活状况做的总结。当代戏剧中"边缘世界"的空间有所改变，但是它们没有变得更好：垃圾场（埃·梁赞诺夫的《幸福的天空》，1991）、墓地（亚·热列兹佐夫的《阿斯科利多夫的坟墓》，2001，瓦·西加列夫的《天牛返回大地》，2002）、陈尸所（米·沃洛霍夫的《玩躲猫猫游戏》，1987、亚·加林的《…Sorry》，1990）、监狱（柳·彼得鲁舍夫斯卡娅的《约会》，1996、《男子监狱》，1994）、简易房、地下室（柳·拉祖莫夫斯卡娅的《回家！》，1995、奥·博加耶夫的《长城》，1996）。无论是住在筒子楼里，还是住在自家住宅中，当代戏剧的主人公都会感到自己是被社会抛弃的孤独的多余人。

伊·施普里茨（1946—）的喜剧《小底层》（1996）讲述了来自文化机构的萨金准备编排一部关于"革命风暴的预言家"的戏剧。戏剧的场景是普通的筒子楼：合适的氛围、布景、现成的剧中人，只是缺少"鲁卡"这个人物，但很快就在火车站找到了一个流浪汉来扮演。虽然这部戏剧中有许多喜剧因素，但高尔基戏剧的悲剧性并没有因此减弱。筒子楼流浪汉的栖身场所与下等人的小客栈没有太大的区别。这里的居民都穷困潦倒，没有谁生活得更好或更差。无论是流浪汉、警察还是副博士在这里都是平等的，他们在这里的生存均无欢乐、意义可言，因此

---

[1] Громова М. И. Русская современная драматургия. Учебное пособие. Издательство «ФЛИНТА», 2013. http://coollib.com/b/279082/read.

[2] Горький М. Собр. соч.：В 30 т. -М.：ГИХЛ, 1953. С. 193.

超现实主义戏剧家萨金及其助手演员的这个戏剧实验对于这里的居民来说如同盛大的节日。在文化部门的支持下戏剧革新者们庄严地宣布自己的"超级任务"。剧中主人公萨金的一段话令人深思:"这是你们的机遇!这里的污垢,这些面孔,这个厨房的空气像肉冻一样可以用刀子切开,它是那样的密实、可口!我们要做好这道菜来款待那些精神饥渴的人们。因为对人来说有比填饱肚皮更重要的事!我们要向你们说明生活的真理。谎言是主仆的宗教。真理是自由人之神。"另一演员随后说道:"我们要为勇士的果敢唱一支赞歌!勇士的勇敢无畏是生活的智慧!我曾轰轰烈烈地生活过!我懂得幸福!我曾勇往直前地驰骋疆场!我见过圣洁、蔚蓝的天空!"① 剧作家对高尔基的许多作品情节进行了改写(《少女与死亡》,1892、《海燕之歌》,1901等),并加入了现代生活现实,创作了一部悲喜交集的荒诞剧。

高尔基的戏剧中关于"人""神"与"信仰"的对话在关于"边缘人"的当代戏剧中得以延续。后苏联时期剧本里的主人公常会提到神,但他们是否真的敬神呢?尼·科利亚达(1957—)的剧本《奥金斯基的波洛乃兹舞曲》(1993)中的女主人公柳德米拉经常重复高尔基主人公鲁卡的话:"信什么,就要相信它存在……我也信上帝确实存在,我甚至戴十字架,以防万一,我总是和你们讲妈妈常说的话'不论有没有神,都不要冒犯它'。"剧作家库罗奇金的剧本《楚里科夫》中的上帝是地狱里收垃圾的人,他承认:人间如此混乱不堪,他已经无权居住在天国。

当代戏剧中也不乏关于妓女的剧作。这一题材的剧作有亚·加林的《晨星》(1988)、埃·拉德金斯基的《我们的十日谈》(1989)、柳·拉祖莫夫斯卡娅的《回家!》(1995)等。关于"人""神"与"信仰"的对话也出现在这些戏剧中。当代剧作家在塑造妓女形象时继承了高尔基的人文主义传统,哀其不幸,怒其不争。但无论剧作家如何努力将其剧中的女主人公塑造成受难者的形象,她们中还没有一个人的命运的悲剧性能够同陀思妥耶夫斯基的索涅奇卡和高尔基的娜斯佳相比。

"边缘世界"从未从我们的社会生活中消失过,这一现象就如同与社会常规相悖的"不和谐音"在整个社会生活的乐章中还将继续存在下

---

① Текст пьесы «На донышке» цитируется по: http://www.theatre.spb.ru/newdrama/1_landsk/3_shpr_1.htm. 文中出现的该剧本内容均引自该网站。

去。当代剧作家从不同的视角解读高尔基的这部穿越时空的不朽之作,虽然他们的戏剧体裁各异,人物形象千差万别,剧情发展迥然不同,但他们的戏剧创作继承了高尔基的人文主义戏剧传统。人道主义是高尔基的戏剧《底层》的发光点,大写的"人"始终是高尔基的上帝。他认为,人是美好的,是有力量改变自己、改变环境的,把"底层"变成阳光灿烂的地方要靠人的力量。当代剧作家充分肯定"人"在社会中的作用,因为"人"本身就是一个世界,他包含所有的开端与终结。后苏联时期的多数作品都渗透着高尔基式的人文主义精神,即对人的信念、对弱者的同情。同高尔基一样,当代剧作家塑造的人物不再是特定社会中的典型的人,而是诗意的、富有人道主义精神的人,他们兼有现实主义个性化人物与现代主义符号化人物的双重特征,是剧作家哲理观念与审美意向的集中体现。

高尔基的《底层》如同取之不尽的源泉,每个时期的剧作家都可以从中获得无穷无尽的灵感。20—21世纪之交的俄罗斯剧作家还未能像高尔基那样对"底层"现象做出深刻的哲理分析,但他们剧本中这一现象的存在是显而易见的。"底层"人的世界——"边缘世界"是一个多维的现象,它的产生脱离不开社会、文化、政治、经济等方面的原因。人与世界之间的矛盾冲突同寻求和谐统一一样是永恒的,因此,对"底层"现象的研究也将是持续、深入的。

第三节 当代戏剧中的"底层"主题

每一个文本都承载着一段文化的记忆,而经典文学以其优美凝练的语言、广博深邃的哲思、鲜明生动的形象成为延绵不息的文化长河中最生动鲜活的记忆。《底层》是高尔基遵循现实主义传统、饱含浪漫主义激情创作的艺术杰作。剧中反映的那个激荡不安的生活现实已渐行渐远,但在新世纪之交,在同样暴风骤雨的社会变革中那段渐渐模糊的记忆被再次唤醒,与当代俄罗斯现实展开了一场跨越世纪的对话。后苏联时期的阿·杜达列夫、亚·加林、尼·科利亚达、阿·斯拉博夫斯基、亚·热列兹佐夫、德·利普斯克罗夫、瓦·西加列夫等剧作家,继承了高尔基"底层"主题剧作的人道主义传统,不同程度反映了后苏联时期俄罗斯底层人的现实生活及其对命运的抗争和对理想的执着,而伊·施普里

茨的喜剧《小底层》以对高尔基《底层》的颠覆性的改写，完成了"底层人"跨越百年的对话。

一、"边缘地带"——社会问题的镜像

19—20世纪之交，随着斯托雷平改革政策的推行，沙皇俄国进入大工业化时代，工厂机器的轰鸣与喧嚣一方面给资本家带来了巨额利润，另一方面也加剧了社会阶层的分化与财富分配的失衡。社会转型与经济改革引起各阶层生活状况的急剧变化，许多人沦落街头，衣食无着，成为社会底层人。对普通人命运一直极为关注的高尔基及时捕捉到这一社会现象，经过对"沦落者的世界近二十年的观察"①，创作出书写社会下层人苦难生存境遇的剧作《底层》。在十月革命前后和苏联时期这部原本彰显高尔基启蒙主义主张的剧作几乎成了一部引领戏剧创作的旗帜性作品。百年之后的世纪之交，曾经如钢铁巨人一般强大的苏联遭受了国家解体、政体改变、经济滑坡等社会巨变。苏联社会主义大厦坍塌后，这些始料不及的社会变迁引发了一系列的"后遗症"，比物质匮乏的生活更可怕的是文化失语、精神休克、道德沉沦的时代悲剧。20—21世纪之交的俄罗斯又一次站在历史的十字路口，面临着诸多问题与选择。历史的车轮仿佛倒转了百年，透过时光列车的车窗，上一个世纪之交"底层人"凄苦沧桑的生活画面依稀可辨。这奇特的历史的交集与时代的呼应引起了当代剧作家对当下"底层"——"边缘地带"的关注，创作出一系列以"底层"为主题的剧作。虽然这些作品题材繁多，风格迥异，叙事繁杂，手法多样，但都从不同的侧面揭示出当下俄罗斯社会的种种弊端，通过"痛定思痛"式的自我反思探索俄罗斯民族的历史使命与民族归宿问题。

伊·施普里茨的剧作《小底层》如同一面凹凸镜，夸张扭曲地映照出苏联解体后社会生活中暴露出的种种问题：生活混乱颓废，文化品位低下，人际关系冷漠，盲目崇拜西方。

1. 窘迫的物质生活与颓废的生存状态

20世纪90年代的俄罗斯社会变革引发了社会各领域天翻地覆的变化。政治混乱阻碍了经济的发展，这一时期"经济结构与社会结构的变

---

① [苏] 高尔基：《论文学》，冰夷等译，北京，人民文学出版社，1979年，第72页。

迁在时间上具有非同步性，社会结构的变迁明显滞后于经济结构的变迁"① 的特点。由于私有制在经济中的比重陡然增加，国家财富流入少数人手中，私有化进程导致社会分化加剧，贫富差距增大，失业率持续上升，通货膨胀突然加剧，财政金融危机严重。这一系列的社会危机导致俄罗斯很长一段时间难以摆脱经济衰退和社会萧条的状况，居民人均收入大幅度下降，社会保障体系恶化，大批中产阶级破产，许多居民挣扎在贫困线以下。"全俄生活水平中心主任博布科布在1997年初提到：1/4的俄罗斯居民生活在贫困线以下，其中特别贫困的人占11%。"②

施普里茨在《小底层》第一幕的场景介绍中近乎真实地描写了转型时期俄罗斯民众窘迫的生活条件：

> 这是革命前盖的简易住宅的公用厨房，好像是图书馆的阅览室改建的。厨房下面是浴室和卫生间，楼梯旁边的夹层里有几间斗室。墙上交错纵横地盘绕着进水管、排水管、煤气管、电线和电话线。墙上挂着自行车、给小孩用的镀锌澡盆、装果酱用的小盆、几户人家的电表，厨房有几个煤气灶，上面摆着锅、洗餐具的水槽子、几张桌子、小柜、冰箱。厕所的墙上挂着一把椅子，电话也挂在那里。

这段简易住宅生活场景的描写是剧作家对当今俄罗斯社会贫困现象的真实描摹。虽然是革命前的建筑，但和苏联时期的"赫鲁晓夫筒子楼"惊人地相似。这些楼房设计及设施条件简单粗糙，结构与外观千篇一律，但在当时却缓解了住房紧缺的燃眉之急。半个世纪过去了，当时的"经济适用房"已经在岁月的洗礼中严重老旧破损，却仍然居住着大批收入极低的普通民众。而对于在生存线以下挣扎的流浪汉来说，筒子楼的楼梯夹层、顶楼和地下室是他们用以遮风挡雨最好的栖身之所，边缘人的生存困境是整个国家转型时期社会贫困化的缩影。

社会变革的惊涛骇浪猛烈地冲击着社会生活的各个方面，人们承受

---

① 庄晓惠、侯钧生：《俄罗斯的社会转型与社会阶层分化》，《社会》，2008年第2期，第129页。
② 王义祥：《俄罗斯转型时期的贫困化问题》，《俄罗斯研究》，2001年第3期，第46页。

着物质与精神的双重打击：有的人积累了数年的财富一夜之间化为乌有；一些人终生坚守的理想与信念遭受无情的质疑与否定；另一些人视为珍宝的亲情在火山喷发一般强烈的灾难中灰飞烟灭。面对残酷的生活现实，许多人在困惑、惊恐、痛苦、愤懑之余不愿同混沌阴暗的现实媾和，但也无法振奋精神，重新寻找生活出路。苦闷难耐时喝上一杯伏特加是俄罗斯人排遣忧愁的典型方式，深陷生活的泥沼中无力自拔的边缘人对这种被称为"生命之水"的神奇饮品自然钟爱有加。高尔基《底层》中的戏子因为"酒精中毒"而苦不堪言，梦想着能够到鲁卡所说的那家免费医院医治自己的痼疾。其他剧中人虽也常常饮酒，但多半是借酒浇愁。而《小底层》中的人物却嗜酒如命，甚至认为伏特加是医治他们身心的灵丹妙药：

  梅德韦杰夫：……哎呦，我的头呀……还要等多长时间才能把药给我拿来？
  布伯诺夫：请允许我更正一下，警官先生！（把酒杯递给梅德韦杰夫）
  梅德韦杰夫：看见我妻子了吗？（迅速地喝了口酒，吃了口下酒菜）

  在这个被社会常规生活边缘化的世界里，饮酒不仅成为了一种惯常的生活方式，而且被赋予某种神圣的意味。在同"清圣浊贤"的推心置腹中，边缘人"暂时摆脱了生存的荒诞和理性主义'规范'的专制，获得了心灵的自由"[①]。

2. 空虚的精神世界与冷漠的人际关系

  边缘世界混乱颓废的生存境遇除物质方面的拮据窘迫，更多地体现在精神领域，其中，文化品位低下是边缘社会精神空虚的一个突出表征。苏联曾经被称为世界上阅读量最大的国家，阅读俨然成为一种全民的生活习惯，当时一个典型的社会现象是：在公交车上几乎每个人都在读书。谈到苏联人对阅读的喜好时，人们甚至会开这样的玩笑：那时除了喝酒和读书外还会有什么其他的消遣方式呢？当然，阅读不仅仅是茶余饭后

[①] 程殿梅：《流亡人生的边缘书写》，济南，山东大学博士论文，2010年，第217页。

消遣解闷的方式，人们普遍认为，优秀的书籍能够振奋精神、净化灵魂、提升素养。然而，苏联解体后，全民的阅读量急剧下降，市场充斥着形形色色趣味低下的消遣读物，文化饥荒已导致艺术审美情趣的极大下降和道德价值体系的严重扭曲。

高尔基自身的经历见证了书籍对一个人成长的帮助、对人心灵的慰藉。作家曾说："书籍一面启示我的智慧和心灵，一面帮着我在一片烂泥塘里站了起来，如果不是书籍的话，我就沉没在这片泥塘里，我就要被愚蠢和下流淹死。"① 作家在《底层》中塑造了一个爱读书的妓女形象——纳斯佳。在昏暗污浊的夜店里，她常常坐在污渍斑斑的桌子旁泪流满面地读一本名叫《薄命缘》的言情小说。施普里茨在《小底层》中塑造的纳斯佳乍看似乎是其原型的翻版，她同样喜欢没完没了地阅读，并且口口声声地说，自己愿意为爱而死。不过她整日兴味盎然地阅读的竟然是报纸上的征婚广告。剧作家通过爱情小说被征婚广告所取代这一现象讽喻了后苏联时期的俄罗斯社会尤其是边缘群体文化品位和审美理念的消极变化。

边缘世界的居民虽然同是天下沦落人，但并不懂得彼此相惜相怜，人际关系冷漠是边缘群体价值体系瓦解、道德风尚衰败的又一体现。高尔基《底层》中夜店的沦落者虽穷困潦倒、失意落魄，但他们的心灵并没有因为生活的打击而完全麻木。对于病入膏肓的锁匠之妻安娜，大家都表现出深切的同情与怜悯：卖馅饼的女人科瓦西妮亚让她趁热吃几个馅饼；戏子搀扶她到过道里去晒太阳；娜塔莎把她领到暖和的厨房里；鲁卡告诉她，死亡并不可怕，"那儿又宁静，又安乐"②。然而，《小底层》中筒子楼里的多数房客虽然朝夕相处，却彼此漠不关心，形同陌路。对于安娜痛苦的呻吟，众人大多表现出厌恶和不耐烦。锁匠厌烦地对妻子说："唉，你快走开吧……"娜斯佳鄙夷地对她说："请您别哭号了，让我看会儿书吧。"

施普里茨借鞑靼人之口，指出另一个体现当今社会道德滑坡的现象：老年人群体的边缘化。

鞑靼人：你们是怎样的民族！你们的老年人生活得连狗都不如。

---

① 崔凤琦、于唐编：《读书治学珍言》，沈阳，辽宁古籍出版社，1996年，第4页。
② [苏] 高尔基：《底层》，芳信译，北京，中国戏剧出版社，1960年，第43页。

你们也会变老,到时候哪里是你们的归宿?!

缺乏同情与理解的世界如同爱的荒原,这里即使是亲情播下的种子也无法长成枝叶繁茂的树木。《小底层》延续了俄罗斯文学"父与子"的传统主题。阿廖沙同父亲白痴和梅德韦杰夫的一段对话集中体现了这一主题:

> 白痴:阿廖沙,我的儿子,你怎么这么晚回来?
> 阿廖沙:别烦我。
> 白痴:(走下楼梯)别跟我用这种语气讲话。唉,你以后会对自己的行为感到羞愧。你身上怎么有烟味?你抽烟?不,老实告诉我,你抽烟了?
> 阿廖沙:爸,别烦我,给我来点儿吃的。
> 白痴:你在学校成绩怎么样?
> 阿廖沙:给弄点儿吃的,就会有成绩了。
> 梅德韦杰夫:狗崽子,你怎么跟父亲讲话呢?
> 阿廖沙:就像狗崽子一样。

如果说俄罗斯传统文学中"父与子"的冲突是不同代际之间人生理想、思想意识,以及对世事变迁的理解与看法之间的差异与对立,那么当今社会中两代人的隔阂则更多体现为共同话题的匮乏与沟通动机的缺失,这近乎一种错位的对话。

3. 盲目的西方崇拜

"苏维埃大厦的坍塌"解构了一个曾令人深信不疑的大国神话,曾经被视为瘟疫毒蝎般罪恶的西方资本主义文明如洪水猛兽般在俄罗斯泛滥。一时间,媒体、报刊、网络平台到处传播着西方精神文明的"累累硕果",商场集市、街头巷尾、城市乡村随处可见西方物质文明的"辉煌成就"。面对这些陌生而诱人的事物,人们的观念发生了潜移默化的改变,从惊恐到怀疑,从不安到好奇,从将信将疑到顶礼膜拜,一股崇尚西方文明的风尚在俄罗斯广袤的大地上如风暴般滚滚袭来。

《小底层》的戏剧人物生活在社会边缘,被残酷的生活冷落与抛弃,但他们仍然渴望得到社会和他人的关注,企图寻求自我身份的认同,为

此，导演萨金组织众人排演高尔基的话剧《底层》。但极具讽刺意味的是，被邀请前来破旧不堪的简易居民楼观看话剧的竟然是一群外国人。在"尊贵的客人"来临之前，众人慌乱忙碌，导演萨金激动不安，甚至语无伦次：

> 萨金跑进来。
> 萨金：（走来走去）噢！噢！喂！（从演员手中抢过酒杯，把伏特加倒入自己的杯中）哎呀！所有的人都在这里吗？把大家都叫过来！他们已经来了！已经往这里走了！二十来个人。五个法国人。两个德国人和一个，叫什么来着？啊？
> 白痴：英国人？
> 萨金：不是！就是他们那里有会跳的动物！（边跳边比划）
> 布伯诺夫：袋鼠？
> 萨金：没错！澳大利亚人。天哪！来了。所有的人都准备好了吗？（从鲁卡的手中夺过酒杯，喝酒）让我们吃点什么吧！能给我来点下酒菜吗？！

对导演萨金和众人来说，能够请到外国观众来看戏是莫大的荣幸，如果能够得到他们的赞许，就更是至高无上的幸福。筒子楼的居民对瑞典"绝对"牌伏特加的狂热尤其体现了这种对西方趋之若鹜的极端崇拜。对他们来说，这种伏特加简直就是使人飘飘欲仙的琼浆玉液，这种仙酒"是瑞典人使用清晨在斯德哥尔摩城外的森林中采摘的芳香美丽的鲜花作为原料精心酿制而成的"。看见瓦西里萨拿来这么高级的酒给他们喝，演员放弃了治疗酒精中毒的想法，甚至想让酒精在他的身体里取得彻底的胜利。鲁卡不无遗憾地感慨，当初俄国人真不该在波尔塔瓦城下打败瑞典人。克列士奇给自己的替班米奇卡留了一些酒，他被坐骨神经痛折磨了7年，已经病入膏肓，梦想着能在临死前喝上一口"绝对"牌伏特加。"边缘人"对洋酒的痴迷从一个侧面折射出当下俄罗斯普遍存在着对西方价值体系盲目崇拜的心理和对本民族历史文化的虚无主义态度。

"底层"是生活的暗流，种种社会悲剧与弊端在这个逆光的棱镜中得以反射与凸显。当代俄罗斯剧作中的"边缘世界"是高尔基"底层"社会在当今世界的投影，《底层》中揭示的发人深省的社会问题，如底

层生活的残酷混沌,底层群体的麻木消沉,在"边缘世界"中仍然存在。但在新世纪之交的社会历史条件下,这些消极的社会现象获得了别样的表现形式,呈现出复杂多样、变动不居的态势。当代俄罗斯剧作家对社会负面问题极为敏感,"边缘世界"作为非常态的社会生活缩影越来越受到关注,而作为这个"悲惨世界"主要居民的"边缘人"自然成为许多剧作的中心人物。

二、"边缘人"——被放逐的局外人

具有深厚人道主义传统的俄罗斯文学从来没有忽视对被压迫、被奴役、被侮辱、被损害的底层人民命运的关注。底层的小人物背负着苦难命运的十字架踯躅前行,从拉吉舍夫、屠格涅夫、托尔斯泰等作家小说中的农奴,到陀思妥耶夫斯基笔下的下层市民,再到契诃夫短篇小说中的小人物,这一系列底层民众的形象构成了不同历史时期与社会文化背景下俄罗斯民族苦难者的肖像画。有过流浪汉经历的高尔基在早期的小说创作中塑造了一系列的流浪汉形象,而在《底层》这个剧本中,"作者着重通过底层人物非人生活的描写,暴露资本主义制度的罪恶,揭露俄国工农业危机加深时把大量的人抛进生活底层的残酷现实"①。时隔百年的又一个世纪之交,施普里茨在仿拟《底层》的剧作《小底层》中同样塑造了今天俄罗斯社会的"边缘人"形象。

德国心理学家库尔特·勒温(1890—1947)首先提出"边缘人"这一概念:"'边缘人'是对两个社会群体的参与都不完全,处于群体之间的人。"② 美国社会学家、芝加哥学派的主要代表人罗伯特·帕克(1864—1944)在一篇题为《人类的迁徙和边缘人》的文章中对"边缘人"这一概念做出了如下解释:"'边缘人'是一种新的人格类型,是文化的混血儿。"边缘人"亲密地生活在两种不同的人群之中,并亲密地分享他们的文化生活和传统。他们不愿意和过去以及传统决裂,但由于种族的偏见,又不被他们所不融的新社会完全接受。他们站在两种文化、两种社会的边缘,这两种文化从未完全互相渗透或紧密交融。"③ 在美

---

① 马家骏等:《高尔基创作研究》,西安,陕西人民出版社,1989年,第90页。
② [德]库尔特·勒温:《拓扑心理学原理》,北京,商务印书馆,2003年,第181页。
③ Rebort E. Park, "Human Migration and Marginal Man", *The American Journal of Sociology*, 1928, No. 6, p. 33.

国，随着理论界对"边缘人"概念内涵的深入讨论，这一概念的外延不断扩大，甚至泛化，"成为一种泛指在种族、肤色、文化、性取向、习性、心理等诸方面异于美国社会核心人群的各类人群"①。

受20世纪90年代初俄罗斯政治、经济、文化等领域一系列变革的影响，俄罗斯文学"边缘人"这一概念获得了全新的内涵，指在社会巨变后失去了从前的社会联系、地位与身份，却又不能与时俱进，适应新的社会环境与生活条件，而被排挤到社会核心群体之外的个体。这些"边缘人"在沦落到社会底层之前拥有不同的社会地位、家庭环境、职业，在教育程度、文化素养等方面差异也很大。他们中不仅有居无定所的流浪汉、整日狂饮的醉鬼、浓妆艳抹的"夜蝶"，而且有贫穷的退休老人、落魄的知识分子、游走异乡的打工者等等。这是一个处于社会主流价值观边缘与生存边缘的形形色色的群体，是俄罗斯特定社会历史发展时期的产物。受到社会排挤、压抑的边缘人陷入不可理喻的荒谬境遇，在精神、理性、人格等方面都与主流群体迥然相异。

1. 境遇的荒诞

萨特认为，"世界是荒诞无稽、冷漠无情、没有理性的"②，展示生存境遇是戏剧创作的主要任务之一。从某种程度上说，高尔基的《底层》有着某些同萨特的境遇剧相似的特点，一群被社会抛入生活底层的流浪汉陷入极度的生存困境中，面临着怎样活下去的选择。剧中人物的生存环境黑暗肮脏，散发着腐朽之气："一个像洞穴似的地下室。笨重的、石头砌成拱形的棚顶被烟熏的漆黑，有的地方泥灰已经掉了……"③在这样恶劣的生存场中底层人感到命运未卜、生活黯淡。小偷贝贝尔的话道出了所有人近乎绝望的苦闷情绪："这是狼过的生活———一点都不快活……好像掉进烂泥坑里……不管抓什么，什么都是烂的，什么都抓不住。"④虽然高尔基主人公的境遇同萨特的极限境遇有些差别，但实际上，他的剧中人同样需要通过行动做出自由的选择，而这也是决定他们是活下去还是走向灭亡的选择。他们中每个人都在无边的黑暗中思索着应该如何行动，选择怎样的生活。贝贝尔对娜塔莎说："这样活下去不

---

① 张黎呐：《美国边缘人理论流变》，《天中学刊》，2010年第4期，第66页。
② 钱奇佳：《萨特的"境遇观"和"境遇剧"》，《国外文学》，1996年第3期，第112页。
③ ［苏］高尔基：《底层》，芳信译，北京，中国戏剧出版社，1960年，第20页。
④ 同上，第75页。

行！要好好儿活！要活得我自个能够看中我自个儿。"① 为了从这牢笼中挣脱出去，锁匠拼命地工作；安娜带着对没有痛苦的天堂的憧憬离开了人世；戏子没有实现医治好酒毒的梦想，主动走向死亡。虽然底层人的选择不尽相同，有的选择中蕴含着积极抗争的精神，有的选择渗透着消极厌世的情绪，但他们都不甘心在生活的泥沼中愈陷愈深，在荒谬的生存境遇中主动做出自己的选择。

施普里茨的人物同高尔基的底层人物一样，在社会转型期的资源重新分配中被排挤到社会边缘地带。"在这样的生存环境中，社会底层既不拥有影响自己命运的政治、经济资源，更没有促进自我发展的社会资源，甚至连基本生存需要都难以维持。"② 当代边缘人重蹈底层前辈的覆辙，陷入窘迫的生存环境，只不过他们生活的场所从半地下的小旅馆转移到了年久失修、破旧不堪的筒子楼里。这里的租房客都曾经是有身份、社会地位、固定职业的人：白痴是不能适应新环境的落魄的知识分子，曾经获得工科副博士学位；克列士奇出身工人世家，曾是一名钳工；鞑靼人以前是做买卖的小商贩。他们当中地位尤其显赫的是导演萨金和演员，他们都是"光荣的创作型知识分子的代表"。昔日辉煌的事业与生活同当下噩梦般的处境相去甚远，这个被社会边际化的群体承受着生存的困境和主体化挫败。边缘人同他们的原型——底层人一样面临着艰难的选择：在非人的边缘地带苟且偷生，或是建造常人的生存空间。然而被放逐的边缘人却没有被压抑的底层人做出选择的勇气和同命运抗争的精神，他们在喝酒、下棋、拌嘴、胡闹中浑浑噩噩地消磨着时光。这个游走于社会边缘的群体失去了摆脱荒诞的生存境遇、构建理性生存空间的勇气，他们以荒谬无聊、漫无目的的行动取代了理性的自由选择。

2. 精神的焦虑

"由于人的本质和个性在现代社会遭到扭曲，造成了人的孤独、苦闷、恐惧等，使人感到自己不再是人，而成了一个对自己对社会的异己者。"③ 社会夹缝中苦苦挣扎的边缘人对自我身份、自我归属与存在的意义充满

---

① ［苏］高尔基：《底层》，芳信译，北京，中国戏剧出版社，1960年，第74页。
② 吴海清、张建珍：《当代社会边缘群体的喜剧化再现及其同等级意识形态关系分析》，《理论与创作》，2010年第4期，第98页。
③ 曹卫军：《西方现代派文学中人的异化》，《天水师范学院学报》，2001年第3期，第53页。

困惑与疑虑。孤独、怀疑、压抑、恐慌等种种烦扰的情绪引起他们内心的焦虑体验，反映了"现代人的精神世界所面临的困惑和无助"①。

高尔基《底层》中的人物被暗淡无光的生活压抑得透不过气来，他们在黑暗、脏乱的小客栈里熬煎，不知道什么时候能从这里走出，过上真正的生活。施普里茨的人物似乎没有像他们的原型一样陷入对生活出路的沉重思索，他们昏天黑地地喝酒，若无其事地下棋，没完没了地拌嘴，说些不着边际的疯话，似乎他们对自己的生存境遇或全然不知，或毫不在意。然而，疯癫痴狂的表象无法掩饰边缘人焦灼的内心体验。同高尔基的主人公一样，他们也对生命的价值与存在的意义心怀困惑：

> 布伯诺夫：这个生命没有任何意义，我们有成千上万，可只有我自己存活下来。我很走运，是吧，白痴？
> 白痴：你们是指谁？
> 布伯诺夫：精子。
> 鲁卡：可是如此存活下来的你又对谁有用呢？
> 布伯诺夫：对谁也没有用。甚至是自己。但是这就是"我的存在没有任何意义"的意思所在。

施普里茨的沦落人深感生命的荒谬与人自我选择的无力，这种对存在的感受无疑是对萨特提出的"唯有人才是自由的，而所有其他存在物则都是被预先决定好了的"② 这一存在主义理念的反驳。他们犹如"一粒种子撒在土中，它生长的结果就已经由种子本身以及土壤和气候的条件所预定；种子的生长也只能按照自然的规律而机械地运行"③。这就意味着，他们的存在不仅是被预先决定的，而且已经失去了选择的自由。

表面上施普里茨的边缘人玩世不恭，嬉笑怒骂，但是在这个满不在乎的假面之下掩藏的是深深的精神的焦虑，是丧失自我后的悲哀与痛苦。

---

① 吴玉军：《现代社会与自我认同焦虑》，《天津社会科学》，2005 年第 6 期，第 38 页。
② [法] 安德烈·莫洛亚：《论让—保尔·萨特》，见柳鸣九编：《萨特研究》，北京，中国社会科学出版社，1981 年，第 312 页。
③ 张方：《萨特的存在主义及文学观——重读萨特》，《文艺争鸣》，2007 年第 7 期，第 45 页。

他们不愿思索如何摆脱现状，怎样活得像个人，他们得过且过，苟且偷生，用酒精麻痹自己原本脆弱敏感的神经。然而，他们却深刻地体会到生命的偶然与存在的荒诞。在焦虑、孤独、惶恐的情绪中边缘人陷入了严重的理性危机，其本质和个性也在荒谬的存在中遭到扭曲。

3. 理性的蜕变

随着现代社会市场经济的发展，价值评价体系中的商品化倾向愈来愈显著，人们评价事物的标准已经由原来的"是否有真正的价值"转变为"是否可以等价交换，获得利益"。"人与人之间的关系蜕变为一种相互间有利可图的交易关系。人已不再把自己当作活生生的人，而只作为一种商品，失去了自己的本质。"①

《底层》中的娜斯佳每日沉迷于小说中的爱情故事，沉湎于对真正纯粹美好的感情的无限向往中，于是虚构出自己同一个法国大学生的难舍难分的爱情经历，她沉浸在自己虚构的爱情中难以自拔。小说使她相信，荒谬世界里尚有真情存在，使她始终心怀希望地在泥沼般的现实生活中编制彩虹般的爱情梦想。妓女卑微的身份同小说中童话般的唯美的爱情故事形成的极大反差固然使人感到荒谬可笑，但高尔基笔下人物毕竟相信真情，心存希望。《小底层》中的娜斯佳却不知情为何物，她不再阅读描写纯真爱情的小说，而是每日忙于阅读征婚启事。为了寻求合适的配偶，她把自己的个人信息刊登在报纸上的征婚启事上："年轻，知性，身材好，相貌佳，大学毕业，身高160，胸围80，腰围56……有意寻找同样有知识，没有不良嗜好的男性……"在这则启事的前半部分娜斯佳刻意粉饰自己，后面关于自然条件的信息则暴露出其街女的身份。《底层》中的娜斯佳"老是往自己的脸上抹粉……所以她也想给自己的灵魂抹粉……给自己的灵魂擦胭脂"②，但施普里茨的这个角色却只会用脂粉和衣服来包装自己的外表，她已经不必粉饰自己的灵魂了，因为心灵对于她和这个群体中的其他人已了无价值。她对白痴的一往情深不屑一顾，常常浓妆艳抹，穿着花哨地去约会。《小底层》中的娜斯佳是被剧变的生活卷入社会底层的风尘女子的典型代表。为了生计，她们可以把自己当成商品来做交易，同异性的交往蜕变为一种物的等价交换。她

---

① 解保军，李锐：《弗洛姆对人类生存问题的解答——弗洛姆"爱的艺术"述评》，《理论探讨》，2005年第2期，第48页。

② [苏]高尔基：《底层》，芳信译，北京，中国戏剧出版社，1960年，第43页。

们不再相信爱情，甚至对其嗤之以鼻，在她们眼中"爱情"脱去了美丽的外衣，沉降为一种没有价值、只有价格的物品，降低为一种只是用来交换的商品，某种满足生存和生理需求的工具。

物欲的膨胀是引发现代人"异化"的主要原因，人在对物质的追求中抛弃了理性，丢弃了人格，丧失了自我。《底层》的锁匠和帽匠渴望重新获得劳动的权利，以劳动为手段创造财富，改变穷困潦倒的生活。话剧第一幕开场时，锁匠克列士奇整日坐在矮墩子上，对着小铁砧给旧锁配钥匙，帽匠布伯诺夫"坐在板床上，两腿夹着一个帽楦，计算着怎样才能把从一条旧椅子上拆下来的布片剪成帽子"。对他们来说劳动是摆脱贫困、走出底层这个黑暗牢笼的唯一途径。《小底层》的租房客同样生存艰难，物质匮乏，他们表现出对物质的无限向往和对金钱的极端崇拜，但他们获得物质和金钱的途径不再是劳动，而是不劳而获的投机取巧。剧中的克列士奇出身工人世家，曾经做过钳工，他得了"寻宝症"，整日拎着大锤和铁撬东凿凿西敲敲，像老鼠打洞一样在房子四处寻找男爵留下的宝藏。找到宝藏之后，众人欣喜若狂，贪婪地瓜分财物，盘算着用这笔钱做什么。施普里茨借助荒诞的情节和人物荒谬的行为表现了当今世界横行的物欲对人的精神与理性的摧残。即使在物质极度匮乏的边缘地带，金钱与物质也没有停止对人的理性施暴，人在对物无止境的追逐中陷入理性颓丧的危机。

4. 价值的丧失

精神的焦虑与理性的丧失使边缘人对存在的意义产生疑虑，在对"人活着的意义"的诘问中陷入严重的自我价值危机之中。高尔基的底层人物在非人生存境遇中也曾苦苦地追问："人活着有什么意思呢？"① 但鲁卡的那一句"人是为了美好的将来活着"② 激发了人们活下去的勇气和对未来美好生活的憧憬。萨金承认，虽然鲁卡爱说话，但他是个聪明人，他使自己起了变化，就像酸使古钱起了变化一样。在鲁卡"这块老发面"的作用下，萨金的思想"发起酵来"，他对人的价值有了一个全新的认识："所有的人，毫无例外，都是为了美好的将来活着！所以一定要尊重每一个人……也许他的出世就是为了我们的幸福……为了我

---

① ［苏］高尔基：《底层》，芳信译，北京，中国戏剧出版社，1960年，第58页。
② 同上，第96页。

们更大的利益……"① 萨金对人的价值、尊严、自由和信仰的诠释无疑体现了高尔基在现实主义文学中所倡导的传统价值观。

高尔基的人物虽沦落底层，但内心却渴望重新获得做人的尊严。戏子一直没有名字，人们只是叫他戏子，在连狗都有名字的社会里没有名字是一件令人感到耻辱的事情，没有名字就意味着失去了生存的意义和做人的尊严。底层人虽然利益受损，名誉被凌辱，人格受践踏，但他们没有丧失人的情感、尊严与品格。高尔基借萨金之口，说出了他对一个真正有价值的人的诠释："人就是真理，什么是人？……这里面有一切开始和一切终结……人！这个字多么灿烂光辉啊！这个字听起来多么令人自豪啊！人！一定得尊重人！"② 这一关于人的精辟论断在作家于1904年创作的散文诗《人》中得到了进一步的升华："总有一天，我的感情世界将同我永生的思想在我胸中汇合成一团巨大的创造性的火焰。我将用这火焰把灵魂里一切黑暗、残暴与凶恶的东西烧光。"③ 这番话体现了高尔基关于"大写的人"的核心思想，是高尔基在《底层》中塑造的被践踏和受欺辱的人的未来形象。他们是有情感、有思想、乐于创造的理性的人，是不甘沉沦、渴望实现自己人生价值的劳动者。

通常，社会转型时期传统价值观会受到极大的冲击，传统意义上人的价值遭到否定与曲解，这种状况"导致了人们自我的被异化甚至自我的丧失这种认同上的焦虑"④。《小底层》的剧中人在不幸的遭际中失去了自我，在理性的迷失中丧失了价值。在他们看来，生活没意义，人的存在也是没有价值的，人的存在只是一种形式上的存在，只是一个躯壳，仅此而已。在讨论人存在的意义时，白痴说："这是一个形式上的解释，但它是唯一正确的。的确没有意义（指人的存在），但有形式。只有它是现实的！我是以白痴的形式存在，您是以鞑靼人的形式存在……"边缘人对人的理解凸显了非理性的外在形式，而理性的能力，即人的心理、意志、情感、价值等内在的统一性遭到排斥与否定。这种对人价值与意义的否定无疑是对现代早期哲学中理性至尊地位的质疑。

---

① [苏] 高尔基：《底层》，芳信译，北京，中国戏剧出版社，1960年，第97页。
② 同上，第102页。
③ 王尔顺、余致力选编：《20世纪世界文学精品·散文卷》，南昌，百花洲文艺出版社，1997年，第147页。
④ 贾英健：《认同的哲学意蕴与价值认同的本质》，《山东师范大学学报》，2006年第1期，第10页。

由于个性和本质在非理性的社会中的扭曲，自我认同感的消解，边缘人感到自己不再是人，变成了没有理智的怪物，感到自己的存在没有任何意义和价值可言，甚至不如自然界的动物：

> 布伯诺夫：牲畜，它们毕竟是野兽，比我们要干净得多。将来一定要做一头牲畜。
> 克列士奇：那么你想做什么样的动物呢？
> 布伯诺夫：我想成为一头鲸。一头蓝色的鲸，蓝鲸。
> 克列士奇：这我们知道——蓝鲸……
> 布伯诺夫：它就像是一艘活生生的潜水艇从大海中浮出水面，溅起许多浪花！螺旋桨转动起来，又潜入水中。之后就只见地平线上的水柱。
> 克列士奇：水底下很乏味。到处是混乱。
> 布伯诺夫：不对，兄弟。这里才乏味无聊，这里才是混乱不堪。而那里是生活……

现实的底层是一个困境重重、令人窒息的混乱空间，边缘人在这里举步维艰，不堪重负，而海水下面却是一个无比自由、无限广阔的场域，这里常有令人向往的自由、平静与壮观。同高尔基的底层人相比，施普里茨的边缘人不仅失去了人的价值感和意义感，而且彻底失去了做一个人的愿望。他们不再梦想做一个有价值、有尊严的人，而是对动物的存在方式无限向往，这一可悲的愿望体现了当今缺乏理性与价值的社会对人的价值体系的破坏与消解。

高尔基的人物虽然深陷生活的底层，外表丢失了体面的形象，但没有失去一个真正的人应有的精神品质、人格力量和抗争意识。施普里茨以高尔基的流浪汉为原型塑造的当代俄罗斯边缘人，有着与其原型相似的生存境遇，他们陷入严重的精神危机，幻灭感、孤独感、异化感戕害着他们的本性，精神的焦虑导致其自我身份的失落、理性的丧失与人性的扭曲。陷入绝望的边缘人不再心怀梦想，不再奋力抗争，他们以沉沦消解生存的荒诞，用漠然对抗社会的不公。

高尔基在《底层》中以现实主义的笔触真实地书写了19—20世纪之交沦落生活底层的流浪汉的悲苦人生。后苏联剧作家通过对高尔基《底

层》的追忆、复述与重写将原剧承载的历史与文化的记忆移植到当代戏剧中，这"移花接木"般的互文创作手法使剧作蓝本与戏仿文本奇妙地交织在一起，进行着一场既怀旧又更新、既趋同又对立的跨越时空的对话。后苏联时期的剧作家仿佛历史地再现了高尔基描写的那个时代的社会悲剧与人生苦难，但两种社会现实与人生际遇却又若即若离、貌合神离。高尔基剧作中被残酷的生活抛入底层的流浪汉在泥沼般的现实中并没有失去人的尊严和寻求出路的梦想，而被当代社会现实无情放逐的边缘人深感命运的不公却不愿抗争，不满现实的荒谬却无力改变。物质的匮乏与生活的困顿消磨了边缘人的意志，毁灭了他们的理性，使其成为游走徘徊在物质荒原上的精神流浪者。

第十一章　万比洛夫戏剧现象于当代戏剧中的传承

亚历山大·万比洛夫曾与拉斯普京、苏沃罗夫等作家一道被称为伊尔库茨克的"铜墙铁壁"。不甘落后、积极入世的生活激情一直贯穿万比洛夫的整个文学创作，从而使剧作家对社会道德问题的探索深刻而执着。20世纪70年代万比洛夫的戏剧不仅闻名国内，而且享誉海外，其影响之大可谓苏联20世纪70年代戏剧之魁首。苏联的许多话剧团竞相上演其剧作，将其剧本拍成电视剧、电影。青年剧作家研究、模仿万比洛夫的创作手法与艺术风格，形成"万比洛夫流派"。70年代开始，大量研究万比洛夫的学术论文及回忆录相继出版，围绕万比洛夫的戏剧创作形成热议，许多评论家的著作全面而又详尽地研究了万比洛夫戏剧的主题、冲突、形象及其整个艺术世界。被誉为"俄罗斯文学的希望"（拉斯普京语）、"民族的骄傲"（西姆科夫语）的万比洛夫的创作却突然因剧作家的英年早逝，匆忙间画上了句号。我们不能对其本应持续的创作妄加推断，但仅从万比洛夫已取得的戏剧成就来看，这颗璀璨夺目的"剧"星的陨落实在是俄罗斯乃至世界戏剧界的巨大损失。

万比洛夫笔下散发着乡土的浓郁芬芳、爱情的浪漫诗意、道德的起落无常、人生的沧海桑田。剧作家早年的短篇小说、随笔、特写、小品文等无不落笔成趣，含蓄中闪烁着幽默。万比洛夫于1962年开始发表剧作，主要剧作有四个多幕剧：《六月的离别》（1965）、《长子》（1967）、《打野鸭》（1967）和《去年夏天在丘里姆斯克》（1972，以下简称《夏天》）；三个独幕剧：《窗户朝向田野的房子》（1964）、《与天使在一起的二十分钟》（1962）和《密特朗巴什故事》（1970）。苏联20世纪60年代的戏剧作品主要围绕着社会现实问题展开，探讨公民的道德、义务、良心、精神面貌等问题。万比洛夫不满足于仅揭露社会道德问题，剧作

家试图从新的戏剧视角揭示生活中的矛盾，丰富并拓宽了戏剧的美学体系。万比洛夫剧本的内容与形式不仅横向发展，而且纵向延伸，构成了耐人寻味的"万比洛夫戏剧现象"。尽管万比洛夫力求在戏剧美学方面独树一帜，但他仍秉承前人的创作经验，将其与当代戏剧敏感问题有机结合起来，赋予当代戏剧深刻的传统性与现实性。

第一节　万比洛夫戏剧现象

阅读万比洛夫的剧本有如啜饮一杯陈年佳酿，醇香绵甜，略带哀愁的戏剧清香如缕缕晨蔼驻足风中，久久萦绕于心中不肯散去。作品中对善良与正义的渴望，对人性回归的呐喊，对人物爱恨由缘的撒手随意，均自然倾泻于笔端，回荡着作者的千般柔肠、万般无奈，因此读者产生与剧作家维·罗佐夫（1913—2004）一样的感觉便不足为奇——"万比洛夫不失为一位风格独特的剧作家，其剧本充满了人性的忧伤与善意的幽默。"

万比洛夫剧本多以刻画外省人的日常生活见长，善于通过一个家庭的生活片断，以小见大地反映社会或时代生活，探索人的道德面貌。家园主题是万比洛夫剧作的中心主题之一，剧作家有时更崇尚的是毫无血缘关系的兄弟般情谊，这一主题在其多幕抒情喜剧《长子》中表达得最为透彻。大学生布西金与偶然相识的年轻人西里瓦因赶不上回城的电车，想找个过夜的地方，意外"闯入"陌生人萨拉凡诺夫家，并冒充其长子，骗得萨拉凡诺夫的信任。一夜之间布西金了解了这一家人的酸甜苦辣的生活，他不忍心继续隐瞒实情，决定借口逃走，但终因舍不得离开这一将他视为亲人、向他求助的家庭而最终留下。尤其是生活不很如意、心地却异常善良、孤独的老萨拉凡诺夫使布西金感动不已：在艰难的生活压力下，他没有失去对他人的信任，依然相信生活的美好，甚至为了不使儿女担心，隐瞒自己参加葬礼吹奏乐队的实情。萨拉凡诺夫认为"每个人生来都是创造者，每个人都应在自己的事业上发挥最大的能力进行创作，使其本身最优秀之处在他死后能永垂千古"[①]。萨拉凡诺夫参加过战争，但坎坷的经历没有抹杀老人对生活的信仰，没有遮蔽老人对

---

① Вампилов А. В. Утинная охота. -М.：Детская ЛитературА.，2003. С. 112.

"人"这一崇高字眼的深刻认识。剧本似乎强调,基于这一稳实根基的家庭永远不会破裂、坍塌。或许,正是被这看似沮丧、失落、孤独实际上却坚定、隐忍的老人所感动,布西金最后决定留下来,真的做了他家的长子。正如评论家巴拉维科夫所说,"真正的艺术家是没有突发奇想的"①。万比洛夫戏剧中的年轻人经常与生活阅历丰富的老年人进行对话,他们之间或发生冲突,或彼此依恋,其结果是年轻人的内心发生了神奇的变化,他们重新审视自己的行为,确定自己的生活方向,其精神也在这一变化过程中得以升华。

万比洛夫剧本中的年轻人常常经历离开某地后又重新返回的过程,这看似简单的一去一回勾勒出主人公面对人生之路抉择时的犹豫徘徊与幡然醒悟的心路历程。《六月的离别》中的大学生科列索夫爱上了校长的女儿塔尼娅,校长认为以科列索夫的身份和地位配不上自己的女儿,决定与科列索夫做一笔交易:如果科列索夫放弃塔尼娅,他不仅可以大学毕业(科列索夫因打架被学校开除),还可以获得直接深造研究生的机会,如果继续追求塔尼娅,结果是非但不能读研究生,甚至连本科毕业证也拿不到手。科列索夫最终撕毁毕业证,认为纯真的爱情更重要。科列索夫的这一举动看似冲动鲁莽缺乏思考,却分明表达了剧作家的理想,绝不能姑息校长这类专搞权钱交易的阴谋得逞,在维护正义的过程中,每个人都必须付出昂贵的代价。

《夏天》是剧作家最后一部多幕杰作,通过讲述一座小镇茶馆里发生的日常生活故事,揭示人的道德面貌。18岁的茶馆服务员瓦连金娜总是不断修理茶馆前被人踩坏的栅栏。她爱上了暂住小镇的年轻人沙曼诺夫。沙曼诺夫此前是法院的侦查员,因审案时主持正义被替换,他一气之下辞职来到小镇,消极地躲避社会责任,甚至"想退休"。两天后他此前审理的案件将要开庭,邀请他去做证人,被他拒绝了,他决定偃旗息鼓,不再相信什么正义和斗争。他不知道瓦连金娜对自己的感情,而与住在附近的药房服务员卡什金娜关系暧昧。另一位茶馆服务员霍罗希赫与丈夫十分恩爱,但她与别人的私生子帕什卡却经常是他们家庭纠纷的导火索。帕什卡喜欢瓦连金娜并邀请她去跳舞,遭到瓦连金娜的拒绝。当沙曼诺夫与瓦连金娜聊天时无意中得知她对自己的感情时,感觉瓦连

---

① Боровиков С. Естественность и театральность//Наш современник. 1978. № 3. С. 173.

金娜对他无异于"乌云后的一线光明"。瓦连金娜在阴差阳错没有收到沙曼诺夫约会通知的情况下,处于怜悯之心同帕什卡去跳舞,遭到后者的侮辱。瓦连金娜的父亲决定让她嫁给会计梅切特金——一个令人生厌的官僚。剧终时,沙曼诺夫决定回城里参加开庭审判。主人公沙曼诺夫经历了从迷惘到醒悟的心路历程,在经历了整个夏天的情感风波之后,他决定回城出庭作证。沙曼诺夫的这一精神复苏过程与茶馆服务员瓦莲金娜密不可分。茶馆这一方寸之地一成不变的日常生活并没有使瓦莲金娜流于庸俗,她心存美好情怀,善于发现他人的高尚,她每天不厌其烦地修理由于人们贪求近路而踏坏的通往茶馆的栅栏,从不抱怨。显然,瓦莲金娜修整的不单纯是栅栏,而是人们道德上的缺陷,她仿佛在帮助人们清理通往真善美之路上的障碍。但万比洛夫并没有企图以瓦莲金娜理想化的形象来消解复杂的现实生活,并非片面地展示瓦莲金娜充满诗情画意的内心世界。在瓦莲金娜每一次修复栅栏的沉默执着中,万比洛夫发现的不仅是其内心的和谐高尚,也有封闭自我、与现实隔绝的悲哀。

万比洛夫的主人公来自人们习以为常、平淡无味的日常生活,这些人物乍看之下善恶不甚分明,细细品味,含蓄的背后耐人咀嚼,发人深省。剧作家的人物一般分为两种类型——温柔善良的人与机械无意识生活的人。前者一般具有圣愚式的怪人性格,如《六月的离别》中未出场的清正廉明的法官,《长子》中可笑又可怜的父亲萨拉凡诺夫,《打野鸭》中被拔高的库扎科夫,《与天使在一起的二十分钟》中的霍姆托夫,《夏天》中的瓦莲金娜,等等。这些人物的对立面是彻头彻尾的实用主义者,如《六月的离别》中的校长与投机者佐洛图耶夫,《长子》中的西里瓦和飞行员古金莫夫,《打野鸭》中的工程师萨亚宾和冷漠的服务生吉玛,《密特朗巴什故事》中的卡洛什,《与天使在一起的二十分钟》中宾馆的所有住户,《夏天》中的帕什卡、梅切特金。所有这些性格南辕北辙之人,不仅围绕在主人公周围,而且偶尔这些截然对立的性格会附身于主人公,成为主人公多重性格中的一种。主人公经常处于这两种对立性格的交界地带,于其中左右摇摆,有时会成为双面性格的杂糅之人。因此,剧作家的剧作中有时看似圣洁之人也有道德失范的一面,《长子》中的老父亲萨拉凡诺夫,善良、厚道,却抛弃了妻子;《与天使在一起的二十分钟》中的"天使"霍姆托夫抛弃了母亲。剧作家的笔下没有完人,甚至最理想的人物也并非一尘不染、超凡脱俗,每个人的性格

中都潜伏着矛盾悖论的一面。

《打野鸭》中的齐洛夫则是机械无意识的生活之人的代表。齐洛夫尽管年轻有能力，却像莱蒙托夫笔下的彼巧林一样，消极低沉、性格怪诞。齐洛夫背叛了妻子，想努力做到良心发现，却又不停地欺骗其他姑娘；他抱怨生活的无聊，却不想在付诸自己过剩的精力上找到突破口，早就想去打野鸭，却迟迟没有付诸具体行动；对工作了无兴趣，敷衍搪塞、得过且过；对生活浑浑噩噩，醉生梦死，却不时揭露他人的道德丑陋。齐洛夫无疑是苏联时代的"当代英雄"，是信仰迷失的一代人的典型代表，被评论界称为"多余人"实不为过。齐洛夫形象曾一度遭到评论界的指责，认为消极的成分过多，对年轻人不利，剧作家反驳道："谴责剧本的都是上了年纪的人，他们不理解也不了解年轻人。而我们就是这样的人！这就是我，明白吗？国外作家写'垮掉了的一代'。难道我们没有失去什么吗？"① 齐洛夫曾这样说过："其实我还可以做点什么。但我不想做。没有愿望。"② 这是一个曾满怀希望但如今却信念破灭的年轻人的肺腑之言，也是一度相信生活的浪漫的年轻人于人生低谷时的真实心态。在刻画了"当代英雄"之后，剧作家或许认为年轻人真的就不该颓废沮丧，而是应该满怀积极入世的情怀，因此在后来的剧本《夏天》中，主人公沙曼诺夫的自我选择与幡然醒悟的过程尽管迟疑缓慢却毅然决然。剧本开场时，侦查员沙曼诺夫的形象与《打野鸭》中的齐洛夫相差无几，年纪轻轻，思想却老气横秋，甚至想早点儿退休，颐养天年，但瓦连金娜的出现及其不断修理被踩坏的栅栏的行为似乎唤醒了沙曼诺夫开始新生活的希望，沙曼诺夫自信的步子迈得比齐洛夫要坚定稳重。

与生俱来的温柔善良注定万比洛夫热爱自己的人物，同情怜悯他们，不忍心看着他们沦为悲剧人物。在创作《夏天》初稿时，剧作家本来决定让瓦连金娜忍辱自杀，但经修改之后，为不再需要瓦连金娜自杀这一情节而欢呼雀跃；《打野鸭》中的齐洛夫本来决定开枪自杀，但最后还是放弃了自杀的念头，与朋友商量出门打野鸭；即使是道德世界较为晦涩的帕什卡，剧作家仍赋予他些许崇高的素质：他真心喜欢瓦连金娜，也希望瓦连金娜能喜欢自己。在剧作家的情感及道德世界中，或许只要

---

① Тендитник Н. Мастера. Иркутск, 1981. С. 178.
② Вампилов А. Утиная охота. -М. : Детская литература. 2003. С. 226.

心存点滴高尚情怀，人就不至于永远沉沦堕落。万比洛夫笔下的人物通常出现在戏剧性的生活转折时期，人物都面临着是否与自己现有的精神状态做最后告别的艰难抉择。这一境地要求每一个人必须迈出坚定的一步，是幡然醒悟还是继续蛰伏休眠，是投身于为正义而呐喊的行列还是继续冷眼旁观，是承认自己的生活方式为碌碌无为，决心彻底与过去决裂并开始新生活，还是继续认为一切就该如此，凭借惯性维持原状。万比洛夫为人物提供了环顾周围与审视自我的机会，而且无情地敦促人物对这一切进行回顾、分析、思考，得出合理结论，迈出正确的一步。剧作家笔下的信仰迷失、性格摇摆的人物无疑彰显出社会的道德危机与价值观念的式微。

万比洛夫的剧本结构多呈现首尾呼应的环形结构。《六月的离别》始于车站旁的电影海报前，大学生科列索夫在这里与塔尼娅第一次见面，剧本结尾时，依然是那个车站，同样在那个海报前，二人再次见面，完成了整个剧本故事的环形对接。尽管事过境迁，生活发生了难以逆转的诸多变化，但似乎一切依如从前，好像不曾发生过什么，仿佛谁也没有伤害过谁。《打野鸭》开始时，齐洛夫收到朋友戏弄他送给他的悼念花圈，他回忆起自己不算漫长的人生，串联起零碎的生活经历，最后当回忆结束回到现实生活中时，齐洛夫看着身边的花圈，思想仿佛发生了变化，尽管他可能一度产生轻生的念头，但最终放弃了这一愚蠢的想法，决定与朋友一起去打野鸭，剧本完成了首尾衔接的叙事结构。《夏天》开始时，瓦莲金娜在修理栅栏，故事结束时，还是同样的人相聚于茶馆，瓦莲金娜仍在修理栅栏。新的一天对他们来说仍旧是普通的一天，但谁也不会对前天夜里发生的事情无动于衷，因此当瓦莲金娜来到茶馆时，大家都注视着她却无言以对。在暗涛汹涌的寂静声中，瓦莲金娜穿过院子又开始修理被踩倒的栅栏——生活还在继续。环形结构的剧本显然有纵横一体的感觉，故事前后完整，首尾相应，人物在经历了一番精神洗礼之后，仿佛一切又恢复了原貌。尽管生活的沧海桑田难以改变，人物的遭遇及精神上的震动难以逆转，但生活还在继续，剧中人还得在这个既定的轨道上继续前行，或许偶尔人物的内心会有所期盼，会有不自觉的越轨奢望，但他基本走不出生活的藩篱。在这相对封闭的环形空间里探讨人的道德价值与精神取向，对剧作家来说或许显得拘谨逼仄，但其揭示人物精神世界的具体性及丰满性却毋庸置疑，真实深刻，令人信服。

有评论家说过:"万比洛夫戏剧给人的印象色彩纷呈。它犹如珠母的光泽,浮现出来,变幻莫测。"的确,万比洛夫的人物不仅性格亦悲亦喜,矛盾重重,其戏剧作品的体裁也具有一定的模糊性,呈现出杂糅复合的面貌。万比洛夫常使人物处于可笑的境地,在使用奇闻趣事的情节时,常把所有人物都拉进这一混乱场面,借此揭露人们关系中匪夷所思、荒唐可笑、令人堪忧的一面。萨拉凡诺夫家意外出现了"长子",但是一场荒唐轻率的骗局对于策划者大学生布西金来说却变为一场严峻的道德考验,演变为一个残酷的教训。"生活是极具戏剧色彩而又充满荒诞离奇情境的游戏"(杰米多夫语)。但他并没有一味地极尽嘲讽之能事,在塑造了一系列道德上有缺陷的喜剧人物之后,剧作家越出讽刺戏剧的局限,巧妙而又自然地将闹剧、正剧、喜剧与悲剧纯熟地融合于一处。

万比洛夫的话剧尽管情节发展有其突发性,但一贯起作用的是主人公的性格,是心存矛盾与疑虑的活生生的人,因此尽管有评论家称其话剧为"偶然戏剧",但万比洛夫没有将偶发事件进行独立处理,而是视其为人生的一个转折点。偶发事件如此权威地控制万比洛夫人物的命运,可以理解为,这些人物失去了自己的生存依靠,社会根基、道德素养、文化观念发生倾斜,因此剧作中的偶发事件成为价值真空、文化萧条的情节隐喻。如果说因为情节的荒诞滑稽,《六月的离别》与《长子》以轻喜剧见长的话,那么《打野鸭》和《夏天》则可以称为心理正剧,以悲喜剧元素为重,更倾向于悲剧结局,人物的道德沦丧过程体现了剧本的悲剧色彩,道德情感的倾斜歪曲了人们的正常情感与价值观念。《夏天》中的茶馆服务员霍罗希赫与丈夫正是因为彼此相爱,才天天吵架;帕什卡是出于喜欢才糟蹋了瓦莲金娜;瓦莲金娜的父亲希望女儿好,因此要把她嫁给愚蠢多事的会计梅切特金。出入茶馆的人们的这种道德情感似乎让人难以接受,但又仿佛形成默契彼此认可,这就是他们不约而同地达成的相安无事的道德世界。尽管如此,仍有人在与宿命进行抗争,瓦莲金娜和拒绝将出卖自己的女儿告上法庭的泰加林护林老人叶列梅耶夫即是如此。沙曼诺夫也试图维护、拯救瓦莲金娜,但沙曼诺夫的道德潜质明显低于瓦莲金娜,其匆忙离身前往城里也可以被视为逃跑,是对瓦莲金娜感情的背叛。因此,可以说《夏天》是剧作家对悲剧体裁的一种实验,带有某种过渡性质,瓦莲金娜性格的暗示、栅栏主题的寓意、命运主题的强化均体现了剧本的日常正剧与悲剧成分的珠联璧合。

在荒诞性的戏剧作品中，万比洛夫经常使用象征意象。《打野鸭》中的猎枪、大雨、雨过天晴、人思想的前后变化，尤其是"打野鸭"的意象象征着人的一种逃避现实的希望，不断提及此事却难以实施，也暗示着人付诸现实行动的艰难。《夏天》中瓦莲金娜不断地修理栅栏也无疑是一种隐喻，正是在这一背景下发生了瓦莲金娜这个脆弱却绝不向习惯势力妥协的女孩儿的故事：每天不厌其烦地修理被人们踩踏的栅栏。正是修理栅栏使瓦莲金娜与外来人沙曼诺夫心灵上更加接近。

万比洛夫笔下个性鲜明、呼之欲出的人物形象真实地再现了当时社会的道德危机与年轻人的精神颓废。剧作家自身的道德正义感与社会义务感及其语言的讽刺、幽默、含蓄、委婉形象地勾勒出他对当时社会及身边生活的真实感受。万比洛夫"不相信上帝，不相信人，只相信理智、善良，相信争取自由及纯洁的行动"①。万比洛夫不仅对社会道德问题极其关注，同时也致力于戏剧诗学领域的探索，这些努力使剧作家具备了真正的戏剧思维，使其戏剧作品真正适合舞台演出。万比洛夫的戏剧尽管不多，但其艺术世界的内容却极其丰富，其戏剧表现为难以模仿的复杂现象，剧作家塑造的情节、人物、冲突尽管纷繁多样，但均来自于他细腻而崇高的统一的道德世界。

第二节 万比洛夫与当代俄罗斯戏剧

万比洛夫的戏剧世界中不见宏大叙事，只是关于日常琐事的絮语，讲述着普通人的普通生活。故事一般发生于外省，泰加林深处，大城市边缘。但外省或郊区这一概念对于剧作家来说与其说是地理概念不如说是道德概念，剧中人的道德世界及境界令人担忧。其剧本中贯穿始终的是家园与亲情主线，而且主人公常常有逃离既定生活轨迹的经历，经过一番磨难之后，幡然醒悟，渴望回归，重新选择生活之路。万比洛夫之后80—90年代的苏联戏剧，关注的中心仍是普通人的日常生活，关注"当代英雄"的行为及意识。这一时期的人物因不断自我反省而大多具有悲剧性的世界观，有时因无意识追求与世界的和谐结果是欲速则不达而引起的伤感。这些人物常感到精神上莫名的痛苦，被日常生活的琐碎

---

① Николаев Г. Вампилов//Звезда. 1980. № 6. С. 192.

无聊所纠缠，因此他们被剧作家视为不很理想的人物。如果说万比洛夫笔下的人物多以追求净化、拯救灵魂为依托继续前行的话，那么后苏联时期的戏剧人物则相对缺少崇高的道德思想及理想，人物的努力方向与程度模糊而滞涩，一言以蔽之，纯粹的万比洛夫天使般温柔善良的人物很少出现在后苏联时期的剧作中，科利亚达《圆边小草帽》（1992）中所塑造的维克多可以算作例外。

后苏联时期，剧作家对万比洛夫的戏剧创作的继承体现形式缤纷多样。有的剧作家从形式到内容模仿万比洛夫创作，如格·郭林、阿·杜达列夫、亚·普金、尤·克尼亚泽夫、亚·加林等剧作家的个别作品。剧作家兼政论作家亚·普金（1958—）的剧本贯穿家庭与亲情、出走与回归的主题。个别剧本标题本身就说明了这一点，如《空房子里的人》（1988）、《家园》（1989）、《伏龙芝大街公寓》（2008）等。这些剧作探讨了一家几代人生活关系的断裂及外省生活的未来等问题，体现了万比洛夫的戏剧冲突；伊尔库茨克剧作家尤·克尼亚泽夫的《大冲突》（1992）围绕着外省农村一个大家庭秋收前后发生的故事，讲述了外省的家庭与亲情、选择与醒悟的故事；有的则与万比洛夫在戏剧创作美学上进行独特的论争，如弗·阿罗、亚·谢普里亚尔斯基、尼·科斯明、罗·索恩采夫、亚·科先科夫等剧作家。亚·谢普里亚尔斯基的剧本《二楼的三人看太阳》（1991）讲述了外省郊区的一位退役上尉的家事，继承了万比洛夫的外省、家园、亲情主题，体现了戏剧体裁的多样性；罗·索恩采夫的《爱情的可怕童话》（1991）通过一对姐妹的爱情故事，演绎了万比洛夫的选择主题；有的剧作在发展万比洛夫戏剧传统的基础上，对其进行完善、拓展、创新，如德·利普斯克罗夫、斯·洛博焦罗夫、盖·巴什库耶夫、尼·科利亚达等剧作家。布里亚特剧作家盖·巴什库耶夫的《巧巧桑尼亚》（1995）记述了一件农村的荒唐故事。为了能看上电视，妻子要跟丈夫的朋友结婚到日本去，故事最后以闹剧收场。剧本中既有万比洛夫的家园主题，也有杂糅的戏剧体裁及电视、澡堂、枪、樱花等象征意象。不同于万比洛夫的是，巴什库耶夫对这些意象的使用纯粹出于喜剧的需要。后苏联时期，以独角戏为主要创作体裁的格里什科维茨，其剧作主人公无疑是万比洛夫《打野鸭》主人公齐洛夫的继续，带有多余人痕迹的齐洛夫最终仿佛拿定主意出去打野鸭，但他未尝不会又堕落回无力抗争的原始状态。格里什科维茨的人物结局也是开

放式的,最终何去何从让观众自己猜测。

第三节 当代戏剧中的万比洛夫元素

无论何种模式的继承,这一时期的剧作均离不开万比洛夫的几个主题:日常生活主题,家园与亲情主题,出走、返回主题,选择与醒悟主题。后苏联时期剧本中的主人公,虽然生活已有很大改观,但道德世界却残缺不全,人物没有自我归属感,内心寂寥孤独,处于与社会游离的边缘状态,失望迷惘、不思进取仍为精神世界的主旋律。这一时期的剧作体裁仍以杂糅表现见长,但或许是受剧作家主观情绪的影响,悲喜剧成分明显增加。剧本多以环形这一锁闭式结构为主,这或许与剧作家不以表现宏观内容为主的愿望相契合,可以窥视出剧作家对最低生活理想的阐释。这一时期的剧本中不乏象征意象,这些在某种程度上代表剧作家良心与意志的形象充斥着剧本的各个层面,甚至出现在剧本的舞台说明词中。简而言之,后苏联时期,继承万比洛夫戏剧成分的剧本虽仍以现实主义为主要创作方法,但与万比洛夫创作相比,无论形式与内容荒诞悖论色彩均有所增加。

一、永恒的家园主题

阿·杜达列夫(1950—)的《傍晚》(1984)和《会有那么一天》(1988)无论从戏剧结构还是故事内容都表现出对万比洛夫剧本的继承,而其《黄昏》(1997)则在此基础上继续深化发展了这一成分。《黄昏》是一出家园、亲情、道德与诱惑并行不悖的现实剧。生活在"英雄之家"养老院的老战士列昂诺夫与老伴儿玛利娅突然被告知要搬到200公里外的一家偏僻的乡下养老院,原因是"英雄之家"被国外一家公司收购改作他用,养老院的所有老兵都要被转到西伯利亚边远的养老院。就在列昂诺夫得知这个消息的当天,久别的女儿索菲娅从德国带着孩子归来。原来,正是女儿的公司买下了养老院,这块本该提供给参加过卫国战争的老战士颐养天年的土地,如今要兴建赌场、游乐场和夜总会。女儿索菲娅年轻时跟德国外交官私奔,列昂诺夫一直为此事耿耿于怀,本打算这次原谅女儿,一听女儿此番回国正为办理土地征用事宜,非但不能原谅女儿,而且拿出当年打德国法西斯分子的韧劲儿来,誓死绝不离

开已经被视为家园的"英雄之家",绝不能让外国人在这里指手画脚,同时老人们也不能原谅只为挣钱而不顾老战士晚年生活的政府。

与万比洛夫的戏剧如出一辙,《黄昏》反映的也是普通人在日常生活中所面临的道德考验。列昂诺夫一辈子刚正不阿,把城里的住房让给多子人家居住,和老伴儿玛利娅一起搬到了"英雄之家"养老院,得知要搬到200公里外的乡下养老院时,他无论如何不好意思要回城里的住房。当听说老伴儿玛利娅常偷偷到教堂去祈祷时,大发霉霆,认为玛利娅这位曾经驰骋疆场的老战士也未能脱俗,他宣称自己从来不相信上帝,谴责那些在精神信仰崩溃之际才想起上帝的时髦之人,认为这是对上帝的无耻的利用。剧本中与列昂诺夫形成鲜明对比的是一位叫斯塔尔采夫的老兵。斯塔尔采夫到处借钱酗酒,最后竟然在街头拉手风琴卖艺,被列昂诺夫所不齿。斯塔尔采夫甚至用换来的钱到宾馆开房,找妓女,声称要挥霍享受一下自己的余生。剧本中斯塔尔采夫详细地讲述了自己在收到别人施舍时那种窃喜的心理,一个因物质匮乏而导致道德沦丧的老兵的精神世界可怜而又可悲。感慨万千的列昂诺夫责备斯塔尔采夫作为一名曾经的军官沦落街头的行径,而后者对此却回答说:"列昂诺夫,我曾是军官。而现在我退休了。无房、无家、无儿无女……唉……我跟你流过血,被打得体无完肤。一切为了前线,一切为了胜利,一切为了祖国。而我们的后代却把整个祖国亲手葬送了。而我们……曾经骑马驰骋的胜利者……如今却成为拉着手风琴的乞讨者……应该建自己的家园,而我们却一辈子在打仗,一生都在为着什么而奋斗,现在成了谁也不需要的人。"① 对这种寄人篱下、没有家园、没有根基、随便受人牵制、浮萍一样的生活,玛利娅深有感触:"今天在教堂祈祷时,我就想:我一辈子都在跟你建自己的家园。用自己的双手,靠苦役一般的劳动,受苦挨冻。……可突然之间房子……甚至不是用沙子建的,而是……一个幻影……海市蜃楼……"②《黄昏》酷似万比洛夫的《长子》,反映了一个家庭成员之间的亲情、矛盾及日常生活,淋漓再现了迥异的生活观、价值观,凸显家庭在一个人生活中的实际意义,强调失去家园之人生活的虚无缥缈及差强人意,这一令人难以承受的现实生活纵使指挥过千军万马的列昂诺夫也无能为力。

---

① Текст пьесы «В сумерках» цитируется по: http://www.theatre-library.ru/authors/d/dudarev
② Там же.

剧本中的母亲玛利娅与女儿索菲娅形象形成了鲜明的对比。玛利娅一辈子没有为自己活过，可以说丈夫就是一切，一切听从丈夫，但玛利娅却心甘情愿，以此为乐，而且常常去教堂为丈夫祈祷。玛利娅的名字会使人联想起圣母，她就是这个家的庇护者、守护神。女儿索菲娅的名字有智慧之意，她也确实没有辜负这个名字应有之意。在改革大潮的冲击下，她看准了市场，回到了家乡，低价收购了老兵寄身的土地，准备让外国人在这里消遣娱乐。这里的索菲娅形象体现了万比洛夫《夏天》的回归主题。《夏天》中的法官沙曼诺夫因不满法庭对案件的不公正的裁决，愤而离家出走，来到小镇丘里姆斯克，过着浑浑噩噩的生活。当他遇到纯洁的瓦连金娜时，不禁被她崇高的道德所感动，决定再次参加开庭审判，提供证据，不做缩头乌龟。沙曼诺夫由出走到醒悟、回归的心历路程是一个迷惘、思考到顿悟的过程，其幡然醒悟的结果为人为己都带来了全新的启示。而《黄昏》中索菲娅出走到回归的过程则为所有人带来了不幸与痛苦，其回归是真正灾难的症结所在，直到最后她也没有醒悟，认为错在"不知道父母也住在这个'英雄之家'"①。索菲娅仿佛是复仇女神，不仅报复当年把她赶出家门的父亲，也给精神失落中的国家与社会一记响亮的耳光。与万比洛夫相比，杜达列夫对回归主题的阐释要更犀利、更一针见血。

杜达列夫对玛利娅母女的刻画，突出了两个时代女人的两种道德观、价值观，说明精神与智慧的较量残酷而物化。后苏联时期以杜达列夫《黄昏》为代表的剧本中的人物性格要更醒目一些，主人公已不再左右摇摆、瞻前顾后，而是处于彻底的对立阵营，非此即彼，没有选择。杜达列夫的人物处理方法或许会显得生硬而残酷，但剧作家眼里的现实即是如此。为了不使包括老战士列昂诺夫在内的所有人对这个社会彻底绝望，剧本中塑造了给人以希望的第三代人——索菲娅的儿子季莫。季莫继承了外祖父列昂诺夫的性格，喜欢收集英雄奖章，尊重老兵，阅读大量关于战争的书籍，对斯大林的评价高于希特勒，敢于仗义执言的季莫当面揭露了母亲唯利是图的嘴脸。剧本中季莫对法律的阐释，对治理国家的见解，说明当代年轻人善于思考、勇于承担。

---

① Текст пьесы «В сумерках» цитируется по: http://www.theatre-library.ru/authors/d/dudarev.

《黄昏》中的音响成分对突出主题起着至关重要的作用。孤儿拉奏的小提琴声时断时续，贯穿剧本始终，当季莫也试着拉一下时，琴弦断了。这断裂的琴弦犹如契诃夫《樱桃园》结尾断裂的琴弦，预示着原有的生活状态一去不复返，无论你是否接受，新生活都义无反顾地向你走来。剧本中列昂诺夫的留声机里经常传出的军歌和斯塔尔采夫的手风琴都是一种老式生活的尾声。最后，列昂诺夫在孤儿的小提琴声中平静地死去。一部看似考验普通人道德状态的剧本，也是对整个社会的一个考验，今天的社会还需不需要经历过战火洗礼的老兵，人们应如何对待他们，对年轻人来说什么更重要，父与子之间的关系应如何处理，如何审视记忆与历史的关系，保护历史与文明发展孰重孰轻，《黄昏》中提出的问题无疑是俄罗斯今天要面对的重要问题。

二、个性鲜明的人物形象

亚·加林（1947—）的戏剧创作无论是家园主题，还是对边缘群体的刻画，抑或是剧本的锁闭式结构，都与万比洛夫的创作有异曲同工之妙。其中加林与万比洛夫最接近的创作应该算是对人物性格体系的建构。万比洛夫笔下的温柔天使型和机械无意识型的人物截然不同，对人与事表现出两种极端对立的态度，加林笔下的人物形象同样泾渭分明。《捷克摄影》（1993）中当年的一对好友拉兹多尔斯基与祖金，曾因在《捷克摄影》杂志上刊登一幅美女裸照而被追究责任，拉兹多尔斯基逃之夭夭，留下祖金一人承担所有的责任。多年之后二人重见，已成俄罗斯新贵的拉兹多尔斯基千方百计想求得祖金的原谅，但时过境迁，祖金无论如何不能接受他迟到的道歉。剧本中拉兹多尔斯基因虚与委蛇而显得滑稽可笑，祖金尽管宽容大度，却穷困潦倒，但二者的道德指数与作者的好恶及立场显而易见。加林的另一部剧本《塞壬与维多利亚》（1997）中，同样以对比手法凸显不学无术的暴发户和惶惑迷惘的知识分子的两种命运。英语博士维多利亚和天文学博士柯斯佳因荒唐的现实生活不得不为暴发户塞壬服务，一个教英语，一个剪狗毛。知识分子尽管清贫，却有高贵的人格及丰富的内心世界，暴发户尽管物质丰富，思想与精神上却简单幼稚荒唐可笑。加林以对比手法勾勒出知识分子的委曲求全及暴发户的趾高气扬，剧本中精神与物质的残酷对比凸显了知识与知识分子的荒芜境地。

最醒目的人物形象对比要算是加林的《小丑与强盗》（2002）。剧本的标题本身就是一个对比，"小丑"与"强盗"是一对孪生兄弟，"强盗"谢尔盖是周旋于莫斯科上层社会的俄罗斯新贵，"小丑"亚历山大是外省马戏团的一名驯兽演员。剧本中通过对兄弟二人的事业、家庭、人生态度的描写，淋漓再现了俄罗斯社会截然不同的两种人——钻营投机、追求仕途的俄罗斯新贵与默默无闻专于事业的"小丑"，迥异的道德信仰及背道而驰的价值取向最终使人物走向不同的宿命结局。《图书管理员》（1984）中，加林也描写了一对兄弟，一个跟爷爷在寺院里长大，一个跟母亲在莫斯科长大，尽管是亲兄弟，但二人的行为方式与做人原则却大相径庭，甚至南辕北辙。《雨海相会》（2002）中的一对同学，中学时都是天文爱好者，有着共同的理想，渴望有机会到宇宙中看一看，可时过境迁，其中一人成为天文学领域的科学家，另一人则成为俄罗斯新贵的飞行员，其中的沧海桑田造化弄人只有他们二人更清楚。

显然，在人物形象的设计上，加林与万比洛夫处理的手法比较相似。评论家瓦伊斯菲尔德说过："万比洛夫作品中对当代生活的刻画并没有让步于谎言。万比洛夫诚实地直面生活，从不把目光羞愧地移开。因此其戏剧内部冲突重重。"① 如果说，万比洛夫的人物在难以抉择时会偶尔表现出徘徊犹豫，那么亚·加林的人物则更能直面残酷的现实，正视复杂的生活，更倾向于使人物做出非此即彼的选择。或许剧作家就喜欢宁为玉碎不为瓦全的做人原则，见不得蝇营狗苟浑浑噩噩的中间立场，倾心将自己爱恨分明的性格诉诸人物身上，以期在人物身上实现自己的理想。亚·加林在处理剧中人形象上继承了万比洛夫的创作艺术，并以此加深了戏剧矛盾，以犀利的戏剧方式对其进行深刻诠释。

三、回忆情节与环形结构

德·利普斯克罗夫（1964）的《戏剧学校，或移民学校》（1991）是一部不折不扣的荒诞派戏剧作品，却不妨碍它与万比洛夫《打野鸭》的主题暗相契合。万比洛夫的《打野鸭》与德·利普斯克罗夫的《戏剧学校》均反映了人物荒诞的人生经历、深刻的精神危机，以及他们对自

---

① Вайсфельд И. Драматургия характеров и характер драматургии//Искусство кино. 1962. № 4. С. 87.

己、对生活悲观失望的态度。《打野鸭》是由主人公维克多对生活中的几个回忆情节构成的，而《戏剧学校》则是通过主人公维克多对生活的几个联想片段完成的。剧中人体育老师维克多必须在开学前把学校的体育馆粉刷一新，他的朋友谢廖沙前来帮忙。体育馆里堆放着各种演出道具，两个人在酒精的作用下，利用道具上演了一出想象中的生活剧。谢廖沙把给妻子买的胸罩和短裤给稻草人穿上，剪下了挂历上的日本美女头像贴在稻草人的面部，这稻草人就成了维克多先前的女友、后来的妻子，不过这稻草人妻子从头到尾没有一句台词。贵族出身的公爵维克多带着曾是脱衣舞女的妻子周游以斗牛艺术著称的西班牙，后来二人在西班牙生下儿子，因儿子身体不好，两人重返俄罗斯，并在西伯利亚的原始森林里买下一处房子为儿子治病。焦虑烦躁中，牢骚满腹的维克多给妻子讲述了自己的真实身份，原来维克多在孤儿院里长大，16岁时改姓贵族姓，实际上，他一辈子都不走运，直到现在居无定所，住在戏剧学校的体育馆里，开学前他必须把体育馆粉刷一新。当维克多得知朋友谢廖沙与自己的妻子彼此相爱，而且自己的儿子竟然是谢廖沙的儿子时，他在失去理智的疯狂状态下杀死了稻草人妻子。最后，在谢廖沙的引导下，维克多走出了想象的阴影，二人开始粉刷墙面，生活恢复常态。

　　显然，这种醉酒状态下想象出来的娶妻生子、过着荣华富贵的生活是维克多的理想。从愤怒之下杀死妻子，看着从稻草人身体里流出来的锯末却把它当鲜血的疯癫状态，看得出，维克多对家庭的渴望沉醉而痴狂。维克多与谢廖沙两人有一个共同理想，就是粉刷完体育馆之后，一起去钓鱼。剧本中几次提到钓鱼，就像《打野鸭》中的维克多一直想去打野鸭一样，这一理想仿佛是他们活下去的希望与动力，无此就根本无所谓继续前行的目标。剧本开始时维克多一直懒洋洋地躺在那里无所事事，是谢廖沙一直用结束工作就可以钓鱼这一诱人的动因推动他步入正轨生活。

　　剧本中有很多与万比洛夫《打野鸭》类似之处。首先，主人公都叫维克多；其次，桌子上都放着一部电话。电话可以理解为主人公与外界沟通交流的手段，电话经常被使用，说明人与人之间的交流还算畅通。由于故事情节多半是由想象衍生出来的，因此喜剧与闹剧的成分不可避免，尤其谢廖沙于剧中扮演了几个角色：他既是认出维克多的妻子曾经

是脱衣舞女的朋友,又扮演爱上维克多妻子的西班牙斗牛士,还扮演原始森林里的猎人,最后又扮演背着维克多与其妻子相爱并育有一子的朋友。谢廖沙的复调角色无疑增添了喜剧效果,说明人物对生活中角色的不同诠释与演绎。

剧本充满了象征形象和细节。看似谢廖沙和维克多莫名其妙地在体育馆里大声喊叫,然后倾听体育馆里的回声,其实这回声可以解释为人物对自己内心的发泄与倾听,时断时续的回声仿佛是人物对幸福的若有若无的期待,悠长绵延。谢廖沙尽管家庭不很幸福,妻子生病,但他毕竟有家室,衬托出维克多对家庭的强烈期盼,他想象的生活总是围绕着家庭、妻子与儿子展开。不难看出,对维克多来说,家是幸福的源泉,虽然也有各种不如意,但家在一个人的头脑中总是与安全、稳固、支柱等概念联系在一起,是人不幸时最希望停靠的港湾。

《戏剧学校》是一部环形结构的剧本,故事结束时,又重现故事开始的场景和人物,完成了整个故事的对接,其中尤其是谢廖沙象征着呼唤希望的喊声,在剧本最后再一次响起。如果说剧本刚开始时,他们二人还萎靡不振、怨气十足,随时准备打架以泄心头之郁闷,那么在经历了一番心灵的拷问之后,尽管没能改变什么,但维克多与谢廖沙却变得现实多了,或许还带着当初的愤愤不平,但不再是仅停留于对钓鱼的向往,而是开始粉刷墙面,以实际行动来早日实现钓鱼的理想。也可以说,二者是用行动来克服荒诞的现实以获得生活的意义。显然,看似荒诞不经的《戏剧学校》淋漓再现了人在失去终极价值、无所追求、无所事事的恍惚精神状态下的堕落与沦丧,失去灵魂、遗忘追求,人永远只能存在于最底层的本能状态。因此,《戏剧学校》无论是主题还是创作美学均继承了万比洛夫的戏剧成分,尤其是剧本最后,因维克多无法实现理想而略带忧伤的旋律也没能逃脱万比洛夫的基调。

四、"四海之内皆兄弟"

后苏联时期最有理由接近万比洛夫戏剧创作的应该是剧作家斯·洛博焦罗夫(1948—)。这不仅因为二者的创作源泉同属于西伯利亚,还因为二者对人及其道德世界的审视视角相差无几。二者的剧本均反映了西伯利亚人日常琐碎生活中的点滴常态,勾勒出二者对生活意义及个人

价值的思考。

20世纪90年代，洛博焦罗夫农村主题的剧本《全家与外人》（1992）体现了剧作家对万比洛夫戏剧创作的全方位演绎。年轻画家维克多因工作需要暂住农村人季莫菲伊家里，因双方的不了解生出许多误解。洛博焦罗夫细腻地刻画出季莫菲伊一家人的日常生活：季莫菲伊的偶尔任性，妻子卡捷琳娜的"飞扬跋扈"，女儿塔尼娅的正直善良和满嘴大道理的奶奶。这些人物的道德世界经受了必须淹死住在房顶上的小猫的考验，淹死小猫是剧本的焦点，是衡量每个家庭成员的价值尺度。其实他们谁也舍不得淹死小猫，塔尼娅找各种借口不想到房顶拿下小猫，只有心术不正的米哈伊尔一人同意淹死它，但他也是"罪有应得"：塔尼娅最后拒绝与他往来。季莫菲伊一家的故事，展示了俄罗斯90年代家庭内部成员之间的关系，揭示了农村人的日常生活及道德面貌，强调家庭成员之间的相互理解互相爱护是幸福生活的重要保障，人性只有在家庭环境中才得以彻底、完全地展示。

《全家与外人》与万比洛夫的《长子》有许多相似之处，讲述了一个外省家庭的日常生活故事及人物的荒诞意识，将一个具有代表性的家庭及其成员之间的关系勾勒得详尽真实。其中的外来人维克多与《长子》中的布西金一样，意外闯进一个家庭，感受到这个家庭的种种矛盾的同时，也感受到了家的温暖。甚至与布西金爱上萨拉凡诺夫的女儿一样，维克多对季莫菲伊的女儿塔尼娅也产生了好感，而接下来发生的这出家庭闹剧，正是由于这一情感的产生而引起的。同时，剧本再现了万比洛夫的《夏天》的情景：如同沙曼诺夫的出现扰乱了丘里姆斯克小镇的平静生活一样，外来人维克多的到来打破了季莫菲伊一家人的既定生活轨迹，人与人之间关系面临着新的考验，彼此关爱的家庭的坚固性问题也面临着新的挑战。外来人维克多与季莫菲伊一家人产生的系列冲突——彼此惧怕、猜疑、威胁杀人等故事情节，勾勒出人的道德危机。但最终人们能够认识到，大家只有彼此信任，社会才会和谐。

洛博焦罗夫似乎认为，改变人与人之间不信任的现象只有诉诸历史传统，当所有的人团结一心时，障碍就会轻松越过，困难也不复存在。所以在剧本最后，当维克多恐惧到极点时，歇斯底里地喊道："放开我！

我也是精神病！我也住过院！我跟大家一样也是疯子，放开我！"① 剧作家用"我跟大家一样"这句话消除了人们之间的隔阂与不信任。剧本最后一首老歌的响起并非空穴来风，这首老歌使大家走到一起，彼此曾经猜忌的心融化开来。不难看出作者的良苦用心，只有家庭才是改善人精神面貌的根本所在，传统是联系人们之间关系的坚实纽带。

《全家与外人》的故事情节、冲突、人物性格充满了万比洛夫式的悖论成分：客人和主人都是不错的善良人，只是恐惧几乎把他们变成了野蛮人。尤其维克多，他本是个知识分子，懂得欣赏美，却因极端恐惧几乎变成动物，为了能自救，不惜宣布自己是疯子。一直讨好塔尼娅的米哈伊尔，最终因制造了这出闹剧，希望全部落空。故事中的塔尼娅算得上是万比洛夫笔下温柔天使般的人物，她是家中唯一不相信维克多是疯子的人，塔尼娅形象使人联想到《夏天》中的瓦莲金娜，只是塔尼娅在剧本中的性格没有完全展开，刻画得不够细腻。《全家与外人》是后苏联时期俄罗斯上座率最高的话剧，这里除剧本真实地反映了外省的现实生活外，剧本融正剧、日常喜剧、情节剧、闹剧、轻松喜剧等戏剧成分功不可没。洛博焦罗夫将几种戏剧体裁成分结合起来，在整个故事发展中使其不断变形，构建了体裁融合的剧本。

洛博焦罗夫的另一部剧作《离节日百步之遥》（2007）则亦步亦趋地体现了万比洛夫《长子》的中心思想：人与人之间是兄弟姐妹。故事主要讲述了换房的故事，本来换房双方想互相欺骗，待见面后，发现彼此都不富裕，都有自己的烦恼，最后一致认为，人与人之间是兄弟姐妹，不应该彼此欺瞒。剧本最后教堂里传出节日的钟声，悠扬欢快，仿佛将上苍之爱洒向所有世间凡人。剧作家对农村故事的描写及对农村人物的刻画，饱含真情，尤其强调家庭在一个人生活中的重要作用。

五、外省人的"临界状态"

后苏联时期，最具深度而独特地折射了万比洛夫戏剧传统的应该是尼·科利亚达（1957—）的剧本。科利亚达承认曾经模仿过万比洛夫的创作："我自己当年惊叹于万比洛夫和彼特鲁舍夫斯卡娅的戏剧，第一个

---

① Текст пьесы «Семейный портрет с посторонним» цитируется по：http：//www.theatre-library.ru/authors/l/lobozerov.

剧本叫'模仿万比洛夫两幕剧'。"① 科利亚达与万比洛夫几乎在同一年龄时开始戏剧创作,而且都有记者工作经验。两位剧作家的故事发生地多半是外省,这仿佛是由他们试图审视目力所及范围内的生活愿望所致。万比洛夫与科利亚达的"外省轶事"象征性地反映了普通人可怜的生活质量,他们的"边缘性",他们永远所处的难以抉择进退的"临界状态"(пороговое состояние)。万比洛夫的"临界状态"是剧中人意识到自己正处在生活的转折点上,需要做出痛苦的选择,如《打野鸭》中的齐洛夫、《夏天》中的沙曼诺夫,他们都是苏联20世纪60—70年代的"多余人"的形象,他们都意识到自己的无所事事不甘心却又难以自拔。剧作家为他们设立了一个"门槛",让他们做出是跨过去还是退回来的最后抉择,为他们提供机会像凤凰涅槃般在痛苦中重生。这是一种独特的自我面对、自我审视。万比洛夫通过对苏醒的自我意识的荒诞揭示,敦促人物审视自己的道德处境,构建别样的行动与生存方式。科利亚达面对"门槛"何去何从的情境使人物得以"重见光明",并重新思考自己的生活,或者是意识到生活的暗无天日,如《奥金斯基的波罗乃兹舞曲》(1993,以下简称《舞曲》)。

剧本《舞曲》反映了家园主题,探讨剧中人的出走、回归及生活之路的选择等问题。塔尼娅在父母意外死于美国一场车祸之后选择留在美国,后来做过街头女、吸毒成瘾的塔尼娅回到阔别十年的莫斯科,住进了童年曾住过的房间,重温童年的岁月,沉浸于静谧温暖的家庭环境,一颗冰冷病态的心逐渐融化。但俄罗斯的现实生活她已经难以接受,最后说着最祥和最静谧最美好只有俄罗斯的塔尼娅却不得不离开莫斯科,重返美国。科利亚达的家园主题浸透着怀旧,剧中人做选择时通常遭遇温馨的羁绊,瞻前顾后,进退维谷。同时科利亚达的家园充满了忧伤,因为人物最终没能实现成功的回归,无奈之下再次离家出走,而且其选择是唯一的,尽管其间塔尼娅也有过顿悟的瞬间,但现实对她来说别无选择,只能再次出走。应该说,科利亚达是个传统的剧作家,对人物的设计通常流露出其一以贯之的故土、根基的思想。因此,剧作家笔下的人物常常会为了摆脱自己的外省命运不惜牺牲人格,但厚颜无耻的生存挣扎却没能使命运垂青他们。

---

① Кичин В. Беседы в осаждённом театре. Николай Коляда о людях, зверях и драматургии// Российская газета-Федеральный выпуск. 20-04-2005. № 81. С. 13.

万比洛夫的人物是孤独的，他们不断面临着选择，却又无人可求，唯一可以指望的是良心与道德境界。科利亚达人物的孤独也是毫无条件的，孤独本身成了"临界状态"，接近空虚与缄默。科利亚达的孤独人身边经常会有外来人，因外来人的出现，苦闷无聊的当地人产生了征服孤独的希望，但外来人却最终辜负了期待，因为他们是彻头彻尾的"语言的巨人，行动的矮子"。但无论如何，与外来人的相识使主人公开始觉醒，反观自我。在曾经充满了邪恶、冷漠、苦闷和恐惧的内心深处，逐渐萌生出难以觉察的温情。

科利亚达剧本《圆边小草帽》（1992）中复苏的爱源自人物内心深处。这部作品对剧作家来说是一部阶段性的标志作品，浓缩了剧作家以前的诸多形象与主题。①《圆边小草帽》的主人公维克多与万比洛夫的《打野鸭》中的主人公同名，只是这里的故事发生地由《打野鸭》中的外省转移到莫斯科郊区。《打野鸭》中的维克多不希望在既定的生活状态下生活，《圆边小草帽》中的维克多也不愿意按刻板的教条（仕途、荣誉、金钱、舒适）生活，不想做弱肉强食生存法则的执行者，因此他们被社会孤立起来，备感苍凉。当我们第一次认识《圆边小草帽》中的维克多时，他正在抱怨孤独，诉说着渐近老境的寂寞，这时家里突然来了不速之客：前妻及前妻的儿子萨沙。维克多在萨沙出生前一年离开了他的母亲，原因是不能原谅前妻同时与某个"需要的人"上床，但忘记前妻维克多却做不到。现在前妻是有钱人的妻子，她的儿子开着奔驰为所欲为，而维克多这个曾经的天才画家却几乎沦落到讨饭的地步，对生活了无兴趣。现实的生活对于多数来人说重要的不是爱情，也不是精神上的相守，更不是坦诚相待的真挚，而是物质享受，是金钱、住房、汽车，所以维克多无所事事、勉强维持生计便是情理之中的事。维克多没有发现自己可怜的生活状态，甚至放弃了艺术追求，认为一切都毫无用处。最悖论的是，直到现在他仍认为自己愧对前妻，责备自己当初的"不义之举"，而且他仍然相信爱情、诚实与善良，他一直坚信万比洛夫《长子》中萨拉凡诺夫所说的"大家都是兄弟"这句话。维克多正是这样对待前妻的儿子萨沙的，尽管年轻人残酷且粗鲁，歇斯底里时，甚至把维克多只有在节日里才戴的圆边小草帽踩在脚下，但维克多仍然表示：

---

① Старченко Е. В. Пьесы Н. В. Коляды и Н. Н. Садур в контексте драматургии 1980 – 90 – х гг.：Диссертация канд. филол. наук. М.，2005. С. 64.

"我们不是外人！如果你不喜欢亲戚这个词，我换一种方式告诉你，同样的道理，只不过是另一种方式！萨沙！大家都是兄弟。是的！是的，不是外人。这尽管听起来辞藻华丽，但这是真的。"① 维克多对萨沙视如己出，甚至感到自己不是他父亲而对不起他："萨沙！萨沙！你听我说。……我本应该是你的父亲。你明白吗？你理解我吗？你明白我的过错吗？"萨沙感到维克多父爱的温暖，请求维克多送他一幅画，为踩帽子一事道歉，并从心理上依恋他。从心理层面来说，他们之间产生了父子之间的正常交流。《圆边小草帽》中的维克多，既有《打野鸭》中的维克多因难融入社会而找不到自我的痕迹，又秉承了《长子》中萨拉凡诺夫的善良与真诚，成为后苏联时期万比洛夫剧中人的继承者。

《圆边小草帽》中不乏象征形象。标题帽子本身就象征着人的尊严与高贵，践踏帽子无异于践踏人格；维克多及其邻居对经常重复的汽笛声和地铁经过的轰隆作响声毫不在意，坦然处之，习以为常，表明人已经习惯于边缘的生存方式。剧本刚开始还下着毛毛细雨，中间经过雨停、雨后天晴，最后滂沱大雨，在这场大雨中维克多重新认识了自己的女邻居卡佳，在这场大雨中，萨沙离开了母亲投奔维克多，大雨洗刷了曾经污浊的一切，预示着新生活。剧本结尾时，维克多找到摆脱目前窘境的唯一出路是与他人和谐相处，走出了自我封闭的圈子，感觉自己不再孤独，他身边早有女邻居卡佳。就像万比洛夫《夏天》中的沙曼诺夫发现瓦莲金娜一样，维克多仿佛是第一次发现近在咫尺的卡佳："我亲爱的卡佳！我的卡佳！喀秋莎！我为什么总是唠唠叨叨，说我一个人孤独，没有任何亲人！而你呢？难道你不是跟我在一起吗？难道我是一个人吗？真荒唐。"两个孤独的人最终走到一起。此时的萨沙离开了母亲，抛弃了物质享受，来到真正成为他亲人的维克多这里，却没有跨进门槛，蜷缩在门边的地毯上，"就像躺在母亲腹中的胎儿"。这一回归母体的形象完成了对家与家庭概念的诠释，如同万比洛夫《长子》的最后，不管布西金是不是萨拉凡诺夫的长子，他都毫无疑问地成为这个家庭的一个成员，而且责无旁贷地承担起全部家庭重任。可见，人间的真情有时远珍贵于名不符实的亲情。

在戏剧体裁手法上，科利亚达与万比洛夫也有相似之处，悲剧、闹

---

① Текст пьесы «Канотье» цитируется по：http：//kolyada. ur. ru/kanotje/. 文中出现的该剧本内容均引自该网站。

剧、抒情喜剧、独幕滑稽剧、社会日常正剧和喜剧、剧情的故弄玄虚成分的穿插交错，假定性成分，俄罗斯经典主题及情节的运用。科利亚达剧本更多的是反映普通人及其日常生活的情节剧，这诠释了剧作家对俄罗斯戏剧感伤传统的独特演绎。但对于科利亚达来说，仅此一种体裁不足以显示其艺术世界的丰富多彩，因此科利亚达诉诸复调体裁，嫁接抒情基调，这些成分尤其清晰地表现于剧本的舞台说明词中。如同万比洛夫，科利亚达阐释的对象是个体的人，但人物的个性被剧作家纳入宇宙范围内进行思考，使人物的内心极度紧张，由此也产生了科利亚达剧本寓意深刻的效果。

20世纪万比洛夫之后的戏剧，尤其是后苏联时期的戏剧关注的中心仍是普通人的日常生活及其道德状态。在关注当代人的同时，剧作家们更趋于遵循戏剧体裁融合的创作原则，善于使用包括性格、冲突、思想及情节结构趋向荒诞的内容。万比洛夫的戏剧悖论性在最新戏剧中演化为不合逻辑性，这种不合逻辑表现于诸多层面，尤其以对人物生存混乱状态及内心世界的刻画为主。当代剧作家成功地使用了环形结构、象征主题及刻画现实生活的戏剧假定性手法，作品中现实成分与杜撰情节界线不甚清晰，利普斯克罗夫的《戏剧学校》尤其可以说明这一点。后苏联时期的剧作家对万比洛夫的继承不仅局限于体裁、主题、人物形象、象征意象等层面，在人物形象的塑造上更喜欢夸张，在体裁上更具荒诞色彩，在家园主题上阐释得更宽泛、更深刻。这一时期剧本明显的共同特征，就是将当代生活的极端走向与追求超时空性、深刻的寓意性结合起来。如果说后苏联时期的剧作家对契诃夫戏剧传统成分更多表现出的是颠覆与解构的话，那么万比洛夫戏剧的继承者则是在尊重剧作家传统元素的基础上，在讲述身边的现实生活的同时，更喜欢荒诞悖论的生活叙事。

结束语

　　后苏联时期俄罗斯戏剧文学创作尽管不乏矛盾、冲突之处，但戏剧创作整体呈现良好的发展态势。有人认为，后苏联时期的俄罗斯戏剧文学空前繁荣，"仿佛整个国人都在写剧本。当代戏剧处于上升态势"。① "在俄罗斯文学与俄罗斯戏剧史上，戏剧作品还未曾有过如此的繁荣。……俄罗斯戏剧还从未像今天这般成为俄罗斯文学的主要体裁。"② 有人则认为，后苏联时期，因导演与剧作家之间疏于沟通，彼此似乎找不到共通点，再加上剧本多以表现心理见长，不适合舞台演出，新剧本被搬上舞台的几率相对不算太高。导演基·谢列布连尼科夫（К. Серебренников）认为："……他们（"新戏剧"剧作家）的作品结构均怪异离散，成碎片状。而且看得出，他们的创作形式就是如此。他们会写出六个尾声，但没有结局，是省略号的结局……没有开端—发展—高潮这一戏剧体系。……我们找不出确实所谓的'设计完善的剧本'。"③ 导演认为这些剧作不很适合舞台演出，与其说它们是剧本，不如说是一个情节片断。正如纪实剧作家伊·维雷巴耶夫所说的："我只是描述，不是书写。只是到处走走，为自己收集资料，哪怕是一句话。"④ 但即使如此，这一时期青年剧作家的许多剧作还是经过基·谢列布连尼科夫之手，被搬到了舞台上。而且莫斯科"纪实剧院""实践剧院"等非国立剧院还是为年轻剧作家提供了实现自我的舞台，各种戏剧节也为年轻剧作家提供了展示自己的各种机会。据笔者 2014 年在莫斯科访学期间的不完全统计，仅 3 至

---

① Копылова В. Кресло-ромашка современного театра//Московский Комсомолец. 11 – 12 – 2010. № 25522. С. 8.

② Забалуев В. Зензинов А. Ройл Корт versus Любимовка //Современная драматургия. 2003. № 4. С. 55.

③ Заславский Г. На полпути между жизнью и сценой//Октябрь. 2004. № 7. С. 173.

④ Там же. С. 174.

6 月期间就有很多当代剧作家的戏剧在不断重复上演，有的甚至已经成为剧院的固定演出剧目。如亚·加林的《塞壬与维多利亚》（Театр Событие. 2014 – 03），瓦·西加列夫的《卡列宁》（МХАТ Чехова. Новая сцена. 2014 – 04），叶·格里什科维茨的《买房》（Театр МХАТ Чехова. Малая сцена. 2014 – 04），尼·科利亚达的《香奈儿女人》（Театр на юго-западной. 2014 – 04），安·亚博隆斯卡娅的《异教徒》（Театр им. Ермоловой. 2014 – 05），伊·维雷巴耶夫的《醉酒之人》（Театр МХАТ Чехова. Малая сцена. 2014 – 06），亚·科罗夫金的《给未婚妻的布娃娃》（Театр п/р О. Табакова. 2014 – 06），等等。许多剧作家不仅写剧本，也开始做导演，租借剧场，自编自导自演，成功之例不在少数。无论如何，当代剧作家努力抢占自己的一席之地，新剧本被搬上舞台的几率逐年增多。

  我们暂且不从新剧的剧场上演率及票房率进行判断，仅从剧本的数量、体裁、题材及提出的问题来看，当代俄罗斯剧作家们无疑煞费苦心竭尽全力对剧作的内容及形式尝试创新，因此体现的特点也是有目共睹的：剧本充满了假定性及隐喻性，剧作家善于使用游戏手法与自然主义表现方式反映暴力内容及残酷美学，文本大量使用非标准语言，在现实与非现实元素杂糅的背景下毫不吝惜荒诞成分的展现，在结构离散的文本空间里弥漫着感伤与残酷的现实主义基调，在具有明显互文性的文本框架下，勾勒出剧作家对传统的继承与颠覆的矛盾心理。

  毫无疑问，当代俄罗斯戏剧呈现纷繁的发展态势，其艺术水平与发展趋势还没有完全定型。剧作家队伍里不断涌现才华敏捷、思维特异的新人，其创作一方面代表着俄罗斯戏剧文学与俄罗斯舞台戏剧传统的复苏，另一方面说明俄罗斯"新戏剧"的兴起。就我们目力所及，对如此迅猛、矛盾、难以预料及复杂多变的戏剧发展过程进行全面翔实的论述，给出完全客观的综合、系统的评价暂时还有难度，清晰单一的定论也难以得出。无论如何，当代年轻剧作家的整体创作说明他们具有担当感、道义感与社会责任感，无论是钩沉历史，还是正视现实、展望未来，他们及其剧作都充满着希望，弥漫着乐观向上的正能量。

  后苏联时期的俄罗斯戏剧研究问题是一个独具意义而又繁复艰辛的

工作。我们目前尝试着做了一些基础性的研究工作。相信，随着当代俄罗斯戏剧文学的发展及对此关注及思考的进一步深入，当代俄罗斯戏剧的整体特色及文化意义或文学内涵必将随之得到更为清晰的认识和更加充分的呈现。我们愿意在此征途上继续努力。

参考文献

俄文：

1. Аненков В. П. Литературные воспоминания. Л. : Acdemia, 1928.

2. Берковский Н. Я. Литература и театр. М., 1969.

3. Богуславский А., Диев В. Русская советская драматургия. Основные проблемы развития. 1946 – 1966. -М. ; 1968.

4. Богуславский А., Диев В., Карпов А. Краткая история советской драматургии. -М. : Просвещение, 1966.

5. Большакова А. Ю. Крестьянство в русской литературе XVIII-XX вв. М. : Издательство Института социально-педагогических проблем сельской школы РАО, 2004.

6. Бугров Б. С. Русская советская драматургия（1960 – 1970 годы）: Учеб. пособие для филол. спец. ун-тов. -М. : Высшаяшкола, 1981.

7. Буслакова Т. П. Русская литература XX века : Учеб. минимум для абитуриента. -М. : Высшая школа, 1999.

8. Васильева С. С. Чеховская традиция в русской одноактной драматургии XX века（поэтика сюжета）. -Волгоград, 2002.

9. Вербицкая Г. Я. Традиции поэтики А. П. Чехова в современной отечественной драматургии 80-х-90-х годов : Очерк. -Уфа, 2002.

10. Вислова А. В. Русский театр на сломе эпох. Рубеж XX-XX I веков/ А. В. Вислова. -М. : Университетская книга, 2009.

11. Галин А. М. Пьесы. -М. : Союз театральных деятелей РСФСР. 1989.

12. Глущенко Н. В. Драматический диалог как дискурсивная практика :

А. Н. Островский, А. П. Чехов, Д. Хармс：Дис. ... канд. филол. наук. Тверь, 2005.

13. Гоголь Н. В. Вечера на хуторе близ Диканьки. -М.：изд-во Эксмо, 2002.

14. Головчинер В. Е. Эпическая драма в русской литературе XX века. Томск：2001.

15. Гончарова-Грабовская С. Я. Комедия в русской драматургии 1980 - 90-х годов：（жанровая динамика и типология）. -Минск, 2000.

16. Гончарова-Грабовская С. Я. Комедия в русской драматургии конца XX-начала XXI века：учеб. пособие. -М.：Флинта：Наука, 2006.

17. Гончарова-Грабовская С. Я. Поэтика современной русской драмы：（конец XX-начало XXI в.）. -Мн.：БГУ, 2003.

18. Горький М. Собр. соч：В 30 т. . Москва：ГИХЛ, 1953.

19. Гришковец Е. Как я съел собаку и другие пьесы. М.：Зебра Е/Эксмо/Деконт + , 2003.

20. Громова М. И. Русская драматургия конца XX-начала XXI века. -М.：Флинта：Наука, 2005.

21. Громова М. И. Русская драматургия конца XX-начала XXI века：учебное пособие. -М.：Флинта：Наука, 2007.

22. Громова М. И. Русская современная драматургия. Учебное пособие. -М., Флинта, Наука, 2002.

23. Гуковский Г. А. Русская литература XVIII века. -М.：Аспект Пресс, 1999.

24. Данилова И. Л. Стилевые процессы развития современной русской драматургии. Автореферат дис. ... доктора филол. наук. -Казань, 2002.

25. Демин Г. Г. Вампиловские традиции в социально-бытовой драме и ее воплощение на столичной сцене 70-х годов. Автореферат дис. ... кандидата искусствоведения. -М., 1986.

26. Драма второй половины XX века /Антология. -Составление, предисловие и комментарий О. Б. Кушлиной. -М.：Слово/Slovo, 2000.

27. Драматургия второй половины XX века / Сост. М. И. Громова. -М.：Дрофа：Вече, – 2002.

28. Дырдин А. А., Рыкова Д. В. Русская проза 1950-х-начала 2000-х годов от мировоззрения к поэтике. Ульяновск, 2005.

29. Ермилов В. Чехов 1860 – 1904. -М.: Молодая гвардия, 1951.

30. Журчева О. В. Жанровые и стилевые тенденции в драматургии XX века: Учебное пособие. Самара: Изд-во СамГПУ, 2001.

31. Журчева О. В. Образы времени и пространства как средства выражения авторского сознания в драматургии М. Горького: Монография. Самара: Изд-во СГПУ, 2003.

32. Зборовец И. В. Производственная драматургия 70 – 80-х годов. -Харьков, 1990.

33. Зборовец И. В. Русская советская историко-революционная драматургия 70 – 80-х годов. -Харьков, 1990.

34. Зиоско-Боровский Е. А. Русский театр начала XX века. -М.: Навона, 2014.

35. История русского дореволюционного драматургического театра. Под ред. Н. И. Эльяша. -М.: Просвещение, 1989.

36. История русской драматургии (вторая половина XIX-начало XX в., до 1917 г.). -Л.: Наука, 1987.

37. История русской драматургии (XVII-первая половина XIX века). -Л.: Наука, 1982.

38. Ищук-Фадеева Н. И. (ред) Драма и театр. Сборник статей. Выпуск IV. Тверь: Твер. гос. ун-т, 2002.

39. Ищук-Фадеева Н. И. (ред) Драма и театр: Сборник научных трудов. Выпуск VII. Тверь: Твер. гос. ун-т, 2009.

40. Канунникова И. А. Русская драматургия XX века. -М.: Флинта: Наука. 2003.

41. Коляда Н. Пьесы для любимого театра. -Екатеринбург, 1994.

42. Корзов Ю. И. и др. Современная русская литература: Пособие для студентов университетов. -К.: Логос, 2003.

43. Костелянец В. О. Лекции по теории драмы. Драма и действие. Л., 1976.

44. Красильникова Е. Г. Драматургия русского авангардизма (1960 – 1990

годы）：Учеб. -метод. Пенза：Пенз. гос. пед. ун-т им. В. Г. Белинского，1999.

45. Кусков В. В. История древнерусской литературы. -М.：Высшая школа. 2003.

46. Лейдерман Н. Л. Драматургия Николая Коляды：Критический очерк. -Каменск-Уральский：Калан，1997.

47. Липовецкий М.，Боймерс Б.，Перформансы насилия：Литературные и театральные эксперименты «новой драмы». -М.：Новое литературное обозрение，2012.

48. Моторин С. Н. Творчество Александра Вампилова и русская драматургия 80－90-х годов XX века：Дис. . . . канд. филол. наук. М.，2002.

49. Нерезенко Н. А. А. Вампилов и Н. Коляда：Провинциальные анекдоты в XX веке//Традиции русской классики XX века и современность：Материалы науч. конф. -М.，2002.

50. Пави П. Словарь театра. М.，1991.

51. Петров Г. Н. Телевизионная драматургия：Проблемы журналист. мастерства и особенности творчества. СП-б.：Изд-во С. -Петерб. ун-та，1999.

52. Поляков М. Я. О театре：поэтика, семиотика, теория драмы. -М.，2000.

53. Русская драма эпохи А. Н. Островского. Сост. и автор вступ. статьи А. И. Журавлева. -М.：Изд-во Московского ун-та.，1984.

54. Русская драматургия и литературный процесс. Сборник научных трудов. Санкт-Петербург-Самара，1991.

55. Русская драматургия последней четверти XVII и начала XVIII в. Автор вступ. статьи О. А. Даржавина. -М.：Наука.，1972.

56. Русская драматургия XVIII в. Сост.，автор вступ. статьи и коммент.，Г. Н. Моисеева. -М.：Современник. 1986.

57. Садур Н. Обморок. Пьесы. М. 1999.

58. Садур Н. Чудная баба. Пьесы. М.：Союзтеатр，1989.

59. Современная российская драма：Сборник статей и материалов международной научной конференции（27－29 сент. 2007 г.）. -Казань：РИЦ «Школа»，2008.

60. Софронова Л. А. Поэтики славянского театра XVII-XVIII веков. Л., 1989.

61. Старченко Е. В. Пьесы Н. В. Коляды и Н. Н. Садур в контексте драматургии 1980-90-х годов：Дис.... канд. филол. Наук. М., 2005.

62. Станиславский К. С. Моя жизнь в искусстве. -М.：Издательство Искусство. С. 1962.

63. Театр парадокса：пьесы／сост. и авт. предисл. И. Дюшен. -М.：Искусство，1991.

64. Токарева М. Е. Сцена между землей и небом：театральные дневники XXI века. -М.：АСТ：Редакция Е. Шубиной，2014.

65. Тютелова Л. Г. Традиции А. П. Чехова в современной русской драматургии. («Новая волна»). Автореферат дис.... канд. филол. наук. -Самара，1995.

66. Тютелова Л. Г. Чеховская традиция в пьесе Л. Петрушевской «Три девушки в голубом». -Самара，1993.

67. Хализев В. Е. Драма как род литературы. -М.，1986.

68. Шприц И. «На донышке». Ландскрона. Петербургские авторы конца тысячелетия. СП-Б. 1996.

69. Щербакова А. А. Чеховский текст в современной драматургии：Дис.... канд. филол. наук：Иркутск，2006.

70. Явчуновский Я. И. Драма на новом рубеже：Драматургия 70-х и 80-х годов：конфликты и герои. -Саратов，1989.

中文：

1. ［法］阿尔托：《残酷戏剧——戏剧及其重影》，桂裕芳译，北京，中国戏剧出版社，1993年第1版。

2. ［英］阿契尔：《剧作法》，吴钧燮、聂文杞译，北京，中国戏剧出版社，2004年第1版。

3. ［美］爱德华·卢西·史密斯：《超级现实主义》，封一函译，北京，人民美术出版社，1989年第1版。

4. 曹靖华主编：《俄苏文学史》（第一卷），郑州，河南教育出版社，1992年第1版。

5. 陈建华编：《托尔斯泰思想小品》，上海，上海社会科学院出版社，1999年第1版。

6. 陈世雄：《三角对话：斯坦尼、布莱希特与中国戏剧》，厦门，厦门大学出版社，2003年第2版。

7. 陈世雄：《苏联当代戏剧研究》，厦门，厦门大学出版社，1989年第1版。

8. 陈世雄：《西方现代剧作戏剧性研究》，北京，中国戏剧出版社，1983年第1版。

9. 陈思和：《文学中的妓女形象》，选自于张清华主编的《中国新时期女性文学研究资料》，济南，山东文艺出版社，2006年第1版。

10. 崔凤琦、于唐编：《读书治学珍言》，沈阳，辽宁古籍出版社，1996年第1版。

11. ［苏］德·沃尔科戈诺夫：《斯大林政治肖像》，陈启能等译，北京，光明日报出版社，1989年第1版。

12. 董建、马俊山：《戏剧艺术十五讲》，北京，北京大学出版社，2004年第1版。

13. ［俄］符·维·阿格诺索夫主编：《20世纪俄罗斯文学》，凌建侯等译，北京，中国人民大学出版社，2001年第1版。

14. ［苏］高尔基：《文学写照》，巴金译，北京，人民文学出版社，1978年第2版。

15. ［苏］高尔基：《和列宁相处的日子》，成时译，上海，平明出版社，1949年第1版。

16. ［苏］高尔基：《论文学》（续集），冰夷等译，北京，人民文学出版社，1979年第1版。

17. ［苏］高尔基：《底层》，芳信译，北京，中国戏剧出版社，1960年第1版。

18. ［苏］高尔基：《忆列宁》，蒋路译，上海，时代出版社，1949年第1版。

19. ［苏］高尔基：《高尔基选集》，《文学论文选》，北京，人民文学出版社，1958年第1版。

20. ［俄］果戈理：《果戈理小说戏剧选》，满涛译，北京，人民文学出版社，1963年第1版。

21．［俄］果戈理：《与友人书简选》，任光宣译，合肥，安徽文艺出版社，1999 年第 1 版。

22．郭继德：《美国戏剧史》，天津，南开大学出版社，2011 年第 1 版。

23．［德］黑格尔：《美学》（第一卷），朱光潜译，北京，商务印书馆，1996 年第 2 版。

24．［德］黑格尔：《美学》（第三卷）下册，朱光潜译，北京，商务印书馆，1981 年第 1 版。

25．［德］霍夫曼等：《金罐：外国魔幻小说》，哈尔滨，北方文艺出版社，1997 年第 1 版。

26．金亚娜、刘锟、张鹤：《充盈的虚无——俄罗斯文学中的宗教意识》，北京，人民文学出版社，2003 年第 1 版。

27．［苏］康·西蒙诺夫：《我这一代眼里的斯大林》，裴家勤、李毓臻译，北京，中国新闻出版社，1989 年第 1 版。

28．［德］库尔特·勒温：《拓扑心理学原理》，北京，商务印书馆，2003 年第 1 版。

29．［德］雷曼著：《后戏剧剧场》，李亦男译，北京，北京大学出版社，2010 年第 1 版。

30．黎皓智：《20 世纪俄罗斯文学思潮》，北京，北京大学出版社，2006 年第 1 版。

31．黎皓智：《俄罗斯小说文体论》，南昌，百花洲文艺出版社，2000 年第 1 版。

32．李辉凡编选：《契诃夫精选集》，济南，山东文艺出版社，2003 年第 1 版。

33．刘建军：《20 世纪西方文学》，北京，高等教育出版社，2007 年第 2 版。

34．刘彦君、廖奔：《中外戏剧史》，桂林，广西师范大学出版社，2005 年第 1 版。

35．柳鸣九编选：《萨特研究》，中国社会科学出版社，1981 年第 1 版。

36．柳鸣九主编：《未来主义·超现实主义·魔幻现实主义》，北京，中国社会科学院出版社，1987 年第 1 版。

37. 龙飞、孔延庚编著：《讽刺艺术大师果戈理》，北京，商务印书馆，1984 年第 1 版。

38. 路遥：《早晨从中午开始》，西安，西北大学出版社，1992 年第 1 版。

39. 吕效平编著：《戏剧学研究导引》，南京，南京大学出版社，2006 年第 1 版。

40. ［英］马丁·艾斯林：《戏剧剖析》，罗婉华译，北京，中国戏剧出版社，1981 年第 1 版。

41. 马家骏等：《高尔基创作研究》，西安，陕西人民出版社，1989 年第 1 版。

42. ［苏］玛·斯特罗耶娃：《契诃夫与艺术剧院》，吴启元等译，北京，中国戏剧出版社，1960 年第 1 版。

43. ［苏］马雅可夫斯基：《列宁》，飞白译，北京，人民文学出版社，1977 年第 1 版。

44. ［俄］涅克拉索夫、车尔尼雪夫斯基等：《俄国作家批评家论列夫·托尔斯泰》，倪蕊琴等译，北京，中国社会科学出版社，1982 年第 1 版。

45. ［俄］契诃夫：《契诃夫戏剧集》，焦菊隐译，上海，上海译文出版社，1980 年第 1 版。

46. ［俄］契诃夫：《契诃夫》，茅盾等译，上海，上海书局有限公司，1975 年第 1 版。

47. ［俄］契诃夫：《变色龙》，汝龙译，上海，上海译文出版社，2011 年第 1 版。

48. ［俄］契诃夫：《契诃夫论文学》，汝龙译，北京，人民文学出版社，1958 年第 1 版。

49. ［俄］契诃夫：《契诃夫名作欣赏》，童道明主编，北京，中国和平出版社，1996 年第 1 版。

50. ［俄］契诃夫：《萨哈林旅行记》，刁绍华、姜长斌译，哈尔滨，花山文艺出版社，1995 年第 1 版。

51. 冉东平：《20 世纪欧美戏剧》，北京，中国戏剧出版社，2005 年第 1 版。

52. 施旭升：《戏剧艺术的原理》，北京，中国传媒大学出版社，

2006 年第 1 版。

53. ［苏］斯·阿利卢耶娃：《仅仅一年》，刘白岚译，北京，外文出版局《编译参考》编辑部，1980 年第 1 版。

54. ［英］斯泰恩：《现代戏剧的理论与实践》（一），象禺、武文译，北京，中国戏剧出版社，1989 年第 1 版。

55. ［英］斯泰恩：《现代戏剧理论与实践》（三），刘国彬等译，北京，中国戏剧出版社，2002 年第 1 版。

56. ［苏］斯坦尼斯拉夫斯基：《斯坦尼斯拉夫斯基全集》（第一卷）《我的艺术生活》，史敏徒译，北京，中国电影出版社，1958 年第 1 版。

57. ［苏］斯坦尼斯拉夫斯基：《斯坦尼斯拉夫斯基全集》（第二卷）《演员自我修养》，林陵等译，北京，中国电影出版社，1958 年第 1 版。

58. ［瑞典］斯特林堡：《斯特林堡文集第 4 卷》，李之义译，北京，人民文学出版社，2005 年第 1 版。

59. 宋家玲、胡克主编：《影视剧本选评》，北京，中国传媒大学出版社，2005 年第 1 版。

60. 孙惠柱：《第四堵墙——戏剧的结构与解构》，上海，上海书店出版社，2006 第 1 版。

61. ［苏］塔·里·苏浩金娜-托尔斯泰娅：《列夫·托尔斯泰长女回忆录》，晨曦、蔡时济译，北京，北京出版社，1985 年第 1 版。

62. 谭得伶：《高尔基及其创作》，北京，北京出版社，1982 年第 1 版。

63. 谭霈生：《戏剧艺术的特性》，上海，上海文艺出版社，1985 年第 1 版。

64. 童道明主编：《忧伤及其他——契诃夫作品选》（百年契诃夫·插图本），北京，中国文联出版社，2004 年第 1 版。

65. 童道明：《阅读俄罗斯》，上海，上海三联书店，2008 年第 1 版。

66. 童道明：《阅读契诃夫》，上海，上海三联书店，2008 年第 1 版。

67. 王爱民、任何：《俄国戏剧史概要》，北京，中国戏剧出版社，1984 年第 1 版。

68. 王尔顺、余致力选编：《20 世纪世界文学精品·散文卷》，南

昌，百花洲文艺出版社，1997 年第 1 版。

69. 汪介之：《远逝的光华——白银时代的俄罗斯文化》，南京，译林出版社，2003 年第 1 版。

70. ［苏］《文豪的妻子》，都钟秀、盛同译，石家庄，河北人民出版社，1985 年第 1 版。

71. ［苏］亚历山大·奥尔洛夫：《斯大林秘闻》，刘日兴译，海口，海南人民出版社，1988 年第 1 版。

72. ［古希腊］亚里士多德等：罗念生全集. 第一卷. 诗学、修辞学、喜剧论纲，罗念生译，上海，上海人民出版社，2007 年第 1 版。

73. 严程莹、李启斌：《西方戏剧文学的话语策略：从现代派戏剧到后现代派戏剧》，昆明，云南大学出版社，2009 年第 1 版。

74. ［波］耶日·格洛托夫斯基：《迈向质朴戏剧》，魏时译，北京，中国戏剧出版社，1984 年第 1 版。

75. 毅耘：《欧洲哲学简史（第十一章 巴洛克时期）》，石家庄，河北人民出版社，1980 年第 1 版。

76. 余秋雨：《戏剧理论史稿》，上海，上海文艺出版社，1983 年第 1 版。

77. 袁晚禾、陈殿兴编选：《果戈理评论集》，上海，复旦大学出版社，1993 年第 1 版。

78. ［俄］泽齐娜等：《俄罗斯文化史》，刘文飞、苏玲译，上海，上海译文出版社，1999 年第 1 版。

79. 曾思艺：《俄国白银时代现代主义诗歌研究》，长沙，湖南人民出版社，2004 年第 1 版。

80. 赵佩瑜：《契诃夫》，沈阳，辽海出版社，1998 年第 1 版。

81. 张建华等：《红色风暴之谜——破解从俄国到苏联的神话》，北京，中国城市出版社，2003 年第 1 版。

82. 张清华主编：《中国新时期女性文学研究资料》，济南，山东文艺出版社，2006 年第 1 版。

83. 张荣：《形而上的反抗——加缪思想研究》，北京，社会科学文献出版社，1998 年第 1 版。

84. 张先等：《戏剧艺术》，桂林，广西师范大学出版社，2005 年第 1 版。

85. 张翼星：《读懂列宁》，成都，四川人民出版社，2001 年第 1 版。

86. 张宗子：《开花般的瞻望》，上海，上海人民出版社，2007 年第 1 版。

87. 郑传寅、黄蓓：《欧洲戏剧史》，北京，北京大学出版社，2008 年第 1 版。

88. 郑体武：《俄国现代主义诗歌》，上海，上海外语教育出版社，1999 年第 1 版。

89. 郑体武：《危机与复兴——白银时代俄国文学论稿》，成都，四川文艺出版社，1996 年第 1 版。

90. 周安华主编：《戏剧艺术通论》，南京，南京大学出版社，2005 年第 1 版。

91. 朱光潜：《西方美学史》，北京，人民文学出版社，1979 年第 2 版。

92. 朱立元主编：《当代西方文艺理论》，上海，华东师范大学出版社，1997 年第 1 版。

93. 朱逸森：《契诃夫（1860—1904）》，上海，华东师范大学出版社，2006 年第 1 版。

94. 宗胜利编著：《斯大林风骨》，西宁，青海人民出版社，1997 年第 1 版。

附录 1　重要剧作家中俄译名对照表

阿勃杜林 Абдуллин А.
阿尔巴托娃 Арбатова М.
阿尔布佐夫 Арбузов А.
阿尔希波夫 Архипов А.
阿法纳西耶夫 Афанасьев И.
阿库宁 Акунин Б.
阿罗 Арро В.
阿马尔里克 Амальрик А.
阿廖申 Алешин С.
阿泽尔尼科夫 Азерников В.
埃德里斯 Эдлис Ю.
奥斯特罗夫斯基 Островский А.
安德烈耶夫 Андреев Л.
奥泽罗夫 Озеров В.
安年科夫 Анненков Ю.
巴甫洛夫 Павлов А.
巴尔哈托夫 БархатовЮ.
巴什库耶夫 Башкуев Г.
巴图林娜 Батурина А.
包戈廷 Погодин Н.
鲍罗夫斯卡娅 Боровская Л.
贝科夫 Быков Д.
贝克特 Беккет С.
彼得罗夫 Петров Н.

彼特鲁舍夫斯卡娅 Петрушевская Л.
波波夫 Попов Е.
博加耶夫 Богаев О.
勃洛克 Блок А.
博洛托夫 Болотов А.
博马舍 Бомарше П.
布莱希特 Брехт Б.
布尔加科夫 Булгаков М.
狄德罗 Дидро Д.
茨维塔耶娃 Цветаева М.
达姆斯克尔 Дамскер Ю.
杜达列夫 Дударев А.
杜尔涅科夫 Дурненков Вяч.
杜尔涅科夫 Дурненков М.
德拉贡斯卡娅 Драгунская К.
德鲁采 Друцэ И.
德米特里耶娃 Дмитриева И.
德沃列茨基 Дворецкий И.
费奥多罗夫 Феодоров В.
菲拉托夫 Филатов Л.
冯维辛 Фовизин Д.
盖利曼 Гельман А.
高尔基 Горький М.
歌德 Гёте И.
格里鲍耶陀夫 Грибоедов А.
格里什科维茨 Гришковец Е.
格列米娜 Гремина Е.
戈鲁什科 Грушко П.
古巴列夫 Губарев В.
古尔金 Гуркин В.
古米廖夫 Гумилев Н.
果戈理 Гоголь Н.

郭林 Горин Гр.

哈尔姆斯 Хармс Д.

赫拉斯科夫 Херасков М.

赫里亚科夫 Хряков А.

赫罗莫夫 Хромов А.

霍普特曼 Гауптман Г.

基尔雄 Киршон В.

基洛夫 Киров С.

季诺维耶娃—安尼巴尔 Зиновьева-Аннибал Л.

吉皮乌斯 Гиппиус З.

加尔达耶夫 Галдаев К.

加夫里拉 Гаврила М.

加林 Галин А.

加钦斯基 Гатчинский М.

杰尔加乔娃 Дергачёва В.

津济诺夫 Зензинов А.

金兹堡 Гинзбург Л.

卡卢日斯基赫 Калужских Е.

卡缅斯基 Каменский В.

卡赞采夫 Казанцев А.

考涅楚克 Корнейчук А.

科尔基亚 Коркия В.

科科夫金 Коковкин С.

克拉夫季耶夫 Клавдиев Ю.

克雷洛夫 Крылов И.

科利亚达 Коляда Н.

科隆 Крон А.

科罗夫金 Коровкин А.

克尼亚泽夫 Князев Ю.

科斯坚科 Костенко К.

科先科夫 Косенков А.

科斯明 Космин Н.

库罗奇金 Курочкин М.

库奇金娜 Кучкина О.

库兹涅佐夫 Кузнецов С.

拉德金斯基 Радзинский Э.

拉甫列尼约夫 Лавренёв Б.

拉祖莫夫斯卡娅 Разумовская Л.

莱蒙托夫 Лермонтов М.

莱辛 Лессинг Г.

利普斯克罗夫 Липскеров Д.

列昂诺夫 Леонов Л.

列米佐夫 Ремизов А.

列万诺夫 Леванов В.

卢赫马诺娃 Лухманова Н.

卢基扬诺娃 Лукьянова И.

卢金 Лукин В.

洛博焦罗夫 Лобозёров С.

罗季奥诺夫 Родионов А.

罗佐夫 Розов В.

马尔 Мар А.

马尔丹 Мардань А.

马尔贾诺夫 Марджанов К.

马尔科夫 Марков А.

马克西莫夫 Максимов А.

玛姆列耶夫 Мамлеев Ю.

马雅可夫斯基 Маяковский В.

梅尔西爱 Мерсье Л.

梅列日科 Мережко В.

梅特林克 Метерлинк М.

梅耶荷德 Мейерхольд В.

米哈尔科夫 Михалков С.

米哈伊洛娃 Михайлова О.

米雷 Мирэ А.

米罗什尼钦科 Мирошниченко Ю.
米沙林 Мишарин А.
莫里哀 Мольер Ж.
穆连科 Муренко И.
穆欣娜 Мухина О.
纳尔希 Нарши Е.
涅鲍利特 Неболит Г.
诺索夫 Носов С.
潘诺娃 Панова В.
皮兰德娄 Пиранделло Л.
皮斯卡托 Пискатор Э.
皮耶楚赫 Пьецух В.
普金 Пудин А.
普里戈夫 Пригов Д.
普里亚日科 Пряжко П.
普列斯尼亚科夫兄弟 Пресняковы О. и В.
普图什金娜 Птушкина Н.
普希金 Пушкин А.
契诃夫 Чехов А.
切尔内赫 Черных В.
切普林 Чеприн Ю.
热列兹佐夫 Железцов А.
茹科娃 Жукова К.
萨杜尔·尼 Садур Н.
萨杜尔·叶 Садур Е.
萨夫罗诺夫 Сафронов А.
萨伦斯基 Салынский А.
桑杜诺夫 Сандунов Н.
沙霍夫斯基 Шаховский А.
莎士比亚 Шекспир У.
沙特罗夫 Шатров М.
施普里茨 Шприц И.

史泰因 Штейн А.

施瓦茨 Шварц Е.

舒利亚科 Шуляк С.

斯拉博夫斯基 Слаповский А.

斯拉夫金 Славкин В.

斯特林堡 Стриндберг А.

索恩采夫 Солнцев Р.

索菲娅·阿列克谢耶夫娜 Софья Алексеевна

索夫罗诺夫 Софронов А.

索科洛娃 Соколова А.

索罗金 Сорокин В.

苔菲 Тэффи Н.

特列尼约夫 Тренёв К.

屠格涅夫 Тургенев И.

托尔斯泰 Толстой Л.

陀思妥耶夫斯基 Достоевский Ф.

瓦尔塔诺夫 Вартанов А.

万比洛夫 Вампилов А.

维坚斯基 Введенский А.

维雷巴耶夫 Вырыпаев И.

韦廖夫金 Верёвкин М.

维诺格拉多夫 Виноградов Н.

维什涅夫斯基 Вишневский А.

沃洛霍夫 Волохов М.

沃洛金 Володин А.

乌加罗夫 Угаров М.

乌利茨卡娅 Улицкая Л.

西加列夫 Сигарев В.

西蒙诺夫 Симонов К.

希片科 Шипенко А.

希什金 Шишкин М.

谢列布连尼科夫 Серебренников К.

谢普金娜-库珀尔尼科 Щепкина-Коперник Т.

谢普里亚尔斯基 Сеплярский А.

辛金娜 Синькина Г.

亚博隆斯卡娅 Яблонская А.

叶尔涅夫 Ернев О.

叶夫列伊诺夫 Евреинов Н.

叶卡捷琳娜二世 Екатерина Ⅱ

叶罗菲耶夫 Ерофеев В.

叶赛宁 Есенин С.

易卜生 Ибсен Г.

伊万诺夫 Иванов Ф.

伊里因 Ильин Н.

伊萨耶娃 Исаева Е.

伊斯克列科 Искренко Н.

尤奈斯库 Ионеско Э.

扎巴卢耶夫 Забалуев В.

佐林 Зорин Л.

附录2　重要剧本中俄译名对照表

《阿列克谢·卡列宁》Алексей Каренин
《阿斯科利多夫的坟墓》Аскольдова могилка
《啊，时代!》О, время!
《啊，亚历山大!》О, Александр!
《爱情的可怕童话》Страшная сказка про любовь
《爱情挽救过来的败家子》Мот，любовью исправленный
《爱情与鸽子》Любовь и голуби
《爱无需天赋》Любовь не стоит таланта
《安·巴·契诃夫的"海鸥"（remix）》Чайка А. П. Чехова（remix）
《安东尼与克莉奥佩特拉。一种说法》Антоний & Клеопатра. Версия
《安乐死》Эвтаназия
《安娜》Анна
《安娜·卡列尼娜—2》Анна Каренина－2
《奥金斯基的波罗乃兹舞曲》Полонез Огинского
《奥列格的初期管理》Начальное управление Олега
《爸爸!》Папка!
《巴什玛奇金》Башмачкин
《百人长之女》Панночка
《白雪女王》Снежная королева
《扮演受害者》Изображая жертву
《伴奏者》Аккомпаниатор
《傍晚》Вечер
《暴风雪》Метель
《鲍里斯·戈都诺夫》Борис Годунов

《宝藏》Клад

《被俘的精神》Пленные духи

《被勾引的男人》Обольщённый

《贝加尔湖地区的四对舞》Прибайкальская кадриль

《被揭发的燕子》Уличённая ласточка

《被驱赶的人》Гонимые

《悲壮的颂歌》Третья патетическая

《彼岸的邂逅》Потусторонние встречи

《彼得堡城市喜剧》Комедия города Петербурга

《比萨斜塔》Пизанская башня

《彼什马什卡》Пишмашка

《鼻子》Нос

《变脸》Лицо

《变异现象》Аномалия

《波斯丁香》Персидская сирень

《不顾一切》Вопреки всему

《布林—2》Блин－2

《不幸者的朋友》Друг несчастных

《不与是》Нет и да

《不正常的女人》Ненормальная

《长城》Великая китайская стена

《晨星》Звёзды на утреннем небе

《成功时刻》Звёздный час

《城市》Город

《翅膀》Крылья

《臭虫》Клоп

《丑女梅丽·艾妮的十四个情人》Четырнадцать любовников некрасивой Мэри Энн

《楚科奇人》Чукча

《楚里科夫》Чуриков

《厨娘》Стряпуха

《窗户朝向田野的房子》Дом окнами в поле

《从红色老鼠到绿色星星》От красной крысы до зелёной звезды

《从周六到周日》От субботы до воскресенья

《蠢货》（或译《熊》）Медведь

《村居一月》Месяц в деревне

《大冲突》Карамболь

《大地的苹果》Яблоки земли

《大调》Мажор

《大雷雨》Гроза

《打量面孔》Заглянем в лицо

《打野鸭》Утиная охота

《大自然怀抱里的小戏剧》Маленький спектакль на лоне природы

《带枪的人》Человек с ружьём

《弹弓》Рогатка

《当船沉没时》Когда тонут корабли

《悼亡节》Семик

《等待戈多》В ожидании Годо

《底层》На дне

《第三国际记》Действо о III Интернационале

《第三只眼》Третий глаз

《第十三任农庄主席》Тринадцатый председатель

《第五十个字母》Пятьдесятая азбука

《第一个男人》Первый мужчина

《钉子》Гвоздь

《东边看台》Восточная трибуна

《冻僵了》Замёрзли

《冬日》Зима

《东西方》Восток-запад

《俄国梦》Русский сон

《俄罗斯果酱》Русское варенье

《俄罗斯人》Русские люди

《俄罗斯人民邮政》Русская народная почта

《俄罗斯日食》Русское затмение

《俄罗斯食客的一天》День русского едока

《俄文字母》Русскими буквами

《二楼的三人看太阳》На втором этаже трое смотрят на солнце

《27 号剧本》Пьеса №27

《帆》Парус

《仿古》Ретро

《菲尔斯之死》Смерть Фирса

《费杜尔及其儿女》Федул с детьми

《肥缺》Доходное место

《费魏》Февей

《飞行员》Лётчик

《凤凰鸟》Птица феникс

《伏龙芝大街公寓》Дом на Фрунзенской

《浮士德》Фауст

《复员军人列车》Дембельский поезд

《告别巡回演出》Прощальные гастроли

《高加索轮盘赌》Кавказская рулетка

《羔羊》Овечка

《给托比吃的燕麦》Овёс для Тоби

《给未婚妻的布娃娃》Кукла для невесты

《攻占冬宫》Взятие Зимнего дворца

《古老的克里姆林宫城墙》Стены древнего кремля

《棺椁》Саркофаг

《关于爱情》Около любви

《关于死亡公主的故事》Сказка о мёртвой царевне

《关于伟大殉教者圣叶卡捷琳娜》О святой Екатерине Великомученице

《关于我妈妈和我》Про мою маму и про меня

《广场上的国王》Король на площади

《贵族长的早餐》Завтрак у предводителя

《过命名日的人》Именинники

《哈姆雷特》Гамлет

《哈姆雷特—2》Гамлет – 2

《哈姆雷特。零行动》Гамлет. Нулевое действие.

《哈姆雷特与朱丽叶》Гамлет и Джульетта

《还不到黄昏》Ещё не вечер

《海鸥》Чайка

《海鸥唱起来》Чайка спела...

《好，劳伦西娅！》Браво, лауренсия

《黑暗的势力》Власть тьмы

《黑狗》Чёрный пес

《黑牛奶》Чёрное молоко

《黑桃皇后》Пиковая дама

《黑衣人，或我是不幸的索索·朱加什维利》Чёрный человек, или Я бедный Coco Джугашвили

《黑衣修士》Чёрный монах

《黑珍珠，白珍珠》Жемчужина чёрная, жемчужина белая

《红莓林》Калиновая Роща

《红茵蓝马》Синие кони на красной траве

《互抱》Клинч

《滑稽草台戏》Балаганчик

《花园》Сад

《欢乐乐队》Группа ликования

《皇帝的新装》Голый король

《黄昏》В сумерках

《荒芜人迹处的玩笑》Шутки в глухомани

《灰姑娘的前后》Золушка до и после

《回家！》Домой!

《会晤波拿巴》Свидание с Бонапартом

《会有那么一天》И будет день

《纪念彼巧林》Памяти Печорина

《激情之罪》Преступления страсти

《吉赛尔》Жизель

《畸形人之家》Семья уродов

《加冕》Коронация

《+1》《+1》

《家园》Очаг

《舰队军官》Офицер флота

《骄傲的小兔子》Зайка-Зазнайка

《教育的果实》Плоды просвещения

《捷克摄影》Чешское фото

《杰克叔叔是一个随波逐流的人吗？》Конформист ли дядя Джек?

《竞赛》Конкурс

《镜子背后》За зеркалом

《久别重逢》Сколько лет, сколько зим!

《九月·纪实》Сентябрь. doc

《九个轻快的老太太》Девять лёгких старушек

《决斗》Дуэль

《卡尔罗夫娜的爱情》Любовь Карловны

《开车吧》Ехай

《慷慨，或征兵》Великодушие, или Рекрутский набор

《可爱的，火红的》Миленький, рыженький

《克里姆林宫的钟声》Кремлёвские куранты

《科洛姆比娜家》Квартира Коломбины

《坑》Яма

《恐怖主义》Терроризм

《空房子里的人》В пустом доме люди

《库利希奇》Кульшичи

《狂热者》Маньяк

《拉斯科尔尼科夫与天使》Раскольников и ангел

《来领走》Приходи и уводи

《蓝色脂肪》Голубое сало

《老生常谈》Сказка про белого бычка

《老兔子》Старая зайчиха

《勒拉赫的钥匙》Ключи от Лёрраха

《离节日百步之遥》В ста шагах от праздника

《黎明的眼睛》Глаз дня

《理所当然》Так и должно

《莉扎，或感激的胜利》Лиза, или Торжество благодарности

《良心专政》Диктатура совести

《林妖》Леший

《留里克生活轶事—历史剧》Историческое представление из жизни—жизни Рюрика

《六月的离别》Прощание в июне

《龙》Дракон

《卢那察尔斯基月神公园》Луна-парк имени Луначарского

《鲁斯兰与柳德米拉》Руслан и Людмила

《轮回》Сансара

《论烟草有害》О вреде табака

《罗密欧与朱丽叶》Ромео и Джульетта

《旅长》Бригадир

《绿指环》Зелёное кольцо

《玛利娅战场》Марьино поле

《买房》Дом

《美国女人》Американка

《梅丽莲·穆露》Мурлин Мурло

《美丽人生》Красивая жизнь

《煤田》Угольный бассейн

《梦》Сны

《梦剧》Игра снов

《密尔格拉得》Миргород

《密特朗巴什故事》История с метранпажем

《命运之轮》Колесо фортуны

《莫罗科布》Морокоб

《末日汤，或待续》Страшный суп, или Продолжение преследует

《莫斯科》Москва

《莫扎特和萨利埃里》Моцарт и Сальери

《陌生女郎》Незнакомка

《母牛》Корова

《牧人》Пастух

《南方》Юг

《男子监狱》Мужская зона

《你家中的两个人》Двое в твоём доме

《您拨打的用户暂时无法接通》Абонент временно недоступен

《妞拉·恰派》Нюра Чапай

《妞尼娅》Нюня

《怒吼吧，中国！》Рычи, Китай！

《诺夫哥罗德勇士博耶斯拉维奇》Новгородской богатырь Боеславичь

《诺斯菲拉图》Носферату

《女巫的眼泪》Ведьмины слёзки

《女主角之梦》Сон героини

《欧仁尼》Эжени

《帕里斯的两个妻子》Две жены Париса

《潘捷列伊·卡尔马诺夫的格言》Сентенции Пантелея Карманова

《跑道上的爱情》Любовь на взлётной полосе

《批评家》Критик

《骗子》Обманщики

《贫非罪》Бедность не порок

《普加乔夫》Пугачёв

《骑兵少尉奥-夫案件》Дело корнета О-ва

《骑自行车者的秘密组织》Тайное общество велосипедистов

《乞乞科夫老弟》Брат Чичиков

《契诃夫兄弟》Братья Ч.

《奇异的农妇》Чудная баба

《七月》Июль

《七月六日》Шестое июля

《前线》Фронт

《千真万确》Точь-в-точь

《墙》Стена

《巧巧桑尼亚》Чио-Чио-Саня

《亲爱的，杀死我吧》Убей меня, любимая

《钦差大臣》Ревизор

《亲骨肉》Родная кровь

《侵略》Нашествие

《穷新娘》Бедная невеста

《去年夏天在丘里姆斯克》Прошлым летом в Чулимске

《全家与外人》Семейный портрет с посторонним

《全家与纸币》Семейный портрет с дензнаками

《人的一生》Жизнь Человека

《萨哈林旅行记》Остров Сахалин

《萨哈林妻子》Сахалинская жена

《萨尼娅，万尼亚，与他们一起的利马斯》Саня, Ваня, с ними Римас

《塞壬与维多利亚》Сирена и Виктория

《三个蓝衣姑娘》Три девушки в голубом

《三个中国人》Три китайца

《三姐妹》Три сестры

《三姐妹和万尼亚舅舅》Три сестры и дядя Ваня

《三年》Три года

《三七爱斯，或黑桃皇后》Тройка, семёрка, туз, или Пиковая дама

《33个幸福》（或译《好事不断》）Тридцать три счастья

《傻瓜》Без царя в голове

《傻瓜之舟》Корабль дураков

《沙皇马克西米利安》Царь Максимилиан

《舍罗奇卡和马莎罗奇卡》Шерочка с Машарочкой

《射手》Стрелец

《身体的到来》Приход тела

《深渊》Бездна

《圣诞梦境》Рождественские грёзы

《生活成功了》Жизнь удалась

《胜利后的战场属于劫匪》Поле битвы после победы принадлежит мародёрам

《圣血》Святая кровь

《士兵的书信》Солдатские письма

《时代车厢》Времени вагон

《适得其所的人》Человек на своём месте

《世纪末的舞台》Сцены конца века

《时间窘迫》Цейтнот

《世界边缘》На краю мира

《世界末日之梦》Сон на конец свету

《石客》Каменный гость

《食客》Нахлебник

《世上没有更悲伤的故事了》Нет повести печальнее на свете

《受害者纪念碑》Монумент жертвам

《手机》Сотовый

《水娥》Ручейник

《谁杀害了丹特士？》Кто убил Дантес?

《谁杀害了肯尼迪？》Кто убил Кеннеди?

《斯大林格勒人》Сталинградцы

《死耳朵》Мёртвые уши

《死魂灵》Мёртвые души

《斯坚卡·拉辛》Стенька Разин

《斯拉夫集市》Славянский базар

《斯米尔诺娃的生日》День рождения Смирновой

《斯坦尼斯拉夫斯基的樱桃地狱》Вишнёвый ад Станиславского

《斯韦特兰娜的神话》Миф о Светлане

《司仪》Тамада

《四月的绿颊》Зелёные щеки апреля

《送别白夜》Проводы белых ночей

《他的金刚石与祖母绿》Его алмазы и изумруды

《她弥留之际》Пока она умирала

《她们中的一个》Одна из них

《塔尼娅—塔尼娅》Таня-Таня

《泰迪熊》Тэдди

《胎记》Родимое пятно

《唐璜》Дон Жуан

《套娃》Матрёшка

《天牛返回大地》Божьи коровки возвращаются на землю

《痛苦勇士科索梅托维奇》Горе-богатырь Косометович

《同性恋者》Гей

《筒子楼里的即兴演奏》Сейшен в коммуналке

《偷苹果的贼》Яблочный вор

《突发事件的林荫道》ЧП бульвар

《图画》Картина

《图书管理员》Библиотекарь

《秃头歌女》Лысая певица

《陀思妥耶夫斯基之旅》Dostoevsky-trip

《瓦尔普吉斯之夜，或骑士的脚步》Вальпургиева ночь, или Шаги Командора

《外省轶事》Провинциальные анекдоты

《外套》Шинель

《玩躲猫猫游戏》Игра в жмурики

《玩具》Игрушки

《万卡》Ванька

《纨绔少年》Недоросль

《万尼亚舅舅》Дядя Ваня

《万尼亚舅舅果园里的樱桃熟了》Поспели вишни в саду у дяди Вани

《维》Вий

《未婚妻》Невеста

《围困》Осада

《威尼斯修女》Венецианская монахиня

《韦斯特尼科娃夫人及家人》Госпожа Вестникова с семьей

《维也纳式椅子》Венский стул

《吻》Поцелуй

《温柔》Нежность

《我的姑妈住在沃洛科拉姆斯克》Моя тётя живёт в Волоколамске

《我的一生》Моя жизнь

《沃尔恰尔金娜夫人命名日》Именины госпожи Ворчалкиной

《我们必胜！》Так победим！

《我们的十日谈》Наш декамерон

《我们青春的鸟儿》Птицы нашей молодости

《我们要去遥远的地方》Мы едем，едем，едем в далёкие края…

《我们依邻而居》По соседству мы живём

《我梦想的女孩》Девушка моей мечты

《我亲爱的朋友，请跟我重复》Друг ты мой, повторяй за мной

《我是如何吃了一只狗》（或译《我是如何变得有经验》）Как я съел собаку

《我要走了！》Уезжаю！

《乌龟玛尼亚》Черепаха Маня

《舞会之后》После бала

《无家可归者》Бездомные

《舞男，或阳光明媚清晨的阴雨天》Жиголо, или Ненастье в солнечное утро

《无畏舰》Дредноуты

《西伯利亚萨满师》Шаман Сибирский

《戏剧学校，或移民学校》Школа с театральным уклоном, или Школа для эмигрантов

《下行路》Dawn-Way

《线团》Комок

《乡村货郎走了》Офени ушли

《乡村童话》Деревенская сказка

《橡胶王子》Резиновый принц

《香奈儿女人》Баба Шанель

《橡皮泥》Пластилин

《箱子之歌》Песни сундука

《小底层》На донышке

《小红帽》Красная шапочка

《小丑与强盗》Клоун и бандит

《小伙子，你好！》Как поживаешь, парень？

《小姐》Мисс

《消解词法的嗜好》Дисморфомания

《小王子》Маленький принц

《小樱桃园》Вишнёвый садик

《小猪马什卡》Зверь-Машка

《小卒》Шестёрка

《新的分析逻辑》Новая аналитическая логика

《新妻子》Новая жена

《新十日谈,或流行鼠疫的城市故事》Новый декамерон, или Рассказы чумного города

《新斯特恩》Новый Стерн

《幸福的莫扎特》Счастливый Моцарт

《幸福的女人》Счастливая женщина

《幸福的天空》Небеса обетованные

《行星》Планета

《性欲缺乏》Мало секса

《杏园天堂》Абрикосовый рай

《兄弟俩与丽扎》Братья и Лиза

《眼含善意的病人》Больные люди с добрыми глазами

《氧气》Кислород

《夜来人,或与陌生人的婚礼》Ночной пришелец, или Свадьба с незнакомцем

《夜盲》Куриная слепота

《伊尔库茨克的故事》Иркутская история

《一个达官显贵的接待室》Передняя знатного боярина

《一个俄罗斯旅行者的游记》Записки русского путешественника

《一个亿万富翁的灵魂》Душа миллиардера

《以革命的名义》Именем революции

《异教徒》Язычники

《伊丽莎白·巴姆》Елизавета Бам

《伊利亚·科索戈尔》Илья Косогор

《伊里亚·伊里奇之死》Смерть Ильи Ильича

《伊万诺夫》Иванов

《伊万诺夫家的枞树》Ёлка у Ивановых

《一线光明》Луч света

《1小时18分》Час 18

《1小时18分—2》Час 18 – 2

《椅子》Стулья

《隐形新娘》Невеста-невидимка

《音乐课》Уроки музыки

《樱桃园》Вишнёвый сад

《樱桃园卖了吗？》Вишнёвый сад продан?

《鹦鹉与笤帚》Попугай и веники

《影子》Тень

《勇敢胆大的勇士阿赫里杰伊奇》Храброй и смелой витязь Ахридеичь

《有的人不在了，有的人可怜》Кого-то нет, кого-то жаль

《尤拉·库罗奇金及其近亲传记》Житие Юры Курочкина и его ближних

《与此同时》Одновременно

《预付》Плачу вперед

《雨海相会》Рандеву в Море Дождей

《盂兰盆节》О-Бон

《与天使在一起的二十分钟》Двадцать минут с ангелом

《与众不同的人》Не такой, как все

《圆边小草帽》Канотье

《愿鼠疫在你们两家蔓延》Чума на оба ваших дома!

《约会》Свидание

《月亮的召唤》Зов луны

《晕厥》Обморок

《杂种广场》Площадь Ублюдков

《在别人的烛光下》При чужих свечах

《在路上》На большой дороге

《在旧莫斯科城里》В старой Москве

《在漆黑漆黑的城市里》В чёрном-чёрном городе

《再论皇帝的新装》Ещё раз о голом короле

《澡堂》Баня

《扎连科事务所》Контора Заренко

《长子》Старший сын

《朝霞一定会升起》Заря взойдёт

《朝霞中的城市》Город на заре

《智慧的痛苦》Горе от ума

《终身流浪者》Агасфер

《周年纪念日》Юбилей

《朱迪斯》Юдифь

《捉弄》Шуточка

《自家人好算账》Свои люди сочтёмся

《自由劳动神秘剧》Мистерия освобождённого труда

《宗教滑稽剧》Мистерия-Буфф

《走开—走开》Уйди-уйди

《走向世界公社》К мировой Коммуне

《走向自我之路》По дороге к себе

《最后的逃亡》Последний побег

《醉酒之人》Пьяные

《…Sorry》…Sorry

《Ю》　Ю

莫斯科艺术图书馆（代后记）

我对戏剧的兴趣始于俄罗斯剧作家万比洛夫。最初接触的是万比洛夫的《长子》（1967），感觉故事有趣，但情节有些牵强，甚至嘲笑剧本中俄罗斯人无原则的浪漫与荒唐，但作家的语言却给我留下极深的印象——简洁的笔锋下弥漫着幽默智慧。语言被万比洛夫信手拈来，炉火纯青，而创作《长子》时的万比洛夫刚刚 30 岁，是我读它时的同龄人，景仰之情可想而知。后来，读了他不多的几个剧本，爱情、青春、愤世嫉俗、追求高尚、对理想的失望等等成为年轻作家笔下永恒的元素。早逝的万比洛夫像他在一首诗中所预言的那样："夏日缓缓吹落了苹果树上憔悴的花瓣……"正是在一个夏日里，作家匆忙为自己的人生画上了句号。而他那太过智慧、永远年轻的语言似乎凝固在了贝加尔湖畔那座鲜花常新的墓碑旁。万比洛夫成为我心中一道永不褪色的风景。

2013 年 9 月至 2014 年 8 月，我在莫斯科大学访学，并借此机会搜集当代俄罗斯戏剧资料。在这一年的时间里，我主要光顾了莫斯科的四个图书馆——莫斯科大学图书馆、莫斯科艺术图书馆、社会科学信息研究所图书馆（ИНИОН）和俄罗斯国家图书馆。其中艺术图书馆是我的最爱。

几乎是每天早晨，走出莫大主楼的 A 区，拾级而下，穿过马路，踏进莫大主楼前的花园。花园直通对面的莫大图书馆，罗蒙诺索夫（纪念碑）经年累月矗立在花园里，风吹雨淋，却依然精神饱满。几乎是每一天，一辆辆载满观光客的汽车停在莫大缔造者的面前，大家在他的脚下拍照，以他为背景，因为这背景的身后有着更壮观更宏伟的背景——莫大的主楼。走过罗蒙诺索夫纪念碑，一直向南，穿过过街地下通道，径直上去，便是莫大的图书馆——2005 年莫大 250 周年校庆时普京总统的礼物。

从罗蒙诺索夫纪念碑左转，至物理系楼的南侧，再向东拐至文科二号楼院内。从文科二号楼通往"大学城"地铁站，那条地上写满了诸如"Катя，я люблю тебя！（卡佳，我爱你！）"等爱情誓言的林荫道，这一年间被我无数遍踏过。

走出林荫道，那一排排停靠路边的城市小公汽，还有那些操着混合着乡音的俄语的中亚人，高声喊着："ДК（莫大文化宫），ДК！"或者："Без ДК，прямо в Мичуринский проспект！"呵呵，我们的即将离席丝毫不会影响他们几十年如一日的拉客盛宴。他们如莫斯科一道奇特的风景，点缀在市区的大街小巷，他们始终的竭心尽力、偶尔的忍气吞声全为生存二字。"Там мы стояли, здесь мы стоим. А сколько ещё будем стоять？"记得有一次我用这句话问一位老师，这是什么情况下说的一句话，他想象不出。当告知他这是小公汽上乘客的一句话时，他无奈地笑了，好无聊！为什么？多好的一句话啊！此句式可以作为俄语动词过去时、现在时、将来时的典型案例讲给俄语系一二年级学生们。同时也十分可怜那些没有俄语基础直接来俄罗斯学习语言的中国孩子。初学俄语的孩子，多么复杂的语法，完全可以把他们逼疯，却不能把他们逼出莫斯科。可见莫斯科的魔力和魅力！

"大学城"地铁站！不敢说每天都要踏足一遍，但它对我比任何一个中国车站都来得亲切。出口处每天发放报纸的大妈，发放附近餐厅打折卡的非洲人，他们的面无表情、呆板的眼神都证明了对工作的毫无兴趣，只为生存。

进了地铁站，便开始了每天图书馆前的学习预热阶段。那一年里，我在地铁上读完了契诃夫的一部短篇小说集，和多夫拉托夫（Довлатов）的一部《妥协》（Компромисс）。契诃夫还是那个契诃夫。多夫拉托夫"玩世不恭"（作家本人自评）的世界观和不露痕迹的幽默感让我重新阅读这部"妥协"，意欲深刻体会是什么使作家每每极度挣扎后又不得不"妥协"。多夫拉托夫对语言的拿捏及精致使用，使人难以想象，却是可以感受到的深刻。他对一个采访对象的评价是：Он так одинок и непроницаем, как водолаз. 深刻吧！再恰当不过的孤独且难以穿透（理解）的形象！他对那些不断行走于路上、一生注定为旅行者的人也有深刻的概括。他认为这是一种"Чувство дороги, соблазн горизонта, извечное нетерпение путника"。我不是旅行者，无权对这感觉妄下结

论,但我相信这一判断是一位无疆行者的经验。作家本人一生就是旅行者,这结论与其说是形容他的采访对象,不如说是他对自己的讲述,是其人生的总结。作家的悲剧源于他有一颗与生俱来的不安分的心,不能满足稳定于一处的生活,一心追求路上的感觉,且又难以抑制无边的地平线的诱惑。多夫拉托夫文字散发的忧伤,多少有王小波的感觉,黑色的幽默加上冰冷的硬气。作家笔下爱恨皆有、天地皆在的生存空间,那些无论如何努力都逃脱不掉"不善于生存"的命运,那些无论如何幻化都难以遮蔽其深邃思想的文字,可以统称为难以逃脱的"宿命"。有一半犹太血统的作家,命定他该扮演一个持不同政见者的角色,尽管他很痛恨"持不同政见者"这一称谓。在逃离故乡 11 年后,49 岁的多夫拉托夫客死他乡(纽约)。一个一生只想成为像契诃夫那样作家的人,最后"仍旧成为了他自己"。"深水鱼",王开岭用来形容索尔仁尼琴的一个形象,我觉得更适合多夫拉托夫,一条以为逃离了致命的沼泽、游进了活水而最终因脱离故乡水系导致全面"缺氧"而窒息的"深水鱼"。我是如此痴迷这位路上作家的文字与生命!

  Охотный ряд 地铁站到了!暂时与多夫拉托夫分手。走出地铁大门右转直奔俄罗斯艺术图书馆。在这短短不到 200 米的小街上,散落着不计其数的莫斯科文化的象征——青年剧院、小歌剧院、教育书店,还有左手距此 200 米的契诃夫剧院,过了艺图,向北走到这排楼房尽头,右手拐进胡同,前行 30 米,有《当代戏剧》杂志社。回到原路,从艺图向北走 500 米左右,便是斯坦尼斯拉夫斯基剧院。因此,每天,这艺图之路让我走得心情舒畅,怀揣许多憧憬。

  拉开艺图沉重的大木门,拾级而上,来到二楼,一天的目的地终于到了,而我的精力似乎已耗尽大半,想起了路遥的那句"早晨从中午开始"。艺图是为从事建筑、绘画、音乐、戏剧、芭蕾等艺术方面研究的学者提供图书帮助的,一般上午 11 点开唱,晚 8 点收场。莫斯科的艺图可能是世界上最小的图书馆了,至少在我去过的莫斯科的图书馆中,它是最小的。这里最多不会超过 4 个阅览厅,每个房间里顶多有 20 个座位。但是这里的氛围却让你感到"海纳百川有容乃大"的气魄。我之所以来这里,一是因为我初学戏剧,二是因为这里有超高端的搜索引擎,几乎可以将全俄境内的所有相关材料全部调出(从 1994 年起)。更为重要的是,这里会为你提供世界上最优质的服务。这里的图书管理员是清一色

的老大妈。但你可别小瞧她们，她们个个是网络高手。如果你想查询资料，她们会寸步不离地在你左右，告诉你应该如何查找，第二天碰到你时，还会问，昨天你要的那个材料是否已经找到。她们会从知识、生活等全方位呵护关心你，甚至提醒你昨天的水杯忘记带走了。几天不去，再见到你时，她们会问你是不是发现了更实用的图书馆，一副担心你不再爱她们了的模样。怎么会，只有这里最贴心。

就这样，一年间，无数次光顾莫斯科的艺术图书馆成为我最享受的生活，收集到的丰富的戏剧资料，都浓缩进展现在大家面前的这本书里。

在本书即将付梓之际，我首先要向为此书的写作及成稿提出建设性意见的黎浩智、童道明、汪介之、李正荣、杜林等前辈师长表示最诚挚的谢意！没有他们中肯而宝贵的意见和建议，实难有本书的面世。感谢中央戏剧学院胡薇教授为本书中提及的诸多剧本实现其社会价值所做出的卓越努力。感谢中央编译出版社对本书出版的支持，感谢编辑为本书的顺利出版付出的艰辛劳动。

王丽丹 2016 年 6 月于南开大学

图书在版编目(CIP)数据

当代俄罗斯戏剧文学研究(1991—2012)/王丽丹,李瑞莲著. —北京:中央编译出版社,2016.9
ISBN 978-7-5117-3095-4

Ⅰ. ①当…
Ⅱ. ①王… ②李…
Ⅲ. ①戏剧文学-文学研究-俄罗斯-1991-2012
Ⅳ. ①I512.073

中国版本图书馆 CIP 数据核字(2016)第 210031 号

当代俄罗斯戏剧文学研究(1991—2012)

出 版 人:葛海彦
出版统筹:贾宇琰
责任编辑:程 彤 曲建文
责任印制:尹 珺
出版发行:中央编译出版社
地　　址:北京西城区车公庄大街乙5号鸿儒大厦B座(100044)
电　　话:(010)52612345(总编室)　　　(010)52612370(编辑室)
　　　　　(010)52612316(发行部)　　　(010)52612317(网络销售)
　　　　　(010)52612346(馆配部)　　　(010)55626985(读者服务部)
传　　真:(010)66515838
经　　销:全国新华书店
印　　刷:北京紫瑞利印刷有限公司
开　　本:787毫米×1092毫米　1/16
字　　数:412千字
印　　张:26
版　　次:2016年9月第1版第1次印刷
定　　价:88.00元

网　　址:www.cctphome.com　　邮　　箱:cctp@cctphome.com
新浪微博:@中央编译出版社　　微　　信:中央编译出版社(ID: cctphome)
淘宝店铺:中央编译出版社直销店(http://shop108367160.taobao.com)　　(010)52612349

本社常年法律顾问:北京嘉润律师事务所律师　李敬伟　问小牛
凡有印装质量问题,本社负责调换,电话:(010)55626985

国家社科基金
后期资助项目

当代俄罗斯戏剧文学研究（1991-2012）

The Study of the Contemporary Russian Drama (1991-2012)

王丽丹　李瑞莲　著

中央编译出版社
Central Compilation & Translation Press